The Last Don

마지막 대부

늘봄

옮긴이 하정희

서강대 불문과와 동 대학원, 미국 매릴랜드 대학원을 졸업했다.
역서로는 『패밀리』『시시포스』『기억창고』 등이 있다.

마지막 대부 The Last Don

저   자 / 마리오 푸조
번   역 / 하정희
발행인 / 조유현
발행처 / 늘봄
기   획 / 권경하
디자인 / 박준철
편   집 / 김금발미

등록번호 / 제1-2070 1996년 8월 8일
주   소 / 서울시 종로구 충신동 189-11 동국빌딩 3층
전   화 / (02)743-7784
팩   스 / (02)743-7078

초판발행 / 2005년 7월 1일

89-88151-47-X 03840

*가격은 표지에 있습니다.

마지막 대부

일러두기

본문 ( )안의 글은 옮긴이와 편집자의 주(註)로 원본에는 없습니다.

The Last Don
by Mario Puzo

차례

버지니아 알트만과 도메니크 클레이에게

프롤로그

코그 1965

클레리쿠지오파가 산타디오파와의 대전쟁을 치른 지도 일 년이 지나가고 있었다. 부활절을 일 주일 앞둔 종려주일에 돈 도메니코 클레리쿠지오는 자신의 혈육인 두 아기의 세례식을 치르면서 일생일대의 큰 결단을 내렸다. 그는 라스베가스에 있는 제너두 호텔의 소유주 알프레드 그론벨트와 미국 최고의 마약상 데이비드 레드펠로우를 비롯해 미국에서 활동하는 주요 마피아 조직의 우두머리들을 한자리에 초대했다. 어쨌거나 그들은 정도의 차이는 있었지만 모두들 대부와는 동업자들이었다.

현재 미국에서 가장 강력한 마피아 조직의 우두머리인 돈 클레리쿠지오는 표면적인 권력이양을 단행할 생각이었다. 절대 권력은 너무 위험했고, 지금은 권력을 행사하는 방식에 변화를 꾀해야 할 시점이었다. 하지만 권력을 이양하는 일 역시 위험하기는 매한가지였다. 그 일을 성공적으로 해내기 위해서는 고도의 유화책과 돈독한 인간관계를 이용할 필요가 있었고 동시에 자신의 기반도 확실히 지켜내야 했다.

코그에 위치한 클레리쿠지오가의 사유지는 이만 오천 평을 넘었고 철조망과 전기 감지기가 설치된 삼 미터 높이의 붉은 벽돌담이 둘러싸고 있었다. 그 안에는 대저택 외에도 세 아들의 집과 조직의 부하들이 사는 스무 채의 집들이 있었다.

손님들이 아직 도착하지 않은 시각에 대부와 그의 아들들은 저택의 뒤편에 있는 네모형의 정원에 놓인 정교하게 세공한 하얀 철제 탁자를 사이에 두고 모여 있었다. 맏이인 지오르지오는 늘씬한 키에 날렵한 콧수염을 길렀고 영국신사처럼 호리호리한 몸매에 맞춤 양복을 걸친 모습이 아주 멋스러웠다. 나이는 스물일곱이었고 냉소적인 성격에 사납고 무표정했다. 대부는 지오르지오에게 와튼 경영대학원에 조만간 입학신청을 하게 될 거라고 알려주었다. 그곳에서 그는 불법적인 돈을 합법적인 틀 안에서 벌어들일 수 있는 고도의 전문적인 방법들을 두루 배우게 될 예정이었다.

지오르지오는 아버지에게 아무것도 묻지 않았다. 아버지의 이 말은 명령이지 논의거리가 아니었기 때문에 그는 알겠다는 뜻으로 고개를 끄덕였다.

그 다음 대부는 조카인 조셉 피피 데 레나 쪽으로 얼굴을 돌렸다. 죽은 누나의 아들인 피피는 자신의 혈육이기도 했지만 사나운 산타디오파를 정복한 총지휘자였다는 사실 때문에 그는 아들들 못지않게 그를 아꼈다.

"넌 여기를 떠나서 라스베가스에 정착해."

그리고 말을 이었다.

"제너두 호텔과 관련해서 우리가 소유하고 있는 주식을 네가 맡아서 관리해라. 우리 조직이 일선에서 물러나는 이상, 네가 여기서 할 일은 많지 않아. 하지만 우리 조직의 행동대장으로서의 네 지위는 변함이 없다."

피피의 표정이 썩 유쾌해 보이지 않자 그는 마지못해 토를 달았다.

"네 아내 넬린은 우리 조직 사람들과 어울리지 못하고 브롱크스를 싫어해. 그 아인 우리와는 완전히 달라. 브롱크스 사람들은 그 아이를 받아들일 수가 없어. 넌 우리와 떨어져서 생활할 수밖에 없다."

틀린 말은 하나도 없었지만 그렇게 말한 데에는 대부에게는 한 가지 이유가 더 있었다. 피피는 클레리쿠지오파의 영웅적인 총지휘관이었고 따라서 그가 계속해서 브롱크스의 우두머리로 남는다면 대부의 사후에 그의 아들들에게 강력한 적수가 될 위험이 있었다.

"이제부터 넌 미국 서부의 브룰리오네(Bruglione:조직의 해결사를 뜻하는 마피아 은어)다. 앞으로 넌 부자가 될 거야. 그리고 네 임무는 막중하다."

그는 피피에게 라스베가스에 있는 한 저택의 집문서를 건네주었다. 그리고는 대부는 스물다섯인 막내 빈센트 쪽으로 얼굴을 돌렸다. 빈센트는 형제들 중 가장 키가 작았지만 몸은 돌덩이처럼 단단했다. 그는 말수가 적었고 마음이 여렸다. 아주 어렸을 때부터 어머니로부터 이탈리아의 전통 요리들을 모두 배웠고 어머니가 젊은 나이로 세상을 떠나자 누구보다도 서럽게 울었다.

대부는 웃는 얼굴로 빈센트를 바라보았다.

"이제 너에게 딱 맞는 천직을 정해주겠다. 뉴욕에 최고급 식당을 개업하도록 해라. 돈은 아끼지 말고 쓰고 싶은 만큼 써. 프랑스 놈들한테 진짜 요리 맛을 보여주라고."

피피와 형들이 큰 소리로 웃어대자 빈센트의 얼굴에도 웃음이 번졌다. 대부는 그를 보며 미소를 지었다.

"유럽에서 최고로 좋은 요리학교에 가서 일 년 정도 더 배워."

"뭘 더 배우라고요?"

빈센트는 속으로는 좋으면서도 투덜거렸다.

대부는 엄한 얼굴로 그를 쳐다보았다.

"과자야 네가 더 잘 만들지도 모르지. 하지만 주목적은 사업을 운영하는데 필요한 재무관리를 배우는 것이다. 그래야 앞으로 네가 여러 군데 지점을 둔 큰 식당 주인이 될 수 있어. 돈은 지오르지오한테 받아라."

대부는 마지막으로 삐띠에를 쳐다보았다. 둘째인 삐띠에는 가장 쾌활한 편이었다. 붙임성 있는 성격에 나이는 아직 스물여섯이었지만 시칠리아 출신의 클레리쿠지오가의 기질을 가장 확실하게 물려받은 자식이었다.

"삐띠에, 피피가 서부로 가게 된 이상 브롱크스는 이제 네가 책임지도록 해. 넌 우리 조직을 위해서 일할 마피아단원을 공급하는 일을 해야 한다. 네 앞으로 제법 큰 건설회사도 하나 마련해 놓았어. 넌 앞으로 뉴욕의 고층건물들 수리도 하고 경찰서도 짓고 도로 포장도 하게 될 거야. 지금도 수익성이 보장되는 사업이긴 하지만 난 네가 그걸 대기업으로 키우길 바란다. 네 휘하의 마피아 단원들한테는 합법적인 직장이 생기고 넌 큰돈을 버는 거야. 먼저 지금 그 건설 회사의 사장 밑에서 일을 배워야 해. 하지만 네가 맡은 기본 임무가 마피아 단원들을 공급하고 지휘하는 것임을 명심해라."

그는 지오르지오를 돌아보았다.

"지오르지오, 넌 내 후계자가 된다. 너와 빈센트는 반드시 필요한 경우가 아니라면 위험한 임무는 맡지 않는다. 우리는 미래를 내다봐야 해. 네 자식들, 내 자식들, 그리고 아직 어린 단테와 크록시픽시오는 이 세계와 완전히 단절된 환경에서 자라야 한다. 우리는 부자고 따라서 목숨을 걸어가면서까지 생계를 유지하는 일에 매달릴 필요는 없어. 우리 조직은 이제 다른 조직들에게 재정적인 조언자 역할만 하면 돼. 그들의 정치적인 후원자가 되어 주고 서로간의 분쟁을 중재하는 일을 맡을 거야. 하지만 그렇게 하기 위해서는 우리도 힘이 있어야 해. 잘 훈련된 단원들은 필수적이야. 그리고 우리 몫을 정정당당하게 요구하려면 우린 반드시 모든 사람들의 돈을 철저하게 지켜줘야만 한다."

그는 잠시 말을 멈췄다.

"지금부터 이십 년이나 삼십 년 뒤면 우리 모두는 완전히 합법적으로 마음놓고 우리의 부를 즐길 수 있을 거야. 오늘 세례를 받을 저 두 꼬마가 우리처럼 범죄를 저지르면서 위험한 일에 뛰어들 일은 절대 없을 거야."

"그렇다면 브롱크스 조직은 왜 그대로 유지하는 거죠?"

"원래 성인으로 추앙 받으려는 사람들은 많지. 하지만 순교자가 되고 싶어하는 사람은 없는 법이다."

한 시간 뒤 돈 클레리쿠지오는 저택의 발코니에 서서 파티장을 내려다보고 있었다. 새 날개처럼 생긴 초록색 파라솔과 야외용 탁자들이 빽빽하게 들어찬 넓은 잔디밭은 이백 명이나 되는 손님들로 북적거렸고 이들 중 대부분은 브롱크스 소속의 마피아 단원들이었다. 세례식은 보통은 들뜨고 유쾌한 분위기 속에서 치러지기 마련이지만 이번 경우는 차분했다.

클레리쿠지오파는 산타디오파를 정복하면서 막대한 희생을 치렀다. 대부는 애지중지했던 아들 실비오를 잃었다. 대부의 딸 로즈 마리도 남편을 잃었다.

이제 그의 시선은 짙은 적포도주가 담긴 유리병과 하얀 수프 그릇,

가지각색의 파스타, 여러 종류의 저민 고기와 치즈를 담아 놓은 커다란 접시, 여러 가지 빵이 푸짐하게 차려진 테이블과 여기저기 모여 있는 사람들을 천천히 훑어보았다. 이윽고 그는 뒤쪽에 자리 잡은 악단에서 흘러나오는 조용한 음악에 귀를 기울이며 마음을 차분히 가라앉혔다.

그가 있는 자리에서는 둥그렇게 배치해 놓은 야외용 탁자들 사이에 세워 놓은 두 대의 유모차와 그 안의 푸른색 담요가 곧바로 내려다보였다. 두 아기는 어찌나 씩씩한지 성수에 몸을 담그는데도 꿈쩍도 하지 않았다. 아기들 옆에는 아기 엄마인 로즈 마리와 피피의 아내 넬린데 레나가 있었다. 두 아기 단테 클레리쿠지오와 크록시픽시오 데 레나의 어린 얼굴은 순결함 그 자체였다. 대부는 저 두 아이가 생계문제 때문에 고통받지 않도록 지켜줄 책임이 있었다. 만약 그의 계획이 성공한다면 저 아이들은 주류 사회로 진입하게 될 것이다. 그는 많은 손님들 중에 두 아기에게 경의를 표하는 이가 아무도 없다는 사실이 이상하다고 생각했다.

평소에는 무표정하고 뚱한 빈센트가 이번 세례식을 위해 특별히 만든 포장마차에서 아이들에게 핫도그를 나눠주는 모습이 보였다. 포장마차는 뉴욕의 길거리 핫도그 판매대와 비슷했지만 크기가 더 컸고 파라솔 색깔도 밝았으며 음식의 질로 따져봐도 빈센트의 핫도그가 더 훌륭했다. 그는 깔끔한 흰색 앞치마를 두르고서 새콤한 양배추 절임과 겨자 소스 그리고 붉은 양파와 매운 소스를 곁들인 핫도그를 만들어 내놓았다. 꼬마들은 빈센트의 뺨에 뽀뽀를 해야 핫도그를 얻을 수 있었다. 빈센트는 외모는 거칠었지만 성격은 아들들 중에서 가장 다감했다.

삐띠에는 피피 데 레나와 비르지니오 발라쬬 그리고 알프레드 그론벨트와 같이 보치(boccie:잔디에서 하는 볼링의 한 종류) 게임장에 있었다. 뻬띠에는 못된 장난을 좋아했는데 그걸 항상 위험하게 여긴 대부는 장난을 못하도록 말리는 편이었다. 지금도 뻬띠에는 교묘한 속임수를 써가며 게임을 방해하고 있었다.

비르지니오 발라죠는 대부의 부두목으로 클레리쿠지오파의 실무를 맡고 있었다. 그는 성격이 괄괄했고, 뻬띠에가 달릴 것처럼 속임수를 쓰자 그도 반사적으로 뻬띠에를 쫓아갈 것처럼 자세를 취했다. 대부는 그 모습이 상당히 아이러니하다고 느꼈다. 아들 뻬띠에는 타고난 암살자였고 장난을 좋아하는 발라죠의 명성도 그에 못지않았다. 그러나 두 사람 중 누구도 피피에게는 상대가 되지 못했다.

대부는 여자들이 피피를 흘긋거리며 훔쳐보는 모습을 볼 수 있었다. 아기 엄마인 로즈 마리와 넬린만이 예외였다. 피피는 아주 멋졌다. 키는 대부 정도였고 단단하고 억센 체구에 얼굴에서는 야성미가 넘쳤다. 남자들까지도 그를 쳐다보곤 했는데 그들 중 몇은 브롱크스 조직에서 온 마피아 단원들이었다. 그들은 사람들을 압도하는 그의 태도와 부드러운 몸놀림을 유심히 관찰하면서 해결사, 즉 최고의 실력자가 되기까지의 그의 신화적인 업적을 인정했다.

미국 최고의 마약거래상으로 젊고 원기 왕성한 데이비드 레드펠로우가 유모차에 누워 있는 두 아기의 뺨을 장난스럽게 살짝 꼬집었다. 마지막으로, 알프레드 그론벨트는 넥타이를 맨 양복차림에다 보치 게임이 낯선지 어색해하는 기색이 역력했다. 그론벨트는 대부와 동갑으로 환갑을 바라보고 있었다.

오늘 대부는 저들 모두의 인생행로를 바꾸고자 했고, 그렇게 함으로써 더 나은 미래가 열리기를 희망했다.

그날 첫 회의를 위해 지오르지오가 그를 찾아 발코니로 왔다. 이미 열 명의 마피아 두목들이 밀실에 모여 있었다. 지오르지오는 미리 대부의 제안을 그들에게 간단히 설명해주었다. 세례식은 회의에 참석하기 위한 그럴듯한 핑계거리이긴 했지만 사실 그들은 클레리쿠지오가와 사적인 친분은 없었기 때문에 가능한 빨리 자리를 뜨고 싶어했다.

클레리쿠지오가의 밀실은 가구가 잘 갖춰져 있고 칵테일 바까지 딸린 방으로 창문이 전혀 없었다. 커다란 검은 대리석 탁자에 빙 둘러앉은 열 명의 마피아 두목들은 하나같이 모두 무거운 표정들이었다. 그들은 한 명씩 차례로 대부에게 인사를 했다. 그리고 대부가 말을 꺼내기를 기다렸다.

대부는 아들 빈센트와 뻬띠에, 행정실무자인 발라죠 그리고 피피 데 레나를 그 자리에 참석하도록 불렀고, 그들이 도착하자 지오르지오가 간단한 소개말을 했다.

대부는 사회의 뒷골목에서 사람들이 진정으로 필요로 하는 것들을 해결해주는 마피아 두목들을 천천히 훑어보았다.

"내 아들 지오르지오가 방금 전에 여러분에게 전반적인 상황을 간단하게 말씀드렸습니다."

이렇게 그가 입을 열었다.

"내가 제안하는 것은 이렇습니다. 나는 이제 도박사업을 제외한 모든 이권사업에서 손을 뗄 생각입니다. 뉴욕에서 하고 있는 사업들은 내 오랜 친구인 비르지니오 발라죠에게 넘기기로 했습니다. 비르지니오는 자신의 조직을 만들어서 클레리쿠지오파로부터 독립하게 됩니다. 기타 다른 지역에서 벌이고 있는 이권사업들인 조합이나 운송업, 주류업, 담배사업, 마약사업은 여러분들에게 모두 양도합니다. 나는 이 사업들이 합법적으로 운영될 수 있도록 언제든 도와드릴 준비가 되어 있습니다. 그 대신에 여러분께서는 나에게 여러분의 수입을 관리할 책임을 주셨으면 합니다. 수입은 안전하게 보관되며 여러분이 원한다면 언제든 이용 가능합니다. 여러분은 정부가 돈을 추적하는 것에 대해 걱정할 필요는 없을 것입니다. 그 일에 대한 대가로 나는 단 5퍼센트의 수수료만 받겠습니다."

이것은 열 명 모두에게 있어서 꿈만 같은 거래였다. 클레리쿠지오 파로서는 그들의 조직을 지배하거나 파괴하는 편이 더 유리했는데도 불구하고 자청해서 물러나겠다고 했으니 그들은 그저 고마울 따름이었다.

빈센트가 탁자를 따라 돌면서 모두에게 포도주를 따라주었다. 그들은 잔을 높이 쳐들고 대부의 은퇴를 축하하며 건배를 했다.

마피아 두목들이 깍듯이 인사를 하고 나간 뒤에 데이비드 레드펠로우가 삐띠에를 따라 밀실로 들어왔다. 그가 대부의 맞은편에 놓인 가죽 의자에 앉자 빈센트가 포도주를 따라주었다. 레드펠로우는 길게 기른 머리도 그랬지만 반듯하게 다린 깔끔한 청바지와 데님 재킷 차림에 다이아몬드 귀걸이를 하고 있어서 단연 돋보였다. 그는 북유럽인의 피를 이어받았다. 머리는 금발이었고 눈동자는 연한 푸른색이었으며 표정이 항상 쾌활했고 격의 없는 농담을 즐겼다.

대부는 데이비드 레드펠로우에게 신세진 바가 많았다. 정부기관을 매수해서 마약사업을 할 수 있다는 사실을 증명한 장본인이 바로 그였다.

"데이비드. 이제 마약사업에서는 손을 떼게. 자네한테 더 좋은 걸 주겠네."

레드펠로우는 싫다는 말은 하지 않았다.

"왜 지금 손을 떼라고 하십니까?"

"우선 정부가 막대한 시간과 정력을 쏟아가며 그 사업을 막으려고 혈안이 돼 있어. 자네가 그걸 계속한다면 죽을 때까지 불안 속에서 살아야 될 걸세. 더 중요한 이유는 이제 사업은 너무 위험하게 됐다는 점이네. 지금까지는 내 아들 삐띠에와 그 애 휘하의 단원들이 자네를 안전하게 지켜줬지만 이제는 그렇게 못해. 콜롬비아 놈들은 말할 수 없이 거칠고 무모하고 폭력적이야. 마약사업은 그놈들이나 하라고 그래. 자네는 손을 떼고 유럽으로 가는 거야. 그곳에서의 자네 안전은 내가 책임지지. 자네는 이탈리아에서 은행을 하나 사서 은행업을 하면서 로마에서 사는 거야. 우린 거기에서 큰 사업을 할 예정이네."

"멋진 계획이군요. 전 이탈리아어도 못할뿐더러 은행업에 대해서는 완전 깜깜하거든요."

레드펠로우가 빈정거렸다.

"둘 다 배우면 돼. 그렇게 한다면 자넨 로마에서 행복하게 살게 될 거야. 그러지 않고 여기 남겠다면 안 될 것도 없겠지. 하지만 그때는 난 더는 자넬 지원해주지 않을 거고 삐띠에도 자네를 보호하지 않을 거네. 선택은 자네한테 달렸어."

"제 사업은 누가 하게 되죠? 사업을 완전히 접어야 됩니까?"

"콜롬비아 놈들이 하게 되겠지. 필연적으로 그렇게 돌아갈 수밖에 없는 상황이야. 하지만 정부 때문에 앞으로 그놈들도 상당히 괴로울 걸. 자, 어떻게 하겠나?"

레드펠로우는 곰곰이 생각을 하고 나더니 기분 좋게 웃었다.

"어떻게 시작해야 하는지 얘기해주십시오."

"지오르지오가 자넬 로마로 데려가서 거기 있는 내 부하들을 소개시켜줄 걸세. 그리고 앞으로 계속해서 조언을 해 줄 거야."

대부는 그를 껴안았다.

"내 충고를 받아들여줘서 고맙네. 우린 유럽에서 같이 일하는 거야. 날 믿게. 자네 앞에 멋진 인생이 펼쳐질 걸세."

데이비드 레드펠로우가 방에서 나가자 대부는 지오르지오를 시켜 알프레드 그론벨트를 밀실로 불렀다. 그론벨트는 라스베가스에 있는 제너두 호텔의 소유주로서 지금은 완전히 해체된 산타디오파의 보호를 받았었다.

대부가 말을 꺼냈다.

"그론벨트씨, 내 보호하에서 호텔 운영을 계속하도록 하십시오. 당신 신변이나 재산 문제는 전혀 걱정할 것 없습니다. 당신은 호텔 주식의 51퍼센트를 그대로 소유하게 됩니다. 나는 이전에 산타디오파가 소유했던 49퍼센트를 소유하고 법적인 소유권도 이전과 동일하게 유지할 생각입니다. 어떻습니까?"

그론벨트는 상당한 위엄을 갖췄고 나이에 비해 아주 건장했다. 그는 신중하게 대답을 했다.

"호텔 경영자로서의 내 권한을 침해하지 않는 조건이라면 받아들이겠습니다. 하지만 그게 아니라면 내 주식을 당신한테 팔겠습니다."

"금광이나 다름없는 주식을 판다고요?"

대부는 믿기지 않는다는 듯이 되물으며 말을 이었다.

"아, 그러지 마십시오. 날 무서워할 필요는 없습니다. 난 기본적으로 사업가입니다. 산타디오파가 조금만이라도 자제를 했더라면 그런 끔찍한 일들은 절대로 일어나지 않았을 텐데. 이제 그들은 완전히 사라지고 없습니다. 하지만 당신이나 나는 합리적인 사람이죠. 산타디오파가 있었던 자리는 내 대리인들이 대신합니다. 그리고 조셉 데 레나, 그러니까 피피가 그의 지위에 합당한 권한을 가지게 될 겁니다. 피피는 앞으로 서부지역의 브룰리오네가 될 것이고, 따라서 당신 나름대로 적당하다고 생각되는 방식으로 호텔에서 피피한테 10만 달러의 연봉을 지급하면 됩니다. 그러니까 곤란한 문제가 생기거든 피피와 의논하십시오. 사업을 하다보면 문제는 항상 있는 법이죠."

마른데다 키가 큰 편인 그론벨트는 겉으로는 상당히 침착해 보였다.

"이런 호의를 베푸는 이유가 뭡니까? 당신으로서는 더 유리한 조건들을 제시할 만도 한데 말입니다."

대부는 진지하게 대답했다.

"당신은 그쪽 방면에서 천재요. 라스베거스 사람들 모두 그렇게 생각합니다. 그래서 사소하지만 뭔가 당신에 대한 존경의 마음을 표현하고 싶었습니다."

이 말에 그론벨트가 미소를 지었다.

"사소하다니요. 호텔을 돌려줬는데. 호텔만큼 중요한 게 어디 있겠습니까?"

대부는 항상 진지했지만 자신의 권력으로 사람들을 놀라게 할 수 있다는 사실에 만족감을 느끼면서 그를 향해 친절하게 웃었다.

"다음에 열리는 네바다 도박위원회에 이름을 올릴 수 있을 겁니다. 공석이 한 자리 있습니다."

그론벨트는 태어나서 이렇게 놀라고 감격했던 순간은 거의 없었다. 꿈도 꿔보지 않았던 호텔의 미래를 눈앞에 그려보며 그는 기분이 우쭐해졌다.

"당신 뜻이 그렇다면. 우린 앞으로 엄청난 부자가 될 겁니다."

"그럼 다 됐군요. 자, 이제 나가서 즐거운 시간을 보내십시오."

그론벨트는 사양했다.

"라스베가스로 돌아가겠습니다. 내가 여기 손님으로 왔다는 사실을 사람들한테 알리는 것은 현명한 처사가 아닌 것 같습니다."

대부는 고개를 끄덕였다.

"뻬띠에, 사람을 시켜서 그론벨트씨를 뉴욕으로 모셔다드려라."

이제 방에는 대부 외에 그의 아들들과 피피 데 레나 그리고 비르지니오 발라죠만 남았다. 그들 사이에 약간의 긴장감이 감돌았다. 대부의 계획을 알고 있는 사람은 지오르지오 밖에는 없었다.

발라죠는 피피보다 두어 살이 많았지만 브룰리오네가 되기에는 너무 젊었다. 그는 조합과 의류 운송업 그리고 마약사업을 관리해오고 있었다. 대부는 그에게 지금부터 클레리쿠지오파에서 독립해서 그 사업들을 운영하도록 하라고 말했다. 단 10퍼센트의 배당금 외에는 아무런 요구조건이 없었다. 그것만 제외하면 발라죠는 자신의 사업에 대해 전권을 가지는 셈이었다.

발라죠는 이 과분한 선물에 거의 넋을 잃은 것처럼 보였다. 평상시에 그는 고마운 게 있거나 불만이 있으면 꺼리지 않고 표현하는 활달한 성격이었는데 지금은 감격에 겨워 아무 말도 못하고 대부를 껴안았다.

"10퍼센트 중에서 5퍼센트는 자네가 늙거나 불상사가 생겼을 경우를 대비해서 내가 따로 관리를 할 생각이네. 이렇게 얘기해서 미안하네만, 사람들은 쉽게 변하고 과거에 입은 은혜를 금세 잊어버리곤 하지. 계산을 정확히 하라는 뜻에서 하는 말이야."

그는 잠시 뜸을 들였다 말을 이었다.

"어쨌든 내가 고리대금업자도 아닌데 자네한테 무거운 이자를 물리거나 지나친 처벌을 할 순 없지 않은가."

발라죠도 모르지 않았다. 대부의 처벌은 언제나 신속하고도 확실했다. 심지어 경고조차 없었다. 그리고 처벌은 예외 없이 항상 죽음이었다. 사실 적과 거래하려면 그 방법 외에 달리 또 무슨 방법이 있겠는가?

대부는 발라죠를 방에서 내보낸 뒤에 피피를 문까지 배웅하면서 잠시 걸음을 멈추고 피피를 자기 옆으로 바싹 끌어당기며 귀에 대고 나지막이 속삭였다.

"우리 둘 사이의 비밀, 잊지 마라. 끝까지 비밀을 지켜. 난 절대 너한테 그 명령을 하지 않았다."

잔디밭에서는 로즈 마리가 피피 데 레나와 얘기를 하려고 기다리고 있었다. 그녀는 아주 젊고 눈부시게 아름다운 과부였다. 그렇지만 검은색은 어울리지 않았다. 남편과 오빠의 죽음은 그녀만의 독특한 매력인 자연스런 발랄함을 그녀의 얼굴에서 지워버렸다. 커다란 갈색 눈동자는 어두웠고 가무잡잡한 피부는 칙칙한 흙빛으로 변했다. 세례를 받고 그녀의 팔에 안겨 있는 파란 리본을 맨 아들 단테만이 그녀에게 한 줄기 광채를 던져주었다. 오늘 하루 내내 그녀는 아버지와 세 오빠들과 마주치지 않으려고 의식적으로 피했다. 하지만 지금은 피피를 만나기 위해 기다리고 있었다.

두 사람은 사촌 간으로 피피가 열 살이 많았다. 십대시절 그녀는 피피를 열정적으로 사랑했다. 그러나 피피는 언제나 아버지가 아이한테 하듯이 그녀를 대해 그녀를 실망시키곤 했다. 피피는 여자를 밝히기로 유명한 남자였지만 매우 신중했기 때문에 자기 우두머리의 딸을 탐할 생각은 없었다.

"피피 오빠, 축하해."

피피가 상냥한 미소를 짓자 그의 거칠어 보이는 얼굴이 매력적으로 변했다. 그는 허리를 굽혀서 아기의 이마에 키스를 하면서, 미사에 쓰였던 향냄새가 여전히 살짝 배어 있는 아이의 머리칼이 갓난아이답지 않게 굵다는 생각을 했다.

"단테 클레리쿠지오, 근사한 이름이야."

단순히 인사치레로만 받아들이기에는 말 속에 가시가 있었다. 로즈 마리는 자기 자신과 사생아로 태어난 아들을 위해 대부의 성(姓)을 택했다. 대부는 빈틈없는 논리로 그녀를 설득해 그렇게 하도록 했지만 그녀는 여전히 죄의식을 느꼈다.

이런 죄의식에서 로즈 마리도 맞받아 쳤다.

"오빠는 개신교인 아내를 어떤 식으로 설득했기에 아이에게 세례까지 해주고 그렇게 종교적인 이름까지 붙였어?"

피피가 그녀를 보며 웃었다.

"아내는 날 사랑해. 그래서 날 기쁘게 해주고 싶어하거든."

맞는 말이지, 하고 로즈 마리는 생각했다. 피피의 아내는 그의 정체를 정확히 모르기 때문에 그를 사랑할 수 있었다. 그러는 그녀 자신도 그의 진짜 모습을 몰랐고 한때 그를 사랑했었다.

"아들한테 크록시픽시오라는 이름을 짓다니. 아내의 기분을 생각해서 적어도 미국식 이름을 지어줄 수도 있었을 텐데."

"대부를 기쁘게 해드리려고 네 할아버지 성을 따른 거야."

"우린 다 아버지 기분을 맞춰야지."

로즈 마리의 쓸쓸한 기분은 미소에 가려 보이지 않았고, 말 속에 숨어 있는 불쾌함은 상냥한 표정과 자연스런 미소 때문에 전혀 드러나지 않았다. 그녀는 잠시 짬을 두더니 머뭇거리면서 말했다.

"날 살려줘서 고마워."

피피는 깜짝 놀라서 잠깐 멍하니 그녀를 쳐다보더니 얼핏 그녀의 뜻을 감지한 것 같았다. 그리곤 조용히 대답했다.

"애초부터 넌 위험하지 않았어."

그는 그녀의 어깨를 감싸 안았다.

"정말이야. 그런 생각은 하지 마. 다 잊으라고. 앞으론 행복한 일들만 있을 거야. 과거는 깨끗이 잊어버려."

로즈 마리는 아기에게 키스를 하려는 것처럼 고개를 숙였지만 실은 피피에게 얼굴을 보이고 싶지 않았다.

"이해해. 마음도 다 정리됐고 말야."

그녀는 피피가 아버지와 오빠들에게 자기와의 대화내용을 그대로 다 얘기하리라는 사실을 알았기 때문에 이렇게 말했다. 그녀는 자기가 여전히 가족들을 사랑할 뿐만 아니라 가족들이 자신의 아이를 받아들였고 아기가 성수로 축복을 받음으로써 지옥으로부터 영원히 구원받았다고 확신한다는 것을 가족들에게 전하고 싶었다.

바로 그때 비르지니오 발라죠가 로즈 마리와 피피를 부르며 모두들 잔디밭 가운데로 모이게 했다. 대부가 세 아들과 함께 집에서 나왔다.

정장차림의 남자들과 야회용 드레스를 입은 여자들 그리고 공단 옷을 입은 아기들까지 클레리쿠지오가의 온 가족들이 반원모양으로 모여 사진을 찍었다. 손님으로 온 많은 사람들이 손뼉을 치며 크게 축하인사를 했고, 평화와 승리와 사랑의 순간은 그렇게 남겨졌다. 후에 사진은 확대되어서 대부의 서재에 걸렸고 그 옆에는 산타디오파와의 전쟁에서 죽은 아들 실비오의 사진이 걸렸다.

대부는 침실 발코니에서 파티를 계속 지켜보았다. 로즈 마리는 볼링을 하는 사람들 뒤쪽으로 유모차를 밀고 갔고, 날씬한 몸매에 키가 크고 우아한 피피의 아내 넬린은 아기를 안고 잔디밭을 따라 걸었다. 넬린은 단테가 탄 유모차에 크록시픽시오를 내려놓았고 두 여인은 아이들을 사랑스럽게 내려다보았다.

대부는 두 아기가 보호를 받으며 안전하게 자랄 것이며 그들의 행복을 위해 치러졌던 희생에 대해서는 절대 모를 것이라는 생각에 더할 수 없이 기뻤다.

그때 뻬띠에가 젖병을 유모차 안으로 슬쩍 집어놓는 모습이 보였는데, 아기들이 그걸 서로 가지려고 버둥대자 다들 우습다고 야단이었다. 로즈 마리가 아들 단테를 유모차에서 들어올리는 모습을 보면서 대부는 불과 몇 해 전의 그녀를 떠올렸다. 대부는 한숨을 쉬었다. 사랑에 빠진 여자처럼 아름다운 존재는 없고 그 여자가 과부가 되는 것만큼 가슴 아픈 일도 없다는 생각을 하면서 그는 안타까움을 느꼈다.

로즈 마리는 특별히 애정이 가는 자식이었고 아주 생기발랄했었다. 하지만 지금은 전혀 그렇지 않았다. 오빠와 남편의 빈자리는 너무 컸다. 그러나 대부가 이제껏 경험한 바로는 진정한 사랑을 경험해본 사람들은 예외 없이 다시 사랑을 하게 마련이었고 과부들은 검은 상복에 싫증을 내게끔 되어 있었다. 게다가 이제 딸에게는 소중히 길러야 할 어린 자식이 딸려 있었다.

대부는 지나온 인생을 되돌아보면서 이렇게까지 풍성한 결실을 맺었다는 사실이 믿기지 않았다. 권력과 부를 쟁취하기 위해 엄청난 일들을 저질렀지만 후회는 없었다. 게다가 그 일들은 모두 반드시 하지 않으면 안 되는 것들이었고 지금에 와서 보면 옳은 결정들이었다. 다른 사람들은 죄를 지은 사실에 괴로워할지 모르지만 그는 자신이 지은 죄를 있는 그대로 인정했고 하느님께서 자신을 용서하리라고 굳게 믿었다.

피피는 브롱크스 소속의 마피아 단원 세 명과 보치 게임을 하고 있었다. 단원들은 모두 피피보다 나이가 많았고 브롱크스에서 건실한 가게를 갖고 있는 사람들이었지만 하나같이 피피를 두려워했다. 피피는 평소의 활달함과 노련한 몸놀림으로 여전히 사람들의 눈길을 한 몸에 받고 있었다. 그는 가히 신화적인 인물로 산타디오파와의 전쟁에서 한 판승을 거둔 바 있었다.

피피는 활력이 넘쳤고 자기 공이 상대편 공을 결승 지점에서 멀리 쳐내자 좋아서 소리를 질러댔다. 대단한 놈이야. 대부는 이렇게 생각했다. 그는 충성스러운 전사이자 다정한 동료였다. 또한 강하고 민첩하며 교활하고 자제력이 강했다.

그의 다정한 친구이자 피피의 보치 기술에 유일하게 맞설 수 있는 비르지니오 발라죠가 경기장에 나타났다. 발라죠는 보란듯이 과장된 몸짓으로 공을 쳤고 그가 점수를 따자 커다란 환호성이 일었다. 그가 발코니 쪽을 향해 손을 번쩍 치켜들자 대부는 손뼉을 쳐줬다. 저런 믿음직한 부하들이 자기 밑에 있고 코그에서 종려주일을 함께 보낼 사람들이 있다는 것에 대부는 자부심을 느꼈다. 또한 자신의 선견지명이 앞으로 있을 험난한 고통으로부터 그들을 보호해 주리라는 것에 대해서도 그는 자긍심을 느꼈다.

다만 대부가 예견하지 못했던 것은 인간의 마음 속에서 아직 잠자고 있는 조그만 악의 씨앗들이었다.

제1부

헐리우드, 라스베가스 1990

1

보즈 스카넷의 붉은 털모자 위로 캘리포니아의 노란 햇살이 쏟아졌다. 균형 잡힌 그의 근육질 몸이 큰 전투를 앞두고 가볍게 떨렸다. 그는 전 세계 십 억 이상의 시청자들이 자신을 볼 거라는 생각에 기분이 아주 우쭐해졌다. 스카넷이 입은 테니스 바지의 허리띠 안에는 작은 권총이 있었는데 윗옷의 지퍼를 채워 권총이 보이지 않았다. 흰색 재킷 위아래로 죽 박혀 있는 붉은 장식이 햇빛을 받아 번쩍거렸다. 그는 긴 머리를 주홍색 바탕에 푸른 점무늬가 있는 손수건으로 묶었고 오른손에 커다란 은색 에비앙 물병을 쥐고 있었다. 보즈 스카넷은 이제 영화관에 자신을 드러낼 만반의 준비를 끝냈다. 로스엔젤레스에 있는 도로시 챈들러 파빌리온 앞에 운집한 수많은 인파들은 아카데미 시상식에 참석하는 영화배우들을 기다리는 중이었다. 구경꾼들은 임시로 세워진 관람석에 자리를 잡았고, 길가는 그들의 우상인 배우들의 모습을 전 세계로 내보낼 텔레비전 카메라와 기자들로 발 디딜 틈도 없이 빽빽했다. 오늘밤 사람들은 비현실적인 가공의 겉모습을 벗은, 패배와 승리가 갈리는 엇갈리는 배우들의 진짜 모습을 보게 될 것이다.

가죽주머니에 번쩍거리는 갈색 봉을 단정하게 집어 넣은 제복차림의 경호원들이 구경꾼들을 제지하며 주변정리를 하고 있었다.

보즈 스카넷은 경호원들 따위는 개의치 않았다. 그는 그들보다 덩치도 컸을 뿐 아니라 더 빠르고 더 거칠었으며 사람들을 놀라게 할 비장의 무기까지 있었다. 그가 우려하는 건 겁 없이 명사들의 앞을 막아서는 텔레비전 기자들과 카메라맨들이었다. 하지만 그들은 그를 막기보다는 기사거리를 얻는데 혈안이 될 것이다.

흰색 리무진이 건물 입구에 멈췄고 소위 '세계 최고 미녀' 라고 불리는 아테나 아퀴탠의 모습이 스카넷의 눈에 들어왔다. 그녀 주위로 카메라들이 몰려들어 세계 곳곳으로 그녀의 아름다움을 전송했다. 그녀는 손을 흔들었다. 스카넷은 관람석의 울타리를 뛰어넘었다. 교통통제용 장애물들 사이를 요리조리 빠져나가면서 그는 갈색 제복의 경호원들이 몰려오는 모습을 보았다. 그는 몇 년 전 축구장에서 태클을 피하던 솜씨로 그들을 간단히 따돌렸다. 그리고 그녀의 오른편 아주 가까이까지 접근했다. 아테나는 카메라에 예쁘게 찍히는 쪽으로 머리를 살짝 기울인 채 인터뷰를 하는 중이었다. 그녀 곁에는 남자 셋이 서 있었다. 스카넷은 자기가 카메라에 확실하게 잡히는지 확인한 다음 아테나 아퀴탠의 얼굴에 대고 물병의 액체를 뿌렸다. 그리고 크게 외쳤다.

"황산이나 처먹어라, 이년아."

그러고 나서 그는 태연히 진지하고 엄숙한 얼굴로 카메라를 똑바로 쳐다보았다.

"저 년은 당해도 쌉니다."

봉을 든 갈색제복의 경호원들이 잽싸게 그를 덮쳤다. 그는 바닥에 무릎을 꿇었다.

아테나 아퀴탠은 사건이 벌어지기 직전에야 그를 봤다. 고함소리가 들려서 고개를 돌리는데 뺨과 귀에 액체가 튄 것이다.

십 억의 시청자들이 모두 그 장면을 보았다. 아테나의 사랑스러운 얼굴, 그녀의 뺨 위에 흘러내리는 은색 액체, 충격과 공포 그리고 공격자를 쳐다보는 아테나의 표정과 오만한 아름다움을 순식간에 완전히 짓이겨버린 공포에 질린 표정을.

전 세계 십 억의 시청자들은 또한 경찰들이 스카넷을 질질 끌고 가는 광경을 지켜보았다. 그는 영화배우라도 되는 것처럼 수갑이 채워진 손을 의기양양하게 흔들어댔는데 그 순간 그의 허리춤에 꽂혀 있던 권총을 발견한 경찰이 흥분해서 그의 배를 주먹으로 치는 바람에 그는 맥없이 쓰러졌다. 매우 놀란 아테나는 현기증을 느끼는 와중에도 무의식적으로 뺨의 액체를 닦아냈다. 화끈거리는 느낌은 없었다. 그녀의 손에 묻은 액체는 조금씩 말랐다. 그녀를 보호하고 다른 곳으로 자리를 피하게 하려고 사람들이 잔뜩 그녀 주위로 몰려들었다.

그녀는 긴장을 풀고 침착하게 말했다.

"그냥 물이네요."

그녀는 물이라는 걸 확실하게 보여주려고 손에 묻은 물을 살짝 핥았다. 그런 다음 억지로 미소를 지어 보였다.

"제 남편은 항상 이런 식이에요."

아테나는 경이로울 정도로 대단한 용기를 보여주며 재빨리 아카데미 시상식이 열리는 건물로 걸어 들어갔다. 그녀가 아카데미 여우주연상을 받자 관객들은 자리에서 일어나 영원히 그렇게 할 것처럼 오랫동안 박수갈채를 보냈다.

라스베가스에 있는 제너두 카지노 호텔의 냉기가 감도는 펜트하우스에서는 여든다섯 살의 호텔 소유주가 죽음을 바로 눈앞에 두고 있었다. 그는 룰렛 구멍으로 상아색 공이 찰카닥하며 들어가는 소리와 수많은 도박꾼들이 주사위를 굴리며 질러대는 떠들썩한 고함소리들 그리고 은빛 동전들을 게걸스럽게 삼키는 슬롯 머신의 윙윙대는 소리들이 십육층 밑에서부터 들려오는 듯한 착각을 느꼈다.

알프레드 그론벨트는 이 세상 누구보다도 행복하게 죽어가고 있었다. 거의 구십 년에 가까운 세월을 살아오면서 그는 노름꾼부터 시작해서 뚜쟁이, 도박사, 살인교사자, 마약밀매꾼을 거쳐 마지막으로는 제너두 카지노 호텔의 엄격하지만 친절한 소유주가 되기에 이르렀다.

배신이 무서워서 누구도 절대적으로 신뢰하진 않았지만 그는 사람들에게 대체로 친절했다. 그에게 미련은 없었다. 이제 그는 인생에 남아 있는 아주 작은 기쁨들을 즐거운 마음으로 기다렸다. 카지노로 내려가는 오후 산책도 그런 일들 중 하나였다.

지난 오 년 동안 그의 측근으로 일했고 크로스라는 애칭으로 불리는 크록시픽시오 데 레나가 침실로 들어왔다.

"준비됐어요, 알프레드?"

그론벨트는 웃는 얼굴로 그를 쳐다보며 고개를 끄덕였다. 크로스는 그를 들어서 휠체어에 앉혔고 여자 간호사가 노인에게 담요를 덮어주자 남자 간호사가 휠체어 손잡이를 잡고 휠체어를 밀었다. 여자 간호사가 크로스에게 작은 약상자를 건네주고는 펜트하우스의 문을 열었다. 그녀는 따라가지 않을 작정이었다. 아무리 그론벨트라고 해도 간호사에게 오후 산책까지 따라오라고 강요하지는 못했다.

휠체어는 펜트하우스 정원의 푸른 인조 잔디 위를 부드럽게 지나 카지노 전용 엘리베이터를 타고 십육층 밑으로 내려갔다.

그론벨트는 휠체어에 꼿꼿하게 앉아서 좌우를 둘러보았다. 확률적으로 도박은 그에게 항상 유리했다. 그런 상황에서 사람들이 자신에게 맞서 도박을 벌이는 모습을 보고 있으면 그는 기분이 좋았다. 휠체어는 블랙잭과 룰렛, 카드게임, 주사위게임 구역들을 천천히 돌았다. 도박꾼들은 휠체어를 타고서 해골 같은 얼굴에 그윽한 미소를 짓고 있는 예리한 눈초리의 늙은이에게는 거의 눈길도 주지 않았다. 라스베가스에는 휠체어를 타고 도박을 하는 사람들이 흔했다. 그 사람들은 자신들이 불운했던 것만큼 반드시 행운이 찾아오리라고 믿었다.

휠체어는 마지막으로 커피숍과 식당이 있는 곳으로 굴러갔다. 남자 간호사는 그를 예약석에 데려다 놓고는 다른 탁자로 가서 기다렸다.

유리벽을 통해 커다란 수영장과 네바다의 햇빛에 푸르게 타오르는 수영장 물, 알록달록한 장난감처럼 물 위에 점점이 떠 있는 젊은 여자들, 그리고 어린아이들이 보였다. 그론벨트는 이 모든 것들이 자신의 작품이라는 사실에 잠시 황홀한 기분을 느꼈다.

"뭐 좀 드시죠."

크로스가 입을 열었다. 그론벨트가 그를 쳐다보며 웃었다. 그는 크로스의 외모를 아주 좋아했는데, 크로스는 남자나 여자 모두 호감을 느낄 정도로 상당히 잘 생겼고 완전히는 아니지만 그론벨트가 상당히 신뢰하는 몇 안 되는 사람들 중 하나였다.

"난 이 사업이 정말 좋아. 크로스, 자네는 호텔주식 중 내가 갖고 있는 지분을 유산으로 물려받게 될 테고 그러면 뉴욕에 있는 우리 동업자들과 거래를 하지 않을 수 없겠지. 하지만 절대 제너두를 떠나지 말게."

크로스는 뼈만 앙상하게 남은 노인의 손을 가만히 다독거렸다.

"명심하겠습니다."

그론벨트는 유리벽을 통해 들어오는 햇빛에 자신의 피가 부글거리며 끓어오르는 것처럼 느껴졌다.

"난 자네한테 모든 걸 가르쳤어. 우린 정말 힘든 일들을 해냈지. 절대 뒤돌아보지 말게. 자네는 돈을 버는 여러 방법들을 알고 있어. 가능한 좋은 일도 많이 하게. 그런 일들을 통해서도 얻는 것들이 있다네. 그러나 사랑에 빠진다거나 증오에 눈이 먼다거나 하지는 마. 그런 것들은 사업에 아주 해로워."

두 사람은 커피를 마셨다. 그론벨트는 과일과 치즈가 들어 있는 바삭한 페스트리를 하나 먹었다. 크로스는 커피를 마시고 나서 다시 오렌지 주스를 마셨다.

"한 가지 말할 게 있어. 도박에 백만 달러 이상 쓰지 않는 사람한테는 절대로 별장을 주지 말게. 절대 잊지 말라고. 별장은 가장 중요한 보물이야. 아주 중요해."

크로스는 그론벨트의 손을 몇 번 가볍게 토닥인 다음에 자기 손을 노인의 손 위에 가만히 얹었다. 그의 애정은 진심이었다. 여러 가지 면에서 그는 아버지보다 그론벨트를 더 사랑했다.

"걱정하지 마세요. 별장들은 반드시 보호하겠습니다. 또 하실 말씀은?"

그론벨트의 눈은 백내장 때문에 광채가 없이 흐릿했다.

"조심하게. 항상 조심해야 돼."

"네."

크로스는 죽음으로부터 노인의 관심을 돌리려고 화제를 바꿨다.

"그 대단했다는 산타디오 전쟁에 대해서는 언제 말씀해 주실 건가요? 당시에 산타디오과 편이셨죠? 아무도 그때 얘기는 하질 않네요."

그론벨트는 힘없이 한숨을 쉬고는 무표정한 얼굴로 거의 속삭이듯 작은 소리로 말했다.

"시간이 많이 흘렀지. 그래도 그 얘기는 못해. 자네 아버지한테 물어보게나."

"아버지한테 여쭤봤죠. 하지만 얘기해주질 않으십니다."

"과거는 과거일 뿐이야. 절대 돌아보지 말게. 후회하지도 말고. 정당화시키거나 좋아할 필요도 없어. 진짜 자네는 바로 지금의 자네이고 진짜 세상은 바로 지금의 이 세상이야."

펜트하우스로 돌아오자 간호사는 오후 일정에 따라서 그론벨트에게 목욕을 시킨 다음에 맥박과 호흡, 체온, 혈압을 쟀다. 그녀가 얼굴을 찡그리는 걸 보고 그론벨트가 말했다.

"그건 그저 숫자에 불과해."

그는 그날 밤 잠을 못 자고 밤새 뒤척이다가 동이 틀 무렵에 간호사에게 부탁해 발코니로 나갔다. 간호사는 커다란 의자에 그를 앉힌 뒤 담요로 잘 덮어주었다. 그리고 나서 그녀는 옆에 앉아 그의 손을 잡고 맥박을 쟀다. 그녀가 그의 손을 원래 자리에다 갖다놓으려고 하는데 그론벨트가 그녀의 손을 잡고 놔주지 않았다. 그녀는 굳이 손을 빼려고 하지 않고 그와 같이 태양이 사막 위로 떠오르는 광경을 지켜보았다.

붉은 태양이 둥그렇게 올라오자 하늘은 검푸른 색에서 짙은 오렌지빛으로 변했다. 그론벨트의 눈앞에는 테니스장, 골프장, 수영장 그리고 베르사유 궁전처럼 화려한 일곱 채의 별장이 초록색 들판에 흰 비둘기가 그려진 제너두 호텔의 깃발을 펄럭이며 모습을 드러냈다. 그리고 그 너머로 끝도 없이 펼쳐진 모래사막이 보였다.

이것들을 모두 다 내가 만들었지. 그론벨트는 생각했다. 난 불모지에 낙원을 세웠어. 그리고 행복한 인생을 살았어. 완전히 밑바닥에서부터 시작했지. 가능한 착하게 살려고 노력했고. 그런 내가 심판을 받아야 할 이유가 있을까? 그의 기억은 그와 그의 단짝 친구들이 그 나이의 아이들이 흔히 그렇듯이 열네 살짜리 철학자가 되어 신과 도덕을 논하던 어린 시절을 더듬었다.

"만약에 말이야, 단추를 눌러서 폭탄을 터뜨려 중국인 백만 명을 죽이는 대가로 누가 백만 달러를 준다면 하겠어?"

그의 친구 하나가 아주 난해하고 풀기 불가능한 윤리적인 문제라도 되는 것처럼 어깨에 잔뜩 힘을 주며 물었다. 그들은 한참을 토론한 후에 그러지 않겠다는데 모두 동의를 했다. 다만 그론벨트만 생각이 달랐다.

그리고 지금에 와서 돌이켜보건대 자기가 옳았다는 생각이 들었다. 그건 자신의 삶이 성공적이어서가 아니라 그 문제가 이제 더는 대단한 문제가 되지 못한다는 사실 때문이었다. 그것은 이제 이러지도 저러지도 못하는 문제가 아니었다.

하지만 왜 굳이 중국인을 죽이지? 어찌됐든 이제 그것은 단순한 질문거리에 불과했다.

주위는 밝은 주홍빛으로 바뀌어 갔고 그론벨트는 몸을 지탱하려고 간호사의 손을 꽉 쥐었다. 백내장이 방패막이가 되어준 덕분에 그는 태양을 똑바로 쳐다볼 수 있었다. 비몽사몽간에 그는 과거에 알고 지냈거나 사랑을 나눴던 몇몇 여자들과 자신의 행동들을 생각했다. 그리고 무자비하게 짓밟았던 사람들과 자신이 베푼 선행들도 떠올렸다. 그는 크로스를 아들처럼 생각했고 크로스를 포함해 산타디오파와 클레리쿠지오파 사람들 모두에게 연민을 느꼈다. 그리고 그 모든 것들을 뒤에 남기고 곧 죽게 된다는 사실이 좋았다. 결론적으로, 행복한 삶이 더 나았을까 아니면 도덕적인 삶이 더 나았을까? 이걸 알기 위해선 직접 중국인이 되어봐야 했을까?

마지막 순간에 찾아온 이 혼란스러운 의문이 그의 정신을 완전히 무너뜨렸다. 간호사는 잡고 있던 손이 점점 식으면서 딱딱하게 굳는 걸 느꼈다. 그녀는 몸을 숙여 그의 맥박을 쟀다. 그는 더 이상 이 세상 사람이 아니었다.

상속자이자 후계자인 크로스는 그론벨트의 장례식을 네바다 주가 주관하는 장으로 치를 수 있도록 준비했다. 라스베가스의 모든 유명인사들을 비롯해 최고의 도박사들과 그론벨트의 여자 친구들 그리고 제너두 호텔의 전 직원들을 모두 초대해야 했다. 그론벨트는 라스베가스의 도박계에서 모두가 인정하는 천재였던 까닭에 충분히 그런 대접을 받을 자격이 있었다.

그론벨트는 종종 "종교와 도박을 믿는 사람들은 믿음에 대한 보상을 받을 자격이 있다."라고 얘기하곤 했다. 그리고 그 말대로 교파를 초월하여 교회들을 세우는 일을 적극 후원하고 기부금도 아끼지 않았다. 또한 빈민굴이 생기는 걸 막았고 일류 병원과 일류 학교들을 지었다. 그는 그러한 일련의 일들을 항상 사리사욕의 문제와 연관시켰다. 그는 시 당국이 나서서 돈을 착복하고 게다가 사회 기간시설에 대한 투자는 완전히 외면하는 애틀랜틱시티를 경멸했다.

그론벨트는 도박이 천한 악습이 아니라 골프나 야구처럼 중산층의 정상적인 취미라며 사람들을 설득했다. 그는 도박을 미국의 훌륭한 산업으로 승격시켰다. 라스베가스의 모든 이들은 그러한 그를 명예롭게 기리고자 했다.

크로스는 자신의 개인적인 감정은 일단 제쳐놓았다. 그는 깊은 상실감을 느꼈다. 지금까지 그와 그론벨트 두 사람은 애정 어린 진실한 유대감으로 묶여 있었다. 그리고 이제 크로스는 제너두 호텔 주식의 51퍼센트를 소유했다. 그것은 적어도 5억 달러의 가치가 있었다.

그는 자신의 인생에 변화가 있을 수밖에 없다는 사실을 알았다. 막대한 권력과 부를 지니게 된 이상 위험도 더 커질 것이다. 대부가 이끄는 클레리쿠지오가와의 관계는 그가 이제 거대한 사업을 놓고 그들과 협력자가 된다는 점에서 더욱 미묘해질 것이다.

크로스가 제일 먼저 전화를 건 곳은 코그였다. 그는 지오르지오와 통화를 했다. 지오르지오는 그에게 몇 가지 지시를 내렸다. 지오르지오는 그에게 피피를 제외한 어떤 조직원도 장례식에 참석하지 않을 것이라고 말했다. 그리고 단테에게 맡길 임무가 이미 논의됐고 그 임무를 완수하기 위해 그가 다음 비행기로 출발할 예정이지만 장례식에는 참석하지 않는다는 것도 알려주었다. 크로스가 이제 호텔의 절반을 소유한다는 사실은 한마디도 언급되지 않았다.

그의 여동생인 클로디아로부터 온 전화연락이 있어서 그녀에게 전화를 걸었지만 전화 응답기만 돌아갔다. 어니스트 베일에게서도 전화가 있었다. 그는 베일을 좋아했고 그가 쓴 5만 달러 상당의 환전증서도 갖고 있었지만 장례식이 끝난 이후에나 연락을 할 생각이었다.

또 그론벨트의 평생지기였던 아버지 피피로부터도 전화연락이 있었다. 그는 앞으로의 진로에 대해 아버지의 조언이 필요했다. 아버지는 아들의 새로운 위상과 재산에 대해 어떤 반응을 보일까? 아버지와의 관계 못지않게 클레리쿠지오가와의 관계도 상당히 미묘했는데, 그들도 어쩔 수 없이 서부의 브룰리오네인 크로스가 강한 권력과 부를 갖게 됐다는 사실을 받아들이지 않을 수 없을 것이다.

대부는 틀림없이 공정한 처신을 할 것이다. 아버지가 자기편이 되어주리라는 것도 거의 기정사실이나 다름없었다. 하지만 대부의 아들들인 지오르지오와 빈센트와 뻬띠에 그리고 손자 단테는 어떻게 나올까? 그와 단테는 대부의 개인 성당에서 함께 세례를 받은 이후부터 서로에게 적이나 다름없었다. 지금도 조직 사람들은 농담처럼 그런 얘길 하곤 했다.

그리고 곧 단테가 사기꾼 빅 팀 문제를 해결하기 위해서 라스베가스에 올 예정이었다. 크로스는 빅 팀에 대한 애착이 강했기 때문에 마음이 혼란스러웠다. 하지만 빅 팀의 운명은 대부가 직접 결정한 것이고 크로스는 단테가 일처리를 어떤 식으로 할 지가 걱정스러웠다.

알프레드 그론벨트의 장례식은 천재를 존경하는 뜻에서 라스베가스 역사상 가장 성대하게 이뤄졌다. 시신은 사람들이 볼 수 있도록 프로테스탄트 교회 안에 안치됐다. 그 교회는 그의 돈으로 세워졌는데 유럽 성당의 웅장함과 아메리카 인디언들의 건축양식에서 보이는 경사진 갈색 벽을 결합시킨 건축물이었다. 그리고 유럽의 종교적 특색보다는 아메리칸 인디언들의 특색을 살려서 만든 주차장은 라스베가스의 유명한 실용주의를 반영해서 아주 넓었다.

그의 기부금으로 인문학 분야의 강좌 세 개를 개설한 대학에서 보내온 합창단이 하나님을 찬양하며 그론벨트가 천국으로 갈 수 있도록 기원하는 찬송가를 불렀다.

그론벨트가 조성한 장학금 덕분에 대학을 졸업한 많은 조문객들은 진심으로 슬퍼하는 것 같았다. 그 중 그의 호텔에 재산을 날린 상습 도박꾼들도 있었는데 대놓고 표시하지는 않았지만 마침내 자신들이 그론벨트에게 승리를 거뒀다는 사실을 내심 기뻐하는 듯이 보였다. 중년여자들은 조용히 눈물을 흘렸다. 그의 도움으로 지어진 유대교 회당과 천주교회에서도 사람들을 보내왔다.

카지노의 영업을 중단하는 일은 그론벨트의 뜻을 전적으로 거스르는 것임에도 불구하고 몇몇 매니저와 게임의 진행보조원들이 근무시간에 빠져나와 장례식에 참석했다. 심지어는 별장 투숙객들까지 나타나 크로스와 피피의 각별한 인사를 받았다.

네바다 주지사 월터 웨이븐은 시장을 대동하고 장례식에 참석했다. 라스베가스의 환락가는 은색 영구차들과 검은 리무진들 그리고 그 뒤를 이은 조문객들의 기나긴 행렬이 묘지까지 시신을 따라갈 수 있도록, 그리고 알프레도 그론벨트가 마지막으로 자신이 창조한 세상을 지나갈 수 있도록 하기 위해 교통이 전면 통제됐다.

그날 밤 라스베가스의 시민들은 그론벨트가 가장 좋아했을 법한 선물을 그에게 주었다. 물론 새해 전야보다는 못했지만 그들은 열광적으로 도박에 참여해서 이제까지의 기록을 갱신했다. 그런 다음 게임에서 딴 돈을 그의 시신과 함께 묻음으로써 그를 향한 존경을 표현했다.

이제 장례식을 끝낸 크로스는 인생의 새로운 장을 열 준비가 되었다.

그날 밤 아테나 아퀴탠은 말리부 콜로니 해변가에 위치한 집에서 앞으로에 대해 곰곰이 생각하고 있었다. 소파에 앉아 생각에 잠겨 있던 그녀는 열린 문을 통해 불어오는 바닷바람에 몸을 떨었다.

어린 시절의 그녀 모습에서는 지금의 세계적인 영화배우의 모습을 떠올리기가 힘들었다. 그녀가 여성으로 성장해 가는 과정도 연상하기 쉽지 않았다. 영화배우들이 뿜어내는 개성은 아주 강력해서 마치 그들은 지금의 아름다운 모습 그대로 제우스의 머리에서 튀어나오기라도 한 것처럼 보였다. 그들에게는 이불에 오줌을 싼다거나 여드름이 난다거나 못 생긴 얼굴을 했던 시절이 있었다거나 또는 수줍음 많고 엉뚱한 짓을 하는 사춘기 과정을 거쳤다거나 자위를 하거나 사랑을 구걸한다거나 운명에 휘둘리는 일 따위는 절대 없는 것으로 보였고 현재의 아테나에게서도 그런 모습을 기억해낼수도 없었다.

아테나는 자신이 세상에서 최고의 행운을 타고 태어난 사람들 중 하나라고 생각했었다. 그녀에게는 부족한 게 없었다. 그녀는 훌륭한 어머니, 아버지를 두었고 그들은 딸의 재능을 발견하고 키워주었다. 그녀의 부모는 딸의 아름다운 외모도 매우 좋아했지만 내면을 교육시키는 일에 온 정성을 쏟았다. 아버지는 그녀에게 운동을 가르쳤고 어머니는 문학과 예술을 가르쳤다. 그녀는 어린 시절에 불행했던 기억이 전혀 없었다. 열일곱 살이 될 때까지는 그러했다.

대학에 들어간 그녀는 대학의 유명 풋볼선수이면서 자기보다 네 살 연상인 보즈 스카넷과 사랑에 빠졌다. 보즈의 집안은 휴스턴에서 가장 큰 은행을 소유하고 있었다. 보즈는 아테나 못지않게 잘 생긴 남자였고 거기에다 재미있고 매력적이기까지 했으며 그녀를 너무나 좋아했다. 완벽한 몸매의 두 남녀는 자석처럼 붙어버렸고 불꽃을 튀기며 황홀경 속으로 빠져들었다. 그들은 천국을 발견했고 그 세상이 영원히 계속되도록 하기 위해 결혼을 했다. 아테나는 바로 임신했지만 완벽한 몸매는 그대로였고 체중에도 거의 변화가 없었다. 게다가 입덧도 없었고 아기가 생겼다는 사실도 좋아했다. 그래서 대학을 계속 다니면서 연극공부를 했고 골프와 테니스도 쳤다.

보즈는 자기 아버지의 은행에서 일했고 아테나는 딸을 낳아서 베써니라는 이름을 붙여주었다. 유모와 가정부를 고용할 수 있을 만큼 보즈의 수입이 넉넉했던 덕분에 아기가 태어난 뒤에도 그녀는 계속해서 학교를 다녔다. 결혼생활은 아테나의 학구열을 한층 더 자극했다. 그녀는 미친 듯이 책을 읽었고 특히 희곡을 좋아했다. 그녀는 피란델로의 작품에 희열을 느꼈고 스트린드베리의 작품에는 실망했다. 그리고 테네시 윌리엄스의 작품을 읽으면서 눈물을 쏟았다. 그녀의 감성은 점점 풍부해졌다. 육체적인 아름다움이 위엄을 갖추지 못하는 경우가 가끔 있지만 그녀의 지식은 그녀에게 육체적인 아름다움과 더불어서 그러한 위엄까지도 갖추게 해 주었다. 나이를 불문하고 많은 남성들이 그녀를 연모했다고 해서 그리 놀랄 일은 아니었다. 보즈 스카넷의 친구들은 그런 아내를 데리고 사는 그를 질투했다. 아테나는 자신의 완벽함에 긍지를 느꼈지만 몇 년이 지나자 자신의 완벽함이 남편과 친구를 포함해 많은 이들의 심기를 불편하게 한다는 사실을 깨달았다. 보즈는 자신의 처지가 매일 밤 길가에다 롤스로이스를 주차시켜야 하는 사람 같다며 농담을 했다. 그는 바보가 아니었기 때문에 아내가 더 큰 일을 할 사람이고 비범하다는 것을 알았다. 또한 잃어버린 자신의 꿈처럼 아내도 잃게 되리라는 것도 분명히 느꼈다. 그는 자신이 대담하다는 것은 알았지만 그 용기를 증명해 보일 수 있는 일은 만들지 않았다. 자신이 매력도 있고 잘 생겼지만 특별한 재능은 없다는 점을 그는 분명히 인식했다. 그리고 재산을 모으는 일 따위는 그의 흥미를 끌지 못했다.

그는 확고한 자신의 세계를 가진 아테나의 재능에 질투를 느꼈다. 그래서 자신의 운명과 정면으로 맞서기로 했다. 그는 코가 비뚤어질 정도로 술을 마셔댔고 동료들의 부인을 유혹했으며 아버지의 은행에서 암거래를 시작했다. 새로운 기술을 배우는 사람들이 흔히 그렇듯 그 역시 자신의 교활함에 우쭐해 하면서 이러한 교활함을 이용해서 점점 깊어지는 아내에 대한 증오심을 숨겼다. 아테나처럼 아름답고 완벽한 여자를 증오하는 일도 어떻게 보면 영웅적이라고 할 수 있지 않을까?

방탕한 생활에도 불구하고 그의 체력은 놀라울 정도로 좋았다. 그는 건강에 집착했다. 그래서 체육관에서 열심히 운동을 했고 권투를 배웠다. 그는 링 위의 형이하학적인 세계를 사랑했다. 그곳에서는 인간의 얼굴에 주먹을 날려도 되고, 잽에서 훅으로 잽싸게 바꾸며 속임수를 써도 되고, 처벌도 없었다. 그는 사냥, 다시 말해 동물을 죽이는 것을 아주 좋아했다. 순진한 여자들을 유혹하며 정형화된 사랑을 비웃어주는 것도 유쾌했다.

한편 그는 새롭게 발견한 자신의 교활함을 바탕으로 해결책도 생각했다. 아테나와의 사이에 아이를 더 가질 수도 있을 거야. 넷이나 다섯 아니면 여섯까지도. 그러면 관계가 다시 좋아질 거야. 하지만 그쯤 되자 아테나도 그가 왜 그런 말을 하는지 알았기 때문에 싫다고 했다. 그리고는 "아이를 갖고 싶으면 당신이 놀아나는 여자들한테서 얻지 그래." 라고 쏘아붙였다.

그녀가 그에게 험한 말을 쓰기는 이번이 처음이었다. 그는 바람을 피우고 다닌다는 것을 들켰는데도 별로 놀라지 않았다. 애초부터 숨길 생각도 없었다. 사실상 그것은 그가 교활하게 계산한 결과였다. 그렇게 되면 그녀가 그를 버리는 게 아니라 그가 그녀를 차버리는 것이므로.

아테나는 보즈에게 일어나고 있는 변화들을 주시했지만 그것들을 주의해서 살펴보기에는 나이가 너무 어렸고 자신의 인생에 너무나도 깊이 몰입해 있었다. 스무 살이 되고 아테나가 자신의 성격이 칼 같아서 우둔함을 참지 못한다는 사실을 깨달았을 때는 이미 보즈는 극도로 잔인하게 변해 있었다.

보즈는 여자를 증오하는 남자들이 쓰는 영리한 수법을 쓰기 시작했다. 그래서 아테나의 눈에는 그가 정말로 정신이 이상해지고 있는 것처럼 보였다.

"당신 시간은 내 시간보다 더 귀중해. 학과공부에다 음악과 연극 수업까지 하나도 안 빼놓고 다 듣고 있으니까."

그는 자신의 무덤덤한 목소리 때문에 그녀가 그 말 속에 들어 있는 가시를 간파하지 못하리라고 생각했다.

어느 날 보즈가 그녀의 옷들을 한아름 들고 집으로 돌아와 보니 그녀가 목욕을 하고 있었다. 그는 그녀의 금발머리와 흰 피부 그리고 거품이 묻어 있는 동그스름한 가슴과 엉덩이를 내려다보았다. 그는 탁한 목소리로 이렇게 말했다.

"이 염병할 것들을 물 속에다 처넣으면 당신 기분이 어떨까?"

하지만 그러는 대신 그는 벽장 안에 옷들을 걸어 놓은 다음에 그녀가 물에서 나오는 걸 잡아주고 장미빛 수건으로 그녀를 닦아주었다.

그런 뒤에 두 사람은 사랑을 나눴다. 몇 주일 뒤에 똑같은 광경이 재연됐다. 하지만 이번에는 그가 옷들을 물 속에 던져버렸다.

어느 날 저녁에는 그가 식사 중에 접시를 몽땅 부숴 버리겠다고 으름장을 놓았는데 행동으로 옮기지는 않았다. 그러나 몇 주일 뒤에 그는 부엌에 있는 물건들을 모조리 산산조각 내버렸다. 그런 일이 있은 다음에는 그는 항상 사과를 했다. 그리고는 그녀와 관계를 하려고 했다. 하지만 아테나는 그를 거부했고 두 사람은 각방을 썼다.

또 어느 날 저녁에는 보즈가 식사를 하다 말고 주먹을 쳐들며 말했다.

"당신 얼굴은 너무 완벽해. 내가 당신 코를 박살낸다면 말론 브란도처럼 더 개성이 있을 거야."

그녀는 부엌으로 달려갔고 그가 따라왔다. 그녀는 너무 무서워서 칼을 집어 들었다. 보즈가 웃으면서 말했다.

"당신은 그런 짓 못할 걸."

그의 말이 맞았다. 그는 그녀의 손에서 간단하게 칼을 빼냈다.

"그냥 농담한 거야. 당신의 유일한 흠이라면 말이야, 전혀 유머감각이 없다는 거지."

스무 살의 아테나는 부모를 찾아가 도움을 청할 수도 있었지만 그러지 않았고 친구들에게도 사실대로 털어놓지 않았다. 대신에 그녀는 사태를 해결할 방법을 신중하게 생각했고 자기 머리를 믿었다. 그녀는 자기가 절대 대학을 마치지 못하리라는 것을 느꼈다. 상황은 너무나 위험했다. 경찰도 자기를 보호해줄 수 없을 것 같았다. 자기를 다시 진정으로 사랑하도록 보즈의 마음을 돌려볼까도 잠깐 생각해 봤지만, 이제 그녀는 그가 자기를 만지는 것은 상상조차 하기 싫을 만큼 그가 끔찍하게 싫었을 뿐 아니라 애정행위를 통해서 그의 마음을 설득시키는 짓은 절대 할 수 없었다.

보즈가 압박을 가해서 자기를 떠날 수밖에 없도록 만들었다는 사실은 그녀에게는 전혀 중요하지 않았지만 문제는 딸 베써니였다.

그는 종종 장난으로 한살배기 딸을 공중으로 던져 올리고는 받아주지 않을 것처럼 하다가 마지막 순간에 붙잡았다. 하지만 한번은 아기를 소파에 떨어지게 놔둔 적이 있었는데 일부러 그런 것처럼 보였다. 그러다가 결국 어느 날 그는 완전히 고의적으로 아기를 방바닥에 떨어지게 했다. 아테나는 놀라서 숨이 막히는 것 같았고 뛰어가 아기를 껴안고 진정시켰다. 그녀는 그날 밤새도록 아기침대 옆에 앉아 아기의 상태를 지켜보았다. 베써니의 머리에는 끔찍할 정도로 커다란 혹이 생겼다. 보즈는 눈물을 철철 흘리며 용서를 구했고 다시는 아기에게 그런 장난을 치지 않겠노라고 약속했다. 하지만 아테나는 결심했다.

다음날 그녀는 자신의 은행계좌를 없앴다. 자기를 추적하지 못하도록 복잡하게 여행계획을 세웠다. 이틀 뒤 보즈가 퇴근했을 때 그녀와 아기는 사라지고 없었다.

그 후 육개월 뒤 아테나는 아기 없이 로스앤젤레스에 나타나 일을 시작했다. 그녀는 어렵지 않게 중간급 대행사를 찾아 작은 극단에 들어갔다. 마크 테이퍼 포럼에서 하는 한 연극의 주연을 맡았고, 그것이 계기가 되어 소규모 영화의 작은 배역들이 들어왔으며 그러다가 일급 영화에서 조연을 맡게 되었다. 그리고 그 다음 영화에서 엄청난 흥행을 보장하는 인기배우로 발돋움했다. 그러나 보즈 스카넷이 그녀의 인생에 다시 개입하기 시작했다. 그 후 삼 년 동안 그녀는 그가 올 때마다 돈을 쥐어주고 쫓아내곤 했지만 아카데미 시상식에서 그가 한 행동에 대해 크게 놀라지는 않았다. 그건 예전에 많이 쓰던 수법이었다. 이번에는 그저 장난이겠지만 다음에는 그 병에 황산이 가득 들어 있을 것이다.

"영화사가 발칵 뒤집어졌어."

그날 아침 몰리 플랜더즈는 클로디아 데 레나에게 말했다.

"아테나 아퀴탠 때문에 말이야. 아카데미 시상식에서 있었던 일로 혹시 아테나가 영화를 그만두겠다고 할까 봐 다들 걱정이 태산이야. 그래서 밴츠가 널 만났으면 하더라. 네가 아테나하고 얘길 좀 해보라고 말이야."

클로디아는 어니스트 베일과 같이 몰리의 사무실에 와 있었다.

"여기 일이 끝나는 대로 아테나한테 전화를 해보지 뭐. 별로 심각하게 생각하지는 않을 거야."

몰리 플랜더즈는 연예계 일을 전문적으로 취급하는 변호사였는데 무시무시한 사람들이 우글거리는 영화판에서 대범하기로 치면 그녀를 따를 사람이 없을 만큼 겁 없이 소송을 걸었다. 몰리는 법정에서 싸우는 걸 굉장히 좋아했고, 법률지식을 완전히 꿰고 있는 것은 물론이고 배우기질이 다분히 있어서 소송에서 거의 이겼다.

몰리는 연예계에 발을 디디기 전에 캘리포니아 주에서 수석 국선 변호사로 있었다. 그녀가 가스실에서 구해낸 살인범은 스무 명에 이르렀다. 그녀의 피고인들 중 가장 무거운 선고를 받은 사람이라고 해 봤자 범죄의 질을 감안해서 이삼 년 정도 형량이 늘어나는 정도에 그쳤다. 하지만 그러다보니 신경이 쇠약해질 대로 쇠약해져서 연예사업 쪽으로 돌리게 됐다. 그녀는 연예사업이 피를 보는 일은 적지만 사람들은 더 악질이고 영리하다는 얘기를 종종 하곤 했다.

이제 그녀는 일급 영화감독들과 흥행배우들 그리고 최고의 시나리오 작가들의 권익을 대변했다. 아카데미 시상식 다음날 아침에 그녀가 좋아하는 의뢰인들 중 한 명인 클로디아 데 레나가 사무실로 그녀를 찾아왔다. 한때 유명한 소설가였고 현재 클로디아와 함께 시나리오 작업을 하는 어니스트 베일과 함께였다.

클로디아는 오랜 친구였다. 몰리의 고객들 중 제일 별 볼일 없기는 했지만 가장 친하게 지냈다. 그래서 베일의 문제를 맡아달라는 클로디아의 부탁을 거절하지 못했다. 그러나 지금은 그 일을 맡은 것을 후회하고 있었다. 베일은 그녀로서도 전혀 해결하지 못할 문제를 가지고 찾아왔다. 베일은 자신이 변호를 맡은 사람이면 살인범일지라도 무조건 좋아하는 방법을 터득한 그녀로서도 도저히 애정을 느낄 수 없는 종류의 인간이었다. 그 때문에 그녀는 그에게 나쁜 소식을 전해주는데 약간 죄의식을 느꼈다.

"계약과 관련된 법적인 서류란 서류는 모조리 훑어봤어요. 하지만 로드스톤 영화사에 대한 고소를 계속할 만한 마땅한 항목이 없어요. 권리를 되찾을 수 있는 유일한 길은 당신의 저작권이 소멸되기 전에 죽어버리는 겁니다. 말하자면, 오 년 내에 말이죠."

십 년 전만 해도 어니스트 베일은 비평가들의 찬사를 한 몸에 받으며 수많은 독자들을 거느린 미국 최고의 유명 소설가였다. 그는 로드스톤 영화사가 개발해낸 등장인물들을 소재로 소설을 하나 썼다. 로드스톤은 그에게서 저작권을 사서 영화를 만들었고 엄청난 성공을 거뒀다. 두 편의 속편들도 엄청난 이윤을 냈다. 영화사는 그 후속으로 네 편을 더 만들 계획이었다. 베일에게는 안 된 일이었지만, 그는 최초의 계약에서 소설의 등장인물들과 제목에 대한 모든 권리를 영화사에 양도했다. 이것은 모든 형태의 연예사업에 무조건 적용됐다. 영화계에서 아직 세력을 확보하지 못한 소설가들에게는 흔히 있는 계약형태였다.

어니스트 베일은 잔뜩 심술이 오른 표정으로 항상 얼굴을 찡그리고 다니는 남자였다. 하긴 그럴 만한 이유가 충분히 있었다. 비평가들은 여전히 그의 작품들을 칭찬하지만 독자들이 읽어주질 않았다. 게다가 그는 재능은 있었지만 인생은 엉망이었다. 이십 년 전에 아내는 자식 셋과 함께 그를 떠나버렸다. 영화로 흥행을 거둔 소설에서 그는 단 한 차례 돈을 만져 본 것과 대조적으로 영화사는 그 사이에 일억 달러를 벌어들였다.

"좀더 자세하게 얘길 해보쇼."

"계약은 간단명료해요. 영화사는 당신 작품의 등장인물들에 대한 사용권을 갖고 있어요. 빠져나갈 수 있는 길은 단 하나 밖엔 없죠. 저작권법에서는 당신이 사망할 경우 당신 작품들에 대한 모든 권리가 상속인에게 귀속된다고 명시돼 있어요."

처음으로 베일이 미소를 지었다.

"죽은 뒤의 구원이군."

클로디아가 물었다.

"지금 어떤 돈에 대해서 얘길 하고 있는 거야?"

"공정한 거래를 했을 경우에 생기는 돈, 그러니까 총 수입의 5퍼센트를 말하는 거야. 로드스톤이 소설을 가지고 영화 다섯 편을 더 만들어서 실패하지 않을 거라고 가정한다면, 전 세계적으로 10억 달러의 수입이 생기니까 우리가 지금 말하는 액수는 다시 말해서 3천만 달러에서 4천만 달러 가량이야."

그녀는 잠시 말을 멈추고 비웃듯이 웃었다.

"만약 당신이 죽는다면 난 당신 상속인들한테 그보다 훨씬 많은 수입을 올려줄 수 있어요. 로드스톤 사람들 머리에 정말로 총을 겨누는 거죠."

"로드스톤에다 전화하쇼. 내가 만나고 싶어한다고. 만약 내 몫을 나뉘주지 않는다면 죽어버리겠다는 걸 확실하게 인식시켜 주겠소."

"당신 말을 믿지 않을 걸요."

"그러면 직접 해 보이지."

"말이 되는 얘길 하세요."

클로디아가 말했다.

"당신은 이제 쉰여섯 살밖엔 안 됐어요. 돈 때문에 죽기에는 너무 젊단 말이죠. 원칙이나 조국을 위해서 또 물론 사랑을 위해서는 죽을 수도 있겠죠. 하지만 돈은 아니에요."

"난 아내와 자식들한테 뭔가 해 줘야할 의무가 있다고."

몰리가 되받았다.

"당신 전 부인이겠죠. 그리고 그 뒤에도 당신은 두 번이나 결혼했고요."

"난 지금 내 진짜 아내를 말하고 있는 거라고. 내 자식새끼들을 낳아준 여자 말이요."

몰리는 힐리우드 사람들이 그를 싫어하는 까닭이 이해가 됐다.

"영화사는 당신 요구를 들어주지 않을 거예요. 그들은 당신이 자살하지 않을 거라는 것을 알고 있고, 따라서 작가한테 속지 않을 거예요. 당신이 대박을 터뜨리는 배우라면 몰라도 말예요. 감독이라도 어쩌면 사정이 다르겠죠. 하지만 절대 작가는 아니라고요. 당신은 이 바닥에서 쥐뿔도 없어요. 미안, 클로디아."

몰리의 말에 클로디아가 말했다.

"어니스트도 알고 나도 아는 사실이지. 이 바닥 사람들이 백지 쪼가리에 벌벌 떨기에 망정이지, 안 그랬다면 우릴 몽땅 쓸어버리겠지. 하지만 넌 뭔가 할 수 있잖아?"

몰리는 한숨을 푹 내쉬더니 엘리 매리온에게 전화를 걸었다. 몰리는 로드스톤의 대표인 바비 밴츠를 무시하고 곧장 엘리 매리온에게 얘기를 할 수 있을 만큼 영향력이 막강했다.

그 후에 클로디아와 베일은 폴로 라운지에서 같이 술을 마셨다. 베일은 곰곰이 생각을 하는 듯 하더니 말을 꺼냈다.

"덩치가 크더군, 몰리 말이야. 덩치 큰 여자들은 유혹에 더 쉽게 넘어가. 게다가 덩치가 작은 여자들보다 침대에서 훨씬 나긋나긋하다고. 그거 알아?"

처음은 아니었지만 클로디아는 자기가 왜 베일을 이렇게 좋아하는지 모르겠다는 생각을 다시금 했다. 사람들은 대개 그를 좋아하지 않았다. 하지만 그녀는 베일의 소설들을 좋아했고 아직도 그랬다.

"술맛 떨어져요."

그녀가 대꾸했다.

"내 말뜻은 덩치 큰 여자들이 좀더 상냥하다는 거지. 그런 여자들은 침대로 아침도 갖다 주고 남자를 위해 사소한 것들을 챙겨주지. 왜 여성다운 행동들 있잖아."

클로디아는 어깨를 으쓱했다.

"덩치 큰 여자들은 마음씨가 고와. 예전에 파티에서 집으로 날 데려간 여자가 있었는데 나랑 뭘 어떻게 시작해야 할지 정말 막막해 하더군. 그 여잔 우리 엄마가 집에 먹을 게 하나도 없을 때 부엌을 둘러보면서 당장 있는 것만 가지고 만들어낼 수 있는 음식이 없을까 고민하던 바로 그 표정으로 침실을 죽 둘러봤어. 지금 당장 있는 재료만 가지고 어떻게 하면 근사하게 시간을 보낼 수 있을까 고민을 했던 거야."

두 사람은 천천히 술을 마셨다. 언제나 그랬던 것처럼 클로디아는 베일이 이렇게 천진하게 나올 때면 그에게 마음이 끌렸다.

"몰리와 내가 친구라는 걸 어떻게 알았어요? 몰리는 자기 여자친구를 죽인 어떤 남자를 변호하고 있었는데 법정에서 사용할 몇 가지 좋은 표현들이 필요했죠. 난 영화 속 장면처럼 그 상황을 묘사해 줬고 그 남자는 미필적 고의에 의한 살인죄 판정을 받았어요. 우리가 그 일을 그만두기까지 내가 대사랑 줄거리를 쓴 고소사건이 세 건이 더 있었어요."

"난 헐리우드가 싫어."

"당신이 헐리우드를 싫어하는 건, 단지 로드스톤 영화사가 당신 소설로당신을 엿 먹였기 때문이겠죠."

"단지 그것 때문만은 아냐. 난 기술의 발달로 멸망한 아즈텍이나 고대 중국이나 아메리카 인디언들 같은 옛날 문명이 좋아. 난 진정한 작가고 사람들의 마음에 호소하는 소설을 써. 그런 종류의 글쓰기는 시대에 한참 뒤떨어진 기술이지. 그런 걸로는 도저히 영화와 대적이 안 된다고. 영화는 카메라도 있지, 무대장치도 있지, 음악도 있지, 잘 생긴 낯짝들도 있지. 어떻게 일개 작가가 글만 가지고 그런 것들을 만들어 낼 수 있겠어? 게다가 영화는 전쟁터까지 축소해냈어. 영화는 뇌가 아니라 감정만 정복하면 되거든."

"제기랄, 난 작가도 아닌 거네요? 시나리오 작가는 작가 축에도 못 낀다는 말이에요? 어니스트, 당신이 그쪽에 능력이 없기 때문에 그런 얘기가 입에서 나오는 거라고요."

베일이 그녀의 어깨를 툭툭 쳤다.

"당신을 깎아 내리려는 게 아냐. 더군다나 영화가 예술이 아니라고 비하할 마음도 없고. 그저 사실이 그렇다는 거지."

"내가 당신 책을 좋아하기에 망정이지 여기 사람들 중에 당신을 좋아하는 사람이 한 사람도 없다는 건 전혀 이상한 일이 아니라고요."

베일은 다정하게 미소를 지었다.

"아냐. 그 사람들은 날 싫어하는 게 아니야. 단지 날 경멸하는 거지. 하지만 내가 죽어서 내 소설 주인공들에 대한 권리를 되찾게 된다면 날 존경할 걸."

"농담하지 말아요."

"진담이야. 상당히 끌리는 얘기란 말이야. 자살이라, 요즘 같은 세상에는 잘 먹히지 않는 방법인가?"

"이런 빌어먹을."

클로디아가 이렇게 내뱉었다. 그리고 베일의 목에 팔을 둘렀다.

"싸움은 이제 시작이라고요. 내가 그 사람들한테 당신 몫을 달라고 부탁하면 분명히 들어줄 거예요. 알겠죠?"

베일은 웃으며 그녀를 쳐다봤다.

"서두르지 마. 자살방법을 생각해 내려면 적어도 여섯 달은 걸릴 테니까. 난 폭력은 싫어."

그 순간 클로디아는 베일이 진심으로 하는 말임을 깨달았다. 그가 죽는다는 생각에 절망적인 당혹감과 함께 마음이 뜨끔했다. 비록 두 사람이 잠깐 연인으로 지냈던 때가 있긴 했지만 지금 기분은 그를 사랑하기 때문에 그런 것은 아니었다. 그를 좋아해서도 아니었다. 그녀의 당혹감은 그에게 영향력을 발휘하는 것이 그의 아름다운 작품들이 아니라 돈이라는 생각에서 오는 것이었다. 그의 작품이 한낱 돈 같은 하찮은 경쟁자에게 무릎을 꿇을 수도 있다는 생각에 당혹감을 느낀 것이다. 마음이 가라앉자 그녀가 말했다.

"최악의 경우에는 라스베가스로 가서 오빠 크로스를 만나요. 오빠 당신을 좋아하거든요. 오빠가 도와줄 거예요."

베일은 껄껄 웃었다.

"그는 날 그다지 좋아하질 않아."

"오빠는 착한 사람이라고요. 난 오빠를 잘 알아요."

"아냐, 당신은 오빠를 잘 몰라."

아테나는 아카데미 시상식 축하파티에 참석하지 않고 집으로 돌아와 곧장 침대로 갔다. 그녀는 몇 시간 동안 뒤척거렸지만 잠을 잘 수가 없었다. 전신의 근육이 팽팽하게 긴장되어 있었다. 그녀는 다시는 보즈가 그렇게 못하게 할거야, 다시는 두려움에 떨면서 살지 않을 거라고 다짐을 했다.

그녀는 차를 마시려고 했지만 약하게 떨리는 자신의 손을 보자 그만 조바심이 나서 발코니로 걸어 나가 검은 밤하늘을 바라보았다. 몇 시간을 그렇게 서 있었지만 쉽사리 두려움을 떨쳐내지 못했다. 여전히 심장이 빠르게 뛰고 있었다.

그녀는 옷을 입었다. 짧은 흰색 운동바지와 테니스 운동화 차림이었다. 그리고 붉은 태양이 수평선 위로 조금씩 올라올 즈음에 달리기 시작했다. 찬 물이 발을 적셨다. 해안선을 따라 젖은 모래 위를 밟으며 그녀는 점점 속도를 냈다. 생각을 정리해야 했다. 보즈가 자기를 공격하도록 그냥 놔둘 수는 없었다. 그동안 그녀는 지나칠 정도로 열심히, 지나칠 정도로 오래 일했다. 그는 자기를 죽일 것이다. 그녀는 그것을 확신했다. 처음에는 자기를 가지고 장난을 치면서 괴롭히다가 마지막에는 모습을 흉하게 일그러뜨릴 것이고, 그러면서 그는 그녀를 다시 자기 것으로 만든다고 생각할 것이다. 속에서 화가 치밀어 오르려는데 찬 바람이 그녀의 얼굴에 바닷물을 뿌렸다. 안 돼, 안 돼! 이 생각만 가득했다.

그녀는 영화사에 대해 생각했다. 그 사람들은 미친 듯이 날뛸 거야, 협박을 해대겠지. 그러나 그들의 관심사는 돈이지 자신이 아니었다.

이번 영화가 커다란 도약대가 될 수도 있었을 친구 클로디아를 떠올리자 마음이 아팠다. 그밖에도 여러 사람들을 생각했지만 자신에게는 남들을 동정하는 따위의 호사를 누릴 여유가 없음을 깨달았다. 보즈는 미쳤고, 미치지 않은 사람들은 그를 설득하려고 노력할 것이다. 영악한 보즈는 사람들로 하여금 자신을 설득했다고 믿도록 일을 끌어나가겠지만, 그녀는 진실을 알았다. 그녀에게는 승산이 없었다. 승산이 없는 일에 덤빌 수는 없었다.

어느새 그녀는 북쪽 해변의 끝을 알려주는 커다란 검은 바위들이 있는 곳까지 왔고, 금방이라도 쓰러질 것처럼 심하게 헐떡거렸다. 가슴을 진정시키려고 바닥에 주저앉았다. 갈매기들이 완만한 곡선을 그리며 내려와 물을 따라 미끄러지듯 날아가며 울어대는 소리에 얼굴을 들었다. 눈에는 눈물이 가득했지만 단단히 마음을 추슬렀다. 그녀는 목구멍으로 치밀어 오르는 응어리를 꾹 눌러 삼켰다. 정말 오랜만에 부모님들이 가까이 있었으면 좋겠다는 생각을 했다. 마음 한편으로 마치 어린 아이가 된 것 같은 느낌이 들면서, 집으로 달려가 모든 걸 다 해결해 줄 누군가의 품에 안기고 싶다는 절망에 가까운 그리움을 느꼈다. 그러면서 그녀는 그것이 가능하다고 진짜로 믿었던 때가 있었음을 떠올리며 쓴웃음을 웃었다. 이제 모든 사람들에게 전폭적인 사랑과 찬사와 흠모를 받고 있다. 그렇지만 뭐가 달라질까? 그녀는 이 세상 누구보다도 공허하고 외로웠다. 때때로 남편과 아이가 있는 평범한 삶을 사는 여자 곁을 지나칠 때면 동경심을 느꼈다. 그만! 하고 그녀는 자신을 향해 말했다. 잘 생각해 보자. 다 너하기에 달렸어. 계획을 세우고 실행에 옮기는 거야. 네가 책임져야 하는 건 네 인생만이 아니야.

집으로 돌아왔을 때는 이미 오전 열 시가 넘어 있었다. 그녀는 고개를 빳빳이 세우고 똑바로 앞을 보며 걸었다. 그녀는 자신이 해야 할 일을 확실하게 알았다.

보즈 스카넷은 구치소에서 밤을 보냈다. 그의 변호사는 그가 풀려나는 시각에 맞춰 기자회견을 열었다. 스카넷은 기자들에게 비록 십 년 동안 서로 만나지는 못했지만 자신이 아테나 아퀴탠과 결혼한 사이이며 자신의 행동은 단순히 장난이었다고 말했다. 그 액체는 그냥 물이었다. 그리고 자신이 아테나에 대한 엄청난 비밀을 알고 있음을 넌지시 비추면서 그녀가 자신을 고소하지 않을 것이라는 말도 했다. 그 부분은 그의 말이 맞았다. 접수된 고소장은 없었다. 같은 날 아테나는 영화사상 최고의 제작비를 들여서 영화를 만들고 있는 로드스톤 영화사에 작업에 복귀하지 않겠다는 뜻을 전했다. 자신에게 가해진 공격 때문에 그녀는 생명의 위협을 느꼈다.

메쌀리나라는 제목의 블록버스터 역사물인 그 영화는 그녀 없이는 완성이 불가능했다. 그동안 투자한 5천만 달러를 완전히 날리게 될 판이었다. 또한 이번 일을 계기로 주요 영화사들은 다시는 아테나를 쓰려하지 않을 것이다.

로드스톤 영화사는 그들의 주연배우가 극도의 노이로제 상태이지만 한 달 뒤에는 완전히 회복해 촬영을 재개할 것이라고 발표했다.

2

로드스톤은 헐리우드 최고의 영화제작사였다. 아테나의 중도하차는 영화사에 엄청난 손실을 끼치는 배신행위였다. 일개 배우가 그런 파괴력 있는 치명타를 날리는 경우는 거의 드물었다. 메쌀리나는 크리스마스를 겨냥한 작품으로 긴 겨울 동안 영화사가 개봉할 다른 영화들의 흥행에 탄력을 실어줄 대작이었다.

우연히도 그 다음 일요일은 로드스톤 영화사의 대주주이자 회장인 엘리 매리온의 비벌리 힐스 집에서 일 년에 한 번씩 열리는 자선파티가 있는 날이었다.

비버리 힐스 위쪽의 계곡에 위치한 엘리 메리온의 거대한 저택은 일반인에게 공개된 방만 스무 개나 됐지만 특이하게도 침실은 하나밖에 없었다. 엘리 매리온은 다른 사람이 자기 집에서 자는 걸 좋아하지 않았다. 물론, 두 개의 테니스장과 큰 수영장을 따라 나란히 세워진 손님용 방갈로들은 있었다. 여섯 개의 방들은 그의 엄청난 소장품들을 전시하는데 사용됐다.

헐리우드의 최고급 유명인사 오백 명이 이 자선파티에 초대됐는데, 그들은 개인당 천 달러의 참가비를 내야 했다. 바와 뷔페와 무도장으로 사용될 텐트 여러 개가 야외에 설치되었고 악단도 초대되었다. 그러나 집안으로는 들어갈 수는 없었다. 여러 개의 이동식 화장실이 흥미로운 모양의 화사한 텐트들 안에 설치되었다.

집과 손님용 방갈로 그리고 테니스장과 수영장에는 밧줄을 둘러치고 경호원들이 출입을 통제했다. 이것을 불쾌하게 여기는 손님들은 한 명도 없었다. 엘리 매리온은 사람들로 하여금 불쾌한 감정을 유발시키지 않을 정도로 대단한 거물급 인사였다.

손님들이 잔디밭에 끼리끼리 모여 잡담을 하거나 춤을 추면서 의무적으로 채워야 할 세 시간을 보내는 동안 매리온은 집안의 넓은 회의실에서 메쌀리나의 완성을 가장 걱정하는 사람들과 같이 있었다.

이 모임은 엘리 매리온이 주도했다. 그는 여든 살이었지만 아주 교묘하게 위장을 해서 기껏해야 예순 살 정도로밖에는 보이지 않았다.

흰머리를 깔끔하게 다듬어서 은색으로 염색했고, 검은 양복으로 어깨를 넓어 보이게 하면서 적당히 살집이 있는 것처럼 만들었고 동시에 작대기 같은 정강이도 가렸다. 적갈색 구두는 그를 땅에 단단하게 고정시켜주었다. 흰색 셔츠와 장미색 넥타이 덕분에 창백하고 우중충한 그의 얼굴에는 분홍빛이 감돌았다. 그러나 그는 자신의 절대적인 권력을 아무 때나 휘두르지는 않았다. 때에 따라서는 별 볼일 없는 인간들이 자유를 행사하게끔 놔두는 편이 더 현명했다.

아테나의 중도하차는 상당히 심각한 사안이어서 매리온까지도 신경을 쓰지 않을 수 없었다. 영화사의 기대작으로 일억 달러의 제작비가 들어갔고 비용을 충당하기 위해 비디오와 TV와 유선방송과 외국관권까지 미리 계약해 놓은 '메쌀리나' 라는 금은보화가 이제 곧 스페인 범선처럼 바다 밑으로 영원히 침몰하려는 참이었다.

그리고 그 배에는 아테나가 타고 있었다. 그녀는 영화사가 계획하고 있는 또 다른 대작에도 출연하기로 이미 계약을 마친 서른 살의 위대한 영화배우였다. 이 세상 어디에도 훌륭한 배우보다 더 가치 있는 존재는 없었다. 매리온은 재능 있는 연예인을 사랑했다.

그러나 배우는 다이너마이트처럼 위험해서 잘 다뤄야 했다. 그는 그들에게 사랑을 쏟고 온갖 감언이설로 그들의 마음을 사로잡았으며 값비싼 선물 공세를 퍼부었다. 그들의 아버지, 어머니, 형제자매, 심지어는 연인까지도 되어주었다. 어떤 희생이라도 치를 각오가 되어 있었다. 하지만 때로는 강하게, 참으로 냉혹하게 나가야 할 때도 있는 법이었다.

그래서 이제 매리온은 이 방에 모인 사람들과 함께 자신의 의지를 강하게 밀고 나갈 작정이었다. 바비 밴츠, 스키피 디어, 멜로 스튜어트 그리고 디터 타미와 함께.

2천만 달러 상당의 회화들과 탁자, 의자, 양탄자로 꾸며진, 최소한 50만 달러 이상의 값어치가 나가는 크리스탈 유리잔과 주전자가 놓인 이 낯익은 회의실에서 사람들을 마주하고 앉은 엘리 매리온은 몸의 뼈가 바스러지는 느낌을 받았다. 사람들이 생각하는 전지전능한 인물로서의 자기 자신을 세상에 보여주는 일은 스스로도 놀랄 만큼 날이 갈수록 힘들어졌다.

이제는 아침에 일어나도 몸이 가뿐하지 않았고, 면도하고 넥타이를 매고 셔츠의 단추를 끼우는 일도 피곤했다. 정신적인 나약함은 더 위험했다. 그것은 자기보다 약한 사람에 대한 연민의 형태로 나타났다. 이제 그는 바비 밴츠에게 더 많은 권한을 넘겨주었고 그를 더 많이 이용했다. 어쨌든 바비 밴츠는 그보다 서른 살이나 젊었고 아주 오랜 세월 동안 충직하게 그를 보필해 온 가장 절친한 친구였다.

밴츠는 영화사의 대표이자 실무책임자였다. 밴츠는 삼십 년 넘게 매리온의 오른팔로 일해 왔고, 오랜 세월을 거치면서 말하자면 아버지와 아들처럼 아주 가까운 사이가 되었다. 두 사람은 서로 잘 맞았다. 일흔을 넘기면서 매리온은 지나치게 마음이 약해져서 일의 추진력이 떨어졌다.

감독들이 완성한 작품에 적당히 손질을 가해서 관객들의 입맛에 맞도록 만드는 일은 밴츠가 맡아서 했다. 영화감독, 배우, 작가와 몸값을 흥정했고, 그들로 하여금 소송을 걸거나 적당한 선에서 만족하도록 만들었다. 영화인들이 악조건의 계약을 수용할 수밖에 없도록 협상을 벌이는 사람도 밴츠였다. 작가들과 계약할 때 그런 경향이 더 강했다.

밴츠는 작가들에게는 으레 하는 인사치례조차 없었다. 첫 시작을 끊기 위해서는 대본이 필요한 건 사실이었지만 밴츠의 사고방식으로는 영화의 흥행을 좌우하는 사람은 배우였다. 인기배우는 그만큼 중요했다. 관객의 마음을 빼앗는 능력을 지닌 감독들도 중요했다. 도둑질이라면 누구보다도 앞장서는 제작자들은 조급증환자처럼 서둘러 일을 벌여서 영화작업의 물꼬를 튼다는 점에서 없어서는 안 될 사람들이었다.

하지만 작가들은? 그들이 하는 일이라곤 그저 백지 위에 맨 처음 밑그림을 그리는 것뿐이었다. 그런 일을 할 사람들은 차고 넘쳤다. 그 일이 끝나고 나면 제작자가 줄거리를 다듬었다. 감독은 경우에 따라서는 완전히 다른 모습으로 물건을 만들어내고, 그런 다음 인기배우들이 등장해 멋들어진 대사 몇 줄을 읊었다. 그밖에도 영화사 소속의 작품 개발팀이 영화촬영 내내 중요한 사항들을 기록해가며 고심한 뒤 작가들에게 영감을 주고, 줄거리와 관련된 여러 가지 의견과 아울러 수정할 부분들을 알려주었다. 밴츠는 백만 달러짜리 거물급 시나리오 작가로부터 백만 달러짜리 각본을 받아와도 정작 완성된 영화 속에 그 작가가 고안해낸 사건이나 대사가 단 하나도 들어 있지 않은 경우를 허다하게 보아왔다. 물론, 매리온은 작가들에게 너그러운 구석이 있긴 했는데 그것은 계약할 때에 그들을 속이기가 너무나 쉬웠기 때문이었다.

매리온과 밴츠는 영화제나 영화시장에 영화를 팔면서 런던, 파리, 칸, 도쿄, 싱가포르 등 전 세계를 함께 돌아다녔다. 두 사람은 젊은 예술가들의 운명을 좌지우지하면서 마치 황제와 가신이 된 것처럼 영화제국을 지배했다.

엘리 매리온과 바비 밴츠는 글을 쓰고 연기를 하고 영화를 만드는 영화인들이 세상에서 가장 배은망덕한 사람들이라는 점에 생각을 같이 했다. 희망에 부푼 예술가들은 출세를 못해 안달을 할 때는 애교를 떨고 기회를 준 것에 대해 고마워하면서 싹싹하기 그지없게 굴지만, 명성을 얻은 뒤에는 언제 그랬냐는 듯이 안면을 바꿨다. 꿀벌들이 잔뜩 독이 오른 말벌로 변해버리는 것이다. 매리온과 밴츠가 그들의 수족을 붙들어 매기 위해 스무 명의 변호사를 고용한 것은 지극히 당연한 일이었다.

그들은 왜 항상 그렇게 말썽을 피우는 걸까? 왜 항상 그렇게 불만이 많을까? 예술보다 돈을 추구하는 사람들이 인간 속에 내재된 번득이는 신성(神性)을 보여주려고 애쓰는 사람들보다 더 많은 일을 하고 더 많은 삶의 즐거움을 누리고 사회적으로도 훨씬 가치 있는 인간들이라는 사실은 의심할 나위가 없었다. 이 사실을 영화로 만들지 못한다는 점이 너무나 안타까울 뿐이었다. 돈이야말로 예술과 사랑보다 더 효과적인 치유수단이었다. 그러나 대중은 이 점을 절대로 받아들이지 않을 것이다.

바비 밴츠는 야외에서 진행되고 있는 파티장에서 회의에 참석할 사람들을 불러모았다. 그 자리에 참석한 유일한 영화인은 메쌀리나의 감독 디터 타미라는 여자였다. 그녀는 일급 감독인 동시에 여배우들과 가장 호흡이 잘 맞는 감독이라는 평을 들었는데, 요즈음의 헐리우드에서는 그녀의 이런 면이 동성애자라기보다는 여성운동가의 모습으로 비춰졌다. 그녀가 동성애자라는 사실은 회의실에 있는 남자들에게 아무런 상관이 없었다. 디터 타미는 예산보다 적은 비용으로 영화를 찍었고, 만드는 영화마다 흥행을 거뒀다. 그녀와 여성들과의 열애로 인해 생기는 문제도 남자 감독들이 영화를 찍다 여배우들과 놀아나며 일으키는 말썽보다 훨씬 적었다. 유명한 여자들의 동성 애인들은 대체로 온순했다.

엘리 매리온은 회의용 탁자의 상석에 자리를 잡은 다음, 밴츠에게 회의진행을 맡겼다. 밴츠가 말을 꺼냈다.

"디터, 영화가 어느 정도까지 진행됐는지 그리고 상황을 어떻게 해결할 지에 대해서 정확하게 좀 짚어줘. 빌어먹을, 난 문제 자체를 이해 못 하겠어."

체구가 아담한 디터 타미는 항상 요점만 간추려서 얘기를 하는 편이었다.

"아테나는 죽도록 겁에 질려 있어요. 똑똑한 여러분들께서 아테나의 두려움을 잠재울 만한 묘수를 생각해내지 않는 한 촬영장으로 돌아오지 않을 겁니다. 만약 아테나가 돌아오지 않는다면, 당신들은 5천만 달러를 날리는 거죠. 영화는 아테나 없이는 완성할 수 없어요."

그녀는 잠시 말을 멈췄다.

"지난주에 아테나가 나오는 부분을 찍었으니까 그만큼은 돈을 건진 셈이네요."

"빌어먹을 영화 같으니. 애초에 내가 하지 말자니까."

밴츠가 화를 냈다. 그 말이 방에 있던 다른 사람들의 신경을 건드렸다.

"웃기는 소리 작작해, 바비."

제작자인 스키피 디어가 말을 뱉어냈다.

아테나 아퀴탠의 에이전트인 멜로 스튜어트의 입에서도 "빌어먹을"이라는 불만이 터져 나왔다.

사실 메쌀리나는 모든 사람들의 적극적인 지원을 받고 있는 작품이었다. 이 영화에 대해서는 역사상 유례가 드물 정도로 쉽게 '파란 불'이 켜졌다.

메쌀리나는 클라우디우스 황제가 통치할 당시의 로마제국의 이야기를 여권론적인 관점에서 다룬 영화였다. 남성들이 쓴 역사에서는 왕비 메쌀리나를 전 로마인들을 성적인 방탕으로 몰고 간 부도덕하고 잔인한 창부로 묘사했다. 그러나 약 이천 년 뒤에 그녀의 삶을 재조명한 영화 속에서는 안티고네나 메데이아 같은 비극적인 여주인공의 모습으로 나타났다. 다시 말해서, 그녀는 남성들이 권력을 독점해서 인류의 절반에 해당하는 여자들을 마치 노예처럼 부리는 세상을 자신이 가진 무기만을 이용해 변화를 시도했던 여성으로 묘사됐다.

풍부한 색조 속에 그려지는 야한 볼거리들이 많고 적절하면서도 인기 있는 주제까지 갖췄다는 점은 좋았지만 영화 전체에 신빙성을 부여하기 위해서는 인적구성이 완벽해야만 했다. 먼저 클로디아가 재기 넘치고 줄거리가 탄탄한 대본을 썼다. 디터 타미를 감독으로 기용한 것은 실제적이면서도 정치적으로도 옳은 선택이었다. 그녀는 냉철한 지성을 지녔고 실력이 검증된 감독이었다. 아테나는 메쌀리나로서 완벽했고 현재까지 영화를 완벽하게 이끌어왔다. 그녀는 얼굴과 몸이 모두 아름다웠고, 연기에 대한 천부적인 재능으로 모든 상황들을 설득력 있게 만들어주었다. 더 중요한 사실은, 그녀가 세계적인 여배우로 꼽히는 세 명 중 한 명이라는 점이었다. 재능 면에서는 누구 못지않게 뛰어난 클로디아는 메쌀리나가 점점 세력이 커 가는 기독교에 매료되어 원형경기장에서 처형될 위기에 처해 있던 순교자들을 구해내는 장면까지 삽입했다. 그 장면을 읽고 감독은 클로디아에게 "이봐, 이건 좀 지나친데."라고 한마디했다. 클로디아는 씩 웃으며 그녀에게 "영화니까."라고 응수했다.

스키피 디어가 설명에 나섰다.

"아테나를 작업에 복귀시키기 전까지는 영화를 중단할 수밖에 없어. 그렇게 되면 하루에 15만 달러가 소요돼. 상황은 대충 이렇다고. 우린 5천만 달러를 썼어. 일은 중간까지 와 있고, 아테나를 빼고 대본을 쓸 수도 없고, 아테나의 대역을 쓸 수도 없어. 따라서 만약 아테나가 돌아오지 않는다면 우리는 영화를 버리게 되는 거야."

밴츠가 말했다.

"영화를 버릴 순 없어. 보험회사에서는 촬영을 거부하는 배우에 대해서는 보상을 하지 않는다고. 그 여자를 비행기에서 떨어뜨린다면야 보험이 나오겠지. 멜로, 그 여자를 돌아오게 만드는 일은 당신 몫이야. 당신이 책임을 져."

멜로 스튜어트가 대답했다.

"내가 아테나의 에이전트이긴 하지만 아테나가 여자라는 점을 감안한다면 그 여자 마음을 돌리긴 어려워. 이 얘긴 꼭 해야겠는데 말이야, 아테나는 진짜로 겁을 먹었어. 당신이 감정을 앞세울 문제가 아니란 말이지. 하지만 똑똑한 여자라서 분명히 뭔가 이유가 있어. 이건 아주 위험해서 아주 신중하게 다뤄야 할 상황이라고."

"그 여자가 일억 달러짜리 영화를 침몰시킨다면 다시는 일을 못하게 될 텐데, 그 여자한테 그 말 해줬어?"

"이미 알고 있지."

"그 여자를 설득할 만한 적임자가 누굴까? 스키피, 당신은 시도했지만 실패했어. 멜로, 당신도 그랬고 디터도 말할 필요도 없이 최선을 다했을 거고. 심지어 나까지도 설득해 봤지."

타미가 밴츠에게 말했다.

"바비, 당신은 포함시키지 마. 아테나는 당신을 싫어해."

밴츠가 재빨리 되받아 쳤다.

"물론, 나 같은 사람을 좋아하지 않는 사람들이 일부 있지만 내 말은 귀 기울여 듣지."

타미는 상냥하게 얘기했다.

"바비, 당신을 좋아하는 영화인은 하나도 없어. 아테나는 당신을 인간적으로 좋아하질 않아."

밴츠가 항변했다.

"그 여자를 인기배우로 만들어줬던 그 역할은 내가 준 거였어."

멜로 스튜어트는 차분하게 맞받아 쳤다.

"아테나는 타고난 배우야. 당신이 운좋게 아테나를 쓴 거지."

밴츠가 타미에게 말했다.

"디터, 당신이 아테나의 여자친구니까 당신이 알아서 복귀시켜."

"아테나는 내 여자친구가 아니야. 내 걸로 만들어보려다 실패하고 난 뒤에는 깨끗하게 단념했으니까 이제는 동료라고. 바비, 당신과는 경우가 다르단 얘기지. 당신은 몇 년째 계속 치근대고 있잖아."

밴츠가 상냥한 말투로 말했다.

"디터, 그 여자가 우릴 엿 먹이지 못하게 해줄 누구 없을까? 엘리, 당신이 해결해주셔야겠습니다."

모든 사람들이 지루한 듯한 표정을 하고 있는 노인에게 집중했다. 엘리 매리온은 너무 말라서 한 남자 배우가 그를 가리켜 머리에 지우개를 쓰면 되겠다고 농담까지 할 정도였다. 그 농담은 재미로 했다기 보다는 다분히 악의적인 것이었다. 매리온의 머리는 몸에 비해 상대적으로 컸고 훨씬 더 통통한 남자에게나 어울릴 법한 넓적한 고릴라 같은 얼굴에 코가 크고 입술이 두툼했다. 그러나 이상하게도 얼굴에서 풍기는 인상이 온화하면서 상당히 점잖아서 심지어 그를 잘 생겼다고 얘기하는 사람도 있었다. 하지만 그의 눈에서는 그의 실체가 여실히 드러났다. 눈동자는 차가운 회색을 띠었고 그의 눈에서 발산되는 지성과 엄청난 집중력에 웬만한 사람들은 절로 기가 죽었다. 그가 사람들에게 자기를 친근하게 엘리라고만 불러달라고 요구하는 것에는 아마도 이런 이유가 있는 것 같았다.

매리온은 감정이 배제된 목소리로 말문을 열었다.

"아테나가 자네들 말을 듣지 않는다면 내 말도 안 듣겠지. 내 권력은 그 여자한테 전혀 영향을 끼치지 못할 거야. 이런 사실들을 고려해보면, 그 여자가 그런 멍청이한테 몰상식한 공격을 당한 것쯤 가지고 그렇게까지 무서워한다는 게 한층 더 모를 일이란 말이지. 돈으로 해결할 방법은 없나?"

밴츠가 대답했다.

"시도해 보겠습니다. 하지만 아테나한테는 소용이 없습니다. 아테나는 그 남자를 믿지 않거든요."

제작자 스키피 디어가 말했다.

"그리고 힘으로도 해 봤죠. 경찰 친구들을 이용해서 그놈한테 협박을 했는데 놈이 거칠더라고요. 가족들은 돈도 꽤 있고 정치권에 연줄도 있는데다가 무엇보다 놈이 제정신이 아니던데요."

스튜어트가 끼어들었다.

"만약에 영화를 중단한다면 영화사는 정확히 얼마나 손해를 보는 거죠? 손해를 만회하기 위해서 앞으로 최선을 다해서 영화팀을 짜보도록 하지요."

스튜어트가 손실규모를 알게 되는 건 문제가 있었다. 아테나의 에이전트로서의 그의 힘이 너무 커지기 때문이었다. 매리온은 대답 대신 바비 밴츠에게 고개짓을 했다. 밴츠는 주저하다가 대답을 했다.

"실제로 사용한 돈은 5천만 달러야. 좋아, 그정도야 버리는 셈 쳐. 하지만 외국에다 매각한 돈하고 비디오 쪽 돈도 돌려줘야 해. 그리고 크리스마스를 겨냥해 견인차 역할을 해줄 작품은 없어지는 거야. 그것까지 포함시키면 손실액이 더 커지지."

그는 액수를 알려주고 싶지 않아서 잠시 말을 끊었다.

"거기다가 이윤 손실분까지 합치면 염병할, 2억 달러야. 멜로, 당신이 우리한테 행운을 안겨주려면 영화팀을 짜도 한참 많이 짜야 한다고."

스튜어트는 아테나의 몸값을 올릴 필요가 있겠다고 생각하며 소리 없이 웃었다.

"하지만 실제로 현금만 놓고 보면 잃은 돈은 5천만 달러군."

매리온이 말문을 열었을 때 그의 목소리는 전처럼 온화하지는 않았다.

"멜로, 당신의 고객을 작업에 복귀시키려면 우리가 얼마를 내면 되겠소?"

사람들은 사태가 돌아가는 낌새를 눈치챘다. 매리온은 이번 사건을 단순한 사기행각으로 몰아가려고 마음을 먹은 것이었다.

스튜어트는 그 말이 뜻하는 바를 감지했다. 그런 잔꾀로 우리한테서 얼마나 뜯어갈 작정이야? 그건 자신의 도덕성에 대한 공격이었지만 그는 거기에 대해 자신을 변호할 생각은 없었다. 상대가 매리온일 때는 그럴 수 없었다. 만약 밴츠가 그런 말을 했다면 가만있지 않았겠지만.

스튜어트는 영화계에서 상당한 세력을 가진 에이전트였다. 매리온한테 치사하게 아부할 필요조차 없었다. 엄격하게 말하자면 최상급은 아니었지만 상당한 힘을 가진 다섯 명의 일급 감독에다가 두 명의 초특급 남자 배우와 초특급 여자 배우인 아테나가 그에게 소속되어 있었다. 다시 말해서, 그에게는 어떤 영화를 하든지 확실하게 성공을 보장받을 수 있는 세 사람이 있다는 말이었다. 그러나 그렇다고 해도 매리온을 화나게 하는 건 현명한 처사가 아니었다. 그런 위험요소를 잘 피해온 덕분에 스튜어트는 세력을 키울 수 있었다. 분명 지금 같은 상황은 돈을 뜯어내려는 수작이라고 오해할 만도 했지만 실제로는 그렇지 않았다. 드문 경우이긴 했지만 지금은 정직함으로 승부하는 편이 더 유리했다.

스튜어트의 가장 큰 자산은 성실함이었고, 그는 자신이 내놓는 물건의 가치를 진심으로 믿었으며, 아테나가 무명이었던 십 년 전에 이미 아테나의 재능에 대한 확신이 있었다. 그러나 그가 그녀를 설득해서 카메라 앞에 데려올 수 있다면? 그럴 수만 있다면 그건 대단한 값어치가 나가는 일임에 틀림없었다. 그 가능성은 반드시 열어 놓아야 했다.

"이건 돈 문제가 아닙니다."

스튜어트는 흥분한 얼굴로 대답을 했다. 그는 자신이 성실하다는 사실에 뿌듯했다.

"당신이 추가로 백만 달러를 더 주겠다고 해도 아테나는 돌아오지 않을 겁니다. 당신이 해결해야 할 문제는 오랫동안 떨어져 있었다는 남편이라는 그 작자입니다."

잠시 기분 나쁜 침묵이 이어졌다. 사람들은 모두 신경을 바짝 곤두세웠다. 일정 금액이 언급됐다. 그건 거래를 시작할 때 제시하는 희망 액수를 말하는 것이었다. 스키피 디어가 말했다.

"아테나는 돈을 받지 않을 걸."

디터 타미는 어깨를 으쓱했다. 그녀는 잠깐 동안 스튜어트를 의심했다. 그 돈은 아테나한테 돌아갈 돈이 아닐 거라는 생각을 하면서. 밴츠는 스튜어트를 그저 노려보기만 했고, 스튜어트는 매리온을 차가운 시선으로 계속 바라보았다.

매리온은 스튜어트의 의중을 정확하게 꿰뚫었다. 아테나는 돈으로는 돌아오지 않는다. 재능 있는 배우는 그렇게 약삭빠른 짓 따위는 절대 하지 않았다. 그는 회의를 마무리하기로 했다.

"멜로, 당신 고객한테 아주 신중하게 설명을 하라고. 만약 한 달 안에 촬영장에 복귀하지 않으면 영화사는 손실을 감수하고서라도 영화를 포기할 거라고. 그리고 나서 우리는 소송을 걸어서 그 여자의 재산을 송두리째 뺏을 거라고 말이야. 미국의 큰 영화사에서는 다시는 일하지 못할 거라는 사실도 반드시 명심해야 할 걸."

그는 미소 띤 얼굴로 탁자에 앉은 사람들을 빙 둘러봤다.

"제길, 단돈 5천만 달러 밖에 안 되는데, 뭘."

사람들은 모두 그가 진짜로 그럴 생각임을, 다시 말해서 그가 단단히 화가 났음을 느꼈다. 누구보다도 그 영화를 중요하게 생각했던 디터 타미는 극도로 당황했다. 그 영화는 그녀의 사랑스런 아기와 마찬가지였다. 영화가 성공하기만 하면 자신도 이제 초특급 감독 축에 끼게 된다. 그렇게만 된다면 자신의 말 한마디에 일이 일사천리로 술술 풀리게 될 텐데. 놀란 마음에 그녀가 말했다.

"클로디아더러 아테나를 만나보라고 해보죠. 아테나랑 아주 친한 친구거든요."

바비 밴츠가 비아냥거렸다.

"수준 이하로 사람을 엿 먹이는 배우에다가 작가 친구라, 도대체 뭘 더 나쁘다고 해야 할지 감을 못 잡겠군."

이 말에 매리온이 다시 벌컥 화를 냈다.

"바비, 사업상의 대화에 엉뚱한 얘길 끼어 넣지 말게. 클로디아한테 얘길 해보라고 하지. 하지만 이 일은 어떻게든 마무리를 합시다. 만들 영화가 그저 하나만 있는 것도 아니니까."

그러나 다음날 5백만 달러짜리 수표가 로드스톤 영화사로 배달됐다. 발송자는 아테나였다. 메쌀리나를 촬영하기로 하면서 받은 선금을 돌려보낸 것이었다.

이제 일은 변호사들의 손으로 넘어갔다.

앤드류 폴라드는 십오 년 만에 퍼시픽 오션 씨큐리티 컴퍼니를 미국

서부지역에서 가장 유명한 보안 업체로 키워냈다. 호텔 방 하나에서 시작해서 그는 이제 산타 모니카에 오십 명이 넘는 상근직원을 둔 본부가 상주한 사층짜리 건물을 소유했고, 자유계약직으로 일하는 조사원과 경호원 오백 명 외에도 매년 상당기간을 그의 밑에서 일하는 비고정직 예비요원들을 보유하고 있었다.

퍼시픽 오션 씨큐리티는 엄청나게 부유한 유명인들의 보안을 맡고 있었다. 회사는 무장요원들을 배치하고 전기장치를 설치해 영화계 실력자들의 집을 보호했다. 영화배우와 제작자들을 위해 경호원들도 제공했다. 아카데미 시상식과 같은 방송과 관련된 대규모 행사에는 인파를 통제할 제복차림의 요원들을 공급했다. 만약의 경우에 일어날 수도 있는 공갈이나 협박을 막기 위해 방어용 정보자료를 제공하는 등의 신중을 요하는 문제에도 관여했다.

앤드류 폴라드의 성공은 세세한 것까지 챙기는 까다로움 때문에 가능했다. 그는 부유한 고객들의 집 마당에다 밤이 되면 붉은 빛이 터지는 무장 감지기를 묻는 한편, 벽으로 둘러싸인 저택들이 위치한 지역에 순찰을 돌게 했다. 그는 직원들을 뽑을 때는 신중을 기했고 많은 임금을 지불함으로써 직원들이 해고를 무서워하게 만들었다. 그는 돈을 넉넉하게 쓸 여유가 있었다. 그의 고객들은 국내에서 가장 부유한 사람들이었기 때문에 그에 상당하는 대가를 그에게 지불했다. 또한 영리하게도 그는 로스앤젤레스 경찰국의 고위간부부터 하위직에 있는 사람들까지 다양한 계급의 사람들과 긴밀한 접촉 하에 일을 했다. 또한 자타가 인정하는 영웅인 전설적인 형사 짐 로지와도 일과 관련해서 친분관계를 맺고 있었다. 그러나 무엇보다 중요한 것은 그가 클레리쿠지오파의 지원을 받고 있다는 점이었다.

십오 년 전 일을 시작한지 얼마 되지 않은 젊은 경찰관이었던 시절,

그는 뉴욕 경찰청의 국제담당 부서가 쳐 놓은 함정에 걸려든 적이 있었다. 그것은 부정이득과 관련된 작은 사건이었는데 빠져나가기는 거의 불가능했다. 그러나 그는 그 사건에 연루된 그의 상사들에 대한 정보제공을 거부했다. 이 일을 눈여겨본 클레리쿠지오파의 부하들은 일련의 법적인 행동을 취해서 앤드류 폴라드에게 뉴욕경찰국을 그만두는 대신 처벌을 피하게 해주겠다는 제안을 했다.

폴라드는 아내와 아이를 데리고 로스앤젤레스로 이사했고 클레리쿠지오파는 그에게 퍼시픽 오션 씨큐리티 컴퍼니를 차릴 수 있는 자금을 대주었다. 그 후 클레리쿠지오파에서는 폴라드의 고객들의 신변안전을 철저히 보장하고 그들의 집에 강도가 들거나 가족들이 습격을 당하거나 보석을 도난당하지 않도록 했으며, 실수로 도난을 당했을 경우에는 반드시 되찾아주라는 지시를 내렸다. 번쩍이는 무장 감지기 못지않게 보안 회사의 명성이 눈부시게 빛을 발하게 된 데에는 이런 배경이 있었다.

앤드류 폴라드는 마법을 부리기라도 한 것처럼 성공했고 그가 보호하는 저택들은 어떤 경우에도 피해를 입지 않았다. 그의 경호원들은 FBI 요원들에 버금갈 정도로 철저하게 훈련을 받았기 때문에 그의 회사는 부정거래나 고객들에 대한 성희롱 또는 어린이 성추행 같은 보안업계에서 일어나는 불미스러운 사건들로 인해 고소를 당하는 일이 전혀 없었다. 몇 건의 공갈미수를 비롯해서 돈을 받고 개인의 불명예스러운 일들을 누설하는 경호원들이 있었지만 그런 것들까지 막기는 불가능했다. 폴라드의 회사운영은 대체로 깨끗하고 효율적이었다.

그의 회사는 각계각층의 모든 사람들에 대한 기밀 정보를 빼낼 수 있는 컴퓨터 체계를 갖추고 있었다. 그리고 클레리쿠지오파가 필요로할 때 정보를 제공한 것은 두말할 필요도 없었다. 폴라드는 많은 수입이 생겼고 그에 대해 클레리쿠지오파에게 고마워했다. 그밖에 가끔 경호원들에게 시킬 수 없는 일이 생길 경우, 그는 미 서부의 브룰리오네에게 도움을 청해 고압적인 방법으로 문제를 해결하곤 했다.

세상에는 음흉한 약탈자들이 존재했고 그들에게 로스앤젤레스와 헐리우드는 먹이감이 넘치는 환상적인 밀림과도 같았다. 그곳에는 공갈범들이 쳐 놓은 함정에 빠진 영화사 간부들이며 동성애자인 영화배우들, 변태성욕을 가진 감독들, 어린아이에게 이상성욕을 느끼는 제작자들이 있었고, 그들은 하나같이 자신들의 비밀이 행여 새나가기라도 할까봐 전전긍긍했다. 그런 불상사가 벌어지는 경우 폴라드는 교묘한 방법으로 조심스럽게 문제를 해결해주었다. 그는 최소한의 돈으로 협상을 했고 두 번 다시 같은 일이 반복되지 않도록 확실하게 일을 마무리했다.

바비 밴츠는 아카데미 시상식 다음날 앤드류 폴라드를 사무실로 불렀다.

"보즈 스카넷이라는 작자에 대해 당신이 알아낼 수 있는 정보를 모조리 모아주시오. 아테나의 과거에 대해서도 자세히 알고 싶소. 명색이 대배우인데 그 여자에 대해 아는 건 거의 없거든. 또 스카넷과 거래를 해 줬으면 싶은데. 우리가 영화를 찍으려면 석 달에서 여섯 달은 더 필요하니까 스카넷에게 그동안 어디 멀리 가 있으라고 협상을 해보시오. 한 달에 2만 달러를 주겠다고 제의하고 그게 안 통하면 십만 달러까지도 가능하오."

폴라드가 조용히 물었다.

"그 후에는 자기 마음대로 해도 좋고요?"

"그 뒤에는 경찰이 알아서 하겠지. 극히 신중하게 처리해 주시오.

이 남자 집안이 굉장하거든. 점잖지 못한 수단을 썼다고 고소를 당하기라도 하면 영화를 망치고 영화사까지 피해를 볼 지도 모르오. 그러니까 그냥 협상만으로 일을 해결해주시오. 하나 더, 아테나의 신변보호를 당신 회사에 일임하겠소."

"만약 그 남자가 거래에 응하지 않으면 어떻게 합니까?"

"그러면 아테나를 밤낮으로 경호해야겠지. 영화가 끝날 때까지 말이오."

"그 남자한테 많은 걸 기대하기는 어렵습니다. 물론 합법적인 수단을 썼을 때 말이죠. 성공하리라는 장담은 못하겠습니다."

"그 남자는 배경이 너무 좋아서 탈이오. 경찰도 함부로 못한다고. 심지어 스키피 디어랑 절친하게 지내는 짐 로지까지도 놈한테는 세게 나가질 못하니. 그런 문제는 차지하고라도, 영화사가 고소를 당해서 엄청난 배상을 물어야할 지도 모르오. 놈을 연약한 꽃처럼 다루라고 하는 건 아니지만, 그러니까 내 말은…."

폴라드는 말뜻을 파악했다. 약간의 완력을 써서 겁은 주되 놈이 달라고 하는 만큼 돈을 주라는 말이었다.

"계약서가 필요할 텐데요."

밴츠는 책상 서랍에서 봉투를 하나 꺼냈다.

"그 남자가 서명할 복사본 세 부와 일차 지불액 5만 달러짜리 수표가 한 장 들어 있소. 백지수표니까 거래가 성사되면 당신이 액수를 넣으시오."

그가 나가려고 하는데 밴츠가 그를 불렀다.

"당신네 요원들은 아카데미 시상식에서 전혀 도움이 안됐소. 눈뜬 장님이었다고."

폴라드는 화를 내지 않았다. 저 사람은 그 유명한 밴츠가 아닌가.

"그 사람들은 인파를 통제하는 요원들이었습니다. 아테나 주변에는 최고 요원들을 붙일 테니 걱정하지 마십시오."

퍼시픽 오션 씨큐리티 컴퍼니의 컴퓨터들은 24시간 만에 보즈 스카넷에 대한 모든 정보를 알아냈다. 그는 서른네 살이었고 텍사스 A&M 대학교를 졸업했는데 대학에서 올스타 러닝 백으로 뽑혔으며 그 뒤에는 프로축구팀에서 한 시즌을 뛰었다. 그의 아버지는 휴스턴에 은행을 소유했다. 그러나 더 중요한 것은 그의 삼촌이 텍사스의 공화당 지구당을 운영하고 있으며 대통령과 개인적으로 친한 친구라는 사실이었다. 이 모든 배경 뒤에는 엄청난 재력이 있었다. 그러나 보즈 스카넷은 그렇게 대단하지는 않은 인간이었다. 자기 아버지 은행에서 부은행장으로 있으면서 석유 차용계약과 관련한 사기로 거의 기소 직전까지 간 적이 있었다. 폭행사건으로 여섯 차례 체포된 전력도 있었다. 그 중 한 경우는 경관 두 명을 심하게 때려서 결국에는 병원신세를 지게 한 것이었다. 스카넷은 경찰들에게 손해배상을 해서 겨우 기소를 피했다. 법정 밖에서 합의를 본 성추행 건도 있었다. 이런 모든 일들이 벌어지기 전인 스물한 살 때 아테나와 결혼해서 그 다음해에 딸을 낳았다. 아기 이름은 베써니였다. 아테나는 스무 살이 됐을 때 딸을 데리고 행방을 감췄다. 앤드류 폴라드는 이 모든 사실들을 토대로 전체적인 상황을 파악할 수 있었다.

한마디로 스카넷은 질이 나쁜 인간이었다. 놈은 십 년 동안 아내한테 원한을 품어왔고, 무장 경찰들과 싸워 그들을 병원에 실려 가게 만들 만큼 거칠었다. 그런 자식은 절대 그 무엇으로도 겁을 줄 수 없었다. 놈에게 돈을 주고 계약서에 서명을 받은 뒤에는 그 일에서 깨끗하게 손을 떼는 게 상책이었다.

폴라드는 로스앤젤레스 경찰청에서 스카넷 건을 의뢰 받아 조사를 하고 있는 짐 로지에게 전화를 했다. 폴라드는 로지에게 경외심을 느꼈다. 그는 폴라드가 되고 싶었던 그런 경찰이었다. 두 사람은 공조관계를 이뤄 일을 하고 있었다. 매년 크리스마스가 되면 로지는 퍼시픽 오션 씨큐리티에서 멋진 선물을 받곤 했다. 폴라드는 보안상의 비밀정보를, 다시 말해서 로지가 알아낸 모든 정보를 원했다.

"짐, 보즈 스카넷에 관한 정보 좀 줄 수 있을까? 로스앤젤레스의 집 주소를 포함해서 그 남자에 대해 약간 알고 싶은데."

"그러지. 하지만 그놈에 대한 고소는 얼마 전에 취하됐어. 무슨 일인데?"

"경호상의 문제야. 얼마나 위험한 놈이지?"

"미친 새끼야. 네 경호원들한테 그놈이 가까이 오면 총을 쏴야 한다고 말해주라고."

"그러면 날 체포해야 될 텐데. 그건 위법이니까 말이야."

"그렇지. 체포를 해야겠지. 빌어먹을."

보즈 스카넷은 산타모니카의 오션 애버뉴 선상에 있는 작은 호텔에 묵고 있었는데, 그 호텔은 말리부 콜로니에 있는 아테나의 집에서 차로 십오 분 거리에 있었기 때문에 폴라드로서는 걱정이 되지 않을 수 없었다. 그는 아테나의 집을 지키는데 네 명을 배치했고 스카넷의 호텔에는 두 명을 배치했다. 그런 다음 그는 스카넷에게 그날 오후에 만나자는 약속을 했다. 폴라드는 가장 덩치가 크고 거친 직원 세 명을 데리고 갔다. 스카넷 같은 놈을 만날 때는 무슨 일이 벌어질지 모른다. 스카넷은 그의 호텔방으로 그들을 데리고 갔다. 그는 친절했고 웃는 얼굴로 인사를 건넸지만 마실 것까지 권하지는 않았다. 그는 넥타이와 셔츠 그리고 그 위에 양복을 입고 있었는데, 사정이야 어찌됐든 자기가 여전히 은행원이라는 사실을 보여주기 위해서인 듯 싶었다. 폴라드는 자기 소개를 한 다음 경호원 세 명을 소개했고, 경호원들은 퍼시픽 오션의 직원 신분증을 스카넷에게 보여주었다. 스카넷은 그들을 향해 싱긋 웃으며 말했다.

"덩치들 좋은데. 내가 당신들 중에 아무나하고 일대일로 싸워서 묵사발을 만들어 놓을 수 있는지 없는지 백 달러 겁시다."

훈련을 잘 받은 경호원들은 받아들이겠다는 뜻으로 그에게 살짝 웃어 보였지만 폴라드는 일부러 화를 벌컥 냈다. 계산된 행동이었다.

"우리는 일 문제로 왔소. 위협을 받으러 온 게 아니란 말이요. 로드 스톤 영화사가 당신한테 지금 당장 지불할 5만 달러와 여덟 달 동안 매달 2만 달러씩을 지불할 수 있게 준비를 했소. 당신은 대신 로스앤젤레스를 떠나주기만 하면 되지."

폴라드는 서류가방에서 계약서와 수표를 꺼냈다.

스카넷은 그것들을 꼼꼼히 들여다보았다.

"정말 간단한 계약서군. 변호사도 필요 없겠어. 그런데 돈도 되게 적은데. 당장 10만 달러를 받고 달마다 5만 달러면 몰라도."

"지나치군. 우리는 판사한테서 접근금지명령을 받아놨소. 당신이 아테나한테 가까이 접근하면 감옥행이란 말이오. 우리는 아테나를 24시간 경호하지. 그리고 당신은 계속 감시당하게 되어 있어. 따라서 그 돈은 당신한테 적당한 액수라고 보는데."

"횡재했군. 그런데 왜 나한테 돈을 주는 거요?"

"영화사는 아테나를 안심시키고 싶어하오."

"그 여자 정말 대단한가 보네."

스카넷은 그렇게 얘기하며 뭔가를 생각하는 듯 했다.

"그래, 그 여잔 항상 특별하지. 그런데 말이야, 예전에 난 그 여자랑 하루에 다섯 번도 더 그 짓을 했었단 말이지…."

그는 세 남자를 보며 씩 웃었다.

"그리고 난 흥정할 땐 머리가 잘 돌아간다고."

폴라드는 호기심을 느끼며 그 남자를 쳐다보았다. 그는 말보로 담배 광고에 나오는 무뚝뚝한 남자모델을 닮은 미남이었는데, 조금 다른 점이라면 햇볕에 그을리고 술에 절어 피부가 불그스레했고 몸집이 더 컸다. 그의 남부사람 특유의 느린 말투는 매력적이고 익살스럽기도 했지만 위협적으로도 느껴졌다. 이런 남자들은 여자들이 많이 따랐다. 뉴욕에 이런 외모를 갖춘 경찰들이 몇 있었는데 다들 아주 대단했었다. 그들에게 살인사건을 맡기면 일 주일도 안 돼 그들은 죽은 사람의 아내와 노닥거렸다. 생각해보니 바로 짐 로지가 그런 경찰이었다. 폴라드에게는 그런 운은 따르지 않았다.

"일 얘기만 합시다."

그는 스카넷이 계약서에 서명을 하고 입회인들이 보는 앞에서 수표를 받기를 원했고, 그렇게 되면 뒷날 필요할 경우에 영화사는 금품 강요를 핑계로 그를 고소할 수 있었다. 스카넷은 탁자 앞으로 가서 앉았다.

"펜 있소?"

폴라드는 서류가방에서 펜을 꺼내서 매달 2만 달러를 받는 것으로 계약서에 적어 넣었다. 스카넷은 그의 행동을 다 지켜본 뒤에 유쾌하게 얘기했다.

"음, 더 많이 받을 수도 있었는데."

그는 세 장의 복사본에 서명을 했다.

"언제 로스앤젤레스를 떠나야 하지?"

"바로 오늘밤이오. 공항까지 데려다주겠소."

"고맙지만 사양하죠. 라스베가스까지 차로 가서 이 수표를 가지고 도박이나 할 생각이니까."

"지켜보겠소."

그는 이제 이쯤해서 겁을 좀 줘야겠다고 생각했다.

"경고하는데 만약 로스앤젤레스에 다시 모습을 나타내면 금품강요죄로 잡혀 들어가는 줄이나 아시오."

스카넷의 불그레한 얼굴은 기뻐 죽겠다는 듯한 표정을 지었다.

"정말 그렇게 됐으면 좋겠군. 그럼 나도 아테나만큼이나 유명해질 거 아냐."

그날 밤 감시조는 보즈 스카넷이 비벌리 힐스 호텔로 옮겼고 아메리카 은행의 자기 계좌에 5만 달러짜리 수표를 입금시켰다고 보고했다. 이런 행동들은 폴라드에게 암시하는 바가 많았다. 즉, 비벌리 힐스 호텔로 옮김으로써 스카넷은 여전히 위협적인 존재로 남아 있었고, 또한 그는 자신이 동의한 그 거래 내용을 절대 지킬 생각이 없는 게 분명했다. 폴라드는 이 사실을 바비 밴츠에게 보고했고 어떻게 할지 물었다. 밴츠는 그에게 입을 다물고 있으라고 했다. 그는 아테나를 안심시키려고 그 계약서를 보여주면서 다시 촬영을 계속하자고 그녀를 설득했었다. 그는 폴라드에게 그녀가 면전에서 콧방귀를 끼더란 말은 하지 않았다.

"수표는 막으면 됩니다."

"천만에. 놈이 수표를 현금으로 바꾸면 우린 놈을 사기나 금품강요나 뭐 그렇고 그런 죄목을 붙여서 법정으로 끌고 갈 거요. 단지 내가 원하는 건 놈이 지금 이 도시에 있다는 사실을 아테나가 모르게 하는 거요."

"주변 경비를 배로 강화하죠. 하지만 만약 그놈이 미쳐서 진짜로 그 여자를 해치려고 한다면, 그건 막을 수 없습니다."

"그놈은 허풍쟁이요. 처음에 안 그랬는데 이제 와서 왜 그런 짓을 하겠소?"

"이유를 말씀드리죠. 우린 그 사람 방을 불법적으로 수색했습니다. 뭘 찾아냈을 것 같습니까? 바로 황산이 있었어요."

"제길. 경찰에 얘기했소? 그러니까 짐 로지한테 말이요."

"황산을 소지하는 건 범죄가 아닙니다. 불법침입은 범죄죠. 스카넷은 날 감옥으로 보낼 수도 있어요."

"난 아무것도 모르는 거요. 지금 얘기는 없었던 걸로 하자는 말이요. 그리고 당신도 다 잊어버리라고."

"그러죠, 밴츠 씨. 이 정보에 대해서는 비용청구를 하지 않겠습니다."

"이거 고마워서 어쩌나."

밴츠가 비웃듯이 말했다.

"계속 연락합시다."

클로디아는 스키피 디어로부터 간략한 얘기를 전해 들었다. 그리고 그는 영화 제작자가 작가한테 당연히 요구할 수 있다는 듯이 그녀에게 지시를 내렸다.

"자존심 따위는 다 내버리고 무조건 아테나 앞에 가서 엎어지는 거야. 구걸하고 울고불고 발작을 해. 자네가 동료고 절친한 친구라는 사실을 환기시켜. 아테나를 반드시 촬영장으로 다시 데려오라고."

클로디아는 스키피의 말을 시큰둥하게 들었다.

"왜 저죠?"

그녀는 냉랭하게 물었다.

"제작자에 감독에 로드스톤 영화사 사장도 있는데 당신들이나 가서 엎어지지 그래요. 나보다 당신네들이 경험이 더 많을 텐데."

"이번 건은 순전히 자네가 계획한 거니까. 영화대본 초고를 쓴 사람도 자네고 날 끌어들인 것도, 아테나를 끌어들인 것도 자네라고. 만약 이번 건이 실패하면 자네 이름 뒤에는 항상 이번의 실패가 꼬리표처럼 따라다닐 거야."

디어가 방에서 나가고 혼자 남게 되자 클로디아는 그의 말이 옳다는 생각이 들었다. 그녀는 절망감을 느끼다가 문득 오빠를 떠올렸다. 크로스는 그녀를 도와 보즈 문제를 해결해 줄 유일한 사람이었다. 그녀는 아테나와의 우정을 이용하고 싶지 않았을 뿐더러 설사 이용한다 해도 아테나가 거절할 게 뻔했지만, 크로스는 절대 자신의 청을 거절하지 않으리라는 것을 알았다.

그녀는 라스베가스에 있는 제너두 호텔에 전화를 걸었지만 크로스가 코그에 가서 다음날까지 돌아오지 않을 거란 소식을 들었다. 이 얘기 듣는 순간 그녀는 늘 잊으려고 애썼던 어린 시절의 기억이 한꺼번에 되살아났다. 코그로는 절대 전화를 하지 않겠어. 클레리쿠지오가와 관련되는 일은 절대로 안 할 거야. 그녀는 자신의 어린 시절도 아버지도 클레리쿠지오가 사람들도 절대 기억하고 싶지 않았다.

제2부

클레리쿠지오, 피피 데 레나

3

클레리쿠지오파의 잔혹한 신화는 지금으로부터 백 년도 더 이전에 시칠리아에서 만들어졌다. 클레리쿠지오파는 시칠리아의 숲 일부에 대한 소유권을 놓고 경쟁조직과 이십 년 동안 전쟁을 벌였다. 반대파의 수장인 돈 피에트로 포르렌자는 싸움으로 일관한 팔십오 년의 세월을 무사히 보내고 난 뒤 뇌졸중으로 쓰러져 임종을 눈앞에 두고 있었다. 의사는 그가 일 주일 내로 사망할 것이라고 했다. 그러나 클레리쿠지오파 단원들은 환자의 침실로 쳐들어가서는 그가 평화롭게 죽을 자격이 없는 인간이라고 고함을 지르며 노인을 칼로 찔러 죽였다.

대부는 과거의 이 살인사건을 종종 들추면서 옛날 방식은 아주 어리석었으며 무조건 잔혹하게만 행동하는 건 허세에 불과하다고 말하곤 했다. 잔혹함이란 함부로 써서는 안 되는 귀한 무기였으며, 그것을 사용할 때는 언제나 중요한 목적을 가지고 있어야 했다.

그리고 그에게는 그렇게 얘기할 만한 확실한 근거가 있었는데, 그것은 시칠리아의 클레리쿠지오파를 파멸로 이끈 원인이 바로 이 잔혹함이었기 때문이다. 무솔리니와 파시스트들이 이탈리아에서 절대 권력을 잡고 난 뒤 당면과제로 삼은 일은 마피아를 궤멸시키는 것이었다. 그들은 그 일을 해내기 위해서 정당한 법 집행을 일시 정지시키고 불가항력의 무력을 사용했다. 마피아 조직은 파괴됐고, 그 와중에 수천 명의 무고한 사람들이 그들과 같이 감옥에 들어가거나 추방되는 희생을 치렀다.

오직 클레리쿠지오파만이 마피아를 해체하라는 파시스트의 선고에 용감하게 맞서 싸웠다. 그들은 지역의 파시스트 지도자를 살해했고 파시스트의 거점들을 공격했다. 그 중 가장 격렬한 반응을 일으킨 사건은 연설을 하기 위해 팔레르모를 방문한 무솔리니의 최고급 영국제 중절모와 우산을 훔친 일이었다. 그것은 촌사람들이 사람을 모욕주고 싶을 때 흔히 하는 장난으로, 시칠리아를 방문한 무솔리니를 웃음거리로 만든 그 일이 결국에는 그들을 파멸로 이끌었다. 대규모 무장병력이 시칠리아에 투입됐다. 오백 명의 클레리쿠지오 단원이 그 즉시 살해됐다. 다른 오백 명은 범죄자들을 가두어 두는 사용되는 지중해의 불모의 섬들로 유배됐다. 클레리쿠지오파의 핵심 단원들만 겨우 목숨을 건졌고, 가족들은 젊은 도메니코 클레리쿠지오를 미국행 배에 태워 보냈다. 역시 피는 못 속이는지 미국에서 도메니코는 시칠리아의 선조들보다 훨씬 더 교활하게 그리고 훨씬 더 멀리까지 내다보는 선견지명을 가지고 자신의 제국을 건설했다. 그는 무법상태가 가장 무서운 적이라는 사실을 항상 기억했다. 그래서 그는 미국을 사랑했다.

정착 초기에 그는 한 명의 무고한 사람을 처벌하느니 백 명의 범죄자가 풀려나는 편이 낫다는 미국식 정의에 대한 금언을 듣게 됐다. 그 속에 담긴 훌륭한 의미에 넋을 잃을 정도로 감동을 받은 그는 열렬한 애국자가 됐다. 미국은 그의 조국이었다. 그는 절대 미국을 떠나고 싶지 않았다.

이 금언을 마음에 새기며 돈 도메니코는 미국 내의 클레리쿠지오파 조직을 시칠리아에 있는 클레리쿠지오파보다 더 견고하게 만들었다. 그는 엄청난 현금공세를 퍼부어 모든 정치계, 법조계와 우호적인 관계를 맺었다. 그는 수입의 원천을 한두 가지에 국한시키지 않고 미국식 기업정신에 가장 적합한 방식으로 다각화시켰다. 건설업과 폐기물처리산업 그리고 다양한 형태의 운송업에 손을 댔다. 그러나 현금을 끌어들이는 가장 큰 줄기는 도박이었고 그것은 그가 가장 좋아하는 분야였다. 반대로 마약은 가장 많은 이윤을 남기는 업종이었음에도 불구하고 그것을 싫어했다. 그래서 뒷날, 클레리쿠지오파가 실질적으로 관여해도 좋다고 그가 허락한 사업은 도박 하나뿐이었다. 나머지 사업들에 대해서는 클레리쿠지오파는 5퍼센트의 배당금만 챙겼다.

이십오 년이 지난 지금 대부의 계획과 꿈은 실현됐다. 도박은 이제 수치스런 일이 아니었다. 그보다 더 중요한 사실은 도박사업이 점점 합법적으로 변해간다는 점이었다. 빠르게 성장하고 있는 분야로는 복권사업이 있었는데, 그것은 시민들을 상대로 주정부가 자행하는 사기 행각이나 다름없었다. 복권에 당첨금이 걸린 지 이십 년이 넘었지만 실상 그 돈은 절대 지불될 수 없게끔 조작됐고 오로지 당첨금에 대한 관심만 높았다. 그리고 복권을 사고 팔 때에는 세금이 붙었다. 우롱도 그런 우롱이 없었다. 대부 휘하의 조직원들이 복권사업을 하는 회사들을 경영하면서 상당한 수수료를 받고 있었기 때문에 그는 세부적인 사정에 대해 잘 알았다.

그러나 대부는 스포츠를 이용한 도박사업이 비록 지금은 비록 네바다에서만 합법화된 상태지만 언젠가는 미국 전역에서 합법화되는 날이 오리라고 확신했다. 불법적인 도박사업에서 벌어들이는 배당금을 통해 그는 그것을 감지했다. 만약 도박이 합법화만 된다면 슈퍼볼 경기 한 건이 단 하루에 벌어들이는 이윤은 10억 달러에 이를 것이다. 일곱 경기를 치루는 월드 시리즈도 마찬가지였다. 대학축구, 하키, 농구 같은 종목들이 모두 큰 돈줄이 될 것이다. 그러면 스포츠와 관련해서 복잡하게 얽히고설킨 감질나는 복권사업들이 생겨나 합법적으로 노다지를 캘 수 있게 되는 것이다. 대부 자신은 영광의 그날을 볼 수 있을 정도로 오래 살지는 못하겠지만 자식들에게는 최고의 세상이 되리라고 그는 생각했다. 클레리쿠지오가문은 르네상스 시대의 왕들에 필적할 만한 존재가 될 것이다. 그들은 예술가들의 후원자나 정부의 자문관이나 정치 지도자 같은 역사책에 나오는 존경받는 사람들이 될 것이다. 금으로 만든 긴 망토가 그들의 출신을 지워줄 것이다. 그의 자손과 단원과 진정한 친구들 모두가 영원히 보호받게 되는 것이다. 대부에게는 문명사회라는 큰 나무가 인류를 먹이고 그들에게 피신처를 제공하리라는 분명한 미래관이 있었다. 그러나 그 큰 나무의 뿌리 속에는 클레리쿠지오라는 불사의 이무기가 도사리고 있으면서 절대 놓칠 수 없는 그 근원으로부터 양분을 빨아들이고 있을 것이다.

클레리쿠지오파가 미국 전역에 흩어져 있는 많은 마피아 제국들을 거느린 로마 교회라고 가정한다면, 그 수장인 대부는 지혜와 권력을 겸비한 존경받는 교황이었다.

대부는 그의 조직원에게 요구하는 엄격한 도덕관 때문에도 존경을 받았다. 그들은 남녀노소 구분 없이 모두 자신의 행동에 전적인 책임을 졌고 강요를 받았다거나 양심의 가책 때문이라거나 또는 힘든 사정이 있었다거나 하는 핑계는 받아들여지지 않았다. 행동이 그 사람의 됨됨이를 결정했고, 말은 한순간에 공중으로 흩어져버리는 부질없는 것이었다. 그는 심리학 같은 사회과학 쪽의 학문들을 경멸했다. 그는 독실한 천주교 신자였던 까닭에 현세에서 저지른 죄에 대해 죄 값을 치르면 내세에서는 용서를 받는다고 믿었다. 빚은 반드시 다 갚아야 했으므로 그는 현세에서 심판 받을 짓을 저지르지 않도록 자기 자신에게 엄격했다.

성실함에 있어서도 그는 마찬가지로 엄격했다. 우선 자신의 혈육에게 성실했고, 두 번째로는 하나님 그리고 세 번째로는 클레리쿠지오파의 손길이 미치는 모든 이들에게 성실했다.

그는 비록 애국자이긴 했지만, 사회나 국가가 항상 안정되란 법은 없었다. 대부는 시칠리아에서 태어났고 그곳에서 사회와 정부는 적이었다. 그는 자유에 대해서 자기 나름대로의 뚜렷한 생각을 가지고 있었다. 입에 풀칠을 하기 위해 체면도 희망도 다 벗어던진 노예로 전락할 것인가, 아니면 존경받는 인간으로서 위신을 지키면서 밥벌이를 할 것인가. 내 가족은 나의 사회이고, 나의 하나님이 나의 심판자이며, 나의 추종자들이 나를 보호한다. 나는 그들을 보살필 책임이 있다. 다시 말해서, 나는 그들이 굶주리지 않도록 해야 하고 세상 사람들로부터 존경을 받도록 해야 하며 다른 사람들에게서 학대받지 않도록 보호막이 되어주어야 한다.

대부는 자식과 손자들이 미래에 무력한 인간으로 전락하는 일을 막기 위해 자신의 제국을 세웠다. 그는 가족의 명예와 부가 교회만큼이나 오랫동안 영속하도록 만들기 위해서 권력을 잡았고 그것을 계속 키워왔다. 사는 동안 일용할 양식을 걱정하지 않고 죽어서는 자비로운 신을 만나고 싶다는 꿈이야말로 사람이 품을 수 있는 최고의 꿈이 아닐까? 다른 인간들이나 그들의 부조리한 사회구조로 말하자면, 그들은 모두 바다 저 밑바닥까지 침몰할 가능성이 다분히 있었다.

대부는 자신의 가족을 권력의 최정상까지 이끌었다. 그렇게 되기까지에는 보르지아가의 잔인함과 마키아벨리의 교활함 그리고 거기에 덧붙여 철저한 미국식 기업정신이 큰 힘이 되어 주었다. 그러나 그 무엇보다도 자기를 추종하는 사람들에 대한 부성애적인 사랑이 그에게는 가장 큰 원동력이었다. 그는 도움을 준 사람에게는 은혜를 갚았다. 상처를 입힌 사람에게는 복수를 했다. 그들의 생계는 확실하게 책임을 졌다.

결국 대부가 계획했던 대로, 클레리쿠지오파는 극히 위급한 상황이 아니면 범죄행위에는 더는 관여하지 않는 단계에까지 이르렀다. 다른 마피아 조직들은 주로 바론(Baron:지역 마피아 조직을 관리하는 부두목급의 조직원) 또는 브룰리오네의 자격으로 클레리쿠지오파를 위해 일했고 문제가 생기면 클레리쿠지오파를 찾아와 굽실거렸다. 이탈리아 방언으로 브룰리오네는 극히 쉬운 일에도 서투른 사람을 지칭했다. 바론이라는 명칭을 브룰리오네로 바꾼 것은 끊이지 않고 도움을 청하는 바론들을 빗댄 대부의 번득이는 재치의 결과였다. 클레리쿠지오파는 그들 간에 평화가 유지될 수 있도록 중재를 했고, 그들을 감옥에서 꺼내주었고, 그들의 불법적인 소득을 유럽에 숨겨주었다. 그들이 마약을 미국에 밀반입 시킬 수 있도록 절대 안전한 수단을 마련해주었고, 연방정부든 주정부든 가리지 않고 정부의 관리와 판사들에게 손을 써주었다. 시 당국에까지 손을 써야 할 경우는 드물었다. 만약 브룰리오네가 자신이 살고 있는 도시에 영향력을 발휘하지 못한다면 그는 소금으로서의 가치가 없었다.

돈 클레리쿠지오의 장남인 지오르지오의 천재적인 이재(理財)는 조직의 힘을 공고하게 만들었다. 그는 마치 하늘이 내린 청소부처럼 현대문명이 토해내는 검은 돈을 깨끗하게 세탁했다. 아버지의 잔인한 성향을 완화시키려고 항상 노력한 것도 그였다. 특히 지오르지오는 클레리쿠지오파를 일반인들의 관심권에서 멀어지도록 하기 위해 애를 썼다. 그래서 클레리쿠지오파는 마치 UFO 같은 존재였고 심지어 정부조차도 그들의 정확한 실체를 파악하지 못했다. 우연한 목격담이나 소문이나 이런저런 뒷얘기들만 돌았을 뿐이었다. FBI나 경찰 기록에는 올랐지만 신문기사에 등장하지 않는 것은 물론이거니와, 부주의나 자만심으로 인해서 파국을 맞은 여타의 마피아 조직들의 무용담을 자랑스럽게 싣는 출판물들에서조차 그들의 얘기는 다뤄지지 않았다.

그것은 클레리쿠지오파가 이빨 빠진 호랑이라는 것을 의미하지는 않았다. 지오르지오의 두 동생 빈센트와 뻬띠에는 지오르지오만큼 영리하지는 못했지만 아버지에 버금갈 정도로 잔인했다. 그리고 두 형제에게는 예전부터 이탈리아인만을 받아주는 브롱크스의 조직원들이 있었다. 도시구획 상 마흔 개 구획에 해당하는 이 지역은 과거의 이탈리아를 배경으로 하는 영화를 찍어도 될 정도였다. 유태인이나 흑인, 아시아인 그리고 여기저기 떠돌아다니는 타민족 출신들은 그곳에 받아들여지지 않았고 사업체도 소유하지 못했다. 중국음식점은 단 한 군데도 없었다. 클레리쿠지오파는 그 지역의 모든 부동산들을 소유하거나 관리했다. 물론 가끔가다 이탈리아인 가족들 중에 머리를 기르고 기타를 메고 다니는 별종이 나오긴 했지만 그런 십대들은 배에 태워 캘리포니아에 사는 친척들에게 보내버렸다. 매년 신중하게 추려진 시칠리아의 이민자들이 그곳에 새롭게 자리를 잡았다. 브롱크스는 세계적으로 가장 높은 범죄율을 자랑하는 지역들로 둘러싸여 있지만 유일하게 범죄로부터 자유로운 지역이었다.

피피 데 레나는 브롱크스의 책임자에서 클레리쿠지오파를 위해 일하는 라스베가스의 브룰리오네로 한 단계 격상됐다. 그러나 여전히 그의 특별한 재능을 필요로 하는 클레리쿠지오파의 직접적인 통제 하에 들어가 있었다.

피피는 칼리피카토, 다시 말해서 '검증된 자'라는 호칭에 가장 걸맞는 인물이었다. 그는 열일곱 살에 사람을 죽이면서 일찌감치 그 바닥 생활을 시작했는데, 살인수단으로 교살도구를 사용했다는 사실이 아주 인상적이었다. 미국에서는 한창 나이의 풋내기 젊은이들은 교살도구를 사용하는 것을 경멸했기 때문이었다. 또한 그는 육체적으로 매우 강했다. 키도 상당히 컸으며 덩치가 위협적이었다. 당연히 총과 폭약도 능숙하게 다뤘다. 이 모든 점을 제쳐놓더라도, 그는 활력이 넘쳤고 매력적이었다. 성격도 싹싹해서 사람들의 마음을 편안하게 해 주었고 여자들은 그가 친절하다며 칭찬을 아끼지 않았는데, 그의 친절한 행동의 반은 소박한 시칠리아 식이었고 반은 영화에서나 나오는 미국적인 친절함이었다. 열심히 일하는 사람답지 않게 그는 인생의 쾌락을 추구했다.

그에게서 약한 구석이라고는 찾아보기 힘들었다. 그는 엄청나게 술을 마셔댔고 쉴 새 없이 도박을 했으며 여자를 밝혔다. 피피는 무자비했지만 대부가 만족할 만큼 잔인하지는 않았는데, 아마도 그것은 그가 사람들과 어울리는 것을 지나치다 싶을 만큼 좋아했기 때문인 듯 싶었다. 하지만 이 모든 약점들이 웬일인지 그의 잠재력을 더 크게 만들어주었다. 그는 자신의 결함 때문에 몸을 망치는 것이 아니라 오히려 그것을 이용해 몸에서 독소를 빼내는 사람이었다.

그가 대부의 조카라는 사실은 당연히 그의 경력에 도움이 됐다. 그는 피붙이였고, 그 사실은 피피가 가문의 전통을 깨뜨렸을 때 중요하게 작용했다.

누구라도 인생에서 한 번쯤은 실수를 저지르게 마련이다. 피피는 스물여덟 살에 사랑에 빠져 결혼을 했는데, 설상가상으로 그는 검증된 자로서는 너무나도 어울리지 않는 여자를 아내로 선택했다.

상대는 라스베가스의 제너두 호텔 쇼에서 춤을 추는 넬린이라는 여자였다. 피피는 그녀가 첫줄에 서서 가슴과 엉덩이를 보여주는 쇼걸이 아니라 무용수라는 사실을 언제나 자랑스럽게 얘기하고 다녔다. 넬린은 라스베가스의 기준에서 보자면 지적인 여성이기도 했다. 그녀는 책을 좋아했고 정치에 관심이 많았으며 가문이 캘리포니아 주 새크라멘토의 앵글로색슨계 백인 신교도에 뿌리를 두었기 때문에 구시대의 가치관을 갖고 있었다.

두 사람은 완전히 극과 극이었다. 피피는 지적인 문제에는 관심이 없었고 책을 거의 안 읽었다. 대신 음악을 좋아했고 영화나 연극을 즐겼다. 피피의 얼굴은 황소 같았고 넬린의 얼굴은 한떨기 꽃 같았다. 피피는 외향적이었고 매력이 넘쳤지만 어딘지 모르게 위협적인 데가 있었다. 넬린은 천성이 아주 착해서 동료 쇼걸이나 무용수들이 시간을 보낼 요량으로 그녀에게 트집을 잡으려고 해도 그녀와는 도저히 싸움을 할 수가 없었다.

피피와 넬린의 유일한 공통점은 춤이었다. 클레리쿠지오파의 무시무시한 해결사인 피피도 무도장 안에 발을 들여놓는 순간에는 바보가 따로 없었다. 춤은 그가 읽을 수 없는 시요, 중세의 신성한 기사도 정신이며, 부드러움이자, 이국적인 우아한 관능이었다. 또한 유일하게 그의 능력에서 벗어나 있는 미지의 존재였다.

넬린 제썹에게 있어서 춤은 피피의 가장 깊숙한 영혼 속을 들여다볼 수 있는 기회였다. 두 사람은 몇 시간을 함께 춤을 추고 난 뒤에 사랑을 나눴고, 그때의 사랑은 친밀한 두 영혼의 진정한 소통이 되었으며 이 세상의 것처럼 느껴지지 않을 만큼 가벼웠다. 호젓한 그녀의 아파트에서든 라스베가스의 호텔 무도장에서든 둘이 춤을 출 때면 언제나 그는 그녀에게 얘기를 들려주었다.

그는 적당한 이야기들을 골라 재미있게 전달할 줄 아는 이야기꾼이었다. 그는 그녀에 대한 흠모의 마음을 실제보다 더 부풀려서 재치 있게 표현했다. 남에게 위압감을 주는 당당한 체격의 소유자인 그가 마치 노예처럼 그녀의 발밑에 몸을 누인 채로 그녀의 말에 귀를 기울였다. 그녀가 책과 연극에 대해 얘기할 때 그리고 인권을 유린당한 사람들을 구제해야 할 민주정치의 의무와 흑인들의 권리와 남아프리카 공화국의 자유와 제3세계의 굶주린 사람들에 대해 얘기할 때 그는 긍지와 흥미를 느꼈다. 이런 감정들을 느끼며 그는 전율했다. 그것은 그에게 색다른 감정들이었다.

둘의 관계가 발전하게 된 데에는 두 사람이 성적으로 서로 잘 맞았고 그들의 정반대 되는 면들이 서로에게 매력적으로 작용했다는 점이 많은 보탬이 됐다. 피피는 넬린의 참모습을 보았지만 넬린은 피피의 실체를 보지 못했다는 사실도 그들이 사랑을 키우는데 도움이 됐다. 그녀가 본 것은 자신을 흠모하며 선물공세를 퍼붓고 그녀의 꿈에 관심을 기울여주는 남자였다.

두 사람은 만난 지 일 주일 만에 결혼했다. 넬린은 겨우 열여덟 살이었고 분별이 없었다. 피피는 스물여덟 살이었고 그녀를 진정으로 사랑했다. 물론 완전히 다른 세계였지만 그 역시도 구시대의 가치관 밑에서 성장했고 두 사람 모두 가족을 갖고 싶어했다. 넬린은 당시 고아였고, 피피는 새롭게 발견한 환희의 감정에 클레리쿠지오가 사람들을 끌어들이는 일이 내키지 않았다. 그는 그들이 찬성하지 않으리라는 사실도 알았다. 일단 일을 저지르고 나서 점진적으로 해결을 해나가는 편이 나았다. 두 사람은 라스베가스에 있는 한 성당에서 결혼식을 올렸다

그러나 여기에 다시 또 한 번의 판단착오가 있었다. 대부는 피피의 결혼을 인정했다. 그는 "인생에 있어서 남자의 기본 의무는 자기의 생계를 책임지는 것이다." 라는 말을 종종 했는데 만약 남자가 아내와 자식이 없다면 생계를 꾸릴 이유가 뭐가 있겠는가? 대부는 그가 자신과 의논하지 않았고 결혼식을 클레리쿠지오가의 집안행사로 치르지 않았다는 점을 불쾌하게 여겼다. 어찌됐든 피피는 클레리쿠지오가문의 혈통을 이어받은 사람이었으니까.

대부는 "그놈들은 춤추느라 정신이 빠져서 바다 밑바닥까지라도 내려갈 거야."라고 언짢은 소리를 하면서도 값진 결혼선물들을 보내주

었다. 대형 뷰익 한 대와 그 당시 돈으로 일 년에 십만 달러의 큰 수익
을 내는 수금 대행업체의 소유권이 결혼선물이었다. 그것은 다시 말해
서 한 단계 위로의 승격을 의미했다. 피피는 긴밀한 관계를 유지하고
있는 미 서부의 브룰리오네로 클레리쿠지오파를 위해 계속해서 일을
했지만, 이 이질적인 아내가 충직한 조직원들과 도저히 조화를 이루며
살 수 없었기 때문에 그는 브롱크스 조직에서 쫓겨났다. 그녀는 조직
에서 받아들이지 않는 사람들인 회교도나 흑인이나 유대인이나 아시
아인들만큼이나 낯선 존재였다. 그래서 비록 피피가 클레리쿠지오파
의 행동 대장직을 유지하고 있다고 해도 또 비록 그가 바론이라고 해
도 본질적으로 그는 코그에서의 세력을 상당부분 잃게 되었다.

관청에서 간단하게 치러진 결혼식의 최고 손님은 제너두 호텔의 소
유주인 알프레드 그론벨트였다. 그는 결혼식이 끝나자 작은 저녁파티
를 열어주었고 신랑과 신부는 파티에서 밤새도록 춤을 추었다. 그 후
로 그론벨트와 피피는 친밀하고 충실한 우정을 키우게 됐다.

결혼생활은 오랜 기간 지속되었고 그들 사이에서는 아들 하나, 딸
하나가 태어났다. 크록시픽시오라는 세례명을 받았지만 항상 크로스
라는 이름으로 불린 맏이는 열 살이었고, 엄마의 신체적인 특성을 그
대로 물려받아서 몸매가 우아했으며 얼굴은 거의 여자라고 해도 좋을
만큼 아름다웠다. 하지만 강인한 체력과 뛰어난 운동신경은 아버지를
쏙 빼닮았다. 동생인 클로디아는 아홉 살이었는데 외모 상으로는 아빠
를 닮아서 아이다운 발랄하고 천진한 모습이 없었다면 못생겼다는 말
을 들을 법했지만 아빠가 갖고 있는 재능은 물려받지 못했다. 그러나
그녀는 책과 음악과 연극에 대한 애정과 섬세한 정신을 어머니로부터
물려받았다. 당연히 크로스는 아버지와, 클로디아는 어머니와 더 친했
다.

피피의 가족이 깨지기 전까지 십일 년 동안은 만사가 아주 순조로웠다. 피피는 제너두 호텔을 위해 수금을 책임지는 브롤리오네로서 라스베가스에 자리를 잡았고 여전히 클레리쿠지오파의 행동대장으로 일했다. 그는 부자가 됐고, 겉으로 부를 과시하지 말라는 대부의 명령 때문에 화려하지는 않았지만 윤택한 생활을 누렸다. 그는 술과 도박을 즐겼고 아내와 춤을 췄으며 자식들과 놀아주었고 그들에게 성인이 될 준비를 시키려고 노력했다.

피피는 위험에 노출되어 있는 인생을 살면서 미래를 예측하는 법을 배웠다. 그가 성공을 하게 된 데에는 그 요인도 있었다. 일찌감치 그는 어린 크로스의 모습에서부터 성인 남자가 된 크로스의 모습까지 아들의 전 성장과정을 미리 내다보았다. 그는 그 아들이 자신의 협력자가 되기를 원했다. 혹은 최소한 자신이 완전히 믿을 수 있는 가까운 친구라도 되기를 바랐다.

그래서 그는 크로스를 훈련시켰고, 도박의 기술들을 모두 가르쳤으며, 그론벨트와의 식사자리에 아들을 데려가 카지노에서 일어나는 온갖 다양한 속임수에 대해 들을 수 있는 기회를 주었다. 그론벨트는 항상 "매일 밤 수백만 명의 인간들이 내 카지노를 속여먹을 방법을 고안하느라 날밤을 새지."라는 말로 서두를 열곤 했다.

피피는 크로스를 사냥에 데리고 다니며 동물들 가죽을 벗기고 내장을 빼내는 방법을 가르쳤고, 피 냄새를 맡으며 손으로 직접 피를 만져보게 했다. 또 고통을 느끼게 하려고 권투를 가르쳤고, 총을 사용하고 관리하는 법도 가르쳤지만 교살도구를 사용하는 방법까지는 알려주지 않았다. 무엇보다 그건 그의 취미에 불과했고 현대사회에서는 쓸모가 없었다. 게다가 아이 엄마한테 교살도구에 대해 설명하기도 애매했다.

클레리쿠지오파는 네바다의 산악 지역에 큰 사냥용 산장을 소유하고 있었는데 피피는 가족의 휴가지로 그곳을 사용했다. 그는 아이들을 사냥에 데리고 갔고 그동안 넬린은 따뜻한 오두막 안에서 책을 읽었다. 사냥을 나가면 크로스는 쉽사리 늑대와 사슴 심지어는 퓨마와 곰까지도 총을 쏴서 잡았는데 그것으로 미루어 보아 크로스는 총 쏘는데 자질이 있었다. 조심해서 총을 다룰 줄도 알았으며, 위기상황에서도 언제나 냉정을 잃지 않았고 피가 흐르고 미끌미끌한 내장 속으로 손을 집어넣으면서도 전혀 주저하는 기색이 없었다.

클로디아에게는 그런 장점은 없었다. 그녀는 총소리에 움찔거리며 놀랐고 사슴 가죽을 벗기는 일 같은 건 하려고 들지 않았다. 그리고 두어 번 사냥에 따라가 보더니 그 뒤로는 오두막에 남아서 독서를 하거나 근처의 시내를 따라 산책을 하며 엄마와 같이 시간을 보냈다. 클로디아는 심지어 낚시까지 싫어했고 물렁한 지렁이 몸에 딱딱한 낚시 바늘을 꿉는 걸 끔찍해 했다.

피피는 아들에게 전심전력을 기울였다. 그는 아들에게 기본적인 행동방침들을 알려주었다. 절대 화난 기색을 보이지 말고 자기 자신에 대해서 일체 말하지 말라. 말이 아니라 행동으로 만인의 존경을 받아라. 자신의 혈육을 아껴라. 도박은 오락이지 생계수단이 아니다. 어머니, 아버지, 동생을 사랑하고, 아내가 아닌 다른 여자에게 마음을 뺏기지 않도록 조심해라. 그리고 아내는 자식을 낳아준 여자를 말한다. 또한 일단 가정이 생겼으면 남자의 인생은 가족들을 부양하는데 전적으로 희생해야 한다.

크로스는 지극히 훌륭한 학생이었고 그래서 아버지는 아들을 너무나 마음에 들어 했다. 그리고 크로스가 넬린의 외모를 거의 빼닮았고 그녀처럼 우아하지만 이제 결혼생활을 파국으로 몰아가는 지적인 능력만큼은 물려받지 않았다는 사실을 기뻐했다.

피피는 후대에 자손들 모두가 합법적인 사회 속으로 흡수될 것이라는 대부의 희망에 대해 예전부터 동조하지 않았다. 뿐만 아니라 그 길만이 최선이라고도 생각하지 않았다. 대부는 천재적인 능력이 있는 사람임에 틀림없었지만 이 점에서는 위대한 대부가 너무 낭만적으로 생각하는 경향이 있었다. 무엇보다도 아버지들은 자식이 자신의 동업자가 되고 자기를 닮기를 원했다. 피는 못 속이며 절대로 변하지 않는 법이었다.

그리고 이 점에서는 피피의 생각이 옳았다. 대부가 모든 계획을 세워놓았건만 심지어는 그의 손자인 단테까지도 그 위대한 구상을 따르려고 하지 않았다. 단테는 성인이 되어가면서 권력에 대해 강하게 집착하고 고집 센 시칠리아인의 기질을 그대로 드러냈다. 그리고 사회규칙과 종교적인 계율들을 무시했다.

크로스가 일곱 살, 클로디아가 여섯 살이 됐을 때 천성적으로 공격적인 성격이었던 크로스가 아빠 앞에서도 툭하면 클로디아의 배에 주먹질을 하곤 했다. 클로디아는 울면서 오빠가 한 짓을 일러바쳤다. 피피는 아버지로서 그 문제를 해결하기 위해 여러 가지 방법을 쓸 수 있었다. 크로스에게 당장 멈추라고 명령하고 말을 듣지 않으면 종종 하듯이 아이 목덜미를 잡고 공중에 들어올릴 수도 있었다. 아니면 클로디아에게 같이 덤비라고 하는 방법도 있었다. 혹은 크로스를 벽에다 몰아붙여 놓고 때려서 문제를 해결할 수도 있었는데, 실제로 그 방법을 한두 번 써보기도 했다. 그러다가 한번은, 저녁식사를 끝낸 지 얼마 되지 않아서 귀찮았든지 아니면 아이들을 때리지 말라는 넬린의 잔소리 때문에 그랬는지는 확실하진 않지만 아마도 후자의 이유 때문이었던 것 같은데, 그는 조용히 여송연에 불을 붙이면서 크로스에게 "네가 동생을 때릴 때마다 동생한테 1달러씩 줄 거야." 라고 했다. 크로스가 그래도 계속 때리자 피피는 1달러짜리 지폐를 클로디아한테 여러 장 던져줬고 클로디아는 좋아서 날뛰었다. 결국 크로스는 기가 꺾여서 주먹질을 그만 두었다.

피피는 아내가 정신을 못 차릴 정도로 선물을 해댔지만 그것들은 주인이 노예에게 주는 선물이었다. 다시 말해서 그녀가 노예에 불과하다는 사실을 위장하기 위한 뇌물이었다. 선물들은 다이아몬드 반지, 모피 코트, 유럽 여행 같은 값비싼 것들이었다. 그는 그녀가 라스베가스를 싫어했기 때문에 새크라멘토에 별장을 사줬다. 고급 승용차를 선물할 때는 운전사 복장을 하고 그가 직접 그녀에게 차를 가져갔다. 결혼생활이 파탄나기 직전에는 보르지아가의 골동품 반지를 선물하기도 했다. 그는 그녀가 가계한도를 초과해가면서까지 신용카드를 사용했기 때문에 신용카드 사용만은 일정한 제한을 두었다. 피피 자신은 신용카드를 절대 사용하지 않았다.

그는 여러 면에서 자유주의자였다. 넬린은 완전한 자유를 누렸고 피피는 질투 많은 이탈리아인 남편 행세는 하지 않았다. 그 자신은 일 때문에 여행할 경우를 빼곤 해외여행을 다니지 않았지만, 넬린이 런던의 미술관과 파리의 발레공연 그리고 이탈리아의 오페라를 너무나 보고 싶어하자 그녀의 여자 친구들과 함께 유럽여행을 보내주었다.

넬린은 남편이 전혀 질투를 하지 않는다는 점을 의아하게 생각하곤 했는데, 시간이 흐르면서 그들 부부 주변의 남자들이 감히 자기를 집적거리지 못한다는 사실을 깨닫게 되었다.

예전에 대부는 이 결혼을 두고 "자기들이 죽을 때까지 춤을 출 수 있을 거라고 생각하는 모양이지?" 라며 비꼬았었다.

그에 대한 대답은 '아니다' 였다. 넬린은 최고가 될 정도로 자질이 뛰어난 무용수는 아니었고 다리가 지나치게 길었다. 파티를 좋아하기에는 성격도 너무 진지했다. 이런저런 점들로 인해 결국 그녀는 결혼 생활에 안주하게 됐다. 그리고 처음 사 년간은 행복했다. 그녀는 아이들을 키우며 네바다 대학에서 강좌를 들었고 지칠 줄 모르고 독서에 몰두했다.

그러나 피피는 환경문제나 흑인문제에는 이제 흥미가 없었고, 인디언에 관해서도 그들이 바다에 빠져죽든 말든 관심이 없었다. 책이나 음악에 대한 토론은 그에게는 완전히 딴 세상 얘기였다. 그리고 아이들을 때리지 말라는 넬린의 요구에 그는 당황하지 않을 수 없었다. 어린아이들은 한마디로 동물이었다. 따라서 벽에다 몰아넣고 예의범절을 가르치지 않는다면 어떤 방법으로 그들을 가르친단 말인가? 그는 아이들이 절대 다치지 않도록 항상 조심했다.

그래서 결혼 사 년째가 넘어가면서 피피는 정부를 만들었다. 라스베가스, 로스앤젤레스, 뉴욕에 각각 한 명씩. 넬린은 교사자격증을 따는 것으로 그에게 앙갚음을 했다.

두 사람은 많은 노력을 했다. 그들은 아이들을 사랑했고 되도록이면 즐겁게 지내려고 애썼다. 넬린은 책을 읽어주고 노래를 부르고 춤을 추며 아이들과 많은 시간을 함께 보냈다. 피피의 유쾌한 성격은 결혼 생활이 깨지지 않고 이어지게 한 주된 요소였다. 어찌됐든 그의 넘치는 활력은 부부의 갈등을 어느 정도 완화시켰다. 두 아이들은 어머니를 사랑했고 아버지를 존경했다. 어머니는 상냥하고 부드럽고 아름다웠으며 또한 자연스럽게 애정을 표현했고, 아버지는 강했다.

부모가 모두 뛰어난 선생이었다. 아이들은 어머니로부터 사교적인 세련미와 예의범절, 춤, 옷 입는 법, 단정한 몸가짐을 배웠다. 아버지는 세상이 돌아가는 방법과 위험에서 자기 몸을 보호하는 법, 도박, 운동으로 몸을 단련하는 법을 가르쳤다. 아이들은 아버지가 자신들을 심하게 다뤄도 대부분은 훈련의 일부였기 때문에 원망하거나 화를 내거나 나쁜 감정을 품지 않았다.

크로스는 겁이 없었지만 굽혀야 할 때는 굽힐 줄도 알았다. 클로디아는 오빠와 같은 담력은 없었지만 고집이 셌다.

시간이 흐르면서 넬린의 시선을 특별히 끄는 일들이 몇 가지 있었다. 처음에는 아주 사소한 것들이었다. 피피는 아이들에게 포커나 블랙잭 또는 진 러미 같은 카드게임을 가르쳤는데, 우선 카드 한 벌을 쌓아놓고 게임을 시작해서 아이들의 돈을 다 따먹다가 끝에 가서는 아이들에게 연속적으로 행운이 돌아가게 만들었고, 그래서 아이들은 승리감에 취해 잠이 들곤 했다. 재미있는 사실은 클로디아가 아이답지 않게 크로스보다 도박을 더 좋아한다는 점이었다. 얼마 뒤에 피피는 아이들에게 자기가 그들을 어떤 식으로 속이는지를 보여주었다. 넬린은 화를 냈다. 그녀는 그가 자기의 삶을 희롱하는 것처럼 아이들의 삶도 희롱한다고 느꼈다. 피피는 그건 아이들의 교육의 일부라고 설명했다. 그녀는 그것이 교육이 아니라 아이들을 타락시키는 짓이라고 반박했다. 그는 아이들에게 삶의 실체를 직시할 준비를 시키고 싶다고 했고, 그녀는 아이들이 삶의 아름다움을 볼 수 있도록 만들어주고 싶어했다.

피피는 항상 지갑에 지나치게 많은 현금을 갖고 있어서 세관원은 물론이고 아내까지도 의심스런 눈초리로 그를 쳐다보았다. 피피가 호황 사업인 수금대행업체를 소유하고 있는 건 사실이지만 사업 규모에 비해 그들은 지나칠 정도로 부유했다.

가족이 동부로 휴가를 떠나 클레리쿠지오가 사람들과의 사교모임에 참석할 때면 넬린은 피피가 그곳에서 어떤 대접을 받는지 확연하게 알 수 있었다. 사람들이 그를 조심스러워한다든지, 그의 말에 절대 복종을 한다든지, 비밀스럽게 장시간 회의를 한다든지 하는 것들에 그녀는 주목했다.

그밖에도 몇 가지 사소한 일들이 더 있었다. 피피는 사업차 한 달에 최소한 한 번은 반드시 여행을 했지만 절대로 여행에 대해 말하는 법이 없었다. 그는 총기를 합법적으로 소지할 수 있는 면허를 갖고 있었는데, 큰 액수의 돈을 수금하는 사업을 한다는 점을 감안한다면 납득이 가는 일이었다. 그는 아주 조심스러웠다. 넬린과 아이들은 한 번도 총기를 본 적이 없었는데, 그는 총알을 여러 상자에 나눠 넣고 자물쇠를 채웠다.

피피는 해가 갈수록 더 자주 여행을 다녔고 넬린이 아이들과 함께 집에서 지내는 시간은 점점 더 많아졌다. 피피와 넬린은 성적으로 차츰 소원해졌고, 피피가 성적인 욕구에 대해 그녀를 더 배려하고 더 이해해 줄수록 두 사람은 점점 더 멀어져갔다.

사람은 자신의 본모습을 자기와 가까운 사람에게 수 년간이나 숨길 수는 없는 법이다. 넬린은 피피가 자신의 욕구를 확실하게 만족시키는 사람이며, 비록 그녀에게는 그러지 않았지만 천성적으로 난폭한 사람임을 알았다. 겉으로는 솔직한 척했지만 그가 비밀이 많다는 사실과 상냥했지만 위험한 사람이라는 사실까지.

그는 가끔 회사에서 있었던 일을 얘기하곤 했다. 라스베가스에 있는 거의 모든 주요 호텔들이 그의 고객이었는데, 그가 하는 일은 도박 빚을 갚지 않는 사람들을 찾아가 돈을 받아내는 것이었다. 그는 넬린에게 절대 강압적 수단이 아닌 특별한 설득방법을 쓴다고 주장했다. 빚을 갚는 일은 명예차원의 문제고 사람은 저마다 자기 행동에 책임을 져야 하는데 언제나 돈이 있는 사람들이 빚을 안 갚는다는 사실에 그는 분개했다. 의사나 변호사, 회사의 사장 같은 사람들이 호텔에서 특별한 접대를 받고는 자기들의약속을 지키지 않았다. 그런 사람들한테 서는 수금하기가 쉬웠다. 사무실로 찾아가서 그들의 고객과 동료들이 들을 수 있게 요란하게 소란을 피우면 간단히 끝났으니까. 절대 위협 적인 행동은 하지 않되 한바탕 난리법석을 피우면서 저 사람들은 자기 본분도 잊어버리고 악의 구렁텅이에 빠진 사기꾼이며 타락한 도박꾼 이라고 소리를 질러버리면 그만이었다.

중소기업을 경영하는 사람들은 더 거칠었고 단돈 일 달러도 아끼려 고 드는 인색함을 보였다. 그래서 영악한 사람들은 부도가 날 수표를 써주고는 나중에 가서 실수를 했다며 딴소리를 하기도 했다. 그건 흔 히 써먹는 수법이었다. 그런 사람들은 계좌에 8천 달러밖에 없으면서 만 달러짜리 수표를 써줬다. 그러면 피피는 은행정보를 입수해서 그 사람 계좌에 2천 달러를 예금한 뒤에 만 달러를 몽땅 인출했다. 피피는 그런 얘기들을 넬린에게 해주면서 유쾌하게 웃어대곤 했다. 하지만 가 장 중요한 일은 도박꾼에게 빚도 갚게 하면서 도박도 계속하도록 유도 하는 것이라고 넬린에게 설명했다. 심지어 파산한 도박꾼이라도 좋았 다. 따라서 그 사람이 진 빚을 보류해주고 카지노에서 무담보로 도박 을 하게 해주면서 언제든 돈을 따거든 빚을 갚으라고 그를 설득할 필 요가 있었다.

어느 날 저녁 피피는 넬린에게 정말 기가 막히게 황당한 일이라며 어떤 얘기를 들려줬다. 그날 그는 제너두 호텔 근처의 작은 쇼핑몰 안 에 있는 그의 수금회사 사무실에서 일을 하고 있었는데 바깥에서 총소 리가 들렸다. 급하게 밖으로 나갔더니 마침 복면을 한 두 남자가 근처 보석가게에서 뛰쳐나오는 모습이 보였다. 피피는 생각할 겨를도 없이 다짜고짜 총을 꺼내 남자들을 쐈다. 두 사람은 기다리고 있던 차에 뛰 어 들어가 도망쳐 버렸다. 몇 분 후에 경찰이 도착해서 사람들한테 꼼꼼히 상황을 물어보더니 피피를 체포했다. 그의 총이 면허가 있는 총임은 그들도 당연히 알았지만, 총을 발포한 행위는 '부주의한 사용으로 위기 상황을 조성하는' 죄에 해당했다. 결국에는 알프레드 그론벨트가 경찰서로 찾아와 보석금을 내고 그를 꺼내줬다.

"대체 내가 왜 그런 짓을 했을까?"

피피는 스스로 물었다.

"알프레드는 내게 사냥꾼 기질이 있대. 그래도 도무지 이해가 안 된단 말이야. 내가 강도한테 총을 쏴? 내가 사회를 지키려고 하다니? 그리고 경찰은 날 체포했어. 강도도 아닌 나를 말이야."

하지만 그의 사람됨을 보여주는 이 사소한 사건들은 어느 정도는 피피의 교활한 계산에 의한 것이었고, 그래서 넬린으로서는 그의 됨됨이를 부분적으로만 희미하게 보았을 뿐 진짜 비밀까지는 꿰뚫어보지 못했다. 그녀가 마침내 이혼을 결심하게 된 계기는 피피가 살인죄로 체포된 것이었다.

데니 푸베르타는 이제는 없어진 산타디오파의 보호 하에서 고리대금업자로 일하며 모았던 재산으로 뉴욕에다 여행사를 차렸다. 하지만 그의 주 수입원은 라스베가스 도박여행을 알선하는 일이었다.

그는 라스베가스의 호텔 한 군데와 독점계약을 체결한 뒤에 휴가여행을 갈 도박꾼들을 모집해서 호텔로 데려오는 일을 했는데 매달 747기를 전세 내서 제너두 호텔로 비행기를 타고 갈 관광객들을 거의 이백 명까지 모집했다. 관광객들은 일괄적으로 2천 달러의 비용을 내고 뉴욕에서 라스베가스까지 왕복 비행기표와 기내에서의 음료와 식사, 객실, 호텔에서의 음료와 식사 일체를 제공받았다. 푸베르타의 이 관광 상품은 대기자들이 많았고, 그는 신중을 기해서 사람들을 선별했다. 관광단에 포함될 사람들은 꼭 합법적일 필요는 없었지만 돈을 많이 버는 직업을 가지고 있어야 했고 적어도 매일 네 시간은 카지노에서 도박을 해야 했다. 그리고 당연히 제너두 호텔과 신용거래를 하는 은행에 계좌를 만들어야 했다.

푸베르타의 가장 큰 자산 중 하나는 뉴욕의 시궁창에서 떼돈을 벌어들이는 사회의 밑바닥 인생들을 비롯해서 사기꾼, 은행 강도, 마약상, 담배밀수업자 같은 사람들과 친하게 지낸다는 점이었다. 그 사람들은 가장 중요한 고객이었다. 무엇보다 그들은 한시도 긴장을 늦추지 못하고 살았고 그래서 긴장을 풀어줄 휴가가 필요했다. 그들은 엄청난 액수의 검은 돈을, 그것도 현금으로 벌어들였으며 도박을 끔찍이 좋아했다.

데니 푸베르타는 비행기에 이백 명의 관광객들을 가득 싣고 제너두 호텔로 데려올 때마다 건당 2만 달러의 수수료를 받았다. 제너두 호텔의 손님들이 거금을 잃으면 가끔 보너스를 받기도 했다. 여행신청시에 내는 초기비용에다 이런 수입들을 모두 합치면 매달 엄청난 액수의 돈이 그에게 들어왔다. 불행하게도 푸베르타도 도박에 약했다. 그래서 결국에는 청구서 액수가 그의 수입을 앞지르게 되었다.

꾀가 많은 사람이기도 했던 푸베르타는 곧 자기 자신을 용매로 쓰는 방법을 한 가지 생각해냈다. 관광알선업자로서 그가 하는 업무 중 하나는 관광여행에 참여한 손님이 카지노에서 선불을 받을 수 있도록 그들의 신용보증을 서 주는 일이었다.

푸베르타는 아주 유능한 무장 강도 몇 명을 끌어들였다. 그리고 그들과 함께 제너두 호텔에서 80만 달러를 훔칠 계획을 꾸몄다.

푸베르타는 자기 여행사의 기록에서 특정 항목들을 뽑아서 그 네 사람에게 최우량 신용등급을 가진 의류센터 소유자라는 가짜 신원증명서를 만들어 주었다. 그 증명서를 이용해서 그는 그들에게 20만 달러까지 신용대부를 받을 수 있게 해 주었다. 그런 다음 그는 그들을 관광단에 포함시켰다.

"흥, 놈들이 단체로 소풍을 왔던 거지."

후에 그론벨트는 이렇게 말했다.

이틀 동안 머무르면서 푸베르타 일당은 시시때때로 룸서비스를 이용하고 예쁜 여자 합창단원들과 저녁식사를 하고 선물가게에서 선물을 샀는데, 이 정도는 약과에 불과했다. 그들은 카지노 창구에서 환전증서에 서명을 하고 현금대용 화폐인 칩을 인출했다.

그들은 둘씩 짝을 지었다. 주사위 게임을 하면서 한 조는 맞추는 쪽에 내기를 걸었고 다른 조는 못 맞추는 쪽에 내기를 걸었다. 이런 식으로 해서 그들은 환전증서에 서명을 하고 카지노에서 백만 달러 상당의 칩을 찾았고, 푸베르타는 그 뒤에 칩들을 현금으로 바꿨다. 그들은 겉으로는 도박에 열중하는 것처럼 보였지만 실은 선혜엄을 치고 있었다. 이런 짓들을 하는 내내 그들은 연기를 했다. 자기들이 마치 배우라도 된 것처럼 그들은 이기게 해달라고 기도를 하면서 주사위를 던졌고 지면 오만상을 찌푸리고 이기면 환호성을 질렀다. 하루가 끝나갈 무렵 그들은 자기가 가지고 있던 칩들을 푸베르타에게 줬고 푸베르타는 그것들을 현금으로 교환한 뒤에 창구에 환전증서를 쓰고 다시 새 칩을 찾았다. 이틀 뒤에 우스꽝스러운 짓거리가 끝났을 때 사기단은 80만 달러의 거금을 벌었고 2만 달러어치 선물까지 챙겼지만, 창구에는 백만 달러 상당의 환전증서를 남겼다.

주모자인 데니 푸베르타는 40만 달러를 챙겼고 강도 네 명도 자기들 몫에 만족스러워하면서 푸베르타가 다음에 다시 한탕 더 하게 해 주겠다고 약속하자 아주 좋아했다. 주말 내내 공짜 음식과 술에다 예쁜 여자들까지 즐길 수 있는데 그보다 좋은 일이 어디 있을까. 그리고 덤으로 10만 달러를 버는 일이었다. 목숨을 걸고 은행을 터는 일보다 백배 천배 나은 일이었다.

그론벨트가 사기행각을 발견한 건 바로 그 다음날이었다. 일과 보고서에는 푸베르타의 관광단이 이틀 동안 고른 액수의 환전증서를 쓴 사실이 기록되어 있었다. 밤사이에 칩을 판매한 대금이 그들이 내기로 가져간 돈에 비해 지나치게 적었다. 그론벨트는 감시 카메라의 비디오테이프를 가져오게 했다. 그가 사태를 파악하는 데는 십 분도 걸리지 않았고, 신원증명서가 가짜고 따라서 백만 달러 상당의 환전증서가 종이쪼가리에 불과하게 됐다는 사실도 알았다.

그로서는 도저히 그냥 넘어가기 힘든 사건이었다. 그는 그동안 수도 없이 사기를 당해왔지만 이번 경우는 너무나도 어리석었다. 게다가 그는 데니 푸베르타를 좋아했다. 그 사람은 제너두 호텔의 큰 수입원이었다. 푸베르타가 자기도 그들의 가짜 신원증명서에 속았고 자기 또한 무고한 희생자라고 주장할 것은 분명했다.

그론벨트는 무능한 카지노 직원들에게 화가 치밀었다. 크랩스(주사위 두 개로 하는 도박) 판을 감시하는 감시원은 속임수 내기를 발견했어야 했고 게임 진행자도 그랬어야 마땅했다. 그건 그다지 영리한 속임수는 아니었다. 하지만 사람들은 안이했고 라스베가스도 예외는 아니었다. 그로서는 유감스러운 일이었지만, 감시원과 게임진행자는 해고를 해야 할 것 같았다. 아니면 룰렛기계나 돌리게 하든지. 그러나 그가 도저히 피해갈 수 없는 일이 하나 남아 있었다. 데니 푸베르타에 대해서는 클레리쿠지오파가 완전히 맡아서 처리하도록 해야 했다.

먼저 그는 피피를 호텔로 불러서 자료와 감시 카메라 비디오를 보여주었다. 피피는 푸베르타는 알았지만 다른 네 사람은 몰랐기 때문에 그론벨트는 비디오 필름에서 그 사람들 사진을 떠서 피피에게 주었다.

피피는 납득이 안 간다는 듯이 머리를 흔들었다.

"도대체 데니가 어떻게 이걸 그냥 넘어갈 거라고 생각했을까요? 꽤 똑똑한 놈일 줄 알았는데."

"그 사람은 도박꾼이야. 도박꾼들은 자기가 들고 있는 패가 항상 이길 거라고 생각하거든."

그론벨트는 잠시 뜸을 들였다.

"데니는 모르는 일이라고 시치미를 뗄 거야. 하지만 기억하라고. 데니는 자기 손님들이 돈 터는데 재주가 있는 사람들인지 확인했어야 했어. 말로는 그 사람들 신분을 확인했다고 하겠지만 말이야. 관광알선 업자는 자기 손님들이 실제로 어떤 사람인지를 반드시 확인하는 법이지. 그가 몰랐을 리가 없어."

피피가 씩 웃으며 그의 등을 툭툭 쳤다.

"그놈 말에 넘어가지 않을 테니 걱정일랑 붙들어 매십시오."

두 사람 다 웃었다. 데니 푸베르타가 죄가 있느냐 없느냐는 중요한 문제가 아니었다. 그는 그가 저지른 실수에 대해 책임이 있었다.

피피는 다음날 뉴욕으로 날아갔다. 코그에 있는 클레리쿠지오가에 이 사건을 보고하기 위해서였다.

경비가 지키고 있는 정문을 지나서 가시철조망과 전기감지기가 설치된 담 안쪽으로 들어선 그는 양쪽으로 긴 잔디밭이 펼쳐진 포장도로를 따라서 차를 몰았다. 저택 현관에는 경호원이 있었다. 바야흐로 지금은 평화로운 시기였다.

지오르지오가 그를 기다리고 있다가 그를 데리고 집안을 가로질러 뒷뜰로 갔다. 뜰에는 토마토, 오이, 양배추에다 멜론까지 있었고 무화과나무를 심어서 경계를 지어놓았다. 대부는 꽃을 싫어했다.

가족들은 둥근 목재 탁자에서 이른 점심을 먹는 중이었다. 그 자리에는 대부도 있었다. 거의 일흔이 가까운 나이에도 그는 아주 건강해 보였는데 무화과 향기가 감도는 뜰에서 술을 즐기고 있었던 모양이었다. 그는 열 살 된 손자 단테에게 밥을 떠 먹이고 있었는데 단테는 잘생기긴 했지만 크로스와 동갑의 소년치고는 상당히 오만했다. 피피는 그 아이를 볼 때마다 항상 한방 먹여주고 싶은 충동을 느꼈다. 대부는 손자한테 딱 붙어 앉아서 아이 입을 닦아주며 아이가 듣기 좋을 말들을 속삭여주었다. 빈센트와 뻬띠에는 썩 유쾌해 보이지 않았다. 회의는 아이가 식사를 마치고 아이 엄마인 로즈 마리가 데리고 나간 뒤에야 시작됐다. 대부는 걸어 나가는 소년의 뒷모습을 끝까지 바라보았다. 그러고 나서 비로소 그가 피피를 향해 얼굴을 돌렸다.

"아, 내 해결사가 왔군."

그가 입을 열었다.

"푸베르타 그 불량배 녀석을 어떻게 하면 좋을까? 그놈한테 살길을 마련해줬더니 욕심을 부려 우리 것까지 넘보질 않나 말이야."

지오르지오가 달래듯이 말했다.

"돈만 갚는다면 놈은 여전히 우리한테 돈줄이 될 수 있어요."

관용을 이끌어내기 위한 구실로는 이것밖에 없었다.

대부가 물었다.

"그건 적은 돈이 아냐. 우린 반드시 그 돈을 되돌려 받아야 돼. 피피, 넌 어떻게 생각하니?"

피피가 어깨를 으쓱했다.

"해보기는 하겠습니다. 하지만 그 자식들은 나중을 위해서 돈을 저축하는 놈들이 아니죠."

잡담을 싫어하는 빈센트가 끼어들었다.

"사진 좀 봅시다."

피피가 사진을 꺼내주자 빈센트와 뻬띠에는 강도들 네 명의 얼굴을 자세히 들여다보았다. 그런 뒤에 빈센트가 말했다.

"나랑 뻬띠에 형이 아는 놈들이야."

"잘 됐네. 그러면 둘이 놈들을 맡아. 푸베르타는 어떻게 할까요?"

피피의 질문에 대부가 대답했다.

"놈들은 우리를 얕봤어. 우릴 뭐로 아는 거지? 힘없이 경찰서에나 찾아갈 바보로 생각하는 거야? 빈센트, 뻬띠에, 너희들이 피피를 도와 줘. 난 돈을 되찾고 싶고 그 악당들한테는 응분의 대가를 치르게 만들고 싶다."

그의 말이 의미하는 바는 분명했다. 일의 총지휘는 피피가 맡았다. 다섯 남자에 대한 선고는 사형이었다.

대부는 자리에서 일어나 정원 산책을 나섰다.

지오르지오는 한숨을 푹 내쉬었다.

"시대에 안 맞게 노인네가 너무 과격하다니까. 그렇게 하면 손해 본 것에 비해서 위험부담이 더 크다고."

피피가 말했다.

"비르지니오하고 뻬띠에가 그 패거리들을 죽이지 않는 방법도 있지. 그래도 괜찮겠어, 빈센트?"

빈센트가 말했다.

"지오르지오 형, 형이 노인네를 잘 달래봐. 그 자식들은 돈이 없을 거야. 우린 타협점을 찾아야 돼. 놈들은 돈을 벌어서 우리한테 돈을 갚고 그런 다음에는 자유의 몸으로 집으로 돌아가는 거야. 만약 우리가 놈들을 죽여 버리면 돈은 날아가는 거라고."

빈센트는 피를 보고 싶은 욕구가 실리적인 해결을 방해할 정도가 되게 해서는 안 된다고 보는 현실주의자였다.

지오르지오가 대답했다.

"좋아, 내가 알아서 어르신네 마음을 돌려보지. 놈들은 단순 가담자일 뿐이야. 하지만 아버지는 푸베르타는 용서하지 않을 걸."

이에 피피가 대답했다.

"관광알선업자들한테는 본때를 보여줘야 돼."

"피피 형, 이 일로 무슨 대단한 보너스를 기대하는 거야?"

피피는 지오르지오가 자기를 형이라고 부르는 게 싫었다. 빈센트와 뻬띠에는 그를 좋아하는 마음에서 형이라고 불렀지만 지오르지오는 뭔가 원하는 게 있을 때만 그렇게 불렀다.

"푸베르타를 처리하는 건 내 일이야. 난 너희 가족한테서 수금대행사를 받았고 제너두 호텔에서 월급을 받고 있어. 하지만 돈을 회수하는 일은 상당히 어렵기 때문에 내 몫은 받아야겠지. 더도 덜도 말고 빈센트와 뻬띠에가 그 네 녀석들을 처리하는 대가로 받는 딱 그만큼만 말이야."

"그게 공평하겠네. 하지만 이번 일은 차용증 대금을 받는 일과는 다르지. 50퍼센트까지는 기대하지 마."

"천만에. 그냥 목 좀 축이자는 거지."

그 말에 다들 웃음을 터뜨렸다. 뻬띠에가 한마디 거들었다.

"지오르지오 형, 짜게 굴지 마. 나랑 빈센트를 속일 생각은 하지 말라고."

현재 브롱크스 조직을 이끌면서 행동대원들의 대장을 맡고 있는 뻬띠에는 맨 아랫사람들에게 보수를 넉넉히 줘야 한다고 항상 주장해왔다. 그는 부하들에게 자기 몫을 떼 주곤 했다.

지오르지오가 웃으며 말했다.

"욕심이 많네. 그럼 아버지한테 수당을 20퍼센트로 하자고 해보지."

피피는 그 말이 곧 15퍼센트나 10퍼센트를 의미한다는 사실을 알았다. 지오르지오의 수법이야 항상 뻔했다.

"돈을 같이 나누면 어때?"

빈센트가 피피에게 물었다. 누구로부터 얼마를 돌려 받든 세 사람이 똑같이 나누자는 의미였다. 그건 우호적인 제안이었다. 죽을 사람보다는 살 사람으로부터 돈을 받아낼 확률이 훨씬 더 높은 법이니까. 빈센트는 피피의 가치를 알았다.

"좋지, 빈센트. 그래주면 고맙지."

정원 저쪽 끝에서 단테가 대부와 손을 잡고 있는 모습이 피피의 눈에 들어왔다. 지오르지오가 옆에서 이렇게 말하는 소리가 들렸다.

"단테와 아버지가 저렇게 친하다니 정말 신기하지 않아? 아버지는 나한테 절대는 저렇게 다정하게 대하지 않았는데. 두 사람은 시시때때로 귓속말을 해. 어찌됐든 노인네는 엄청 똑똑하니까 애가 배우는 게 있겠지."

피피는 소년이 대부 쪽으로 얼굴을 돌려 그를 올려다보는 모습을 보았다. 두 사람은 마치 세상을 지배할 수 있는 자신들만의 엄청난 비밀을 공유하고 있는 것처럼 보였다. 후일 피피는 이런 생각이 자신에게 나쁘게 작용해 불행의 도화선을 만들었다고 생각하게 됐다.

예전부터 피피는 주도면밀한 계획을 세우기로 유명했다. 그는 단순히 미쳐 날뛰는 고릴라가 아니라 숙련된 기술자였다. 그랬기 때문에 그는 일을 물리적으로 해결해 나가기 위한 발판으로 심리적인 전법을 구사했다. 데니 푸베르타에게는 세 가지 문제가 걸려 있었다. 우선 피피는 돈을 돌려 받아야 했다. 두 번째로는 빈센트와 뻬띠에와 신중하게 보조를 맞춰야 했다. 이 부분은 쉬웠다. 빈센트와 뻬띠에는 일을 해

나가는데 있어서 아주 유능했다. 이틀 후에 두 사람은 도둑놈들을 찾아내서 자백을 받아내고 보상을 하도록 조처했다. 마지막으로 푸베르타를 죽여야 했다.

푸베르타와 길에서 우연히 마주쳐서 점심이나 같이 먹자며 이스트 사이드에 있는 중국집으로 데려가는 일쯤은 피피에게는 식은 죽 먹기였다. 푸베르타는 피피가 제너두 호텔의 수금업자라는 사실을 알았고 사업상의 일로 그동안 서로 협조할 기회도 있긴 했지만, 피피가 뉴욕에서 우연히 자기를 만나 너무 반가워하는 바람에 마지못해서 그의 초대에 응했다.

피피는 연기를 하는 내내 목소리를 깔았다. 주문한 음식이 나올 때까지 기다렸다가 그는 본론으로 들어갔다.

"그론벨트가 사기사건 얘기를 해주더군. 그런 놈들한테 신용보증을 해준 사람은 당신이니까 당신 책임이 크다는 건 모르지 않을 테지."

푸베르타는 자신의 결백함을 극구 주장했고, 피피는 씩 웃으며 마치 친구한테 하듯이 그의 어깨를 손바닥으로 철썩 때렸다.

"어이, 데니. 그론벨트는 테이프를 가지고 있고 당신 친구들은 벌써 자백을 했어. 당신이 처한 상황은 아주 심각한데 돈을 돌려준다면 내가 사태를 해결해 줄 수 있어. 당신이 관광사업을 계속하도록 도와줄 수도 있을 걸, 아마도."

자신의 말을 뒷받침하기 위해서 그는 패거리들의 사진 네 장을 꺼냈다.

"이 놈들이 당신 친구들이고 방금 전에 비밀을 죄다 불었어. 당신한테 죄를 몽땅 뒤집어씌우더군. 돈을 나눠 가졌다는 얘기도 했어. 그러니 당신이 가진 40만 달러만 내놓으면 당신은 자유야."

"물론 내가 아는 사람들인데, 아주 거칠고 쉽게 그런 얘기를 할 사람들이 아니지."

"묻는 사람이 클레리쿠지오였거든."

"아, 제길. 호텔이 그 사람들 소유인 줄은 몰랐어."

"이제는 알았겠지. 만약 그들이 돈을 되돌려 받지 못한다면 당신은 아주 곤란해질 거야."

"여기서 나가겠어."

"아니, 안 되지. 가만 있어보라고. 북경 오리고기가 기가 막히게 맛있다고. 이봐, 분명히 말하지만 이번 일은 별로 대단한 것도 아냐. 누구나 다 한번쯤은 사기를 쳐 볼 생각들을 하지, 안 그래? 그냥 돈만 돌려줘."

"난 땡전 한 푼도 없어."

처음으로 피피가 화를 냈다.

"그래도 약간의 성의는 보여야 하는 거야. 10만 달러를 돌려주면 우리가 나머지 30만 달러에 대해서는 차용증서로 갖고 있지."

푸베르타는 튀김만두를 씹으면서 곰곰이 생각했다.

"5만 달러까지는 줄 수 있지."

"좋아, 됐어. 호텔로 관광단을 데려오면서 받는 수수료를 당신이 받지 않는다면 나머지 돈을 다 갚을 수 있겠군. 공평하지?"

"그런 것 같군."

"이제 걱정은 그만하고 요나 맛있게 먹자고."

그는 밀전병에 오리고기를 얹고 돌돌 말아서 달콤한 검은색 소스에 찍은 다음 푸베르타에게 건네주었다.

"맛이 죽인다고, 데니. 먹어봐. 그러고 나서 일을 하는 거야."

그들은 후식으로 초콜릿 아이스크림을 먹었고, 일과시간이 끝난 뒤에 피피가 푸베르타의 여행사로 5만 달러를 가지러 가기로 약속했다.

피피는 점심식사 계산서를 집어 들고 식사비를 계산했다.

"데니, 중국음식점에서 주는 초콜릿 아이스크림에 코코아가 얼마나 들었는지 봤어? 엄청나. 내가 무슨 생각을 하는지 아나? 미국에 중국집이 처음 생길 때 그 사람들이 틀린 요리법을 가지고 시작했고 그 다음 사람들이 처음 요리법을 그냥 베낀 걸 거야. 맛있어. 진짜 맛있는 아이스크림이야."

그러나 데니 푸베르타는 마흔여덟이 되도록 사기꾼으로 살아왔고 그래서 일이 어떻게 돌아가리라는 것쯤은 쉽게 읽어낼 수 있었다. 피피와 헤어진 뒤에 그는 호텔에 빚진 돈을 모으러 간다는 말을 남기고 자취를 감춰버렸다. 피피는 놀라지 않았다. 푸베르타는 그런 경우에 흔히 사용하는 전략을 쓰고 있을 뿐이었다. 모습을 나타내지 않으면 안전하게 협상을 할 수 있었다. 이것은 다시 말해서 그가 가진 돈이 없고 따라서 빈센트와 뻬띠에가 예정대로 돈을 받지 못한다면 보너스도 없다는 뜻이었다.

피피는 브롱크스에서 사람들 몇 사람을 도시를 샅샅이 뒤지게 했다. 그들에게는 클레리쿠지오가에서 데니 푸베르타를 원한다고 말했다. 일 주일이 지나자 피피는 점점 화가 치밀기 시작했다. 그는 돈을 갚으라는 요구에 푸베르타가 경계를 하게 되리란 사실을 미리 알았어야 했다. 설사 자기한테 5만 달러가 있다고 해도 그것만으로는 충분치 않으리라는 점을 푸베르타가 간파하리란 사실도.

또다시 일 주일이 지나자 피피는 마음이 조급해졌고, 그래서 좋은 기회가 찾아 왔을 때 신중하기보다는 대담하게 움직였다.

푸베르타는 웨스트사이드 초입부에 있는 작은 식당에 모습을 드러냈다. 클레리쿠지오파의 평단원이었던 그곳 주인이 급히 전화를 걸어왔다. 피피는 푸베르타가 막 식당을 떠나려는 순간에 도착했는데 뜻밖에도 푸베르타가 총을 꺼내들었다. 푸베르타는 사기꾼이었고 무기를 사용해본 경험이 없었다. 그래서 그가 쏜 총알은 크게 빗나갔다. 피피는 그에게 다섯 발을 쐈다.

이런 와중에 유감스러운 일이 몇 가지 있었다. 우선 목격자들이 있었다. 그리고 순찰차 한 대가 피피가 미처 도망치기 전에 도착했다. 마지막으로 피피가 아무 준비 없이 총을 쏘게 됐다는 점이었는데, 그는 안전한 장소에서 푸베르타와 얘기를 할 생각이었다. 그의 행위가 정당방위로 처리될 가능성이 있기는 했지만 몇몇 목격자들은 피피가 먼저 총을 쐈다고 말했다. 죄를 지었을 때 보다 무죄일 때 법적으로 더 위험에 빠질 수 있다는 진부한 속설이 해당되는 상황이었다. 또 피피는 푸베르타와의 대화를 마지막까지 우호적으로 끝내기 위해서 총에 소음기를 달고 있었다.

순찰차가 도착하는 거의 절망적인 순간에 피피가 완벽하게 처신한 것이 문제를 해결하는데 도움이 됐다. 그는 총을 쏘며 달아나는 대신 순순히 경찰의 지시를 따랐다. 클레리쿠지오파에는 철칙이 하나 있었다. 즉, 절대로 경찰에게 발포하지 말라는 것이었다. 피피는 그대로 했다. 그는 총을 길에 떨어뜨리고는 발로 멀찌감치 차버렸다. 체포당하는 순간에도 반항하지 않았고, 몇 발자국 앞에 쓰러져 있는 죽은 남자는 전혀 모르는 사람이라고 말했다.

그런 뜻하지 않은 사태는 언제든 일어날 수 있는 일이어서 그에 대한 대비책은 이미 세워져 있었다. 어찌됐든 아무리 조심을 한다고 해도 운이 따라주지 않을 때가 있는 법이었다. 상황은 불운의 소용돌이 속으로 빨려 들어가고 있는 것 같았지만, 피피는 그럴수록 긴장을 풀어야 한다고 생각했고 클레리쿠지오가 사람들이 자신을 안전하게 끌어내 주리라고 기대했다.

우선, 보석금을 내고 그를 꺼내줄 고액 변호사가 있었다. 그리고 공정하게 행동하는 영웅이 되고 싶어하는 판사와 검사들, 기억이 흐릿해진 목격자들 그리고 약간만 용기를 북돋워주면 권력기관의 역을 찌르며 유죄 선언을 거부할 미국인 배심원들도 있었다. 클레리쿠지오와의 단원은 난관에서 벗어나기 위해서 미친 개처럼 총을 쏠 필요가 없었다.

그러나 조직에 몸담은 이래 생전 처음 피피는 법정에서 재판을 받아야 했다. 그리고 통상적으로 행해지는 법적인 전략의 하나로 아내와 아이들도 재판에 참석해야 했다. 배심원들은 이 무고한 가족의 행복이 자신들의 결정에 달려 있다는 사실을 반드시 알아야 했다. 열두 명의 남녀 배심원들은 마음을 단단히 먹으려고 애를 썼고 또 정말로 그럴 필요가 있었다. '정당한 의심'은 동정심으로 가슴이 찢어질 것 같은 배심원에게 하늘이 내린 선물이었다.

재판에서 경찰들은 피피가 총을 들고 있거나 발로 총을 차서 치우는 모습을 보지 못했다고 증언했다. 목격자들 중 셋은 피고가 범인과 동일인인지 확인하지 못했고, 나머지 두 사람은 강경하게 피피가 범인임을 주장하는 바람에 배심원들과 재판관의 의견을 갈리게 만들었다. 식당주인이었던 클레리쿠지오 단원은 데니 푸베르타가 음식값을 내지 않아서 식당 밖으로 그를 따라 나갔다가 총격 장면을 목격했는데 총을 쏜 사람은 피고, 다시 말해서 피피가 절대 아니었다고 증언했다.

피피는 총을 쏠 때는 장갑을 꼈기 때문에 총에는 지문이 없었다. 피고 측 증인으로 나온 의사는 피피에게 원인불명의 치유 불가능한 피부 발진이 간헐적으로 생겨서 장갑을 끼라는 처방을 내렸다고 증언했다.

위험의 소지를 최대한 줄이기 위해서 배심원 한 명에게는 뇌물을 먹였다. 어찌됐든 피피는 조직의 고위 책임자였다. 하지만 이 마지막 예방책은 필요 없었다. 피피는 무죄선고를 받았고 법적으로 영원히 결백한 것으로 인정받았다.

그러나 그의 아내인 넬린에게는 아니었다. 재판이 끝나고 여섯 달 뒤에 넬린은 피피에게 이혼하자고 말했다.

팽팽한 긴장 속에 사는 사람들에게는 손해가 따르는 법이다. 몸에서는 기력이 빠져나간다. 폭음과 폭식에 간과 심장은 혹사를 당한다. 불면증에 시달리고 아름다운 것을 봐도 감동하지 않으며 아무것도 믿지 못하게 된다. 피피와 넬린 두 사람 모두 이런 고통을 겪었다. 그녀는 그가 침대에 들어오는 것을 못 견뎌했고, 그는 즐거움을 공유하지 못하는 상대와는 즐길 수 없었다. 그녀는 그가 살인자라는 사실을 알게 되면서 그를 너무나 무서워했다. 그는 이제 그녀에게 자신의 진정한 모습을 숨길 필요가 없다는 사실에 엄청난 안도감을 느꼈다.

"좋아, 이혼하지. 하지만 아이들은 못 줘."

"난 이제 당신이 어떤 사람인지 알아. 난 당신을 두 번 다시 안 볼 거고 내 아이들이 당신과 살게 하지도 않겠어."

넬린이 응수했다. 이 말을 듣고 피피는 깜짝 놀랐다. 넬린은 평소에 단호하고 거리낌 없이 자기 생각을 말하는 여자가 아니었다. 게다가 그녀가 자신에게 감히 그런 식으로 얘길 한다는 사실도 놀라웠다. 하지만 여자들이란 백이면 백 무모한 구석이 있었다. 그리고 자신의 처지도 되돌아봤다. 그는 아이를 키우기에 적당한 상황은 아니었다. 크로스는 이제 겨우 열한 살, 클로디아는 열 살이었고, 비록 크로스가 자기와 친하긴 하지만 분명히 아이들은 자기보다 엄마를 더 사랑했다.

그는 아내와 공정하게 일을 처리하고 싶었다. 무엇보다도 그는 자신이 원하는 것, 다시 말해서 모든 남자들이 필요로 하는 삶의 주춧돌인 가족, 아니 자식들을 아내로부터 받아내고 싶었다.

"이성적으로 해결하자. 나쁜 감정 없이 헤어지잔 말이야."

그는 태도를 다정하게 바꿨다.

"우린 십이 년 동안 잘 살아왔는데 일이 왜 이렇게 됐을까. 행복했는데 말이야. 게다가 예쁜 자식을 둘이나 만들어줬으니 당신한테 고마울 따름이지."

그는 잠시 말을 멈췄고 아내의 굳은 표정에 또 한 번 놀랐다.

"이봐 넬린, 나는 좋은 아빠였고 아이들은 날 좋아해. 그리고 당신이 원하는 건 뭐든지 도와주겠어. 여기 라스베가스 집은 당연히 당신이 가져도 돼. 그리고 제너두 호텔 안에 가게도 하나 사 줄 수 있다고. 옷 가게든 보석 가게든 아니면 고가구 가게든 어떤 거나 괜찮아. 수입이 한 해에 20만 달러는 될 거야. 그리고 아이들은 우리가 서로 공유하는 거야."

"난 라스베가스가 싫어. 옛날부터 그랬어. 나한테는 교사자격증이 있고 새크라멘토에 일자리를 구했어. 벌써 거기에다 아이들 입학등록을 해놨고."

그 순간 피피는 경악했고 그녀가 위험한 적이라는 사실을 깨달았다. 그건 그로서는 전혀 느끼지 못한 새로운 사실이었다. 그가 아는 한, 여자들은 절대 위험한 존재가 아니었다. 아내도, 애인도, 이모나 고모도, 친구 부인도, 심지어 대부의 딸인 로즈 마리까지도. 피피는 여자들이 절대 적이 되지 못하는 세계에서 살아왔다. 불현듯 그는 남자들한테서나 느낄 수 있었던 격한 분노를 느꼈다. 그는 감정이 격해져 소리를 질렀다.

"난 내 자식들을 보러 새크라멘토까지 가진 않아."

그는 누군가가 자신의 호의를 거절하면 항상 화가 났다. 그와 적당한 선에서 타협하기를 거절하는 사람은 누가 됐든 비참한 결과를 맞이하게 되어 있었다. 또 그는 아내가 벌써 계획을 다 세워놨다는 사실에 경악했다.

"당신은 내가 어떤 사람이라는 걸 안다고 했지. 그러니 조심하라고. 당신이 새크라멘토로 이사를 가든 바다 밑바닥으로 이사를 가든 전혀 내 알 바가 아냐. 하지만 하나만 데려가. 다른 한 아이는 나와 함께 있어야 돼."

넬린은 그를 냉랭하게 노려보았다.

"그건 법정에서 판가름나겠지. 당신은 내 변호사와 상대할 변호사를 구해야 할 거야."

그가 깜짝 놀라는 모습을 보며 그녀는 그의 면전에서 웃음을 터뜨릴 뻔했다.

"변호사를 고용했어? 나와 법으로 해결을 보자고?"

그런 다음 그는 큰 소리로 웃기 시작했다. 웃는 모습이 마치 딴사람 같았다. 그는 극도로 흥분해 있었다.

넬린은 십이 년 동안 자기에게 사랑을 구걸하고 비굴하게 자신의 육체를 원했으며 거친 세상으로부터 자신을 보호해왔던 남자가 위협적인 야수로 돌변하는 모습을 보니 기분이 이상했다. 그 순간 그녀는 다른 사람들이 왜 그렇게 경외심을 가지고 그를 대하는지, 그들이 왜 그를 두려워하는지 마침내 이해가 됐다. 이제 못 생겼으면서도 매력적인 그의 얼굴에서는 싹싹하기 이를 데 없던 예전의 다정한 모습은 전혀 보이지 않았다. 묘하게도 그녀는 그에 대한 두려운 감정보다는 자신을 향한 그의 사랑이 그렇게 쉽사리 사라져버렸다는 사실이 가슴 아팠다. 어찌됐든 두 사람은 십이 년 동안 살을 맞대고 살면서 함께 웃고 춤을 추고 아이들을 키웠는데, 이제 그녀에게 고마워하던 그의 마음은 어디에서도 찾아볼 수 없었다.

피피가 냉정하게 말했다.

"당신이 무슨 결정을 내렸든 알 바 아냐. 판사가 무슨 판결을 내리든 상관 안 해. 당신이 이치에 맞게 처신하면 나도 그러지. 당신이 강하게 나가겠다면 얻는 게 아무것도 없을 거야."

처음으로 그녀는 자신이 사랑했던 모든 것들에 대해, 그의 강한 육체와 뼈대가 굵은 커다란 손과 다른 사람들은 못 생겼다고 했지만 그녀에게는 언제나 남자답게 느껴졌던 우락부락하게 생긴 얼굴에 대해 간담이 서늘해질 정도로 겁이 났다. 결혼생활 내내 그는 남편이라기보다는 신하였고 그녀에게 결코 언성을 높이는 법이 없었으며 그녀의 기분을 약간이라도 상하게 하는 농담은 일절 하지 않았을 뿐만 아니라 그녀가 흥청망청 돈을 써도 한 번도 싫은 소리를 하지 않았다. 그리고 사실 그는 좋은 아빠였고 아이들이 엄마에게 버릇없이 행동할 때를 제외하고는 아이들을 심하게 다루지 않았다.

그녀는 금방이라도 쓰러질 것처럼 정신이 가물가물해지는 와중에도 피피의 얼굴이 마치 검은 배경에 둘러싸인 것처럼 더욱 또렷하게 보였다. 뺨에는 살이 약간 올라 있었고 턱의 살짝 패인 자리는 마치 검은 접합제를 채워 넣은 것 같았다. 그의 두툼한 눈썹에는 흰 털들이 삐죽하게 솟아 있었지만 머리는 검었고 머리가닥은 말총처럼 뻣뻣했다. 보통 때는 그렇게도 명랑해 보이던 그의 눈동자가 이제는 차갑고 무미건조한 갈색빛을 띠고 있었다.

"난 당신이 날 사랑한다고 생각했어. 어떻게 이렇게 나한테 무섭게 굴 수 있어?"

그녀는 울기 시작했다. 피피는 그 모습을 보고 화가 누그러졌다.

"내 말대로 해. 당신 변호사 말은 신경 쓰지 말고. 당신이 법정으로 가서 내가 모든 걸 잃는다고 치자. 그래도 당신은 아이들을 얻지 못할 거야. 넬린, 날 거칠게 만들지 마, 난 안 그러고 싶어. 나와 헤어지고 싶어하는 당신 마음은 알겠어. 당신이랑 이렇게까지 오래 산 것만 해도 난 행운이라고 항상 생각해왔으니까. 난 당신이 행복해졌으면 좋겠어. 당신은 판사한테서보다 나한테서 얻는 게 훨씬 많을 거야. 하지만 난 점점 늙어가고 있고 가족 없이 살고 싶진 않아."

여간해서는 그러지 않던 넬린도 이번만큼은 못되게 굴고 싶은 충동을 참을 수 없었다.

"당신한테는 클레리쿠지오 조직이 있잖아."

"그래, 그렇지. 그건 당신이 반드시 명심하고 있어야 할 부분이지. 하지만 중요한 건 말이야, 내가 노년에 외톨이가 되기는 싫다는 사실이야."

"당신한테는 엄청나게 많은 부하들이 있어. 그리고 여자들도 있고."

"그들은 무력한 사람들이야. 생판 모르는 사람들이 그들 목숨을 좌지우지하지. 자기가 아닌 다른 사람들이 그들의 존재를 부정하는 거야. 난 사람들이 그러지 못하게 막아주지."

넬린이 비웃듯이 물었다.

"당신이 그 사람들한테 거부권을 행사한다는 거야?"

"맞아."

그는 그녀를 내려다보며 살짝 미소를 지었다.

"바로 그런 얘기야."

"당신은 언제든 아이들을 보러 와도 좋아. 하지만 아이들은 둘 다 나랑 같이 살아야 돼."

그 말에 그는 등을 돌리며 조용히 얘기했다.

"하고싶은 대로 해."

"잠깐만."

넬린이 그를 불렀다. 피피는 그녀를 돌아보았다. 그녀는 그의 얼굴에 나타난 끔찍할 정도로 잔인한 표정에 말을 더듬었다.

"당신이랑 함께 가겠다는 아이가 있다면 나도 괜찮아."

피피는 마치 문제가 해결되기라도 한 것처럼 갑자기 생기가 돌았다.

"그래, 좋았어. 당신 아이는 라스베가스로 날 찾아오고 내 아이는 새크라멘토로 당신을 찾아가는 거야. 완벽해. 오늘밤에 결정해."

넬린은 마지막 안간힘을 써 보았다.

"나이 마흔은 많은 게 아냐. 당신은 다시 가정을 가질 수 있어."

피피가 고개를 가로저었다.

"절대. 당신은 나와 결혼한 유일한 여자야. 난 늦게 결혼했고 다시 결혼하는 일은 분명 없을 거야. 당신한테는 다행스런 일이지만, 난 바보가 아니기 때문에 당신을 붙잡을 수도 없고 다시 시작할 수도 없다는 걸 잘 알아."

"맞는 말이야. 당신이 어떻게 한다고 해도 난 다시는 당신을 사랑하지 않을 거야."

"하지만 당신을 죽일 수는 있지."

그는 그녀를 쳐다보며 씩 웃었다. 마치 농담이라도 한 것처럼.

그녀는 그의 눈을 들여다보며 그 말이 진심임을 간파했다. 사람을 위협하면서 상대로 하여금 자신의 말을 믿게 만드는 능력이야말로 그가 지닌 힘의 근원이라는 사실을 그녀는 깨달았다. 그녀는 마지막 있는 용기를 짜냈다.

"기억해. 만약 아이들이 나랑 있고 싶어하면 당신은 아이들을 놔줘야 돼."

"아이들은 아빠를 사랑해. 애들 중 하나는 늙은 아빠랑 여기 남게 될 거야."

그날 저녁 식사가 끝나고 난 뒤, 외부에서 들어오는 강렬한 사막의 열기를 에어컨 바람으로 식히며 열한 살의 크로스와 열 살의 클로디아는 전후 상황에 대한 설명을 들었다. 둘 다 별로 놀란 것 같지는 않았다. 엄마 못지않게 준수한 외모를 갖춘 크로스는 미소년이었고 벌써부터 아버지의 강철 같은 성격과 신중함을 보여주고 있었다. 또 전혀 겁이 없었다. 그는 즉시 자기 의사를 밝혔다.

"난 엄마랑 있을래."

클로디아는 선택을 해야 한다는 사실에 겁을 집어먹었다. 클로디아는 어린아이다운 꾀를 냈다.

"난 오빠랑 같이 있을 거야."

피피는 깜짝 놀랐다. 크로스는 넬린보다 그와 더 가까웠다. 크로스는 그와 사냥도 가고 같이 카드 게임도 즐기고 골프와 권투를 좋아하는 아이였다. 크로스는 엄마가 맹목적으로 좋아하는 책과 음악에는 별 관심이 없었다. 토요일에 못 다한 서류작업을 끝내기 위해 사무실에 가야할 때면 그를 따라와 말벗이 돼 주는 아이도 크로스였다. 그는 자기 곁에 두게 될 아이가 크로스일 거라고 굳게 믿고 있었다. 그가 원한 아이는 크로스였다.

클로디아의 영악한 대답에는 웃음이 났다. 그 아이는 똑똑했다. 하지만 클로디아는 지나치게 자기를 닮았고, 그는 자기와 너무나도 흡사한 못생긴 얼굴을 매일같이 보고 싶은 생각은 없었다. 그리고 논리적으로 따지더라도 클로디아는 엄마와 함께 가야 했다. 클로디아는 넬린이 좋아하는 것들을 좋아했다. 도대체 그가 클로디아와 같이 할 만한 것들이 뭐가 있겠는가?

피피는 두 아이를 찬찬히 들여다보았다. 그는 아이들이 자랑스러웠다. 그들은 엄마가 더 약자라는 사실을 알았고, 그래서 그들은 엄마에게 달라붙었다. 그리고 그는 넬린이 타고난 연출 감각을 이용해 영리하게 그 상황을 준비했음을 깨달았다. 바지와 스웨터를 검은 색으로 통일하고 금발머리를 가는 검은색 머리띠로 한 올 흐트러짐 없이 깔끔하게 묶고 있어서 갸름하고 하얀 그녀의 얼굴은 작고 안쓰럽게 보였다. 그는 아이들 눈에 분명 험악하게 비춰질 자신의 얼굴을 떠올렸다.

그는 다정한 표정을 지었다.

"난 그저 너희들 중 하나만 나랑 같이 있어달라고 부탁하는 거야. 너희들은 만나고 싶을 때 언제든 만날 수 있어. 맞지, 넬린? 설마 우리 애들이 여기 라스베가스에 달랑 나 혼자만 남길 바라는 건 아닐 거야."

두 아이는 그를 굳은 얼굴로 쳐다보았다. 그는 넬린을 바라보았다.

"당신이 도와줘야겠어. 당신이 선택을 해."

그러고는 그는 내가 왜 이런 실없는 소릴 하는 거야? 라는 생각이 들면서 화가 났다.

"당신은 아이들이 둘 다 나랑 같이 가고 싶다고 하면 그렇게 하게 해주겠다고 약속했어."

"좀 더 얘길 해보자고."

그는 아이들이 그를 사랑하긴 하지만 엄마를 더 사랑한다고 해서 서운하지는 않았다. 당연한 일이라고 생각했다. 그렇다고 해서 그게 아이들이 옳은 선택을 했다는 의미는 아니었다.

넬린이 경멸하듯이 말했다.

"얘기는 끝났어. 당신은 약속했어."

피피는 세 사람에게 자신이 얼마나 무섭게 보이는지 느끼지 못했다. 자신의 눈이 얼마나 차갑게 변했는지도 알지 못했다. 그는 말을 하면서 자기가 목소리를 잘 조절하고 있다고 생각했고 조리 있게 얘기하고 있다고 생각했다.

"당신이 선택을 해야 한다니까. 내가 한 약속은, 설사 일이 제대로 해결되지 않더라도 당신은 당신 갈 길을 갈 수 있다는 얘기였어. 하지만 나한테도 기회를 줘야지."

넬린은 고개를 저었다.

"말도 안 되는 소리하지 마. 그러면 법정으로 가는 수밖에 없어."

그 순간 피피는 마음을 정했다.

"그러든지 말든지 하고 싶은 대로 해. 하지만 한번 되돌아 봐. 우리가 함께 한 세월을 생각해 보라고. 당신이라는 사람과 나라는 사람에 대해 생각해 봐. 제발 분별 있게 행동해. 우리 모두의 미래를 생각하라는 소리야. 크로스는 나와 비슷하고 클로디아는 당신과 비슷해. 크로스는 나랑 있어야 더 좋고 클로디아는 당신과 있어야 더 좋다고. 그게 순리야."

그는 잠시 말을 끊었다.

"두 아이가 나보다 당신을 더 사랑한다는 걸 알았으면 그걸로 충분하지 않아? 나보다 당신을 더 그리워할 거라는 걸 알았으면 되는 거 아니냐고?"

마지막 말이 허공을 울렸다. 그는 아이들이 자신이 한 말의 의미를 알아채지 못했기를 빌었다.

하지만 넬린은 그 말뜻을 알아들었다. 그녀는 공포에 질려서 클로디아를 자기 곁으로 끌어당겼다. 그러자 클로디아는 애절한 눈빛으로 크로스를 바라보았다.

"오빠."

크로스의 아름다운 얼굴은 아무런 표정도 없었다. 그는 우아하게 몸을 움직였다. 어느새 그는 아버지 곁에 서 있었다.

"제가 같이 있을게요, 아빠."

그러자 피피는 아들의 손을 잡으며 고마워했다. 넬린은 눈물을 흘렸다.

"크로스, 오고 싶을 땐 언제든 와. 새크라멘토에 네 방을 만들어 둘게. 다른 사람한테는 그 방을 못 쓰게 할게."

결국 그 말은 아들을 버리겠다는 뜻이었다.

피피는 기쁨에 겨워서 펄쩍펄쩍 뛰기라도 할 듯한 기세였다. 실행에 옮기려고 잠깐 동안 생각했던 그 일을 할 필요가 없어졌다는 사실에 그의 기분은 하늘로 날아오를 것만 같았다.

"축하하자. 비록 이혼은 하지만 우린 행복한 한 가족에서 행복한 두 가족이 될 거야. 그리고 앞으로 영원히 행복하게 사는 거지."

세 사람은 돌처럼 굳은 얼굴로 그를 쳐다보았다.

"그러니까 그렇게 되도록 노력하자는 말이지."

클로디아는 처음 이 년을 빼고 그 후로는 한 번도 오빠와 아빠를 만나러 라스베가스로 가지 않았다. 크로스는 넬린과 클로디아를 만나러 매년 새크라멘토를 찾았지만 차츰 횟수가 뜸해지더니 열다섯 살이 넘으면서부터는 성탄절에만 그들을 찾아갔다.

서로 다른 두 부모는 다른 삶의 양극단을 이뤘다. 클로디아와 그녀의 엄마는 점점 더 닮아갔다. 클로디아는 학교를 좋아했고, 책과 연극과 영화를 사랑했으며, 엄마의 사랑을 듬뿍 받았다. 그리고 넬린은 클로디아에게서 아이 아빠의 매력인 활기찬 기백을 발견했다. 그녀는 피피가 가진 잔인성은 완전히 배제된 아이의 솔직한 성격을 사랑했다. 모녀는 함께 있어 행복했다.

클로디아는 대학을 마치고 영화사업 쪽에 발을 들여놓기 위해 로스앤젤레스로 떠났다. 넬린은 딸이 떠나는 걸 슬퍼했지만 새크라멘토에서 친구들과 만족스러운 생활을 누리고 있었고 공립 고등학교에서 교감으로 일하고 있었다.

크로스와 피피 또한 행복한 가정을 이뤘지만 방식은 아주 달랐다. 피피는 현실을 중시했다. 크로스는 고등학교에서 뛰어난 육상선수였지만 사실은 평범한 학생이었다. 그는 대학에는 관심이 없었다. 그리고 빼어난 미남이었는데도 불구하고 여자한테는 별로 관심이 없었다.

크로스는 아빠와의 생활을 즐겼다. 비록 험악한 상황에서 이루어진 결정이었을망정 결과적으로는 지극히 옳은 결정이었다. 행복한 두 가족이었지만 함께 할 경우 행복한 가족이 아닌 것은 분명했다. 피피는 넬린이 클로디아에게 좋은 엄마였던 것처럼 크로스에게 좋은 아빠였고 크로스를 자신의 생각대로 만들어갔다.

크로스는 제너두 호텔의 업무나 고객관리 또는 사기꾼들과의 머리싸움을 아주 좋아했다. 하지만 쇼에 출연하는 여자들에 대해서는 별 관심을 느끼지 않았는데, 어찌됐든 그 문제는 피피의 기준으로 판단할 일은 아니었다. 피피는 크로스를 조직에 넣어야겠다고 결심했다. 그는 "인생에서 가장 중요한 일은 자신의 생계를 책임지는 것이다."라는 대부의 생활신조를 믿었다.

피피는 크로스를 수금회사의 사원으로 채용했다. 또한 제너두 호텔에서 그론벨트와 저녁식사를 같이 할 때면 그를 데려가서 그론벨트가 아들의 장래에 관심을 갖게끔 교묘하게 분위기를 유도했다. 그는 제너두 호텔에서 거물급 도박꾼들과 함께 하는 4인조 골프시합에 크로스를 끼워 넣으면서 항상 자기와는 다른 편이 되게끔 손을 썼다. 크로스는 열일곱 살의 나이에 골프 도박사로서의 특별한 자질을 보였고, 내기 돈이 많이 걸린 특정 홀에서는 공을 훨씬 더 잘 쳤다. 우승은 대개 크로스가 속한 조의 몫이었다. 피피는 흔쾌히 패배를 받아들였다. 비록 시합에 져서 돈을 잃긴 했지만 그 덕분에 아들의 성가는 엄청나게 높아졌다.

그는 클레리쿠지오가의 사람들과 친교를 맺을 기회를 주기 위해 크로스를 뉴욕으로 데려갔다. 축제일에는 빠짐없이 참석했고, 특히 클레리쿠지오파 사람들이 열렬한 애국심을 표현하는 독립기념일에는 절대 빠지는 법이 없었으며 클레리쿠지오가의 결혼식과 장례식에도 반드시 참석했다. 여하튼 크로스는 그들의 가장 가까운 일가였고 그의 핏줄에는 돈 클레리쿠지오의 피가 흘렀다.

피피는 일 주일에 한 번 제너두 호텔의 도박장을 찾아가 크로스에게 멋진 도박솜씨를 보여주었다. 피피는 아들에게 도박에서 벌어들일 수 있는 모든 형태의 수입에 대해 가르쳤다. 또 도박 자금을 관리하는 방법에 대해서도 알려주었고, 기분이 좋지 않을 때에는 절대 도박을 하지 말라는 것을 포함해서 하루에 두 시간 이상, 일 주일에 삼일 이상은 도박을 하지 말 것과 연속해서 지는 상황에서는 돈을 많이 걸지 말고 상승세를 탈 때는 신중에 신중을 기하라고 일러주었다.

피피는 아들에게 현실의 추한 모습을 보여주는 일이 전혀 이상하게 생각되지 않았다. 크로스는 수금회사의 신입사원으로서 그런 면들에 관해 반드시 알아둬야 할 필요가 있었다. 수금을 하는 일은 피피가 넬린에게 묘사했던 것처럼 그렇게 친절하지 않을 때도 가끔 있었으니까.

수금이 힘들었던 경우가 몇 차례 있었지만 크로스는 전혀 싫어하는 내색을 하지 않았다. 그는 나이가 어렸고 지나치게 예쁘장하게 생겨서 사람들에게 두려움을 자아내게 하지는 못했지만, 신체적으로는 피피가 어떤 지시를 내려도 감당할 수 있을 만큼 강했다.

마침내 피피는 아들을 시험해보기 위해서 그에게 힘이 아닌 말로 해결을 봐야 하는 아주 힘든 일을 맡겼다. 크로스를 보낸다는 그 자체만으로도 채무자에게는 수금을 강요하지 않겠다는 호의의 표시였다. 채무자는 캘리포니아 북쪽 변두리에 있는 아주 보잘 것 없는 브룰리오네였는데 제너두 호텔에 10만 달러의 빚이 있었다. 그 일은 클레리쿠지오의 이름을 걸 정도로 대단한 임무는 아니었고, 철퇴보다는 솜방망이로 해결할 일이었다.

크로스는 마피아 조직의 바론을 붙들었다. 팔코라는 이름의 그 남자는 크로스가 자기를 찾아온 연유를 밝히며 접근하자 총을 꺼내들고 크로스의 목에 총구를 겨냥했다.

"네 놈 입에서 한마디만 더 나왔다간 목구멍을 쏴버리겠어."

크로스는 놀라긴 했지만 겁을 먹지는 않았다.

"5만 달러에서 해결을 봅시다. 5만 달러밖에 안 되는 푼돈 때문에 날 죽이고 싶소? 우리 아버지가 좋아하지 않을 텐데."

"네 아버지가 누군데?"

팔코는 여전히 총을 겨눈 채 물었다.

"피피 데 레나인데, 어차피 아버진 내가 5만 달러에 해결을 본 걸 아시면 날 쏴 죽이실 거요."

팔코가 큰소리로 웃으며 총을 내려놨다.

"좋아, 내가 다음 번에 라스베가스에 갈 때 돈을 갚겠다고 하더라고 전해."

"올 때 미리 전화하시오. 항상 그랬던 것처럼 호텔 우대권을 줄 테니까."

팔코는 피피의 명성을 전부터 들어서 알고 있었지만, 크로스의 얼굴에서도 그를 붙드는 뭔가가 있었다. 두려움의 부재, 침착한 대답, 약간의 농담. 이런 모든 면들이 친구들을 시켜 복수를 할 누군가를 연상시켰다. 반면, 크로스는 이 사건을 계기로 수금을 다닐 때는 무기를 몸에 지니고 경호원을 데리고 다니게 됐다.

피피는 용기 있게 행동한 아들을 칭찬하는 뜻에서 제너두 호텔에서 같이 휴가를 보냈다. 그론벨트는 고급 객실 두 개를 두 사람에게 마련해 줬고 크로스에게는 칩이 들어 있는 지갑을 선물로 주었다.

그론벨트는 이제 여든이 됐고 머리가 하얗게 셌지만 키가 훌쩍한 그의 몸은 원기 왕성했으며 여전히 유연했다. 또한 그에게는 교육자적인 기질이 있었다. 그는 크로스를 가르치는 것에 큰 기쁨을 느꼈다. 크로스에게 칩이 든 지갑을 건네면서 그는 이렇게 말했다.

"넌 분명 질 테니까 이 돈은 나한테 도로 오겠지. 자, 반복해서 얘기하지 않을 테니까 내 말 잘 들어. 이 호텔에는 다른 오락거리들이 많아. 골프장은 일본에서 온 도박꾼들이 골프를 치러 찾아올 정도로 훌륭해. 좋은 식당도 여럿 있고, 이곳 극장에는 인기 있는 영화배우나 음악가들이 출연하고 멋진 누드쇼도 있지. 테니스장에다 수영장도 있고. 그랜드 캐년까지 널 실어다 줄 전용 관광도 있어. 모두 공짜야. 그러니까 이 지갑 속에 든 5천 달러를 몽땅 잃어버렸다고 할 핑계거리는 없어. 도박은 하지 말라는 말이다."

그 삼 일간의 휴가 동안 크로스는 그론벨트의 충고를 그대로 따랐다. 매일 아침 그는 그론벨트와 아버지 그리고 호텔에 머무르는 거물급 도박꾼과 골프를 했다. 내기에 거는 돈은 내내 많은 편이긴 했지만 절대 터무니없을 정도로 많지는 않았다. 그론벨트는 크로스가 상금이 최고로 많이 걸린 날에 능력을 최고로 발휘했다는 사실을 주목했다.

"강심장이야, 강심장."

그론벨트는 피피에게 놀랍다는 듯이 말했다.

하지만 그론벨트가 가장 인정한 부분은 크로스의 훌륭한 판단력과 뛰어난 두뇌 그리고 다른 사람이 굳이 말하지 않아도 자기가 해야 할 일을 정확히 안다는 점이었다. 마지막 날 아침에 그들과 같이 골프를 친 거물급 도박꾼은 기분이 썩 좋질 못했는데 그럴 만한 까닭이 있었다. 그 남자는 잘 나가는 매춘업소를 여럿 소유한 거부이기도 했지만 능력 있고 열성적인 도박사기도 했다. 그는 전날 밤 거의 50만 달러를 잃었다. 그가 화가 난 것은 거금을 잃었다는 사실보다는 불운이 연속적으로 이루어지는 와중에 거기에서 벗어나려고 하다가 자제력을 잃고 돈을 잃었다는 사실이었다. 그건 풋내기 도박꾼이나 하는 실수였다.

그날 아침 그론벨트가 한 홀 당 50달러라는 적당한 액수의 내기를 제안하자 그는 비아냥대며 말했다.

"알프레드, 지난밤에 당신이 나한테 뺏어간 돈을 생각한다면 홀 당 천 달러는 걸어도 된다고."

그론벨트는 이 말에 기분이 상했다. 이른 아침에 하는 골프는 그에게 사교생활의 일부였다. 그것을 호텔 사업과 결부시키는 것은 예의에 벗어난 행동이었다. 그러나 그는 평소와 마찬가지로 점잖게 대답했다.

"그러지. 피피와 한 조가 되시오. 난 크로스와 하지."

시합이 시작됐다. 그 매춘왕은 공을 잘 쳤다. 피피도 그랬다. 그론벨트도 마찬가지였다. 시합을 망친 사람은 크로스 혼자였다. 그는 사람들이 본 중에서 가장 안 좋은 시합을 했다. 그가 친 공은 휘었고 벙커와 작은 연못 속에 빠졌으며 퍼팅을 할 때는 균형을 잃었다. 5천 달러를 벌게 된 매춘왕은 자존심은 회복하고 그들에게 아침을 사겠다고 했다.

크로스는 사과했다.

"저 때문에 져서 미안하군요, 그론벨트 씨."

그론벨트는 진지한 표정으로 그를 쳐다보며 말했다.

"훗날 네 아버지가 허락하면 꼭 나한테 와서 일해라."

크로스는 아버지와 그론벨트의 관계를 여러 해 동안 가까이에서 지켜보았다. 두 사람은 좋은 친구사이를 유지했고 일 주일에 한 번은 저녁식사를 같이 했으며, 피피는 여간해서는 클레리쿠지오가 사람들에게도 보이지 않는 존경심을 갖고 그론벨트를 대했다. 그론벨트는 그론벨트대로 피피를 특별히 두려워하는 것 같지 않았고 그에게 별장을 제외한 제너두 호텔의 모든 특권을 누리게 해주었다. 크로스는 또한 호텔에서 매주 피피에게 8천 달러를 지급한다는 사실을 우연히 알게 됐다. 그 사실을 토대로 크로스는 그들 간의 관계를 파악했다. 클레리쿠지오파와 알프레드 그론벨트는 제너두 호텔을 매개로한 협력자였다.

그리고 크로스는 그론벨트가 자신에게 특별한 관심을 가지고 있고 많은 배려를 해준다는 사실을 알았다. 그것은 이번 휴가에서 칩을 선물한 것만 봐도 알 수 있었다. 그리고 그 선물 외에도 그의 호의는 여러 번 있었다. 크로스를 포함해서 그의 친구들에게까지 제너두 호텔의 무료 초대권이 제공된 적도 있었다. 크로스가 고등학교를 졸업했을 때는 컨버터블 자동차를 선물했다. 그가 열일곱 살이 넘자 그론벨트는 자신이 특별히 아끼는 호텔 쇼의 여자출연자들에게 그를 소개해줌으로써 그를 좀더 비중 있게 대해주었다. 그리고 시간이 흐르면서 크로스는 그론벨트가 연로한 나이에도 불구하고 여자들을 팬트하우스의 저녁식사에 초대한다는 사실을 알게 됐고, 그론벨트의 인기가 좋다는 사실도 여자들의 수다를 통해 알게 됐다. 그는 여자들에게 절대로 깊이 빠지는 일은 없었지만 상당히 관대한 편이어서 여자들이 넋이 나갈 정도로 엄청난 선물을 했다. 그와의 관계가 한 달 정도 지속되기만 하면 어떤 여자든 부자가 됐다.

한번은 그론벨트가 크로스에게 제너두 호텔 같은 대형 카지노 호텔의 경영법에 대해 설명을 하고 있는데 크로스가 대뜸 그에게 고용주의 입장에서 여자 직원을 어떻게 생각하느냐고 물었다.

그론벨트는 웃으며 그를 쳐다보았다.

"쇼에 출연하는 여자들은 쇼 연출자한테 일임하지. 그 밖의 다른 여직원들은 그냥 남자라고 생각하고 대하지. 그렇지만 만약 네가 사랑에 대해 묻고 있는 거라면 이런 말을 해주고 싶다. 매사에 똑똑하고 이성적인 남자라면 여자를 두려워할 이유가 전혀 없어. 두 가지는 반드시 조심해야 돼. 첫째는 극히 위험한 경우인데, 슬픔에 빠진 상류층 여자다. 둘째는 너보다 야망이 더 큰 여자다. 날 무정하다고 비난해선 안돼. 여자들 편에서도 똑같은 얘기를 할 수 있는데 지금은 그 얘기를 하는 건 아니니까 그만두자. 난 운이 좋은 사람이고 이제까지 세상에서 가장 사랑했던 건 제너두 호텔이다. 하지만 자식이 없는 게 정말이지 아쉬워."

"제가 보기엔 흠잡을 데 없는 완벽한 인생이세요."

"그렇게 생각해? 이런, 한 턱 내야겠는데."

코그의 저택에서는 크로스 때문에 클레리쿠지오가의 여자들 사이에 큰 소동이 벌어졌다. 스무 살이 되자 그의 젊은 남성미는 활짝 꽃을 피웠고, 게다가 그는 잘 생기고 단아하고 강했으며 나이에 비해 놀라울 만큼 예절이 발랐다. 사람들은 그가 아버지를 닮지 않고 어머니를 닮은 게 천만다행이라며 시칠리안 농부의 심통이 섞인 우스개 소리를 했다.

백 명도 넘는 친척들이 모인 부활절 일요일에 크로스는 아버지에 대한 마지막 수수께끼를 사촌 단테를 통해 완전히 풀게 됐다.

담으로 둘러싸인 저택의 넓은 정원에서 크로스는 여러 젊은 남자들에게 둘러 싸여 있는 아름다운 아가씨를 보았다. 그 여자가 피피가 구운 소시지를 가지러 뷔페 식탁으로 가다가 그들에게 다정하게 인사를 건네는 모습이 눈에 들어왔다. 그 여자는 피피를 보자 눈에 띠게 겁을 내며 움츠러들었다. 여자들은 보통 아버지를 좋아했고 그의 못 생긴 얼굴과 재미난 농담과 쾌활한 성격에 경계심을 풀었다.

단테도 이 장면을 목격했다.

"예쁘지? 가서 인사하자."

단테는 두 사람을 소개를 시켜주었다.

"릴라, 여기는 우리 사촌인 크로스야."

릴라는 그들과 비슷한 또래였지만 아직 여성으로 충분히 성숙하지는 않아서, 말하자면 사춘기의 미완성의 아름다움이 느껴졌다. 머리칼은 꿀처럼 노란 색이었고 피부는 마치 그 밑에 시냇물이라도 흐르는 게 아닌가 싶을 만큼 신선하게 빛났는데, 입이 지나치게 작아서 마치 생기다만 것처럼 보였다. 하얀 앙고라 스웨터 때문에 그녀의 피부는 황금빛으로 보였다. 크로스는 순간 그녀에게 반하고 말았다.

하지만 그가 말을 시키려고 하자 릴라는 그를 외면하며 다른 식탁에 모여 있던 부인들 쪽으로 피해버렸다.

크로스는 약간 민망해져서 단테를 보며 말했다.

"내 외모가 마음에 안 드는가봐."

단테는 그를 쳐다보며 심술궂게 씩 웃었다.

단테는 날카롭고 교활한 얼굴에 기운이 넘치고 호기심이 많았다. 그의 머리는 클레리쿠지오가의 특징인 거칠고 검은 머리였는데, 우습게 생긴 르네상스 풍의 모자에 가려서 지금은 잘 보이지 않았다. 키는 겨우 150cm를 넘을 정도로 작았지만, 대부가 가장 사랑하는 손자라는 사실 때문인지 그는 자신감이 넘쳤다. 그에게서는 언제나 고약한 심술이 느껴졌다. 그는 크로스에게 여자의 성이 아나코스타라고 말했다.

크로스는 그 이름을 기억했다. 일 년 전에 아나코스타 가족은 큰 비극을 당했다. 아버지와 장남이 마이애미의 한 호텔 방에서 총에 맞아 죽었다. 단테는 대답을 기다리며 크로스를 쳐다보고 있었다. 크로스는 무덤덤한 표정을 지었다.

"그런데?"

크로스가 물었다.

"너 지금 아버지 일을 돕고 있지?"

"응."

"그런데도 릴라랑 사귀려고 한단 말이야? 재수 없는 자식."

이렇게 말하며 단테는 큰 소리로 웃었다.

크로스는 상황이 약간 위험해지고 있음을 느꼈다. 그는 조용히 침묵을 지켰다. 단테가 말을 계속했다.

"네 아버지가 무슨 일을 하는지 몰라?"

"돈을 수금하지."

단테가 아니라는 뜻으로 머리를 흔들었다.

"알아두는 게 좋을 거야. 네 아버지는 조직을 위해서 사람들을 제거하는 사람이야. 조직의 최고 해결사라고."

크로스는 마치 마법사가 바람을 일으켜서 그가 지금껏 품어왔던 수수께끼들을 깨끗하게 걷어간 것처럼 느껴졌다. 모든 것들이 아주 분명해졌다. 아버지를 혐오한 어머니, 친구들과 클레리쿠지오가의 사람들이 피피를 깍듯이 대접하는 것, 여러 주 동안 사라지는 아버지의 알 수 없는 행동, 아버지가 항상 몸에 지니고 다니는 총, 이해하지 못할 아버지의 음험한 농담들. 그는 아버지가 그의 손을 잡았던 그날 저녁 이후로 이상하게도 그의 기억에서 지워졌던 아버지의 살인재판을 떠올렸다. 그리고 아버지에 대한 느닷없는 애정과 이제 발가벗겨진 아버지를 어떤 식으로든 보호해야만 한다는 감정이 솟구쳐 올랐다.

그러나 이 모든 것들에 앞서서 크로스는 단테가 감히 그 진실을 누설했다는 사실에 피가 거꾸로 솟는 것 같은 분노를 느꼈다.

"아니, 난 모르는 일이야. 그리고 너도 그 사실을 몰라. 그건 아무도 모르는 거야."

엿이나 쳐 먹어라, 이 비열한 새끼야라는 말이 금방이라도 입 밖으로 튀어나올 것 같았지만 대신 그는 웃는 얼굴로 단테를 쳐다보며 말했다.

"도대체 어디서 그런 엿 같은 모자를 구했냐?"

비르지니오 발라죠는 어릿광대의 깃털장식을 달고서 아이들의 부활절달걀 찾기 놀이를 준비하고 있었다. 그는 부활절 복장에 손에는 아름다운 꽃을 들고 있는 아이들을 자기 곁으로 불러모았다. 모인 아이들의 얼굴은 꽃잎처럼 자그마했고 피부는 마치 달걀껍질 같았으며 머리에는 분홍색 리본으로 장식한 모자를 쓰고서 다들 잔뜩 들떠서 얼굴이 발갛게 상기되어 있었다. 발라죠는 아이들 하나하나에게 광주리를 나눠주며 다정하게 입맞춤을 한 다음에 "시작!" 하고 크게 소리를 쳤다. 아이들은 사방으로 흩어졌다.

런던에서 맞춘 양복에다 이탈리아제 구두, 프랑스제 와이셔츠, 맨해튼의 유명 미용실에서 손질한 머리까지 비르지니오 발라죠의 모습도 볼만 했다. 삶은 비르지니오에게 순탄하기 이를 데 없었다. 게다가 저 아이들 못지않게 아름다운 딸까지 있었다.

'씰' 이라고 불리는 루씰은 열여덟 살이었고 그날은 옆에서 아버지를 도왔다. 그녀가 광주리를 건네는 모습을 보며 잔디밭에 있던 남자들은 그녀의 아름다움에 도취되어 휘파람을 불어댔다. 그녀는 짧은 바지에 앞이 터진 하얀 블라우스 차림이었다. 거무스레한 피부에는 짙은 상아색이 감돌았다. 검은 머리칼을 왕관처럼 머리 둘레에 감은 모습이 마치 건강과 젊음, 그리고 유쾌한 기분에서 우러나오는 순수한 행복감으로 빚어낸 생기발랄한 여왕을 보는 것 같았다.

그녀는 크로스와 단테가 다투는 모습을 옆 눈으로 흘낏 쳐다보면서 크로스가 충격을 받고 잠깐 동안 입이 일그러지는 모습을 놓치지 않았다.

그녀는 팔에 광주리를 하나 들고서 단테와 크로스가 서 있는 곳으로 걸어왔다.

"누구 달걀 찾기 놀이 할래?"

그녀가 기분 좋은 미소를 지으며 물었다. 그리고 광주리를 앞으로 내밀었다.

두 사람은 넋을 잃고 그녀를 쳐다봤다. 늦은 아침 햇살에 그녀의 피부는 황금빛으로 빛났고 눈에서는 기쁨이 넘쳤다. 부풀어 오른 하얀 블라우스는 유혹적인 동시에 너무나도 청순했고, 둥근 허벅지가 우유처럼 희었다.

바로 그 순간 한 여자아이가 비명을 지르기 시작했다. 세 사람은 모두 아이 쪽으로 시선을 돌렸다. 아이는 밝은 빨강색과 파랑색으로 칠한 볼링공 만한 크기의 커다란 알을 방금 전에 발견한 참이었다. 그래서 놀라기도 했지만 그걸 담겠다는 생각에 눈을 동그랗게 뜨고서 예쁜 하얀 밀짚모자가 비뚤어지는 줄도 모르고 알을 광주리에 담으려고 애를 썼다. 하지만 알이 깨지면서 그 안에서 작은 새가 날아오르는 바람에 아이는 비명을 질렀다.

뻬띠에가 잔디밭을 가로질러 달려와 아이를 품에 안으며 달랬다. 그건 그의 장난이었고 사람들은 웃음을 터뜨렸다.

소녀는 모자를 조심스럽게 바로잡더니 고음의 목소리로 소리를 질렀다.

"날 속였잖아."

그리고는 뻬띠에의 얼굴을 손바닥으로 찰싹 때렸다. 사람들이 배를
잡고 웃었고 그녀는 아직도 잘못했다고 비는 뻬띠에한테서 재빨리 도
망을 쳤다. 그는 아이를 팔에 안아서는 보석장식에다 금줄까지 달린
부활절 달걀을 주었다. 어린 소녀는 그것을 받아들고 그에게 뽀뽀를
했다.

씰은 크로스의 손을 잡고 저택에서 백 미터 가량 떨어진 곳에 있는
테니스장으로 크로스를 데리고 갔다. 두 사람은 삼면이 벽으로 둘러싸
인 오두막 안으로 들어가 앉았는데, 나머지 터진 한 면은 축제장소와
는 다른 쪽으로 나있어서 남들 눈을 피할 수 있었다.

단테는 굴욕감을 느끼며 두 사람이 멀어지는 모습을 지켜보았다. 그
는 크로스가 더 매력적이라는 것을 잘 알고 있었기 때문에 무시당한
느낌이 들었다. 하지만 대단한 미남을 친척으로 됐다는 사실이 자랑스
럽기도 했다. 뜻밖에도 자기 손에 광주리가 들려 있는 걸 알고 그는 어
깨를 한 번 으쓱하더니 부활절 달걀찾기 놀이에 끼었다.

테니스장의 오두막에 숨어서 씰은 크로스의 얼굴을 손으로 감싸며
입술에 키스를 했다. 부드럽고 짧은 입맞춤이 몇 번 이어졌다. 하지만
그가 그녀의 블라우스 밑으로 손을 집어넣자 그녀는 그를 밀어냈다.
그녀는 환하게 웃었다.

"열 살 때부터 오빠와 키스하고 싶었어. 지금이 딱 좋은 기회야."

크로스 그녀의 키스를 받고 흥분이 됐지만 아무렇지도 않은 척 물었
다.

"왜?"

"오빠는 너무 잘 생겼고 너무 완벽하니까. 오늘 같은 날에는 무슨 짓

을 해도 용서가 된다고."

그녀는 자기 손을 그의 손 밑으로 슬그머니 밀어 넣었다.

"우리 집안은 정말 행복하지 않아?"

그런 다음 느닷없이 그녀가 물었다.

"오빠는 왜 아버지랑 같이 살아?"

"아버지랑 사는 거야 당연한 거 아냐?"

"단테 오빠랑 싸웠지? 그 오빤 정말 밥맛 없어."

"단테는 괜찮은 놈이야. 우린 그냥 농담하던 중이었어. 단테는 뻬띠에 삼촌처럼 장난꾸러기야."

"단테 오빠는 너무 거칠어."

썰은 그렇게 말하며 다시 크로스에게 키스를 했다. 그녀는 그의 손을 꼭 쥐었다.

"우리 아버진 돈을 많이 벌어. 켄터키에 집과 1920년형 롤스로이스를 살 계획이셔. 지금도 골동품 차가 세 대나 되고 켄터키에서는 말을 사서 키우실 거래. 내일 우리 집에 와서 차 구경할래? 오빤 우리 엄마 요리를 항상 좋아했잖아."

"내일은 라스베가스로 돌아가야 돼. 난 제너두 호텔에서 일하고 있거든."

썰이 그의 손을 홱 잡아당겼다.

"난 라스베가스가 싫어. 혐오스런 도시 같아."

"내 생각엔 멋진 도시인데."

크로스가 웃으며 말했다.

"거기에 한 번이라도 가봤다면 모를까 왜 싫어해?"

"사람들이 어렵게 번 돈을 함부로 써버리니까."

썰은 젊은이다운 정의감에서 이렇게 대답했다.

"아버지가 도박을 안 하셔서 정말이지 다행이야. 그리고 쇼에 출연하는 여자들은 음란하기 짝이 없다고."

크로스가 웃음을 터뜨렸다.

"내가 그걸 어떻게 알아? 난 골프장만 다니거든. 카지노는 한 번도 들어가 본 적이 없어."

그녀는 그가 지금 자길 놀리고 있다는 걸 알았지만 개의치 않고 물었다.

"내가 다니는 대학에 초대하면 올 생각 있어?"

"물론이지."

이런 남녀간의 문제에서는 그가 그녀보다 경험이 훨씬 많았다. 그래서 그는 자기 아버지와 조직의 진짜 모습에 대해서는 아무것도 모르고서 자기 손을 꼭 잡고 있는 그녀의 순진함에 연민을 느꼈다. 그녀가 그의 마음을 떠보려고 그런 말들을 한다는 것쯤은 모르지 않았지만, 날씨는 화창했고 그녀의 아름다운 육체는 눈부시게 피어나는 중이었으며, 달콤하면서도 성적인 욕망이 배제된 키스가 그를 감동시켰다.

"돌아가는 게 좋겠어."

두 사람은 손을 잡고 천천히 걸음을 옮겼다. 그들을 가장 먼저 발견한 그녀의 아버지 비르지니오가 즐거운 표정으로 손가락질을 하면서 놀려댔다.

"쯧쯧, 부끄러운 줄 알아야지."

그러고는 그는 두 사람을 품에 안았다. 크로스는 부활절을 알리는 흰 옷을 입은 아이들에게서 느껴지던 순수함과 마침내 아버지의 진짜 모습을 알게 된 날이라는 점 때문에 그날을 오래도록 기억했다.

피피와 크로스가 라스베가스로 돌아왔을 때 둘 사이에 달라진 점은 하나도 없었다. 피피는 비밀이 새어나갔다는 사실을 분명하게 느꼈고 그래서 각별히 더 따뜻하게 크로스를 대했다. 크로스는 아버지에 대한 자신의 감정이 변하지 않았고 여전히 아버지를 사랑한다는 것에 스스로도 놀랐다. 그는 아버지와 클레리쿠지오가의 가족들과 그론벨트와 제너두 호텔이 없는 삶은 상상할 수도 없었다. 이제까지 그는 그 속에서 살아왔으며 그 세월에 대해 불만도 없었다. 하지만 초조한 마음이 고개를 들기 시작했다. 바야흐로 전환점이 필요한 시점이었다.

제3부

클로디아 데 레나, 아테나 아퀴탠

4

클로디아는 아파트에서 나와 아테나의 집이 있는 말리부 콜로니로 가고 있었다. 퍼시픽 팰러세이즈로를 달리면서 아테나에게 영화를 다시 찍자고 설득하기 위해 어떤 말을 해야 할까를 골똘히 생각했다.

이 일은 영화사에게 뿐만 아니라 그녀에게도 중요했다. 메쌀리나는 그녀가 쓴 첫 영화대본이었다. 다른 작품들은 소설을 각색한 것, 다른 사람이 쓴 대본을 개작하거나 수정한 것, 또는 공동 작업을 통해 쓴 것이었다.

또한 그녀는 메쌀리나의 공동제작자이기도 했는데, 덕분에 생전 처음 굉장한 권력을 누리게 됐다. 이윤에 대한 적정 수입도 보장됐다. 잘하면 거금을 만질 수 있는 기회였다. 그러면 제작자겸 시나리오 작가라는 그 다음 단계를 향해 전진할 수 있었다. 미국 서부에서 감독을 맡고 싶어하지 않는 사람은 아마도 그녀가 유일할 것이다. 감독은 인간관계에 있어서 잔인해야 했는데 그건 그녀로서는 못할 짓이었다.

클로디아와 아테나는 영화산업에 종사하는 동료들 간에 이루어지는 직업적인 우정을 넘어서서 정말로 가까운 사이였다. 아테나가 이 영화가 클로디아의 경력에 얼마나 중요한지 모를 리 없었다. 아테나는 똑똑했다. 클로디아를 정말 궁금하게 만든 것은 아테나가 보즈 스카넷에게 느끼는 공포였다. 아테나는 그 어떤 것도 또 그 누구도 절대 두려워하지 않았으니까. 그래, 한 가지는 분명하군. 우선 아테나가 그렇게 겁을 집어먹을 만한 이유가 뭔지 밝혀 내고, 그런 다음 그녀를 도울 방도를 강구하는 거야. 그리고 아테나가 자신의 경력을 망치지 않도록 당연히 도와줘야겠지. 어찌됐든, 영화산업의 얽히고설킨 관계며 함정들에 관해서 나만큼 아는 사람이 누가 있을까?

클로디아는 뉴욕에서 작가로서의 삶을 꿈꿨었다. 스물한 살에 쓴 첫 소설이 무려 스무 군데나 되는 출판사들로부터 퇴짜 당한 뒤에도 좌절하지 않았다. 대신 그녀는 로스앤젤레스로 옮겨서 시나리오 일을 해보기로 결심했다.

그녀는 재치 있고 쾌활하고 재능이 많았기 때문에 곧 로스앤젤레스에서 많은 친구들을 사귀게 됐다. 그녀는 UCLA의 시나리오 작가 과정에 등록했고, 아버지가 유명한 성형외과 의사인 젊은 남자를 알게 됐다. 그녀와 그는 연인사이로 발전했고 그는 그녀의 육체와 지성에 완전히 마음을 뺏기고 말았다. 그는 그녀의 위상을 단지 성관계를 즐기는 상대에서 진지한 관계로 승격시켰다. 그는 그녀를 집으로 데리고 가서 가족들에게 소개를 시키고 같이 저녁식사를 했다. 그의 아버지인 성형외과 의사는 그녀를 몹시 마음에 들어 했다. 저녁식사가 끝난 뒤 의사는 두 손으로 그녀의 얼굴을 감쌌다.

"너 같은 아이는 예뻐야 하는데 그렇질 못하니 참 불공평하지. 이건 전적으로 자연의 실수니까 불쾌하게 생각할 건 없어. 그리고 내가 하는 일이 바로 이런 거야. 네가 좋다고만 하면 고쳐주지."

클로디아는 불쾌하게 생각했다기보다 화가 났다.

"왜 제가 꼭 예뻐야 되요? 그래서 좋은 게 뭐죠?"

그녀는 웃는 얼굴로 따져 물었다.

"당신 아들한테는 이 정도로도 충분해요."

"세상을 다 가질 수 있지. 그리고 널 고쳐놓으면 넌 내 아들한테 과분한 여자가 될 거야. 넌 애교도 있고 똑똑하지만, 미모는 힘이라고. 너보다 십분의 일도 똑똑하지 못한 예쁜 여자들한테 남자들이 꼬이는 동안, 빙빙 겉돌기만 하면서 네 남은 인생을 소비하고 싶은 건 아니겠지? 게다가 코가 뭉툭하고 턱이 꼭 마피아처럼 생겼다는 이유로 바보처럼 빈둥거리며 시간을 죽여야 하지."

이렇게 말하면서 그는 그녀의 볼을 손으로 토닥거리고 난 뒤에 다정하게 덧붙였다.

"많이 손대진 않을 거야. 넌 눈이랑 입은 예뻐. 그리고 얼굴선은 영화배우를 해도 좋을 정도야."

클로디아는 주춤거리며 그에게서 한발 뒤로 물러났다. 그녀는 자기가 아버지를 닮았다는 사실을 알고 있었다. 마피아라는 말이 그녀의 신경을 건드렸다.

"그런 건 상관없어요. 어차피 수술비를 낼 능력도 없으니까."

"한 가지 더. 난 영화산업에 대해 잘 알아. 난 남자, 여자를 불문하고 배우들의 연기생명을 연장시켜주는 일을 해왔거든. 이제 네가 영화사에다 영화를 파는 날이 올 때 네 외모는 중요한 역할을 할 거야. 너한테는 그게 불공평하게 보일 수도 있고 넌 또 확실히 재능도 있어. 하지만 영화판이라는 게 원래 그래. 남자와 여자의 문제라고 생각하지 말고 그냥 일의 연장이라고 생각해. 물론 사실이 그렇지 않다고 해도 말이야."

그는 그녀가 여전히 망설이고 있다는 걸 알았다.

"공짜로 해 주지. 너와 또 내 아들을 위해서 말이야. 내가 생각하는 것만큼 네가 예뻐지면 내 아들이 여자친구를 잃지 않을까 걱정이 되긴 하지만."

클로디아는 예전부터 자신이 예쁘지 않다는 사실을 모르지 않았지만 불현듯 크로스를 더 좋아했던 아버지 생각이 났다. 내가 예뻤다면 운명이 달라졌을까? 그녀는 새삼스럽게 의사를 자세히 쳐다보았다. 그는 미남이었고 그의 눈빛은 마치 그녀가 느끼는 것들을 다 이해할 것처럼 친절했다. 그녀는 시원스럽게 웃었다.

"좋아요. 절 신데렐라로 만들어주세요."

의사가 많이 손댈 필요는 없었다. 그는 그녀의 코를 깎아내고 턱을 동그랗게 만들고 피부의 표피조직을 약간 벗겨냈다. 클로디아가 세상으로 다시 돌아왔을 때 그녀의 코는 완벽해졌다. 그리고 아름다운 외모에 자신감을 가진 당당한 여자가 됐고, 아주 예쁘다고 하기는 어려웠지만 어쨌든 훨씬 더 매력적으로 변했다.

결과는 말할 수 없이 놀라웠다. 젊은 나이에도 불구하고 클로디아는 멜로 스튜어트의 면접을 봤고 그는 그녀의 에이전트가 됐다. 그는 그녀가 개작한 대본들을 입수해서 읽고는 그녀를 파티에 초대했고, 그곳에서 그녀는 제작자와 감독, 영화배우들을 알게 됐다. 그녀는 그들을 단번에 사로잡았다. 그 후 오 년 만에 젊은 나이에 일급 영화 대본을 쓰는 일급 작가가 됐다. 사생활 면에서도 결과는 놀라웠다. 의사의 말은 적중했다. 그의 아들은 그녀의 상대가 되지 못했다. 클로디아는 자진해서 항복한 몇몇 경우를 포함해서 연이어 남자들은 성적으로 정복해 나갔는데 그 성과는 영화배우라면 자랑거리가 될 만한 것이었다.

클로디아는 영화산업을 사랑했다. 다른 작가들과 함께 일하는 것도 좋았고, 제작자들과 논쟁하거나 감독들을 부추기는 것도 재미있었다. 제작자들과는 대본과 관련해서 어떤 식으로 해야 돈을 절약하는지에 관해 갑론을박했고, 감독들과는 최고의 예술적 경지에 도달하기 위해서는 대본이 어때야 하는지를 논했다. 그리고 그녀가 만든 대사에 자신을 맞춰서 대사를 더 듣기 좋고 감동적으로 만들어주는 배우들에게 경외감을 느꼈다. 그녀는 대부분의 사람들이 따분하다고 느끼는 무대장치의 마법 같은 효과를 사랑했고, 동료들과의 우정을 즐겼으며, 영화가 실패해도 후회는 없었다. 영화가 개봉되기까지의 전체 과정과 영화의 성패를 지켜보면서 그녀는 전율을 느꼈다. 영화를 위대한 예술형태라고 굳게 믿었고, 개작 요청을 받을 때면 자신이 마치 의사라도 된 것 같은 착각이 들어서 원 대본을 고치면서도 그것을 자신의 신용도와 관련시켜서 생각하지 않았다. 그녀는 스물 다섯에 엄청난 명성을 얻었고 많은 영화배우들과 우정을 맺었는데 그 중 아테나 아퀴탠과 가장 친했다.

그녀가 가장 놀랍게 생각했던 것은 자신의 식을 줄 모르는 성적인 욕구였다. 좋아하는 남자와 침대로 가는 것은 친구와 밥 먹으러 가는 일만큼이나 자연스러운 일이었다. 그렇다고 해서 성관계를 악용하는 경우는 없었다. 그러기에는 그녀의 재능이 너무 뛰어났다. 때때로 그녀는 영화배우들이 그녀의 다음 대본을 얻기 위해서 자기와 잔다는 농담을 하곤 했다.

그녀의 첫 번째 모험상대는 자신을 수술해준 성형외과 의사였는데 알고 보니 그는 아들보다 훨씬 더 매력적이고 노련했다. 자기 손재주에 스스로 도취했는지 그는 그녀에게 같이 지낼 아파트를 구해주겠다고 제의했다. 클로디아는 기분 나쁘지 않게 거절했다.

"수술비는 무료였던 걸로 아는데요."

"넌 이미 수술비를 낸 거나 마찬가지야. 하지만 가끔 만나고 싶어서 말이야."

"물론이죠."

나이와 성격과 외모에 있어서 너무나도 다양한 남자들과 사랑을 나눌 수 있는 능력이 자기한테 있다는 사실은 그녀 자신에게도 의외였다. 그리고 그들과의 관계가 하나같이 즐거웠다. 그녀는 마치 온갖 종류의 낯선 음식들을 찾아다니는 호기심 많은 미식가 같았다. 신참 배우나 시나리오 작가들에게는 좋은 조언자가 돼 주기도 했지만 그건 썩 좋아하는 역할은 아니었다. 그녀는 더 배우고 싶었다. 그래서 나이든 남자들에게 훨씬 더 많은 관심을 느꼈다.

한번은 위대한 엘리 매리온과 하룻밤을 같이 보낼 기회가 있었는데 그날은 그녀가 절대 잊지 못할 날이었다. 그와의 관계는 즐거웠지만 성공적이지는 않았다.

두 사람은 로드스톤 영화사의 한 파티에서 만났는데 매리온은 그녀가 자신을 두려워하지 않을 뿐만 아니라 최근에 영화사에서 막대한 제작비를 투입해서 만든 대작에 대해 예리하면서도 거침없이 비판하는 모습을 보고 그녀에게 흥미를 느꼈다. 또한 매리온은 그녀가 바비 밴츠의 구애를 기분 나쁘지 않게 재치 있게 거절했다는 얘기도 들은 바 있었다.

엘리 매리온은 최근 몇 년 간 성생활을 포기한 상태였다. 그는 거의 발기불능에 가까웠기 때문에 성관계는 즐거움이라기보다 노동이었다. 클로디아를 비벌리 힐스에 있는 로드스톤 소유의 별장에 초대했을 때 그녀가 초대를 받아들인 까닭은 자신의 권력 때문이었다고 그는 생각했다. 그는 그녀의 성적인 호기심에 대해서는 알지 못했다. 대단한 권력을 지녔지만 나이 또한 엄청나게 많은 남자와 자면 어떤 느낌이 들까? 이것만으로는 충분한 이유가 아니었다. 여기에 덧붙여서 그녀는 매리온이 늙었는데도 불구하고 매력적인 면이 있다고 생각했다. 고릴라처럼 생긴 그의 얼굴은 미소를 짓는 순간 정말로 멋있는 얼굴로 변했는데, 자기 손자들을 포함해서 모두가 자기를 엘리라고 부른다는 얘기를 하면서 그는 그런 미소를 지었다. 그녀는 그의 무자비한 성격에 대해 예전에 들은 말이 있었던 터라 그의 지성과 자연스러운 매력은 그녀의 호기심을 더욱 자극했다. 그와 관계를 맺으면 아주 흥미진진하리라는 생각과 함께.

비벌리 힐스 별장의 일층에 있는 침실에서 그녀는 그가 수줍어하는 모습을 재미있어하면서 쳐다보았다. 클로디아는 수줍음 따위는 사절하고 그가 옷 벗는 것을 도와준 다음 그가 의자 위에 옷을 차곡차곡 접어놓는 동안 자기도 옷을 벗었고 그를 품에 한 번 안아주고는 침대로 데리고 갔다. 매리온은 농담을 하려고 애를 썼다.

"솔로몬 왕이 죽어갈 때 사람들이 체온을 따뜻하게 유지해주려고 침대에 처녀들을 들여보냈지."

"음, 그러면 제가 할 일은 별로 없겠는데요."

클로디아는 맞장구를 쳤다. 그녀는 그에게 키스를 하고 부드럽게 쓰다듬었다. 그의 입술은 기분 좋을 정도로 따뜻했다. 피부는 건조하면서 창백했지만 싫은 느낌은 아니었다. 그녀는 그가 옷과 신발을 벗었을 때 너무 왜소해서 깜짝 놀랐고, 권력의 최정상에 있는 남자에게 있어서 3천 달러짜리 양복이 갖는 의미에 대해 잠시 생각을 해 보았다. 하지만 커다란 머리에 왜소한 몸집을 한 그의 모습은 귀엽기도 했다. 그녀는 그를 기다리게 하지 않았다. 십여 분 정도 애무와 키스를 해 보다가 두 사람은 그가 이제 완전히 발기불능이라는 것을 깨달았다. 매리온은 자기가 여자와 침대에 누워보는 건 이번이 마지막이라는 생각을 했다. 그녀가 그를 팔로 감싸서 아기처럼 흔들어 주자 그는 한숨을 쉬며 위안을 느꼈다.

"괜찮아요, 앨리. 자, 이제 당신네 영화가 왜 흥행에 실패하고 예술적인 완성도 면에서도 좋은 평가를 받지 못하는지 자세하게 말해 줄게요."

그녀는 그를 계속해서 부드럽게 어루만지면서 대본과 감독과 배우들에 대해 예리하게 분석했다.

"그 영화는 그냥 나쁜 정도가 아니에요. 봐주기가 고역스러운 영화라고요. 줄거리를 끌고 나가는 감각은 전혀 없고, 있는 거라곤 형편없는 감독이 생각하는 걸 그냥 나열한 것뿐이죠. 그리고 배우들은 영화가 형편없다는 걸 알기 때문에 그냥 몸만 움직인 거고."

매리온은 온화한 미소를 머금은 채 그녀의 말을 경청했다. 그는 기분이 아주 편안했다. 그는 이제 자기 인생의 중요한 부분은 끝났고 머지않아 죽음으로 완전히 막을 내리게 될 것임을 깨달았다. 여자와 사랑을 나눈다거나 심지어는 그래보려는 시도조차 절대 없으리라는 것은 수치스럽지 않았다. 클로디아는 오늘밤에 대해 절대 아무 말도 하지 않을 테고, 또 말한다고 해도 무슨 문제겠는가? 그의 권력은 여전히 그의 손아귀에 들어 있는 것을. 그가 살아 있는 한 그는 수천 명의 운명을 쥐었다 폈다 할 수 있었다. 그는 영화를 분석해 나가는 그녀의 얘기에 흥미를 느꼈다.

"뭘 모르는 모양인데 말이야."

그가 입을 열었다.

"난 영화가 존재하도록 하는 사람이지 영화 자체를 만드는 건 아니야. 당신 말이 맞아. 그 감독을 고용하는 일은 다시는 없을 거야. 배우는 아니지만 말이야. 그렇더라도 배우가 비난을 받지 않아도 된다는 말은 아냐. 내가 궁금한 건 영화가 흥행할까? 라는 거야. 예술적인 작품이 되는 건 우연히 재수가 좋아서 그런 거고."

얘기를 나누면서 매리온은 침대에서 나와 옷을 입기 시작했다. 클로디아는 남자가 옷을 입으면 얘기하기가 훨씬 더 어려워지기 때문에 남자들이 옷을 입을 때가 싫었다. 그녀가 보기에 매리온은 옷을 벗었을 때가 약간 기묘하긴 했지만 훨씬 더 사랑스러웠다. 껑충한 다리와 빈약한 몸체, 커다란 머리, 이 모든 것들이 그녀의 애정 어린 동정심을 자극했다. 흐늘흐늘한 그의 성기가 비슷한 덩치의 다른 남자들 것보다 더 크다는 점은 정말 이상했다.

매리온이 셔츠 단추와 커프스 단추를 끼면서 힘들어하는 모습이 그녀의 눈에 들어왔다. 그녀는 침대에서 훌쩍 내려와 그를 도와주었다.

매리온은 그녀의 벗은 몸을 찬찬히 바라보았다. 그녀의 몸매는 그가 관계했던 수많은 영화배우들의 몸매보다 더 훌륭했지만 아무런 심적 동요도 느끼지 않았으며 그의 몸의 세포들은 그녀의 아름다움에 조금도 반응하지 않았다. 그리고 안타깝거나 슬프다거나 하는 감정은 정말이지 전혀 느껴지지 않았다.

클로디아는 그가 바지를 입고 셔츠 단추와 커프스 버튼을 끼우는 걸 도와주었다. 고동색 넥타이도 바로잡아 주었고 회색 머리칼도 손가락으로 쓸어 넘겼다. 그가 양복 윗도리를 입고 똑바로 서자 그의 시각적인 권력은 원래 모습을 되찾았다. 그녀는 그에게 키스를 하고 나서 말했다.

"즐거웠어요."

매리온은 그녀를 마치 적이라도 되는 것처럼 뚫어져라 쳐다보았다. 그러고 나더니 그의 못 생긴 얼굴을 지워버리는 예의 그 유명한 미소를 지었다. 그는 그녀가 순수하고 마음이 따뜻한 여자임을 인정하면서 그건 그녀가 아직 젊기 때문일 거라고 생각했다. 세상이 앞으로 그녀를 바뀌게 만들 거라는 사실이 너무나 안타까울 뿐이었다.

"내가 최소한 당신을 먹여줄 능력은 있지."

그는 수화기를 들고 룸서비스에 전화를 걸었다.

클로디아는 배가 고팠다. 그녀는 수프를 싹싹 닦아 먹은 다음, 고개를 처박은 채 야채그릇을 비우고 딸기아이스크림 한 그릇을 다 먹어치웠다. 매리온은 먹는 흉내만 내고 말았지만 포도주는 둘이 한 병을 남김없이 나눠 마셨다. 두 사람은 영화와 책 얘기를 했는데 클로디아는 매리온이 자기보다 훨씬 더 훌륭한 독서가라는 사실을 알고 깜짝 놀랐다.

"난 작가가 되고 싶었지. 글 쓰는 것도 좋아하고 책 읽는 것도 정말 좋아. 하지만 내가 개인적으로 좋아할 수 있는 작가는 한 명도 만나지 못했고 심지어 내가 좋아하는 책을 쓴 작가들조차 좋아하기가 힘들더 군. 어니스트 베일이 단적인 예지. 그 사람이 쓴 글은 아름답지만 실제 로 만나보면 불쾌한 인간이야. 어떻게 그럴 수가 있지?"

"책이 곧 그 사람이 아니기 때문이죠. 책은 작가들이 마음 속에 지니 고 있는 최상의 것들만을 걸러낸 정수거든요. 작가들이란 마치 큰 돌 덩이 같아서 당신이 다이아몬드를 얻고 싶다면 그 돌덩이를 부숴서 그 안에 있는 작은 다이아몬드를 꺼내야 되죠."

"어니스트 베일을 알지?"

매리온이 물었다. 클로디아는 그가 아무런 추잡한 감정 없이 한 말 일 거라고 생각했다. 그는 그녀가 베일과 사귄 적이 있다는 사실을 분 명히 알고 있었다.

"지금은 개인적으로 가깝진 않아요. 그 사람 글만 좋아하죠. 그리고 그 사람은 영화사의 비상식적인 처사에 대해 아주 유감스러워하고 있 어요."

클로디아는 그의 손을 살짝 두드렸는데 그런 친근함은 그의 벗은 몸 을 보지 않았으면 절대 갖지 못했을 감정이었다.

"영화 일을 하는 사람들은 하나같이 영화사에 대해 원한을 갖고 있 죠. 그 사람들이 사사로운 감정으로 그러는 건 아니에요. 게다가 정확 히 말해서 당신은 일에 있어서 마음씨 좋은 아저씨는 아니죠. 로스앤 젤레스에서 당신을 진심으로 좋아하는 작가는 저 하나밖에 없을지도 몰라요."

두 사람은 웃음을 터뜨렸다. 헤어지기 전에 매리온은 클로디아에게 말했다.

"어려운 일이 생기면 언제든 전화해."

이 말은 다시 말해서 그가 그녀와 사적인 관계를 지속할 의사가 없다는 의미였다. 클로디아는 말귀를 알아들었다.

"그런 일은 절대 없을 거예요. 그리고 만약 시나리오와 관련해서 어려운 일이 생기면 저한테 전화하세요. 상담은 무료로 해드리겠지만 대본 쓰는 일만큼은 제가 원하는 보수를 주셔야 해요."

일과 관련해 자신이 그를 필요로 하기보다는 그가 자신을 필요로 할 것임을 뜻하는 말이었다. 물론 사실은 그렇지 않았지만, 그녀는 자신의 능력에 대해 자신감이 있음을 간접적으로 전달했다. 두 사람은 서로 좋은 감정으로 헤어졌다.

퍼시픽 코스트 대로로 들어서자 교통이 지체됐다. 클로디아는 왼쪽으로 고개를 돌려 반짝이는 바다를 바라봤는데 기이하게 느껴질 정도로 해변에 사람들이 없었다. 어렸을 때 가봤던 롱아일랜드와는 천양지차였다. 그녀의 위쪽에서는 여러 대의 행글라이더가 송전선 바로 위와 해변 위에서 날아다니는 모습이 보였다. 그녀 오른편에서는 확성기가 달린 트럭과 커다란 카메라들 주위로 많은 사람들이 모여 있었다. 영화를 찍는 모양이었다. 그녀는 퍼시픽 코스트 대로를 좋아했다. 어니스트 베일은 이 길을 아주 싫어했다. 그는 이 도로를 달리고 있으면 마치 지옥으로 가는 배를 탄 것 같은 기분이 든다고 했었다.

클로디아는 베일의 최고 인기소설의 시나리오 작업에 투입되면서 그를 처음 만났다. 그녀는 예전부터 그의 작품을 아주 좋아했다. 그의 문장들은 너무나도 단아했고 마치 음표처럼 자연스럽게 이어졌다. 그는 인물이 가진 비극적인 요소와 인생을 이해했다. 어린 시절 요정이야기가 그녀를 매혹시켰던 것처럼 그가 꾸며내는 새로운 이야기들은 그녀를 즐겁게 했다. 그래서 그를 만난다는 생각에 가슴이 떨렸다. 하지만 어니스트 베일의 실제 모습은 완전히 딴판이었다.

당시 베일은 오십대 초반이었다. 겉모습에서 그의 산문이 지닌 단아함은 전혀 찾아볼 수 없었다. 그는 땅딸막하고 비대했으며 대머리가 돼가고 있는 중이었는데도 굳이 가릴 생각을 하지 않았다. 자기가 쓴 작품 속 인물들을 이해하고 사랑했을지 모르지만 일상생활에서 필요한 섬세함에 대해서는 전적으로 무지했다. 어린아이 같은 단순함은 어쩌면 그의 매력일 수도 있었다. 클로디아가 이 단순함 밑에 숨겨진 비범한 지성을 발견한 것은 그를 더 잘 알게 된 뒤였다. 그의 행동이나 말은 마치 어린아이가 무의식적으로 재미있게 행동하거나 말할 때와 유사했고, 그에게는 순간적으로 나타났다 사라지는 어린아이의 이기심이 느껴졌다.

그날 폴로 라운지에서 아침식사를 하는 자리에 나온 어니스트 베일은 세상에서 가장 행복한 사람처럼 보였다. 그의 예전 소설들은 비평가들로부터 찬사를 받았고 돈도 벌었지만 벌어들인 액수는 대수롭지 않았다. 최신작이 출판되면서 큰 성공을 거뒀고, 로드스톤 영화사가 그 작품을 영화로 만들려는 뜻을 밝히자 베일은 대본을 썼고 바비 밴츠와 스키피 디어는 대본이 아주 훌륭하다며 그를 칭찬하고 있었다. 그리고 베일이 마치 신출내기 배우처럼 둘의 칭찬을 넙죽넙죽 받아먹고 있는 모습을 보고 클로디아는 깜짝 놀랐다. 베일은 클로디아가 왜 이 자리에 와 있는지 모른단 말인가? 그녀는 밴츠와 디어가 전날 대본이 형편없다고 말했던 사실을 떠올리며 경악을 금치 못했다. 형편없다는 얘기는 간단히 말해서 불량품이라는 뜻이었다.

클로디아는 자신도 성형외과의사의 메스로 화려하게 다듬어지기 전까지는 예쁜 얼굴은 아니었었기 때문에 베일의 추한 외모에 대해 혐오감을 느끼지는 않았다. 그녀는 그의 고지식한 모습과 열의에 얼마간

매료되기까지 했다.

밴츠는 어니스트에게 말했다.

"당신을 도와주라고 우리가 클로디아를 불렀소. 클로디아는 전문가고 이 분야에서 단연 최고니까 당신이 쓴 대본을 정말 영화답게 만들어줄 거요. 벌써부터 대성공을 거둘 것 같은 예감이 들어. 그리고 당신은 순이익의 10퍼센트를 가지게 된다는 점을 잊지 마시오."

클로디아는 베일이 미끼를 덥석 무는 것을 볼 수 있었다. 이 가난뱅이는 순이익의 10퍼센트가 무일푼을 의미한다는 사실을 눈치조차 채지 못했다.

베일은 진심으로 고마워하는 듯이 보였다.

"그렇지, 클로디아한테서 배울 게 많을 거요. 대본 쓰는 일은 소설을 쓰는 것보다 훨씬 재미있지만 처음 해 보는 일이라서 말이요."

스키피 디어는 그를 안심시켰다.

"어니스트, 당신은 천부적인 재능이 있어요. 이번 일도 잘 할 수 있을 거예요. 그리고 영화가 성공하고 또 아카데미상까지 타게 된다면 당신은 부자가 되는 거예요."

클로디아는 남자들을 찬찬히 구경했다. 헐리우드에서는 드물지 않게 보이는 모습이었다. 하지만 그 당시 그녀는 지금처럼 똑똑하지 못했다. 스키피 디어는 그녀를 노골적으로 혹은 암암리에 착취하지 않았던가? 그러나 그녀는 스키피에게 감탄하지 않을 수 없었다. 그는 정말로 진심으로 그러는 것처럼 보였다.

클로디아는 그 계획이 이미 심각한 난관에 봉착해 있다는 것과 아울러 그녀의 뒤에는 타의 추종을 불허하는 베니 슬라이가 움직이고 있다는 것을 알았다. 슬라이는 베일의 이지적인 주인공을 제임스 본드와 셜록 홈즈 그리고 카사노바를 합쳐놓은 인물로 바꿔놓음으로써 그 인물에 대한 독점권을 설정할 계획을 하고 있었다. 베일의 작품은 아무 것도 남지 않고 그저 기본 골격만 유지하게 될 것이다.

그날 밤 클로디아가 영화대본 작업에 대해 상의도 할 겸 저녁식사를 함께 하자는 베일의 요청을 받아들인 이유는 바로 이런 동정심에서였다. 공동작업을 할 때의 요령 하나는 연애감정을 배제하는 것이었고, 그러기 위해서 그녀는 일을 하는 동안에는 되도록이면 자신이 매력적으로 보일 만한 행동은 자제했다. 글을 쓸 때 연애를 하게 되면 정신집중이 어려웠다.

의외로 두 사람은 친구처럼 사이좋게 두 달 동안 같이 일을 했다. 같은 날 동시에 그 일에서 해고를 당하자 그들은 라스베가스로 함께 여행을 갔다. 클로디아는 예전부터 도박을 좋아했고 베일도 그랬다. 라스베가스에서 그녀는 오빠 크로스에게 그를 소개했는데, 두 남자가 대번에 친해져서 깜짝 놀랐다. 그녀가 보기에 두 사람은 전혀 어울리는 면이 없었다. 어니스트는 운동이나 골프에는 관심이 없는 지식인이었다. 크로스는 몇 년째 책을 한 권도 안 읽은 사람이었다. 그녀는 어니스트에게 이 점에 대해 물어봤다.

"그 친구는 얘기를 들어주고 난 얘기를 하지."

적절한 설명은 아니었지만 그 말은 클로디아에게 상당히 인상적으로 들렸다. 그녀는 크로스에게도 물었다. 크로스가 비록 오빠이긴 했지만 그녀에게는 불가사의한 존재였다. 크로스는 질문을 곰곰이 생각했다. 그리고는 이렇게 대답했다.

"넌 그 사람을 경계할 필요가 없어. 그 사람은 아무것도 바라질 않거든."

순간 그녀는 크로스의 말 속에 담긴 진실을 알았다. 그것은 그녀에게 있어서 놀라운 계시와도 같았다. 어니스트는 자신의 불행에 대해 아무런 대비책도 세워놓지 않는 사람이었다.

어니스트 베일과의 사랑은 색달랐다. 그는 비록 세계적으로 유명한 소설가이긴 했지만 헐리우드에서는 아무런 힘이 없었다. 또한 사교적이지 못했다. 아니, 사실은 적대감을 불러일으키기까지 했다. 잡지에 실린 그의 글은 국내적으로 민감한 문제들을 건드렸고 정치적으로 언제나 부적절했으며 얄궂게도 쌍방을 모두 화나게 만들었다. 그는 미국의 민주적인 절차에 야유를 퍼부었다. 여권주의자들에 대해 쓴 글에서는 여자들이 육체적으로 남자들과 동등해져야 비로소 여자들은 남자들의 종속에서 벗어날 거라며 여권론자들에게 준군사적인 훈련모임을 결성하라고 충고했다. 인종문제와 관련해서는 언어에 관한 평론을 썼는데, 그는 검다는 말이 '흑인처럼 생각한다' 거나 '새까맣다' 거나 '흑인처럼 생겼다' 와 같이 지나치게 경멸이 담긴 표현으로 사용되고 있고 부정적인 뜻을 내포하고 있기 때문에 흑인들은 자신들을 유색인이라고 불러야 한다고 주장했다.

하지만 그는 이탈리아인, 스페인인, 그리스인 등을 포함한 지중해 연안의 민족들도 유색인이라고 불러야 한다고 해서 양측을 모두 화나게 만들었다.

사회계급에 관한 글에서는, 부자들은 잔인하고 방어적이어야 하고 가난한 사람들은 범죄자가 되어서 부자들이 돈을 지키기 위해 만든 법에 대항해야 한다는 주장을 했다. 그는 모든 복지정책은 가난한 사람들이 혁명을 일으키지 못하도록 하기 위한 필요불가결한 뇌물이라고 썼다. 종교로 말하자면, 그는 종교도 병원처럼 처방전을 써야만 한다고 주장했다.

불행하게도 아무도 그의 말이 농담인지 진담인지를 파악하지 못했다. 이런 엉뚱한 주장들은 그의 소설에서는 전혀 나타나지 않았고, 따라서 그의 책들은 아무런 해법도 제시하지 못했다.

　그러나 클로디아는 그의 인기소설을 영화대본으로 만드는 작업을
하면서 그와 가까운 관계가 됐다. 그는 열심히 배우는 학생이었고 그
녀의 뜻에 전적으로 복종했으며, 그녀는 그녀대로 그의 불쾌한 농담과
그가 처해 있는 힘든 상황을 이해해 주었다. 그가 보여주는 실질적인
의미에서의 돈에 대한 무관심과 추상적인 의미에서의 돈에 대한 관심
은 그녀에게는 충격적으로 느껴졌다. 그는 세상이 그리고 특히 헐리우
드가 힘을 중심으로 돌아간다는 사실을 까맣게 모르는 순수하기 그지
없는 우둔함을 지니고 있었다. 둘은 아주 잘 맞았고, 그래서 그녀는 그
에게 자기 소설을 읽어봐 달라고 부탁했다. 그 다음날 그가 소설을 읽
은 소감을 적은 쪽지를 들고 작업실로 들어왔을 때 그녀는 우쭐해졌
다.

　소설은 시나리오 작가로서의 성공과 그녀의 에이전트인 멜로 스튜
어트의 압력에 힘입어 마침내 출판됐다. 약간의 찬사와 약간의 조소를
곁들인 서평들을 받게 된 것도 단지 그녀가 시나리오 작가라는 이유
때문이었다. 하지만 클로디아는 여전히 자기 소설을 사랑했다. 책은
팔리지 않았고 영화로 만들려고 판권을 사려는 사람도 없었다. 하지만
어찌됐든 출판됐다. 그녀는 '미국의 현존하는 가장 위대한 소설가에
게'라는 헌사를 써서 베일에게 한 권 선물했다. 그러나 이 헌사는 전혀
도움이 되지 못했다.

　"당신은 아주 운이 좋은 여자야."

　베일은 이렇게 운을 뗐다.

　"그런데 당신은 소설가가 아니라 시나리오 작가야. 앞으로도 절대
소설가는 못 될 거야."

　그는 악의나 조롱의 의도 없이 삼십 분 동안 그녀의 소설을 완전히

해체했고, 그것이 형편없는 작품이며 글의 구조도 엉망이고 깊이도 없고 인물들도 전혀 공감이 안 간다는 얘기와 더불어 심지어는 그녀의 강점인 대화부분은 아주 형편없어서 요점은 없고 말재주만 부린다고까지 평했다. 그의 말은 잔인한 살인행위와도 같았지만 너무나도 논리 정연해서 클로디아로서는 수긍하지 않을 수 없었다.

그는 그의 기준으로는 친절하다고 할 만한 말로 얘기를 끝맺었다.

"열여덟 살짜리 여자들한테는 아주 좋은 책이야. 내가 언급한 모든 허점은 경험으로 보완이 가능하고 나이가 들면 저절로 해결돼. 하지만 당신이 절대 보완할 수 없는 게 하나 있지. 당신한테는 문체가 없어."

비록 완전히 만신창이가 되긴 했지만 이 말에 클로디아는 화가 불끈 치밀었다. 서평을 쓴 사람들 중에 몇은 그녀의 글이 서정적이라는 칭찬을 했다. 그녀는 반박했다.

"그건 당신이 잘못 생각하는 거예요. 난 완벽한 문장을 만들려고 노력했어요. 그리고 당신 소설들에 대해서 내가 가장 찬탄하는 부분은 시적인 문체라고요."

처음으로 베일이 빙긋 웃었다.

"고맙군. 난 시적인 문체를 만들려고 노력하지 않았어. 내 문체는 인물들의 감정에서 저절로 솟구쳐 나왔지. 당신의 문체, 그러니까 당신의 서정성은 강요된 거야. 전적으로 잘못된 거지."

클로디아는 눈물을 펑펑 쏟았다.

"당신이 뭔데 그래요? 어떻게 그렇게 지독한 말을 할 수가 있죠? 어떻게 그렇게 칼로 자르듯이 단정을 지어요?"

베일은 재미있다는 듯한 표정이었다.

"이봐, 당신은 책을 써서 출판하고 굶어죽어도 되긴 돼. 하지만 당신은 천재적인 시나리오 작가인데 그럴 이유가 어디 있어? 내가 이렇게 단정적인 까닭은 소설이야말로 내가 아는 유일한 것이기 때문이야, 진짜로 말이야. 아니면 말고."

클로디아가 받아쳤다.

"당신 말은 다 맞지만, 당신이란 사람은 남을 괴롭히는 취미가 있는 비열한 인간이야."

베일은 그녀를 신중한 눈초리로 쳐다보았다.

"당신은 재능이 있어. 영화 대사에 대한 감각이 대단하고 이야기를 끌어나가는 솜씨가 노련해. 정말로 영화를 이해하고 있어. 왜 굳이 자동차 정비사가 아니라 대장장이가 되고 싶어하는 거야? 당신은 영화에 적합한 사람이고 소설가로서의 자질은 없다고."

클로디아는 도무지 모르겠다는 듯이 눈을 동그랗게 뜨고서 그를 쳐다봤다.

"당신은 자신이 지금 얼마나 모욕적인 말을 하고 있는지 전혀 모르는군요."

"알고말고. 하지만 다 당신이 잘되라고 하는 말이야."

"당신이 정말 그런 소설들을 쓴 사람이라는 게 믿기질 않네요."

그녀는 독살스럽게 내뱉었다.

"아무도 당신이 그것들을 썼다고는 못 믿어요."

이 말에 베일은 껄껄대며 웃었다.

"맞아. 그러니까 멋지지 않아?"

그 다음주 내내 같이 대본작업을 하면서 그는 그녀에게 깍듯이 격식을 차렸다. 두 사람의 우정은 끝났다고 생각하는 것 같았다. 마침내 클로디아가 그에게 말했다.

"어니스트, 그렇게 뻣뻣하게 굴지 말아요. 당신을 용서해 줄게요. 게다가 당신 말이 옳다고 생각해요. 하지만 왜 그렇게 잔인해요? 난 심지어 당신이 폭력을 쓸지도 모른다고까지 생각했다고요. 왜 있잖아요, 날 모욕한 다음에 침대에 집어던지는 그런 거 말예요. 하지만 그러기에는 당신은 너무 바보 같죠. 약을 주려거든 제발 사탕도 같이 달라고요."

베일은 어깨를 으쓱했다.

"난 뭘 하게 되면 딱 그거 하나밖엔 생각 안 해. 내가 하는 일에 대해 솔직하지 않다면 나라는 인간은 존재의미가 없어. 또 내가 그렇게 잔인했던 건, 정말로 당신을 좋아하기 때문이야. 당신은 자기 자신이 얼마나 보기 드문 사람인지 모르고 있어."

클로디아가 웃으며 물었다.

"날 좋아하는 이유가 내 능력 때문이에요, 재치 때문이에요, 아니면 미모 때문이에요?"

베일은 아니라는 듯이 손을 내저었다.

"아니야. 당신은 축복받은 사람이고 아주 행복한 사람이기 때문이야. 어떤 비극도 절대로 당신을 쓰러뜨리지 못할 거야. 그건 정말 보기 드문 일이지."

클로디아는 말뜻을 곰곰이 생각해보았다.

"저기 말예요, 당신의 말 속에는 경멸이 약간 담겨 있어요. 그건 내가 기본적으로 멍청하단 뜻인가요?"

그녀는 잠시 말을 끊었다.

"우울한 사람이 더 민감하다고들 하잖아요."

"맞아. 난 우울한 사람이고 그래서 내가 당신보다 더 민감하잖아?"

두 사람은 박장대소를 했고 그녀는 그를 정답게 껴안았다.

"정직하게 얘기해줘서 고마워요."

"너무 자만하진 말라고. 우리 어머니는 항상 인생이란 수류탄 상자 같아서 언제 어떻게 터질지는 아무도 모른다고 말씀하셨거든."

클로디아는 깔깔대고 웃으며 농담을 던졌다.

"하나님, 운명의 선율을 그렇게 꼭 울리셔야만 합니까? 너는 결코 영화사에 판권을 팔 만한 작가는 못 되리니, 이 선율이 그것을 알려주리라."

"하지만 그게 더 진실에 가깝지."

클로디아가 그를 침대로 데리고 간 건 대본 공동작업을 그만두기 전이었다. 그녀는 그의 벗은 몸이 보고 싶어질 만큼 그에게 진한 애정을 느꼈고, 비로소 두 사람은 가식 없는 이야기를 나누며 진실된 속마음을 주고받을 수 있었다.

연인으로서의 베일은 노련하다기보다는 의욕이 넘쳤다. 그리고 다른 남자들보다도 더 그녀에게 고마워했다. 무엇보다 좋았던 건, 그가 관계를 끝낸 뒤에 얘기하기를 좋아한다는 점이었는데, 옷을 벗었다고 해서 혹독한 비판 일색의 일장 연설을 하는 데는 아무 지장이 없었다. 그리고 클로디아는 그의 벗은 몸을 좋아했다. 옷을 벗으면 그는 원숭이처럼 민첩하고 맹렬했으며 털이 아주 많았다. 가슴에도 빽빽했고 등에도 여기저기 털이 숭숭 나 있을 정도였다. 또 그는 원숭이만큼이나 욕심이 많아서 그녀가 마치 나무에서 떨어지는 과일이라도 되는 것처럼 그녀의 벗은 몸을 꽉 부둥켜 안았다. 그의 강한 성욕은 클로디아를 즐겁게 했다. 그녀는 성행위에 내재되어 있는 희극적인 요소를 즐겼다. 그리고 그가 세계적으로 유명한 사람이라는 사실도 좋았다. 예전에 TV에서 그를 보면서 그녀는 그가 문학과 세상의 타락상을 운운해가며 약간 젠체한다는 생각을 했다. 거의 피우지도 않는 파이프 담배를 쥐고 있는 모습이 매우 위엄 있어 보였으며 팔꿈치에 가죽을 댄 트위드 재킷 차림은 전문가다운 분위기를 풍겼다. 그러나 그는 TV에서보다 침대에서 훨씬 더 재미있었다. 배우처럼 꾸미지 않았으니까.

진실한 사랑이나 둘 간의 관계에 대해서는 어떤 얘기도 오가지 않았다. 클로디아는 그럴 필요성을 못 느꼈고 베일은 그 용어에 대한 문학적인 의미만을 갖고 있었다. 두 사람은 그가 그녀보다 서른 살이 더 많다는 사실을 있는 그대로 받아들였으며, 그것을 차지하고라도 둘 간의 관계는 그의 명성이 개입한 것 외에는 아무런 조건 없이 이루어졌다. 두 사람은 문학을 제외하고는 공통점이 전혀 없었는데, 문학은 결혼을 하는데 있어서 아마도 최악의 조건일 것이란 점에 그들은 생각을 같이 했다.

어쨌든 그와 영화에 대해 논쟁을 벌이는 게 그녀는 너무 재미있었다. 베일은 영화는 예술이 아니며, 우연히 찾은 동굴 속에서 발견된 원시시대 그림으로 퇴화하는 형태에 불과하다고 주장했다. 영화에는 언어가 없고, 인류의 발전은 언어에 기반을 두고 있기 때문에 영화는 한마디로 퇴행적인 이류 예술이라고 했다.

클로디아는 반박했다.

"그러니까 회화도 예술이 아니고 바흐와 베토벤의 음악도 예술이 아니고 미켈란젤로의 작품도 예술이 아니네요. 당신은 지금 말도 안 되는 소릴 지껄이고 있어요."

그리고 나서 그녀는 그가 자기를 놀리고 있고 화내는 모습을 보며 재미있어한다는 걸 알았다.

대본작업에서 동시에 해고를 당한 무렵에는 두 사람은 정말로 가까운 사이가 됐다. 그리고 베일은 뉴욕으로 돌아가기 전에 클로디아에게 서로 다른 종류의 보석 네 개가 비스듬히 박힌 가느다란 반지를 선물했다. 별로 비싸 보이진 않았지만 그가 많은 시간을 들여 어렵사리 찾은 귀한 골동품이었다. 그 후로 그녀는 항상 그 반지를 끼고 다녔다.

그녀는 그것이 행운의 부적처럼 느껴졌다.

하지만 그가 떠나면서 두 사람의 성관계는 끝났다. 언제가 될지 모르지만 그가 로스앤젤레스로 다시 돌아올 때쯤이면 그녀는 아마도 다른 사람과 한창 열애를 하고 있을 것이다. 그리고 그는 두 사람의 애정이 뜨거운 열정보다는 우정에 더 가깝다는 사실을 깨달았다.

그녀가 그에게 준 작별선물은 헐리우드가 어떤 식으로 돌아가고 있는지에 대한 확실한 교육이었다. 그녀는 그에게 두 사람이 쓴 대본은 영화대본의 전설적인 개작자이고 한때 그를 위해서 아카데미 개작부문 특별상을 만들어야 한다는 말까지 나왔던 베니 슬라이가 다시 쓰게 될 것이라고 알려줬다. 그리고 베니 슬라이는 상업성이 없는 이야기들을 일억 달러짜리 대작으로 바꾸는데 일가견이 있는 사람이라는 사실도. 말할 것도 없이 베니 슬라이는 베일의 소설을 베일이 혐오할 영화로, 그러나 분명히 엄청난 돈을 벌어들일 영화로 바꾸어놓을 것이다.

베일은 어깨를 으쓱했다.

"아무렴 어때. 난 순이익의 10퍼센트를 가지기로 했거든. 이제 부자가 될 거야."

클로디아는 잔뜩 화가 나서 그를 노려보았다.

"순이익이라고요?"

그녀는 버럭 소리를 질렀다.

"공모주는 샀어요? 영화가 돈을 얼마를 벌든 당신은 땡전 한 푼도 구경하지 못해요. 로드스톤에는 돈을 움켜쥐는데 기가 막힌 재주를 가진 천재가 있거든요. 잘 들어요, 나도 엄청난 수익을 낸 영화 다섯 편에 대해서 순이익 배당을 받았는데 결국 한 푼도 못 받았어요. 당신도 그럴 거예요."

베일은 다시 어깨를 으쓱했다. 그는 개의치 않는 것 같았다. 그래서 그 후 몇 년 뒤에 그가 보인 행동들은 그녀를 더욱 더 당혹케 했다.

클로디아의 그 다음 연애는 인생이 수류탄 상자와도 같다던 어니스트 베일의 말을 기억하게 만들었다. 처음으로 그녀는 똑똑한 여자답지 않게 자기와 전혀 어울리지 않는 남자와 조심스럽게 사랑을 시작했다. 그는 젊은 천재 감독이었다. 그 연애가 끝난 뒤에는 세상 여자들 대부분이 사랑할 것 같은 어떤 남자에게 깊이 그리고 경솔하게 빠져들었다. 이번에도 어울리지 않기는 마찬가지였다.

그런 최고의 남자들을 매혹시킬 수 있었던 그녀의 싱싱한 활기는 그녀를 대하는 그들의 부적절한 행동으로 인해서 순식간에 풀이 죽어버렸다.

그녀보다 겨우 두어 살밖에 많지 않은 남자치고는 꽤 진중한 데가 있었던 그 감독은 상식을 뛰어넘는 영화 세 편을 만들었는데, 영화들은 비평가들의 찬사를 받았을 뿐만 아니라 꽤 많은 돈을 벌어들였다. 영화사들은 저마다 그와 엮이고 싶어했다. 로드스톤 영화사는 그에게 영화 세 편을 만들게 해 주겠다는 조건을 제의하면서 그가 찍으려고 계획하고 있던 시나리오를 각색할 사람으로 클로디아를 제안했다.

그 감독의 천재적인 능력 중 하나는 자신이 무엇을 원하는가에 대한 명확한 인식이 있었다는 점이었다. 처음에 그는 클로디아가 여자이자 작가라는, 헐리우드의 권력구조상 두 가지 측면에서 약자의 입장에 있었기 때문에 그녀에게 일부러 친절하게 굴었다. 두 사람은 얼마 지나지 않아 한바탕 싸움을 벌였다.

그는 그녀가 보기에 줄거리와는 아무런 상관이 없는 장면을 쓰라고 그녀에게 요구했다. 그 장면 자체만 놓고 볼 때 그녀는 그것이 단지 감독의 과시욕을 만족시키기 위한 쓸데없는 눈요기가 될 것임을 간파했다.

"난 그런 장면은 못 써요."

클로디아는 일언지하에 거절했다.

"이야기 전개에 전혀 도움이 안 되는 장면이에요. 그냥 눈요기에 불과하다고요."

감독은 퉁명스럽게 말을 받았다.

"그러니까 영화지. 얘기한대로 그냥 쓰라고."

"난 시간을 낭비하고 싶은 생각은 추호도 없어요. 빌어먹을 카메라로 당신이 직접 써요."

감독은 화내기도 아깝다는 식이었다.

"당신은 해고야. 영화에서 빠져."

그는 딱딱 손뼉을 쳤다.

그러나 스키피 디어와 바비 밴츠가 두 사람을 화해시켰고, 그건 순전히 감독이 그녀의 고집에 당황했기 때문에 가능한 일이었다. 영화는 성공했고, 클로디아는 이것이 작가로서의 그녀의 능력보다는 영화를 만든 감독의 능력 덕분이었음을 인정하지 않을 수 없었다. 한마디로 말해 그녀는 감독의 통찰력을 제대로 이해하지 못했다. 두 사람은 아주 우연하게 같이 침대로 가게 됐는데 결과는 실망스러웠다. 그는 옷을 벗지 않겠다며 셔츠를 입은 채로 관계를 치렀다. 그럼에도 불구하고 클로디아는 둘이서 함께 위대한 영화를 만드는 꿈에 젖어 있었다. 위대한 감독과 작가의 공조를 이룩하겠다는 꿈 말이다. 그녀는 자신의 능력으로 그의 천재성을 도울 수만 있다면 기꺼이 그에게 주도권을 양보할 의사가 있었다. 둘이 함께 위대한 예술을 탄생시키고 신화적인 존재가 되리라. 연애는 클로디아가 메쌀리나의 초본을 완성하고 그에게 보여주기 전까지 한 달 가량 이어졌다. 그는 대본을 다 읽고나더니 한쪽으로 툭 던졌다.

"벌거벗고 설치는 여성해방 영화군. 넌 똑똑한 여자야. 하지만 내 인생의 일 년씩을 그런 영화를 만드느라 낭비하고 싶진 않아."

"그건 그냥 초고일 뿐이야."

"쳇, 개인적인 관계를 이용해서 영화를 만들려고 하는 인간들은 정말 혐오스럽다니까."

그 순간 클로디아는 그에게 정나미가 떨어졌다. 그녀는 화가 머리끝까지 치밀어 올랐다.

"내가 영화 때문에 너랑 잘 필요는 조금도 없어."

"물론 그럴 필요가 없겠지. 넌 능력도 있고, 영화판에서는 헤프기로 알아주는 여자니까."

클로디아는 소름이 쫙 끼쳤다. 그녀는 자기와 성관계를 맺은 상대에 대해 이렇다 저렇다 떠들고 다닌 적이 한 번도 없었다. 게다가 마치 남자의 세계를 침범하는 여자들은 이유야 어찌됐든 부끄러워해야 한다는 듯한 그의 말투도 싫었다.

클로디아는 그에게 똑같이 되갚았다.

"너도 능력은 있는데 말이야, 옷도 안 벗고 관계를 하는 남자는 최악이거든. 그리고 적어도 난 스크린 테스트를 하게 해주겠다며 여자를 눕히는 짓 따위 안 해."

그것으로 그들의 관계는 막을 내렸고, 그녀는 디터 타미를 감독으로 고려하기 시작했다. 여자만이 자기 대본을 정당하게 평가해줄 거란 생각이 강하게 들었다.

클로디아는 그에 대해 생각했다. 그 자식은 절대 옷을 다 벗은 적이 없고 관계가 끝나고 난 뒤에 얘기하는 것도 좋아하질 않았다. 그는 영화를 만드는 데 있어서 확실히 천재이긴 했지만 자기 고유의 언어가 없었다. 그리고 영화 얘기를 할 때를 제외하고는 전혀 흥미로운 면이 없는 인간이었다.

이제 클로디아는 퍼스픽 코스트 대로가 크게 휘어지는 부근으로 접어들고 있었다. 그곳에서 보면 그녀 오른편에 있는 절벽이 바닷물에 반사되어서 바다가 마치 커다란 거울 같았다. 그곳은 세상에서 그녀가 가장 좋아하는 장소였고 언제 보아도 소름이 끼칠 정도로 아름다운 자연미가 느껴졌다. 그곳에서 아테나가 사는 말리부 콜로니까지는 겨우 십 분 거리였다. 클로디아는 어떤 식으로 부탁을 해야 할지 정리해보려고 애를 썼다. 어떻게든 영화를 구하고 아테나를 돌아오게 만들어야 했으니까. 두 사람은 한때 삶이 고단했을 때 동일한 남자와 사귄 적이 있었는데 그녀는 그 기억을 떠올리면서 아테나를 사랑했던 남자가 자기도 사랑할 수 있다는 사실에 뿌듯한 만족감을 느꼈다.

태양은 이제 최고 정점에 도달해 있었다. 태평양의 물결은 햇빛을 받아 반짝반짝 윤이 나면서 거대한 다이아몬드로 변했다. 클로디아는 갑자기 브레이크를 밟았다. 글라이더 하나가 자기 차 앞으로 내려오는 것 같았다. 글라이더와 블라우스 밖으로 젖꼭지 하나가 드러난 어린 여자아이가 보였는데, 그녀는 해변 위로 날아가는 여자아이를 향해 조심하라는 표시로 점잖게 손짓을 했다. 어떻게 저 애가 허락을 받았지? 경찰은 왜 나타나지 않는 거야? 그녀는 알 수 없는 일이라는 듯이 고개를 흔들면서 가속페달을 밟았다. 교통체증이 점점 풀리면서 그녀는 도로가 휘어지는 지점으로 들어갔고 이제 바다는 보이지 않았지만 8백 미터 가량 지나면 바다가 다시 나타나게 될 것이다. 진정한 사랑처럼 하고 클로디아는 미소를 머금으며 생각했다.

그녀의 인생에서 진정한 사랑은 변함 없이 다시 나타났다. 그녀의 진정한 사랑은 고통스러웠지만 많은 것을 배울 수 있었던 계기가 되었다. 그리고 그것은 그녀의 잘못은 아니었다. 상대는 최고 인기배우이며 전 세계 여성들의 우상인 스티븐 스텔링스였기 때문이었다. 그는 대단한 남성미를 지닌 매력 그 자체였으며 코카인을 조심스럽게 사용해서 항상 넘치는 활력을 유지했다. 또한 배우로서의 재능도 뛰어났다. 다른 무엇보다도 그는 대단한 바람둥이었다. 원정촬영을 간 아프리카에서, 미 서부의 조그만 마을에서, 봄베이, 싱가포르, 도쿄, 런던, 로마, 파리 등등 장소를 불문하고 그는 눈에 띄는 여자란 여자는 모두 건드렸다. 그것도 마치 신사가 가난한 사람을 도와주며 기독교적인 자선을 실천하는 듯한 태도였다. 성관계에 대한 의사는 물어보지도 않았고, 완전히 은인이 거지를 저녁식사에 초대하는 식이었다. 클로디아에게는 아주 깊이 빠져서 둘의 연애는 이십칠 일 동안이나 지속됐다.

이십칠 일이라는 그 기간은 클로디아에게는 즐겁기도 했지만 수치스러웠던 시간이었다. 코카인에 의지했던 스티븐 스텔링스는 도저히 거부할 수 없는 너무나도 매력적인 연인이었다. 그는 클로디아보다 한 술 더 떠서 옷을 다 벗은 상태를 훨씬 더 편안하게 느꼈다. 거기에는 그가 완벽하게 균형 잡힌 몸매를 지녔다는 사실도 작용했다. 클로디아는 여자가 모자를 바로잡으려고 거울을 볼 때의 바로 그런 모습으로 그가 자기를 거울에 비춰보는 모습을 종종 목격했다.

클로디아는 자기 신세가 들러리에 불과하다는 사실을 잘 알았다. 두 사람이 약속을 하면 그는 한 시간 늦겠다며 매번 그녀에게 전화를 했고 그런 뒤에 여섯 시간이 지나서야 약속 장소에 도착하곤 했다. 때로는 약속을 완전히 취소할 때도 있었다. 그녀는 그에게 있어서 밤을 보내기 위한 소품에 지나지 않았다. 또 관계를 할 때면 그는 항상 그녀에게 코카인을 억지로 사용하게 했는데 흥미는 있었지만 머리가 깨질 것처럼 아파서 다음 며칠은 일을 할 수가 없었고 설사 일을 했더라도 자기가 쓴 글에 믿음이 가지 않았다. 그녀는 자기 자신이 세상 그 무엇보다 혐오하는 존재가 되어가고 있음을 깨달았다. 남자의 변덕에 자신의 전 인생을 휘둘리는 여자가 되는 것 같았다.

그녀는 자기가 그에게 있어서 네 번째 혹은 다섯 번째로 선택되는 여자라는 사실에 모욕감을 느꼈지만 그를 비난하려는 마음은 눈곱만큼도 없었다. 그녀는 자기 자신을 비난했다. 그는 인기의 최고 절정에 있었고 미국의 거의 모든 여자들을 다 소유할 수 있었으며 그녀를 선택한 이유도 바로 그 때문이었으니까. 스텔링스는 앞으로 점점 나이가 들고 점점 멋이 사라지고 코카인을 더 많이 사용하게 되겠지. 그는 최정상에 있는 동안에 돈을 벌어야 했다. 그녀는 사랑에 빠져서 그녀의 인생에서 몇 번 안 되는 끔찍하게 불행한 시기를 보내고 있었다.

그래서 스텔링스가 전화로 한 시간 늦을 거라고 말하던, 즉 이십칠 일째 되는 날 그녀는 그에게 말했다.

"스티븐, 신경 쓰지 마. 난 당신 집에서 나갈 거니까."

잠시 정적이 흐른 뒤에 대답하는 그의 목소리는 별로 놀란 것 같지 않았다.

"좋은 사이로 헤어졌으면 좋겠어. 너랑 정말 즐거웠어."

"그래."

클로디아는 그렇게 대답하고 전화를 끊었다. 그녀가 연애가 끝난 뒤에 좋은 사이로 남기를 원치 않는 건 이번이 처음이었다. 그녀가 정말로 짜증이 난 것은 자신의 멍청함이었다. 분명한 사실은, 그의 모든 행동들이 그녀를 떼어내기 위한 술책이었고 그녀가 그 기미를 눈치채는 데 너무 오래 걸렸다는 점이었다. 분했다. 어떻게 그렇게 멍청했을까? 그녀는 눈물을 흘렸지만 일 주일이 지나자 자신이 사랑에서 벗어난 것을 전혀 아쉬워하지 않는다는 사실을 알았다. 그녀의 시간은 완전히 자기 것이 됐고 그녀는 일을 할 수 있었다. 코카인과 진정한 사랑으로부터 해방된 맑은 머리로 글을 쓰는 일로 돌아오니 그렇게 기쁠 수가 없었다.

그녀가 사랑했던 천재 감독이 자신의 대본을 퇴짜 놓은 뒤에 클로디아는 여섯 달 동안 미친 듯이 개작작업에 몰두했다.

메쌀리나 시나리오 초고는 여권신장을 재치 있게 전달하는 선전물 같았다. 그러나 영화 일을 오 년 정도 하다보니 그녀는 어떤 주제라도 탐욕과 섹스와 살인과 인간성에 대한 믿음 같은 기본 원료가 가미되어야 한다는 사실을 터득했다. 그녀가 일순위로 선택한 아테나 아퀴탠을 위해서 뿐만 아니라 최소한 세 명의 조연급 여배우들에게도 역할을 할애하기 위해 많은 부분을 채워 넣어야 한다고 판단했다. 여성을 위한 좋은 배역은 극히 드물어서 그 대본은 최고 인기 여배우들의 관심을 끌기에 충분했다. 그리고 필수불가결 요소로서 매력적이고 잔인무도하고 잘 생기고 재치 넘치는 극도의 악한이 필요했다. 이 부분에서 그녀는 아버지에 대한 기억을 끌어왔다.

처음에 클로디아는 강한 영향력을 가진 여성제작자와 접촉할 생각을 했지만 영화작업을 무리 없이 진행시킬 능력이 있는 영화사 대표들은 대부분 남자였다. 그들은 대본을 마음에 들어 하겠지만 한편으로는 여성 제작자에 여성 감독까지 가세해서 영화가 지나치게 노골적인 선전물로 변질되지나 않을까 하는 우려를 할 것이다. 그들은 적어도 둘 중 한 자리는 남자를 포진시키길 원할 것이다. 클로디아는 디터 타미에게 감독을 맡기기로 이미 결정해놓은 뒤였다.

타미는 엄청난 예산이 투입될 영화라는 점에서 분명히 허락을 할 것이다. 그런 영화는 만약 성공한다면 그녀를 최고의 위치로 끌어올릴 테니까. 설사 실패한다고 하더라도 그녀의 명성은 올라갈 것이다. 실패한 대작 영화가 성공한 저예산 영화보다 감독을 더 유명하게 만드는 경우가 종종 있었다.

또 다른 이유가 있다면, 디터 타미는 오로지 여자만 사랑했고 이 영화는 아름답고 유명한 여성 네 명을 만날 기회를 만들어준다는 점이었다.

클로디아는 몇 년 전 디터 타미와 영화작업을 하면서 좋은 경험을 했기 때문에 그녀를 이 일에 끌어들이고 싶었다. 타미는 매우 솔직하고 매우 재기발랄했으며 재능이 뛰어났다. 또한 그녀는 친구들을 불러들여 개작을 하게 하고 몫을 나눠 가지려는, 소위 '작가를 죽이는' 감독은 아니었다. 그녀는 자기 몫을 정정당당하게 요구할 만큼 대본작업에 기여한 바가 없다면 절대 대본료를 요구하지 않았고, 몇몇 감독이나 배우처럼 성추행을 일삼지도 않았다. 사실 영화판에서는 성격상 성관계가 어쩔 수 없이 일어나기 때문에 엄격하게 말하자면 성추행이라는 용어는 적절치는 않았다.

클로디아는 스키피 디어가 주말에만 대본을 자세하게 읽는다는 사실을 알았기 때문에 대본이 반드시 금요일에 그에게 도착하도록 일에 만전을 기했다. 예전에 여러 차례 그에게 배신당한 적이 있었음에도 불구하고 그에게 대본을 보낸 이유는 그가 헐리우드 최고의 제작자였기 때문이었다. 그리고 오래된 인연을 그냥 썩힌다는 건 바보짓이기도 했는데 그게 제대로 먹혀들었다. 일요일 아침 그가 그녀에게 전화를 걸어왔다. 그는 그녀에게 그날 당장 자기와 점심을 먹자고 했다.

클로디아는 차에 컴퓨터를 던져 넣은 다음, 푸른색 남자 면 셔츠에다 색 바랜 청바지 그리고 간편한 운동화 차림의 작업복으로 갈아입었다. 그리고 머리를 뒤로 넘겨 빨간 손수건으로 질끈 동여맸다.

그녀는 산타모니카의 오션 애버뉴로 차를 몰았다. 오션 애버뉴와 퍼시픽 코스트 대로 사이에 있는 펠러세이즈 공원에는 사람들이 일요일

늦은 아침을 먹기 위해서 모여 있었다. 자원봉사를 나온 사회봉사요원 들이 매주 일요일마다 나무탁자와 의자들이 마련되어 있는 공원 한쪽에서 공원의 신선한 공기를 마시며 그들에게 음식과 마실 것을 가져다 주었다. 클로디아는 그들을 보면서 멋진 자동차와 수영장도 없고 로데오 거리에서 물건을 살 능력이 없는 사람들이 사는 세상도 있음을 스스로에게 환기시키기 위해 항상 이 길로 다녔다. 초기에는 그녀도 공원으로 음식을 가져다주는 자원봉사를 종종 하곤 했는데 이제는 그들에게 먹을 것을 제공하는 교회로 수표만 보냈다. 한 세계에서 다른 세계로 넘나드는 일은 너무나 고통스러워 견디기 힘들었을 뿐만 아니라 성공에 대한 욕구를 무디게 만들었다. 그녀가 굳이 보지 않으려 해도 누추하기 이를 데 없는 사람들의 망가진 삶의 모습이 어쩔 수 없이 눈에 들어왔는데, 신기하게도 그들 중 몇몇은 당당해 보였다. 아무런 희망 없이 저런 식으로 살 수 있다는 사실이 그녀로서는 이상하게 느껴졌지만, 그녀가 영화대본을 쓰면서 너무나도 쉽게 버는 돈이 그 모든 문제의 원인이었다. 그녀가 최근 여섯 달 사이에 벌어들인 돈이 저 사람들이 일생 동안 만져볼 수 있는 돈보다 많았다.

클로디아가 비버리 힐스 계곡에 위치한 스키피 디어의 집에 도착하자 가정부가 그녀를 파란 색과 빨간 색으로 칠한 오두막이 있는 수영장으로 안내했다. 디어는 폭신한 긴 의자에 앉아 있었다. 작은 대리석 탁자 위에는 전화기와 한 더미의 대본이 놓여 있었다. 그는 집에서만 쓰는 빨간 테의 돋보기를 끼고 있었고 우유 빛의 긴 유리컵을 들고 있었다.

그는 자리에서 벌떡 일어나더니 그녀를 껴안았다.

"클로디아, 급하게 의논할 일이 있는데 말이야."

그녀는 그의 목소리를 분석했다. 그녀는 자기의 대본에 대한 반응을 보통은 목소리로 미리 짐작하곤 했다. 신중하게 수위를 조절해가며 칭찬을 하면 그건 두말할 필요 없이 거절을 의미했다. 그리고 즐겁고 의욕적인 목소리로 찬사의 말을 청산유수로 쏟아내는 경우에는 거의 예외 없이 다른 영화사에서 똑같은 주제의 영화를 계획하고 있다느니, 배역에 맞는 적절한 배우를 구할 수 없다느니, 그런 주제는 자기네 영화사에서 다루지 않는다느니 하면서 최소한 세 가지 이유가 따라 나왔다. 그런데 디어의 목소리는 좋은 물건을 손에 넣고 확신에 찬 사업가의 목소리였다. 그는 돈과 지휘권 문제에 대해 말하고 있었다. 그것은 승낙의 의미였다.

"이건 대작이 될 가능성이 있어. 엄청난 대작 말이야. 사실 소품으로는 찍을 수가 없는 작품이지. 내 당신 의도를 모르지 않는데 말이야, 당신은 아주 영리하지만 성문제에 대해서는 영화사를 납득시킬 필요가 있어. 물론, 여배우들에게는 여권신장 쪽으로 설득을 해야겠지. 당신이 남자배역에 대해 약간만 너그러워져서 좀더 좋은 사람으로 만들어준다면 남자배우도 구할 수 있어. 난 당신이 이 영화를 공동제작하는 것을 바라고 있다고 생각하지만, 그건 그저 내 어림짐작이고. 난 협상할 자세가 되어 있으니까 부담 갖지 말고 당신 생각을 털어놔 봐."

"난 감독선임권을 가지고 싶어요."

"그거야 모든 영화사와 배우들도 그러고 싶어하지."

"내가 감독선임을 못한다면 대본은 안 팔아요."

"좋아. 그러면 먼저 영화사에다 당신이 감독을 하고 싶다고 말하는 거야. 그런 다음에 다시 철회를 하면 영화사 쪽에서는 마음을 놓으면서 당신한테 감독선임권을 줄 거야."

그는 잠시 말을 멈췄다 물었다.

"누구를 생각하고 있는데?"

"디터 타미요."

"좋아. 영리한 선택이야. 여자 배우들은 그 여자를 좋아해. 영화사도 그렇고. 그 여자는 예산 안에서 모든 걸 해결하고 영화를 망치지 않거든. 하지만 그 여자를 끌어들이기 전에 배우를 정하는 일이 먼저야."

"배역결정은 어디다 맡길 생각이세요?"

"로드스톤. 그 사람들이랑 꽤 오랫동안 일한 사이라서 배역이나 감독을 결정하는 부분은 크게 다툴 일이 없을 거야. 당신은 완벽한 대본을 썼어. 재기 넘치고 흥미진진하고 또 요즘 한창 인기인 여권신장운동이 일어나게 된 초기 배경을 훌륭하게 다뤘어. 그리고 성적인 면도 아주 좋아. 메쌀리나를 포함해서 여성 전체를 옹호해줬으니까 말이야. 대우문제는 멜로와 몰리 플랜더스와 상의를 해서 몰리가 로드스톤 사업부에다 그대로 전하면 될 거야."

"아니, 치사하게 벌써 로드스톤에다 말했단 말예요?"

클로디아가 역정을 냈다.

"어젯밤에."

스키피 디어가 씩 웃으며 대답했다.

"그쪽으로 대본을 보냈더니 내가 할 능력만 있다면 밀어준다더군. 이봐, 날 욕하지 마. 당신이 이번 일에 아테나 아퀴탠을 끌어들일 생각으로 이렇게 강하게 나온다는 걸 나도 모르는 게 아니라고."

그는 잠시 뜸을 들였다.

"바로 그 점을 내가 로드스톤에다 얘길 했지. 이제 본격적으로 일을 시작해보자고."

그렇게 해서 대계획이 시작됐다. 이제 그녀의 힘으로는 일을 되돌이킬 수 없었다.

클로디아의 차는 신호등에 점점 가까워지고 있었다. 말리부 콜로니로 통하는 작은 도로로 들어가려면 그 앞에서 좌회전을 해야 했다. 처음으로 그녀는 무서운 느낌이 들었다. 유명한 배우라면 반드시 그래야 하듯이 아테나는 의지가 매우 강했기 때문에 절대로 생각을 바꾸려들지 않을 것이다. 상관없어. 아테나가 거절하면 라스베가스로 날아가서 크로스 오빠한테 도와달라고 하지, 뭐. 그는 그녀의 기대를 저버린 적이 한 번도 없었다. 어린 시절에도 그랬고 그녀가 어머니와 함께 떠났을 때, 어머니가 돌아가셨을 때도 그랬다.

클로디아는 롱아일랜드의 클레리쿠지오가의 대저택에서 축하파티 중에 벌어졌던 일 하나를 떠올렸다. 그림 형제 이야기에서 따온 무대 장치, 담으로 에워싸인 저택, 그리고 무화과나무들 사이에서 놀던 그녀와 크로스 오빠. 그때 여덟 살에서 열두 살 사이의 남자 아이들은 두 패로 갈려 있었다. 한 패는 단테가 대장이었는데, 그는 이층 창문에서 마치 용처럼 아래를 내려다보던 늙은 대부의 손자였다.

단테는 싸움을 좋아하고 항상 대장 노릇을 하려고 드는 공격적인 사내아이였고 아이들 중에서는 유일하게 크로스 오빠에게 겁 없이 덤볐다. 단테가 클로디아를 땅에 쓰러뜨리고는 마구 때리면서 항복을 받아내려고 하고 있을 때 크로스가 나타났다. 그리고는 단테와 크로스가 싸움을 벌였다. 클로디아는 그때 크로스가 사나운 단테 앞에서 너무나도 당당했던 모습이 아주 인상적이었다. 크로스는 간단하게 그를 이겼다.

그래서 클로디아는 어머니의 선택을 이해하기 힘들었다. 어머니는 당연히 크로스 오빠를 더 사랑해야 하는데 왜 그렇지 않았지? 크로스는 훨씬 가치 있는 존재였다. 오빠는 아버지를 선택함으로써 자신의 가치를 증명했다. 그리고 클로디아는 크로스가 엄마와 자기와 함께 살기를 원했다는 사실을 한 번도 의심해본 적이 없었다.

서로 헤어진 뒤에도 몇 년간은 가족들 간의 교류가 어느 정도 이루어졌다. 클로디아는 그들 주변 사람들의 대화나 행동을 통해 크로스 오빠가 아버지의 탁월한 면을 다소간 물려받았다는 사실을 점차 알게됐다. 비록 그녀와 오빠는 이제 완전히 다른 종류의 사람이 됐지만 둘 간의 애정은 변함이 없었다. 그녀는 크로스가 클레리쿠지오가에 속하는 사람인 반면에 자기는 아니라는 사실을 깨달았다.

　클로디아가 로스앤젤레스로 떠난 지 이 년째 되던 해였다. 그녀가 스물세 살이 됐을 때 어머니 넬린이 암 판정을 받았다. 당시 클레리쿠지오파에 신고식을 치른 뒤 제너두 호텔에서 그론벨트와 함께 일하고 있던 크로스는 새크라멘토로 와서 마지막 이 주일을 그들과 같이 보냈다. 크로스는 요리사와 가정부 그리고 종일제 간호사를 고용했다. 가정이 깨지고 난 이후 그들 세 사람이 같이 살아보기는 그때가 처음이었다. 넬린은 피피가 찾아오는 것은 반대했다.

　암은 넬린의 시력에도 영향을 미쳐서 클로디아는 그녀에게 잡지나 신문, 책을 계속해서 읽어주었다. 장을 보는 일은 크로스 몫이었다. 그는 가끔 호텔일 때문에 오후에 비행기를 타고 라스베가스로 가야할 때도 있었는데 저녁이면 어김없이 집으로 돌아왔다.

　늦은 밤에는 크로스와 클로디아가 돌아가면서 어머니의 손을 잡고 그녀에게 위안이 되는 얘기들을 해주었다. 그리고 그녀는 고강도의 약물치료를 받으면서도 그들의 손을 꼭 쥔 채 놔주지 않았다. 환각이 일어나서 그녀가 그들을 아직 어린아이로 생각할 때도 가끔 있었다. 어느 날 밤에는 그 증상이 아주 심해서 그녀는 눈물을 흘리면서 크로스에게 그를 버린 자기를 용서해달라고 빌었다. 크로스는 어머니를 품에 안아주며 그게 최선이었다고 어머니를 안심시켜 주었다.

　어머니가 마취제에 취해 깊이 잠든 긴 저녁시간 동안 크로스와 클로디아는 각자 생활에 대한 이런저런 얘기들을 주고받았다.

크로스는 자신이 제너두 호텔에서 일하게 된 데에는 클레리쿠지오가의 입김이 작용하긴 했지만 수금대행사를 팔았기 때문에 이제 클레리쿠지오가와는 관련이 없다고 했다. 그는 자기에게 상당한 힘이 있음을 은근슬쩍 암시하면서 클로디아에게 객실과 식사 그리고 음료를 무료로 제공하는 호텔 우대권을 줄 테니 언제든 놀러오라고 말했다. 클로디아가 그에게 어떻게 그런 권한이 있느냐고 묻자 크로스는 자랑스럽게 "내가 펜대를 잡고 있거든." 이라고 말했다.

클로디아는 그런 자랑이 우습기도 했고 약간 서글프게 느껴지기도 했다. 속으로는 어땠는지 모르겠지만 겉으로 보기에는 클로디아가 크로스보다 어머니의 죽음에 훨씬 더 큰 충격을 받은 것처럼 보였고, 어찌됐든 이번 일을 계기로 두 사람은 다시 가까워졌다. 그들은 어린 시절의 친밀함을 되찾았다. 그 뒤 몇 년간 클로디아는 라스베가스로 자주 놀러가서 그론벨트도 만나고 그 노인과 오빠의 친밀한 관계도 옆에서 지켜보았다. 여러 해가 지나는 동안 클로디아는 크로스가 상당한 권력자라는 사실을 알게 됐지만, 그는 절대 자기의 권력을 클레리쿠지오가와는 연관시키지 않았다. 클로디아는 그쪽 사람들과의 관계를 완전히 단절해서 장례식이나 결혼식, 세례식 때도 한 번도 참석한 적이 없었기 때문에 크로스가 여전히 그 가족의 일원임을 몰랐다. 그리고 크로스는 그녀에게 거기에 관해서 일절 언급하지 않았다. 그녀는 아버지를 거의 보지 못했다. 아버지는 그녀에게 관심이 없었다.

새해 전야는 라스베가스에서 가장 큰 행사였다. 사람들이 미국 전역에서 그곳으로 모여들었지만 크로스는 언제나 클로디아를 위해 객실 하나를 남겨놓았다. 클로디아는 도박에 몰두하는 편은 아니었지만 언젠가 새해 전야에는 무리를 했다. 그녀는 야심 많은 한 남자 배우를 데리고 갔는데 그에게 자기를 깊이 각인시키고 싶어서 여러모로 애를 썼다. 그래서 그만 자제력을 잃고 환전증서를 쓰고 5만 달러나 돈을 썼다. 크로스가 그 환전증서들을 손에 들고 객실로 내려왔는데 그의 얼굴 표정이 아주 묘했다. 그가 말을 시작하자 그제야 클로디아는 그 표정을 알아보았다. 그것은 아버지의 얼굴이었다.

"클로디아, 난 네가 나보다 더 똑똑한 줄 알았는데. 도대체 이게 뭐지?"

클로디아는 약간 겁이 났다. 크로스는 그녀에게 도박을 할 때는 돈을 조금만 걸라고 종종 충고를 했었다. 또 지고 있을 때는 내기 돈을 절대 올리지 말라는 것도. 그리고 도박은 오래 하면 할수록 점점 더 빠져나오기가 힘들어지기 때문에 하루에 두세 시간 이상은 하지 말라는 충고도 했다. 클로디아는 그의 충고들을 모두 어겼다.

"오빠, 일 주일만 시간을 주면 다 갚을게."

그녀는 오빠의 반응에 깜짝 놀랐다.

"이 환전증서를 갚게 놔두느니 차라리 내가 널 죽이지."

그는 전혀 망설이지 않고 환전증서들을 갈기갈기 찢더니 주머니에 집어넣었다.

"내가 널 초대하는 이유는 널 보고 싶어서지 네 돈이 탐나서가 아니야. 이런 건 싹 잊어버려. 넌 도박에서 이기지 못해. 이건 운이랑은 전혀 상관없는 거야. 2 더하기 2는 4라고."

"그래, 알았으니까 그만해."

"이 증서들이야 찢어버리면 그만이지만, 난 네가 어리석게 구는 건 싫다."

일은 그것으로 끝났지만 클로디아는 궁금했다. 크로스의 권력이 이렇게나 대단했나, 그론벨트는 그가 이러는 걸 허락할까, 아니면 이 일을 아예 모르고 지나갈까? 하는 생각이 들었다.

이런 비슷한 경우가 몇 차례 더 있었지만 가장 섬뜩했던 경우는 로레타 랭이라는 이름의 여자와 관련된 일이었다.

로레타는 제너두 호텔의 폴리쇼(풍자적 내용의 짧은 장면을 연결한 화려한 무대 공연)에 출연하는 인기 가수 겸 무용수였다. 그녀는 활력이 넘치고 사람을 자연스럽게 웃기는 익살스러운 면이 있어서 클로디아는 그녀를 아주 매력적이라고 생각했다. 크로스는 공연이 끝난 뒤에 두 사람을 서로 인사시켜 주었다.

로레타는 무대 위에서와 마찬가지로 실제로도 매력이 넘치는 여자였다. 그러나 클로디아는 크로스가 자기와는 달리 그녀를 마음에 들어하지 않을뿐 아니라 그녀의 활달한 성격을 짜증스러워 한다는 느낌을 받았다.

그 뒤 클로디아는 일부러 호텔에서 폴리쇼가 열리는 날 저녁을 골라서 멜로 스튜어트를 데리고 라스베가스를 찾았다. 멜로는 클로디아의 기분을 맞춰주려는 생각에 그녀를 따라왔을 뿐이지 폴리쇼에 대해서는 그다지 큰 기대를 하지 않았다. 그런데 그는 쇼를 보면서 아주 재미있어 했고 쇼가 끝나자 클로디아에게 "저 여자 정말 쓸 만한데 노래나춤은 그저 그런데 천부적인 익살꾼이야. 그런 여자는 아주 귀하지."라고 얘기했다.

로레타를 만나기 위해 무대 뒤로 간 멜로는 완벽한 표정관리 하에 그녀와 인사를 했다.

"로레타, 아주 맘에 들어요. 무슨 얘긴지 알아듣겠어요? 다음주에 로스앤젤레스에 올 수 있을까요? 내 영화사 친구한테 보여주게 카메라테스트를 해 봅시다. 하지만 그 전에 내 대리인과 계약서부터 써요. 당신도 알겠지만, 돈을 벌려면 필요한 사전작업이 한두 가지가 아니지.

일은 일이니까. 하지만 내가 당신을 아주 맘에 들어 한다는 점은 잊지 말아요."

로레타는 멜로의 목을 끌어안았다. 클로디아가 보기에는 진심으로 고마워서 그러는 것 같았다. 약속 날짜를 정한 뒤에 세 사람은 같이 저녁을 먹었고 멜로는 그 다음날 아침 일찍 로스앤젤레스로 돌아갔다.

저녁 식사를 하면서 로레타는 자신이 이미 야간업소 공연을 전문적으로 취급하는 한 에이전시와 전속계약을 한 상태라고 고백했다. 삼 년 전속계약이었다. 멜로는 문제없이 다 해결될 거라며 로레타를 안심시켰다.

그러나 문제가 있었다. 로레타와 계약을 한 에이전시는 삼 년간 계속해서 그녀를 관리하겠다고 고집을 부렸다. 당황해진 로레타가 크로스의 도움을 부탁하자 클로디아는 깜짝 놀랐다.

"오빠가 무슨 힘이 있다고 그래?"

로레타는 애원했다.

"네 오빠는 라스베가스에서 상당한 영향력을 가졌어. 크로스라면 내가 감당할 수 있는 선에서 거래를 할 수 있어. 제발 부탁이야."

클로디아가 호텔 꼭대기에 있는 펜트하우스로 올라가서 크로스에게 그 문제를 꺼내자 그는 대번에 싫은 내색을 했다. 그는 안 된다는 듯이 고개를 저었다.

"별로 큰일도 아니잖아? 다른 건 아무것도 부탁 안 할 테니까 그냥 말만 좀 해달라고."

"넌 바보야. 난 그런 여자는 수도 없이 봤어. 그런 여자들은 너 같은 애들을 이용해서 꼭대기까지 올라간 다음에 완전히 나 몰라라 한다고."

"그러면 뭐 어때서? 그 여잔 정말 재능이 있어. 이번이 그 여자한테는 일생일대의 기회일 수도 있단 말이야."

크로스가 다시 고개를 저었다.

"나한테 그런 부탁하지 마."

"왜?"

그녀는 그 전에도 다른 사람을 도와달라는 부탁을 많이 해 봤고 그런 일은 영화판에서는 흔했다.

"내가 일단 그 일에 손을 대면 반드시 성사를 시켜야 하거든."

"난 오빠가 일을 성사시켜주기를 기대하는 게 아니라 단지 최선을 다해달라고 부탁하는 거야. 그래야 적어도 로레타한테 우리가 노력했다는 얘기를 할 수 있으니까."

크로스가 껄껄대며 웃었다.

"너 정말 바보다. 좋아, 로레타한테 에이전트랑 같이 오라고 그래. 내일 정각 열 시에. 그리고 너도 오고 싶으면 와."

다음날 아침 클로디아는 로레타의 에이전트를 처음으로 만났다. 이름은 톨리 네이븐스였고 라스베가스식의 편한 복장을 하고 있었는데 사안의 심각성을 고려해서 약간 신경을 쓴 것 같았다. 그래봤자 깃 없는 하얀 셔츠와 푸른색 면바지 위에 화려한 스포츠 상의를 걸친 정도였다.

"크로스, 다시 만나서 반갑네요."

톨리 네이븐스가 인사를 했다.

"우리가 만난 적이 있던가요?"

그는 폴리쇼 쪽 일에는 직접 관여하지 않고 있었다.

"오래 전에 만났죠."

네이븐스가 구변 좋게 대답했다.

"로레타가 제너두에 처음으로 출연했을 때 말입니다."

클로디아는 일급 배우들과 거래하는 로스앤젤레스의 에이전트들과 삼류 밤무대를 관리하는 네이븐스의 차이점을 주시했다. 네이븐스는 약간 더 불안해 했고 외관상 상대를 압도하는 힘이 약했다. 그에게는 멜로 스튜어트가 지닌 완벽한 자신감이 없었다.

로레타는 크로스를 흘깃흘깃 쳐다보긴 했지만 그에게 아무 말도 하지 않았다. 평소의 그녀의 활기는 찾아볼 수 없었다. 로레타가 자기 옆으로 와서 앉자 클로디아는 그녀의 긴장감이 느껴졌다.

크로스는 흰색 운동복 바지에 흰색 티셔츠 그리고 흰색 운동화로 골프를 치러 나갈 때의 차림새였다. 머리에는 파란 야구 모자를 쓰고 있었다. 그는 칵테일 바에서 마실 것을 권했지만 모두들 거절했다. 그런 다음에 그가 차분하게 얘기를 꺼냈다.

"이번 일이 어떻게 된 건지 정리를 해 봅시다. 로레타가 좀 해주겠어?"

로레타의 목소리가 떨렸다.

"톨리는 내 수입 전체에 대해 수수료를 그대로 유지하고 싶어해요. 영화수입까지 포함해서요. 하지만 로스앤젤레스의 에이전시에서는 내가 출연하게 될 영화에 대해 당연히 자기들의 수수료를 온전하게 다 받기를 원하고요. 난 이중으로 수수료를 낼 순 없어요. 그리고 또 톨리는 분야를 불문하고 내 활동 전체를 관리하고 싶대요. 로스앤젤레스 쪽에서는 용납하지 않을 테고 그건 나도 마찬가지예요."

네이븐스는 당연한 요구를 했다는 식이었다.

"우린 계약을 했다고. 그러니까 계약을 그대로 지켜야 한다는 얘기지."

로레타는 항변했다.

"하지만 그러면 영화 쪽 에이전시에서는 나랑 계약을 하지 않을 거예요."

크로스가 끼어들었다.

"내가 보기엔 간단한 문제군. 로레타, 당신이 위약금을 물고 계약을 파기해."

네이븐스는 반대했다.

"로레타는 인기 연예인이고 덕분에 우리한테도 돈이 많이 들어옵니다. 지금까지 로레타를 믿고 열심히 밀어줬어요. 돈도 엄청 투자했죠. 지금 와서 그냥 위약금만 받고 놔줄 수는 없습니다."

크로스가 말했다.

"로레타, 저 사람한테도 돈을 따로 줘."

로레타는 거의 울부짖었다.

"난 이중으로 돈을 낼 능력이 없어요. 이건 너무 잔인하다고요."

클로디아는 얼굴에 미소를 띠려고 애를 썼다. 그러나 크로스는 아니었다. 네이븐스는 기분이 상한 것 같았다.

그러자 크로스가 말했다.

"클로디아, 가서 네 골프가방 챙겨. 나랑 골프 치러 나가자. 여기 일을 마무리한 다음에 일층 수납창구 앞에서 기다릴게."

클로디아는 그가 그들을 만나면서 그렇게 잔뜩 멋을 부린 이유가 궁금했다. 마치 이번 일을 대단치 않게 여기는 듯한 인상을 풍겼다. 그래서 그녀는 화가 났고 로레타 역시 그 때문에 화가 난 것 같았다. 하지만 반대로 톨리는 안심을 했다. 그는 전혀 타협안을 내놓지 않았다. 그래서 클로디아는 크로스에게 말했다.

"그냥 여기 있을래. 솔로몬 왕이 일을 어떻게 해결하는지 보고 싶거든."

크로스는 동생한테 화를 내려야 낼 수가 없었다. 그는 호탕하게 웃어 제꼈고 그녀는 그에게 살짝 미소를 지어 보였다. 그런 다음에 크로스는 네이브스 쪽으로 고개를 돌렸다.

"고집이 상당하신데요. 제가 생각하기에도 당신 말이 옳아요. 로레타의 영화수입에 대해서 일 년 동안만 수수료를 받는 건 어떻습니까? 그 대신 로레타에 대한 권리를 포기하는 조건으로 말입니다."

로레타가 벌컥 화를 냈다.

"난 저 사람한테 돈 못 줘요."

네이브스가 맞받아 쳤다.

"나 역시 그건 원하지 않는 바야. 수수료를 받는 건 좋지만, 만약 우리가 너한테 큰 건수를 하나 물어다 줬는데 네가 영화 일에 매여서 꼼짝달싹 못한다면 어떻게 하라고? 우린 돈을 날리는 거야."

크로스가 한숨을 쉬더니 거의 애절하다싶은 목소리로 말했다.

"톨리, 난 당신이 로레타를 계약에서 풀어줬으면 싶습니다. 이건 간청입니다. 우리 호텔은 당신과 많은 거래를 하고 있어요. 호의를 좀 베풀어주시죠."

처음으로 네이브스가 바짝 긴장을 하는 것처럼 보였다. 그는 거의 애원조로 말했다.

"크로스, 나도 그러고 싶지만 동료들이랑 먼저 상의를 해야 할 문제라서 말입니다. 어쩌면 위약금을 받는 걸로 끝낼 수 있을지도 모르겠습니다."

"난 지금 당신의 호의를 구하고 있는 겁니다. 돈과 상관없이 말이죠. 그리고 난 지금 당장 당신 대답을 듣고 싶습니다. 그래야 나가서 골프를 칠 수 있거든요."

그가 잠시 뜸을 들였다.

"그냥 예, 아니오로 대답해 주시죠."

클로디아는 이 돌연한 태도변화에 깜짝 놀랐다. 그녀가 보는 한 크로스는 위협적이지도, 협박을 하지도 않았다. 사실 그는 마치 흥미를 완전히 잃은 사람처럼 거의 포기할 것처럼 보였다. 반면에 네이븐스는 당황스러워했다.

네이븐스의 입에서는 아주 의외의 대답이 나왔다.

"하지만 이건 불공평합니다."

그가 비난하는 듯한 눈초리로 로레타를 노려보자 그녀는 눈을 내리깔았다.

크로스는 거들먹거리는 듯한 태도로 야구 모자를 옆으로 돌려썼다.

"그냥 부탁하는 겁니다. 거절해도 상관없어요. 당신 마음 내키는 대로 결정하십시오."

"아니, 아니요. 당신 생각이 그런 줄은, 그러니까 여러분들이 그렇게 친한 사이인 줄은 미처 몰랐습니다."

클로디아는 돌연 오빠에게서 놀라운 변화를 보았다. 크로스는 몸을 앞으로 쑥 내밀더니 톨리 네이븐스를 다정하게 반쯤 안았다. 웃음을 띤 그의 얼굴이 온화했다. 얼굴 한번 잘 생겼군, 그녀는 생각했다. 크로스는 아주 고맙다는 투로 말했다.

"이번 일은 잊지 않겠습니다. 자, 당신이 소개시키고 싶은 배우가 있으면 제너두에서는 무조건 환영이고 적어도 세 번째 서열에는 넣어주겠습니다. 또 특별히 날을 정해 저녁 폴리쇼에 당신네 소속 배우들을 몽땅 출연시키고 당신 동료들을 호텔로 초대해서 저녁식사도 한 끼 하고 싶군요. 언제든 전화해요. 나한테 연결시키라고 미리 얘기해 놓을 테니까. 직통으로 말이요. 아시겠죠?"

클로디아는 두 가지 사실을 깨달았다. 크로스는 자신의 힘을 일부러 과시했다. 그리고 신중을 기해서 네이븐스에게 적당히 보상은 해 주되, 그가 항복하기 전이 아니라 항복한 후에 그렇게 했다. 톨리 네이븐스에게는 특별한 저녁이 될 테고 그 하루 저녁 사이에 그는 많은 특권을 얻게 될 것이다.

더 나아가 클로디아는 크로스가 자기에게 그의 권력을 옆에서 지켜볼 기회를 준 것이 자기에 대한 그의 사랑의 표현임을 깨달았고, 그의 권력이 물리적인 힘을 지녔다는 사실도 더불어 깨달았다. 또한 그녀는 칼로 깎은 듯이 아름다운 그의 얼굴이, 감각적인 입술과 완벽한 코와 타원형의 눈매가, 어린 시절에 그녀가 그토록 부러워했던 그의 아름다움이 마치 고대의 대리석 석상으로 변해버린 듯한 착각을 일으킬 정도로 경직되는 모습을 보았다.

클로디아는 퍼시픽 코스트 대로를 벗어나 말리부 콜로니 초입까지 차를 몰았다. 그녀는 해변가에 바짝 붙어 있는 집들과 그 앞의 반짝이는 바다 그리고 전망이 탁 트인 이 동네를 무척 좋아했다. 여기에 오면 바닷물에 비친 산 그림자도 다시 볼 수 있었다. 그녀는 아테나의 집 앞에 차를 세웠다.

보즈 스카넷은 말리부 콜로니를 에워싼 울타리 남쪽에 있는 공공 해수욕장에 누워 있었다. 철사 그물로 만들어진 그 울타리는 바닷물 안쪽으로 대략 열 걸음 정도 들어간 곳까지 쳐져 있었다. 하지만 울타리는 단지 형식적인 장애물에 불과했다. 바다로 멀찌감치 나가면 울타리 근처를 마음대로 헤엄쳐 다닐 수 있었다. 보즈는 아테나를 다시 공격할 기회를 탐색하는 중이었다. 오늘은 사전탐사를 할 요량으로 수영복 바지 위에 티셔츠와 테니스 바지를 입고 공공 해수욕장으로 차를 몰고 나왔다. 그의 가방 속에는 황산이 든 유리병이 수건에 싸여 있었다.

그가 앉아 있는 해변에서는 아테나의 집을 둘러싼 울타리 안쪽이 들여다보였다. 바닷가 쪽으로 두 명의 사설 경호원이 보였다. 그들은 무장을 하고 있었다. 집 뒤편을 감시하는 걸로 보아 분명 집 앞쪽에서도 감시하는 사람이 있을 것이다. 그는 경호원들이야 다치든 말든 개의치 않았지만, 자기가 사람들을 마구잡이로 죽이는 미친놈처럼 보이는 것은 원치 않았다. 그렇게 되면 아테나를 파멸시키고자 하는 자신의 정당한 의도가 퇴색될 우려가 있었다.

보즈 스카넷은 바지와 티셔츠를 벗고 담요 위에 몸을 죽 펴고 누워서 해변 너머로 드넓게 펼쳐진 푸른 태평양 바다를 바라보았다. 따뜻한 햇볕을 쬐고 있자니 졸음이 밀려왔다. 그는 아테나를 생각했다. 대학시절 그는 에머슨의 수필과 "아름다움은 그 자체로 변명이 된다."라는 인용구에 대한 강의를 들은 적이 있었다. 아름다움이 정확히 지칭하는 게 뭘까? 하지만 그 당시 그는 아테나를 떠올렸었다.

육체적으로 아름다우면서 동시에 정신적인 면에서도 고결한 사람은 극히 드문 법이다. 그런데 그가 보기에 아테나는 그런 사람이었다. 그녀가 아직 소녀티를 완전히 벗지 못했던 그 시절에 사람들은 모두 그녀를 그리스 여신인 '테나'라고 불렀었다.

그녀가 그를 사랑했고 그래서 행복의 단꿈에 젖어 있던 젊은 시절에는 그도 그녀를 마음 깊이 사랑했었다. 인생이 그렇게까지 행복할 수 있다는 사실이 믿기지 않을 정도로. 그러다가 모든 것들이 조금씩 색이 바래지면서 썩어갔다.

어떻게 여자가 저렇게까지 완벽할 수 있는 거야? 어떻게 저렇게 뻔뻔하게 사람들의 사랑을 요구할 수가 있지? 수많은 사람들이 자기를 사랑하게 만들다니, 정말로 대담한 여자가 아닌가? 저 여자는 그게 얼마나 위험한 짓인지 모른단 말인가?

그리고 보즈는 자기 자신에 대해서도 놀라움을 금치 못했다. 왜 사랑이 미움으로 바뀌었을까? 이유는 정말 간단했다. 자신이 그녀를 끝까지 소유하지 못하리라는 사실을 알았으니까. 언젠가는 그녀를 잃을 게 틀림없었으니까. 그녀가 딴 남자와 누울 날이 언젠가 올 테고, 또한 그녀가 그의 천국에서 사라질 날도 언젠가 올 테니까. 그리고 그녀는 자기를 완전히 잊어버리겠지.

햇볕이 가려지면서 따뜻한 얼굴이 식는 느낌이 들어서 그는 눈을 떴다. 덩치가 아주 크고 옷을 말끔하게 차려입은 남자가 접이식 의자를 들고 있는 모습이 어른거렸다. 가만 보니 보즈가 아는 남자였다. 아테나의 얼굴에 물을 뿌린 일로 그를 심문했던 짐 로지라는 형사였다.

보즈는 실눈을 뜨고 그를 올려다보았다.

"같은 시간에 같은 해수욕장에 수영을 하러 오다니, 이게 웬 우연의 일치람? 제기랄, 원하는 게 뭐야?"

로지는 의자를 펼쳐놓고 그 위에 앉았다.

"내 전처가 이 의자를 주더구먼. 서핑족들을 심문하고 체포하느라 한창 바쁠 때 나더러 사람들을 편하게 만나라면서 말이야."

그는 스카넷을 아주 부드러운 눈길로 내려다보았다.

"그냥 몇 가지만 묻고 싶어. 우선 아테나 씨 집에서 이렇게 가까운 곳에서 뭐 하고 있는 거지? 당신은 지금 판사의 접근제한 명령을 위반하고 있어."

"여기는 공공 해수욕장이고, 그 여자랑 나 사이에는 울타리가 있어. 게다가 난 지금 수영복 차림이야. 내가 그 여자를 공격할 것처럼 보이쇼?"

로지는 틀린 말은 아니라는 듯이 슬쩍 미소를 지었다.

"이봐. 내가 저 여자랑 결혼했다면 나 역시 쉽게 단념하긴 힘들었을 거야. 당신 가방 좀 들여다봐도 될까?"

보즈는 가방을 머리 밑에 집어넣었다.

"아니. 수색영장이 없으면 안 돼."

로지는 상냥하게 웃으며 그를 쳐다봤다.

"그러다가는 내가 당신을 체포하는 수가 있어. 아니면 당신을 곤죽이 되게 패주고 가방을 뺏을 수도 있지."

이 말에 보즈가 발끈했다. 그는 벌떡 일어나 로지에게 가방을 내미는 척 하더니 도로 치웠다.

"잡을 수 있으면 잡아보시지."

그가 으름장을 놓았다. 보즈의 으름장에 짐 로지는 깜짝 놀랐다. 그의 경험으로 보아 이제까지 자기보다 거친 남자는 한 명도 없었다. 평소 같았으면 그는 가죽곤봉이나 권총을 꺼내서 남자를 늘씬하게 패주었을 것이다. 발밑의 모래 때문이었는지, 아니면 겁이라곤 눈곱만치도 없는 스카넷의 대담함 때문이었는지 모르겠지만 그는 마음이 약해졌다. 보즈가 씽긋 웃으면서 그를 쳐다봤다.

"날 쏴보시지. 난 당신보다 힘이 세다고. 덩치도 크고. 게다가 날 쏜다고 해도 정당한 근거가 없을 걸."

로지는 보즈의 통찰력에 감탄했다. 몸싸움을 벌일 경우 이긴다는 확신이 없었다. 또 무기를 꺼낼 마땅한 근거도 없었다.

"그래."

그는 의자를 접고 그 자리를 떠났다. 어느 정도 걸어가다가 그가 뒤를 돌아보며 대단하다는 듯한 투로 말했다.

"당신이 거친 건 내 인정하지. 당신이 이겼어. 하지만 나한테 정당한 근거를 주지 않도록 조심하라고. 알겠지만, 저 집에서부터 당신이 얼마나 떨어졌는지 거리를 안 재봤는데 말이야, 어쩌면 판사가 정한 범위를 벗어나 있을지도 모르거든."

보즈가 웃음을 터뜨렸다.

"조심할 테니까 걱정하지 마쇼."

그는 짐 로지가 해변에서 걸어 나가 차를 타고 떠나는 모습을 지켜보았다. 보즈는 담요를 가방에 넣고 자기 차로 가서 트렁크에 가방을 넣고 차 열쇠를 앞좌석 밑에 숨겼다. 그런 다음 해변으로 돌아가 울타리 주변에서 수영을 했다.

5

아테나 아퀴탠은 대중들이 그다지 알아주지 않는 전통적인 방법으로 정상의 자리에 올랐다. 그녀는 오랜 기간 훈련을 했다. 그 기간 동안 연기, 춤과 몸동작, 발성법을 배우고 희곡작품들에 대한 광범위한 독서를 하면서 연기에 필요한 모든 것들을 섭렵했다.

당연히 그녀에게도 신인 시절이 있었다. 그녀는 에이전트와 배역감독들을 비롯해서 호색적인 제작자와 감독, 막강한 권력을 배경으로 성적인 유혹을 해오는 영화사의 실력자들을 두루 경험했다.

첫 해에는 자동차 박람회에서 몸에 딱 달라붙는 옷을 입고 자동차를 소개하는 등의 광고와 모델 일을 하면서 생활비를 벌었지만 그걸로 끝이었다. 그 다음 해부터는 그녀의 연기력이 효과를 보기 시작했다. 그녀에게는 보석과 돈을 갖다 바치는 연인들이 생겼다. 그들 중 몇 사람은 청혼을 하기도 했다. 연애기간은 짧았고 모두 좋게 끝났다.

연애를 하면서 상처를 받거나 모욕감을 느낀 경우는 단 한 번도 없었고, 어떤 남자가 롤스로이스를 사면서 그녀를 차에 딸려오는 물건처럼 취급했을 때에도 그녀는 당당했다. 그녀는 자기를 사려면 롤스로이스와 맞먹는 돈을 내야 한다고 농담을 하며 남자들의 요구를 거절했다. 그녀는 남자를 좋아했고 성관계를 즐겼지만, 자신의 노력에 대한 위로와 보상 이상의 의미는 두지 않았다. 남자는 그녀에게 중요한 부분이 아니었다.

연기는 자신의 삶 그 자체였다. 그녀에게는 중요한 비밀이 있었다. 그리고 세상에는 무서운 위험들이 도사리고 있었다. 그렇지만 무슨 일이 있어도 연기를 그만 둘 수는 없었다. 그녀를 마침내 영화의 주역으로 밀어 올린 것은 생활비를 해결해준 별 볼일 없는 영화 단역들이 아니라 지역 연극극단들이 올린 주요 작품들에서 맡은 주역과 그 후에 출연하게 된 마크 테이퍼 포럼에서의 연극들이었다.

그녀의 실제 생활은 연기의 일부분이었고, 그녀 자신으로 있을 때보다 작품 속의 인물들을 연기할 때 살아 있다는 느낌이 더 생생해서 평상시 생활에서도 그녀는 자기가 연기하는 인물이 되어 살았다. 연애는 골프나 테니스를 친다거나 친구들과 저녁을 먹는 것과 같은 여가생활이었고 꿈처럼 덧없는 것이었다.

마치 성당 같은 느낌을 주는 극장 안에 진짜 인생이 있었다. 분장을 하고 의상을 차려입고 연극에 몰입해서 얼굴을 찡그려가며 희로애락의 감정을 표현했고, 객석의 짙은 어둠 속에서 마침내 얼굴을 드러내는 신을 바라보며 그녀는 자신의 운명을 호소했다. 그녀는 눈물을 흘리고 사랑을 하고 고통에 겨워 소리를 질렀으며 비밀스런 죄를 용서해 달라고 빌었고 또 때로는 행복을 되찾아 한없이 기뻐했다.

그녀는 자신의 과거를 지우기 위해, 그리고 보즈 스카넷과의 사이에 태어난 아이와 교활한 요정이 그녀에게 선물한 아름다운 외모 속에 감춰져 있는 기만을 잊어버리기 위해 인기와 성공을 애타게 갈망했다. 여느 배우들과 마찬가지로 그녀 역시 세상 사람들이 자기를 사랑해주기를 원했다. 그녀가 아름답다는 사실을 끊임없이 주지시켜주는 사람들 때문에라도 그녀는 자신의 아름다움을 의식하지 않을 수 없었고, 또한 자신이 똑똑하다는 사실도 분명히 알고 있었다. 그래서 그녀는 처음 일을 시작할 때부터 자신에 대한 믿음이 확실히 있었다. 초기에 그녀가 자신 없어 했던 부분은 진정한 천재라면 반드시 갖추고 있어야 할 요소인 뜨거운 열정과 집중력이었다. 그리고 호기심에 대해서도 마찬가지였다.

연기와 음악이야말로 아테나가 진정으로 사랑한 대상이었고, 그것들에 집중하기 위해서 다른 분야에서도 전문가가 되려고 노력했다. 그녀는 차를 수리하는 법을 배웠고 요리와 운동도 잘 했다. 또한 자신이 선택한 직업에서 성이 얼마나 중요한지를 잘 알았기 때문에 문학과 실생활에서의 성행위에 대해서도 연구를 했다.

그녀에게는 결점이 한 가지 있었다. 그녀는 사람들에게 고통을 주는 것을 못내 괴로워했는데, 살다보면 그런 경우는 불가피하게 일어난다는 점에서 그녀는 불행한 여자였다. 하지만 세상에서의 자기 입지를 끌어올리기 위해 그녀는 여러 차례 아주 단호한 결정을 내렸다. 최고 인기배우로서의 영향력을 십분 이용했고 때로는 극도로 냉정하게 처신했다. 영화계의 실력자들이 영화에 출연해달라고 매달렸고 그녀의 침대로 들어오고 싶어서 애걸복걸하는 남자들도 많았다. 그녀는 감독과 상대역을 맡을 배우를 결정할 때 압력을 넣었고 때로는 특정인을 요구하기까지 했다. 그럴 마음만 있다면 사소한 불법을 저지를 수도 있었고 관습이나 사회적인 윤리를 무시할 수도 있었지만, 아무도 아테나의 진짜 모습에 대해서는 몰랐다. 그녀는 여느 최고 인기배우들처럼 불가사의한 존재였고, 마치 쌍둥이처럼 영화 속의 그녀와 실제의 그녀를 분리해서 생각할 수가 없었다.

지금도 전 세계 사람들이 그녀를 사랑했지만 그것만으로는 부족했다. 그녀는 자기 내부의 추한 면을 알고 있었다. 그녀를 사랑하지 않은 사람이 한 명 있었는데 그 사실 때문에 괴로워했다. 호평이 아무리 많아도 비판적인 평이 단 하나라도 있으면 여배우들은 좌절감을 느끼는 법이다.

로스앤젤레스에서 일을 시작한지 만 오 년이 됐을 때 아테나는 영화에서 처음으로 주연을 맡아 최고의 성공을 거뒀다.

최고의 남자배우라면 누구나 그랬지만, 스티븐 스텔링스도 자기가 출연하는 영화의 상대 여배우를 선택하는 문제에 있어서 절대적인 권리를 가지고 있었다. 그는 마크테이퍼 포럼에서 공연된 연극에서 아테나를 보고 그녀의 재능을 알아보았다. 그러나 그에게 훨씬 더 인상적이었던 것은 그녀의 미모였고 그래서 다음에 출연할 영화에 상대역으로 아테나를 지목했다.

아테나는 무척 놀랐고 한편으로는 우쭐해지는 기분이었다. 그녀는 이번이 좋은 기회라고 생각했지만 처음에는 자기가 선택된 이유를 몰랐다. 전후 상황을 설명해 준 사람은 그녀의 에이전트인 멜로 스튜어트였다.

두 사람은 동양의 골동품들과 금실로 짠 양탄자와 중량감이 느껴지는 편안한 가구로 멋지게 꾸며놓은 멜로의 사무실에 앉아 있었는데, 커튼을 내려 햇빛을 막고 조명을 켜놓아서 실내가 환했다. 멜로는 점심을 밖으로 나가서 먹기보다는 사무실에서 간단하게 해결하는 쪽을 선호하는 편이었다. 그때도 작은 샌드위치 조각을 입 안에 툭툭 던져넣어가며 얘기를 했다. 그는 유명인사들과 만날 일이 있을 때만 밖에서 점심을 먹었다.

"당신은 이번 행운을 차지할 만한 충분한 값어치가 있는 배우예요.

배우로서 훌륭하죠. 하지만 로스앤젤레스에 온 지 몇 년 안 됐고, 아주 지적이긴 하지만 아직까지는 햇병아리라고 할 수 있어요. 말하자면 이제부터 제가 하는 말을 너무 민감하게 받아들이지는 말았으면 싶은데, 말하자면 일은 이렇게 된 겁니다."

그는 잠시 뜸을 들였다.

"보통은 이런 설명은 절대 안 하죠. 그다지 필요 없거든요."

"하지만 전 햇병아리니까."

아테나가 웃었다.

"정확히 말해서 햇병아리까지는 아니죠. 하지만 당신은 연기에만 너무 초점을 맞추고 있어서 때로는 이쪽 세계의 얽히고설킨 인간관계를 간과하는 것처럼 보여요."

아테나는 재미있다는 듯한 표정이었다.

"그래요, 어떻게 해서 제가 그 역을 맡게 됐는지 말해주세요."

"스티븐 스텔링스의 에이전트가 저한테 전화를 했더군요. 그 사람이 그러는데, 스텔링스가 마크테이퍼 포럼에서 하는 연극에서 당신을 보고는 당신 연기에 홀딱 반했대요. 스텔링스는 꼭 당신이랑 같이 영화를 찍고 싶어한답니다. 그런 다음에 제작자가 전화를 걸어왔고 그래서 출연조건을 협상했죠. 촬영을 끝내고 나면 영화의 성패에 상관없이 정확히 20만 달러가 당신 손에 떨어지고, 부수적으로 다른 영화에 더 출연해야 한다는 부대조건도 없어요. 정말로 좋은 조건이죠."

"고마워요."

"이런 말까지 할 필요는 정말 없는데 말이죠. 스티븐은 같이 출연하는 주연 여배우와 열애를 하는 습관이 있어요. 하지만 맹세하건대 그는 여자한테 아주 잘 해줘요."

아테나가 그의 말을 가로막았다.

"멜로, 그런 얘긴 하지 마세요."

"꼭 말해줘야 할 것 같아서 말이죠."

그는 그녀를 애정 어린 눈빛으로 쳐다보았다. 평소에는 아주 둔감한 편이었던 그는 아테나를 처음 만난 그 순간부터 그녀에게 사랑을 느꼈는데, 그녀가 자기에게 전혀 틈을 보이지 않자 재빨리 눈치를 채고 자신의 감정을 내색하지 않았다. 어찌됐든 그녀는 그에게 앞으로 수백만 달러를 벌어다 줄 귀중한 자산이었다.

"만나자마자 둘이 일을 치르기로 이미 정해져 있다는 얘길 하고 싶은 거예요?"

"천만에, 그럴 리가요. 위대한 여배우는 무슨 일이 있어도 위대하죠. 하지만 영화에서 대배우가 되려면 어떤 과정을 거쳐야 하는지 알잖아요? 때로는 적절한 순간에 큰 역할을 낚아채야 하는 거라고요. 그리고 지금이 바로 그런 경우고 말입니다. 당신은 이번 기회를 놓치면 안 돼요. 그리고 스티븐 스텔링스와 사랑하는 사이가 되는 게 뭐가 그렇게 어려워요? 전 세계의 수많은 여자들이 그 남자를 사랑하는데 왜 당신이라고 못하겠어요? 오히려 영광으로 생각해야지."

"영광이죠."

아테나가 쌀쌀맞게 대답했다.

"하지만 그 남자가 정말로 싫으면 어떻게 되는 거죠?"

멜로는 입안에 샌드위치 조각을 던져 넣었다.

"싫으면 어떻게 되느냐고? 그 남자는 정말 친절해요. 진짜로. 어쨌든 적어도 당신을 도저히 뺄 수 없을 만큼 충분히 영화를 찍을 때까지만 그 남자를 갖고 놀아 봐요."

"만약에 제 연기가 너무 좋아서 저를 안 빼겠다고 할 수도 있지 않을까요?"

멜로가 한숨을 푹 쉬었다.

"솔직히 말해서 스티븐은 그렇게 오래 기다리지 않을 겁니다. 만약 당신이 삼 일 안에 그 남자를 사랑하지 않는다면 영화에서 잘리게 될 걸요."

"이건 완전히 성희롱이군요."

아테나가 깔깔대고 웃었다.

"영화판에서 성희롱이 어디 있어요? 영화에 출연하게만 해준다면야 옷이야 골백번도 더 벗을 텐데, 뭘."

"제 말은, 제가 꼭 그 남자를 마음으로도 사랑해야 하느냐 하는 거죠. 같이 자주는 걸로 충분하지 않겠어요?"

"자는 걸로만 말하자면 그 남자는 부족할 게 없어요. 그 남자는 당신한테 반했고 그래서 똑같이 당신한테서도 그런 사랑을 받고 싶어하는 거라고요. 영화가 끝날 때까지만 말이죠."

그가 한숨을 내쉬었다.

"그런 뒤에는 두 사람 다 너무 바빠서 그 사랑은 잊어버리는 거지. 이번 일이 당신 위신을 해치거나 하진 않을 겁니다. 스티븐 같은 인기 배우는 자기 관심을 확실하게 표현하죠. 당신 같은 수혜자는 그 관심에 대해 반응을 해야 하고, 만약 반응을 하지 않는다면 그건 관심이 없다는 표시죠. 스티븐은 첫날 당신한테 꽃을 보낼 거예요. 둘째 날에는 대본읽기가 끝나면 같이 대본연습을 하자며 저녁식사에 초대할 거고요. 그렇다고 강요하는 건 아니에요. 단, 초대에 응하지 않는다면 당연히 영화에서 잘리겠죠. 그건 백퍼센트 장담할 수 있어요."

"멜로, 제가 꼭 몸을 팔아가면서까지 출연해야 될 정도로 그렇게 별로라고 생각해요?"

아테나가 짐짓 비난하는 투로 물었다.

"물론 아니죠. 당신은 겨우 스물다섯 밖엔 안됐어요. 앞으로 이삼 년이나 아니면 사오 년은 기다릴 수 있겠죠. 전 당신 재능을 확실히 믿어요. 하지만 기회를 잡아요. 스티븐은 다들 좋아한다니까."

멜로 스튜어트의 예상은 정확하게 들어맞았다. 아테나는 첫날 꽃을 받았다. 둘째 날 두 사람은 전체 출연자들과 함께 대본읽기를 했다. 그 영화는 웃음이 눈물로 이어지는 극적인 코미디물이어서 연기하기가 아주 까다로운 편이었다. 아테나는 스티븐 스텔링스의 노련함에 놀랐다. 그는 특별히 힘들이지 않고 단조롭게 자기 부분을 읽어나갔지만 그럼에도 불구하고 대사에 감정이 살아 있었고 다양한 감정표현 중에서 언제나 딱 맞는 표현을 집어냈다. 두 사람은 한 장면을 여러 방법으로 연기하면서 상대에게 반응하고 춤을 추듯 서로를 따라갔다. 결국에 가서 그가 "좋아, 아주 좋아." 라고 말하며 순수하게 동료 연기자의 입장에서 그녀의 연기를 인정한다는 듯한 미소를 그녀에게 지어 보였다.

마침내 스티븐은 그의 호감을 표시했다.

"당신 덕분에 이 영화가 성공할 것 같은 예감이 들어. 오늘 저녁에 만나서 대본 연습을 한 번 더 하면 어떨까?"

그는 잠시 말을 멈추고 소년 같은 사랑스러운 미소를 짓더니 덧붙였다.

"우리 두 사람은 호흡이 아주 잘 맞아."

"고마워요. 언제 어디서 할까요?"

그 말에 스티븐은 예의바르면서도 장난스럽게 화들짝 놀란 표정을 지어 보였다.

"그건 당신이 정해야지."

그 순간 아테나는 자신의 역할을 받아들이기로 결심했고 이왕이면 아주 능숙하게 연기하기로 마음을 먹었다. 그는 최고 인기배우였고 자신은 신인이었다. 선택권은 전적으로 그가 쥐고 있었고 자신은 그가 원하는 것을 선택할 의무가 있었다. "앞으로 이삼 년이나 아니면 사오 년은 기다릴 수 있겠죠."라던 멜로의 말이 그녀의 귓가에 맴돌았다. 그녀는 기다릴 수 없었다.

"우리 집으로 와도 괜찮겠어요? 간단하게 저녁준비를 해 놓을 테니까 저녁을 먹으면서 연습을 하죠."

그녀는 잠시 말을 멈췄다가 다시 물었다.

"일곱 시 어때요?"

그녀는 완벽주의자였기 때문에 육체적으로 뿐만 아니라 정신적으로도 상대를 유혹할 준비를 했다. 두 사람의 연기연습이나 정사연기에 영향을 주지 않도록 저녁식사는 가볍게 할 생각이었다. 그녀는 술을 거의 마시지 않았지만 백포도주를 한 병 사놓았다. 저녁식사는 그녀의 요리솜씨를 자랑하는 기회가 될 테지만 그 정도는 일을 하면서도 충분히 준비할 수 있었다.

옷은 어떻게 할까. 그녀는 미리 의도하지 않았는데 정사가 우발적으로 이뤄진 것처럼 보여야 한다는 사실을 잘 알고 있었다. 그러나 그렇다고 해서 옷차림이 그를 거부하는 분위기를 풍겨서는 안 된다. 스티븐은 배우였기 때문에 분위기 파악을 위해 옷차림을 자세히 관찰할 것이다.

그래서 그녀는 자기가 자신 있어 하는 엉덩이를 강조하기 위해 산뜻한 흰 색에 푸른 얼룩이 있는 색 바랜 청바지를 입었다. 허리띠는 사절이었다. 가슴선이 적당히 파이고 주름 장식이 달린 흰 실크 블라우스를 입어서 그 아래 숨은 그녀의 우유빛 가슴을 은근하게 암시했다. 귀에는 그녀의 눈 색깔에 맞춰 집게 식으로 고정되는 작고 둥근 초록색 귀걸이를 했다. 그것 역시 약간 지나칠 정도로 정숙하면서 쌀쌀맞게 보였다. 의심의 여지를 남겨서는 안 되니까. 그 다음이 그녀의 천재적인 수완이 발휘된 대목이었다. 그녀는 발톱을 진한 주홍색으로 칠했고 맨발로 그를 맞이했다.

스티븐 스텔링스는 최고급은 아니지만 상당히 좋은 적포도주 한 병을 들고 찾아왔다. 그 역시 일 때문에 찾아온 사람다운 차림새였다. 헐렁한 갈색 코르덴 바지에 푸른 면 셔츠 그리고 흰 운동화 차림에 검은 머리칼도 적당히 흩어져 있었다. 그의 팔 밑으로 노란색 가제본의 대본이 고개를 내밀고 있었다. 유일하게 그의 본심을 드러낸 것이라면 은은하게 풍기는 향수냄새 정도였다.

두 사람은 편하게 부엌 식탁에서 식사를 했다. 당연히 그래야 했겠지만, 그는 그녀의 음식솜씨를 칭찬했다. 그리고 저녁을 먹으면서 두 사람은 대본을 대충 넘겨가며 특징을 비교하기도 하고 이런저런 얘기도 하면서 좀더 자연스러운 분위기를 만들었다.

식사를 끝낸 뒤에 그들은 거실로 자리를 옮겨서 특별히 힘든 부분이라고 생각했던 특정 장면들을 실제로 연기해 봤다. 이런 과정들을 거치면서 두 사람은 서로를 잘 알게 됐고 덕분에 연기하는 데도 도움이 됐다.

아테나는 스티븐 스텔링스가 자기 역할을 완벽하게 연기하고 있다는 사실을 알아차렸다. 그는 프로 연기자다웠고 정중했다. 그러나 그의 눈빛을 보면 그가 그녀의 아름다움에 진심으로 놀라고 있고 또 능숙하게 자기 맡은 바 역할을 해내는 연기자로서의 재능을 높이 평가하고 있음을 알 수 있었다. 마침내 그가 그녀에게 너무 피곤하지 않다면 대본에서 핵심적인 부분인 정사장면을 연기해 보자고 제안했다.

이제 저녁식사도 어느 정도 소화가 된 뒤였다. 그리고 두 사람은 대본 속의 인물들처럼 친한 사이가 되었다. 그들은 사랑하는 장면을 연기했고 스티븐이 그녀의 입술에 살짝 키스를 했지만 몸을 더듬지는 않았다. 그리고는 그가 정색을 하고 그녀의 눈을 들여다보며 감정을 완벽하게 실어서 고백했다.

"당신을 본 처음 순간부터 키스하고 싶었어."

아테나도 그의 눈을 쳐다보았다. 그런 뒤에 그녀는 눈을 내리깔며 그의 머리를 부드럽게 아래로 당겨 살짝 키스를 했다. 그것은 필요한 신호였다. 그 키스에 대한 그의 열정적인 반응에 두 사람은 동시에 화들짝 놀랐다. 이 정도면 내가 더 연기를 잘 했지, 라고 아테나는 생각했다. 그러나 그는 노련했다. 그는 그녀의 옷을 벗기며 손으로 그녀의 피부를 부드럽게 매만졌고 손가락으로 그녀의 몸을 더듬으며 혀로 그녀의 속살을 간질이자 그녀도 자극을 받았다. 침대로 가면서 그녀는 그다지 싫은 경험은 아니라고 생각했다. 게다가 스티븐은 놀랄 만큼 잘 생겼고, 그리스 조각상 같은 그의 얼굴에서 느껴지는 열정은 영화에서 도저히 되풀이되기 힘들 만큼 격렬해서 그것을 영화로 옮긴다면 품위를 잃고 음란하게 보일 게 분명했다. 영화 속에서 보는 그의 정사장면은 훨씬 더 고상했다.

아테나는 이제 미친 듯이 욕정을 느끼는 여자를 연기했다. 두 사람은 완벽하게 생각을 일치시켰고 동시에 무아지경의 오르가슴을 느꼈다. 그들은 기진맥진한 상태로 침대에 누워서 영화에서 이 장면이 어떤 식으로 들어가야 할까를 곰곰이 생각했고 한 장면만으로는 충분치 않겠다는 결론에 도달했다. 인물을 제대로 표현하고 줄거리를 제대로 끌어나가려면 그것으로는 부족했다. 한 장면만으로는 마음 속에 내재되어 있는 진정한 사랑이나 더 나아가 진정한 욕망의 미묘한 감정변화를 표현할 수 없었다. 그것을 위해서는 장면을 하나 더 넣어야할 필요가 있었다.

스티븐 스텔링스는 사랑에 빠졌지만 그건 그에게는 자주 일어나는 일이었다. 아테나는 어떤 의미에서는 그것이 일을 빙자한 성폭행이었음에도 불구하고 일이 문제없이 잘 풀리고 있다는 사실에 만족스러웠다. 자유의지의 문제를 제외한다면 실제로 큰 난관은 없었다. 어떤 인생을 막론하고 때로는 현명하게 자유의지를 억압하는 일도 생존의 필수요소라고 해도 좋으리라.

스티븐은 새 영화의 촬영에 들어가면서 이제 만반의 준비가 끝났다는 사실에 행복감을 느꼈다. 그는 같이 일하기에 좋은 동료를 만났다. 두 사람은 즐거운 관계를 유지할 것이고 여자를 찾아 헤매고 다닐 필요도 없을 것이다. 또 재능과 미모를 겸비하고 침대에서도 아주 만족스런 아테나 같은 여자를 만나는 드문 행운을 잡았다. 그리고 나중에는 문제가 될지 모르겠지만 지금 이 여자는 자기를 미친 듯이 사랑하기까지 했다.

그 다음에 일어난 일은 두 사람의 사랑을 더욱 공고하게 만들어 주었다. 둘은 "다시 연습하죠." 라고 하면서 동시에 침대에서 나왔다. 그들은 대본을 주워들고 벌거벗은 채로 대사연습을 했다.

하지만 스티븐이 바지를 입는 모습을 보며 아테나는 일말의 불안을 느꼈다. 바지는 그의 균형 잡힌 엉덩이를 강조하기 위해 특별히 맞춘 연분홍색 바지였는데 여자들은 너나없이 그의 엉덩이만 보면 사족을 못 썼다. 그녀의 주의를 끈 또 하나의 뜻밖의 사실은 그가 콘돔을 사용했다는 점인데, 그는 그녀에게 자기가 투자하는 회사에서 자기를 위해 특별히 만든 콘돔이라고 자랑스럽게 설명을 했다. 그것은 그가 착용을 했는지조차 느끼지 못할 정도로 얇았다. 또한 절대 찢어질 염려가 없었다. 그는 그녀에게 콘돔 상품명으로 뭐가 좋을지 물었다. 엑스칼리버가 좋을까, 아니면 아더 왕이 좋을까? 그는 아더 왕을 더 마음에 들어 했다. 아테나는 잠시 생각을 했다. 그런 다음 그녀가 짐짓 진지한 투로 물었다.

"정략적인 차원에서 좀더 적당한 이름이 있을 텐데요?"

"그래, 맞는 말이야."

스티븐이 맞장구를 쳤다.

"그건 아주 비싼 콘돔이니까. 광고문안은 '스타들을 위한 콘돔'이라고 하는 거야. 스타 콘돔. 이런 이름은 어때?"

영화와 연애는 둘 다 대성공을 거뒀다. 아테나는 정상으로 올라가는 사다리의 맨 마지막 계단을 성공적으로 디디고 올라섰고, 그 다음 오년 동안 출연하는 영화마다 좋은 성적을 거둬 최초의 성공을 확고하게 굳혔다.

인기배우들 간의 연애가 대부분 그렇듯이 두 사람의 연애는 성공적이긴 했으나 생명이 짧았다. 스티븐과 아테나는 대본의 도움을 받아 사랑하는 사이가 됐지만, 두 사람의 사랑은 필연적으로 그의 인기와 그녀의 야망이 만들어낸 일시적인 기분과 이별의 수순을 밟을 수밖에 없었다. 두 사람 모두 상대방에게서 받는 만큼만 사랑했고, 이런 식의 타산적인 사랑은 그들의 열정에 치명적으로 작용했다. 둘 간의 거리도 문제가 됐다. 영화가 끝나자마자 사랑도 끝났다. 영화촬영차 아테나는 인도로 떠났고 스티븐은 이탈리아로 떠났다. 두 사람 사이에 전화와 크리스마스카드와 선물이 오고갔고 심지어 그들은 하와이로 날아가 황홀한 주말을 보내기도 했다. 영화에 함께 출연했던 두 사람은 원탁의 기사가 성배를 찾아다니듯 인기와 부를 추구했고 이제는 각자의 힘으로 그것을 찾으러 나서야 했다.

두 사람이 결혼할 지도 모른다는 추측들이 난무했다. 하지만 실현가능성은 없었다. 아테나는 그와의 연애를 즐기긴 했지만 그것을 마치 장난처럼 생각했다. 그녀는 비록 배우답게 스티븐을 열렬히 사랑하는 척 연기는 했지만 항상 킥킥대며 웃곤 했다. 스티븐은 그녀를 진심으로 사랑했고 그래서 그녀와 영화 한 편을 더 찍을 가능성도 없지 않았다.

아름다운 그의 육체는 한때의 쾌락만을 줄 수 있을 뿐 지속적인 감탄의 대상은 될 수 없었다. 그는 지속적으로 마약을 쓰고 습관적으로 술을 마셨지만 자기관리에 철저했기 때문에 여간해서는 법적으로 문제를 삼기가 어려웠다. 그는 마치 처방전에 따라 약을 쓰는 사람처럼 코카인을 정확하게 투여했고, 술은 그를 좀더 매력적인 사람으로 보이게 만들었다. 그는 성공한 사람답지 않게 제멋대로 행동한다거나 우울해하는 일이 없었다.

그래서 스티븐의 청혼은 너무나 의외였다. 아테나는 기분 좋게 그의 청혼을 거절했다. 그녀는 스티븐이 여자라면 장소를 불문하고 건드려야 직성이 풀리는 남자고 심지어는 그의 마약 사용이 정도를 넘어서서 그것을 치료하느라 다니던 재활원에서까지 여자들을 건드리고 다닌다는 사실을 잘 알고 있었다. 그는 그녀가 인생의 반영구적인 동반자로 삼고 싶은 남자가 아니었다.

스티븐은 그녀의 거절을 좋게 받아들였다. 그 당시에는 코카인 양을 초과해서 쓰는 바람에 일시적으로 건강을 해치기도 했다. 하지만 그 후에는 거의 정상을 되찾았다.

그 후 아테나가 정상의 위치에 오르기까지 오 년 동안 스티븐은 서서히 쇠퇴하기 시작했다. 그는 여전히 그의 팬들과 특히 여자들에게 우상으로 군림했지만 배역 선택에 있어서 운이 없었거나 현명하지 못했다. 마약과 술로 인해 생활도 흐트러졌다. 스티븐은 멜로 스튜어트를 통해 메쌀리나의 남자 주인공 역을 자기에게 달라고 아테나에게 부탁했다. 그녀의 마음은 이미 그에게서 떠나 있었다. 아테나는 상대배우를 선택할 권한이 있었기 때문에 그에게 그 배역을 주었다. 그녀는 그가 그 역할에 아주 적합한 인물이라고 생각했기 때문에 그를 선택한 것이지 은혜를 갚는다는 따위의 심술 맞은 생각에서 그 사람의 부탁을 들어준 것은 아니었다. 그래도 그가 반드시 자기와 잠을 자야 할 필요는 없다는 단서를 달긴 했다.

지난 오 년간 아테나는 간간이 연애를 했다. 젊은 제작자이자 엘리 매리온의 외아들인 케빈 매리온도 그 중 한 사람이었다.

케빈 매리온은 그녀와 또래였지만 영화사업 쪽에서는 경험이 아주 많았다. 그는 스물한 살에 처음으로 영화를 제작했는데 그 영화가 크게 성공을 거뒀다. 그 성공이 계기가 되어 그는 자신이 영화에 천부적인 재능이 있다는 신념을 갖게 됐다. 그 이후로 그는 연달아 세 편의 영화에서 실패했고 그래서 이제는 그를 믿는 사람은 오로지 그의 아버지밖에 없었다.

케빈 매리온은 굉장한 미남이었다. 무엇보다 엘리 매리온의 첫 번째 부인이 영화계에서 알아주는 미인이었다. 그러나 불행하게도 그의 얼굴은 카메라에는 잘 맞지 않아서 그는 스크린 테스트를 받는 족족 떨어졌다. 진지한 예술인이 되고자 했던 그는 대신 제작자의 길을 택했다.

두 사람은 케빈이 그녀에게 자신의 새 영화에 출연해달라고 부탁하면서 알게 됐다. 아테나는 그의 말을 들으면서 극도의 놀라움과 전율을 느꼈다. 그의 말 속에는 매우 진지한 사람들에게서 느껴지는 독특한 순진함이 담겨 있었다.

"이건 제가 이제껏 읽은 것 중에서 최고의 시나리오예요. 솔직히 얘기해서 전 시나리오 개작작업에도 참여했죠. 이 역할에 어울리는 사람은 당신밖엔 없습니다. 영화판에서 어떤 여배우라도 데려다 쓸 수 있지만 제가 원하는 사람은 바로 당신이에요."

그는 자기의 진심을 믿어달라는 듯이 엄숙한 표정으로 그녀를 바라보았다.

아테나는 그가 들려주는 시나리오 내용에 완전히 넋을 잃고 말았다. 그것은 거리에서 떠도는 한 거지 여인에 관한 이야기였다. 그 여인은 쓰레기통에 버려진 아기를 발견하면서 마음을 바꾸게 되고 마지막에는 미국 거지들의 대모가 되는 인물이었다. 영화의 절반 정도는 여주인공이 자기의 전 재산을 손수레에 실은 채 밀고 다니는 것으로 채워져 있었다. 그리고 알코올 중독과 마약, 기아, 강간 그리고 주운 아기를 빼앗아가려는 정부와의 싸움을 이겨내고 나서 그녀는 무소속으로 미국의 대통령선거에 출마했다. 선거에서 승리는 못하지만 그나마 대본에서 그래도 가장 나은 부분이 이 대목이었다.

아테나의 반응은 경악 그 자체였다. 이 대본대로 하자면 그녀는 낡은 옷을 입고 어두운 과거를 가진 외로운 거지 여자가 되어야 했다. 시각적인 면에서 볼 때 완전 최악이었다. 내용은 지나치게 감상적이었고 극의 구성도 형편없는 수준이었다. 한마디로 구제불능의 황당무계한 작품이었다.

케빈은 호소했다.

"당신이 이 역할만 맡아준다면 전 죽어도 여한이 없을 겁니다."

그 말에 아테나는 내가 제정신이 아닌 걸까, 아니면 이 남자가 저능아인 걸까? 하고 생각했다. 하지만 그는 상당히 알아주는 제작자였다. 매우 성실하고 추진력이 강한 사람임은 분명했다. 그녀가 절망적인 눈빛으로 멜로 스튜어트를 쳐다보자 멜로는 그녀에게 기운을 북돋아주려는 듯한 미소를 지어 보였다. 하지만 그녀는 도저히 입이 떨어지지 않았다.

"훌륭해요. 아주 훌륭한 내용이에요. 고전적인 작품이군요. 올라갔다 내려가고. 내려갔다 올라가고. 극의 본질적인 요소를 잘 살리고 있어요. 그런데 말입니다. 케빈, 당신도 알다시피 아테나는 눈부시게 성장하고 있는 배우인 만큼 어떤 차기작을 선택하느냐는 굉장히 중요한 문젭니다. 대본을 읽을 시간을 주면 우리가 다시 연락을 드리죠."

"당연히 그래야죠."

케빈은 두 사람에게 대본을 건네주었다.

"분명히 마음에 들 겁니다."

멜로는 아테나를 작은 태국음식점으로 데려갔다. 음식을 주문한 뒤 그들은 대본을 대충 훑어보았다.

"이걸 하느니 차라리 죽고 말죠. 케빈이라는 사람, 어디가 모자란 거 아녜요?"

"당신은 아직 영화계가 어떤 세계인지 잘 모르고 있어요. 케빈은 똑똑한 사람이에요. 단지 자기한테 안 맞는 일을 하고 있을 뿐이지. 전 더 나쁜 경우도 봤어요."

"언제? 어디서요?"

"지금 당장은 생각이 안 나요. 당신은 싫다고 거절해도 될 만큼 대단한 배우이기는 하지만 불필요한 적을 만들어도 될 정도로 그렇게까지 대단하지는 않아요."

"엘리 매리온은 똑똑해서 자기 아들이 이 영화를 제작하도록 밀어줄 사람은 절대 아니라고요. 매리온한테 이 대본이 얼마나 형편없는지 꼭 알려줘야 해요."

"물론이죠. 그 사람은 자기가 싸구려 상업영화를 만드는 아들하고 돈 안 되는 심각한 영화를 만드는 딸을 뒀다는 농담까지 하고 다니니까. 그래도 엘리 매리온은 어쩔 수 없이 자식들의 행복을 생각하지 않을 수가 없어요. 우린 다르죠. 우리야 이 영화를 안 하겠다고 해도 뭐라고 할 사람은 아무도 없어요. 하지만 이건 붙잡을 만한 가치가 있어요. 로드스톤이 저작권을 소유한 인기 소설이 하나 있는데, 거기에 당신한테 아주 좋은 역할이 있거든요. 만약 당신이 케빈의 부탁을 일언지하에 거절해버리면 그걸 놓칠 수도 있는 겁니다."

아테나는 상관없다는 듯이 어깨를 으쓱했다.

"이번에는 기다릴 거예요."

"둘 다 잡으면 안 돼요? 그 소설 원작의 영화를 먼저 하겠다는 조건을 다는 겁니다. 그런 다음에 케빈 영화에서는 빠져나갈 적당한 구실을 찾으면 되죠."

"그러면 적을 만들게 되잖아요?"

아테나가 살짝 웃으며 그에게 물었다.

"첫 번째 영화가 대성공을 거둘 테니까 그건 별로 문제가 안 되죠. 그 뒤에는 당신은 적을 만들어도 상관없을 정도가 되는 거니까."

"나중에 케빈 영화에서 확실히 빠질 수 있다고 장담해요?"

"제가 당신을 빼내지 못하면 해고해도 좋아요."

멜로는 단언했다. 그는 이미 엘리 매리온과 거래를 끝낸 상태였다. 엘리는 아들에게 직접적으로 대놓고 안 된다는 말을 할 수가 없었기 때문에 난국에서 빠져나가기 위한 수단으로 이 방법을 택했다. 엘리는 멜로와 아테나에게 악역을 맡기려고 했다. 그리고 멜로는 그것을 개의치 않았다. 대본을 가지고 장난을 치는 것은 영화 에이전트의 전공이었다.

모든 일은 잘 풀려나갔다. 우선, 소설을 영화로 만든 작품은 그녀를 확고부동한 최고 배우로 자리매김하게 해주었다. 그러나 불행하게도 그 뒤에 일어난 일은 그녀로 하여금 오랜 기간 독신을 고수하게 만들었다.

절대 만들어지지 않을 케빈의 영화에 대해 협잡이 이루어지는 동안에 그가 아테나를 사랑하게 되리라는 것은 충분히 예상할 수 있었던 일이었다. 케빈 매리온은 제작자답지 않게 비교적 순진한 젊은이였고, 부끄러운 줄도 모르고 진심으로 열심히 아테나를 따라다녔다. 그의 열정과 사교성은 그의 최대의 매력이었다. 어느 날 저녁 그녀는 그를 속이고 있다는 죄의식 때문에 마음이 약해져서 그를 침대로 데려갔다. 둘은 아주 즐거운 시간을 보냈고 케빈은 그녀에게 결혼하자고 졸랐다.

그 사이 아테나와 멜로는 클로디아에게 대본 개작을 부탁했다. 클로디아는 대본을 코미디로 개작했고 케빈은 그녀를 해고해 버렸다. 그가 너무 화를 내서 사람들은 그를 피곤해 했다.

아테나로서는 케빈과의 사랑이 여러모로 편리했다. 그녀의 영화 일정과 잘 들어맞았고 게다가 케빈의 열정은 침대에서 그녀를 유쾌하게 만들어주었다. 그리고 그는 로드스톤 영화사를 물려받을 상속자였기 때문에 그런 사람이 자기와 결혼을 하겠다고 막무가내로 고집을 부리는 것도 그리 기분 나쁜 일은 아니었다.

하지만 어느 날, 아테나는 케빈이 앞으로 둘이 함께 만들게 될 영화들에 대해 쉴 새 없이 떠드는 걸 듣고 있다가 불현듯 이 남자 말을 일분이라도 더 듣느니 차라리 죽어버리고 말겠다는 생각이 들었다. 친절한 사람이라도 극도로 화가 나는 순간에는 흔히 태도가 돌변하듯 그녀 역시 그랬다. 나중에는 분명히 죄의식을 느끼리라는 걸 알면서도 그녀는 그와의 관계를 완전히 뒤엎어버렸다. 그녀는 케빈에게 당신과 결혼하지 않을 것이며, 같이 자는 일도 없을 것이며, 영화에도 출연하지 않겠다는 말을 순식간에 쏟아놓았다.

케빈은 놀라서 멍하니 있었다.

"우린 계약을 했어. 그리고 계약대로 밀고 나갈 거라고. 이건 날 완전히 배신하는 행위야."

"알아. 그 얘긴 멜로한테 해."

그녀는 그러는 자기 자신에게 염증을 느꼈다. 물론 케빈의 말이 옳긴 했지만, 그녀는 그가 사랑보다는 영화를 더 걱정한다는 사실이 재미있었다.

아테나가 남자들에게 관심을 잃은 것은 그녀의 영화경력이 탄탄하게 자리를 잡은 이때의 연애사건 이후였다. 그녀는 독신으로 지냈다. 그녀에게는 남자들과 사랑타령을 하는 것보다 더 중요한 일들이 있었다.

아테나와 클로디아는 친한 친구로 지냈는데, 전적으로 이것은 자기가 좋아하는 여자들과 안정된 관계를 유지하는 클로디아 덕분이었다. 그녀가 아테나를 처음 만난 것은 아테나가 아직 대배우가 되기 한참 전이었다. 아테나가 초기 영화들을 찍을 무렵이었는데 그 영화들 중 한 편의 대본 개작을 맡게 되면서였다.

아테나는 그녀에게 대본을 고쳐달라고 도움을 청했는데 배우가 대본개작에 관여하는 일은 작가에게 매우 부담스러운 경우가 보통이었지만 아테나는 현명했고 큰 도움이 됐다. 그녀는 인물과 이야기를 본능적으로 이해했고 사심이 거의 없었다. 그녀는 매우 똑똑해서 자기 주변 인물들이 더 강하게 부각되면 될수록 자신의 역할도 그만큼 더 부각된다는 사실을 잘 알았다.

두 사람은 말리부에 있는 아테나의 집에서 작업할 때가 많았고 그러면서 서로의 공통점을 많이 알게 됐다. 그들은 운동신경이 타고나서 수영을 잘했다. 골프도 아마추어로서는 최고 수준이었으며 테니스도 아주 잘했다. 말리부 해변의 테니스장에서 둘이 짝을 이뤄 남자들과 복식으로 시합을 벌이면 거의 항상 이겼다. 그래서 영화 촬영이 끝나고 나서도 두 사람은 계속 친구로 지내게 됐다.

클로디아는 아테나에게 자신에 관한 것들을 다 말해주었다. 아테나는 자기 얘기는 거의 하지 않았다. 둘 간의 우정은 그런 식이었다. 클로디아는 이것을 모르지 않았지만 크게 개의치 않았다. 클로디아는 스티븐 스텔링스와 연애를 했던 얘기도 했다. 아테나는 깔깔대고 웃으면서 서로의 경험을 비교해봤다. 두 사람은 스티븐이 아주 재밌고 침대에서 아주 환상적인 남자라는 점에 의견의 일치를 보았다. 또한 그가 믿을 수 없을 정도로 재능이 많은 배우이며 다정하기 그지없는 남자라는 점도.

"너 못지않게 그 사람도 정말 잘 생겼지."

클로디아는 말했다. 그녀는 다른 사람들이 지닌 아름다움을 시기하지 않고 있는 그대로 인정해 주었다.

아테나는 못 들은 척 했다. 그런 행동은 누가 자기 외모에 대해 얘기할 때면 그녀가 습관적으로 취하는 반응이었다.

"그래도 배우로서는 그 사람이 더 낫지 않아?"

아테나는 짓궂게 비꼬았다.

"아니지, 넌 진짜 대단한 배우야."

그런 뒤에 아테나로 하여금 본심을 드러내게 하려고 일부러 이렇게 덧붙였다.

"하지만 그 남자는 너보다 훨씬 더 행복한 사람이야."

"정말? 그럴지도 모르지. 하지만 그 남자는 언젠가는 지독히 불행해지겠지만 난 아니야."

"하긴. 코카인하고 술이 그 사람을 잡아먹을 거야. 나이가 들면 추해질 거라고. 하지만 똑똑한 사람이니까 어쩌면 바뀔 지도 모르지."

"난 그 사람처럼 늙고 싶진 않아. 그리고 절대로 그렇게 안 될 거야."

"넌 내 영웅이야. 하지만 너라고 나이를 안 먹을 순 없지. 넌 분명히 술도 안 마시고 시간을 헛되이 쓰는 일도 없을 테지만 말이야. 네가 꼭꼭 숨기고 있는 그 비밀이 널 잡아먹을 거라고."

아테나가 까르르 웃었다.

"내 비밀들은 나를 구원해 줄 거야. 내가 가진 비밀들은 너무 진부해서 말할 가치조차 없어. 우리 영화배우들은 신비함이 필요하다고."

두 사람은 일이 없는 토요일 아침마다 로데오거리로 쇼핑을 갔다. 그럴 때마다 매번 클로디아는 팬이나 가게 점원들이 알아보지 못하도록 기가 막히게 자신을 위장하는 아테나의 변장술에 탄복했다. 그녀는 검은 가발을 쓰고 헐렁한 옷을 입어서 자기 모습을 가렸다. 화장으로 턱을 두꺼워 보이게 만들고 입술도 두툼하게 만들었다. 무엇보다도 가장 흥미로운 건 마치 그녀가 얼굴의 특징을 마음대로 바꿀 수 있는 능력이 있는 것처럼 보인다는 점이었다. 그리고 그녀는 콘택트 렌즈를 껴서 그녀의 빛나는 초록 눈동자를 차분한 담갈색으로 바꿨다. 또 남부사람 특유의 부드러운 느린 말투를 썼다.

아테나는 물건을 살 일이 있으면 클로디아의 카드로 계산을 한 다음, 점심을 먹는 자리에서 돈을 갚았다. 완전한 익명으로 식당에서 느긋하게 앉아 쉬는 일은 정말 멋진 경험이었다. 게다가 클로디아가 우스개 소리로 한 것처럼 시나리오 작가는 아무도 알아보지 못했다.

클로디아는 한 달에 두 번은 말리부 해변가에 있는 아테나의 집에서 수영을 하고 테니스를 치며 주말을 보냈다. 클로디아가 아테나에게 메쌀리나의 두 번째 초안을 보여주었더니 아테나는 주인공을 하게 해달라고 부탁했다. 마치 자신은 최고 인기배우가 아니고 따라서 클로디아가 자기한테 구걸할 필요가 없다는 듯이.

그래서 촬영장으로 다시 돌아오라고 아테나를 설득하기 위해 말리부에 도착했을 때 클로디아는 성공할 수 있을지도 모른다는 일말의 희망을 갖고 있었다. 무엇보다 아테나는 자신의 경력을 망치고 클로디아의 경력에 피해를 입히는 일은 하지 않을 것이다.

클로디아의 자신감을 흔들어 놓은 맨 처음 광경은 평소 말리부 콜로니 입구를 지키는 경비원들 외에 아테나의 집 주변을 삼엄하게 지키고 있는 경호원들의 모습이었다.

퍼시픽 오션 씨큐리티 컴퍼니의 제복을 입은 두 남자가 집 입구를 지키고 있었다. 그리고 경호원 두 명이 집 안 쪽의 넓은 정원을 순찰하고 있었다. 몸집이 자그마한 남미출신의 가정부가 그녀를 거실로 데려가자 경호원 두 명이 해변 쪽을 지키고 있는 모습이 보였다. 경호원들은 하나같이 봉과 권총을 차고 있었다.

아테나가 클로디아를 반기며 꽉 껴안았다.

"보고 싶을 거야. 나는 일 주일 후면 난 떠날 거야."

"도대체 왜 그래? 거들먹거리는 얼간이가 네 인생을 송두리째 망치게 그냥 놔두다니. 게다가 내 인생까지 말이야. 네가 그렇게 겁쟁이지 몰랐어. 오늘밤에는 나랑 같이 지내고 내일 총기 허가증을 받아서 사격훈련을 받자. 이틀이면 우린 명사수가 될 거야."

아테나가 큰 소리로 웃으며 그녀를 다시 한 번 더 안았다.

"마피아 기질이 나오기 시작하네."

클로디아는 클레리쿠지오가와 아버지 얘기를 그녀에게 한 적이 있었다. 두 사람은 마실 것을 들고 푹신한 의자에 앉아서 바다를 내려다보았다. 그곳에서 내려다보는 바다는 마치 검푸른 바다의 자화상을 보는 듯한 느낌을 불러일으켰다.

"네가 아무리 그래도 내 마음은 바뀌지 않아. 그리고 난 겁쟁이가 아니야. 자, 네가 궁금해 하는 비밀을 얘기해줄게. 영화사에다 얘기해도 상관없는데, 얘길 듣고 나면 날 이해하게 될 거야."

그런 다음 그녀는 클로디아에게 결혼과 관련된 모든 이야기를 해주었다. 보즈 스카넷의 병적인 가학성과 잔인함과 계획적으로 그녀를 모욕한 일과 그래서 도망을 친 얘기까지. 빈틈없는 이야기꾼다운 본능으로 클로디아는 아테나의 이야기에서 뭔가가 빠져 있음을, 아니 그녀가 고의적으로 중요한 부분을 빠뜨리고 있다는 생각이 들었다.

"아기는 어떻게 됐어?"

아테나의 얼굴은 영화배우의 가면으로 바뀌었다.

"지금 당장은 그 이상 얘기해주긴 힘들어. 솔직히 말해서 나한테 아이가 있다는 건 너와 나만 아는 사실이야. 그 얘긴 영화사에다 말하면 안 돼. 난 네가 그래 주리라 믿겠어."

클로디아는 아테나에게 아기에 대해 더 추궁해서는 안 된다는 생각이 들었다.

"하지만 영화는 왜 그만두려고 하는데? 사람들이 널 보호해줄 거야. 떠나는 건 영화를 찍고 난 뒤에 해도 돼."

"안 돼. 영화사에서는 영화를 찍는 동안에만 날 보호해줄 거야. 그리고 그래봤자 아무 소용도 없어. 난 보즈를 알아. 어떤 수를 써도 그 남자는 못 막아. 내가 여기 남는다고 해도 어쨌든 절대로 영화를 못 끝낼 거야."

그 순간 두 사람은 수영복을 입은 남자 하나가 바다에서 집 쪽으로 걸어오는 모습을 목격했다. 경호원 두 명이 그를 제지했다. 경호원들 중 한 명이 휘슬을 불자 정원에 있던 두 명의 경호원이 달려왔다. 그러자 수영복을 입은 남자가 약간 수세에 몰리는 듯이 보였다.

아테나는 겁에 질려서 자리에서 일어났다.

"보즈야."

그녀는 클로디아에게 조용히 말했다.

"날 겁주려고 저러는 거야. 저건 본격적인 행동이 아냐."

그녀는 발코니로 나가 다섯 남자를 내려다보았다. 클로디아는 그녀를 뒤따라갔다.

보즈 스카넷이 갈색으로 그을린 얼굴에 햇빛을 가득 받으며 눈을 가늘게 뜨고 두 사람을 올려다보았다. 수영복을 입은 그의 몸이 흉기처럼 단단했다. 그는 슬쩍 미소를 지으며 말했다.

"아테나, 안에서 나랑 한 잔 할까?"

아테나는 그에게 활짝 웃어 보였다.

"나한테 독약이 있다면 그럴 텐데. 당신은 법원의 명령을 어겼어. 그러니까 내가 신고만 하면 당신은 당장 체포될 거야."

"그렇게 못할 걸. 우린 너무 가까운 사이고 우리 사이에는 비밀이 너무 많거든."

그는 미소를 짓고 있었지만 잔인해 보였다. 클로디아는 코그의 클레리쿠지오가에서 만났던 남자들이 생각났다.

한 경호원이 말했다.

"이 남자가 공공 해수욕장에서 울타리를 넘어 헤엄쳐 들어왔습니다. 분명히 저쪽 편에 차를 세워놓았을 겁니다. 아니면 우리가 이 남자를 체포하는 방법도 있습니다."

"아니에요. 이 사람 차로 데려다줘요. 그리고 회사에다 얘기해서 집 주변에 경호원 네 명을 더 배치해달라고 해주세요."

보즈는 여전히 위쪽을 쳐다보고 있었고 그의 몸은 마치 모래 속에 박아놓은 커다란 동상처럼 보였다.

"잘 있어, 아테나."

그러고 나서 경호원들이 그를 끌고 갔다.

"무서운 사람이군. 네 말이 맞는 것 같아. 저 남자를 막으려면 대포를 쏴야 할까봐."

"내가 도망가기 전에 전화할게."

아테나는 마치 연기를 하는 것처럼 얘기했다.

"마지막으로 저녁이나 같이 먹자."

클로디아는 눈물이 나오려는 걸 가까스로 참았다. 그녀는 보즈가 너무 무서웠는데 그는 아버지를 생각나게 했다.

"라스베가스로 가서 크로스 오빠를 만나겠어. 오빠는 똑똑하고 사람들을 많이 알아. 반드시 도울 수 있을 거야. 그러니까 내가 돌아올 때까지 떠나지 마."

"네 오빠가 왜 도와야 하는데? 그리고 어떻게 돕는다고 그래? 네 오빠 마피아니?"

"물론 아니지."

클로디아는 화를 내며 말했다.

"오빠는 날 사랑하니까 도와줄 거야. 그리고 오빠가 정말로 사랑하는 사람은 아버지를 빼면 나밖에 없어."

그녀는 자랑하는 듯한 말투로 말했다. 아테나는 얼굴을 찡그리며 그녀를 쳐다봤다.

"네 오빠 얘기를 들어보면 약간 수상한 구석이 있어. 넌 영화관에서 일하는 여자치고 참 순진하다니까. 이건 여담인데, 어떻게 그렇게 많은 남자들이랑 자게 됐어? 넌 배우도 아니고 내가 보기에 음탕한 여자도 아닌 것 같은데 말이야."

"그거야 비밀이랄 게 있어? 남자들이 어째서 그렇게 많은 여자들을 건드리겠어?"

클라디아는 아테나를 품에 안았다.

"나 라스베가스로 갈 거야. 내가 돌아올 때까지 꼼짝하지 마."

그날 밤 아테나는 발코니에 앉아서 깜깜한 하늘 아래 펼쳐진 검은 바다를 바라보았다. 그녀는 자신의 계획을 곰곰이 되짚어 보며 애정 어린 마음으로 클로디아를 떠올렸다. 그녀가 오빠의 정체를 꿰뚫어보지 못한다는 사실이 우스웠다. 그러나 그런 게 바로 사랑이 만들어내는 조화였다.

클로디아는 그날 오후 스키피 디어와 만나 그에게 아테나가 한 이야기를 전해주었다. 얘기가 끝나자 한동안 침묵이 흘렀다. 잠시 후에 디어가 입을 열었다.

"그 여자는 중요한 부분을 빠뜨렸어. 전에 보즈 스카넷을 매수해보려고 그를 만난 적이 있었지. 그런데 그놈이 그러는데, 우리가 엉뚱한 짓을 하면 우리를 몽땅 파멸시켜버릴 이야기를 신문사에다 주겠대. 자기랑 아테나 사이에 태어난 아기를 아테나가 어떻게 버렸는지에 대한 이야기라나."

클로디아가 벌컥 화를 냈다.

"그럴 리가 없어요. 아테나를 아는 사람은 그녀가 그런 짓은 절대 할 수 없는 사람이란 걸 안다고요."

"물론이지. 하지만 우린 아테나가 스무 살이었을 때 어떤 사람이었는지 모르지."

"당신도 멍청이야. 라스베가스로 가서 크로스 오빠를 만날 거예요. 오빠는 당신네들보다 더 똑똑하고 배짱도 있어요. 오빠가 이번 문제를 해결해줄 거예요."

"보즈 스카넷이 네 오빠를 겁낼 것 같진 않은데. 우리가 벌써 다 해봤다고."

그러나 지금 그의 눈에는 또 한 번의 기회가 보였다. 그는 크로스에 관해 몇 가지 아는 사실들이 있었다. 크로스는 영화사업 쪽에 발을 들여놓을 기회를 노리고 있었다. 그는 디어의 영화 여섯 편에 투자를 했는데 돈을 하나도 건지지 못한 것으로 봐서 영리한 사람은 아니었다. 그리고 크로스가 마피아와 줄이 닿아 있다는, 즉 그가 마피아 조직의 실력자라는 소문이 돌았다. 하지만 한두 다리 건너면 너나없이 다 마피아와 줄이 닿아 있는 세상인데 뭘, 하고 디어는 생각했다. 마피아와 연결돼 있다고 해서 위험할 건 없었다. 그는 크로스가 보즈 스카넷 문제를 해결해 주리라고는 믿지 않았다. 그러나 제작자라는 사람들은 언제나 귀를 활짝 열어두었고, 먼 훗날을 내다보는 데는 전문가였다. 게다가 크로스를 꼬드겨서 영화에 다시 투자를 하게 만들 수도 있었다. 영화제작과 재원관리에 있어서 실권이 없는 소액 투자자들은 언제나 큰 도움이 됐다.

스키피 디어는 잠시 말이 없다가 클로디아에게 자기도 같이 가겠다고 했다. 클로디아는 스키피 디어가 예전에 그녀에게서 50만 달러를 사기 친 일이 있었는데도 불구하고 그를 좋아했다. 그녀는 디어가 결점이 많고 여러 가지 면에서 부패한 사람이기 때문에 그리고 또 그와 같이 있으면 항상 즐겁기 때문에 그를 좋아했고, 제작자로서 그가 지닌 모든 놀라운 자질들을 사랑했다.

두 사람은 수년 전에 영화작업을 함께 하면서 친해졌다. 디어는 그때 이미 헐리우드에서 가장 잘 나가는 개성 있는 제작자였다. 한 번은 촬영장에서 한 영화배우가 디어의 아내와 놀아난 이야기를 떠벌리고 있었는데, 무대장치 위쪽의 선반에 걸터앉아 있던 디어가 그 얘기를 듣고는 배우의 머리 위로 뛰어내려 그의 어깨뼈를 부러뜨리고 정통으로 주먹을 날려서 코뼈를 박살내 버렸다.

클로디아에게는 기억나는 일이 또 하나 있었다. 두 사람이 로데오거리를 걸어가는데 쇼윈도우에 전시되어 있는 블라우스 하나가 클로디아의 눈길을 끌었다. 그 옷은 클로디아가 본 것 중 가장 아름다운 블라우스였다. 흰 바탕에 보일듯 말듯 연한 초록색 줄무늬가 있어서 모네의 그림만큼이나 사랑스러웠다. 그 옷가게는 유명한 병원이라도 되는 듯이 미리 예약을 해야 구경할 수 있는 가게였다. 하지만 들어가는 데는 문제가 없었다. 그 가게 주인은 영화사 대표와 회사 사장들을 비롯해서 유럽의 국가원수들과도 대단한 친분이 있는 사람이었는데 스키피 디어와도 친한 사이였다.

그들이 가게 안에 들어가서 블라우스 가격을 물어보자 점원이 5백 달러라고 했다. 클로디아가 깜짝 놀라서 손을 가슴에 얹었다.

"블라우스 하나에 5백 달러요?"

그녀는 되물었다.

"설마 농담이겠죠?"

점원은 점원대로 클로디아의 무례함에 깜짝 놀랐다.

"이건 최고급 옷감입니다. 직접 손으로 만들었고. 게다가 이 초록색 줄무늬는 전 세계를 뒤져도 없는 것이에요. 절대 비싼 가격이 아닙니다."

디어가 미소를 지었다.

"사지 마, 클로디아. 저걸 세탁하려면 얼마나 비싼지 알아? 적어도 30달러는 될 거야. 한 번 입을 때마다 30달러라고. 또 아기처럼 살살 다뤄야 돼. 음식 얼룩도 안 되고, 결정적으로 담배를 못 피운다는 게 문제지. 구멍이라도 나면 그날로 5백 달러가 날아가는 거야."

클로디아가 점원을 쳐다보며 웃었다.

"저기요, 블라우스를 사면 사은품 줘요?"

옷을 멋지게 차려입은 그 점원은 눈물까지 글썽이면서 말했다.

"제발 나가주세요."

두 사람은 가게에서 나왔다.

"언제부터 점원이 손님을 가게에서 쫓아내게 된 거죠?"

클로디아가 큰 소리로 웃었다.

"여긴 로데오거리야. 들어간 것만 해도 재수가 좋은 줄 알라고."

다음날 클로디아가 영화사에 출근했는데 책상에 선물상자가 놓여 있었다. 그 안에는 블라우스 열두 벌과 '아카데미 시상식에서만 입을 것'이라고 쓴 스키피 디어의 편지가 들어 있었다.

클로디아는 가게 점원과 스키피 디어가 짜고 거짓말을 했다는 걸 알았다. 그리고 그 뒤에 그 블라우스 무늬와 똑같은 아름다운 초록색 줄무늬 치마와 스카프를 볼 수 있었다.

그녀가 디어와 함께 만들고 있던 영화는 싸구려 애정물이어서 디어가 아카데미에서 상을 받을 가능성은 그가 대법원장이 될 가능성만큼이나 희박했다. 하지만 어쨌든 그녀는 감동했다.

그런데 두 사람이 참여했던 그 영화가 기적적으로 일 억 달러가 수입을 올리게 됐고, 클로디아는 이제 부자가 될 거라고 생각했다. 스키피 디어는 그 일을 축하하는 저녁식사 자리를 마련하고 그녀를 초대했다.

"오늘은 나에게는 정말 기쁜 날이야. 영화 수입이 일억 달러가 넘었고, 바비 밴츠 비서한테서 큰 건수 하나를 제의 받았고, 또 내 전처가 어젯밤에 자동차 사고로 죽었거든."

그 자리에는 두 사람 외에도 제작자 두 명이 더 있었는데 그들은 그 말을 듣고 깜짝 놀란 표정들이었다. 클로디아는 디어가 농담을 한다고 생각했다. 하지만 디어는 두 제작자를 쳐다보며 얘기를 계속했다.

"눈들을 보니 엄청 질투가 나는 모양인데. 일 년에 50만 달러씩 나가는 부양비를 아끼게 됐지. 왜 그러냐면 내가 전처한테 줬던 재산이 두 자식들한테 갔으니까 이제 애들을 부양할 필요가 없어졌거든."

클로디아는 갑자기 기운이 쫙 빠지는 느낌이 들었고 그런 그녀를 향해 디어가 말했다.

"난 정직해. 세상 남자들은 다 나처럼 생각하지만 절대 입 밖으로 그런 얘긴 안 꺼내지."

스키피 디어가 영화사업에서 성공하기까지는 많은 노력이 있었다. 목수 아들이었던 그는 아버지를 도와 헐리우드에서 영화배우들의 집을 고쳐주는 일을 했었다. 헐리우드라서 그런 일도 가능했지만, 그는 우연찮게 중년 여배우의 연인이 됐고 그녀는 그를 자신의 소속사에 수습사원으로 취직시켜주는 것을 핑계로 그를 차버렸다.

그는 열심히 일했고 자신의 불같은 성질을 다루는 법을 터득했다. 무엇보다도 그는 배우들을 정성껏 키우는 방법을 배웠다. 갓 일을 시작한 감독들과 경험 없는 신인들을 구슬리는 방법과 잘난 척 하는 작가들과 친해지고 그들의 조언자가 되는 요령도 터득했다. 그는 르네상스 시대 때 보르지아 교황을 변호하기 위해 프랑스의 왕을 만났던 한 추기경 이야기를 하면서 자신의 행동을 스스로 웃음거리로 삼았다. 자기가 교황을 경멸한다는 것을 보여주기 위해 프랑스 왕이 바지를 내리고 똥을 누자 추기경은 "오, 천사의 엉덩이여." 라고 탄성을 지르며 달려와 왕의 엉덩이에 입을 맞췄다는 얘기였다.

어찌됐든 디어는 핵심적인 지식들을 완벽하게 습득했다. 그가 소위 '모든 것을 얻어내는 방법' 이라고 간단히 정의하는 협상기술도 배웠다. 독서를 통해서 좋은 영화를 만들 수 있는 소설들을 찾아내는 안목도 키웠다. 적재적소에 필요한 배우를 기용하는 방법도 터득했다. 그는 제작과정의 세부적인 사항들을 꼼꼼하게 살펴서 다양한 방법으로 영화 예산에서 돈을 빼냈다. 그는 대본에 50퍼센트, 영화 예산에 70퍼센트를 투자할 능력이 있는 성공한 제작자가 됐다.

독서를 즐기고 대본집필이 가능하다는 점이 그에게는 여러모로 도움이 됐다. 그는 완전 백지상태에서 글을 채워나가지는 못했지만 필요 없는 장면을 지워내고 대사를 고치는데 능숙했다. 줄거리 일부나 이야기 전개상 필요한 작은 장치들을 창안해내기도 했는데 그 부분들은 훌륭한 연출효과를 낼 때도 가끔 있었지만 줄거리를 이해하는 데는 거의 필요치 않았다. 그 스스로 강점이라고 생각하는 동시에 그가 영화 흥행에 성공하는 요인 중의 하나는 이야기를 마무리 짓는 그의 탁월한 능력이었는데, 그가 만든 영화의 결말은 거의 항상 선이 악을 이기는 것으로 끝났고 그런 결말이 적당하지 않을 경우에는 패배를 달콤하게 묘사했다. 그의 최고 걸작은 뉴욕이 원자폭탄으로 파괴되는 내용을 다룬 영화의 결말부로 심지어는 폭탄을 터뜨렸던 장본인까지 포함해서 영화에 나오는 모든 인물들이 지극한 인간애를 발휘하는 사람들로 묘사됐다. 그는 다섯 명의 작가들을 추가로 기용해 그 부분을 완성했다.

만약 그에게 돈을 관리하는 탁월한 기민함이 없었더라면 이 모든 능력들도 제작자인 그에게는 아무런 가치가 없었을 것이다. 그는 단돈 일 달러도 없는 상황에서 투자를 이끌어냈다. 부자들은 미인들이 그의 팔에 매달리는 것처럼 그의 회사에 홀딱 반했다. 영화배우와 감독들은 인생을 솔직하고 추잡하게 즐기는 그를 좋아했다. 그는 교묘한 방법으로 영화사로부터 지원금을 받아냈고, 엄청난 뇌물을 먹여서 몇몇 영화사 대표들로부터 후원을 받아내는 일이 가능하다는 사실을 터득했다.

그가 크리스마스에 카드와 선물을 보내는 사람들의 목록은 배우들은 물론이고 신문이나 잡지에 평론을 올리는 사람들과 심지어는 고위 행정 관료들까지 포함해서 끝도 없이 길었다. 그는 그들 모두를 절친한 친구라고 불렀고, 그들이 쓸모가 없어지면 선물 목록에서는 뺐지만 카드 목록에서는 절대 빼지 않았다.

저작권을 확보하는 일은 제작자가 되는 비결 중 하나였다. 예를 들자면, 많이 팔리지 않아서 그다지 알려지지 않은 소설은 영화사에 선전하기 좋은 확실한 물건이었다. 디어는 일 년에 5백 달러씩 지급하고 오 년 동안 작품을 사용할 수 있는 조건으로 저작권을 확보했다. 또는 대본에 대한 저작권을 일단 사고 난 뒤, 영화사에 되팔기 위해 작가들과 공조해서 작품을 다듬기도 했다. 그 일은 말 그대로 땅 짚고 헤엄치기였고 작가들은 아주 물렀다. '무르다'라는 표현은 그가 세상물정에 어둡다고 생각하는 사람들을 지칭할 때 잘 쓰는 말이었다. 여자 배우들한테는 이 말이 특히 요긴하게 쓰였다.

그가 맺은 인간관계 중 가장 성공적이면서 가장 유쾌한 경우가 클로디아와의 관계였다. 그는 정말로 그녀를 좋아했고 그녀에게 비법을 전수하고 싶어했다. 두 사람은 석 달 동안 대본작업을 같이 했다. 그들은 함께 저녁 외식을 하고 골프를 쳤다. 산타아니타 자동차 경주장에도 갔다. 또 디어의 집에 있는 수영장에서 수영복을 입은 비서들에게 대본을 받아쓰도록 해가며 수영도 했다. 심지어 클로디아는 주말에 라스베가스로 디어를 데려 가 크로스에게 소개시키기까지 했다. 두 사람은 편의상 때로 잠자리도 함께 했다.

영화는 엄청난 수익을 올렸고 그래서 클로디아는 최종적으로 자기가 받게 될 수입이 상당하리라고 기대했다. 그녀는 스키피 디어의 수입에 대해 일정 부분을 할당받기로 되어 있었고, 지분과 관련해서 그가 즐겨 쓰는 표현처럼 그는 언제나 '윗물'에서 논다는 사실을 그녀는 잘 알고 있었다.

그러나 클로디아는 디어에게 두 종류의 수입이 있었다는 사실은 몰랐다. 하나는 총수익에 대한 지분이었고 나머지 하나는 순이익에 대한 지분이었다. 그리고 클로디아의 최종 수입은 스키피 디어가 순이익에 대해 받기로 한 지분에 대해 청구하기로 되어 있었다. 비록 영화는 일억 달러 이상의 돈을 벌어들였지만 순이익 상으로는 디어가 받을 돈은 한 푼도 없었다. 영화사의 회계처리는 디어에게 총수익을 기준으로 돈을 지급했고, 순이익은 영화를 만드는데 들어간 제작비를 이용해 전혀 없는 것으로 처리됐다.

클로디아는 소송을 걸었고 스키피 디어는 둘 간의 우정을 유지하기 위해 적은 돈으로 문제를 수습했다. 클로디아가 자신을 비난하자 디어는 "이건 우리 둘의 사적인 관계와는 별개의 문제니까 변호사들끼리 해결하라고 해." 라고 말했다.

스키피 디어는 종종 "예전에는 나도 사람이었는데 그 뒤에 유부남이 돼버렸지." 라는 얘기를 하곤 했다. 그 말과는 다르게 실은 그도 진정으로 누군가를 사랑한 적이 있었다. 그는 자기가 어렸고 이미 그때부터 재능 있는 배우를 알아보는 안목이 있었기 때문에 그 여자와 결혼을 했노라고 변명을 했다. 그의 말이 맞긴 했지만, 그의 아내 크리스티는 인기 영화배우가 되기에는 자질이 부족했다. 영화에서 세 번째로 중요한 여자 역할이 그녀가 해본 역할 중 최고로 좋은 역이었다.

그러나 디어는 정말로 그녀를 사랑했다. 그는 영화사업의 실력자로 부상한 뒤 크리스티를 인기배우로 만들기 위해 최선을 다했다. 그는 아내에게 큰 배역을 따주려고 제작자와 감독과 영화사 대표들에게 부탁을 했다. 두세 편의 영화에서 그는 그녀를 두 번째 여자 주인공으로 끌어올렸다. 그러나 점점 나이가 들면서 그녀에게는 일할 기회가 줄어들었다. 두 사람 사이에는 자식도 둘이 있었지만 크리스티는 불평불만이 점점 더 많아졌고, 아내 때문에 발목이 잡혀서 디어는 일하는 시간을 많이 뺏겼다.

성공한 제작자들이 다들 그런 것처럼 스키피 디어도 정신 없이 바빴다. 영화진행을 총지휘하고 재원을 마련하고 제작계획을 세우느라 그는 전 세계를 돌아다녀야 했다. 아름답고 매력적인 여자들과 만날 기회가 숱하게 많았고 그래서 종종 낭만적인 관계가 이뤄지기도 했고 또 그걸 즐기기도 했다. 그래도 그는 변함 없이 아내를 사랑했다.

어느 날 개발부의 여자 직원이 크리스티를 확실하게 인기배우로 만들어 줄 그녀에게 딱 맞는 작품이라며 그에게 대본을 하나 보냈다. 음울한 영화였는데 젊은 시인과의 사랑을 위해 남편을 살해하고 난 뒤 슬퍼하는 자식들과 법의 추적을 피해 도망치는 여자 이야기였다. 물론 구원을 받는 것으로 끝났다. 상당히 터무니없는 내용이었지만 성공할 가능성도 없지 않았다.

스키피 디어는 두 가지 문제를 해결해야 했다. 하나는 영화사를 설득해서 그 영화를 만들게 하는 일이었고, 다른 하나는 크리스티에게 그 역할을 주게끔 설득하는 일이었다.

그는 자신의 모든 인간관계를 총동원시켰다. 영화 수입에 대한 그의 몫은 전적으로 최종 수입을 기준으로 받기로 했다. 최정상을 달리는 남자 배우를 설득해서 개성이 넘치는 남자 주인공 역을 맡겼고 디터 타미에게 감독을 맡겼다. 모든 일이 환상적으로 이루어졌다. 크리스티는 그 역할을 완벽하게 해냈고 디어도 영화를 완벽하게 제작했는데, 그는 예산의 90퍼센트를 실제로 영화제작에 사용했다.

그 기간 동안 디어는 영화배급문제로 런던에서 영국여자와 전략상

하룻밤을 보낸 것을 빼고는 아내에게 충실했다.

영화에 들인 노력은 제대로 효과를 발휘했다. 영화는 흥행에 성공했고, 그는 영화의 최종 수입을 기준으로 거래를 한 덕분에 선 거래를 했을 때보다 더 많은 돈을 벌었으며, 크리스티는 아카데미 여우주연상을 거머쥐었다.

그리고 디어가 나중에 클로디아에게 말했던 것처럼, 상황은 그쯤해서 행복하게 잘 살았다는 내용으로 끝났어야 했다. 하지만 이제 그의 아내는 자부심을 찾았고 자신의 진정한 가치를 느끼게 됐다. 그녀가 잘 나가는 인기배우가 되어 아름답고 매력적인 인물이 나오는 영화대본들이 그녀에게 속속 들어오고 있다는 것이 그 사실을 입증했다. 디어는 좀더 적합한 역할을 찾으라고, 다음 영화가 정말 중요하다고 아내에게 조언했다. 그는 아내가 자기를 사랑한다는 사실을 추호도 의심하지 않았고, 영화를 찍느라 집을 떠나 있는 동안에 아내도 즐길 권리가 있다고 생각하기까지 했다. 그런데 상을 받은 지 두어 달 만에 그녀는 생기 넘치는 젊은 아가씨로 화려하게 변신해 로스앤젤레스의 최고 미인 대접을 받으며 유명인사들이 모이는 온갖 파티에 초대를 받고 신문이며 잡지의 연예란에 등장하고 배역을 얻으려는 젊은 남자 배우들에게서 구애를 받았다. 그녀는 자기보다 열네 살이나 어린 남자배우들과 공공연하게 데이트를 즐겼다. 그녀에 관한 소문들이 기사거리가 됐고, 여성해방을 주장하는 기자들은 그녀에게 갈채를 보냈다.

스키피 디어는 겉으로는 이 상황을 아주 잘 넘겼다. 그는 일이 어떻게 돌아가고 있는지 완전히 이해했다. 어쨌든 나 역시 젊은 여자들과 계속 바람을 피우지 않았나? 아내가 똑같이 즐긴다고 해서 시기할 이유가 어디 있겠어? 하지만 왜 내가 크리스티의 앞날을 위해서 계속 애를 써야 하지? 하는 생각이 들었다. 그녀가 그에게 자신의 젊은 애인들 중 한 명의 배역을 부탁한 일이 있고 나서는 더 그런 생각이 들었다. 그는 아내를 위해 대본을 찾는 일을 그만 두었다. 제작자와 감독, 영화사 대표들에게 그녀를 선전하는 일도 그만두었다. 그리고 같이 늙어가는 처지였던 그들은 그에게 형제애를 느끼며 크리스티의 행동을 같이 불쾌해했고 그녀에게 더는 관심을 쏟지 않았다.

크리스티는 그 뒤에 두 편의 영화에서 주역을 맡았지만 적절한 역할이 아니었기 때문에 둘 다 실패했다. 결국 그녀는 아카데미상으로 쌓은 배우로서의 명성을 모두 잃고 말았다. 삼 년 뒤, 그녀는 세 번째로 중요한 역으로 다시 돌아왔다.

그즈음 그녀는 제작자가 되고 싶어하는 젊은 남자와 사랑에 빠졌는데, 그 남자는 그녀의 남편과 여러모로 아주 흡사한 사람이었지만 자본이 없었다. 그래서 크리스티는 이혼소송을 냈고 큰 집과 매년 50만 달러의 부양비를 받아냈다. 그녀의 변호사는 스키피가 유럽에 숨겨놓은 재산을 찾아내지 못했고, 그래서 두 사람은 큰 마찰 없이 헤어졌다. 그리고 칠 년이 흐른 지금, 그녀는 여전히 디어의 크리스마스카드 목록에는 남아 있었지만 전화를 해도 절대 받지 않을 사람임을 뜻하는 그의 유명한 '인생은 너무 짧아' 목록에 올라 있었다.

그래서 클로디아가 디어에게 느끼는 애정은 이율배반적이었다. 그는 다른 사람들에게 자신의 진짜 모습을 있는 그대로 보여주었고, 너무나도 뻔뻔하게 사리사욕을 추구했다. 그가 진심으로 우정에서 우러나오는 행동을 하는 일은 절대로 없다는 것을 상대가 알든 모르든 개의치 않고 상대를 똑바로 쳐다보며 친구라고 부를 수 있는 사람이었다. 그는 유쾌하고 적극적인 위선자였다. 게다가 디어는 사람들을 설득하는 데에는 비상한 재주가 있었다. 또한 그녀가 아는 한, 그는 유일

하게 크로스와 기지를 겨룰 만한 사람이기도 했다. 두 사람은 라스베
가스로 떠나는 다음 비행기 편을 예약했다.

제4부

❦

크로스 데 레나, 클레리쿠지오가 사람들

6

크로스가 스물한 살이 되자, 피피는 크로스의 인생 항로를 결정지어야 한다는 생각에 마음이 조급해졌다. 남자의 인생에서 가장 중요한 것은 자신의 생계를 해결하는 일이었고 그것을 위해서는 무슨 짓을 해도 용인이 되었다. 일용할 양식을 구하고 비를 피할 집과 옷을 마련하고 자식들을 먹여 살리는 일은 남자의 의무였다. 불필요한 고생을 하지 않고 그 일을 해내려면 남자에게는 힘이 있어야 했다. 따라서 낮이 지나면 밤이 오는 것처럼 필연적으로 크로스는 클레리쿠지오 파로 들어가야만 했다. 그러기 위해서 그는 반드시 신고식을 치러야 했다.

크로스에 대한 조직 내에서의 평판은 좋았다. 단테가 크로스에게 피피가 해결사라는 사실을 말해주었을 때 크로스가 했던 대답을 인용하며 좋아한 사람은 다른 누구도 아닌 대부였는데, 대부는 극도의 희열감까지 느끼면서 그 말을 음미했다.

"난 모르는 일이야. 너도 몰라. 그건 아무도 모르는 거야. 도대체 어디서 그런 엿 같은 모자를 구했냐?"

대단한 대답이라고 생각하며 대부는 감탄했다. 어린 나이에 그렇게까지 신중하고 재치가 있다는 것은 그의 아버지한테는 대단한 자랑거리가 아닐 수 없다고 그는 생각했다. 그리고 크로스에게 기회를 줘야 한다고 생각했다. 피피는 이런 사실들을 모조리 다 꿰고 있었고 그래서 이제 때가 무르익었음을 알았다.

그는 크로스를 훈련시키기 시작했다. 그래서 수금하기가 어렵고 때로는 강압적인 수단까지 써야 되는 곳에 아들을 보냈다. 그는 조직이 과거에 어떻게 일을 처리했는지를 설명해주었다. 절대 멋진 일은 아니다, 하고 그는 강조했다. 그러나 멋지게 일을 처리할 필요가 있다면 아주 치밀한 계획을 세워야 한다. 일은 극도로 단순하게 만들어야 한다. 지리적으로 지역을 좁게 잡아 그곳을 포위하고, 그런 다음 그 안에서 목표물을 잡는다. 먼저 주변을 감시하고 그런 뒤에 차로 그 사람을 친 후에 차들을 막아서 추격을 피하고 경찰의 심문을 받는 불상사를 방지하기 위해 일정 시간이 경과한 후에 현장을 가도록 한다. 단순함이란 이런 것을 말한다. 멋지게 일을 처리하려면 엄청난 기술이 필요하다. 생각으로는 뭐든지 할 수 있지만 그것을 실행하기 위해서는 탄탄한 계획이 뒷받침되어야 한다. 그럴 필요가 있는 상황이라면 멋지게 일을 처리해야 한다.

그는 크로스에게 심지어 암호까지 몇 개 가르쳐주었다. '영성체'는 희생자의 시체가 사라졌음을 뜻했다. 그것은 일이 멋지게 처리됐다는 얘기였다. '견진성사'는 시체가 발견되었음을 뜻했다. 그건 일이 간단하게 끝났다는 얘기였다.

피피는 크로스에게 클레리쿠지오파에 관한 간략한 설명을 해주었다. 산타디오파와의 대전쟁과 그것을 계기로 우위를 확보하게 된 과정도 포함했다. 그러나 피피는 그 전쟁에서 자신이 맡았던 부분에 관해서는 한마디도 하지 않았고 세부적인 사항들은 거의 얘기하지 않았다. 오히려 그는 지오르지오와 빈센트와 뻬띠에를 치켜세웠다. 하지만 그가 누구보다도 칭찬했던 사람은 선견지명을 가진 대부였다.

클레리쿠지오파는 많은 분야에서 세력을 펼치고 있었지만 규모가 가장 큰 사업은 도박이었다. 그들은 미국 내의 모든 형태의 카지노와 불법적인 도박을 지배했다. 인디언들이 소유한 카지노 쪽에는 큰 영향을 미치지 못했지만, 네바다를 제외한 나머지 주에서 불법으로 규정하고 있는 스포츠 관련 도박에서는 그들의 영향력이 상당했다. 조직은 슬롯머신 공장을 여러 개 소유했고, 주사위와 카드 제조 분야와 호텔에 납품하는 식기류와 세탁물 쪽에도 이권을 갖고 있었다. 도박은 그들 제국의 보배였고, 그래서 그들은 미국의 모든 주에서 도박을 합법화시키기 위한 대대적인 운동을 벌이고 있었다.

미국 전역에서 연방법상으로 도박을 합법화시키는 일은 현재 클레리쿠지오가 찾는 성배(聖杯)였다. 이때의 도박은 카지노와 복권뿐만 아니라 야구, 축구, 농구 등의 모든 스포츠까지 포함한 것을 의미했다. 미국에서는 스포츠가 가히 신과 같은 존재였고, 따라서 일단 도박이 합법화만 되면 하나님은 도박 위로 임하실 것이다. 그리고 거기에서 나오는 이윤은 엄청날 것이다.

복권 회사를 운영하는 지오르지오가 스포츠 도박과 관련된 예상 숫자에 대한 내역을 가족들에게 알려준 적이 있었다. 슈퍼볼에 걸린 돈은 미국 전역에서 20억 달러에 달했고, 내기 대부분이 불법적으로 이루어졌다. 라스베가스에서 도박대장에 적힌 합법적인 내기만 해도 5천만 달러를 상회했다. 월드시리즈 역시 게임 횟수가 많을 경우 대략 10억 달러 정도에 이르렀다. 농구의 경우는 규모가 훨씬 작지만, 챔피언결정전 시리즈에 걸리는 돈이 10억 달러에 달했고 이 액수는 한 시즌 동안 매일매일 내기에 거는 돈을 계산에 포함시키지 않은 금액이었다.

합법화가 되는 날에는 특별복권과 복수 내기를 이용해서 이 모든 액수를 두 배 내지는 세 배로 불리기는 손쉬운 일이었다. 특히 슈퍼볼은 열 배까지 증가해서 하루에 10억 달러의 순수입을 올릴 가능성도 없지 않았다. 총액은 천억 달러를 넘봤고, 생산비가 들어가지 않으며 유일하게 들어가는 지출 경비라고 해봤자 관리와 유통비 정도라는 점이 최고의 매력이었다. 클레리쿠지오가 올리게 되는 수익은 일 년에 최소한 50억 달러로 가히 엄청난 액수의 돈이었다.

그리고 클레리쿠지오가는 전문지식과 정치적인 인맥 그리고 거기에 덧붙여 이 큰 시장의 상당부분을 힘으로 통제할 수 있는 능력을 갖추고 있었다. 지오르지오는 큰 스포츠 경기들을 이용해서 만들어낼 수 있는 복잡한 당첨금들을 도표로 만들어 놓았다. 도박은 미국인이라는 거대한 금광으로부터 막대한 돈을 끌어오는 기대한 자석이 될 것이다.

결론적으로 도박은 위험성이 적고 엄청난 성장 잠재성을 지니고 있었다. 도박을 합법화시키는 일이라면 비용이 얼마가 들어가도 좋았고 심지어는 더 큰 모험도 치를 각오가 되어 있었다.

조직은 마약으로도 상당한 수입을 벌어들였지만 그 사업은 너무 위험해서 극히 윗선에서만 관여했다. 즉, 유럽 쪽 판매망을 관리하고 정치적인 보호와 법적인 중재를 제공하는 일을 했으며 돈 세탁을 했다. 마약사업과 관련해서 조직은 철두철미하게 합법적으로 일을 처리하면서 엄청난 이윤을 얻었다. 그들은 유럽에 있는 은행들과 미국 내의 은행 두서너 곳에 검은 돈을 예치시켰다. 법 구조의 허를 찌르는 방법이었다.

그러나 피피는 이런 모든 사실들에도 불구하고 모험을 하고 철권을 휘둘러야 할 때가 있음을 조심스럽게 지적했다. 이 부분에 있어서 조직은 극도로 신중하고 잔인했다. 그리고 바로 그때가 크로스가 풍족한 삶을 꾸릴 수 있는 돈을 벌어야 할 때였고, 진정으로 생계를 해결하게 되는 순간이었다.

크로스는 스물한 살 생일을 넘기고 얼마 지나지 않아서 마침내 시험을 받게 됐다.

클레리쿠지오가에서 가장 아끼는 정치권의 인재 중 한 명은 네바다

주의 주지사 월터 웨이븐이었다. 그는 오십대 초반이었고 키가 크고 호리호리했으며 카우보이 모자를 쓰고 다녔지만 옷은 최고급 맞춤 양복으로만 입었다. 얼굴도 잘 생겼고 기혼이었는데 여자를 상당히 밝혔다. 또한 미식가였고 스포츠 도박을 아주 좋아했으며 열성적인 카지노 도박꾼이기도 했다. 그는 여론에 매우 민감해서 자신의 기호를 노출시키거나 여자들과 드러내놓고 사귀는 위험한 짓은 감히 하지 못했다. 그래서 그는 알프레드 그론벨트와 제너두 호텔에 의지해서 이런 욕구들을 만족시켰고, 전통적인 가족관을 고수하는 경건하고 신념이 강한 신자라는 자신의 정치적, 개인적인 평판도 그대로 유지했다.

그론벨트는 웨이븐의 특별한 능력을 일찌감치 알아보았고 그가 정치적으로 출세가도를 달릴 수 있도록 재정적인 바탕을 마련해주었다. 웨이븐이 네바다 주의 주지사가 되면서 주말을 편히 쉬고 싶어하자 그론벨트는 그에게 최고급 별장을 제공했다. 별장은 그론벨트가 생각해낸 최고의 명안이었다.

그론벨트는 라스베가스가 카우보이들을 위한 도박도시의 틀을 벗어나지 못했던 초기에 라스베가스에 자리를 잡았고, 마치 명민한 과학자가 진화상 중요한 곤충을 연구하는 것처럼 도박과 도박꾼들을 연구했다. 어째서 부자들이 필요도 없는 돈을 따려고 도박을 하며 시간을 버리는가는 그에게는 절대 풀릴 것 같지 않은 큰 수수께끼였다. 그론벨트는 그들이 결함을 숨기기 위해서나 운명을 정복하고 싶은 열망 때문에 도박을 한다는 것과 무엇보다 도박은 다른 사람들에 대한 일종의 우월감을 보여주고자 하는 행동이라고 분석했다. 그래서 그는 그들이 도박을 할 때 신처럼 대접할 필요가 있다고 생각했다. 그들이 도박을 하는 동안 마치 신이나 베르사유 궁전의 프랑스 왕이라도 된 듯한 느낌을 갖도록 만들어주는 것이다.

그래서 그론벨트는 일억 달러를 들여서 제너두 호텔 소유의 대지에 일곱 채의 화려한 별장과 보석으로 꾸민 카지노를 지었다. 이 별장들은 작은 궁전이나 다를 바 없었는데, 한 채에 여섯 개의 독립된 공간을 만들어서 여섯 쌍의 남녀가 묵을 수 있었고 단순한 객실 차원을 넘어선 공간이었다. 비치된 가구들은 매우 호화로웠고, 손으로 직접 짠 양탄자에 대리석 바닥과 금으로 만든 욕실, 화려한 벽걸이용 양탄자가 갖춰져 있었으며, 부엌과 식당에는 호텔에서 파견된 직원이 근무했다. 최신 시청각 장비를 이용해서 거실은 극장으로도 사용되었다. 별장 내에 있는 바에는 최고급 포도주와 술 그리고 국내반입이 금지된 하바나 여송연 한 상자가 준비돼 있었다. 각 별장마다 야외에는 수영장, 실내에는 기포목욕탕이 갖춰져 있었다. 이곳에 묵으면서 도박을 하는 사람에게는 이것들이 모두 무료였다.

별장에서 각별히 경비에 신경을 쓰는 곳은 '진주'라는 이름의 타원형의 작은 카지노였는데, 그곳에서는 도박꾼들이 고액의 돈을 걸고 비밀리에 도박을 할 수 있었다. 여기에서는 바카라에서 거는 최소한 돈은 천 달러였다. 이 카지노에서는 칩들도 달라서, 가장 낮은 금액이 백 달러짜리 검은색 칩이었고 5백 달러짜리 칩은 흰 바탕에 금으로 된 줄무늬가 들어가 있었다. 금 줄무늬가 들어간 파란색 칩은 천 달러 그리고 특별히 만 달러짜리 칩은 금으로 된 표면 중앙에 진짜 다이아몬드를 박아놓았다. 그러나 여자들을 배려해서 룰렛은 5달러짜리 칩도 사용할 수 있도록 만들었다.

놀랍게도 남녀 구분없이 엄청난 부자들이 이 함정에 걸려들었다. 그론벨트가 대충 계산한 바로는, 별장 사용권을 판매해서 벌어들이는 수익금은 원가계산표 상으로 일 주일에 5만 달러였다. 그러나 이 금액은 세금보고서에 적힌 액수였다. 게다가 서류상의 가격들은 모두 부풀려졌다. 그는 이중장부를 갖고 있었는데, 장부에 적힌 수치들을 보면 각 별장마다 일 주일에 평균 백만 달러의 수입을 올렸다. 별장을 이용하는 손님들과 기타 중요한 고객들이 이용하는 사치스런 식당들은 감가상각을 통해 수익을 올렸다. 원가계산표 상에서 네 사람분의 식사비는 총 천 달러였는데, 손님들은 무료로 그곳을 이용했기 때문에 세금을 계산할 때는 사업비용 명목으로 그 액수만큼 공제했다. 호텔에서 지출하는 식사비는 인건비를 포함해서 백 달러를 넘지 않았기 때문에 나머지 돈은 고스란히 수입으로 연결됐다.

따라서 그론벨트에게 있어서 일곱 채의 별장은 이틀이나 삼일 동안 머무르면서 백만 달러 이상의 돈을 걸거나 그 액수에 해당하는 칩을 산 도박꾼들의 머리에만 씌워주는 일곱 개의 왕관이나 다를 바 없었다. 그들이 돈을 따느냐, 잃느냐는 중요하지 않았다. 그들이 그곳에서 도박을 한다는 사실만이 중요할 따름이었다. 그리고 그들은 환전증서를 쓰고 빌린 돈을 신속하게 갚아야 했고, 그렇지 않을 경우에는 호화롭긴 하지만 별장과는 전혀 비교가 안 되는 호텔 객실로 퇴거를 당했다.

물론 이것으로 다가 아니었다. 이 별장들은 저명인사들이 정부나 남자친구들을 데려오고 익명으로 도박을 할 수 있는 장소였다. 그리고 이상한 얘기 같지만 아내와 정부까지 있는 거대한 규모의 사업을 운영하는 사업가들, 다시 말해서 수억 달러의 가치가 있는 외로운 남자들이 그곳을 찾았다. 그들은 아무 걱정 없는 명랑한 여자나 남달리 동정심 많은 여자와 함께 묶으면서 외로움을 달래고 싶어했다. 그리고 그런 남자들을 위해 그론벨트는 별장들을 그들 취향에 맞게 아름답게 꾸몄다.

월터 웨이븐 주지사는 이런 사람들 중 한 명이었다. 그리고 그는 도박으로 백만 달러 이상을 쓸 능력이 있는 사람에게만 별장을 제공한다는 그론벨트의 규칙에서 유일하게 예외를 인정받은 사람이었다. 그는 도박에 많은 돈을 쓰지 않았고 설사 많이 썼더라도 그론벨트가 몰래 지갑을 채워주었다. 어쩌다 그가 일정 한도를 넘어서서 환전증서를 썼을 경우에는 다음에 그가 돈을 땄을 때 갚기로 하고 환전증서를 보관해 두었다.

웨이븐은 쉬기 위해서 그리고 제너두 호텔의 골프장에서 골프를 하고 술을 마시고 그론벨트가 소개해주는 미녀들과 노닥거리기 위해서 호텔을 찾았다.

그론벨트는 아주 오래 전부터 주지사와 친분관계를 유지해왔다. 이십 년 동안 그는 한 번도 주지사에게 무조건적인 호의를 요청해본 적이 없었다. 단지 라스베가스의 카지노 사업에 도움이 될 만한 법안을 만들기 위해서 자기 의견을 전달할 특별한 통로만 부탁했다. 대부분은 그의 의견이 받아들여졌지만 그렇지 않았을 경우에는 주지사가 그것이 거부된 정치적인 상황을 자세하게 설명해주었다. 그러나 돈으로 매수할 수 있는 유력한 판사와 정치인들에게 그론벨트를 소개시켜줬다는 점에서 주지사는 많은 도움이 됐다.

그론벨트는 긴 세월 동안 일방적으로 손해 보는 장사를 해왔지만 언젠가는 월터 웨이븐이 대통령이 될 지도 모른다는 희망을 몰래 키우고 있었다. 그때가 되면 엄청난 보상이 돌아올 것이다.

그러나 그론벨트도 항상 인정했듯이, 운명의 여신은 가장 교활할 사람의 허를 찌르는 법이다. 정말 하찮은 사람이 가장 무서운 재난을 일으키는 원인이 된다. 이번 경우에는 주지사의 열여덟 살짜리 장녀와 그 딸의 연인인 스물다섯 살의 젊은이가 원인이었다.

주지사는 지적이고 아름다운 여자와 결혼을 했는데, 비록 부부가 서로 손발이 잘 맞긴 했지만 그녀는 남편보다 정치적인 면에서 보다 진보적이고 공정했다. 두 사람은 세 아이를 두었는데 주지사에게 있어서 가족은 정치적인 큰 자산이었다. 장녀 머시는 버클리 대학을 다녔는데, 그것은 본인과 아내의 선택이었지 주지사의 선택은 아니었다.

정치적으로 보수적인 집안 환경에서 해방된 머시는 자유로운 대학 분위기와 급진주의적인 정치성향, 새로운 음악에 대한 대학의 개방적인 태도, 그리고 의식을 확장시켜주는 마약에 도취됐다. 그 아버지에 그 딸이라고 그녀도 섹스에 관심이 많았고 그것을 솔직하게 표현했다. 젊은이들 고유의 본능적인 정의감과 순진무구한 마음에서 그녀는 빈곤층과 노동자 계급 그리고 고통 받는 소수들에게 연민을 느꼈다. 또한 예술의 순수함에 깊이 매료됐다. 따라서 그녀가 시와 음악을 즐기는 학생들과 어울리게 된 것은 지극히 당연한 일이었다. 그녀가 몇 번의 우연한 만남을 계기로 희곡을 쓰고 기타를 치는 같은 대학의 가난한 학생과 사랑에 빠지게 된 것은 거의 필연적인 결과였다.

시오 테토스키는 대학시절의 연애 상대로는 그야말로 적격인 남자였다. 그는 얼굴이 거무스레하고 잘 생긴 미남이었으며 디트로이트의 자동차제조공장에서 일하는 천주교집안 출신이었는데 항상 자동차를 조립하느니 차라리 몸을 팔겠노라는 말을 제법 시인다운 기교를 섞어서 떠들고 다녔다. 그렇지만 그도 어쩔 수 없이 파트타임 일을 하며 학비를 벌었다. 그는 항상 심각했는데, 그가 지닌 재능 덕분에 어느 정도는 참아줄 만했다.

머시와 시오는 이 년 동안 껌처럼 붙어 다녔다. 그녀는 시오를 주지사 관사로 데려가 가족들에게 인사를 시켰고 시오가 아버지에게 주눅이 들지 않는다는 사실에 뛸 듯이 기뻐했다. 시오는 그 뒤 관사 침실에서 그녀에게 그녀의 아버지가 전형적인 사기꾼이라고 얘기했다.

아마도 시오는 주지사 부부의 이중적인 태도를 눈치챘던 것 같았다. 주지사와 그의 아내는 둘 다 필요이상으로 친절했고 예의를 차렸으며 딸의 선택을 존중하기로 마음을 먹었지만, 한편으로는 너무나도 어울리지 않는 상대라는 사실에 몰래 가슴을 쳤다. 그녀의 어머니는 크게 걱정은 하지 않았다. 그녀는 딸이 더 나이가 들면 시오의 매력도 더불어 시들어질 것이라고 믿었다. 그녀의 아버지는 께름칙했지만 거기에 대한 보상심리로 정치가다운 수완까지 발휘하며 평상시보다 더 상냥하게 행동하려고 애를 썼다. 어쨌든 주지사는 정치적인 기반을 노동자 계급에 두고 있는 이상 그들의 옹호자였으며, 그녀의 어머니는 교양 있는 진보주의자였으니까. 그러는 사이 머시와 시오는 졸업한 뒤에 결혼을 하기로 약속하고 동거를 시작했다. 시오는 글을 쓰고 희극을 공연했고 머시는 그의 시와 음악의 여신인 동시에 그의 문학선생이 되었다.

상황은 원만하게 정리됐다. 두 젊은이가 마약에 빠지는 것 같아 보이진 않았고 그들의 성관계야 크게 문제될 게 없었다. 주지사는 설상가상으로 두 사람이 결혼을 한다면 순수한 앵글로색슨계 백인 신교도라는 출신배경과 재산과 교양에도 불구하고 서민적인 정신으로 노동자 계급 사위를 받아들였다는 사실을 대중에게 보여줄 수 있기 때문에 자기한테는 정치적으로 도움이 될 것이라는 바보 같은 생각까지 했다.

그들 모두는 진부하기 이를 데 없는 그 상황에 나름대로 적응했다. 부모들은 그저 시오가 형편없는 인간이 아니기만 바랄 뿐이었다.

하지만 젊은이들은 부모 마음대로 안 되는 법이다. 머시는 4학년이 되던 해에 머시보다 부유하고 그녀 부모가 더 마음에 들어 할 계층의 한 대학 친구와 사랑에 빠졌다. 그러나 그녀는 시오와도 여전히 친구 관계를 유지하고 싶어했다. 법적으로 죄를 범하지 않으면서 두 남자 사이에서 줄타기를 하는 일은 그녀를 흥분시켰다. 순진하게도 그녀는 자신이 특별해지는 느낌까지 가졌다.

시오의 행동은 뜻밖이었다. 그 상황에 대해 그는 관대한 버클리의 급진주의자로서가 아니라 미개한 폴란드인다운 반응을 보였다. 시와 음악을 사랑하는 방랑인 기질과 여권주의를 주창하는 교수들의 가르침 그리고 성적인 면에서 자유방임주의를 부르짖는 버클리 대학의 전반적인 분위기에도 불구하고 그는 엄청난 질투에 휩싸였다.

시오는 예전부터 엉뚱한 괴짜였는데 그 점이 젊은이다운 매력이기도 했다. 겉으로 그는 미래의 자유사회를 위해서라면 무고한 사람 백 명을 죽이는 일 정도는 사소한 희생이라는 식의 극단적으로 혁명주의자적인 입장을 취했다. 그러나 머시는 시오가 결코 그런 짓을 할 사람이 아니라고 생각했다. 언젠가 두 사람이 이 주 동안 방학을 보내고 난 뒤에 아파트에 돌아왔더니 침대 위에 갓 태어난 생쥐새끼들이 있었다. 시오는 그 작은 것들을 죽이지 않고 가만히 밖에 내다 놓았고 머시는 그 모습을 보면서 그를 사랑스럽다고 느꼈다.

그러나 머시가 다른 남자를 사귄다는 사실을 알게 된 시오는 그녀의 얼굴을 때렸다. 그런 뒤에 그는 눈물을 쏟으면서 그녀에게 용서를 구했다. 그녀는 그를 용서했다. 그녀는 그와의 성관계를 여전히 짜릿하게 느꼈고, 이제 자신의 배신행위를 그도 알게 된 이상 자기가 그의 우위에 섰다는 생각에 그 짜릿함은 한층 더 강해졌다. 하지만 그는 점점 더 폭력적으로 변해 갔고 두 사람은 종종 싸웠으며 함께 사는 일이 그다지 유쾌하지 않게 되자 머시는 짐을 싸서 아파트에서 나가버렸다.

다른 남자와의 사랑도 식었다. 머시는 두어 남자와 더 연애를 했다. 그러는 중에도 그녀와 시오는 친구처럼 지냈고 가끔 함께 자기도 했다. 머시는 동부의 명문대학에서 대학원 공부를 할 계획이었다. 시오는 희곡을 쓰고 영화대본 일을 찾을 생각으로 로스앤젤레스로 터전을 옮겼다. 그리고 작은 극단 한 곳에서 그가 쓴 짧은 뮤지컬 하나를 세 차례 공연하기로 했다. 그는 머시를 공연에 초대했다.

머시는 연극을 보기 위해 비행기를 타고 로스앤젤레스로 왔다. 연극은 너무 형편없어서 관객 절반이 도중에 나가버렸다. 그래서 머시는 그를 위로하려고 그의 집에서 밤을 보냈다. 그러나 그날 밤에 정확히 무슨 일이 벌어졌는지는 아무도 몰랐다. 밝혀진 것은 그 다음날 이른 시각에 시오가 머시의 두 눈을 칼로 찔러 죽였다는 사실뿐이었다. 그는 그런 뒤에 자기 배를 찔렀고 경찰을 불렀다. 그의 목숨을 구할 시간이 있었지만 머시의 목숨을 구하기에는 늦은 시간이었다.

캘리포니아에서 벌어진 재판은 당연히 방송언론계의 일대 사건이 되었다. 네바다 주지사의 딸이 삼 년 동안 사귀다가 차버린 노동자 계층의 한 시인에게 살해를 당했으니 굉장한 기사거리가 아닐 수 없었다.

피고측 변호사였던 몰리 플랜더즈는, 이 사건이 그녀가 연예사업 쪽으로 방향을 틀기 전에 다룬 마지막 범죄사건이 되긴 했지만, 순간적인 감정의 폭발로 인해 벌어진 우발적인 살인에는 전문가였다. 그녀의 전략은 전통적인 방식을 그대로 따르는 것이다. 법정에 출석한 증인들은 머시에게 최소한 여섯 명의 연인이 있었고 시오는 그들이 결혼할 것이라고 믿었음을 보여줄 수 있는 사람들로 선택됐다. 부자에다 사회적으로 최고 계층에 속하는 몸가짐이 헤픈 머시가 자기를 사랑하는 노동자 계층의 극작가를 차버리자 그 극작가는 정신을 잃었다. 플랜더즈는 자기의 의뢰인이 한 행동이 일시적인 정신착란에 의한 것이었다고 주장했다. 클로디아가 플랜더즈를 위해 써준 가장 멋진 대목은 '그는 자신이 저지른 행동에 대해 영원히 책임이 없다.' 였다. 대부가 들었으면 화가 나서 펄펄 뛰었을 말이었다.

　시오가 증언대에서 보여준 모습은 정말로 병이 있는 사람의 모습이었다. 독실한 천주교 신자였던 그의 부모는 캘리포니아의 고위 성직자들에게 아들의 구명운동을 부탁했고, 시오가 쾌락주의자로서의 생활을 포기하고 성직자가 되기 위한 공부를 하기로 결심했노라고 증언했다. 시오는 자살을 시도했었고 따라서 이 행동은 그가 양심의 가책을 느꼈음을 보여주는 명백한 증거인 동시에 마치 두 사람이 함께 죽어야할 것처럼 생각했다는 점에서 정신착란의 증거가 됐다. 몰리 플랜더즈는 이런 모든 논거들을 화려한 미사여구를 사용해서 멋지게 전달했고, 비록 시오가 방탕한 한 여자 때문에 어리석은 행동을 저지르긴 했지만 그를 용서해준다면 사회를 위해 대단히 훌륭한 기여를 할 수 있을 것이라고 역설했다. 모든 책임은 한때 부잣집 딸이었고 이제는 운 나쁘게 죽어버린 경솔한 머시한테 돌아갔다.

　몰리 플랜더즈는 캘리포니아의 배심원들이 마음에 쏙 들었다. 그들은 지적이었고 정신병적인 외상을 입었을 때 나타나는 미묘한 증상들을 이해할 수 있을 정도로 교육수준이 높았으며 연극, 영화, 음악, 문학 같은 고차원적인 문화에 노출되어 있어서 감정이입이 쉬웠다. 플랜더즈가 그들을 자기편으로 끌어들인 이상, 결과는 의심할 여지가 없었다. 시오는 일시적인 정신착란을 이유로 무죄로 풀려났다. 그 즉시 그는 자신의 인생역정을 소재로 미니시리즈를 만들고 주역은 아니지만 조역으로 출연해서 줄거리를 연결시키는데 사용될 자작곡 노래를 부르기로 계약을 맺었다. 그것은 더할 나위 없이 만족스러운 결말이었다.

　그러나 아버지인 월터 웨이븐 주지사가 입은 타격은 가히 파괴적이었다. 웨이븐 주지사가 재선에 나가지 않을 생각이라고 몰래 털어놓자, 알프레드 그론벨트는 자신의 이십 년간의 투자가 몽땅 허사로 돌아갔음을 알았다. 가난한 백인 쓰레기가 딸을 목이 끊어져갈 정도로 찔러 죽이고도 멀쩡하게 자유의 몸으로 풀려나는 판국에 권력을 잡는 일이 무슨 의미가 있을까? 그보다 훨씬 더 끔찍한 건, 신문과 TV에서 사랑하는 자식이 죽을 짓을 한 어리석은 여자로 취급당하는 일이었다.

인생에는 치유될 수 없는 비극들이 있는 법이고 주지사에게는 이번 사건이 그런 경우였다. 그는 시간만 나면 제너두 호텔을 찾았지만 예전의 유쾌한 모습은 온데 간데 없었다. 쇼걸이나 주사위 게임에는 관심이 없었다. 그는 그저 술을 마시고 골프만 쳤다. 그론벨트에게는 매우 예민한 문제가 되지 않을 수 없는 행동이었다.

그는 주지사에게 진심으로 연민을 느꼈다. 자기의 사리사욕만 생각하면서 아무런 애정 없이 이십 년 이상 한 사람과 교제를 한다는 건 불가능한 일이니까. 그러나 월터 웨이븐 주지사가 정치에서 은퇴할 경우 그는 중요한 자산도 아니며 미래의 잠재력이 있는 사람도 아니라는 것은 엄연한 사실이었다. 그저 술로 자기 자신을 망가뜨리는 남자에 불과했다. 또 그는 마음이 산란한 상태에서 도박을 해서 20만 달러에 상당하는 환전증서를 썼다. 그래서 이제 그론벨트는 주지사에게 별장사용을 거부해야 할 상황이 되었다. 그는 틀림없이 주지사에게 호텔의 화려한 객실을 제공할 테지만 그것이 그의 위상을 격하시키는 일임은 분명했고, 그래서 그론벨트는 그 전에 마지막으로 그를 위해 명예를 회복할 기회를 만들었다.

그론벨트는 어느 날 아침 주지사를 설득해서 같이 골프를 치기로 했다. 사인조 시합을 하기 위해 피피와 그의 아들 크로스도 같이 불렀다. 주지사는 항상 피피의 솔직담백한 재치를 높이 샀고, 크로스는 어른들이 항상 곁에 두고 싶어하는 예의바른 미남 청년이었다. 그들은 경기를 끝낸 뒤에 주지사의 별장으로 가서 늦은 점심을 먹었다.

웨이븐은 체중이 많이 나갔는데 외모에는 전혀 관심이 없는 것 같았다. 옷은 여기저기 얼룩이 지고 땀에 절어 있었으며 호텔의 이름이 적힌 야구 모자를 쓰고 있었다. 면도도 하지 않는 모양이었다. 그는 자주 웃었지만 그것은 정치인다운 웃음이 아니라 부끄러워서 얼굴을 찡그린다고 하는 편이 더 어울렸다. 그의 누런 이빨이 그론벨트의 눈길을 끌었다. 또 그는 술을 엄청나게 마셔댔다.

그론벨트는 한번 모험을 해보기로 했다.

"지금 자넨 가족들을 실망시키고 또 친구들과 네바다 주민들을 실망시키고 있네. 이런 식으로 살면 안 되지."

"안 되긴 뭘 안 돼."

월터 웨이븐이 되받았다.

"재수 없는 네바다 놈들. 내가 이러든 말든 누가 걱정이나 해?"

"내가 걱정하지. 난 자네가 걱정스러워. 돈을 대줄 테니까 이번 상원 의원 선거에 꼭 출마해야 하네."

"내가 왜? 이 재수 없는 나라에서 그건 아무 의미가 없어. 지금 내가 대 네바다 주의 현직 주지사인데도 비열한 놈이 내 딸을 죽이고 풀려 났다고. 그리고 난 찍소리도 못하고 그 사실을 받아들여야 돼. 사람들은 살인자의 제물이 된 죽은 내 딸을 가지고 농담을 한단 말일세. 자넨 내가 무슨 기도를 하는지 아나? 원자폭탄으로 캘리포니아 주를 포함해서 이 빌어먹을 나라를 완전히 싹 날려버리라고 기도를 하지."

피피와 크로스는 내내 한마디도 하지 않았다. 두 사람은 주지사가 격하게 흥분하는 모습 앞에서 약간 당혹감을 느꼈다. 그리고 그론벨트가 뭔가 꿍꿍이속이 있다는 사실도 간파했다.

"다 잊어버려야 돼. 이번의 비극적인 일 때문에 자네 인생이 망가져서야 쓰나."

그의 말투는 성인이라도 화가 날 정도로 유들유들했다.

주지사는 야구 모자를 방 저쪽으로 휙 던져버리더니 바에서 위스키 한 잔을 더 따랐다.

"난 못 잊어. 난 밤새 잠을 못 자고 그 쓰레기 같은 놈의 눈을 비틀어 잡아 뽑는 상상을 해. 그놈을 불에 태워 죽이고 싶고 손발을 잘라버리고 싶어. 그런 다음에도 놈이 죽지 않고 계속 살아 있어서 똑같은 짓을 자꾸만 되풀이할 수 있었으면 좋겠어."

그는 거의 쓰러질 듯 비틀거리며 술에 취한 얼굴로 그들을 향해 씩 웃어 보였다. 그러자 누런 이빨이 드러나면서 지독한 입 냄새가 풍겼다. 웨이븐은 이제 술이 약간 깼는지 목소리가 차분해지면서 말투도 편안해졌다.

"자네 내 딸이 칼에 찔린 사진 봤나? 놈은 칼로 딸의 눈을 찔렀어. 판사는 배심원들이 그 사진들을 보지 못하게 했지. 편견을 갖는대나 뭐래나. 하지만 난 아버지라서 그 사진들을 볼 수 있었지. 덕분에 비열한 시오란 놈은 능글맞게 웃으면서 풀려난 거라네. 놈은 내 딸 눈을 찔러놓고도 매일 아침마다 일어나서 빛나는 태양을 본다고. 정말이지 판사, 배심원, 변호사를 죄다 죽여 버리고 싶어."

그는 잔을 가득 채워놓고는 씩씩거리며 방을 이리저리 돌아다니면서 미친 사람처럼 두서 없이 말을 뱉어냈다.

"밖에 나가서 겉으로만 좋은 척 하는 짓은 못하겠어. 비열한 악당 놈이 살아 있는 한 난 못 해. 놈은 우리 집 식탁에 앉았었고 아내와 난 놈이 싫었지만 인간대접을 해줬지. 우린 놈이 미심쩍었지만 좋게 이해했어. 자넨 절대 그러지 말게. 우린 놈을 집안으로 들여서 딸이랑 자라고 침대까지 내줬는데 놈은 내내 우릴 비웃고 있었던 거야. '주지사가 뭐

별거야? 돈 좀 있다고 뭐 별거야? 교양 있고 학벌 좋은 인간이 뭐 별거냐고? 내가 하고 싶을 땐 언제든 딸을 죽일 테고 그래도 넌 속수무책이야. 난 네놈들을 모조리 파멸시킬 거야. 당신 딸을 갖고 논 다음에 죽여 버릴 거고, 널 엿 먹이면서 난 풀려날 거라고.' 속으로 이런 말을 하면서 말이야."

웨이븐이 쓰러질 듯 비틀거려서 크로스가 재빨리 그를 붙잡았다. 주지사는 크로스 너머로 분홍색 천사들과 흰색 옷을 입은 성인들이 그려진 높은 천장을 올려다보았다.

"놈을 죽여 버리고 싶어."

주지사는 눈물을 줄줄 흘렸다.

그론벨트가 조용히 말했다.

"월터, 다 지난 일이고 시간이 가면 다 잊혀질 걸세. 상원의원 선거에 입후보 등록을 하게. 자네 앞날은 창창하고 아직도 많은 일을 할 수 있다고."

웨이븐은 크로스를 밀어내고는 그론벨트를 향해 아주 차분한 목소리로 말했다.

"자네 뭘 모르나 본데, 난 이젠 선행이란 걸 안 믿어. 내 진심을 아무한테도 털어놓질 못해. 심지어 아내한테도. 내가 느끼는 증오를 말이야. 그리고 이 얘기도 마저 해야겠군. 유권자들은 날 비웃고 날 무능력한 바보라고 생각해. 딸을 방치해서 죽게 하고 범인을 잡아 가두지도 못하는 그런 사람으로 말이야. 누가 그런 사람을 믿고 네바다 주의 복지를 맡기겠나?"

그리곤 그는 냉소적으로 덧붙였다.

"나보다는 오히려 비열한 그놈이 당선될 확률이 더 높을 거야."

그는 잠시 말을 끊었다.

"알프레드, 잊어버려. 난 어떤 선거에도 안 나가."

그론벨트는 신중한 얼굴로 그를 찬찬히 들여다보았다. 그는 피피와 크로스는 모르는 뭔가를 포착하고 있었다. 주지사는 격한 슬픔 때문에 번번이 약한 모습을 보이긴 했지만 그론벨트는 모험을 해보기로 결심했다.

"월터, 자네 만약에 그 남자가 벌을 받으면 상원의원에 출마하겠나? 예전의 자네로 돌아오겠어?"

주지사는 금방 이해가 되지 않는 기색이었다. 그는 천천히 피피와 크로스를 지나 그론벨트의 얼굴을 빤히 쳐다보았다. 그론벨트는 피피와 크로스에게 말했다.

"내 사무실에서 기다려주게."

피피와 크로스는 재빨리 자리를 뜨고 그론벨트와 웨이번 주지사 둘만 남았다. 그론벨트는 그에게 진지하게 말했다.

"월터, 우리 솔직하게 얘길 해보자고. 자네랑 나랑 알고 지낸 지가 이십 년인데, 자네가 보기에 내가 경솔하게 군 적이 있었나? 그러니 대답해보게. 만약 그 녀석이 죽는다면 출마할 텐가? 안심해도 좋아. "

주지사가 바로 가서 위스키를 따랐다. 그러나 마시지는 않았다. 그는 소리 없이 웃었다.

"내가 용서한다는 걸 보여주기 위해서 그 녀석 장례식에 참석하고 바로 그 다음날로 입후보 등록을 하겠네. 그러면 유권자들이 좋아할 거야."

그론벨트는 마음을 놓았다. 됐어. 안도감에서 그는 꾹 참고 하지 못했던 얘기를 털어놓았다.

"먼저 치과부터 가보게. 그놈의 이빨 좀 깨끗하게 닦아달라고 해."

피피와 크로스는 그론벨트의 펜트하우스 안의 사무실에서 그를 기다리고 있었다. 그는 그들을 좀더 편안한 공간으로 데리고 간 다음 상황설명을 해줬다.

"주지사가 승낙하던가요?"

"주지사는 겉으론 많이 취한 척 했지만 사실은 아냐. 내 제안을 받아들이겠다는 뜻을 은근슬쩍 비치더군."

"오늘밤에 비행기를 타고 동부로 가죠. 이번 일은 클레리쿠지오 쪽에다 허락을 구해야 하는 일입니다."

"내가 주지사를 계속해서 성장할 수 있는 사람이라고 생각한다고 그쪽에다 말해주게. 최정상까지 말이야. 그 사람은 값을 따질 수 없을 만큼 가치 있는 친구가 될 거야."

"지오르지오와 대부도 그렇게 생각할 겁니다. 모든 상황을 있는 그대로 설명하면 허락해줄 겁니다."

그론벨트는 웃는 얼굴로 크로스를 쳐다보더니 피피 쪽으로 얼굴을 돌렸다. 그가 다정한 목소리로 말했다.

"피피, 크로스가 이제는 조직에 들어가야 할 때라고 생각하는데. 이 아이도 같이 데려가지 그러나."

그러나 지오르지오는 라스베가스로 와서 그론벨트를 직접 만나기로 결정했다. 그는 그론벨트로부터 직접 상황설명을 듣고자 했고, 그론벨트는 십 년 전부터 전혀 여행을 하지 않았다.

지오르지오는 고액의 도박사는 아니었지만 경호원들과 함께 별장에 묵었다. 그론벨트는 적당히 예외를 둘 줄도 아는 남자였다. 그는 힘 있는 정치인들이며 거부들, 헐리우드의 최고 유명배우들, 그와 잠자리를 함께 하는 예쁜 여자들, 개인적으로 친한 친구들, 그 누구에게도 별장을 내주지 않았다. 심지어는 피피에게도 마찬가지였다. 그러나 지오르지오가 검소하고 엄격한 스파르타식 생활방식을 지니고 있고 지나치게 화려한 것을 좋아하지 않는 사람이라는 것을 알면서도 그에게는 별장을 허락했다. 모든 존경의 표시와 융숭한 대접은 언젠가는 다 기억되는 법이고, 아무리 사소한 것이라고 해도 단 한 번의 불화 역시 잊혀지지 않는 법이었다.

그론벨트와 피피 그리고 지오르지오는 지오르지오의 별장에서 만났다. 그론벨트는 상황을 요약해서 설명했다.

"주지사는 조직의 엄청난 자산이 될 수 있습니다. 다시 기운을 차리기만 한다면 그는 앞으로 승승장구할 사람입니다. 먼저 상원의원이 되고 그런 다음에는 대통령까지 되지 말라는 법도 없죠. 그렇게만 되면 당신은 스포츠 도박을 미국 전역에 합법화시킬 수 있는 좋은 입지를 차지하게 되는 겁니다. 그건 조직에게 수십 억 달러의 수입을 올려줄 겁니다. 또 그 돈은 검은 돈이 아닙니다. 합법적인 돈이란 말이죠. 이번 일은 반드시 해야 할 일이라고 생각합니다."

합법적인 돈은 검은 돈보다 몇 배의 가치가 있었다. 그러나 지오르지오의 큰 장점은 절대 성급한 결론을 내리지 않는다는 점이었다.

"주지사는 당신이 우리와 연결돼 있다는 사실을 압니까?"

"확실히는 모릅니다. 하지만 그런 소문은 분명히 들었을 겁니다. 그리고 그 사람이 바보도 아니고 말이죠. 난 내 혼자 힘으로는 그런 일을 못한다는 사실을 그 사람한테 슬쩍 흘렸습니다. 그리고 그 사람은 영리하죠. 그 사람이 말한 거라곤, 만약 그 녀석이 죽는다면 출마하겠다는 것이 전부였으니까. 나한테 이렇게 저렇게 해 달라고 요구하지 않았다는 말이죠. 그 사람은 대단한 사기꾼이기도 합니다. 울면서 망가진 모습을 보일 때도 그렇게 많이 취한 건 아니었거든요. 내 생각에 그는 전반적인 상황을 모조리 파악하고 있었습니다. 그가 보여준 건 자기 진심이기도 했지만 한편으로는 그런 척 꾸민 점도 없지 않았습니다. 구체적으로 어떻게 복수를 할지는 생각해내지 못했지만 내가 뭔가를 할 수 있다는 생각은 가지고 있었습니다. 괴로워하면서도 한편으로는 계산을 하고 있었다는 말이죠."

그는 잠깐 말을 끊었다 다시 이었다.

"우리가 무사히 일을 끝낸다면 그는 상원의원에 출마할 거고 당선될 겁니다."

지오르지오는 불쾌한 얼굴로 조각상들을 피해 방을 이리저리 걸어다녔고, 천을 덮어놓았는데도 대리석 저쿠지 욕조가 천을 뚫고 환하게 빛나고 있는 것처럼 보였다. 그는 그론벨트를 추궁했다.

"우리 허락도 없이 그 사람한테 약속을 했단 말입니까?"

"네. 설득하기 위한 방편이었죠. 그 사람으로 하여금 자기가 여전히 권력을 쥐고 있다는 느낌을 가지게 만들기 위해서는 긍정적인 인상을 심어줘야 했습니다. 여전히 자기가 일을 주도적으로 이끌어나갈 수 있다는 느낌을 갖게 만들어서 다시 권력에 매력을 느끼도록 유도를 하는 거죠."

지오르지오는 한숨을 푹 쉬었다.

"난 이런 일은 질색이라니까."

피피가 씩 웃었다. 지오르지오는 재수 없는 녀석이었다. 산타디오파를 쓸어버릴 때 그가 보여준 잔혹성은 늙은 대부도 자랑스럽게 여길 정도였었다.

"난 이번 일에 피피의 노련한 기술이 필요하다고 생각합니다. 그리고 크로스가 조직에 가담할 때가 됐다고 봅니다."

지오르지오는 피피를 쳐다보았다.

"크로스가 준비가 됐다고 생각해?"

"만반의 준비가 끝났으니 이제 자기 생활을 책임지기만 하면 되지."

"하지만 하겠다고 할까? 걔한텐 큰 변화일 텐데."

"그 아이한텐 내가 얘기하지. 하겠다고 할 거야."

지오르지오가 그론벨트 쪽으로 얼굴을 돌렸다.

"우리가 주지사를 위해서 그 일을 한다고 해도 그 후에 그가 우릴 잊어버리면 어쩌죠? 위험을 감수했는데 아무런 보상이 없다면 말입니다. 현직 네바다 주지사가 딸이 살해를 당해도 속수무책으로 당하고만 있어요. 한마디로 배짱이 없는 사람이란 얘기죠."

"날 찾아왔으니 그로서는 대단한 결정을 한 겁니다. 당신은 주지사 같은 사람들을 이해할 필요가 있어요. 그것만해도 그 사람한테는 굉장한 용기가 필요했습니다."

"그래, 그 사람이 성공할까요?"

지오르지오가 물었다.

"그 사람을 구해주면 큰 수확을 건질 겁니다. 나는 이십 년 동안 그 사람과 같이 일을 해 왔어요. 장담하건대, 그 사람은 제대로만 다루면 성공합니다. 세상물정에 밝고 영리한 사람입니다."

지오르지오가 말했다.

"피피, 우연한 사고처럼 보이게 만들라고. 이번 일은 아주 시끄러울 거야. 우린 주지사의 적대자들이나 신문이나 빌어먹을 TV가 주지사를 갖고 떠들어대는 일이 없기를 바래."

그론벨트도 같은 생각이었다.

"맞아, 주지사가 개입됐을 거라는 의혹이 생길 소지는 완전히 없애는 게 중요하지."

"어쩌면 이 일은 크로스가 하기에는 너무 힘든 일인지도 몰라."

"천만에, 이번 일은 크로스에게 안성맞춤이야."

피피는 못을 박았다. 그가 그렇게 말하는데 아무도 뭐라고 반박할 수가 없었다. 피피는 전장의 총사령관이었다. 그는 특히 산타디오파와의 대전쟁을 비롯해서 수많은 작전을 수행하며 자신의 능력을 입증했다. 그는 종종 클레리쿠지오가의 사람들에게 "내 명예를 걸고 하는 일이니까 만약 내가 칼에 찔려 죽는다고 해도 그건 내 잘못이지 다른 누구의 잘못으로 돌리고 싶은 생각은 없어." 라고 말하곤 했다.

지오르지오는 손뼉을 쳤다.

"좋아, 하지. 알프레드, 아침에 골프나 한 게임 할까요? 난 내일 저녁 로스앤젤레스로 사업차 갔다가 그 다음날 동부로 돌아갑니다. 피피, 자넬 도울 사람으로 누굴 원하는지 알려주고, 크로스가 가담할 건지 아닌지도 말해줘."

그 말 속에서 피피는 크로스가 이번 작전에 가담하지 않겠다고 한다면 클레리쿠지오가 사람들은 절대 그를 받아들여주지 않을 것이란 속뜻을 읽었다.

클레리쿠지오가의 피피 세대는 골프에 열광했다. 비록 늙은 대부는 골프가 브룰리오네들을 위한 운동이라고 심술궂은 농담을 했지만. 그날 오후 피피와 크로스는 제너두 호텔의 골프장을 찾았다. 그들은 골프카트를 사용하지 않았다. 피피는 운동 삼아 걸으면서 잔디밭의 적막감을 느끼고 싶었다.

9번 홀 바로 너머에 긴 의자가 놓여 있는 과수원이 있었다. 두 사람은 그곳에 자리를 잡았다.

"난 영원히 살진 못한다. 그리고 넌 네 살 길을 찾아야 하고. 수금회사는 큰 돈벌이가 되지만 계속 갖고 있기에는 너무 거친 일이야. 넌 클레리쿠지오가 사람들 밑으로 들어가야 돼."

피피는 크로스를 단련시켜왔고, 완력과 욕설이 필요한 곳으로 수금을 내보냈으며, 조직의 뒷얘기들을 들려줬다. 그는 알 건 다 알고 있었다. 피피는 적당한 상황을, 다시 말해서 동정심을 불러일으키지 않을 만한 목표물을 인내심을 갖고 기다려 왔다.

크로스가 조용히 말했다.

"저도 압니다."

"목표는 주지사의 딸을 죽인 그 작자다. 쓸모 없는 비열한 놈이지. 게다가 놈은 벌도 안 받고 풀려났어. 그건 옳지 않다."

크로스는 아버지의 심리전술에 웃음이 났다.

"그리고 주지사는 우리 친구죠."

"맞아. 말해두지만 넌 거절해도 된다. 하지만 난 네가 날 도와서 그 일을 같이 해줬으면 좋겠다."

크로스는 구불구불한 풀밭과 사막의 대기 속에서 꼼짝도 않는 홀 위의 깃발들과 그 위로 죽 펼쳐진 은빛 산맥들과 가려서 안 보이는 환락가의 네온사인을 반사하고 있는 하늘을 둘러보았다. 이제 막 자신의 인생이 변화하려는 찰나에 있음을 느끼며 그는 잠시 두려움을 느꼈다.

"그 일이 싫으면 언제라도 그론벨트 밑으로 들어가면 되겠죠."

그러면서 그는 농담이었다는 뜻으로 아버지 어깨에 손을 얹었다. 피피는 그를 보며 활짝 웃었다.

"이번 일은 그론벨트를 위한 일이야. 넌 그론벨트가 주지사의 친구라는 걸 알지. 그러니까 말이다, 우린 그 사람한테 희망을 불어넣어 주는 거야. 그론벨트는 힘들어서 지오르지오한테서 허락을 받아냈다. 그리고 난 네가 날 도와줄 거라고 말했어."

풀밭 저쪽 끝에서 사막의 태양 아래 흡사 만화에 나오는 사람들처럼 가물거리는 여자 두 명과 남자 두 명이 보였다.

"신고식이 필요하겠죠."

그는 아버지에게 말했다. 그는 자기가 동의를 하지 않으면 지금과는 완전히 다른 삶을 살아야 한다는 사실을 잘 알고 있었다. 그리고 그는 이제까지 영위해온 자신의 삶을, 아버지 사업을 도와주고 제너두 호텔에서 시간을 보내고 그론벨트의 지도를 받는 것을, 쇼에 출연하는 아름다운 여자들과 쉽게 벌리는 돈과 권력의 맛을 사랑했다. 일단 동의를 하게 되면 절대 평범한 남자로 살지는 못할 것이다.

"모든 계획은 내가 짠다. 내가 계속 너랑 같이 있을 거다. 위험하지 않아. 하지만 총은 네가 쏴야 한다."

크로스는 의자에서 몸을 일으켰다. 골프장에는 바람 한 점 없었는데도 일곱 채의 별장 지붕에서는 깃발이 펄럭였다. 아직 얼마 살진 않았지만 난생 처음으로 그는 이제 곧 한 세계를 잃어버리게 된다는 상실감에 가슴이 아팠다.

"같이 가겠습니다."

크로스가 대답했다.

그 후 삼 주 동안 피피는 크로스에게 기본적인 사항들을 알려주었다. 그는 그들이 지금 시오의 행동반경, 습관, 최근 사진 같은 그에 관한 정보를 담은 감시조의 보고서를 기다리고 있다는 사실을 설명해주었다. 그리고 뉴욕의 조직에서 차출한 여섯 명의 남자로 구성된 작전조가 시오가 살고 있는 로스앤젤레스로 이동 중에 있었다. 모든 작전 계획은 감시조의 보고서를 토대로 짜여진다. 이런 설명들을 해준 다음 피피는 크로스에게 기본 철학을 가르쳤다.

"이건 일이다. 실패하지 않도록 극도로 신중해야 한다. 살인이야 누구든지 할 수 있지. 하지만 절대 그 기술을 들켜선 안 된다. 그건 죄악이야. 그리고 살인 대상의 인간적인 면들에 대해서는 절대 생각하지

마. 제너럴모터스의 우두머리가 오만 명을 직장에서 해고시키는 것도 일이야. 그 사람은 그들의 인생을 파괴시키지 않을 수 없었고, 그 일을 해야만 했다. 담배 때문에 수천 명이 죽지만, 네가 할 수 있는 일이 뭐가 있니? 사람들은 담배를 피우고 싶어하고, 넌 10억 달러를 벌어들이는 사업을 막을 재간이 없다. 총도 마찬가지야. 사람들이 죄다 총을 소지하고 마구잡이로 사람들을 죽이고 있지만 그건 10억 달러짜리 사업이고 넌 총을 없애지 못해. 네가 뭘 할 수 있겠어? 사람은 생계비를 벌어야 하고 그 일이 최우선이다. 예나 지금이나 말이다. 비렁뱅이처럼 살 생각은 절대 하지 마."

클레리쿠지오가의 원칙은 매우 엄격하다고 피피는 크로스에게 말해주었다.

"넌 그들의 허락을 반드시 받아야 해. 사람들이 네 신발에 침을 뱉은 일 따위로 사람을 죽이는 일은 없어야 한다. 그리고 조직은 너를 감옥에 들어가지 않도록 안전하게 지켜줄 능력이 있기 때문에 반드시 넌 조직의 명령에 따라 행동해야 해."

크로스는 주의 깊게 들었다. 그는 단 한 차례의 질문밖에 하지 않았다.

"지오르지오는 우연한 사고처럼 보이게 하라고 했죠? 어떻게 하면 되죠?"

피피는 큰 소리로 웃었다.

"누구에게도 너한테 어떤 식으로 작전을 수행하라고 명령하지 못하게 해라. 그들이 무슨 말을 하든 상관하지 말라고. 그 사람들은 나한테 자기들의 최고 기대치를 얘기하지. 난 최선을 다한다. 그리고 최선이 가장 단순한 방법이지. 아주 단순해. 그리고 네가 멋지게 일을 처리해야 한다면 최대한 멋지게 하는 거야."

감시조의 보고서가 도착하자 피피는 크로스에게 모든 자료들을 꼼꼼하게 살피라고 했다. 시오의 사진과 번호판이 보이게 찍은 그의 자동차 사진이 여러 장 있었다. 그가 여자친구를 만나기 위해 지나가는 브렌트우드에서 옥스나드까지의 도로 지도도 있었다. 크로스가 아버지에게 물었다.

　"어떻게 아직까지 이 남자를 좋아하는 여자가 있죠?"

　"넌 여자를 몰라. 여자들이 널 좋아하면 네가 무슨 짓을 해도 다 용납이 돼. 그렇지만 널 싫어하면 네가 그들을 영국여왕으로 만들어준대도 널 싫다고 할 거야."

　피피는 작전을 짜기 위해서 비행기를 타고 로스앤젤레스로 떠났다. 그는 이틀 뒤에 돌아와서 크로스에게 알렸다.

　"내일 밤이다."

　다음날 사막의 열기를 피하기 위해서 동이 트기 전에 일찌감치 그들은 라스베가스에서 로스앤젤레스로 차를 몰았다. 차로 사막을 가로질러가면서 피피는 크로스에게 긴장을 풀라고 말했다. 크로스는 태양이 시에라네바다 산맥의 발치를 휘감는 도도한 금빛 강물로 모래사막을 녹여내는 일대 장관을 홀린 듯 바라보았다. 그는 마음이 죄어왔다. 어서 그 일이 끝났으면 싶었다.

　두 사람은 퍼시픽 펠러세이즈에 있는 조직 소유의 한 주택에 도착했고, 그곳에서는 브롱크스에서 온 남자 여섯 명이 그들을 기다리고 있었다. 집 앞 도로에는 그들이 훔쳐서 새로 도색하고 가짜 번호판을 붙여놓은 차가 세워져 있었다. 또 추적이 불가능한 권총도 준비돼 있다.

　집은 놀라울 정도로 호사스러웠다. 고속도로 너머로 바다가 보이는 전망이 아름다웠고, 수영장과 일광욕을 할 수 있는 넓은 테라스까지 갖추고 있었다. 침실도 여섯 개나 됐다. 남자들은 피피를 잘 알고 있는 것처럼 보였다. 그러나 피피는 그들을 크로스에게 소개하지 않았고 또한 크로스를 그들에게 소개하지도 않았다.

작전이 시작되는 자정까지는 아직 열한 시간이 남아 있었다. 남자들은 커다란 TV 따위는 관심 없다는 듯이 테라스에서 카드게임을 시작했다. 그들은 모두 수영복 차림이었다. 피피는 크로스를 쳐다보며 싱긋 웃곤 말했다.

"제길, 수영복을 안 가져왔네."

"괜찮아요. 팬티만 입고 수영하면 되죠."

그 집은 키 큰 나무들과 울타리로 에워싸여 있어서 바깥에서 들여다보이지 않았다.

"수영이야 홀딱 벗고 해도 되지. 헬리콥터를 타지 않는 이상 아무도 볼 사람도 없고 다들 집밖에서 일광욕을 하면서 바다를 보고 있을 텐데, 뭘."

두 사람은 수영을 하고 나서 한두 시간 정도 일광욕을 했고, 그 사이 남자 한 명이 저녁식사를 준비했다. 식사는 테라스에 있는 석쇠에다 구운 스테이크와 샐러드였다. 다들 식사에 곁들여 적포도주를 마셨지만 크로스는 탄산음료를 마셨다. 그는 모두들 과식이나 과음을 피한다는 사실을 주시했다.

식사 후 피피는 크로스와 함께 훔친 차를 타고 지역 답사를 나갔다. 두 사람은 시오가 들른다는 퍼시픽 코스트 대로의 끝에 위치한 식당 겸 커피숍으로 차를 몰았다. 감시조의 보고서에 따르면 시오는 수요일이면 자정 무렵 옥스나르로 가는 길에 '퍼시픽 코스트 대로 레스토랑'이라는 이름의 식당에 들러서 커피와 함께 간단한 야참을 먹는 습관이 있었다. 새벽 한 시쯤 자리에서 일어난다는 것도 적혀 있었다. 그날 밤

두 명의 감시조가 그를 계속 미행하면서 그가 길을 나서면 전화로 보고하기로 되어 있었다.

피피는 집으로 돌아온 뒤 남자들에게 작전 설명을 했다. 여섯 명은 세 대의 차에 나눠 탄다. 한 대는 피피와 크로스가 탄 차 앞에 가고 또 한 대는 뒤에서 따라가며 나머지 한 대는 돌발 상황이 발생할 것에 대비해 식당 주차장에서 대기한다.

크로스와 피피는 발코니에 앉아서 전화를 기다렸다. 집 앞 도로에 검은 색 자동차 다섯 대가 달빛 아래 마치 벌레들처럼 반짝이고 있었다. 브롱크스에서 온 여섯 명의 남자들은 5센트, 10센트, 25센트짜리 동전들을 가지고 줄곧 카드게임만 했다. 마침내 열한 시 반에 시오가 브렌트우드에서 식당 쪽으로 출발했다는 전화가 왔다. 여섯 명은 세 대의 차에 나눠 타고 정해진 자기 위치로 갔다. 피피와 크로스는 훔친 차에 올라탄 뒤에 십오 분을 더 기다린 다음 출발했다. 크로스는 윗저고리 주머니에 22구경의 작은 권총을 가지고 있었는데, 그 총은 소음기를 달지 않았는데도 총성이 가늘고 약했다. 피피는 시끄러운 폭발음이 나는 글록(권총의 일종)을 가지고 나갔다. 살인사건으로 체포된 적이 있은 뒤부터 피피는 절대 소음기를 사용하지 않았다.

피피가 운전을 했다. 작전 계획은 극도로 세밀했다. 작전조는 한 사람도 식당으로 들어가서는 안 된다. 형사들은 손님들 하나하나에 대한 정보를 수집할 테니까. 감시조는 시오의 옷차림과 그가 탄 차 그리고 번호판에 대해서 알려주었다. 시오의 차가 현란한 빨간 차인데다 메르세데스나 포르셰가 주종인 지역에서 쉽게 눈에 띄는 값싼 포드 자동차라는 사실이 두 사람한테는 다행이었다.

피피와 크로스가 식당의 주차장에 도착했을 때, 시오의 차는 벌써 그곳에 주차돼 있었다. 피피는 그 옆에 주차했다. 그런 다음 그는 전조

등과 시동을 끄고 어둠 속에 앉아 있었다. 퍼시픽 코스트 대로 너머로 달빛이 금색 띠를 길게 그리고 있는 바다가 희미하게 반짝이고 있었다. 두 사람은 대기조가 탄 차가 주차장 끝 쪽에 주차되어 있는 것을 보았다. 다른 두 대는 추적자가 있거나 문제가 생길 경우에 대비해 집으로 돌아갈 때 그들을 호위하기 위해서 대로 어딘가에서 기다리고 있을 것이다.

크로스는 시계를 들여다보았다. 열두 시 삼십 분이었다. 그들은 십오 분을 더 기다렸다. 갑자기 피피가 그의 어깨를 쳤다.

"놈이 일찍 나오는데. 가!"

크로스는 식당 밖으로 나오는 사람의 그림자를 보았는데 식당 입구 불빛에 그 모습이 환하게 드러났다. 단신에다 호리호리한 소년 같은 몸매에 부스스하게 헝클어진 곱슬머리 밑으로 창백하고 여윈 얼굴을 한 남자의 모습에 그는 충격을 받았다. 시오는 살인자라고 하기에는 너무 약해 보였다.

그러다가 두 사람은 깜짝 놀랐다. 시오는 차로 가는 대신에 도로 위의 차들을 요리조리 피하면서 퍼시픽 코스트 대로를 건너갔다. 도로 반대편에서 그는 천천히 해변으로 걸어 들어가 파도가 치는 것도 개의치 않고 물가로 바싹 다가갔다. 그곳에 서서 그는 바다와 멀리 수평선 위에 떠 있는 노란 달을 바라보았다. 잠시 그렇게 있다가 그는 몸을 돌려 도로를 건너 주차장으로 돌아왔다. 그는 파도가 들어오는 안쪽에 서 있었기 때문에 그의 멋쟁이 부츠에서는 물이 찍찍거리는 소리가 났다.

크로스는 천천히 차에서 나왔다. 시오는 하마터면 그와 부딪힐 뻔했다. 크로스는 그가 지나가도록 기다렸다가 차에 타는 시오를 향해 친절한 미소를 지어 보였다. 시오가 차 안으로 들어가는 것과 동시에 크로스는 총을 꺼냈다. 시오는 시동을 걸려고 열쇠를 꽂으려다 그림자가 어른거리는 것을 보고 차 창문을 내리고 위를 올려다보았다. 크로스가 총을 발사하는 순간, 두 사람의 눈길이 마주쳤다. 총알이 얼굴을 파고들면서 시오는 그대로 얼어붙어 버렸고, 두 눈은 먼 곳을 응시한 채 순식간에 그의 얼굴은 피로 뒤덮였다. 크로스는 차 문을 휙 잡아 열고는 시오의 머리 정수리에 두 발을 더 쏘았다. 피가 그의 얼굴로 튀었다. 그런 뒤에 그는 차 바닥에 마약이 든 주머니를 던져놓았다. 그는 문을 쾅 소리 나게 닫았다. 피피는 크로스가 총을 발사하는 것과 동시에 차의 시동을 걸었다. 그가 차문을 열어 주자 크로스가 얼른 차에 올라탔다. 작전에 따라 그는 권총을 바닥에 버리지 않았다. 총을 버리게 되면 이번 사건을 마약거래로 인한 살인이 아닌 계획된 살인처럼 보이게 만들 소지가 있었다.

피피는 그 장소를 빠져나왔고 그들을 호위할 차도 그들 뒤에서 차를 빼서 나왔다. 차들은 질서정연하게 자기 위치를 지키면서 오 분 뒤에 본거지로 돌아왔다. 그로부터 십 분 뒤, 피피와 크로스는 피피의 차를 타고 라스베가스를 향해 달리고 있었다. 작전조는 훔친 차와 총을 처리하기로 되어 있었다.

두 사람이 식당 앞을 지날 때 경찰이 온 기미는 없었다. 보아하니 시오의 시체는 아직도 발견되지 않은 모양이었다. 피피는 라디오를 틀어서 뉴스에 귀를 기울였다. 특별한 얘기가 없었다.

"완벽해. 제대로 계획만 짜면 항상 완벽하게 마련이지."

그들은 동이 트면서 사막이 마치 음울한 붉은 바다처럼 보이는 시각에 라스베가스에 도착했다. 크로스는 영원히 계속될 것만 같은 어둠과 달빛을 가르며 사막을 차로 달리던 그때를 절대 잊지 못했다. 한참을 달리는데 문득 태양이 떠오르면서 잠시 뒤에 악몽에서 깨어나듯 마치

안전함을 알려주는 횃불처럼 라스베가스 환락가의 네온불빛들이 보이기 시작했다. 라스베가스는 어둠을 모르는 도시였다.

그와 거의 비슷한 시각에 희미한 여명 아래 유령 같은 얼굴로 죽어 있는 시오의 시체가 발견됐다. 언론의 관심은 시오가 50만 달러 상당의 코카인을 소지하고 있었다는 사실에 집중됐다. 마약거래와 연관된 살인임이 분명했다. 주지사에 대한 의혹은 전혀 없었다.

크로스는 이 사건에서 몇 가지 사실들에 특별히 주목했다. 그가 시오 차에 던져 넣었던 마약은 시가로 만 달러를 넘지 않았지만 경찰에서는 50만 달러의 값을 매겼고, 주지사는 시오의 가족에게 애도의 말을 전해서 사람들로부터 칭송을 받았으며, 한 주가 지나자 언론매체는 이 사건을 완전히 잊어버렸다.

피피와 크로스는 지오르지오와의 면담을 위해 동부로 불려갔다. 지오르지오는 작전이 훌륭하게 수행됐다고 하면서 두 사람 모두를 칭찬했다. 애초에 우발적인 사건처럼 보이게 해 달라고 주문했었다는 사실에 대해서는 전혀 언급하지 않았다. 그리고 크로스는 이번 방문에서 클레리쿠지오가의 사람들이 자신을 조직의 해결사로서 대접해준다는 것을 알았다. 합법적인 도박과 불법적인 도박을 모두 포함해서 라스베가스의 도박 사업을 통해 생기는 수입의 1퍼센트가 그에게 할당됐다는 사실이 그 증거였다. 그는 이제 위험수당을 받고 특별한 사건에 투입될 의무를 지는 클레리쿠지오파의 공식 단원으로 받아들여졌다.

그론벨트에게도 보상이 있었다. 월터 웨이븐은 상원의원에 당선된 뒤에 제너두 호텔에서 일 주일 동안 휴식을 취했다. 그론벨트는 그에게 별장을 제공했고 그곳에 들러 그의 승리를 축하해주었다.

웨이븐 상원의원은 예전 모습으로 돌아와 있었다. 그는 도박을 해서 돈을 땄고 제너두 호텔의 쇼걸들과 간단한 저녁식사도 몇 차례 했다.

그는 완전히 회복된 것처럼 보였다. 과거에 겪었던 위기에 대해서는 단 한차례만 언급을 했을 뿐이었다. 그는 그론벨트를 보며 말했다.

"알프레드, 자네한테 백지수표를 주겠네."

그론벨트가 웃으며 대답했다.

"지갑에 백지수표를 넣고 다닐 만한 여유가 있는 사람은 아무도 없을 텐데, 어쨌든 고맙네."

그는 상원의원이 진 빚을 수표로 받아낼 생각은 없었다. 그가 원한 것은 절대 끝나지 않을 길고 지속적인 우정이었다.

그로부터 오 년이 지난 뒤, 크로스는 카지노 호텔의 운영과 도박사업에 있어서의 전문가로 성장했다. 비록 그의 기본적인 업무는 아버지를 도와 이제 그의 상속이 확실해진 수금회사를 운영하고 클레리쿠지오파의 부해결사로 일하는 것이긴 했지만, 그와 동시에 그는 그론벨트를 보좌하는 일도 겸하고 있었다.

크로스는 스물다섯의 나이에 클레리쿠지오파 내에서 작은 해결사라는 이름으로 알려졌다. 자신이 아주 냉정한 태도로 그 일에 임한다는 사실이 그 스스로도 신기하게 여겨졌다. 그가 죽이는 대상들은 전혀 모르는 사람들이었다. 그들은 그저 약한 피부에 싸인 살덩어리에 지나지 않았다. 그리고 살 속에 들어 있는 뼈는 어린 시절 아버지와 함께 사냥하곤 했던 야생동물들의 것과 다를 바 없었다. 그는 위험한 상황 속으로 들어가는 일이 정말 두려웠지만 그건 단지 두뇌 안에서만 일어나는 현상일 뿐 육체적으로 나타나는 불안은 없었다. 고단한 일상에서 휴식을 취하고 아침에 잠을 깰 때면 때때로 마치 끔찍한 악몽이라도 꾼 것처럼 정체불명의 공포감을 느끼곤 했다. 그런 일이 있고 나면 기분이 우울해지면서 누이와 어머니에 대한 기억들과 어린 시절에 보고 겪었던 일들의 단편적인 장면들, 가족이 헤어지고 난 뒤에 그들을 찾아가던 일들을 회상하곤 했다.

그는 어머니의 뺨을, 따뜻한 온기가 느껴지던 몸을, 작은 구멍이 나 있어서 그 밑으로 피가 흐르는 소리를 들을 수 있다고 상상했던 어머니의 부드러운 피부와 편안한 느낌을 기억하고 있었다. 그러나 꿈속에서 피부는 재가 되어 무너졌고 역겹게 갈라진 살 틈으로 피가 솟구쳐 나와 진홍색 폭포수처럼 쏟아져 내렸다.

그것은 다른 기억들을 불러일으켰다. 어머니가 예의상 잠깐 팔로 그를 감싸며 차가운 입술로 키스를 해주던 순간들을. 어머니는 클로디아의 손은 잡았지만 그의 손은 절대 잡지 않았다. 어머니 집으로 갔다가 떠나올 때면 그는 숨이 차고 마치 멍이 든 것처럼 가슴이 화끈거렸다. 어머니를 잃은 상실감은 그의 현재가 아니라 오로지 과거에서만 느껴지는 감정이었다.

여동생 클로디아를 생각할 때면 이런 상실감은 느껴지지 않았다. 둘이 함께 했던 과거가 있었고, 비록 충분하지는 않지만 지금까지도 여전히 그녀는 그의 삶의 일부였다. 그는 겨울에 둘이서 했던 싸움놀이를 잊지 않고 있었다. 외투주머니에 주먹을 넣고 서로를 향해 그걸 휘둘렀었다. 안전한 결투라고나 할까. 가끔 어머니와 누이를 그리워할 때만 빼고, 크로스는 과거의 모든 일들이 그 상황에서는 최선의 선택이었다고 생각했다. 어찌됐든 그는 아버지 그리고 클레리쿠지오가 사람들과 함께 하는 삶에 대해 크게 불만이 없었다.

그래서 스물다섯 살에 마지막 작전을 수행하기 전까지 그는 조직의 해결사로서 일했다. 그의 마지막 작전에 표적이 된 인물은 그가 오래 전부터 알고 지내던 사람이었다.

전국에 걸친 FBI의 광범위한 조사는 유명무실한 바론들과 몇몇 충직한 브룰리오네들을 잡아들였고, 그 중에는 현재 동부 연안에서 가장 큰 조직을 이끌고 있는 비르지니오 발라죠도 포함되어 있었다.

비르지니오 발라죠는 이십 년 넘게 클레리쿠지오파의 바론으로 일해 왔고 재정적인 면에서 충실하게 클레리쿠지오파에 기여를 해온 사람이었다. 그 답례로 클레리쿠지오가에서는 그를 부자로 만들어주었다. 체포될 당시에 발라죠의 재산은 5천만 달러가 넘었다. 그와 그의 가족들은 아주 사치스러운 생활을 했다. 그런데 예기치 않은 일이 벌어졌다. 비르지니오 발라죠가 은혜를 저버리고 자기를 키워준 사람들을 배신한 것이다. 그는 오메르타, 즉 정부기관에 어떠한 정보도 누설하지 않겠다는 약속을 깨뜨렸다.

그에게 과해진 혐의 중 하나는 살인이었지만 감옥살이에 대한 두려움 때문에 그가 배신을 한 것은 아니었다. 어찌됐든 뉴욕에서는 사형 선고가 없었으니까. 게다가 그에게 정말로 유죄가 선고되어 그가 감옥에 들어간다고 해도 형기가 몇 년이 됐든 상관없이 클레리쿠지오가에서는 그를 십 년 안에 꺼내 줄 테고, 그 십 년도 편안하게 지낼 수 있도록 확실하게 책임을 질 것이다. 그는 일이 어떤 식으로 전개될 지 잘 알고 있었다. 재판심리에서 증인들은 그에게 유리한 쪽으로 위증을 하고 판사들에게는 뇌물이 갈 것이다. 몇 년 복역을 하고 있다보면 새로운 사실이 밝혀지면서 그의 무죄를 입증하는 새로운 증거가 제출될 것이다. 클레리쿠지오가 사람들이 그들의 고객들 중 한 명을 복역 오 년만에 그런 식으로 꺼내준 유명한 사례도 있었다. 그 사람은 출옥했고 주정부에서는 부당한 복역에 대한 배상금으로 백만 달러가 넘는 돈을 지급했다.

발라죠는 감옥살이 따위는 전혀 두렵지 않았다. 그가 배신을 하게 된 직접적인 동기는, 범죄를 소탕하려는 목적으로 의회에서 통과시킨 리코법에 근거해서 연방정부가 그의 전 재산을 몰수하겠다고 협박을 했기 때문이었다. 발라죠에게 있어서 그와 그의 자식들이 사는 뉴저지의 궁전 같은 집과 플로리다의 호화로운 콘도와 비록 실격은 했지만 켄터키 더비(켄터키 주의 루이스빌에서 벌어지는 경마대회)에 말 세 마리를 출전시킨 적도 있는 켄터키의 말 농장을 잃는다는 건 견딜 수 없는 일이었다. 악명 높은 리코 법은 정부가 범죄행위로 체포된 사람들의 재산을 몰수해도 좋다고 인정했기 때문이었다. 주식과 어음, 골동품 자동차도 몰수될 위험이 있었다. 대부도 리코법에 분통을 터뜨렸지만, "부자들은 이 법을 유감스럽게 생각할 테지만 말이야, 결국에 가서는 리코법으로 월스트리트 사람들을 모조리 체포하지 않으면 안 될 걸."이라는 말만 하고 그것으로 끝이었다.

클레리쿠지오가 사람들이 그들의 오랜 친구인 발라죠를 지난 이삼년 전부터 믿지 못하게 된 건 유감스러운 일이긴 했지만 충분히 예상되던 바였다. 그는 그들의 취향과 달리 지나치게 튀는 행동을 했다. 뉴욕타임스는 밝은 색 챙 달린 모자를 쓰고 1935년 형 롤스로이스에 탄 비르지니오 발라죠의 사진과 함께 그의 골동품 자동차 수집에 관한 기사를 실었다. 비르지니오 발라죠는 TV에도 출연해 켄터키 더비에서 채찍을 휘두르며 말 달리는 모습을 보여주었고 과거에 왕들이 즐겼던 그 스포츠의 미학을 얘기했다. 이 모든 행동들이 클레리쿠지오가의 사람들한테는 지나쳐 보였고 그래서 그들은 그를 경계하기 시작했다.

비르지니오 발라죠가 미국연방검사와 접촉을 하기 시작했을 때 이 사실을 클레리쿠지오가에 알려준 사람은 바로 발라죠의 변호사였다. 반쯤 은퇴한 상태에 있던 대부는 즉시 아들인 지오르지오로부터 지휘권을 넘겨받았다. 이번 사태는 시칠리아 방식으로 처리해야 하는 것이었다.

가족회의가 열렸다. 대부와 그의 세 아들인 지오르지오, 빈센트, 뻬띠에, 그리고 피피가 한 자리에 모였다. 발라죠는 조직 체계에 피해를 입힐 위험이 있었고, 비록 상부조직은 아니지만 하부조직이 입을 타격은 상당히 클 것으로 예상됐다. 배신자가 발설할 정보는 비록 법적인 증거물로 채택되진 못한다 해도 중요한 내용일 가능성이 많았다. 지오르지오는 사태가 악화되면 언제든 본거지를 외국으로 옮기자고 제안했고, 그 말에 대부는 벌컥 화를 냈다. 미국 말고 어디에서 살란 말이지? 미국은 그들을 부자로 만들어줬고, 미국은 세계에서 가장 강한 나라며 그들의 재산을 지켜주었다. 대부는 종종 '무고한 한 사람을 벌주느니 범죄자 백 명을 풀어주는 편이 낫다.'라는 격언을 들먹였고, 그 끝에 "정말 멋진 나라야." 라는 말을 잊지 않고 덧붙였다. 하지만 너무 편안하게 살다보니 사람들이 안이해지는 게 문제였다. 발라죠가 시칠리아에서 살았더라면 감히 배신자가 될 생각은 하지 못했을 테고 오메르타를 깨는 일은 꿈도 꾸지 못했으리라. 만약 그랬다면 자기 자식들 손에 죽었을 것이다.

"난 외국에서 살기에는 너무 늙었다. 배신자 한 명 때문에 내 집에서 쫓겨나진 않는다."

비르지니오 발라죠 개인만 놓고 보자면 큰 문제가 아니라고 하더라도 그가 한 행동은 전염성이 있었다. 많은 사람들이 그와 비슷한 증상을 보이면서 자신들을 강하게 만들어준 과거의 법을 지키지 않았다. 루이지애나, 시카고, 탬파에도 자기 재산을 자랑하고 자기가 가진 권력을 세상 사람들에게 과시했던 브룰리오네들이 각각 한 명씩 있었다. 그들은 체포되자 자신들의 경솔한 행동으로 인해 스스로 자초한 것이나 다름없는 법적인 처벌을 어떤 식으로든 피해보려고 했다. 오메르타의 원칙을 어기면서까지 말이다. 그들은 자기 동료들을 배신했다. 썩은 인간들은 반드시 뿌리를 뽑아야 했다. 그것이 대부의 입장이었다.

그러나 지금은 다른 사람들의 말을 들어 볼 작정이었다. 이제 자기는 늙었고 어쩌면 다른 해결방안이 있을지도 모르는 일이었다.

지오르지오는 일이 돌아가는 상황을 개략적으로 설명했다. 발라죠는 연방정부 소속의 검사들과 흥정을 하고 있었다. 그는 만약 정부가 리코법에 따라 그를 처리하지 않겠다고 약속한다면 그래서 아내와 자식들이 재산을 그대로 갖고 있을 수 있다면 기꺼이 감옥에 들어갈 생각이었다. 그리고 물론 감옥에 들어가지 않기 위한 흥정도 했는데, 그 대신 그는 자기가 배신한 사람들에게 불리한 증언을 법정에서 해야 했다. 그와 그의 아내는 증인보호규정 대상에 올라 여생을 위조된 신분으로 살게 될 것이다. 약간의 성형수술도 받게 된다. 그리고 그의 자식들은 죽을 때까지 편안하게 산다. 그것이 거래조건이었다.

그의 잘못이 무엇이었든 간에 발라죠가 자식을 극진하게 아끼는 아버지라는 점에는 모두들 동의했다. 그는 자식 셋을 훌륭하게 키워냈다. 아들 하나는 하버드 경영대학을 졸업했고 딸 썰은 5번가에 고급화장품가게를 가지고 있었으며 다른 아들은 우주항공 분야에서 컴퓨터 전문가로 일했다. 그들은 모두 큰 재산을 물려받을 만한 가치가 있었다. 그들은 진정한 미국인이었고 미국인의 이상을 실현했다.

"그래, 비르지니오한테 우리 뜻을 전하기로 하지. 그러면 그 사람도 무슨 말인지 다 알아들을 게다. 그 사람이 다른 사람들에 대해서는 어떤 정보를 줘도 상관 안 한다. 사람들을 몽땅 다 감옥으로 처 넣든 바다에 빠뜨리든 맘대로 해도 좋다. 그러나 클레리쿠지오가 사람들에 대해서 한마디라도 흘린다면 자식들이 목숨을 잃을 것이다."

피피가 말했다.

"이제 위협은 아무한테도 먹히지 않는 것 같습니다."

"내가 직접 위협한다. 그는 내 진의를 알 거다. 그 사람 자신에 대한 약속은 전혀 없다. 그는 그게 무슨 뜻인지 이해하지."

그러자 빈센트가 끼어들었다.

"일단 그 사람이 보호규정 대상이 되면 접근하기가 불가능할 텐데요."

대부는 피피에게 물었다.

"나의 해결사, 너도 그렇게 생각해?"

피피는 아니라는 듯이 어깨를 으쓱했다.

"그 사람이 증언을 하고 정부가 보호규정 대상에 올려서 숨겨준 뒤에라도, 접근하려면 합니다. 하지만 그렇게 되면 세상이 떠들썩해질 겁니다. 그렇게까지 할 만한 가치가 있는 일일까요? 그래서 뭐가 달라집니까?"

"세상을 떠들썩하게 만드는 것 때문에 더 그렇게 할 가치가 있는 거다. 우린 그렇게 해서 세상에다 우리 뜻을 알리는 거야. 사실, 일을 하려면 모양새가 좋아야지."

지오르지오는 생각이 달랐다.

"그냥 사태를 이대로 흘러가게 놔둬도 되죠. 발라죠가 어떤 얘길 한다고 해도 그 정도로는 우릴 매장시키지 못합니다. 아버지의 대응책은 단기적인 대응책이에요."

대부는 그 말을 곰곰이 생각했다.

"네 말도 틀리진 않다. 하지만 무슨 일이든 장기적인 대응책이란 게 있더냐? 인생은 의심과 단기적인 대응으로 넘친다. 그리고 그 사람을 징계하는 일이 앞으로 함정에 걸려들게 될 다른 사람들한테 아무런 경고가 되지 못할 거라고 생각하는 거냐? 그럴 수도 있고 아닐 수도 있다. 분명히 일부 사람들한테는 경고가 되지. 세상을 창조하신 하나님도 벌하시는 분이다. 내가 직접 발라죠의 변호사에게 얘기하겠다. 그 사람은 내 말뜻을 알아들을 거야. 뜻을 정확히 전달할 거라고. 그리고 발라죠도 내 말을 믿을 게다."

그는 잠시 말을 멈추고 한숨을 푹 내쉬었다.

"일은 재판이 끝나고 난 뒤에 한다."

지오르지오가 물었다.

"그러면 그 사람 아내는요?"

"좋은 여자지. 하지만 그 여잔 지나칠 정도로 미국사람이 돼버렸어. 과부가 뒤에 남아서 곡을 하며 비밀을 떠들어대게 놔둘 순 없다."

뻬띠에가 처음으로 입을 열었다.

"그럼 비르지니오 자식들은요?"

뻬띠에는 진정한 의미에서의 자객이었다.

"필요하지 않으면 안 한다. 우린 괴물이 아냐. 그리고 발라죠는 자식들한테 절대 일 얘기를 안 했어. 그는 세상 사람들이 자기를 카우보이쯤으로 생각해주기를 원했다. 그러니 바다 밑바닥에서라도 말을 타라지."

다들 아무 말이 없었다. 잠시 뒤에 대부가 슬픈 목소리로 덧붙였다.

"어린 것들은 살려둬. 어찌됐든 우린 자식이 부모 원수를 갚는 나라에서 사는 건 아니니까."

그 다음 날 발라죠의 변호사가 발라죠에게 말을 전했다. 그 안에는 온갖 미사여구들이 총동원됐다. 대부는 변호사에게, 자신의 오랜 친구인 비르지니오 발라죠가 클레리쿠지오가 사람들에 대해 좋은 추억들만을 기억하기를 희망하며, 클레리쿠지오가 식구들은 불행한 일을 당한 친구를 위해 도움이 될 수 있는 방법을 모색하고 있노라고 말했다. 발라죠는 자식들에게 위험이 덮칠 것을 염려하지 않아도 되며, 대부가 그들의 안전을 확실하게 지켜줄 거라는 얘기도 했다. 대부는 발라죠가 자식들을 얼마나 끔찍하게 여기는지 잘 알았다. 자식들을 해치는 요괴만 아니라면 그의 용감한 친구는 감옥이든 전기의자든 지옥의 악마든 그 어떤 것도 무서워하지 않았다.

"그 사람한테 말하게. 이 돈 도메니코 클레리쿠지오가 직접 나서서 자식들 신상에 어떤 불행한 일도 생기지 않도록 막아주겠노라고 말이야."

대부는 변호사에게 말했다. 변호사는 이 말을 한마디도 빠뜨리지 않고 자신의 의뢰인에게 전달했고, 발라죠는 이렇게 대답했다.

"우리 아버지와 어린시절부터 함께 자란 사랑하는 내 친구한테 가서 내가 그의 말을 너무나도 감사하게 받아들인다고 전해주게. 클레리쿠지오가 사람들 모두에 대해 아주 좋은 기억들만 갖고 있다는 얘기도. 그에게 안부 전해주게."

그런 다음 발라죠는 변호사를 향해 노래를 흥얼거렸다.

"우리가 증언할 내용을 최대한 신중을 기해서 다시 살펴보기로 하지. 내 친한 친구를 이번 사건에 끌어들이고 싶진 않으니까."

"그럽시다."

변호사는 대답했고 뒤에 대부에게도 그 말을 전했다.

모든 것은 계획에 따라 착착 진행됐다. 비르지니오 발라죠는 오메르타를 어기며 증언을 했고 수많은 부하들을 감옥에 보냈으며 뉴욕 부시장에게까지 그 여파를 미쳤다. 그러나 그는 클레리쿠지오가 사람들에 대해서는 한마디도 하지 않았다. 그런 다음 발라죠 부부는 증인보호규정에 의해 완전히 모습을 감췄다.

강력한 마피아가 해체됐다며 신문과 TV는 일제히 환호를 보냈다. 마피아 악당들이 줄줄이 연행되어 감옥으로 가는 모습이 TV로 생중계

됐고 그들 사진이 신문지상을 도배했다. 데일리 뉴스는 '마피아계의 최고 대부 쓰러지다' 라는 제목으로 발라죠에 관한 특집기사를 냈다. 기사에는 그가 골동품 자동차에 탄 모습과 켄터키 더비에 출전했던 말들과 입이 딱 벌어질 정도로 화려한 그의 옷장 사진들도 실렸다.

대부는 피피에게 발라죠 부부를 찾아내 죄과를 치르게 하라는 지시를 내리면서 "일을 하되, 지금 그 사람들한테 쏟아지는 대중적인 관심에 버금갈 정도로 많은 관심을 끌 방법을 택하도록 해. 우린 사람들이 우리의 비르지니오를 잊지 않기를 바란다." 라고 얘기했다. 그러나 그가 이 임무를 완수하는 데에는 일 년 이상이 걸렸다.

크로스는 발라죠와 관련해서 좋은 기억들이 많았고, 그를 명랑하고 마음씨가 너그러운 사람으로 기억했다. 그와 피피는 발라죠 집에서 저녁을 먹은 적도 있었는데, 발라죠의 아내는 이탈리아 요리를 잘하기로 소문이 자자했고 크로스는 아직도 그때 먹은 양배추를 곁들인 마카로니 요리를 기억했다. 그는 어렸을 때 발라죠의 자식들과 어울려 놀았었고 특히 씰과는 십대에 연애를 하기도 했다. 그녀는 황홀했던 그 토요일 이후에 그에게 편지를 보냈지만 그는 한 번도 답장을 하지 않았다. 그는 피피에게 그 작전에 참가하고 싶지 않다고 말했다.

그의 아버지는 그를 쳐다보며 슬픈 미소를 지어 보였다.

"크로스, 가끔 이런 일도 일어나곤 하는 법이니까 너도 익숙해져야지. 그렇지 않으면 여기서 견디기 힘들다."

크로스가 고개를 저었다.

"전 못해요."

피피는 한숨을 쉬었다.

"그래. 위에다는 작전계획을 짜는 일에 널 투입하겠다고 말하마. 실제로 작전을 실행할 때는 단테를 데리고 가게 해 달라고 하지."

피피는 철저하게 탐색해 나갔다. 클레리쿠지오가 사람들은 엄청난 뇌물을 써서 증인보호규정의 보호막을 뚫고 들어갔다.

발라죠 부부는 새 신분증과 가짜 출생증명서, 새 사회보장번호, 새 결혼증명서를 발급 받았고, 성형수술을 받아 십 년은 더 젊어 보였기 때문에 자신들이 안전하다고 느꼈다. 하지만 체격과 거동과 목소리는 자신들이 생각하는 것보다 훨씬 쉽게 그들의 정체를 드러나게 했다.

오래된 습관은 쉽게 없어지지 않았다. 토요일 저녁마다 비르지니오 발라죠와 그의 아내는 자신들의 새 집에서 그리 멀지 않은 작은 도시 사우스다코다에 있는 술집으로 도박을 하러 가곤 했다. 여섯 명의 단원들을 대동하고서 피피와 단테는 집으로 돌아가는 두 사람을 도중에서 붙잡았다. 단테는 엽총 방아쇠를 당기기 전에 사전의 계획을 어기고 부부에게 고의적으로 자기 정체를 노출시켰다.

시체들은 숨기지 않았다. 귀중품을 가져가지도 않았다. 이번 사건은 명백한 보복행위였고, 세상에 그들의 뜻을 알렸다. 신문과 방송에서는 격렬한 비난이 쏟아졌고 정부당국은 정의를 실현시키겠노라고 약속했다. 실로 클레리쿠지오 제국 전체가 위험에 빠진 것처럼 보일 정도로 대단한 소동이 벌어졌다.

피피는 이 년 동안 시칠리아에 숨어 있어야 했다. 단테는 조직의 최고 해결사가 되었다. 크로스는 클레리쿠지오가의 서부지역 브룰리오네로 정해졌다. 그가 발라죠 부부의 사형집행에 가담하기를 거부했다는 사실은 그냥 넘어갈 수가 없는 문제였다. 그에게는 진정한 해결사로서의 기질이 없었다.

시칠리아로 떠나기 전 피피는 작별인사를 겸해 대부와 그의 아들 지오르지오와 함께 저녁식사를 했다.

"아들 일은 죄송하게 됐습니다. 크로스는 젊고 그래서 감상적이에요. 걘 발라죠 부부를 아주 좋아했어요."

"우리도 그를 좋아했다. 그만큼 좋아했던 사람이 없었지."

"그런데 왜 죽이셨어요? 성과가 있었다기보다는 문제를 더 많이 일으켰는데요."

지르지오가 물었다.

대부는 엄한 눈초리로 아들을 쏘아보았다.

"인생에는 규칙이라는 게 있어야 해. 너한테 힘이 있다면 그 힘을 사용하는데 있어서 한 치도 흐트러짐이 없어야 한다. 발라죠는 심각한 위반행위를 저질렀어. 피피는 이해할 거다. 피피, 아니냐?"

"알죠. 하지만 삼촌이나 저나 이젠 구세대예요. 우리 자식들 세대는 이해를 못합니다."

그는 잠시 조용히 있다가 다시 말을 덧붙였다.

"제가 없는 동안 크로스를 서부지역 브룰리오네로 일하게 해 주셔서 고맙다는 말씀도 드리고 싶습니다. 크로스는 실망시키지 않을 겁니다."

"나도 그렇게 생각한다. 난 널 믿는 만큼 그 아이도 믿는다. 크로스는 영리해. 그 아이가 까다로운 거야 젊은이들 특징이지. 시간이 가면 그 아이 심장도 단단해질 거다."

저녁 식사가 준비됐다. 그런데 대부가 먹을 파르마 치즈는 준비되지 않아서 피피는 부엌으로 가서 강판을 가져온 다음 대부 앞에 그릇을 놓았다. 그는 그릇에 대고 조심스럽게 치즈를 갈아주었고 대부가 누르스름한 치즈더미에 큰 은수저를 푹 꽂아서 입에 떠 넣고는 집에서 만든 진한 포도주를 마시는 모습을 지켜보았다. 식욕이 대단하군, 하고 피피는 생각했다. 여든 살이 넘어서도 살인명령을 내리고 저렇게 단단한 치즈에다 진한 포도주를 먹을 수 있다니. 그는 별 생각 없이 물었다.

"로즈 마리 집에 있어요? 작별인사를 하고 싶은데."

"지금 발작 상태야, 빌어먹을. 방에 가둬놨는데, 안 그러면 우린 저
녁식사도 제대로 못할 거야."

지오르지오가 말했다.

"흠. 시간이 가면 점점 나아질 거라고 믿었는데."

"그 아인 생각이 너무 많다. 자기 아들 단테를 말도 못하게 사랑하
지. 그 앤 아무것도 이해하려고 하지 않아. 세상이든 사람이든 지금 있
는 그대로가 진짜 제 모습인 것을."

지오르지오가 조용히 물었다.

"피피, 이번 발라쵸 작전에서 단테는 어땠어? 긴장하거나 하지는 않
았어?"

피피는 어깨만 한번 으쓱하고는 아무 말도 하지 않았다. 대부는 불
만스럽다는 듯이 낮은 신음소리를 내더니 그를 날카로운 눈길로 쳐다
보았다

"솔직하게 말해도 된다. 지오르지오는 삼촌이고 난 할아버지야. 우
린 모두 한 핏줄이고 그래서 서로를 판단할 자격이 있다."

피피는 먹던 걸 멈추고 대부와 지오르지오를 똑바로 쳐다보았다. 그
는 불퉁스럽게까지 들릴만한 어조로 말을 내뱉었다.

"단테 입에서는 피비린내가 납니다."

그들 세계에서 이 말은 지나치게 야만적이고 살인을 하면서 필요이
상으로 잔인해지는 사람을 가리키는 관용적인 표현이었다. 클레리쿠
지오가에서는 엄격하게 금하는 성향이었다.

지오르지오는 몸을 의자 등에 기대면서 "하나님, 맙소사." 라고 중
얼거렸다. 대부는 벌받을 소리하지 말라는 듯이 지오르지오를 한 번

쳐다본 뒤에 피피에게 계속하라고 손짓했다. 그는 그리 놀란 것처럼 보이지 않았다.

"단테는 좋은 아이에요. 기질과 체력을 갖추고 있습니다. 행동도 민첩하고 영리해요. 하지만 일을 하면서 지나칠 정도로 그걸 즐깁니다. 발라죠 부부를 죽이면서도 시간을 너무 많이 썼어요. 여자를 죽이기 전에 두 사람한테 십 분 동안이나 연설을 했습니다. 그런 다음에 또 오 분을 더 떠들고는 발라죠를 죽였어요. 그건 제 취향이 아닐 뿐더러, 더 중요한 사실은 그 일이 초를 다투는 일이고 언제 위험이 닥칠지 모른다는 점이죠. 다른 때에도 그 아인 불필요하게 잔인하게 굴었는데 하는 짓을 보면 주먹을 최고로 치던 과거로 돌아간 것 같은 느낌이 들 정도입니다. 더 자세한 말씀은 안 드리겠습니다."

지오르지오가 화를 벌컥 내며 말했다.

"그게 다 그놈이 되다 만 놈이라서 그런 거라니까. 걘 난쟁이야. 게다가 그 망할 모자들하며. 도대체 그놈의 모자들은 다 어디서 나는 거야?"

대부가 웃으며 말했다.

"흑인들이 다니는 가게겠지. 내가 자랄 때 시칠리아에서도 다들 웃기게 생긴 모자들을 쓰고 다녔다. 왜 그러는지 누가 알겠냐? 무슨 상관이야? 자, 말도 안 되는 소린 그만 하고. 그 아이한테 어렸을 때부터 온갖 엉뚱한 생각들을 머리 속에다 집어넣은 사람은 걔 엄마야. 재혼을 했어야 하는 건데. 과부들은 거미 같아. 계속해서 거미줄만 치는 거지."

지오르지오가 강조하듯 힘주어 말했다.

"하지만 걘 일은 잘 해요."

"크로스가 했다고 해도 단테보단 못했을 겁니다."

피피가 동조했다.

"하지만 난 가끔 단테가 자기 엄마처럼 미쳤다는 생각이 들어요. 그 아이가 무섭게 느껴져요."

대부는 치즈를 크게 한 입 떠먹고 포도주를 마셨다.

"지오르지오, 단테한테 얘길 좀 해줘, 뭐가 잘못인지 말이야. 그러다 가는 앞으로 우리 조직원들 모두가 위험에 빠질 지도 모른다. 하지만 내가 그러더란 얘긴 하지 마. 그 아인 너무 젊고 난 너무 늙었으니 그 아이한테 이래라저래라 하고 싶진 않다."

피피와 지오르지오는 이 말이 거짓말임을 알았지만, 만약 노인이 전면에 나서고 싶지 않다면 다 그럴 만한 이유가 있을 거라고 생각했다. 그때 방 위쪽에서 발자국 소리가 나는 듯 싶더니 누군가가 계단을 내려오는 소리가 들렸다. 로즈 마리가 식당으로 들어왔다.

세 남자는 발작상태에 빠진 그녀의 모습을 놀란 눈으로 쳐다보았다. 머리는 헝클어지고 화장은 괴상망측했으며 옷도 옆으로 삐딱하게 돌아가 있었다. 더 심각한 문제는 입이 벌어졌는데 말이 한마디도 나오지 않는다는 사실이었다. 그녀는 말 대신 손짓발짓을 동원했다. 그녀의 몸동작은 놀라울 정도로 생생해서 말보다 효과가 있었다. 난 당신들을 증오하고 죽기를 바라며 당신들 영혼이 영원히 지옥 불에 불타오르기를 바란다. 음식은 목에 걸리고, 포도주를 마셔도 맛을 모르고, 아내와 잘 때는 고자나 되버려라. 그런 다음 그녀는 지오르지오와 피피 앞에 있는 접시를 휙 낚아채서 바닥에 내동댕이쳤다.

아무도 그녀를 말리지 않았지만, 수년 전 처음으로 그녀가 발작을 일으켜서 꼭 이런 식으로 대부의 접시를 내동댕이쳤을 때 대부는 그녀를 잡아서 방에 가두라고 한 다음에 특별요양소에 보내서 석 달 동안 데려오지 않았다. 그녀가 침을 잔뜩 뱉어대는 바람에 대부는 재빨리 치즈그릇을 한쪽으로 치웠다. 그러다가 갑자기 진정이 되면서 그녀는 아주 얌전해졌다. 그리곤 피피를 향해 말했다.

"작별인사를 하고 싶었어. 난 오빠가 시칠리아에서 죽었으면 좋겠어."

피피는 그녀가 말할 수 없이 불쌍했다. 그는 자리에서 일어나 그녀를 품에 안았다. 그녀는 뿌리치지 않았다. 그는 그녀의 뺨에 키스를 하며 말했다.

"나도 집에 오기 전에 시칠리아에서 죽게 되어서 네가 좋아하는 모습을 보고 싶다."

그녀는 그의 팔을 휙 뿌리치더니 계단을 뛰어올라갔다.

"아주 감동적이군."

지오르지오가 비웃었다.

"하지만 월례행사 때마다 참아줄 필요는 없다고."

그는 이 말을 하면서 슬쩍 눈을 흘겼지만, 세 사람 모두 로즈 마리가 폐경기를 넘긴지 오래고 한 달에도 여러 번 발작을 한다는 사실을 알았다. 대부는 딸의 발작에 별로 당황하지 않는 것처럼 보였다.

"저러다 좋아지거나 아니면 죽겠지. 이도 저도 아니면 멀리 보내버리면 되고."

그런 다음 그는 피피에게 말했다.

"시칠리아에서 돌아올 때가 되면 알려주마. 우린 둘 다 늙어 가는 신세니까 남은 시간을 즐겁게 지내자. 하지만, 조직에 새로 끌어올 사람이 있는지 주의 깊게 살펴봐. 그건 중요한 일이야. 미국에서 태어난 깡패 같은 놈들은 하나같이 대가를 치를 생각은 않고 잘 살 생각만 하는 놈들이야. 우린 우릴 배신하지 않을 믿을 수 있는 사람들이, 그러니까 다시 말해서 오메르타를 철저하게 지킬 사람들이 필요하다."

다음날 피피는 시칠리아로 떠났고, 단테에게는 주말을 코그 집에서 지내라는 연락이 갔다. 첫날은 단테를 배려해서 로즈 마리와 시간을 보내라고 지오르지오는 특별히 간섭하지 않았다. 두 사람이 서로를 챙겨주는 모습은 보기만 해도 감동적이었고, 단테는 어머니와 있을 때는 완전히 딴 사람이 되었다. 그는 우스꽝스런 모자도 쓰지 않았고 어머니를 데리고 나가 정원에서 산책을 시켰으며 저녁에는 둘이서 외식을 했다. 그는 마치 18세기 프랑스 멋쟁이처럼 그녀를 섬겼다. 그녀가 정신없이 울음을 터뜨릴 때면 팔에 안아 달래주었고, 그러면 발작상태까지 가지는 않았다. 두 사람은 다정하고 낮은 소리로 끊임없이 얘기를 주고받았다.

저녁식사 때에는 단테가 로즈 마리를 도와 식탁을 차리고 대부의 치즈도 갈아주는 등 내내 부엌일을 도왔다. 그녀는 그가 좋아하는 브로콜리를 곁들인 펜네 파스타와 베이컨과 마늘로 속을 채운 양고기 요리를 만들었다.

지오르지오는 대부와 단테의 친밀한 관계를 볼 때마다 감동을 받았다. 단테는 할아버지를 위해 접시에 펜네 파스타와 브로콜리를 담아주었고 파르마치즈 가루를 떠먹을 때 쓰는 큰 은수저를 반들반들하게 닦아놓았다. 단테는 노인에게 짓궂은 농담을 했다.

"할아버지가 이빨을 새로 하시면 우리가 이렇게 치즈를 갈 필요가 없을 텐데. 요새 치과의사들은 솜씨가 엄청 좋아서 할아버지 턱에다 강철을 박아 넣을 수 있거든요. 완전 기적 같아요."

대부도 이에 질세라 농담으로 응수했다.

"난 내 이빨을 무덤까지 가져갈 거야. 게다가 난 너무 늙어서 기적이 일어날 수가 없어. 하나님이 나 같은 고물한테 뭐 하러 기적을 낭비하시겠니?"

로즈 마리는 아들에게 예쁘게 보이려고 몸단장을 했고 그래서 젊었을 때의 아름다운 모습이 살짝 엿보였다. 그녀는 아버지와 아들이 다정하게 얘기하는 모습을 바라보며 행복감을 느끼는 것 같았다. 그래서인지 그녀에게 항상 드리워져 있던 불안한 기색이 보이지 않았다.

지오르지오도 기분이 좋았다. 그는 누이가 행복해 보여서 기뻤다. 그녀는 사람을 힘들게 하지 않았고 맛있는 요리를 내왔다. 비난의 눈초리로 자기를 노려보지도 않았으며 발작을 일으킬 것처럼 보이지도 않았다.

대부와 로즈 마리가 자러 가자 지오르지오는 단테를 밀실로 데리고 갔다. 그 방은 전화도 TV도 없었고 집안 곳곳에 연결되어 있는 내선도 없었다. 그리고 문이 아주 두꺼웠다. 지금은 두 개의 검은 가죽 소파와 검은 가죽 의자가 비치되어 있었다. 작은 냉장고와 유리잔 선반이 있는 작은 바와 위스키 장은 여전했다. 탁자 위에는 하바나 여송연 한 상자가 놓여 있었다. 하지만 그 방은 창문이 없어서 마치 작은 동굴 같은 느낌을 주었다.

단테의 얼굴은 젊은 사람 같지 않게 너무 음흉하고 독특해서 그와 같이 있으면 지오르지오는 항상 마음이 거북했다. 그의 눈은 교활하게 번득였고 키가 작은 것도 마음에 들지 않았다.

지오르지오는 두 개의 잔에 술을 채웠고 하바나 여송연 하나에 불을 붙였다.

"너의 엄마 앞에서는 그 이상한 모자를 쓰지 않아서 정말 다행이다. 그런데 그런 건 도대체 왜 쓰고 다니니?"

"좋으니까요. 그리고 이런 걸 쓰고 있어야 삼촌들이 절 좀 쳐다보죠."

그는 잠시 말을 중단했다가 장난스럽게 덧붙였다.

"모자를 쓰면 키가 더 커 보이기도 하고."

맞아, 모자를 쓰고 있으면 보기가 좀 낫지, 하고 지오르지오는 속으로 생각했다. 모자를 쓰면 족제비 같은 그의 얼굴이 실제보다 잘 생겨 보였고, 모자가 없으면 이상하게도 몸의 균형이 깨진 것처럼 느껴졌다.

"일을 할 때는 모자를 쓰면 안 돼. 사람들 눈에 너무 쉽게 뜨이거든."

"죽은 자는 말이 없어요. 전 일할 때 나를 보는 인간들은 모조리 죽여 버리죠."

"내 앞에서 농담하지 마. 그건 현명한 짓이 아냐. 위험하다고. 조직은 괜한 모험은 하지 않는다. 또 한 가지 더. 네 입에서 피비린내가 난다는 얘기가 돌아다닌다."

처음으로 단테가 벌컥 화를 냈다. 갑자기 그가 무시무시한 표정을 지었다. 그는 잔을 내려놓더니 물었다.

"할아버지가 아세요? 할아버지 입에서 나온 얘깁니까?"

"할아버지는 아무것도 모르신다."

지오르지오는 거짓말을 했다. 그는 아주 노련한 거짓말쟁이였다.

"그리고 그런 얘기를 할아버지한테 할 생각도 없고. 넌 할아버지가 아끼는 손자고 그래서 그런 얘길 들으면 괴로워하실 거야. 하지만 내 말해두는데 일할 땐 절대 모자를 쓰지 말고 또 잔인하게 굴지 마. 너는 이제 조직의 최고 해결사인데, 살인을 지나치게 즐기는 경향이 있어. 그건 위험할뿐더러 조직의 규율에도 어긋나는 짓이야."

단테는 듣고 있는 것 같지 않았다. 그는 잠시 생각에 잠겨 있더니 슬쩍 웃었다.

"삼촌한테 그 얘길 한 사람은 틀림없이 피피 아저씨일 거예요."

그가 상냥한 어조로 말했다.

"그래."

지오르지오는 인정했다. 말투가 퉁명스러웠다.

"그리고 피피는 최고야. 우리는 널 피피 밑에서 일하게 해줬고 그 덕분에 넌 일을 제대로 배울 수 있게 된 거야. 그리고 피피가 왜 최고인지 알아? 마음이 따뜻하거든. 그 일은 절대 즐기면서 할 일이 아냐."

단테는 자제력을 잃었다. 그리곤 미친 듯이 웃어댔다. 그는 소파 위에서 데굴데굴 구르다가 방바닥으로 굴러 떨어졌다. 지오르지오는 시무룩한 얼굴로 단테를 쳐다보면서 그가 엄마처럼 미쳤다고 생각했다. 마침내 단테가 자리에서 몸을 일으키더니 술을 꿀꺽꿀꺽 들이켜고는 유쾌하게 말했다.

"삼촌은 지금 제가 마음이 따뜻한 인간이 아니라고 말하는 거네요."

"맞아. 넌 내 조카지만 네가 어떤 인간인지 안다. 넌 개인적으로 싸운 일로 조직의 허락도 없이 두 사람을 죽였다. 할아버진 너한테 아무런 조치도 취하지 않으셨고 심지어 널 야단치지도 않으셨지. 그러고 난 뒤에도 넌 일 년 동안 같이 놀아나던 합창단 여자를 죽였다. 홧김에 말이야. 넌 그 여자한테 영성체를 줘서 시체를 숨겼다. 그리고 실제로 여자 시체는 발견되지 않았지. 넌 네가 영리하다고 생각하지만 조직은 증거를 모았고 그래서 비록 네가 법정에 설 일은 없을 테지만 네가 범인인 걸 알아냈지."

단테는 이제 조용했다. 그러나 겁이 나서가 아니라 속으로 계산을 하고 있었다.

"할아버지가 그 실없는 얘기를 아시나요?"

"물론. 하지만 넌 여전히 할아버지가 가장 아끼는 아이다. 할아버진 네가 아직 젊어서 그런다고 그냥 넘어가라고 말씀하셨다. 네가 앞으로 배우게 될 거라고. 난 할아버지한테 피비린내 나는 얘기는 안 하고 싶다. 너무 늙으셨어. 넌 손자고, 네 엄마는 할아버지의 딸이다. 그건 할아버지 마음을 너무 아프게 할 거야."

단테는 다시 한 번 큰 소리로 웃어댔다.

"할아버지도 마음이란 게 있군요. 피피도 마음이 있고, 크로스도 계집애 같은 마음이 있고, 엄마는 아픈 마음이 있고. 하지만 전 마음이 없죠? 삼촌은 어떻죠? 마음이 있어요?"

"물론. 널 아직도 봐주고 있는 걸 보면."

"그러니까 저만 빌어먹을 그 마음이란 게 없네요? 전 엄마와 할아버지를 사랑하고 두 사람은 서로를 미워하고 있어요. 할아버지는 제가 나이가 들자 예전보다 덜 사랑하세요. 삼촌과 빈센트 삼촌, 뻬띠에 삼촌은 같은 혈육인데도 절 싫어하죠. 삼촌은 제가 이런 사실들을 모른다고 생각하세요? 하지만 삼촌이 절 빌어먹을 피피보다 못한 녀석이라고 취급한다고 해도 아직 전 당신들 모두를 사랑해요. 삼촌은 제가 골까지 비었다고 생각하세요?"

지오르지오는 그가 미친 듯이 감정을 폭발시키는 모습을 보며 깜짝 놀랐다. 또한 모두 맞는 얘기라는 사실에 바짝 긴장을 했다.

"할아버지 얘기는 틀렸어, 널 변함 없이 아끼시니까. 뻬띠에와 빈센트와 나도 마찬가지다. 우리가 언제 널 가족으로 대접해주지 않은 적이 있었어? 물론, 할아버지가 약간 소원해진 면도 있지만 할아버진 아주 늙었다고. 나로 말하자면, 난 네 안전을 위해서 조심하라고 얘기하고 있는 거야. 넌 극히 위험한 일을 하고 있으니까 신중해야 돼. 괜히 이상한 감정은 끼워 넣지 말라고. 그건 불행을 초래할 뿐이니까."

"빈센트 삼촌이랑 뻬띠에 삼촌은 우리가 지금 하는 얘기들을 알고 있어요?"

"아니."

또 한 번의 거짓말이었다. 빈센트도 지오르지오에게 단테 얘길 했었다. 뻬띠에는 아니었지만 그는 타고난 살인자였다. 그 역시 단테와 같이 일하고 싶어하지 않았다.

"제가 일하는 방식에 대해서 다른 불만 있어요?"

"아니, 이번 일도 너무 불쾌하게 받아들이지는 마라. 삼촌으로서 하는 충고니까. 하지만 동시에 조직의 상관으로서 하는 얘기이기도 하다. 조직의 허락 없이 누구에게도 영성체나 견진성사를 주면 안 된다. 알았냐?"

"네. 하지만 전 여전히 최고 해결사죠, 그렇죠?"

"삐삐가 잠깐 휴식기간을 가진 뒤에 돌아올 때까지는. 그건 네가 얼마나 일을 잘 하는가에 달렸다."

"제 일을 덜 즐기도록 하죠. 삼촌이 원하는 게 그거라면 말이죠. 됐어요?"

그는 지오르지오의 어깨를 다정하게 툭툭 쳤다.

"좋아. 내일 저녁에 엄마를 모시고 외식이나 해라. 계속 말동무가 돼줘. 할아버지가 좋아하실 거야."

"물론이죠."

"빈센트의 식당 중에 이스트햄프턴 외곽에 있는 게 하나 있다. 거기에 엄마를 데려가든지."

단테가 느닷없이 물었다.

"엄마가 더 나빠지고 있는 건가요?"

지오르지오는 그렇다는 듯이 어깨를 으쓱했다.

"네 엄마는 과거를 잊지 못해. 잊어야 할 옛날 일들에 집착하고 있어. 할아버지가 항상 말씀하시듯이, 세상이든 사람이든 지금 현재의 모습이 진짜 제 모습이야. 하지만 네 엄마는 그걸 받아들이지 못해."

그는 단테를 다정하게 껴안았다.

"자, 우리가 여기서 한 얘기들은 잊어버리자. 이런 식의 얘기는 정말 싫으니까."

마치 이 만남이 대부의 특별한 지시에 의해 이루어진 게 아닌 듯 한 말이었다.

단테가 월요일 아침에 떠나고 난 뒤에 지오르지오는 모든 얘기를 대부에게 보고했다. 대부는 한숨을 쉬었다.

"어렸을 때는 정말 귀여운 아이였는데. 그런데 왜 이렇게 됐지?"

지오르지오는 큰 장점이 하나 있었다. 그는 자신의 위대한 아버지, 즉 위대한 대부에게도 해야 된다고 생각할 때는 자신의 생각을 거침없이 얘기했다.

"걘 자기 엄마한테 말이 너무 많아요. 그리고 바탕이 나쁜 아이죠."

이 말 뒤에 두 사람은 모두 잠시 말없이 앉아 있었다.

"피피가 돌아오면 단테는 어쩔 생각이세요?"

"사정이야 어찌됐든 난 피피가 은퇴해야 한다고 생각한다. 단테한 테는 최고자리에 앉아볼 기회를 줘야 해. 어찌됐든 클레리쿠지오 집안 사람이니까. 피피는 서부에서 브룰리오네로 일하는 자기 아들 곁에서 조언이나 하면서 지내라고 할 생각이야. 필요하다면 단테한테도 언제 든 조언을 해줄 수 있겠지. 그분야에서 피피 이상의 조언자는 없으니 까. 산타디오파와 싸울 때 그걸 여실히 증명했지. 하지만 말년은 평화 롭게 보내게 해줘야지."

지오르지오는 빈정거리는 말투로 툭 내뱉었다.

"명예 해결사로군."

하지만 대부는 그 농담을 알아듣지 못한 척 했다. 그는 얼굴을 찌푸리며 지오르지오에게 말했다.

"조만간 넌 내 자리를 물려받게 될 게다. 네 임무는 미래에 클레리쿠지오파가 사회의 정식 구성원이 되도록 만들고 조직을 절대 쓰러지지 않게 해야 하는 것임을 항상 기억해라. 비록 극히 힘든 선택을 하게 되더라도 말이다."

그리고 두 사람은 자리에서 일어났다. 그러나 피피가 시칠리아에서 돌아오기까지는 발라죠 살인사건이 관료세계의 안개 속으로 사라질 때까지 이 년을 기다려야 했다. 그 안개 또한 클레리쿠지오가 만들어낸 것이었다.

제5부

라스베가스, 헐리우드, 코그

7

크로스는 클로디아와 스키피 디어를 제너두 호텔의 호화로운 펜트하우스 객실에서 맞았다. 디어는 남매를 볼 때마다 둘이 달라도 어떻게 이렇게까지 다를 수 있는지 매번 놀라곤 했다. 클로디아는 그리 예쁘지는 않지만 상당히 호감을 주는 외모였고, 크로스는 늘씬하고 전통적인 미남형에 체격이 운동선수 같았다. 클로디아는 붙임성이 아주 많았고 크로스는 친절했지만 매우 사무적이면서 사람들과 일정 거리를 유지했다. 붙임성과 친절은 차이가 있다고 디어는 생각했다. 전자는 선천적으로 타고난 성격이고 후자는 후천적으로 습득한 기술이었다.

클로디아와 스키피 디어는 소파에 앉았고 크로스는 그들과 마주앉았다. 클로디아는 보즈 스카넷에 관해 죽 얘길 하고 나서 몸을 앞으로 내밀며 말했다.

"오빠, 제발 내 부탁 좀 들어줘. 이건 내 일과는 상관없는 문제야. 아테나는 제일 친한 친구거든. 그리고 걘 정말 좋은 아이야. 내가 도움이 필요할 때 날 도와줬다고. 이때까지 오빠한테 부탁을 여러 번 했지만 이번처럼 중요한 건 없어. 아테나를 곤경에서 구해주면 절대 다시는 부탁하지 않을게."

그리고 나서 그녀는 스키피 디어 쪽으로 얼굴을 돌렸다.

"돈 얘기는 당신이 하세요."

디어는 뭔가 부탁할 일이 있으면 먼저 공세를 취하는 경향이 있었다. 그가 크로스에게 대뜸 물었다.

"십 년 넘게 당신 호텔을 이용하고 있는데 별장 정도는 줘야 되는 거 아닌가?"

크로스가 껄껄대며 웃었다.

"항상 만원이라서요."

"쫓아내면 되지."

"그러죠. 그 전에 당신 영화 중에서 최소한 한 편에 대한 이윤명세서 만이라도 저한테 보내주시고, 또 바카라에 거는 돈이 만 달러는 돼야 합니다."

클로디아가 쏘아붙였다.

"난 동생이지만 별장은 꿈도 못 꿔요. 그런 쓸데없는 얘기는 관두고 돈 문제나 얘기하시죠."

디어가 설명을 끝내자 크로스는 수첩에 적어놓은 것들을 죽 훑어보고는 말했다.

"제가 제대로 이해했는지 확인해보죠. 만약 아테나라는 여자가 영화 촬영을 중단한다면 당신과 영화사는 현찰로 5천만 달러와 거기에 덧붙여서 2억 달러 상당의 예상 수익을 손해 본다. 그 여자는 보즈 스카넷 이라는 전남편이 무서워서 일을 그만두려고 한다. 당신은 그 남자한테 돈을 줘서 포기하게 만들 수도 있지만 그 여자는 그렇게 해도 그 남자를 막지 못할 거라고 생각하기 때문에 촬영을 그만두겠다고 고집을 부린다. 제대로 이해했나요?"

"대충. 우린 아테나한테 이 영화를 찍는 동안 미국대통령보다 더 확실하게 보호를 해주겠다고 약속했지. 그 작자는 지금도 감시하고 있고. 아테나한테는 24시간 경호를 붙였어. 그런데도 여전히 아테나는 영화를 안 찍겠다는 거야."

"정확히 문제의 핵심이 뭔지 모르겠군요."

"이 작자는 텍사스의 막강한 정치인 가문 출신이거든. 게다가 거칠기가 짝이 없어서 경호원들을 시켜서 협박도 해 봤는데 그게…."

"경호회사 이름이 뭡니까?"

"퍼시픽 오션 씨큐리티 컴퍼니."

"왜 저한테 부탁하는 거죠?"

"동생 말로는 당신이 도와줄 수 있을 거라던데. 내가 오자고 한 게 아니라고."

크로스는 동생에게 물었다.

"클로디아, 왜 내가 널 도와줄 수 있을 거라고 생각했어?"

클로디아의 얼굴이 불안감으로 일그러졌다.

"그전에도 오빠가 문제를 해결하는 걸 봤거든. 오빠는 설득하는 데는 선수고, 항상 해결책을 내놓는 것 같아서 말이야."

그녀는 순진한 얼굴로 씩 웃었다.

"또, 내 오빠잖아. 난 오빨 믿어."

"말도 안 되는 소리 또 하네."

크로스가 한숨을 푹 내쉬었지만, 디어는 두 사람 사이에 흐르는 따뜻한 애정을 느꼈다.

잠시 침묵이 흐르는가 싶더니 디어가 입을 열었다.

"우리는 오면서도 큰 기대는 안 했지. 하지만 만약 당신이 한 번 더 투자할 생각이 있다면 내가 상당히 괜찮은 기획안을 하나 갖고 있는데 말이야."

크로스는 클로디아를 쳐다보고 그 다음 디어를 쳐다보더니 신중한 목소리로 말했다.

"아테나란 여자를 먼저 만나보고 난 뒤에 당신 문제를 단번에 해결해 줄 수 있을지도 모르겠습니다."

"좋아."

클로디아는 긴장을 풀었다.

"내일 다 같이 비행기를 타고 가자."

그녀는 오빠를 껴안았다.

"좋지."

디어도 거들었다. 벌써부터 그는 메쌀리나로 인한 손실액의 일부를 크로스에게 떠넘길 방법을 목하 고민 중에 있었다.

다음날 세 사람은 로스앤젤레스 행 비행기를 탔다. 떠나면서 클로디아는 아테나에게 전화를 걸어 그들이 찾아갈 거라는 얘기를 했다. 그런 다음 디어가 수화기를 넘겨받았다. 전화통화를 하면서 그는 아테나가 절대로 영화촬영에 복귀하지 않을 것이란 확신이 들었다. 그는 화가 치밀었지만, 비행기를 타고 가는 동안 다음 번에 라스베가스를 찾아갈 때 크로스한테서 별장을 받아낼 이런저런 묘안을 짜보면서 기분을 풀었다.

아테나가 사는 말리부 콜로니는 비벌리 힐스와 헐리우드의 북쪽으로 대략 사십 분 거리에 위치한 해변과 접한 지역이었다. 그 지역은 백 명이 약간 넘는 주민이 거주하고 다들 3백에서 6백만 달러에 이르는 자산을 소유한 재산가들이었지만 바깥에서 볼 때는 집들이 극히 평범하고 허술해 보였다. 집마다 울타리가 쳐져 있었고 입구를 예쁘게 장식해 놓은 집들도 간간이 있었다.

그 지역은 주민전용 도로를 통해서만 들어갈 수 있었는데, 도로 입구에는 초소가 있어서 경비원이 문을 지키고 있었다. 경비원은 모든 방문객들을 일일이 확인했다. 주민들은 거주자 확인증을 자동차에 붙이고 다녔고 확인증은 매주 바뀌었다. 크로스는 이런 식의 경비가 철저하다기보다는 성가신 장애물 정도로 밖에는 느껴지지 않았다.

그러나 아테나의 집 주위의 퍼시픽 오션 씨큐리티 요원들은 달랐다. 그들은 제복을 입고 무장을 하고 있었으며 체격이 아주 단단해 보였다.

세 사람은 해변과 나란히 나 있는 인도를 따라 아테나의 집으로 들어갔다. 그 집에는 별도의 경비체계가 있어서, 방문객을 맞이하는 건물이 따로 있고 거기서 아테나의 비서가 부저를 울려서 그들이 왔다는 걸 알렸다.

그곳에는 퍼시픽 오션 씨큐리티 제복을 입은 두 명의 남자가 더 있었고, 건물 현관에 또 한 명이 있었다. 그들은 그곳을 지나서, 소금기가 느껴지는 대기 속으로 향긋한 냄새를 풍기는 레몬나무와 꽃들로 가득한 기다란 정원 안을 걸어 들어갔다. 그들은 태평양이 굽어보이는 집의 본 건물 앞까지 왔다.

키가 자그마한 남미출신 가정부가 문을 열어주며 그들을 커다란 부엌을 가로질러 거실까지 안내했는데, 거실은 큰 창문들을 통해서 바다가 방안 가득 들어와 있는 듯한 착각을 불러일으켰다. 대나무 가구와 유리 탁자 그리고 짙은 옥색 소파가 보였다. 가정부는 거실을 가로질러 유리문이 있는 곳으로 그들을 데려갔고, 문을 열자 바다가 굽어보이는 길고 널찍한 테라스가 나왔는데 그곳에는 의자와 탁자 그리고 은처럼 반짝이는 실내용 자전거가 놓여 있었다. 그 너머로는 하늘에 맞닿은 옥색 바다가 펼쳐졌다.

크로스는 테라스에서 아테나를 본 순간 가슴이 섬뜩했다. 여간해서는 그런 경우는 드물었다. 그녀는 영화에서보다 훨씬 더 아름다웠다. 영화필름은 그녀의 혈색이나 깊은 눈빛, 동공에 드리워진 초록색의 미묘한 명암을 포착하지 못했다. 뛰어난 운동선수들이 그렇듯이 그녀는 전혀 힘들이지 않는 것처럼 몸을 아주 우아하게 움직였다. 다른 여자들 같았으면 오히려 추해 보였을 수도 있었을, 대충 잘라서 다듬지 않은 금발의 단발머리는 그녀의 아름다움을 한층 더 빛내주었다. 그녀는 담청색 땀복을 입고 있었다. 그런데도 몸의 굴곡이 드러났다. 그녀의 다리는 상체에 비해 길었고 맨발이었다. 발톱에는 매니큐어가 칠해져 있지 않았다.

　그러나 그에게 가장 인상적이었던 것은 사람의 주의를 끌어당기는 그녀의 지적인 얼굴이었다.

　그녀는 그들을 맞이하며 스키피 디어에게는 뺨에 의례적인 키스를, 클로디아에게는 따뜻한 포옹을 그리고 크로스에게는 악수를 했다. 그녀의 눈동자에 푸른 바다가 비쳤다.

　"클로디아한테서 얘기 많이 들었어요."

　그녀는 크로스에게 인사말을 했다.

　"마음만 먹으면 지구도 멈추게 하는 잘 생기고 신비스런 오빠라고요."

　까르르 웃는 그녀의 웃음이 겁먹은 여자 같지 않아서 말할 수 없이 자연스러웠다. 크로스는 불가사의한 기쁨이라고 밖에는 달리 설명하기 힘든 기분을 느꼈다. 그녀의 목소리는 배에서부터 우러나오는 저음이었고 사람을 홀리는 악기였다. 바다를 등지고 선 그녀의 몸 선, 적당히 튀어나온 광대뼈, 아무것도 바르지 않았지만 적포도주처럼 붉고 짙은 입술 그리고 지적인 분위기. 크로스의 머릿속에서 그론벨트가 했던 훈계 하나가 섬광처럼 지나갔다. 아름다운 여자만 빼고 돈은 이 세상 모든 위험으로부터 널 지켜준다는 말이었다.

　크로스는 지금까지 라스베가스를 비롯해서 로스앤젤레스와 헐리우드의 미인들을 숱하게 보아왔다. 하지만 라스베가스의 미인들은 예쁘기만 했지 재능은 별로 없었고 그래서 헐리우드로 가서는 실패하는 일이 비일비재했다. 헐리우드에서는 미와 재능이 결합했고, 드물게는 여기에 덧붙여서 탁월한 예술성까지 갖춘 경우도 있었다. 두 도시는 전 세계의 미인들을 끌어들이는 매력이 있었다. 그리고 그 중에서 인기배우로 성장하는 여배우들이 나왔다. 매력과 아름다운 외모와 더불어서 어린아이 같은 순수함과 용기를 지닌 여자들이 있었다. 그들의 재능 속에 내재된 호기심은 예술적인 형태로까지 승화될 수 있었고, 그런 여자들에게서는 품위가 느껴졌다. 비록 두 도시가 미적인 부분에 있어서는 차이가 없었지만 헐리우드에서는 여신들이 등장해 전 세계인들의 숭배를 받았다. 아테나도 그런 드문 여신들 중 한 명이었다.

크로스가 아테나에게 쌀쌀맞은 표정으로 답례 인사를 했다.

"클로디아가 당신을 세상에서 가장 아름다운 여자라고 하더군요."

"제 두뇌에 대해서는 아무 말 안 하던가요?"

그녀는 운동을 하느라 벽에 몸을 기댄 채 다리 한쪽을 등 뒤에 갖다 댔다. 다른 여자들이 그런 말을 했다면 잘난 척하는 것처럼 들렸을 얘기가 그녀한테서는 너무나도 자연스럽게 느껴졌다. 사람들을 앞에 놓고도 그녀는 한시도 쉬지 않고 몸을 앞쪽으로 굽히고 다리를 난간 위로 뻗고 무언극을 하듯 팔을 저어가며 계속해서 운동을 했다.

"아테나, 우리 둘이 전혀 남매처럼은 안 보이지?"

스키피 디어가 맞장구를 쳤다.

"당연히 그렇지."

하지만 아테나는 두 사람을 쳐다보며 대답했다.

"둘이 굉장히 닮았는걸."

크로스는 그녀가 진담으로 하는 말임을 느낄 수 있었다.

"이것 봐, 내가 이래서 아테나를 좋아하는 거라고."

아테나가 잠시 운동을 멈추고는 크로스에게 말했다.

"절 도울 수 있을 거라고 들었어요. 어떻게 돕는다는 건지는 모르겠지만."

크로스는 그녀를 쳐다보지 않으려고, 초록 바다를 배경으로 햇빛을 받아 눈부시게 반짝이는 그녀의 황금빛 머리를 쳐다보지 않으려고 애를 썼다.

"전 사람들을 잘 설득하는 편이죠. 만약 당신이 일을 다시 시작하지 못하는 유일한 이유가 당신 남편 때문이라는 말이 맞는다면, 제가 그 사람과 협상을 해 볼 수 있을 것 같습니다."

"전 보즈가 약속을 지킬 사람이라고 생각 안 해요. 영화사 쪽에서도 이미 한 번 협상을 시도했었죠."

디어는 크로스를 생각해서 되도록이면 부드러운 목소리로 얘기를 했다.

"아테나, 전혀 걱정 안 해도 돼. 진짜야."

그러나 어떤 이유에서인지는 몰라도 그렇게 말하는 자기 자신도 어쩐지 확신이 서질 않았다. 그는 사람들 하나하나를 주의 깊게 살펴보았다. 그는 아테나가 어떤 식으로 남자들을 압도하는지 훤히 꿰고 있었다. 여배우들은 마음만 먹으면 이 세상 어떤 남자라도 홀릴 수 있었다. 그러나 디어가 보기에 크로스는 전혀 변화가 없었다.

"스키피는 제가 영화를 그만둔다는 사실을 인정하고 싶지 않은 거예요. 저 사람한텐 아주 중요한 영화니까."

"그럼 당신한테는 아니야?"

디어가 화가 나서 물었다.

아테나는 냉랭한 표정으로 한동안 말이 없었다.

"전에는 그랬죠. 하지만 전 보즈를 알아요. 전 숨어야 해요. 다른 인생을 살아야 하죠."

그녀는 장난스런 미소를 지어 보였다.

"전 어딜 가든 적응을 잘 하는 편이에요."

"당신 남편한테서 약속을 받아낼 자신이 있습니다. 그리고 장담하건대 그 사람이 반드시 약속을 지키게 하겠습니다."

디어가 자신 있게 얘기했다.

"아테나, 영화관에는 미친놈들이 영화배우를 괴롭히는 이런 일은 수도 없이 많아. 우린 절대 안전한 방법을 안다고. 정말이지 전혀 안 위험해."

아테나는 운동을 계속했다. 한쪽 다리가 믿을 수 없을 정도의 높이까지 올라갔다.

"당신들은 보즈를 몰라요. 저는 알죠."

"당신이 영화를 그만두는 이유가 정말로 남편밖에 없습니까?"

"네. 그 남자는 절 영원히 쫓아다닐 거예요. 결국에는 그는 원하는 모든 걸 얻게 될 거고요."

아테나가 운동을 멈췄다. 처음으로 그녀는 크로스의 눈을 똑바로 쳐다보았다.

"전 보즈가 어떤 약속을 한다고 해도 절대 안 믿어요."

그녀는 거절한다는 의미로 그에게 등을 돌렸다.

"시간을 뺏어서 죄송했습니다."

"천만에요."

아테나가 유쾌한 목소리로 말했다.

"그동안 전 운동을 했으니까."

그런 다음 그녀는 그의 눈을 똑바로 쳐다봤다.

"생각해줘서 진심으로 고마워요. 영화에서처럼 대담하게 보이려고 한 거예요. 사실은 무서워서 죽을 지경이죠."

그녀는 재빨리 자세를 가다듬더니 말했다.

"클로디아랑 스키피는 노상 그 대단한 별장 얘기를 해요. 제가 라스베가스에 가면 거기다 숨겨줄래요?"

그녀의 얼굴은 진지했지만 눈동자는 춤을 추고 있었다. 그녀는 클로디아와 스키피 앞에서 자신의 힘을 과시하고 있었다. 그녀는, 단순히 신사적인 태도에서 나온 말이라고 하더라도 크로스가 좋다고 말해주기를 분명히 기대하고 있었다.

크로스가 그녀를 보며 살짝 웃었다.

"보통은 별장이 빌 때가 없어요."

그는 잠시 말을 멈췄다가 다른 사람들이 깜짝 놀랄 정도로 너무나도 진지한 표정으로 덧붙였다.

"하지만 라스베가스에 온다면 아무도 당신을 해치지 못하도록 확실하게 지켜드리죠."

아테나는 그의 말을 대놓고 부정했다.

"보즈는 아무도 못 막아요. 그 사람은 자기가 잡히든 말든 개의치 않죠. 무슨 짓을 하든지 공개적으로 할 거고, 그래서 세상 사람들이 다 보게 만들 거예요."

클로디아가 성급하게 끼어들었다.

"도대체 왜 그러는데?"

아테나가 깔깔대고 웃으며 대답했다.

"예전에 날 사랑했으니까. 그리고 결과적으로 자기보다 내가 더 멋진 인생을 살거든."

그녀는 잠시 세 사람을 바라보았다.

"사랑했던 두 사람이 원수지간이 된다는 건 부끄러운 일이죠?"

그녀가 물었다. 그 순간, 가정부가 테라스로 한 남자를 데려오면서 대화가 끊어졌다.

키가 훌쩍 큰 미남에다 아르마니 양복에 턴불 앤 어써 셔츠, 구치 넥타이, 발리 구두로 머리부터 발끝까지 멋지게 빼 입은 남자였다. 그는 중얼대는 듯한 소리로 즉시 사과했다.

"가정부가 바쁘다는 얘기를 안 하더군요, 아퀴탠 씨. 아마도 제 배지에 겁을 먹었나봅니다."

그는 그녀에게 배지를 보여주었다.

"요전날 밤에 발생한 사건 얘기를 우연히 들었습니다. 밖에서 기다리죠. 아니면 다시 오든가."

말은 공손했지만 그의 얼굴 표정은 능글맞았다. 그는 두 남자를 흘긋 보더니 인사를 건넸다.

"안녕하신가, 스키피."

스키피 디어는 화가 난 것처럼 보였다.

"아퀴탠 씨를 만나려면 사전에 온다는 보고를 하고 변호사를 동반해야지. 당신이 더 잘 알 텐데, 짐."

그는 클로디아와 크로스에게 손을 내밀면서 인사를 청했다.

"짐 로지라고 합니다."

두 사람은 이 남자를 알았다. 로스앤젤레스의 유명한 형사로 그의 활약상이 미니시리즈 소재로 사용되기까지 한 인물이었다. 또 영화에 단역으로 출연하기도 했으며 디어의 크리스마스 선물과 카드 목록에도 올라 있었다. 그래서 디어도 그를 썩 어려워하지 않고 말했다.

"짐, 나한테 다시 전화를 주면 아퀴탠 씨와 정식으로 자리를 만들어보지."

로지가 그를 향해 다정하게 웃으며 순순히 그의 말을 받아들였다.

"좋아, 스키피."

하지만 아테나는 생각이 달랐다.

"전 여기 오래 안 있을 거예요. 지금 물어보지 그러세요? 전 괜찮으니까."

로지는 한순간도 경계를 늦추지 않는 눈빛과 수년 동안 범죄사건을 다루면서 몸에 축적된 기민함만 아니었다면 상냥하게 느껴질 수도 있었을 법한 남자였다.

"이 사람들 앞에서요?"

그녀는 움직이던 걸 멈추고 이제까지의 요염함을 완전히 떨어버린 얼굴로 대답했다.

"전 경찰보다 이 사람들을 더 믿어요."

로지는 이 말을 아무렇지도 않게 받아넘겼다. 한두 번 듣는 얘기가 아니었으니까.

"제가 묻고 싶은 건 별다른 건 아니고, 당신이 왜 남편에 대한 고소를 취하했는지 궁금해서요. 그 사람은 어쨌든 당신을 위협하지 않았습니까?"

"아, 천만에요."

아테나는 경멸조로 대답했다.

"그 사람은 그저 수많은 사람들이 보는 앞에서 제 얼굴에 물을 뿌리며 황산이라고 소리를 질렀을 뿐이에요. 그 다음날 보석금을 내고 나왔죠."

"아, 네."

로지는 화내지 말라는 듯이 양팔을 들어올렸다.

"전 그저 도움이 될 수 있을까 싶어서 물었을 뿐입니다."

디어가 끼어들었다.

"짐, 나중에 전화하게."

이 말은 크로스에게 경고로 들렸다. 그는 되도록이면 로지에게서 눈길을 피하면서 디어를 조심스럽게 살폈다. 그리고 로지 역시 그를 피했다.

"그러지."

로지는 의자에 놓인 아테나의 손가방을 보고는 그것을 집어 들었다.

"로데오거리에서 이걸 봤는데 2천 달러더군요."

그는 아테나를 똑바로 쳐다보면서 공손하지만 얕보는 듯한 말투로 물었다.

"그 많은 돈을 주고 이런 걸 사는 이유가 뭔지 설명 좀 해주시겠습니까?"

얼굴이 굳어지면서 아테나는 바다를 등지고 섰던 자리에서 앞으로 걸어 나왔다.

"무례한 질문이군요. 여기서 나가요."

로지는 그녀에게 고개를 숙이며 인사를 하고는 자리를 떴다. 그는 싱글거리며 웃고 있었다. 그건 바로 그가 원하던 반응이었다.

"너도 별 수 없는 인간이구나."

클로디아가 말했다. 그녀는 아테나의 어깨를 팔로 둘렀다.

"왜 그렇게 화를 냈어?"

"화낸 거 아냐. 그 사람한테 내 뜻을 전한 거지."

세 사람은 그 집에서 나온 뒤에 차를 타고 말리부에서 네이트 쪽으로 가다가 비벌리 힐스에 있는 에이원 레스토랑으로 들어갔다. 디어는 크로스에게 로키산맥 서쪽에 있는 식당들 중에서 퍼스트라미와 콘 비프 그리고 코니아일런드 식 핫도그를 맛있게 만드는 식당은 여기 밖에 없다고 주장했다.

식사 중에 디어가 곰곰이 생각을 하더니 말했다.

"아테나는 촬영장으로 돌아오지 않을 거야."

"벌써 알고 있어요. 제가 이해할 수 없는 건, 아테나가 그 형사한테 왜 그렇게 화를 냈나 하는 거예요."

디어가 껄껄 웃더니 크로스에게 물었다.

"당신은 알겠어?"

"아니요."

"헐리우드에 내려오는 위대한 전설들 중의 하나는 영화배우랑 자는 비결에 관한 얘기들이지. 요즘 남자배우들인 경우에는 정말 그 말이 맞는 게, 촬영장과 비벌리월샤이어 호텔 근처에서 방황하는 계집애들 좀 보라고. 여자배우들은 그런 경우가 많지는 않고. 배우들 집에서 일하는 남자들, 그러니까 목수나 정원사 같은 남자들이 재수 좋게 여자배우랑 재미를 보는 수도 있는데 바로 내가 그런 경우지. 스턴트맨들도 꽤 괜찮고 영화스탭들도 간혹 성공하는 경우가 있지. 하지만 그게 떳떳하게 내놓고 할 일은 못 돼. 여자배우들한테는 경력상 흠이 돼. 물론 최고 정상급 배우들은 예외지만. 영화사업을 끌고 가는 우리 같은 늙은이들은 그런 일이 생기는 걸 썩 좋아하질 않지. 염병할, 중요한 건 돈이랑 권력이잖아?"

그는 두 사람을 쳐다보며 씩 웃었다.

"자, 이제 짐 로지 얘길 해볼까? 키 크고 잘 생긴 남자지. 그 사람은 악당들을 진짜로 죽여. 그래서 상상의 세계에 사는 사람들은 그 사람을 아주 매력적으로 생각해. 그 남자는 그걸 알고 또 그걸 이용해. 그래서 배우한테 거지처럼 구걸하는 대신에 위협적으로 나가는 거지. 그게 바로 그 남자가 아테나 집에 불쑥 찾아온 이유란 말이지. 실제로 그 이유 때문에 온 거라고. 아테나한테 물어볼 게 있어서 왔다는 건 그저 핑계고, 자기 생각에 아테나랑 어떻게 엮어볼 수 있겠다 싶었던 거지. 그 무례한 질문은 아테나랑 재미를 보고 싶다는 일종의 사랑고백이었어. 그래서 아테나가 그 남잘 쫓아낸 거지."

"그 여자가 성모 마리아라도 되는가 보죠?"

크로스가 이죽거렸다.

"영화배우치고는."

디어가 말을 받았다.

크로스가 느닷없이 물었다.

"그 여자가 돈을 더 받아내려고 영화사를 속이고 있다는 생각은 안 드세요?"

"걘 그런 짓을 할 사람이 절대 아냐. 아주 정직한 아이라고."

"그럼, 누군가에게 원한이 있어서 보복을 하는 걸까요?"

"당신은 영화사업을 몰라."

디어는 말을 이었다.

"우선 아테나가 영화사를 속이는 거라면 영화사는 속는 척 해 줄 거요. 배우들이 노상 써먹는 수법이니까. 그리고 원한이 있다면 딱 까놓고 솔직하게 하겠지. 그 여자 속을 정말 모르겠어."

그는 잠시 말을 멈췄다가 다시 계속했다.

"아테나는 바비 밴츠라면 질색을 하는데 난 그렇게 싫어하지는 않더군. 몇 년 전부터 우린 둘 다 그 여자 꽁무니를 쫓아다니고 있는데 한 번도 넘어뜨리질 못했지."

"오빠가 돕지 못하는 게 유감이야."

클로디아가 크로스에게 말했다. 하지만 크로스는 그 말에 아무런 반응도 하지 않았다.

크로스는 말리부까지 가는 동안 열심히 머리를 굴렸다. 그 일은 그가 찾고 있던 기회였다. 위험한 일이었지만 만약 성공한다면 클레리쿠지오가와의 관계를 끊을 수 있는 절호의 기회였다.

"디어 씨."

크로스가 입을 열었다.

"당신과 영화사에 제안을 하나 하죠. 지금 당장 그 영화를 살 의향이 있습니다. 당신네가 투자한 5천만 달러를 돌려주는 것은 물론이고, 영화가 완성될 때까지 제작비를 대고 영화사에게 영화배급 권리를 주겠습니다."

"일 억 달러가 있는가 보지?"

스키피 디어와 클로디아가 깜짝 놀란 얼굴로 동시에 물었다.

"그만한 돈을 가진 사람들을 알고 있죠."

"아테나를 촬영장으로 데려올 수가 없어. 그리고 아테나가 없으면 영화도 없다고."

"제가 사람을 설득하는 데는 재주가 있다고 했을 텐데요. 앨리 메리온과 만나게 주선 좀 해 주시겠습니까?"

"물론, 단 영화 제작자로서 나도 동석을 해야겠어."

아주 어렵사리 약속이 정해졌다. 로드스톤 영화사, 다시 말해서 앨리 메리온과 바비 밴츠는 크로스가 단순한 떠버리 사기꾼이 아니라 그만한 돈과 신용이 있는 인물이라는 사실을 확인하고 싶어했다. 그가 라스베가스의 제너두 호텔에 대한 소유권 일부를 가진 것은 분명했지만, 자기가 제안한 거래를 성사시킬 능력이 있다는 것을 증명할 개인 재산 기록이 없었다. 디어가 그의 보증인이 되기로 했지만 크로스가 5천만 달러 상당의 예금 명세서를 보여주기 전까지는 최종 결정은 유보상태였다.

여동생의 충고에 따라 크로스는 몰리 플랜더즈를 이번 협상의 변호사로 고용했다.

몰리 플랜더즈는 그녀의 어두운 사무실에서 크로스를 맞았다. 크로스는 그녀에 대해서 들은 얘기들도 있고 해서 정신을 바짝 차렸다. 그는 이때까지 자기 인생을 주도적으로 살아왔고 어떤 식으로든 권력을 휘두르는 여자는 한 번도 만나본 적이 없었다. 게다가 클로디아 말로는 몰리 플랜더즈는 헐리우드 최고의 실력자 중 한 명이었다. 영화사 대표들은 그녀에게 구원을 청했고, 멜로 스튜어트 같은 거대 에이전트들은 큰 거래가 있을 때마다 그녀를 불렀다. 아테나 같은 인기배우들도 영화사와 분쟁이 생길 때면 그녀를 통해 일을 해결했다. 자기에게 의뢰를 해온 유명 배우를 위해서 플랜더즈는 출연료가 늦게 도착했다는 이유로 TV 최고 인기 미니시리즈의 제작을 중단시킨 경우도 있었다.

그녀는 크로스가 예상했던 것보다 훨씬 괜찮았다. 키가 컸지만 균형이 잘 잡혀 있었고 옷차림도 여성스러웠다. 그러나 매부리코에 큼지막한 입 그리고 눈을 가늘게 뜨고 사람을 노려보는 것 같은 매서운 갈색 눈동자와 호전적이면서도 이지적인 분위기를 풍기는 난쟁이 금발 마녀의 얼굴이었다. 머리는 뱀처럼 땋아서 가장자리를 따라 둘러놓았다. 그녀 자신이 먼저 웃어주기 전까지는 좀처럼 가까이 하기 어려운 사람이었다.

몰리 플랜더즈는 말할 수 없이 강한 여자였지만 잘 생긴 남자한테는 약해서 크로스를 보는 순간 바로 그가 좋아졌다. 클로디아의 오빠가 못생겼을 거라고 예상했던 그녀로서는 상당히 뜻밖이었다. 단순히 잘 생긴 것 이상으로 그에게서는 클로디아가 갖지 못한 어떤 힘이 느껴졌다. 그의 얼굴에는 어떤 경우에도 방어할 태세가 되어 있는 빈틈없는 경계의 빛이 어려 있었다. 그러나 이 모든 사실들에도 불구하고 그녀는 어쩐지 크로스를 의뢰인으로 받아들기가 망설여졌다. 그가 마피아와 관련이 있다는 소문이 돌았을뿐더러 라스베가스의 분위기도 좋아하지 않았으며 또 엄청난 도박을 감행하고자 하는 그의 결심이 어느 정도나 확고한 지에 대해서도 미심쩍었다.

"데 레나 씨, 한 가지 사실은 분명히 하고 넘어갑시다. 전 에이전트가 아니라 아테나를 변호하는 대리인입니다. 아테나한테는 계속 그렇게 행동할 경우에 필연적으로 그녀가 초래하게 될 결과들을 설명해 줬습니다. 전 아테나가 절대 고집을 꺾지 않을 거라고 생각합니다. 그래서 만약 당신이 영화사와 거래를 성사시키고 또 아테나가 영화촬영에 여전히 복귀하지 않을 경우, 당신이 아테나에게 법적인 대응을 한다면 전 아테나 편에 서게 될 겁니다."

크로스는 그녀를 꼼꼼하게 관찰했다. 그로서는 도저히 이런 여자의 속내를 읽어낼 재간이 없었다. 어쩔 수 없이 그는 자기가 생각하고 있던 계획 대부분을 공개하지 않을 수 없었다. 그는 말을 이었다.

"만약 제가 영화를 정말로 매수하게 된다면 아퀴탠씨를 고소하지 않겠다는 각서를 쓰죠. 그리고 당신이 이번 일을 맡아준다면 지금 당장 2만 달러짜리 수표를 써 드리겠습니다. 그 돈은 그냥 선금입니다. 그 이상을 청구한다고 해도 좋습니다."

"제가 이해를 제대로 했는지 봅시다. 당신은 영화사가 투자한 5천만 달러를 영화사 쪽에 지불합니다. 즉석에서 말이죠. 영화를 완성하는데 드는 제작비도 대는데, 그 돈이 최소한 5천만 달러는 됩니다. 따라서 지금 당신은 아테나가 영화를 다시 찍을 것이란 가정 하에 일 억 달러를 걸고 도박을 하는 셈이죠. 그에 덧붙여서 당신은 영화가 성공한다는 쪽에 내기를 걸고 있습니다. 그건 실패작이 될 가능성도 있어요. 이건 엄청난 모험입니다."

크로스는 마음만 먹으면 언제라도 자기 자신을 매력적으로 위장할 수 있었다. 하지만 이 여자한테는 그런 수법이 안 통할 것 같았다.

"비록 영화가 실패한다고 해도 외국 자금이나 비디오, TV쪽 판로를 생각한다면 손해는 보지 않을 겁니다. 단 하나 문제는 아퀴탠씨를 촬영장에 데려오는 일입니다. 그리고 아마도 당신이 그 일을 도울 수 있겠죠."

"아니요, 전 못해요. 전 당신 판단을 그르치게 하고 싶진 않아요. 저도 해 봤지만 실패했어요. 다들 한 번씩 시도해 봤지만 실패했죠. 그리고 앨리 메리온은 절대로 거짓말을 안 해요. 그 사람은 영화를 포기하고 그래서 손해를 아테나한테 고스란히 떠넘겨서 그녀를 완전히 파산시켜버릴 거예요. 하지만 그 사람이 그렇게 하게 제가 가만히 놔두진 않죠."

크로스는 호기심이 발동했다.

"어떻게 할 건데요?"

"메리온은 저랑 잘 지낼 수밖에 없게 돼 있어요. 영리한 사람이거든요. 전 그 사람과 법정에서 붙을 거고, 영화사가 거래를 하는 족족 거래 내용을 영화사 쪽에 아주 불리하게 만들어버리는 거죠. 아테나는 두 번 다시 일하지 못하겠지만 그 사람들이 그녀를 빈털터리로 만들게 놔두지는 않을 거예요."

"만약 당신이 제 대리인이 되어 준다면 당신 고객의 일자리도 살릴 수 있어요."

그는 윗도리 안쪽에서 봉투 하나를 꺼내서 그녀에게 건네주었다. 그녀는 봉투를 열어서 내용물을 꼼꼼히 살핀 다음에 수표를 확인하기 위해 여러 군데 전화를 걸었다.

그녀는 크로스를 보며 살짝 웃었다.

"제가 이러는 건 당신을 모욕하자는 건 아니예요. 헐리우드 최고의 영화제작자들과도 마찬가지예요."

"스키피 디어 같은 사람 말입니까?"

이렇게 물으며 크로스가 호탕하게 웃었다.

"전 그 사람 영화 여섯 편에 투자를 했고 그 중 네 편이 성공했는데 아직도 돈을 못 받았어요."

"절 대리인으로 쓰지 않아서 그런 거죠. 자, 이제 제가 동의하기 전에 먼저 당신이 어떻게 아테나를 촬영장으로 데려오겠다는 건지 얘길 좀 들어보죠."

그녀는 잠시 쉬었다가 말을 덧붙였다.

"당신에 관한 소문 몇 가지를 들었어요."

"저 역시 당신에 관한 얘기를 들었습니다. 제가 기억하기로는, 몇 년 전에 당신이 형사사건 변호사로 일할 때 한 젊은 친구를 감옥에서 구해 낸 걸로 압니다. 그 친구는 자기 여자 친구를 죽였는데 당신은 정신착란을 근거로 삼아 그 남자를 변호했습니다. 일 년도 안 돼 그 친구는 풀려났죠."

그는 치밀어 오르는 화를 굳이 숨기지 않고 흥분한 얼굴로 말을 이었다.

"당신은 그 남자가 실제로 어떤 인간인지는 관심도 없었던 겁니다."

몰리는 냉담한 표정으로 그를 쳐다보았다.

"제 질문에는 대답을 안 했어요."

크로스는 호의적으로 나가보기로 했다.

"몰리."

크로스는 이렇게 운을 뗐다.

"몰리라고 불러도 될까요?"

그녀는 머리를 끄덕였다. 크로스는 말을 계속 이었다.

"당신이 아시다시피, 전 라스베가스에서 호텔을 운영합니다. 그러면서 배운 게 있죠. 돈은 마법 같아서 그것만 있으면 어떤 공포도 다 이겨낸다는 것입니다. 그래서 전 아테나한테 제가 영화에서 얻게 되는 수입의 50퍼센트를 제의해 볼 생각입니다. 만약 당신이 협상을 제대로 성사시키고 우리한테 운이 따라준다면, 그 얘기는 곧 아테나한테 3천만 달러가 돌아간다는 뜻이죠."

그는 잠시 말을 멈췄다가 진심어린 표정으로 그녀에게 호소했다.

"몰리, 그 3천만 달러를 벌 수 있는 기회를 잡아보지 않겠어요?"

몰리가 아니라는 듯이 고개를 저었다.

"아테나는 진짜로 돈에는 관심이 없어요."

"왜 영화사가 아테나한테 이런 제안을 안 하는지 이해가 안 갑니다."

처음으로 몰리가 그를 보며 웃었다.

"그건 영화사를 몰라서 하는 소리죠. 영화사 사람들은 자기네들이 그런 선례를 남기면 배우들이 죄다 똑같은 방법을 쓸 거라고 걱정을 하는 거예요. 그건 그렇다 치고 하던 얘기나 계속하죠. 제가 생각으로는 영화사 쪽에서는 영화 배급권만으로도 상당한 돈을 벌 테니까 당신 제안을 받아들일 거예요. 배급권은 꼭 가지려고 할 거고 또 수입의 일정량을 원할 거예요. 하지만 다시 말하겠는데, 아테나는 당신 제의를 받아들이지 않을 거예요."

그녀는 잠시 말을 멈추고 짓궂게 웃었다.

"전 당신 같은 라스베가스 실력자들은 절대 도박을 안 할 거라고 생각했어요."

크로스도 그녀를 쳐다보며 같이 웃었다.

"사람들은 다 도박을 해요. 이길 가망성이 있는 도박이면 저도 합니다. 게다가 전 호텔을 팔고 영화사업을 해 볼 생각입니다."

그는 그 세계의 일원이 되고 싶어 하는 자기의 희망을 그녀가 느낄 수 있도록 잠시 말을 멈췄다.

"그쪽 일이 더 재미있을 것 같거든요."

"알았어요. 그러니까 일시적인 충동으로 이번 일을 계획한 게 아니란 얘기군요."

"그 문 안으로 들어가는 첫발인 셈입니다. 일단 발을 디디게 되면 계속해서 당신의 도움이 필요할 겁니다."

몰리는 이 말에 기분이 즐거워졌다.

"당신의 대리인이 되겠어요. 하지만 우리가 앞으로도 계속해서 같이 일을 할 수 있을지는 나중 문제고, 먼저 당신이 일 억 달러를 손해 보게 되는지 아닌지 그것부터 봅시다."

그녀가 전화기를 집어 들었다. 그리고 잠시 통화를 했다. 전화를 끊고 나서 크로스에게 알려주었다.

"우선 그쪽 책임자들과 만나서 거래조건을 확실히 정리할 겁니다. 삼 일 간의 여유가 있으니까 다시 잘 생각해봐요."

크로스는 약간 놀랐다.

"빠르네요."

"빠른 건 그 사람들이죠. 제가 아니라요. 그 사람들은 이번 영화로 재미를 보려다가 엄청난 돈만 날리고 있으니까 말예요."

"필요 없는 말인 줄은 알아요. 하지만 제가 아퀴탠씨에게 하려고 하는 제안은 당신과 저만 아는 비밀입니다."

"그럼요, 두말할 필요도 없는 얘기죠."

악수를 하고 크로스가 방에서 나간 뒤에 몰리는 곰곰이 생각했다. 왜 크로스는 그녀가 그 젊은이를 석방시켜줬던 오래 전의 사건을, 그녀의 그 유명한 승리를 언급했을까? 왜 유독 그 사건을? 그녀가 석방시킨 살인자들은 한둘이 아니었는데.

삼 일 뒤 크로스와 몰리 플랜더즈는 로드스톤 영화사에 가기 전에 먼저 사무실에서 만나 크로스가 가져갈 재산관련 서류들을 점검했다. 그 일이 끝나자 몰리는 크로스를 그녀의 메르세데스 SL 300에 태우고 영화사로 갔다.

정문으로 들어서면서 몰리가 크로스에게 말했다.

"주차장 좀 봐요. 미국 자동차를 찾으면 당신한테 일 달러 줄게요."

두 사람은 메르세데스, 애스턴 마틴, BMW, 롤스로이스 같은 여러 보기 좋은 자동차들의 대열을 지나갔다. 크로스가 캐딜락 한 대를 발견하고 손으로 가리켰다. 몰리가 유쾌하게 말했다.

"뉴욕에서 온 가난한 얼간이 작가군."

로드스톤 영화사 부지는 상당히 넓었고 그 안에는 독립 제작사들이 입주해 있는 작은 건물들이 여기저기 흩어져 있었다. 본관은 소박한 십 층짜리 건물이었는데 마치 영화의 배경용으로 만든 건물처럼 보였다. 영화사는 꼭 필요한 부분 외에는 손을 대지 않아서 영화사가 처음 설립됐던 1920년대의 운치를 그대로 간직하고 있었다. 크로스는 브롱크스를 떠올렸다.

영화사 본관에 있는 사무실들은 엘리 매리온과 바비 밴츠의 사무실이 있는 십층을 제외하고는 크기가 작았고 사람들로 붐볐다. 두 사람의 사무실 사이에는 커다란 회의실이 있었는데, 회의실 한쪽 구석에는 바텐더가 대기하고 있는 바가 있었고 바에 붙은 작은 부엌이 있었다. 짙은 붉은 색의 화려한 팔걸이의자들이 회의 탁자에 죽 놓여 있었다. 벽에는 로드스톤사에서 제작한 영화 포스터들이 붙어 있었다.

엘리 매리온, 바비 밴츠, 스키피 디어, 영화사의 법률고문 그리고 변호사 두 명이 그들을 기다리고 있었다. 몰리가 법률고문에게 재산관련 서류들을 건네주자 그와 변호사 둘이 서류들을 꼼꼼하게 검토했다. 바텐더는 그들에게 각자 선택한 음료들을 가져다 준 다음에 방에서 나갔다. 스키피 디어가 사람들을 서로 소개시켰다.

평소와 마찬가지로 엘리 매리온은 크로스에게 자기를 엘리라고 불러

달라고 했다. 그런 다음 그는 협상을 할 때 반대측 사람들의 적의를 없애는 방편으로 종종 애용하는 일화 하나를 꺼냈다. 그의 말에 따르면, 그의 할아버지는 1920년대 초반에 이 회사를 세웠다. 그는 회사이름을 로우드 스톤 영화사로 할 생각이었지만 강한 독일식 억양 때문에 변호사들이 혼동을 했다. 당시 그 회사는 연 수익이 만 달러에 불과한 회사였고, 그래서 회사이름에 실수가 있었다는 것을 발견하고도 군이 힘들게 이름을 고칠 만한 가치가 없어 보였다. 그런데 무의미한 이름을 가진 그 회사가 이제 연간 소득 70억 달러에 이르는 회사로 성장했다. 농담을 항상 진지하게 마무리하는 경향이 있는 매리온은 이름 따위는 중요하지 않다고 강조했다. 회사 이름이 그토록 대단한 영향력을 가진 것은 뭐니뭐니 해도 전 세계적인 각광을 받는 로드스톤의 영화들 때문이었다.

그 얘기가 끝나자 몰리가 협상안을 내놓았다. 크로스는 영화사에 그들이 투자한 5천만 달러를 지불하고 영화사에 배급권을 주며 스키피 디어를 그대로 제작자로 기용할 것을 제안했다. 영화를 완성하는데 드는 제작비도 크로스가 지원할 것이다. 로드스톤 영화사에 대해서는 수익의 5퍼센트를 부수적으로 주기로 했다.

그 자리에 있는 모든 사람들이 주의 깊게 그 제안을 경청했다. 바비 밴츠가 입을 열었다.

"할당액이 얼토당토 않은데 말이요, 우린 그것보다 더 받아야 돼요. 그리고 당신과 아테나가 짜고 하는 짓인지 어떻게 압니까? 아니란 증거 있어요?"

크로스는 이에 대한 몰리의 반응에 깜짝 놀랐다. 그는 막연히 이번 협상이 자기가 라스베가스에서 해 오던 협상들보다 훨씬 더 교양있게 진행될 거라고 생각했었다.

하지만 몰리는 화가 나서 마녀 같은 얼굴을 잔뜩 찡그리고는 거의 고함을 치고 있었다.

"웃기는 소리 하지 마세요, 바비."

그녀는 바비에게 소리를 질렀다.

"배짱 있으면 우릴 사기죄로 고소해 보시죠. 당신네 보험회사에서 그 비용은 대주지 않을 텐데요. 당신은 이 회의를 엉뚱한 방향으로 끌고 가면서 우릴 모욕하고 있어요. 사과하지 않으면 당장 데 레나 씨를 여기서 데리고 나갈 거고, 결국 당신은 무릎을 꿇고 싹싹 빌어야 될 거예요."

스키피 디어가 끼어들었다.

"몰리, 바비, 진정들 해요. 우리는 영화를 구해보려고 여기 모인 거니까. 적어도 얘기나 끝까지 해 봅시다."

매리온은 이런 소동을 보면서도 미소만 지은 채 아무 말도 하지 않았다. 그로서는 제안을 받아들일 건지 않을 건지에 대해서만 얘기를 하면 그만이었다.

"난 당연히 해도 되는 질문이라고 생각하는데."

바비 밴츠는 항변했다.

"촬영장으로 돌아오는 조건으로 아테나한테 내놓을 제안이 뭐길래 우린 못하고 이 사람은 한다는 거요?"

크로스는 웃는 얼굴로 조용히 앉아 있었다. 이 자리에 오기 전에 몰리는 크로스가 언제든 하라고만 하면 자기가 거기에 대한 대답을 하겠노라고 얘기했었다.

몰리가 반문했다.

"데 레나 씨는 특별한 제안을 마음에 두고 있어요. 왜 꼭 그걸 당신한테 얘기해야 하죠? 당신이 거기에 관한 정보를 얻는 대신 천만 달러를 내겠다면, 데 레나 씨랑 상의를 해 보죠. 천만 달러도 싼 거지만."

이 말에 바비 밴츠도 껄껄대며 웃었다. 스키피 디어가 말했다.

"두 사람은 크로스 씨가 뭔가 비장의 무기를 갖고 있지 않은 이상 위험하게 그런 큰 돈을 걸진 못할 거라는 생각하는 거죠. 그래서 의심도 하는 거고."

몰리가 물었다.

"스키피, 전 당신이 영화로 만들지도 않을 소설을 사느라 백만 달러를 쓰는 걸 본 적이 있어요. 그거랑 이거랑 뭐가 다르죠?"

바비 밴츠가 끼어들었다.

"스키피는 그 백만 달러를 우리 영화사에서 뽑아내니까."

모두들 웃음을 터뜨렸다. 크로스는 이 모임의 성격을 정확히 파악하기가 힘들었다. 그는 점점 초조해지기 시작했다. 또한 자기가 지나치게 매달리는 것처럼 보여서는 안 되고 따라서 설사 화를 낸다고 해도 손해 볼 건 없다고 생각했다. 그는 목소리를 깔고 말을 꺼냈다.

"대충 감이 오는군요. 일이 너무 복잡하면 완전히 없었던 걸로 합시다."

밴츠가 화를 벌컥 냈다.

"지금 엄청난 돈이 왔다갔다 하는 중이요. 이 영화는 전 세계적으로 50억 달러의 수익을 올릴 수도 있는 영화라고."

"당신이 아테나를 촬영에 복귀시킬 수 있다면 말이죠."

몰리가 재빨리 쏘아붙였다.

"오늘 아침에도 아테나와 얘길 했어요. 자기 진심을 보여주려고 머리를 짧게 잘라버렸더군요."

"가발을 쓰면 되지. 빌어먹을 여배우들 같으니라고."

밴츠가 중얼댔다. 이제 그는 크로스의 의중을 읽어보려고 뭔가 골똘히 생각하면서 그를 노려보고 있었다. 그가 물었다.

"만약 아테나가 촬영에 복귀하지 않고 당신이 5천만 달러를 잃는다면 그래서 영화를 끝내지 못한다면, 이미 찍어놓은 필름은 누가 가지죠?"

"접니다."

"아하."

밴츠가 비아냥거렸다.

"그러면 그 상태로 개봉을 할 모양이네. 아마도 말랑말랑한 포르노 영화쯤 되겠군."

"그것도 한 방법이죠."

크로스가 맞받아 쳤다.

몰리가 크로스에게 조용히 있으라는 표시로 머리를 흔들었다.

"만약 당신들이 이 조건에 동의를 한다면, 외국 판권, 비디오와 TV 판권, 수익금 할당 부분에 있어서 모두 협상이 가능합니다. 협상 통로는 한군데로 통일합니다. 협상사실에 대해서는 절대 비밀을 지켜야 합니다. 데 레나 씨는 공동제작자로 알려지기를 원합니다."

"나는 찬성이오. 하지만 영화사한테서 받기로 한 내 돈은 여전히 유효한 겁니다."

스피키 디어가 말했다. 그러자 처음으로 매리온이 입을 열었다.

"그건 별개의 문제지."

거부하겠다는 뜻이었다.

"크로스, 당신은 협상에 관한 모든 결정권을 당신 변호사한테 일임했소?"

"네."

"확실하게 짚어둬야 할 게 몇 가지 있소. 당신은 우리가 이 영화를 포기하고 손해를 보기로 했다는 사실을 틀림없이 알고 있을 거요. 우린 아테나가 촬영장으로 절대 돌아오지 않을 거라고 확신하지. 그 여자가 돌아올 수도 있다는 말은 못 해 주겠소. 만약 당신이 이 거래를 성사시켜서 우리한테 5천만 달러를 지불한다면 우리한테는 책임이 없는 거요. 당신은 결국 아테나를 고소하게 될 텐데 그 여자는 그만한 돈이 없어."

"전 절대 그 여자를 고소하지 않을 겁니다. 차라리 용서를 하고 잊어버리는 쪽을 택하죠."

밴츠가 물었다.

"당신 투자자들한테는 그 얘길 했습니까?"

크로스가 아니라는 듯이 두 손바닥을 내 보이며 어깨를 으쓱했다. 그러자 매리온이 말했다.

"그건 위법행위요. 당신을 믿고 투자한 사람들한테 개인적인 신의를 저버리고 배신을 하면 되나. 그 사람들이 부자라는 이유 하나로 그럴 순 없지."

크로스가 정색을 하고 대답했다.

"전 부자들에게 부정적인 면을 보여주는 것은 아주 어리석은 행동이라고 생각합니다."

밴츠는 잔뜩 화가 나서 소리쳤다.

"그건 사기행위나 마찬가지라고."

크로스는 친절하고 성실한 표정을 지으며 말했다.

"전 이제껏 사람들을 설득하는 일을 하며 살았습니다. 라스베가스의 제 호텔을 찾아온 아주 똑똑한 사람들한테 확률이 낮은 쪽에 돈을 걸도록 설득을 해야 하죠. 그리고 그렇게 하려면 그 사람들 기분을 잘 맞춰 줘야 합니다. 다시 말해서 그 사람들이 진정으로 원하는 걸 제가 충족시켜 준다는 말이죠. 아테나 아퀴탠씨에게도 그렇게 할 겁니다."

밴츠는 그런 사고방식 자체가 마음에 들지 않았다. 그리고 영화사가 속고 있다는 생각이 강하게 들었다. 그는 쌀쌀맞게 말했다.

"만약 아테나가 당신과 일하기로 이미 약속을 해 놓은 상태라면 우린 고소를 할거요. 이 협상도 무효로 간주할 테고."

"전 영화사업 분야에서 오랫동안 일하고 싶습니다. 로드스톤 영화사와도 일하고 싶고요. 모든 사람을 만족시킬 만한 자금도 충분합니다."

엘리 매리온은 처음 만났을 때부터 크로스를 유심히 살펴보면서 어떤 사람인지 가늠을 해보려고 애를 썼다. 겉으로 감정을 잘 드러내지 않는 걸로 미루어 보아 이 남자는 허세만 부리는 떠벌이거나 허풍쟁이 예술가는 아니었다. 퍼시픽 오션 씨큐리티는 그가 아테나와 관련돼 있다는 어떠한 증거도 찾지 못했고 따라서 둘이 공모를 한 것 같지는 않았다. 어떤 식으로든 결정을 내려야 했지만, 사실 이 방에 있는 사람들이 엄살을 떠는 것만큼 그렇게 힘든 결정은 아니었다. 매리온은 지칠 대로 지쳐서 몸 위에 걸치고 있는 옷이 무겁게 느껴질 정도였다. 그는 이 회의를 그만 끝내고 싶었다.

스키피 디어가 말했다.

"아마도 아테나는 제정신이 아닌 모양입니다. 머리가 돈 거라고요. 그렇다면 우린 보험금을 타내서 이 난국을 타개할 수 있어요."

몰리 플랜더즈가 대들었다.

"아테나는 이 방에 있는 누구보다도 정신이 말짱해요. 당신들이 아테나를 정신병자로 몰기 전에 제가 먼저 당신들을 정신병자로 만들어 버릴 줄 알아요."

바비 밴츠는 크로스의 얼굴을 똑바로 쳐다보았다.

"당신이 아테나 아퀴탠과 미리 합의를 보지 않았다는 각서에 지금 당장 서명할 수 있어요?"

"네."

크로스가 대답했다. 그는 밴츠에게 노골적으로 싫은 표정을 지었다. 매리온은 이 모습을 보면서 만족스러워 했다. 적어도 이 부분에서만큼은 의도한대로 이루어지고 있었다. 밴츠는 이제 확실하게 나쁜 놈이 되었다. 신기하게도 사람들은 밴츠를 거의 본능적으로 혐오했지만, 사실 그것은 그의 잘못이 아니었다. 비록 그의 성격에 잘 맞긴 하지만 그는 자신에게 주어진 악역을 연기하는 것일 뿐이었다.

"우리가 원하는 건 영화에서 생기는 이윤의 20퍼센트요. 국내외 영화 배급권도 갖고 말이요. 그리고 속편을 만들 때 반드시 우리와 동업을 해야 합니다."

밴츠의 말에 스키피 디어가 벌컥 화를 냈다.

"바비, 주인공들은 끝에 가서 다 죽어서 속편이 있을 수가 없어."

"좋아. 그럼 전편을 만들 때라고 하지."

밴츠가 받아쳤다.

"전편이고 후편이고, 빌어먹을."

몰리가 툴툴댔다.

"다 가져가요. 하지만 이윤의 10퍼센트 이상은 안 돼요. 당신들은 영화를 배급하면서 떼돈을 벌 테니까. 게다가 아무런 위험부담도 없죠. 동의하든가 말든가 양단 간에 결정해요."

엘리 매리온은 더는 참을 수가 없었다. 그는 자리에서 일어나 몸을 꼿꼿하게 세우고서 신중하고 침착한 목소리로 말했다.

"12퍼센트. 흥정은 끝났소."

그는 잠시 말을 멈추고 크로스를 똑바로 쳐다보았다.

"지나치게 많이 불렀다곤 할 수 없지. 하지만 이 영화는 성공할 가능

성이 있어. 그래서 영화를 폐기하고 싶은 생각은 안 드는군. 또 앞으로
의 귀추가 대단히 궁금하기도 하고."

그는 몰리 쪽으로 얼굴을 돌렸다.

"자, 어떻게 할 거지?"

몰리는 크로스는 쳐다보지도 않고 곧바로 대답했다.

"하겠어요."

회의가 끝나고 엘리 매리온과 바비 밴츠 두 사람만 회의실에 남았다.
둘 다 말이 없었다. 두 사람은 큰 소리로 떠들어서는 안 되는 것들이 있
다는 것을 그동안 쌓아온 연륜을 통해 알고 있었다. 마침내 매리온이
침묵을 깼다.

"이번 건은 윤리적인 문제가 있어."

"우린 협상을 비밀에 부치겠다고 동의를 했지만, 당신 생각에 우리
가 반드시 알려야 할 것 같다면 제가 전화를 하겠습니다."

매리온이 한숨을 쉬었다.

"그럼 우리는 영화를 잃게 돼. 이 크로스란 남자가 우리의 유일한 희
망이야. 게다가 만약 자네가 정보를 흘렸다는 사실을 그 남자가 알게
되는 날에는 아주 위험한 일이 벌어질 수도 있네."

"크로스의 정체가 뭐라고 해도 감히 로드스톤을 건드리진 못해요.
제가 걱정하는 건, 그를 이쪽 세계에 들어오게 허락했다는 사실이죠."

매리온은 술을 한 모금 마시고 여송연을 빨았다. 나무가 타는 것 같
은 옅은 냄새가 온 몸의 신경을 바짝 깨웠다.

엘리 매리온은 이제 완전히 녹초가 되어 있었다. 그는 장기적인 재난
에 대해서까지 생각하기에는 너무 늙어버렸다. 그러나 대재난이 점점
가까워지고 있었다.

"전화하지 말게. 우린 계약을 지켜야 돼. 게다가 난 다시 어린아이로

돌아가는 모양인지 그 마술사가 모자 속에서 뭘 꺼내는지 정말 보고 싶거든."

미팅이 끝난 뒤 스키피 디어는 끝난 뒤 집으로 돌아가 짐 로지에게 전화를 걸어 만나자고 했다. 짐 로지와 만난 자리에서 스키피는 비밀을 지키겠다는 언질을 받은 뒤에 그동안 있었던 일들을 얘기해 주었다.

"크로스란 작자는 요주의 인물이야. 자넨 어쩌면 아주 흥미로운 걸 발견할 지도 모른다고."

하지만 이 얘기를 하기에 앞서서 그는 산타 모니카에서 일어난 연쇄 살인사건을 소재로 만들려고 하는 새 영화에 단역으로 출연하겠다는 약속을 먼저 짐 로지로부터 받아놓았다.

크로스는 라스베가스로 돌아와 자신의 펜트하우스에서 인생의 새로운 행로에 대해 곰곰이 생각했다. 이 모험을 시작하게 된 이유가 뭘까? 가장 큰 이유는 모험의 대가가 엄청날 것이라는 점이었다. 다시 말해서 그는 돈뿐만 아니라 새 인생을 얻을 수 있었다. 하지만 그가 의심하는 것은 근본적인 동기에 대해서였고, 아마도 그것은 옥색 바다를 배경으로 서 있던 아테나의 몸 곡선과 한시도 쉬지 않고 움직이던 그녀의 육체와 앞으로 언젠가는 그녀가 자신을 사랑하리라는, 그러나 그 사랑은 아주 짧을지도 모른다는 공상이었다. 그론벨트가 뭐라고 했던가?

"남자에게 있어서 여자는 도와달라고 손을 내밀 때가 가장 위험한 법이야. 아름다운 여자가 슬퍼할 때는 조심해야 해야 돼."

그러나 그는 이런 잡념들을 깨끗이 지워버렸다. 라스베가스의 환락가를 내려다보며 현란한 불빛으로 번쩍이는 거리와 마치 보금자리에 돈 꾸러미를 묻으러 가는 개미떼처럼 그 거리를 지나가는 사람들을 구경하면서, 처음으로 그는 냉정하고 중립적인 입장에서 문제 전체를 분석해 보았다.

만약 아테나 아퀴탠이 천사 같은 여자라면, 실제로 말로 하지는 않았다고 할지라도 자기가 영화에 복귀하는 대가로 남편을 죽여 달라고 요구할 수 있을까? 모두들 그 요구를 분명하게 인식하고 있었을 것이다. 영화를 끝낼 때까지 그녀를 보호해주겠다는 영화사의 제의는 그녀가 죽음을 앞에 두고서 일하는 것이나 다름없기 때문에 상대적으로 가치가 떨어졌다. 영화가 끝나고 아테나가 혼자가 되면 스카넷은 그녀에게 접근할 것이다. 엘리 매리온과 바비 밴츠와 스키피 디어는 그 문제를 알았고 그 대답도 알았다. 하지만 아무도 감히 드러내놓고 말하려하지 않았다. 그들은 사람들의 사랑을 받고 있기 때문에 위험부담이 지나치게 컸다. 그들은 너무 높은 곳까지 올라갔고 너무 풍족하게 살고 있었기 때문에 잃는 것이 너무 많았다. 그들에게는 득보다 실이 많은 일이었다. 영화를 포기하는 것 정도야 그들에게는 큰 실패가 아니었으므로 그들로서는 차라리 그 쪽을 택하는 편이 나았다. 사회의 최고 정상에서 밑바닥으로 전락하는 일은 도저히 감당할 수 없었다. 그 일은 생사가 걸린 위험한 모험이었다.

또한 그들은 정당한 보수를 받기 위한 방편으로 영리한 결정을 내렸다. 그들은 이쪽 일에 전문가가 아니었고, 따라서 실수를 할 수도 있었다. 그 5천만 달러를 월스트리트에 투자했다가 시세가 떨어져서 손해를 본 주식 정도로 치부해 버리는 것보다는 그 편이 한결 나았다.

따라서 현재 두 가지 큰 문제가 있었다. 영화와 아테나에 절대 피해를 주는 일 없이 보즈 스카넷을 죽이는 문제가 있었고 더 중요한 문제는 그의 아버지 피피와 클레리쿠지오가로부터 허락을 받는 일이었다. 그들은 이번 협상의 전모를 오래지 않아 알게 될 테니까.

8

크로스가 빅 팀을 살려달라고 간청한 데에는 여러 가지 이유가 있었다. 그 중 하나는 빅 팀이 매년 제너두 호텔 창구에 50만 달러에서 백만 달러 정도의 거금을 쏟아 붓는다는 점이었다. 또 다른 이유는 그가 보여주는 삶에 대한 강한 욕망과 넘치는 해학에 크로스가 은근히 애착을 느끼고 있었기 때문이었다.

소도둑으로 통하는 팀 스네든은 캘리포니아 주의 북부 지역에 쇼핑몰을 여러 개 소유하고 있었다. 또한 라스베가스의 고액 도박꾼이기도 했는데 주로 제너두 호텔에서 묵곤 했다. 그는 스포츠 도박을 특히 좋아했고 또 그쪽에 유별나게 운이 좋았다. 소도둑이 거는 내기 액수는 축구에 5만 달러 또 가끔은 농구에 만 달러를 거는 식으로 상당히 규모가 컸다. 그는 판돈이 적을 때는 지고 클 때는 거의 이기도록 승률을 조절하면서 스스로 머리를 잘 굴리고 있다고 생각했다. 크로스는 그 사실을 단박에 알아챘다.

소도둑은 덩치가 대단해서 180cm가 넘는 장신에다 몸무게는 거의 160kg에 육박했다. 거구답게 식욕도 엄청나 눈에 보이는 모든 음식을 먹어치웠다. 그는 자기한테는 위를 우회하는 보조관이 있어서 음식이 위를 통하지 않고 곧장 소화기관을 빠져 나가버리기 때문에 절대로 체중이 불지 않는다며 자랑을 했다. 그는 이 보조관이 궁극적으로는 자연의 이치를 속이는 것이라고 생각하며 아주 흐뭇해했다.

그런 여러 가지 상황을 고려할 때, 소도둑은 천부적인 사기꾼이었고 그래서 그런 별명도 붙었다. 그는 제너두 호텔에 묵는 동안 자기의 우대권을 이용해서 친구들을 공짜로 먹여주고 룸서비스를 완전히 거덜냈다. 콜걸들한테 돈을 지불하는 일도, 선물가게에서 물건을 사는 것도 모두 우대권으로 해결하려고 했다. 그러고 나서 돈을 잃고 창구에 환전증서만 가득 쌓이게 되면, 신사적인 도박사들이 그렇듯이 한 달 내에 돈을 갚는 대신 다음에 제너두 호텔에 올 때까지 지불을 미뤘다.

소도둑은 스포츠 도박에는 운이 극히 좋았지만 카지노 게임에서는 그렇지 못했다. 노련한 그는 게임의 승산을 가늠해서 내기를 제대로 걸었지만 워낙에 통이 커서 도박에서 딴 돈을 몽땅 잃거나 또는 그 이상을 잃곤 했다. 따라서 클레리쿠지오가에서 그에게 관심을 가지게 된 것은 돈이 아니라 그가 그렇게 오랫동안 내기에 이길 수 있었던 전략에 대한 의혹을 가졌기 때문이었다.

조직의 최종 목표는 미국 전역에 스포츠 도박을 합법화시키는 것이었기 때문에 스포츠 도박과 관련된 사기는 그 종류에 상관없이 모두 그들의 목표를 해치는 행위였다. 그래서 그들은 소도둑 빅 팀 스네든에 대한 조사에 착수했다. 조사결과는 피피와 크로스를 동부의 코그로 불러들일 만큼 놀라운 것이었다. 그것은 피피가 시칠리아에서 돌아온 뒤에 처음으로 맡게 된 작전이었다.

피피와 크로스는 함께 비행기를 타고 동부로 향했다. 크로스는 클레리쿠지오가 사람들이 메쌀리나건에 대한 협상사실을 벌써 알아냈고 그래서 아버지가 자기와 의논하지 않은 것에 화를 낼까봐 걱정이 됐다. 쉰다섯 살이 된 피피는 비록 은퇴를 했지만 브룰리오네인 아들에게는 여전히 조언자로서 군림하고 있었다.

그래서 비행기를 타고 가는 동안 크로스는 영화에 대한 일들을 아버지에게 털어놓았고, 아버지를 안심시키려는 뜻에서 자기는 아버지의 충고를 여전히 존중하지만 이제는 클레리쿠지오파의 그늘에서 벗어나고 싶다는 말도 곁들였다. 그리고 동부로 호출을 받은 이유가 자기가 헐리우드에서 하려고 계획하고 있는 일들 때문이 아닌가하는 불안도 털어놓았다.

피피는 조용히 듣기만 하더니 잔뜩 심사가 뒤틀린 듯한 표정으로 한숨을 푹 내쉬었다.

"네가 철이 들려면 아직도 한참 멀었구나."

그는 쏘아붙였다.

"이번 일은 영화거래에 관한 건 아닐 거다. 대부는 절대로 이렇게 빨리 손을 쓰지는 않을 거야. 시간을 두고 일이 전개되는 상황을 좀더 지켜보겠지. 즉각적으로 반응하는 건 지오르지오나 빈센트, 뻬띠에, 단테의 사고방식이지. 하지만 잘못된 건 걔네들 사고방식이야. 노인네는 우리들보다 더 영리해. 그리고 대부는 걱정하지 마라. 이런 일에 대해서는 언제나 공정하니까. 네가 걱정해야 할 사람은 지오르지오와 단테야."

그는 크로스에게조차 조직에 대해 얘기하기가 썩 내키지 않는다는 듯이 잠시 말을 멈췄다.

"너도 알겠지만 지오르지오, 빈센트, 뻬띠에의 자식들은 집안 내력을 몰라. 대부와 지오르지오는 아이들이 완벽하게 합법적인 진로를 따르도록 철저하게 계획을 짰어. 대부는 단테에 대해서도 그런 계획을 세웠었지만, 단테는 너무 영리해서 모든 걸 눈치챘고 조직에 들어오기를 원했지. 대부는 그 아일 말리지 못했어. 지오르지오, 빈센트, 뻬띠에, 너 그리고 나, 또 단테까지 포함해서 우리들 모두는 뒤에서 클레리쿠지오가의 가족들을 안전하게 지켜주는 일을 하고 있다는 사실을 명심해라. 이게 대부의 계획이야. 이게 그의 힘이고 그의 위대한 점이지. 그래서 아마도 대부는 네가 네 살 길을 찾아 도망칠 준비를 하고 있다는 사실을 반길 테고, 바로 이런 걸 단테한테서도 원할 거야. 어때, 알아듣겠니?"

"네."

그는 아버지에게조차 자신의 터무니없는 약점을 고백하지 않았다. 한 여자에 대한 사랑 때문에 그 일을 벌였다는 사실을.

"그론벨트처럼 뭐든 길게 보고 행동해라."

피피는 충고했다.

"때가 되면 대부한테 직접 얘기하고 반드시 조직한테도 이득이 돌아가게끔 만들어. 하지만 지오르지오하고 단테는 조심해라. 빈센트와 뻬띠에가 방해하는 일은 없을 거야."

"지오르지오 삼촌하고 단테는 왜요?"

"지오르지오는 욕심 많은 비열한 놈이니까. 그리고 단테는 항상 널 질투해왔고 또 네가 내 아들이니까. 그 녀석은 완전히 머리가 돌았어."

크로스는 깜짝 놀랐다. 아버지가 클레리쿠지오가의 일원을 비난한 것은 이번이 처음이었다.

"그럼 빈센트 삼촌하고 뻬띠에 삼촌은 왜 상관 안 하죠?"

"빈센트는 식당을 여러 개 가지고 있고 뻬띠에는 건설회사에다 브롱크스 공동체까지 소유하고 있잖아. 빈센트는 노년은 편히 보내고 싶어하고 뻬띠에는 액션영화를 좋아하지. 그리고 두 사람 모두 널 좋아하고 날 존중해준다. 우린 젊었을 때 같이 일을 했어."

"제가 아버지께 미리 솔직하게 말씀드리지 않아서 화나셨죠?"

피피는 빈정대는 듯한 표정으로 그를 바라보았다.

"날 속일 생각 마라. 넌 내가 반대할 거고 대부가 허락하지 않을 거란 사실을 알고 있었어. 자, 언제 스카넷이란 놈을 죽일 계획이냐?"

"아직 모르겠어요. 상당히 까다로운 일이기도 하고, 아테나를 그 남자에 대한 걱정에서 완전히 벗어나게 만들려면 반드시 견진성사로 처리해야 하거든요. 그래야 아테나가 영화를 다시 찍을 수 있어요."

"내가 계획을 짜주마. 그런데 아테나라는 그 밥맛 없는 여자가 촬영장으로 돌아오지 않으면 어쩌지? 그러면 넌 5천만 달러를 잃는 거야."

"돌아올 거예요. 그 여자랑 클로디아가 친한 친구인데, 클로디아 말로는 돌아올 거래요."

"내 사랑하는 따님께서 말이지."

피피가 비꼬았다.

"걘 아직도 날 보기 싫다고 그러냐?"

"그런 것 같아요. 하지만 걔가 호텔에 오면 아무 때나 들러보세요."

"싫다."

피피는 일언지하에 거절했다.

"만약 아테나란 여자가 네가 그 일을 하고 난 뒤에도 영화를 찍지 않겠다고 하면, 아무리 대단한 영화배우라고 해도 내가 그 여자한테 영성체를 줄 거다."

"아니, 그러지 마세요."

크로스는 아버지를 말렸다.

"클로디아를 꼭 한 번 보셔야 되는데. 많이 예뻐졌어요."

"그거 다행이네. 그 아인 어렸을 때 찌그러진 대접 같았어. 나처럼 말이야."

"왜 동생하고 화해하지 않으세요?"

"걘 내 전처 장례식에 가지 못하게 날 막았고, 날 싫어해. 그래, 묻는 요점이 뭐냐? 솔직히 내가 죽으면 네가 그 애가 내 장례식에 못 오게 막았으면 싶다. 재수 없는 년."

그는 잠시 말을 멈췄다.

"걘 어렸을 때 배짱이 보통이 아니었지."

"동생을 꼭 한 번 만나보세요."

크로스가 재차 부탁했다.

"명심해라."

이렇게 말하며 피피가 화제를 돌렸다.

"대부한테 네가 먼저 자진해서 말하지는 마라. 이번 회의는 다른 문제 때문이야."

"어떻게 그렇게 확신하세요?"

"대부가 네 일을 안다면 먼저 나부터 만나서 내가 널 배신할 건지 안할 건지부터 알아봤을 테니까."

결국 피피의 말이 맞았다.

집에서는 대부, 지오르지오, 빈센트, 뻬띠에 그리고 단테가 정원에서 두 사람을 기다리고 있었다. 관례대로 그들은 일 얘기에 들어가기 전에 함께 점심을 먹었다.

지오르지오가 일의 전모를 설명했다. 조사 보고서에 따르면, 소도둑 스네든은 중서부에 있는 몇몇 대학경기를 조작하고 있었다. 풋볼과 프로농구 경기에서도 점수를 조작했을 가능성이 있었다. 그는 심판들과 특정 선수 몇 명에게 뇌물을 주는 방법으로 이 짓을 하고 있었는데 매우 교묘하면서도 위험한 행동이었다. 만약 이 일이 밝혀지면 사회적으로 엄청난 물의와 소란을 일으킬 테고, 미국에서 스포츠 도박을 합법화시키기 위해 들였던 클레리쿠지오가의 노력에 돌이킬 수 없는 타격을 줄 것으로 보였다. 또 결국에는 밝혀질 일이기도 했다.

"경찰은 연쇄살인사건보다 짜고 하는 스포츠 경기에 더 많은 인력을 투입했어. 이유는 나도 몰라. 누가 이기고 누가 지든 무슨 차이가 있어? 내기 판을 벌이는 업자들을 빼고는 아무한테도 피해를 안 주는 범죄, 어차피 경찰은 그런 업자들을 싫어하는데. 만약 소도둑이 노트르담 경기(전미 대학미식축구경기)를 몽땅 조작해서 항상 이기게 해

준다면 온 나라가 행복할 거야."

피피가 성급하게 끼어들었다.

"우리가 왜 이런 별 것도 아닌 걸 가지고 얘길 해야 되는데? 그냥 그놈한테 경고를 해서 못 하게 하면 될 걸 가지고 말이야."

빈센트가 대답했다.

"벌써 해 봤어. 그 자식 대답이 걸작이더라고. 도대체 겁이란 걸 모르는 놈이야. 경고를 했는데도 계속 그 짓을 하고 있거든."

뻬띠에가 설명을 했다.

"사람들은 그놈을 빅 팀이라고도 부르고 소도둑이라고 부르는데, 그 자식은 그 똥 같은 별명들을 아주 맘에 들어한대. 그놈은 계산서가 나와도 지불하는 법이 절대 없고 심지어는 국세청까지 속이고, 자기가 소유한 쇼핑몰의 판매수익에 대한 세금을 안 내겠다고 캘리포니아 주 정부하고도 싸움을 벌이는 놈이야. 빌어먹을, 심지어는 자기 전처하고 자식들한테 줄 부양비까지 속여먹었어. 그 자식 안에는 도둑놈이 들어앉아 있다고. 말이 안 통하는 놈이야."

지오르지오가 물었다.

"크로스, 그놈은 라스베가스에서 도박을 하니까 네가 개인적으로 잘 알 텐데. 넌 이 일을 어떻게 보니?"

크로스는 잠시 생각을 했다.

"그 사람은 환전증서를 쓰고 빌린 돈을 아주 늦게 갚습니다. 하지만 결국 갚긴 갚죠. 도박을 할 때도 망치지 않고 영리하게 잘 합니다. 좋아하기는 힘든 사람이지만 상당히 부자고 그래서 라스베가스로 친구들을 많이 데려오고 있어요. 사실, 경기를 조작하고 우리 돈의 일부를 먹는다고 해도 우리한테는 도움이 많이 되는 사람입니다. 그냥 내버려 두죠."

이 말을 하면서 그는 단테가 미소를 짓는 모습을 봤고 그래서 자신은 모르는 뭔가를 그가 알고 있다는 느낌을 받았다.

"우린 내버려둘 수 없다."

지오르지오가 말을 받았다.

"왜냐하면 빅 팀인지 소도둑인지 하는 놈은 완전히 정신이 나갔거든. 놈은 슈퍼볼게임을 조작하려고 얼토당토 않은 음모를 꾸미고 있어."

대부가 크로스를 향해 처음으로 말문을 열었다.

"크로스, 그게 가능한 일이냐?"

그 질문은 칭찬이나 마찬가지였다. 대부가 크로스를 그분야의 전문가로서 인정해 준다는 뜻이었으니까.

"아니요. 어느 팀이 이길지는 누구도 장담할 수 없기 때문에 슈퍼볼 심판들을 매수한다는 건 불가능합니다. 선수들의 경우에도 그들의 수입이 엄청나기 때문에 역시 매수가 불가능합니다. 또 어떤 스포츠든 한 경기의 결과를 백퍼센트 확실하게 조작한다는 건 불가능합니다. 본격적으로 조작을 할 생각이라면, 50에서 100건의 경기를 조작할 능력이 있어야 합니다. 그래야 그 중 서너 건의 경기에서 실패한다고 해도 손해를 입지 않게 되죠. 그래서 어차피 그렇게까지 많은 경기를 조작할 능력이 없다면 굳이 모험을 할 가치가 없습니다."

"대단한데."

대부가 탄성을 질렀다.

"그러면 그는 그렇게 부자면서 왜 무모한 짓을 하려고 들지?"

"그 사람은 유명해지고 싶어해요. 슈퍼볼을 조작하기 위해서라면 무슨 짓이든 할 사람입니다. 저로서는 상상도 못할 정말이지 미친 짓 말입니다. 소도둑은 그런 걸 영리하다고 생각할 겁니다. 그리고 자기는 어떤 궁지에서든 빠져나올 수 있다고 믿는 사람이죠."

"그런 인간이 있다는 건 듣도 보도 못했다."

대부가 놀라워했다. 지오르지오가 끼어들었다.

"그런 인간들은 미국에서나 나오는 법이죠."

"하지만 그렇다면 그 사람은 우리의 장래 계획에 매우 위험한 인물이다. 얘기를 들어보니 그 사람은 타일러서 될 인간이 아냐. 그러니 선택은 하나밖에 없다."

크로스가 나섰다.

"잠깐만요. 그 사람은 카지노 쪽에서는 매년 최소한 50만 달러의 수입을 올려주는 수입원입니다."

"이건 원칙의 문제야. 회계장부의 돈이야 다시 매워지게 돼 있어."

빈센트가 반박했다.

크로스는 그래도 미련이 남았다.

"제가 그 사람과 얘길 해 보겠습니다. 아마도 제 말은 들을 겁니다. 문제 자체는 별 게 아니에요. 그 사람은 슈퍼볼을 조작 못 해요. 굳이 우리가 개입할 만큼 대단한 일이 못됩니다."

하지만 그때 아버지가 눈짓을 보내는 걸 보고 그는 자기가 그런 말을 할 상황이 아님을 직감적으로 깨달았다.

대부는 최종적인 결정을 내렸다.

"그 남자는 위험하다. 크로스, 그 사람과 얘기하지 마라. 그는 네 정체를 몰라. 뭐 하러 그 사람 좋은 일만 시켜? 그는 짐승처럼 어리석고, 어리석기 때문에 위험해. 세상을 다 가지려고 설치고 있어. 그런 뒤에 경찰에 잡히면 세상을 온통 난장판을 만들어버릴 인간이야. 사실인지 아닌지 구분하지 않고 사람들을 죄다 물귀신처럼 끌어들일 게다."

그는 잠시 말을 멈추고 단테를 쳐다보았다.

"단테, 네가 이번 일을 맡아서 해야겠다. 하지만 피피가 이 분야에서는 전문가니까 계획을 짜는 건 피피가 일임할 거다."

단테가 고개를 끄덕였다.

피피는 위기의식을 느꼈다. 만약 단테에게 무슨 일이 일어나면 자신에게 책임이 돌아올 테니까. 그리고 또 한 가지 분명한 것이 있었다. 대부와 지오르지오는 훗날 단테를 클레리쿠지오파의 우두머리로 만들기로 결정을 내린 게 확실했다. 현재 두 사람은 자신의 판단을 믿지 않고 있었다.

단테는 라스베가스로 와서 제너두 호텔 객실에 투숙했다. 소도둑 스네이든은 일 주일 안에는 라스베가스에 오지 않을 예정이었고, 그래서 그 기간을 이용해 크로스와 피피는 단테에게 기본적인 정보들을 알려 주었다.

"소도둑은 고액 도박꾼이야. 하지만 별장을 가질 정도는 아니야. 아랍인이나 아시아인들만큼은 아니라는 거지. 그 사람이 호텔우대권을 쓰는 걸 보면 정말 대단해. 최대한 모든 걸 다 공짜로 얻으려고 하지. 친구들을 식당으로 데려오고 최고로 좋은 포도주를 주문하고 선물가게에서도 공짜로 물건을 얻으려고 덤비지. 별장 투숙객들한테도 그런 혜택은 안 주는데 말이야. 도박할 때도 요령을 피워서 딜러들한테는 요주의 인물이지. 크랩스를 할 때는 주사위 숫자가 정해지기 직전에 내기를 걸어. 바카라에서는 첫 번째 카드를 뒤집은 다음에 내기를 하려고 하고. 블랙잭에서는 다음 카드가 3이 나오면 자기가 18을 맞출 생각이었다고 주장을 하지. 환전증서도 아주 늦게 갚아. 그렇지만 게임 승부를 조작해서 빼간 돈을 감안한다고 해도 그 사람이 우리한테 쓰는 돈은 일 년에 50만 달러는 돼. 그 사람은 하는 짓이 아주 약지. 심지어는 친구들이 쓸 칩을 자기 환전증서로 인출해서 자기가 실제보다 도박에 더 많은 돈을 쓰는 것처럼 만들어. 이미 옛날에 사기꾼들이 다 써먹은 수법들이지만. 하지만 도박에 운이 안 따라주면 그 사람은 그때부터 이성을 잃어. 작년에는 2백만 달러를 써서 우리가 파티를 열어주고 캐딜락을 선물했을 정도야. 그 사람은 메르세데스가 아니라고 불평을 하더군."

단테가 잔뜩 열을 냈다.

"도박도 안 할 거면서 창구에서 칩이랑 돈을 인출한단 말이야?"

"물론. 그러는 사람들이 많아. 우리는 상관 안 해. 속아주는 척 하는 거지. 그러면 사람들은 더 자신감을 갖고 도박을 하니까. 그리곤 다시 우릴 속이고."

"사람들이 그 사람을 소도둑이라고 부르는 이유는 뭐야?"

단테가 물었다.

"뭐든 정당한 돈을 내고 가지는 법이 없으니까. 여자들이랑 잘 때도 여자 살을 한 덩이 떼 갈 것처럼 꽉 깨물어. 그러곤 화대는 줄 생각도 안 하지. 정말이지 대단한 사기꾼이야."

단테가 꿈꾸는 듯한 목소리로 중얼거렸다.

"빨리 만나보고 싶군."

"그 사람이 아무리 졸라도 그론벨트는 절대 그 사람한테 별장을 안 줬어. 그래서 나도 줄 생각을 안 하지."

단테가 그를 날카롭게 노려보았다.

"왜 나한테는 별장을 안 준 거야?"

"별장 사용료는 하룻밤에 10만 달러에서 많게는 백만 달러까지 나가니까."

단테가 따졌다.

"하지만 지오르지오 삼촌한테는 별장을 주면서."

"좋아. 지오르지오 삼촌하고 그 문제를 상의해 볼게."

지오르지오가 단테의 요구를 들으면 무섭게 화를 내리란 건 불 보듯 뻔했다.

"이루지 못할 꿈이군."

단테는 투덜거리자 크로스가 좋게 얘기했다.

"네가 결혼하면 신혼여행을 별장으로 와라."

피피가 얘기했다.

"난 빅 팀의 성격을 이용해서 작전 계획을 짰다. 크로스, 넌 바로 여기 라스베가스에서 그 작자 기분을 띄워주는 일을 해줘야겠다. 그리고 단테가 무한대로 신용거래를 할 수 있도록 손을 써 놓고 단테의 환전 증서는 없애. 같은 시간에 로스앤젤레스에서는 작전준비를 하게 된다. 그 작자가 확실히 여기에 머무르게 하고 예약을 취소하는 일은 없도록 해라. 그놈한테 파티를 열어주고 롤스로이스를 선물하겠다고 해. 그런 다음에 그놈이 여기 오면 단테하고 날 소개시켜줘. 그러고 나면 네 할 일은 끝난다."

피피가 계획의 세부적인 사항들을 설명하는 데는 한 시간이 걸렸다. 단테는 탄성을 질렀다.

"지오르지오 삼촌은 항상 아저씨가 최고라고 하셨어요. 할아버지가 이번 작전에서 제가 아니라 아저씨를 책임자로 정하셨을 때도 속으론 웃긴다고 생각했죠. 그런데 과연 할아버지 말씀이 맞긴 맞네요."

피피는 이 찬사를 냉담한 표정으로 들었다. 그는 단테에게 충고했다.

"이번 일은 영성체지 견진성사가 아니라는 사실을 명심해. 그놈은 종적을 감추고 도망친 것처럼 보여야 된다. 그놈에 관한 기록이나 온갖 고소사건들 때문에 상당히 설득력이 있을 거야. 이번 작전에서는 그 요상한 모자는 쓰지 마라. 사람들은 웃기게 생긴 걸 기억하는 법이다. 그리고 이런 말까진 할 필요는 없지만, 어쨌든 대부가 그놈 입에서 승부조작에 관한 정보가 흘러나오는 일은 없게 하라고 했던 걸 명심하고. 놈은 주동자니까 죽고 나면 조작은 완전히 없던 일이 될 거야. 그러니까 괜히 무모한 짓은 하지 말도록 해."

단테가 쌀쌀맞게 말을 툭 던졌다.

"모자가 없으면 왠지 재수가 없을 것 같은 기분이라고요."

피피는 그 말을 무시했다.

"또 하나, 한도를 무제한으로 열어놓은 네 신용도를 이용해서 사기칠 생각하지 마. 그 비용은 대부가 지불하는 거고, 대부는 이번 작전 때문에 호텔이 손해를 보는 건 원치 않는다. 그쪽에서는 롤스로이스를 사느라 벌써부터 돈을 써야 돼."

"걱정하지 마세요. 일은 내 즐거움이니까."

그는 잠시 말을 멈추더니 교활하게 씩 웃으며 다시 말을 이었다.

"이번 일을 마치고 나서 저에 관해 보고나 잘 해 주세요."

이 말을 듣고 크로스는 깜짝 놀랐다. 두 사람 사이에서는 살벌한 적의가 감돌았다. 단테가 아버지를 협박하려고 한다는 사실은 정말 놀라웠다. 그것은 대부의 손자건 아니건 간에 무서운 결과를 낳을 수도 있는 행동이었다.

그러나 피피는 눈치를 못 챈 것 같았다.

"넌 클레리쿠지오의 일원이야. 너에 관해서 내가 누구한테 보고를 하겠니?"

그는 단테의 어깨를 툭툭 쳤다.

"우린 함께 호흡을 맞춰서 일을 해야 돼. 재미있게 해보자."

소도둑 스네든이 도착했을 때 단테는 그를 꼼꼼하게 관찰했다. 그는 키가 컸고 비대했지만 몸이 아주 탄탄했다. 가운데 흰 단추가 달린 큰 주머니가 양쪽에 하나씩 있는 청남방을 입고 있었는데 주머니 하나에는 백 달러짜리 검은 칩들이 들어 있었고, 다른 쪽 주머니에는 흰색과 금색이 섞인 5백 달러짜리 칩들이 들어 있었다. 통 넓은 흰색 바지 주머니는 5달러짜리 붉은 색 칩과 25달러짜리 녹색 칩으로 불룩했다. 그리고 헐렁헐렁한 갈색 샌들을 신고 있었다.

소도둑은 가장 높은 수입을 보장하는 크랩스를 주로 했다. 크로스와 단테는 그가 벌써 두 게임의 대학농구에 만 달러를 걸었고 산타 아니타 경마에서는 불법 도박장부에 5천 달러를 판돈으로 올려놓았다는 정보를 입수했다. 소도둑은 세금을 내지 않을 작정이었다. 그리고 내기 결과에 대해서 걱정하지 않는 것처럼 보였다. 그는 크랩스를 하면서 신나게 놀았다.

그는 주사위를 던지면서 같이 크랩스를 하는 사람들한테 자기 쪽에 돈을 걸라고 하거나 겁쟁이처럼 떨지 말라고 기분 좋게 외치기도 하면서 분위기를 주도했다. 그는 검은색 칩들을 가지고 숫자마다 다 내기를 걸었는데 내내 적중률이 높았다. 그는 주사위가 자기한테 돌아오면 주사위를 아주 힘차게 던져서 주사위가 크랩스판의 반대편 벽에 튕긴 다음 자기 쪽 가까이까지 오도록 만들었다. 그리고는 주사위를 자꾸만 손으로 잡으려고 해서 주사위를 돌리는 직원이 재빨리 막대기의 노루 발로 주사위를 끌어당겨서 다른 사람에게 주사위를 돌렸다.

단테는 크랩스판에 자리를 잡은 다음, 빅 팀 쪽에 돈을 걸어서 이겼다. 그런 뒤에 그는 이길 확률이 매우 높을 때가 아니면 자기가 질 수밖에 없는 극히 불리한 쪽에 내기를 걸었다. 그는 하드웨이 4와 하드웨이 10에 돈을 걸었다(두 개의 주사위를 던져서 숫자가 둘 다 2가 나오거나 둘 다 5가 나와야 이기는 내기). 또 주사위 두 개를 단 한 번만 던져서 승부하는 방법으로 박스카(주사위 두 개에서 모두 6이 나오는 경우)에 돈을 걸기도 하고, 주사위 각각에 대해 건 돈의 30배를 받는 에이스(두 개의 주사위 모두 1이 나오는 경우)나 건 돈의 15배를 받는 11(두 개의 주사위 합이 11이 되는 경우)에 돈을 걸기도 했다. 그는 2만 달러짜리 환전증서를 주문한 뒤에 서명을 하고 검은색 칩을 받아 탁자 위에 칩을 펼쳐놓았다. 그는 그 뒤에도 환전증서를 한 장 더 주문했다. 그쯤 되자 빅 팀의 관심이 그에게 쏠렸다.

"어이, 모자 쓴 양반. 이 게임을 어떻게 하는 건지 한수 배워야겠어."

단테는 그에게 유쾌하게 손을 흔들었고 무모한 내기를 계속했다. 빅 팀이 세븐아웃이 되자(주사위를 던져서 7이 나오면 다음 사람에게 주사위가 넘어 간다) 단테는 주사위를 넘겨받고 5만 달러짜리 환전증서를 주문했다. 그는 마음 속으로 성공하지 않게 해달라고 빌면서 검은 칩들을 판 위에 죽 펼쳐놓았다. 그는 내기에 실패했다. 이제 빅 팀은 특별한 관심을 갖고 그를 지켜보기 시작했다.

소도둑 빅 팀은 간단한 미국식 식사를 할 수 있는 식당 겸 커피숍에서 저녁을 먹었다. 빅 팀은 제너두 호텔 내의 호화로운 프랑스 식당이나 이탈리아 식당 또는 영국 식당은 거의 이용하지 않았다. 친구 다섯이 그와 함께 저녁을 먹었는데 빅 팀이 친구들을 위해 키노우(1에서 80까지의 숫자 중 20개의 당첨 숫자를 맞추는 도박의 일종) 게임용지를 여러 장 준비한 덕분에 그들은 숫자전광판을 보면서 식사를 할 수 있었다. 크로스와 단테는 식당 한쪽 구석에 자리를 잡았다.

짧게 자른 금발머리 때문에 그는 브뤼겔의 그림에 나오는 유쾌한 독일시민의 모습과 비슷했다. 그는 종류도 다양하게 세 사람 분에 해당하는 요리를 주문했는데, 음식들을 거의 다 먹고도 모자라 친구들 접시에 있는 음식까지 집어먹었다. 단테가 말했다.

"지독하네. 저렇게 노는 놈은 처음 봤어."

크로스가 맞장구를 쳤다.

"미움 사기 딱 좋게 굴지. 더군다나 다른 사람들한테 피해를 주면서까지 자기 좋은 걸 챙기니 말 다했지."

그들은 빅 팀이 공짜로 먹은 음식의 영수증에 사인을 하고 나서 친구 한 명에게 팁을 주라고 말하는 모습을 지켜보았다. 그들이 떠나고 나자 크로스와 단테는 커피를 마시며 여유를 즐겼다. 크로스는 커다란 유리창 너머로 분홍빛 가로등이 켜진 밤풍경이 보이고 바깥의 싱그러운 초목의 푸른 기운이 실내에 감도는, 은은한 샹들리에 불빛의 이 널찍한 커피숍이 정말 마음에 들었다.

"삼 년 전쯤에 있었던 일이야."

크로스가 말을 꺼냈다.

"소도둑이 크랩스판에서 굉장한 행운을 잡았어. 10만 달러 이상을 땄던 것 같아. 시간은 대략 새벽 세 시쯤이었을 거야. 게임관리인이 그 사람 칩들을 챙겨서 창구로 가져간 사이에 소도둑이 크랩스판 위로 뛰어오르더니 판에다 대고 오줌을 갈기는 거야."

"그래서 어떻게 했어?"

"경비원들을 불러서 소도둑을 방으로 데려가게 하고 판에다 오줌을 눈 벌금으로 5천 달러를 매겼어. 물론 안 냈지만."

"그 새끼 배를 찢어발겨서 심장을 꺼내버리겠어."

"누가 만약 너한테 일 년에 50만 달러를 준다면 너 역시 그 사람이 탁자 위에 오줌을 눠도 내버려두지 않겠어? 하지만 솔직히 말해서, 그 사건을 계기로 난 소도둑에 대해 안 좋은 인상을 갖게 됐지. 사실, 그 사람이 별장 카지노에서 그짓을 했다면 누가 알겠어?'

다음 날 크로스는 빅 팀과 점심을 함께 하면서 그에게 파티를 열어 주고 롤스로이스를 선물할 계획임을 알려주었다. 피피가 그들과 동석을 해서 서로 인사를 주고받았다.

빅 팀은 평소와 다름없이 과도한 욕심을 부렸다.

"롤스로이스를 준다니 고맙소만, 별장을 언제쯤 주시려나?"

"네, 당연히 자격이 있으시죠. 다음 번에 라스베가스에 오시면 드리 겠습니다. 약속하지요. 누군가를 쫓아내는 한이 있더라도 말입니다."

소도둑 빅 팀이 피피를 쳐다보며 말했다.

"당신 아들은 늙은 영감태기 그론벨트보다 훨씬 친절한데 그래."

"그 친구가 말년에 좀 웃겼지."

피피가 맞장구를 쳤다.

"아마도 내가 제일 친한 친구였을 텐데 나한테도 별장을 안 줬으니 까."

"맞아, 재수 없는 영감태기 같으니."

빅 팀이 툴툴거렸다.

"이제 당신 아들이 호텔 주인이니까 별장이 갖고 싶으면 언제든 가 질 수 있겠군."

"절대 안 되요. 아버지는 도박을 안 하거든요."

크로스가 끼어들었다.

그 말에 다들 유쾌하게 웃었다. 그러고 나서 빅 팀은 화제를 돌렸다.

"내가 이제껏 본 사람 중 크랩스를 가장 못하는 웃긴 모자를 쓴 수상 한 젊은 녀석이 하나 있더군. 그 자식은 불과 한 시간도 안 됐는데 환 전증서를 20만 달러어치나 썼어. 그 자식에 대해서 아는 거 없나? 당신도 알겠지만, 난 항상 투자자들을 찾고 있어서 말이야."

"내 고객들에 대한 정보는 얘기해드릴 수 없습니다. 내가 당신에 관한 정보를 얘기하고 다닌다면 기분이 어떻겠어요? 그 사람은 별장을 가질 만한 자격이 있지만 절대 별장을 달라고 요구하지 않는다는 것 정도만 말씀드리죠. 자기를 겉으로 드러내길 싫어하는 사람입니다."

"그냥 소개만 해줘. 내가 그 사람이랑 거래를 트게 되면 당신한테도 떡고물이 떨어질 거야."

"안 됩니다. 하지만 우리 아버지가 그 사람을 알죠."

"내가 어떻게 좀 해 볼 수는 있지."

피피가 말했다.

"그거 좋군. 내 얘기 좀 넣어주쇼."

피피는 호의적으로 나갔다.

"두 사람은 잘 맞을 거요. 그 사람은 돈이 굉장히 많은데 당신처럼 큰 사업을 할 만한 재주는 없지. 팀, 당신은 내가 보기에 공정한 사람 같은데 알아서 사례비만 적당히 쳐주시오."

빅 팀은 이 말에 얼굴빛이 달라졌다. 피피라는 또 한 명의 봉이 생긴 것이다.

"좋아. 오늘밤 크랩스판에 있을 테니까 그리로 데려오쇼."

크랩스판에서 인사를 나누는 중에 빅 팀은 단테의 르네상스 풍의 모자를 획 낚아채서 자기가 쓰고 있던 다저스 야구 모자와 바꿔 써서 단테와 피피를 놀라게 만들었다. 결과적으로 아주 재미있는 모습이 연출됐다. 르네상스 풍의 모자를 쓴 빅 팀은 완전히 백설공주에 나오는 난쟁이로 변했다.

"우리 운을 바꾸고 싶어서 말야."

빅 팀은 농담을 했다. 다들 웃음을 터뜨렸지만 피피는 단테의 눈에서 번득이는 심술궂은 표정이 마음에 걸렸다. 또 단테가 자신의 지시를 무시하고 계속 모자를 쓰고 다니는 것도 화가 났다. 그는 단테를 스티브 샤프라고 소개하면서 그가 동부 지역의 마약사업을 좌지우지하는 거물이며 돈세탁을 해야 할 돈이 수백만 달러에 이른다는 얘기를 해서 빅 팀에게 잔뜩 바람을 집어넣었다. 또 스티브가 슈퍼볼에 백만 달러를 걸었다가 돈을 잃은 적이 있었는데, 돈을 잃고도 눈도 깜짝 안 했다는 얘기도 해주었다. 그리고 카지노 창구에 들어가 있는 그의 환전증서는 순금덩어리라는 말도 덧붙였다. 물론, 바로 갚을 것들이었다.

그러자 빅 팀은 육중한 팔을 단테의 어깨에 척 걸치며 말했다.

"스티브, 같이 얘길 좀 해야겠는걸. 커피숍에서 커피나 한 잔 합시다."

커피숍에서 빅 팀은 칸막이로 막아놓은 곳에 자리를 잡았다. 단테는 커피를 주문했고 빅 팀은 딸기아이스크림에 파이에 과자까지 온갖 종류의 후식들을 모조리 주문했다.

그런 다음 그는 물건을 팔려고 장장 한 시간을 떠들었다. 자기한테는 매각하려고 마음먹은 쇼핑몰이 하나 있는데 규모는 작지만 꾸준히 장사가 잘 되는 곳이고, 매각대금 대부분은 비밀리에 현찰로 거래하게끔 처리할 수 있다. 비밀리에 현찰로 팔 만한 것으로는 육류가공공장 하나와 몇 차량분의 신선한 농산물도 있는데, 그것들을 되팔게 되면 법적으로 아무런 문제가 없는 돈을 벌어들일 수 있다. 자기는 영화사업 쪽에도 연줄이 있는데, 비디오로 제작되거나 포르노 극장으로 들어가는 영화에 투자하고 싶으면 도와주겠다는 등등의 얘기들이었다.

"꽤 괜찮은 사업이오. 영화배우들도 만나고, 신인배우들이랑 재미도 보고, 돈세탁도 하고 말이오."

단테는 연기하는 게 재미있었다. 빅 팀은 듣는 사람으로 하여금 향후 부에 대한 확신을 줄 만큼 처음부터 끝까지 극도로 자신만만하고 활발하게 물건을 홍보했다. 단테는 마음이 당긴다는 듯한 기색을 슬쩍슬쩍 내비치면서도 짐짓 조심하는 척하면서 이런저런 질문을 했다.

"명함을 좀 받았으면 싶소. 내가 직접 전화를 하든 아니면 피피를 시켜서 전화를 하든, 저녁식사나 하면서 자세한 얘기를 들어본 다음에 같이 일을 해 봅시다."

빅 팀은 그에게 명함을 건네주었다.

"되도록이면 빨리 합시다. 절대 손해 안 볼 특별한 건수가 하나 있는데 거기에 당신을 끼워주겠소. 하지만 신속하게 처리해야 될 일이오."

그는 잠시 말을 멈췄다가 이렇게 덧붙였다.

"스포츠와 관련된 일이지."

그러자 단테가 갑자기 열의를 보이기 시작했다.

"세상에, 그건 내가 예전부터 꿈꾸던 거요. 난 스포츠라면 미치는데 메이저리그 야구팀이라도 하나 매수했다는 얘기요?"

"아니, 그렇게 큰 건 아니지만 상당히 큰 거요.

빅 팀이 재빨리 대답했다.

"그래, 언제 만났으면 좋겠소?"

빅 팀이 자랑스레 말했다.

"내일 호텔에서 나한테 파티를 열어주고 롤스로이스를 준다는군. 내가 그 사람들 큰 돈줄이거든. 모레는 로스앤젤레스로 돌아가고. 모레 밤 어떻소?"

단테가 그 말에 잠시 생각을 해 보는 척 했다.

"좋소. 피피랑 같이 로스앤젤레스로 가는 걸로 하고, 피피한테 전화로 당신이랑 약속을 정하라고 하지."

"좋소."

빅 팀은 단테의 신중한 태도가 약간 이상하게 느껴졌지만 불필요한 질문을 해서 거래를 망치는 건 어리석은 짓이라고 생각했다.

"그럼 오늘밤에 당신한테 크랩스에서 이기는 법을 한 수 가르쳐주지."

단테는 수줍어하는 듯한 표정을 지어 보였다.

"내가 크랩스를 할 줄 몰라서 그러는 건 아니고 그저 여기저기 쑤시고 돌아다니는 거요. 그러고 나면 얘기가 나오고 그래서 합창단 여자들과 엮일 수 있는 기회가 생기거든."

"그건 당신이 잘못 생각하는 것 같은데. 하지만 어쨌든 당신하고 난 큰 돈을 만지게 될 거요."

다음 날 소도둑 빅 팀을 위한 파티가 제너두 호텔의 대무도장에서 열렸다. 그곳은 새해 전야 파티나 크리스마스 뷔페 모임, 고액 도박사들의 결혼식, 시상식, 슈퍼볼 파티, 월드시리즈 파티, 심지어는 정치인들의 정기총회 같은 특별한 행사가 열리는 장소로 종종 이용되는 곳이었다.

크고 천장이 높은 그 방에는 사방에 풍선이 떠 있었고 커다란 뷔페 식탁 두 개가 방을 반으로 나눠놓고 있었다. 뷔페 식탁은 거대한 빙하 모양이었는데 다양한 이국적인 과일들이 얼음 속에 박혀 있었다. 반으로 잘라서 황금빛 노란 속살이 드러난 멜론, 껍질 사이로 즙이 흘러나오는 큼지막한 보라색 포도, 파인애플, 키위, 금귤, 복숭아, 여주 열매, 그리고 커다란 수박까지. 각종 아이스크림을 담은 그릇 열 두 개가 잠수함처럼 얼음 속에 묻혀 있었다. 그 옆으로는 물소고기만큼이나 큰 소고기등심, 커다란 칠면조고기, 지방질 층이 보이는 흰색 햄 같은 뜨거운 요리들이 죽 놓여져 있었다. 그리고 초록색 페스토 소스와 붉은

색 토마토소스가 뿌려진 여러 종류의 파스타가 담긴 쟁반도 있었다. 은색 손잡이가 달린 커다란 붉은 색 항아리도 있었는데 그 안에는 돼지고기, 소고기, 송아지 고기를 섞어서 만든 스튜가 김을 모락모락 피우고 있었다. 그 옆에는 두툼한 롤빵을 비롯한 온갖 종류의 빵이 놓여 있었다. 다른 쪽에는 각종 후식들과 슈크림, 휘핑 크림으로 속을 채운 도넛, 제너두 호텔을 흉내낸 계단식 케이크 모듬이 준비되어 있었다. 커피와 술은 호텔의 예쁜 여종업원들이 손님에게 직접 갖다 주기로 되어 있었다.

소도둑 빅 팀은 첫 번째 손님도 오기 전에 벌써부터 이 식탁들을 사정없이 쓸어버리고 있었다. 방의 정 중앙에는 사람들이 접근하지 못하게 줄을 쳐 놓은 경사로가 있었고 그 위에 롤스로이스가 있었다. 매끌매끌하고 희고 화려하며 이루 형용할 수 없이 우아하고 독창적인 모양의 그 차는 라스베가스의 가식적인 분위기와 극명한 대립을 이루었다. 입구와 출구로 사용되는 방의 한쪽 벽은 두꺼운 황금색 휘장이 드리워져 있었다. 방의 한쪽 구석에는 파티 참가자들 중 특정 순서로 들어오는 손님에게 선물로 줄 보라색 캐딜락이 마련되어 있었는데, 초대받은 손님들 중에는 고액 도박사들과 대형 호텔들의 카지노 지배인들도 포함돼 있었다. 이것은 그론벨트가 생각해낸 최고로 기발한 묘안 중 하나였다. 이런 식의 파티를 통해 호텔의 도박수입은 획기적으로 증가했다.

파티는 빅 팀이 연출하는 현란한 볼거리에 힘입어 대성공을 거두었다. 두 명의 여종업원의 안내를 받아 파티장으로 들어온 그는 뷔페 식탁을 혼자서 거의 휩쓸다시피 했다. 세 개의 접시에 음식을 가득 담아 보란 듯이 먹어치우는 모습은 보는 사람으로 하여금 불안감을 느끼게 할 정도였다.

크로스는 호텔측을 대표해서 선물증정을 위한 연설을 했다. 그런 다음 빅 팀이 수락 연설을 했다.

"저기 20만 달러짜리 자동차가 이제 완전히 공짜로 제 것이 됩니다. 지난 십 년 동안 제너두를 꾸준히 이용한데 대한 보상인데, 그동안 호텔에서는 저를 황태자처럼 대접해주면서 제 지갑을 거덜 냈죠. 롤스로이스를 오십 대는 받아야 계산이 대충 맞을 거라고 생각하지만 한 번에 차 한 대밖에는 운전을 못 하니, 원."

이 말이 끝나자 박수갈채가 터져 나와 그는 잠시 말을 멈췄다. 크로스는 인상을 찌푸렸다. 그는 이런 식의 행사가 있을 때마다 호텔에서 베푸는 호의의 이면에 숨어 있는 위선이 드러나서 매번 당혹감을 느끼곤 했다.

빅 팀은 자기 양쪽에 서 있던 여종업원들에게 팔을 둘렀다. 그런 다음 그들의 가슴을 다정하게 꼭 껴안았다. 그는 노련한 코미디언처럼 박수가 잦아들 때까지 기다렸다.

"농담 좀 했습니다. 전 진심으로 고맙게 생각합니다. 오늘은 제 인생에서 최고로 행복한 날입니다. 아니 이혼했을 때가 조금 더 행복했죠. 하지만 그건 중요한 얘긴 아니고. 이 차를 타고 로스앤젤레스까지 가게 누가 기름값 좀 안 주실래요? 제너두가 절 또 빈털터리로 만들었거든요."

빅 팀은 어디서 멈춰야하는지를 알았다. 갈채와 함성이 다시 터져 나오자 그는 경사로로 올라가 차에 탔다. 황금색 휘장이 열렸고 빅 팀이 차를 몰고 나갔다.

파티는 고액 도박꾼 한 명에게 캐딜락이 돌아간 뒤에 곧 끝났다. 장장 네 시간 동안 이어진 파티였고 그래서 모두들 도박판으로 돌아가고 싶어했다.

그날 밤에 그론벨트의 유령도 그 자리에 있었더라면 파티 결과에 매우 기뻐했을 것이다. 창구에서 인출된 칩의 액수는 평소의 두 배에 이르렀다. 남자 여자가 어떻게 짝을 이뤘는지 확인할 수는 없었지만 정액냄새가 복도로 스며나오는 것 같았다. 빅 팀의 파티에 초대받았던 예쁜 콜걸들은 도박에 덜 열심인 도박꾼들에게 재빨리 들러붙었고 그들에게서 도박을 하려고 찾아두었던 검은색 칩들을 빼갔다.

그론벨트는 크로스에게 남자와 여자는 도박을 할 때 다른 행동유형을 보인다고 종종 얘기하곤 했다. 그리고 카지노를 운영하려면 그 차이점들을 알고 있는 게 중요하다는 말도 덧붙였다.

먼저 그론벨트는 무엇보다 여자들 물이 좋아야한다고 단언했다. 여자들은 천하무적이었다. 그들은 손 큰 도박꾼을 착실한 남자로 돌려놓는 재주까지 있었다. 호텔에 손님으로 묵었던 사람들 중에는 세계적으로 중요한 인물들도 상당수 있었다. 노벨상을 수상한 과학자들을 비롯해서 억만장자, 거물 종교인, 저명한 문학인 등등. 그중 노벨 물리학상을 수상했고 아마도 세계에서 최고의 두뇌를 소유했다고 할 수 있는 한 과학자의 경우에는 호텔에서 엿새를 머무는 동안 합창단 여자들과 신나게 재미를 봤다. 그는 도박은 많이 하지 않았지만 그가 묵었다는 사실 자체가 호텔로서는 영광이었다. 그 노벨상 수상자는 합창단 여자들에게 선물을 주지 않았기 때문에 그론벨트가 대신 여자들 모두에게 선물을 줄 수밖에 없었다. 여자들은 그 남자가 성실하고 열정적이었을 뿐만 아니라 노련하면서도 잔꾀를 부리지 않았고 이상한 버릇도 없는 최고의 섹스 상대였으며 그들이 본 남자 중 성기가 가장 아름다운 남자였다고 입을 모았다. 그리고 다른 무엇보다도 남자가 재미있었고, 절대 진지한 얘기로 여자들을 따분하게 만들지 않았다. 그는 여자들 못지않게 수다스럽고 성적인 매력이 넘쳤다. 이 말을 듣고 그론벨트는 기분이 좋았다. 대단한 지성인이 여자들을 즐겁게 해주는 능력까지 있다는 사실이 그를 즐겁게 만들었다.

어니스트 베일 같은 남자는 위대한 작가였지만 발기가 된 상태에서는 잡담 따위는 하지 않는 전형적인 중년 남자였다. 그리고 골프를 하듯이 여자들을 다루는 미래의 미국 대통령감인 웨이븐 상원의원도 호텔을 이용했다. 예일 대학의 학장, 시카고의 추기경, 세계적인 민권운동 지도자, 까다롭게 굴던 공화당 거물들은 말할 것도 없었다. 그들은 여자 앞에서는 모두들 어린아이로 돌아갔다. 유일하게 예외가 있다면 동성애자나 마약중독자들이었는데 그런 사람들은 일반적으로 도박을 하지 않았다.

그론벨트는 남자 도박꾼들은 도박을 시작하기 전에 매춘부를 부른다는 사실을 지적했다. 하지만 여자들은 도박을 한 뒤의 성관계를 선호했다. 호텔은 모든 이들의 요구를 충족시켜줄 의무가 있었지만 남자들 경우에는 난봉꾼은 있을망정 매춘부는 없기 때문에 호텔측에서는 여자들을 위해 도박장의 진행요원이나 도박판에서 시중을 드는 하급직원을 이용했고, 여자들의 성향이 그렇다는 얘기는 그들의 입을 통해 나온 말이었다. 그래서 그론벨트는 결론을 내렸다. 남자들은 자신감을 가지고 전투에 뛰어들 마음의 준비를 하기 위해 성을 필요로 했고 여자들은 돈을 잃은 아쉬움을 달래거나 승리에 대한 보상으로 성을 필요로 했다.

빅 팀이 파티 한 시간 전에 매춘부를 불렀었고, 그런 뒤에 엄청난 액수의 돈을 잃고 새벽에 두 명의 여종업원과 함께 침대로 갔다는 얘기는 사실이었다. 두 여자는 정상적인 성관계를 즐기는 쪽이었기 때문에 썩 내켜하지 않았다. 빅 팀은 그다운 방법으로 그 문제를 해결했다. 그는 만 달러어치의 검은색 칩들을 보여주며 만약 자기와 함께 밤을 보낸다면 그걸 다 주겠노라고 했다. 정말로 멋진 밤을 보낸다면 이라는 말로 약속을 애매모호하게 만드는 습관은 여전했다. 그는 여자들이 대답을 하기 전에 칩들을 유심히 쳐다보는 모습을 즐거운 눈으로 바라보았다. 우습게도 두 여자는 그에게 술을 잔뜩 먹여서 곯아떨어지게 만들었고 그래서 그는 정작 즐겼어야 할 순간은 놓쳐버렸다. 그는 두 여자 사이에서 잠이 들었고, 여자들은 그에게 바짝 붙어 있다가 결국에는 할 수 없이 바닥으로 내려와 잠을 잤다.

크로스는 전날 밤 클로디아로부터 전화를 받았다.

"아테나가 종적을 감췄어. 영화사는 발칵 뒤집혔고 나도 걱정이야. 항상 그런 건 아니었지만 아테나는 적어도 한 달에 일 주일씩은 사라지곤 했어. 하지만 이번에는 오빠도 알아둬야 할 것 같아서. 오빠가 뭔가 손을 쓸려면 아테나가 영원히 도망치기 전에 하는 편이 나을 거야."

"별일 없을 거야."

크로스는 스카넷을 미행하도록 자기 부하들을 붙여놓았다는 사실을 동생에게 말하지 않았다. 하지만 그 전화가 그의 마음을 온통 아테나에게로 쏠리게 만들어버렸다. 모든 감정들이 살아 움직이는 듯한 그녀의 매혹적인 얼굴, 길고 아름다운 다리를 쭉 뻗치던 모습, 눈에 어린 지성미, 그녀 내부의 눈에 보이지 않는 악기로부터 흘러나오는 소리의 떨림.

그는 수화기를 집어 들고 그가 가끔 만나는 티파니라는 이름의 합창단 여자를 불렀다. 티파니는 제너두 호텔의 대형 카바레 쇼에 출연하는 합창단 반장이었다. 그녀는 추가 수당과 혜택을 받는 대신 합창단의 규율을 지키고 흔히 일어나는 단원들 간의 갈등이나 싸움을 막는 일을 책임졌다. 그녀는 조각상처럼 빼어난 미모를 지니고 있었지만 화면에 너무 크게 나온다는 이유 하나 때문에 스크린 테스트에서 떨어졌다. 그녀의 미모는 무대 위에는 좌중을 압도했지만 화면에서는 덩치가 지나치게 큰 여자로만 비춰졌다.

그녀는 방에 들어서자마자 크로스가 쉴 틈도 주지 않고 달려 드는 바람에 깜짝 놀랐다. 그는 그녀를 꽉 움켜쥐더니 옷을 벗겨내고 그녀의 온 몸을 삼켜버릴 듯이 키스를 퍼부었다. 그는 순식간에 그녀와 결합을 했고 순식간에 절정에 도달했다. 이런 행동은 그의 평상시 모습과 너무 달라서 그녀는 슬픈 표정으로 말했다.

"이번에는 진짜 사랑을 만났나 보네."

"확실히."

크로스는 다시 그녀를 애무하기 시작했다.

"난 아닐 테고, 그 복 많은 여자가 누굴까?"

크로스는 자기 마음이 그렇게 빨리 읽혔다는 사실에 짜증이 났다. 그런데도 불구하고 그는 자기 옆에 누운 여자의 몸을 향해 끓어오르는 욕구를 느꼈다. 그녀의 촉촉한 가슴과 비단처럼 보드라운 혀와 허벅지 사이에 살짝 솟아오른 보송보송한 언덕과 그리고 이 모든 것들로부터 뿜어져 나오는 저항할 수 없는 열기에 그는 끝없는 갈증을 느꼈다. 몇 시간이 흐르고 마침내 욕정이 가라앉은 뒤에도 그는 여전히 아테나에 대한 생각을 떨쳐버릴 수 없었다.

티파니가 전화기를 들더니 두 사람 분의 룸서비스를 주문했다.

"당신이 그 여자를 손에 넣는 날 그 불쌍한 여자가 겪을 일을 생각하니 참 안 됐네."

티파니가 이런 농담을 했다. 그녀가 방에서 나간 뒤에 크로스는 해방감을 느꼈다. 누군가를 그렇게 깊이 사랑한다는 것은 약점이긴 했지만, 욕정을 만족시키고 나니 자신감이 생겼다. 그는 새벽 세 시에 카지노를 마지막으로 한바퀴 돌았다.

커피숍에서 그는 단테가 아름답고 활발한 여자 세 명과 함께 있는 모습을 봤다. 그 중 한 명은 그가 예전에 계약을 파기하게 도와줬던 가수 로레타 랭이었지만 크로스는 그녀를 알아보지 못했다. 단테가 그에게 오라고 손짓을 했지만 그는 싫다는 뜻으로 고개를 저었다. 그는 펜트하우스로 올라가 수면제 두 알을 먹고 침대에 누웠지만 아테나는 그의 꿈에도 나타났다.

단테와 함께 있던 세 명의 여자들은 헐리우드에서는 유명한 여자들로 인기 영화배우의 아내들이었는데 그들 자신은 이류 배우들이었다. 그들은 빅 팀의 파티에 초대를 받진 않았지만 자신들의 미모를 이용해서 재주 좋게 파티에 참석했다.

가장 나이가 많은 여자는 줄리아 델르리였는데, 그녀는 아주 유명한 배우와 결혼을 했다. 그녀에게는 자식이 두 명 있었고 결혼생활에 충실한 보기 드문 부부로서 종종 잡지에 소개되곤 했다.

또 한 명은 조안 워드였다. 거의 오십에 가까운 나이에도 불구하고 그녀는 여전히 매우 매력적이었다. 그녀는 지금은 영화에서 조연급을 맡았는데 주로 지적인 여성 내지는 자식의 죽음으로 괴로워하는 어머니나 한 차례 비극적인 일을 겪고 행복한 재혼을 하게 되는 버림받은 여자 같은 역할을 맡았다. 때로는 여성해방을 외치는 열렬한 투사를 연기하기도 했다. 영화사 대표인 그녀의 남편은 그녀의 신용카드 대금이 얼마가 됐든 불평 한마디 없이 돈을 갚아주었고, 유일하게 아내에게 요구하는 것은 자신이 사업상 주최하는 수많은 사교파티의 안주인 역할을 해달라는 부탁이었다. 그녀에게는 아이가 없었다.

세 번째 여자는 황당무계한 코미디물의 간판급 배우로 성장한 로레타 랭이었다. 그녀 역시 결혼을 잘해서 인기 영화배우인 남자를 잡았는데, 남편은 현재 단순하기 짝이 없는 액션영화를 촬영하느라 일 년 중 가장 좋은 계절에 여러 나라를 돌아다니고 있었다.

이들 세 명은 같은 영화에 출연하게 되면서 친해져서 로데오거리에서 물건을 사고 비벌리 힐스 호텔의 폴로 라운지에서 점심을 먹으며 각자의 남편과 카드대금을 서로 비교하곤 했다. 카드에 관한 한, 그들은 아무런 불평이 없었다. 그것은 마치 금광에서 삽으로 금을 파내는 것과도 같아서, 그들의 남편들은 절대 카드대금 계산서를 가지고 잔소리를 하는 법이 없었다.

쥴리아는 남편이 아이들과 같이 지내는 시간이 너무 없다며 불평을 했다. 신인을 발견할 때마다 좋아서 환호성을 올리는 남편을 둔 조안은 아이가 없어서 불만이었다. 로레타는 남편이 좀더 진지한 역할로 연기 폭을 넓히지 않는다며 불평을 했다. 그러던 어느 날 로레타가 평소처럼 활발한 목소리로 말했다.

"위선은 그만 떨자. 우린 유명한 남자들이랑 결혼해서 행복하게 아주 잘 살고 있어. 우리가 진짜로 싫어하는 건 말이야, 우리 남편들이 죄의식을 좀 덜 느끼면서 다른 여자들이랑 놀고 싶어서 우릴 로데오거리로 쫓아낸다는 사실 아니겠어?"

세 여자는 깔깔대며 웃었다. 그건 사실이었다.

쥴리아가 말했다.

"난 남편을 사랑해. 그런데 그 사람은 영화를 찍느라 타히티에서 한 달째 지내고 있어. 그리고 해변에 앉아서 자위를 할 사람은 절대 아니고. 하지만 난 타히티에서 한 달이나 있긴 싫고, 덕분에 남편은 자기 상대 여배우나 현지 여자들이랑 놀아나고 있을 거야."

로레타가 말했다

"네가 거기 있어도 네 남편은 그럴 걸?"

조안은 뭔가를 그리워하는 듯한 표정으로 말했다.

"우리 남편은 올챙이 같은 정충은 없어도 거시기가 아주 끝내줘. 그 사람이 발굴해낸 배우들이 왜 하나같이 여자겠어? 우리 남편 스크린 테스트 기준은 여자들이 오랄 섹스를 얼마나 잘 하는 가야."

다들 술에 취해서 몽롱한 상태였다. 그들은 포도주는 칼로리가 없다고 믿었다. 로레타가 짱짱한 목소리로 외쳤다.

"남편들한테 뭐라고 그럴 일도 못 되지. 세상에서 둘째가라면 서러워 할 미인들이 눈앞에서 왔다갔다 하는데 말이야. 우리 남편이나 너네 남편들이나 사실 선택의 여지가 없는 거라고. 그렇다고 왜 우리가 괴로워해야 돼? 카드나 펑펑 쓰면서 우리도 즐기는 거야."

그렇게 해서 한 달에 한 번 정기적으로 그들의 신성한 밤 외출이 시작됐다. 종종 남편들은 집을 비웠고 그래서 남편이 집에 없을 때 그들은 밤을 새워 모험을 즐기곤 했다.

대부분의 미국 사람들은 그들을 알아봤기 때문에 변장을 해야 했다. 하고 보니 변장처럼 쉬운 일도 없었다. 머리 모양과 색깔이야 가발을 쓰면 그만이었다. 화장으로 입술을 두껍게도 만들고 얇게도 만들었다. 옷도 중산층 여자처럼 입었다. 그들은 자신들을 실제보다 못 생긴 모습으로 만들었지만 여배우들이 대부분 그런 것처럼 언제라도 매력적으로 변신할 수 있었기 때문에 그런 점은 크게 중요하지 않았다.

그리고 역할을 바꾸는 것이 너무나 재미있었다. 다양한 남자들로부터 같이 자자는 이야기를 듣는 일은 유쾌한 경험이었고 또 실제로 같이 자기도 했다. 그 시간들은 진정한 삶을 체험하는 순간이었고, 각본에 의해 운명이 정해진 인물이 아니라 신비감에 싸인 인물이 되는 순간들이었다. 그리고 예기치 않은 즐거움도 있었다. 다시 보지 않을 남자들이란 생각에서 그들에게 고민을 털어놓다가 느닷없이 받게 되는 진지한 청혼과 진실한 사랑고백 같은 것들이었다. 자신들의 사회적 지위 때문이 아니라 내면에서 우러나는 매력 때문에 남자들의 찬사를 받는 일 따위도 흥미로웠다. 또한 그들은 새로운 인물을 창조하는 일에 재미를 느꼈다. 때로는 휴가를 즐기는 컴퓨터 관리 직원도 됐다가 때로는 비번으로 쉬는 간호사나 치과기공사, 또 사회복지사가 되기도 했다. 그들은 새로 맡게 될 직업에 관해 책을 찾아 읽으며 벼락공부를 했다. 가끔은 로스앤젤레스에서 연예사업을 전문적으로 다루는 큰 변호사 사무실의 비서라고 속이고서, 남편이나 남편의 배우 친구들에 관해 나쁜 소문을 퍼뜨리기도 했다. 그들은 한껏 재미를 누렸지만 장소는 언제나 로스앤젤레스가 아닌 다른 곳을 택했다. 아무리 변장을 하고 있어도 그들을 금방 알아보는 친구들을 언제 어디서 만날지 모르기 때문에 로스앤젤레스는 너무 위험했다. 샌프란시스코도 위험하기는 마찬가지였다. 몇몇 남자들이 그들의 정체를 알아챈 것 같았다. 그들이 선호하는 도시는 라스베가스였다.

단테는 지친 도박꾼들이 쉬면서 연주와 희극배우의 우스개 소리, 그리고 여자가수들의 노래를 듣는 제너두 클럽라운지에서 그들을 알게 됐다. 로레타는 초창기에 그곳에서 공연을 한 적이 있었다. 춤은 없었다. 호텔은 고객들이 피곤을 풀고 곧장 도박장으로 돌아가기를 원했으니까.

단테는 그들의 활기와 자연스런 매력에 끌렸다. 여자들은 도박장에서 그가 무제한으로 열어놓은 신용거래를 이용해 엄청난 액수의 돈을 내기에 걸었다가 잃는 모습을 보고서 그에게 끌렸다. 술을 마신 뒤에 그는 그들을 룰렛바퀴가 있는 곳으로 데려가 그들 각각에게 천 달러씩을 주면서 내기를 걸게 해주었다. 그들은 도박장의 진행요원이나 관리요원들이 그를 각별한 사람으로 대우하는 것을 보고 그에게 매력을 느꼈고, 그의 모자도 그들 눈에는 매력적으로 비춰졌다. 그리고 심술 궂은 성격이 엿보이는 그의 야비한 행동거지 역시 매력이 있었다. 단테는 저속하면서 때로는 약간 섬뜩하게 느껴지는 농담을 잘 했다. 그의 엄청난 돈 씀씀이는 그들을 흥분시켰다. 물론 그들 자신도 부자였고 엄청난 수입을 벌어들였지만, 단테가 쓰는 돈은 현금이었고 요술을 부리는 것처럼 그 자리에서 돈이 나왔다. 사실 그들이 로데오거리에서 하루에 쓰는 돈 만 해도 수만 달러에 이르렀지만 그 대신 화려한 물건이 생겼다. 남편들로부터 10만 달러 이상 나가는 차를 받은 그들이 단테가 10만 달러짜리 환전증서에 서명을 하는 모습을 보며 경외심을 느꼈다. 단테는 돈을 그냥 내버리고 있었다.

그들은 자기들이 고른 남자들과 항상 같이 자는 건 아니었지만 이번에는 다들 화장실에 모여서 누가 단테를 가질 지 의논했다. 쥴리아가 단테의 우스운 모양의 모자에 오줌을 누고 싶어서 미치겠다며 제일 강력하게 나왔다. 두 여자는 포기했다.

조안은 5천 달러나 만 달러를 따고 싶어했다. 돈이 없어서가 아니라 그 돈은 현금이었으니까. 로레타는 다른 친구들처럼 단테에게 매력을 느끼지는 않았다. 라스베가스 카바레에서 일해 본 경험이 있는 그녀는 그런 부류의 남자들에 대해 어느 정도는 알았다. 그런 남자들은 의외의 행동들을 할 때가 많아서 썩 유쾌하지 않은 경우가 태반이었다.

여자들은 제너두 호텔의 방 세 개짜리 객실에 묵었다. 여행을 할 때면 안전을 이유로 그들은 항상 꼭 붙어 다녔다. 그렇게 하면서 자신들의 모험에 대해 수다를 떨기도 좋았다. 그들은 자기들이 고른 남자와 밤새도록 함께 지내지는 않는 것을 규칙으로 삼았다.

이렇게 해서 쥴리아는 단테와 엮였는데 단테는 속으로 로레타가 더 마음에 들었지만 아무 말도 하지 않았다. 하지만 그는 쥴리아를 여자들 방 바로 아래 있는 자기 방으로 데려가고 싶어했다.

"네 방까지 데려다 주지."

그가 쌀쌀맞게 말했다.

"한 시간이면 끝날 거야. 난 아침에 일찍 일어나야 되거든."

그 말을 들으며 쥴리아는 그가 자신들을 시시한 매춘부쯤으로 취급한다는 것을 깨달았다.

"우리 방으로 올라가자. 내가 네 방까지 데려다 줄게."

단테는 고집을 부렸다.

"거긴 네 친구들이 있잖아. 너희들이 한꺼번에 달려 들면 어쩌게? 난 힘없는 남자라고."

그 말이 너무 재미있어서 쥴리아는 그의 방으로 가기로 했다. 그가 음흉하게 웃는 모습을 그녀는 보지 못했다. 방으로 가는 길에 그녀가 농담처럼 말했다.

"네 모자에 오줌을 누고 싶어."

단테가 냉랭한 표정으로 농담을 받았다.

"네가 좋아하는 거라면 나도 좋지."

일단 방으로 들어가자 얘기는 거의 하지 않았다. 쥴리아는 소파에 가방을 던져놓고 옷을 끌어내려 가장 자신 있는 부위인 가슴을 드러냈다. 그러나 단테는 생각했던 것과는 달리 가슴에 그다지 관심이 없어 보였다.

그는 그녀를 침대로 데려가서 옷을 완전히 벗겼다. 그녀가 알몸이 되자 이번에는 자기 옷을 벗었다. 그의 음경은 작고 뭉툭했으며 포경수술을 받지 않은 것 같았다.

"콘돔 써야 돼."

단테는 그녀를 번쩍 들어서 침대로 던졌다. 줄리아는 체격이 좋은 여자였는데 그는 전혀 힘을 들이지 않는 것처럼 가볍게 그녀를 들어올렸다. 그런 뒤에 그는 그녀 위에 걸터 앉았다.

"콘돔을 쓰라니까. 농담 아니야."

다음 순간 그녀의 머리에서 번쩍 불꽃이 튀었다. 단테가 거의 의식을 잃을 정도로 세게 그녀의 뺨을 때린 것이다. 그녀는 몸을 비틀며 빠져나오려고 했지만 덩치도 작은 남자가 믿을 수 없을 정도로 힘이 셌다. 그녀는 그가 두 차례 더 뺨을 때리는 걸 느꼈고 얼굴이 뜨겁게 달아오르면서 이빨이 욱신거렸다. 그런 다음 그는 그녀를 덮쳤다. 그는 이삼 초 정도 그녀를 밀고 들어오더니 그녀 위로 엎어졌다.

두 사람은 뒤엉킨 상태로 누워 있다가 잠시 뒤에 그가 그녀를 뒤집으려고 했다. 여전히 발기상태를 유지하고 있는 그의 음경을 보면서 그녀는 그가 항문성교를 원한다는 걸 알았다. 그녀는 그에게 속삭였다.

"나도 그건 좋아하는데, 가방에서 바셀린을 꺼내서 발라야 되겠어."

그는 그녀가 자기 밑에서 빠져나가게 내버려두었고, 그녀는 거실로 나갔다. 단테는 침실 문까지 따라 나왔다. 두 사람은 여전히 옷을 벗은 상태였고 단테는 여전히 발기가 돼 있었다.

줄리아가 가방 속을 더듬다가 과장된 몸짓으로 작은 은색 권총을 꺼냈다. 그것은 그녀가 예전에 찍었던 영화에서 받은 소품이었는데, 그녀는 실제 상황에서 총을 사용해보는 공상을 하곤 했었다. 그녀는 단테에게 총을 겨누면서 영화에서 배운 대로 몸을 구부리고 총 쏘는 자세를 취하며 말했다.

"난 옷을 입고 나갈 거야. 날 막으면 쏠 거야."

발가벗은 단테가 호탕하게 웃어대기 시작해서 그녀는 깜짝 놀랐다.

하지만 그의 음경이 곧장 힘을 잃는 모습을 보면서 줄리아는 만족감을 느꼈다.

그녀는 그 상황을 즐겼다. 그리고 조안과 로레타가 있는 위층으로 돌아가서 이 얘기를 해주면 그들이 얼마나 웃어댈까 그려보았다. 그녀는 조금 더 용기를 내서 그에게 모자를 달라고 해서 오줌을 눠야겠다고 생각했다.

하지만 이번에는 단테가 그녀를 놀라게 했다. 그는 그녀에게 천천히 걸어오기 시작했다. 그는 미소를 지으며 조용히 말했다.

"그 총은 직경이 아주 작아서 네가 재수 좋게 내 머리를 맞힌다고 해도 날 막지는 못할 거야. 작은 총은 절대 사용하지 말라고. 내 몸에 세 발을 맞춘다고 해도 난 네 목을 조를 수 있어. 게다가 넌 총 잡는 법도 틀렸어. 그런 총은 반동이 없어서 그런 자세를 할 필요도 없다고. 또 백이면 백 날 못 맞출게 뻔해. 그런 조그만 총은 정확도가 떨어지거든. 그러니까 총은 버리고 말로 해결하자. 그런 다음에 마음대로 나가도 좋아."

그가 자기를 향해서 계속 걸어오자 그녀는 총을 소파에 던졌다. 단테가 총을 집어 들고 들여다보더니 고개를 저었다.

"가짜 총이네? 이러다간 죽기 딱 좋아."

그러면 안 된다는 듯이 고개를 젓는 모양이 다정하게 느껴질 정도였다.

"자, 네가 진짜 매춘부라면 총도 진짜 총을 가지고 다닐 텐데. 도대체 정체가 뭐야?"

그는 줄리아를 소파에 밀어 쓰러뜨린 다음에 다리로 꼼짝 못하게 그녀를 누르고서 그녀의 음모를 발끝으로 꽉 눌렀다. 그런 다음 그는 그녀의 가방을 열어서 탁자 위에 내용물을 쏟았다. 그리고 가방 속의 주머니 안에 손을 집어넣어 신용카드와 운전면허증이 든 지갑을 꺼냈다. 그는 그것들을 꼼꼼하게 읽어보더니 아주 재미있다는 표정으로 씩 웃었다. 그는 그녀에게 "그 가발 벗어봐." 라고 말했다. 그런 다음 그는 소파에서 손을 뻗어 냅킨을 집어서는 그녀의 얼굴에서 화장을 지워냈다.

"세상에, 줄리아 델르리잖아."

단테가 탄성을 질렀다.

"내가 영화배우랑 놀고 있었군."

그는 또다시 한바탕 웃음을 터뜨렸다.

"언제든 내 모자에 오줌 눠."

그는 발가락으로 그녀의 가랑이를 더듬었다. 그런 다음에 그녀를 일으켜 세웠다.

"겁내지 마."

그는 그녀에게 키스를 하고는 그녀를 돌려서 소파 등 쪽으로 몸이 구부러지게 밀었고, 그러자 그녀의 가슴이 덜렁거리면서 엉덩이가 단테 쪽으로 올라갔다.

줄리아가 울면서 애원했다.

"날 나가게 해 준다고 했잖아."

단테는 그녀의 엉덩이에 키스를 하면서 손가락으로 엉덩이를 문질렀다. 그런 다음 그는 맹렬하게 그녀 속으로 파고들었고 그녀는 고통에 겨워 비명을 질렀다. 일을 끝내고 난 뒤에 그가 그녀의 엉덩이를 살짝 두드렸다.

"이제 옷 입어. 약속 못 지켜서 미안해. 줄리아 델르리의 커다란 엉덩짝을 갖고 놀았다는 걸 친구들한테 자랑할 기회를 놓칠 수가 없어서 말이야."

다음날 아침 모닝콜을 받고 크로스는 일찌감치 자리에서 일어났다. 그날은 바쁜 하루였다. 카지노 창구에서 단테의 환전증서를 모두 추린 다음에 몇 가지 서류작업을 해서 그 증거를 없애야 했다. 도박장 관리 책임자들로부터 환전증서 장부를 받아서 장부도 다시 만들어야 했다. 그런 다음에는 빅 팀에게 준 롤스로이스와 관련된 서류들을 철회할 수 있는 준비작업을 해야 했다. 지오르지오는 공식적인 소유권 이전이 앞으로 한 달까지는 유효하지 않도록 서류를 만들어 놓으라고 지시를 했었다. 그것은 지오르지오의 오래된 수법이었다.

이런 일들을 하느라 한창 바쁜 와중에 로레타 랭한테서 전화가 걸려와서 그는 잠시 일을 중단했다. 그녀는 호텔에 있다고 하면서 급하게 그를 만나고 싶어했다. 그는 클로디아와 관련된 일이 아닐까 싶어서 경비원을 시켜 그녀를 펜트하우스까지 데려오도록 했다.

로레타는 그의 양쪽 뺨에 키스를 하며 인사를 한 뒤에 줄리아와 단테에 관한 이야기를 하나도 빠짐없이 들려주었다. 그녀는 그가 자기를 스티브 샤프라고 소개했으며 크랩스판에서 10만 달러를 잃는 걸 봤다고 했다. 그들은 그에게 호감을 가지게 됐고 그래서 줄리아가 그와 자기로 했다. 세 사람은 단지 밤에 도박이나 하면서 쉴 생각이었다. 그런데 이제는 스티브가 소문을 퍼뜨릴까봐 극도로 두려움에 떨고 있다는 것이 요지였다.

크로스는 공감한다는 듯이 고개를 끄덕였다. 큰일을 앞두고 그 개자식이 우연히 만난 여자들한테 칩을 줘서 도박을 했군. 진짜로 어리석은 짓거리를 하고 돌아다니는 거라고 생각했다. 그는 침착하게 로레타에게 물었다.

"나도 그 사람은 당연히 알지. 당신과 같이 온 여자들은 누군데?"

로레타는 섣불리 크로스를 속이려고 들 정도로 어리석지는 않았다.

그녀는 두 여자의 이름을 말했다. 크로스가 슬쩍 웃었다.

"셋이서 자주 이러고 다녀?"

"우리도 삶의 즐거움이 필요하니까."

로레타가 대답했다. 크로스는 맞는 얘기라는 듯이 그녀를 보며 웃었다.

"좋아. 당신 친구가 그 남자 방으로 갔어. 여자는 옷을 벗었어. 그리고 이제 와서 강간을 당했다고 소리라도 지르고 싶다는 거야? 뭐 어쩌겠다는 얘긴데?"

로레타는 얼른 대답했다.

"그건 절대 아니에요. 우린 그저 그 사람이 조용히만 있어주면 돼요. 만약 그 사람이 그 얘길 떠들고 다닌다면 우린 배우생활을 그만둬야 될 지도 몰라요."

"그 사람은 말하지 않을 거야. 재미있는 사람이지. 자기 신분을 드러내고 싶어하지 않아. 하지만 충고하는데 그 남자랑 다시는 어울리지 마. 당신들 좀더 조심을 하는 게 좋을 거야."

로레타는 이 마지막 말에 아주 불쾌해졌다. 세 여자는 외출을 계속 하기로 결정을 했기 때문에 한 번 일어난 사고 정도로 겁을 먹을 자신들이 아니었다. 진짜로 끔찍한 일은 전혀 일어나지 않았다. 그녀가 물었다.

"그 남자가 얘기 안 할 거라는 걸 어떻게 알아요?"

크로스가 진지한 얼굴로 그녀를 쳐다보았다.

"그 사람한테 조용히 있어달라고 부탁을 할 거니까."

로레타가 방을 나간 뒤에 크로스는 접수대에 들리는 손님들이 모두 찍힌 감시 카메라의 테이프를 가져오게 했다. 그는 기록화면을 꼼꼼하게 살폈다. 들은 정보가 있었기 때문에 로레타 랭과 변장한 두 여자를 알아보기는 쉬웠다. 단테에게 들키지 않을 거라고 생각한 건 정말 바보 같은 짓이었다.

피피는 빅 팀을 처리하기 위한 준비작업 때문에 로스앤젤레스로 떠나기에 앞서서 점심을 먹으러 펜트하우스 사무실에 들렀다. 크로스가 그에게 로레타의 얘기를 전해 주었다.

피피는 고개를 저었다.

"그 쥐새끼 같은 자식이 시간조절을 안 해서 일을 완전히 그르칠 뻔했다. 게다가 내가 경고 했는데도 계속 그 망할 놈의 모자를 쓰고 다니고 있어."

"이번 작전은 조심하세요. 단테를 잘 지켜보셔야 할 겁니다."

"계획이 다 짜여 있으니까 그 자식이 일을 망치고 싶어도 못 망칠 거다. 그리고 오늘밤에 로스앤젤레스에서 놈을 만나면 작전설명을 한 번 더 할 거야."

크로스는 빅 팀에게 한 달 동안 법적인 소유권이 돌아가지 못하게 해서 그가 죽으면 호텔이 차를 되찾을 수 있도록 지오르지오가 롤스로이스에 대한 서류를 만들라고 지시했다는 얘기를 피피에게 했다.

"지오르지오의 전형적인 수법이지. 대부라면 그 사람 자식들이 유산으로 물려받게 놔뒀을 텐데."

빅 팀은 이틀 후 제너두 호텔에 6만 달러 상당의 환전증서를 남기고 라스베가스를 떠났다. 그는 오후 늦게 로스앤젤레스 행 비행기를 탔다. 그리고 바로 자기 사무실로 가서 두어 시간 일을 했고 산타모니카로 차를 몰고 가서 전처와 두 아이들과 함께 저녁을 먹었다. 그의 주머니에는 5달러짜리 지폐가 잔뜩 있었는데 그것을 종이상자에 넣어서 아이들에게 선물로 주었다. 아내에게는 부양비와 이혼수당을 주면서 아이들을 방문해도 좋다는 허락을 받아냈다. 아이들이 자러간 뒤에 그는 아내를 달콤한 말로 꾀었지만 그녀는 거절했다. 사실 그도 라스베가스를 떠난 뒤로는 썩 즐기고 싶은 마음이 없었다. 하지만 완전 공짜니까 시도를 해볼 필요는 있었다.

다음날은 빅 팀에게 정말로 바쁜 하루였다. 두 명의 국세청 직원들이 연체된 세금을 받아내려고 그를 찾아와 위협을 했다. 그는 법정에 가서 해결하자며 그들을 쫓아냈다. 그런 다음 그는 통조림 창고와 의사의 처방 없이 팔 수 있는 약들을 모아놓은 창고를 둘러보았는데, 이물건들은 유효기간이 거의 끝나가고 있었기 때문에 모두 최저가격으로 얻은 것들이었다. 유효기간 날짜들이야 바꾸면 그만이었다. 점심시간에 그는 이 물건들을 받아주겠다고 하는 한 슈퍼마켓 체인점의 부사장과 만났다. 점심을 먹으면서 그는 만 달러가 든 봉투를 그에게 슬쩍 찔러주었다.

점심을 먹은 뒤에 그는 FBI 요원 두 명으로부터 기소 중에 있는 어떤 하원의원과의 관계를 묻는 의외의 전화를 받았다. 빅 팀은 그들에게 있는 대로 욕을 퍼부었다.

빅 팀은 두려움을 몰랐다. 아마도 덩치가 유난히 커서 그랬을 테지만, 어찌 보면 그의 뇌에 두려움을 느끼는 부분이 아예 없는 것 같기도 했다. 그에게는 물리적인 공포뿐만 아니라 정신적인 공포도 없었다. 그는 인간뿐만 아니라 자연의 법칙에도 공격적이었다. 의사가 그에게 죽음이 그를 공격하고 있다면서 철저한 식이요법을 써야 한다고 하자, 그는 위를 우회하는 보조관 수술이라는 더 위험한 방법을 택했다. 그리고 수술 결과는 완벽했다. 그는 특별한 부작용 없이 먹고 싶은 만큼 원 없이 먹었다.

그가 재산을 모으게 된 과정도 똑같은 식이었다. 그는 계약을 해 놓고서도 수익성이 떨어지면 당장 계약을 파기해 버렸고, 동업자들이나 친구들을 배신했다. 모든 사람들이 그에게 소송을 걸었지만, 백이면 백 그들이 원래 계약상 받아야 할 돈보다 적은 돈으로 해결을 볼 수밖에 없었다. 미래를 걱정하지 않는 사람이 볼 때는 그의 인생은 성공한 인생이었다. 그는 항상 끝에 가서는 자신이 이긴다고 생각했다. 그는 사람들의 원한을 사든 말든 언제라도 동업관계를 청산할 수 있었다.

여자들한테는 훨씬 더 무자비했다. 그는 여자들에게 쇼핑몰이며 아파트며 가게를 주겠노라고 약속을 했다. 그런 뒤에는 크리스마스에 작은 보석을 선물하거나 생일에 돈을 주는 걸로 그만이었다. 액수로 치자면 적은 돈은 아니지만 원래 약속했던 것에는 못 미치는 것이었다. 빅 팀은 진지한 관계는 원하지 않았다. 그저 자기가 필요할 때 여자들과 즐겁게 욕구를 해결할 수 있을 정도만 원했다.

빅 팀은 이런 식으로 남을 등쳐먹는 일이 재미있었고 그 재미에 살았다. 한번은 로스앤젤레스의 어떤 내기 업자를 상대로 축구경기 내기에서 7만 달러를 사기 친 적이 있었다. 그 업자가 그의 머리에 총을 들이대자 빅 팀은 "웃기고 있네." 라고 하면서 만 달러로 해결을 보자고 했다. 내기 업자는 그 돈으로 타협을 하고 말았다.

재산과 건강과 위압적인 덩치와 죄의식의 부재 덕분에 빅 팀은 하는 일마다 성공했다. 절대적으로 깨끗한 인간은 없다는 그의 신념은 그에게 일종의 천진난만한 분위기를 불어넣어서, 여자의 환심을 사는데도 도움이 됐고 법정에서도 효과가 있었다. 그리고 넘치는 삶의 활력도 그의 매력이었다. 그는 다른 사람들로 하여금 그의 신용카드를 몰래 엿보고 싶게 만드는 사기꾼이었다.

그랬기 때문에 빅 팀은 피피가 정한 그날 밤의 이상한 약속을 깊이 생각하지 않았다. 피피는 자기 같은 사기꾼이었고 그래서 거래도 적당

히 알아서 할 수 있는 사람이었다. 적당한 거래란 약속은 크게 보상은
적게였다.

빅 팀은 스티브 샤프에 대해서는 몇 년간 사기를 칠 수 있는 큰 건수
를 잡았다는 예감이 들었다. 그가 관찰한 바에 의하면, 그 키 작은 남자
는 하루 평균 적어도 50만 달러는 썼다. 다시 말해서 그는 카지노와 엄
청난 신용거래를 할 수 있고 상당한 액수의 검은 돈을 벌어들이는 사
람임에 분명했다. 슈퍼볼을 조작하는 데는 완벽한 조건이었다. 그는
자금을 공급할 능력이 있을 뿐만 아니라 내기 업자들의 신뢰를 얻는데
도 그만이었다. 어찌됐든 내기 업자들이 천문학적인 액수의 내기 돈을
아무한테서나 받을 수 있는 건 아니었다.

그래서 빅 팀은 다음 번에 라스베가스에 갈 때를 그려보았다. 마침
내 별장을 갖게 되겠지. 그는 누구를 손님으로 데려갈지를 곰곰이 생
각했다. 사업에 도움이 되는 사람으로 할까, 아니면 같이 즐길 사람으
로 할까? 사기를 쳐 먹을 만한 미래의 희생자로 할까, 아니면 몽땅 여
자로? 마침내 피피와 스티브 샤프와의 저녁식사 자리에 갈 시간이 됐
다. 그는 전처와 두 아이들에게 전화를 걸어서 잠깐 이런 저런 얘기를
나눈 뒤에 길을 나섰다.

저녁식사는 로스앤젤레스 항구에 있는 작은 생선 전문 식당이었다.
주차를 도와주는 사람이 없었기 때문에 빅 팀은 직접 차를 주차했다.
레스토랑에 들어가자 자그마한 식당주인이 그를 보고 인사를 하면서
피피가 기다리고 있는 탁자로 그를 안내했다.

빅 팀은 능숙한 사교술을 발휘해서 피피를 팔로 감싸 안으며 반가워
했다.

"스티브는 어디 있소? 설마 날 바람맞힐 생각인가? 난 허탕칠 시간
이 없는데."

피피는 아주 호의적으로 나왔다. 그는 빅 팀의 어깨를 툭툭 쳤다.

"그럼 난 뭔가, 허수아빈가? 우선 앉아서 당신이 한 번도 못 먹어봤을 최고로 맛있는 생선요리나 먹어보지. 스티브는 좀 있다가 만나게 될 거요."

식당주인이 주문을 받으러 오자 피피가 주문했다.

"최고로 좋은 걸로 모조리 내와 봐. 여기 있는 내 친구는 먹는 데는 일가견이 있는데 만약에 이 친구가 배를 덜 채우고 자리에서 일어나는 일이 생기면 빈센트한테 일러줄 거야."

식당주인은 자신만만한 미소를 지었다. 그의 요리솜씨로 말하자면 어디에 내놔도 손색이 없었으니까. 이 식당은 빈센트가 다스리고 있는 대제국의 일부였다. 경찰이 빅 팀의 행적을 추적한다고 해도 이곳에서는 작은 꼬투리 하나도 잡지 못할 것이다.

그들은 대합조개, 홍합, 새우, 바다가재를 차례로 먹었다. 빅 팀은 바다가재 세 마리, 피피는 한 마리를 먹었다. 피피는 빅 팀보다 훨씬 먼저 식사를 마쳤다.

"그 사람이랑 난 친구사이요. 이제 와서 말이지만 그는 마약계에서 최고 우두머리요. 겁나면 지금 말하지."

"이 바다가재만큼이나 무섭군."

빅 팀이 커다란 집게발을 뜯어먹다 말고 그걸 피피 얼굴에다 대고 흔들면서 농을 쳤다.

"다른 건?"

"돈세탁을 하지. 당신이랑 거래할 때는 검은 돈이 일부 들어갈 거요."

빅 팀은 음식 맛에 흠뻑 취해 있었다. 짭짤한 바다향기가 그의 콧구멍을 가득 채웠다.

"거 좋군. 내 그럴 거라고 생각했지. 그런데 대체 그 사람은 어디 있소?"

"요트에 있소. 그 친구는 당신이랑 함께 있는 모습을 아무한테도 보여주고 싶지 않은 모양이야. 당신한테도 그 편이 낫지. 그 친구는 아주 신중한 사람이거든."

"나랑 그 사람이 만나는 근처에는 파리 새끼 한 마리도 얼씬거리지 못하게 해 주지. 그런데 말이야, 그 사람이랑 함께 있는 내 모습을 보고 싶은 사람은 바로 나야."

마침내 빅 팀이 식사를 마쳤다. 후식은 과일과 에스프레소 한 잔이었다. 피피가 배를 예쁘게 깎아 빅팀에게 주었다. 빅팀은 에스프레소를 한 잔 더 주문했다.

"정신을 좀 차리려고 말야. 세 번째 먹은 바다가재 때문에 숨이 곧 넘어갈 것 같거든."

계산서는 나오지 않았다. 피피가 탁자에 20달러를 놓고 두 사람은 식당을 떠났고, 식당주인은 빅 팀의 대단한 식욕에 속으로 갈채를 보냈다.

피피는 빅 팀을 임대한 소형 승용차로 데려갔고, 빅 팀은 차 안으로 몸을 구겨서 겨우 들어갔다.

"맙소사, 좀 더 큰 차를 빌릴 돈이 없었나?"

빅 팀이 투덜댔다.

"여기서 가까워."

피피가 달래듯 말했다. 정말로 목적지까지 가는 데는 오 분밖에 걸리지 않았다. 날은 완전히 어두워져서 부두에 매어놓은 작은 요트에서 비치는 불빛 외에는 아무것도 보이지 않았다.

배와 부두를 연결하는 다리가 내려졌고, 빅팀 못지않게 덩치가 커다란 한 남자가 그들을 안내했다. 멀리 갑판에는 또 한 명의 남자가 있었다. 피피와 빅 팀은 다리를 건너가 요트의 갑판으로 올라갔다. 그러자 단테가 갑판에 모습을 드러내며 그들에게 다가와 악수를 청했다. 빅 팀이 모자를 낚아채려고 하자 그는 유쾌하게 웃으며 자기 모자를 가져가지 못하게 막았다.

단테는 그들을 갑판 아래 식당으로 꾸며놓은 선실로 데려갔다. 그들은 탁자를 가운데 두고 바닥에 고정시켜놓은 편안한 의자에 앉았다.

탁자 위에는 술병들과 얼음그릇, 술잔을 담아놓은 커다란 접시가 놓여 있었다. 피피가 브랜디를 한 잔씩 따라 돌렸다.

그러고 있는데 엔진이 돌아가면서 요트가 움직이기 시작했다. 빅 팀이 물었다.

"아니, 어딜 가게?"

단테가 부드러운 목소리로 대답했다.

"한 바퀴 돌면서 신선한 바람 좀 쐬려고. 바다로 나가면 갑판으로 올라갑시다."

빅 팀은 약간 의심스럽기는 했지만 무슨 일이 일어나든 자기는 잘 대처할 수 있다고 자신했다. 그는 단테의 설명에 별 이의를 제기하지 않았다.

"팀, 당신이 나와 사업을 하고 싶은 모양인데."

"아니, 내 사업에 당신을 끌어들이고 싶은 거요."

빅 팀이 뻐기듯이 말했다.

"내가 판을 벌리는 거요. 당신은 수수료 없이 돈을 세탁하고. 그리고 추가로 거금도 벌고. 내가 지금 프레즈노 외곽에다 쇼핑몰을 하나 짓고 있는데, 5백만 달러나 천만 달러만 주면 당신한테 일부를 떼 줄 의향이 있지. 언제나 그렇지만, 그것말고도 나한테는 거래할 것들이 많소."

"꽤 괜찮은 거래군."

피피가 대답했다.

빅 팀이 그를 매섭게 노려보았다.

"당신 전문분야가 뭐지? 전부터 물어보고 싶었어."

단테가 대신 대답했다.

"이 친구는 내 밑에서 일을 도와주고 있소. 내 조언자지. 나한테는 돈이 있지만 이 친구한테는 머리가 있거든."

그는 잠시 말을 멈췄다가 진지한 표정으로 다시 말을 이었다.

"이 친구가 당신에 대해서 좋은 얘길 많이 해줬고 덕분에 이렇게 우리가 만나서 얘길 하고 있는 거요, 팀."

요트가 아주 빠르게 달려서 접시 위에 놓인 유리잔들이 흔들렸다. 빅 팀은 이 남자를 슈퍼볼 조작에 가담시켜야 할지 말지 곰곰이 생각을 했다. 그런 다음 그는 한 번도 어긋난 적이 없는 자신의 육감을 믿기로 했다. 그는 의자에 등을 기대며 브랜드를 한 모금 들이키고는 그들의 의사를 듣고 싶다는 듯한 진지한 표정을 지었는데, 그런 표정은 그가 자주 짓는 표정이기도 했고, 사실 여러 번 연습을 했던 표정이었다. 말하자면, 상대를 신뢰하려고 마음먹은 사람의 표정이라고 하면 적절했다. 진정한 친구들 사이에게서만 볼 수 있는 것이었다.

"비밀리에 당신을 끼워주려고 생각하는 일이 하나 있는데 말이야. 하지만 우선 동업을 해야 되겠는데? 쇼핑몰 일부를 살 생각 없소?"

"좋아. 우리 변호사들을 내일 모이라고 해서 충분한 액수의 보증금을 내지."

빅 팀은 브랜디 잔을 비우고 난 다음 앞으로 몸을 기울였다.

"난 슈퍼볼을 조작할 수 있소."

그는 피피에게 과장된 손짓을 해가면서 자기 잔에 술을 채우라고 했다. 두 사람이 놀란 표정을 짓자 그는 기분이 흡족했다.

"내 머리가 완전히 돌았다고 생각하나?"

단테가 모자를 벗어서 바라보며 뭔가를 골똘하게 생각했다.

"당신 지금 내 모자에 오줌을 누려고 하는 것 같은데 말이야."

단테는 이렇게 말하며 생각나는 것이 있다는 듯한 미소를 지었다.

"많은 사람들이 승부 조작을 시도하지. 그런데 피피가 그 쪽 일에는 전문가잖아?"

피피가 대답했다.

"불가능한 일이야. 슈퍼볼이 시작되려면 여덟 달이나 남았고 어느 팀이 올라갈지 조차 모른다고."

"그렇게 생각한다면 관두쇼. 누워서 떡 먹기나 마찬가진데 그걸 안 하겠다면야 내가 뭐라고 하겠어. 하지만 다시 한 번 말하지만 난 진짜로 조작할 수 있소. 싫다면 쇼핑몰 거래나 합시다. 난 바쁜 몸이니까 이 배나 돌리쇼."

"너무 그렇게 심하게 나올 것까진 없지. 어떻게 조작을 할 건지나 들어봅시다."

빅 팀은 브랜디를 꿀꺽꿀꺽 들이키더니 잔뜩 불만스런 목소리로 대답했다.

"그 얘긴 못하지. 하지만 내 장담할 수 있다니깐. 당신은 천만 달러를 내기 돈으로 걸고, 우리가 각자 나눠서 여러 팀에 내기를 거는 거요. 만약 일이 잘못되면 천만 달러를 돌려주겠소. 자, 이제 공정한가?"

단테와 피피는 재미있다는 듯이 서로를 쳐다보며 씩 웃었다. 단테는 고개를 아래로 숙였다. 그러자 모자를 쓴 그의 모습이 마치 약삭빠른 다람쥐처럼 보였다.

"현찰로 돌려줄 거요?"

"정확히 말하자면 아니요. 다른 거래를 가지고 그 돈을 보상해줄 거요. 천만 달러를 깎아준다는 얘기지."

"선수들을 매수할 건가?"

"그건 못해."

피피가 끼어들었다.

"선수들은 이미 돈을 엄청나게 번다고. 분명히 심판들일 거야."

빅 팀은 이제 적극적으로 나섰다.

"당신들한테 자세한 얘기는 못하겠지만 정말 안전한 방법이오. 그리고 돈에 대해서는 절대 걱정할 필요 없어. 영광의 그날을 생각해보라고. 이번 일은 스포츠 역사상 가장 큰 사건이 될 거요."

"물론, 우리는 감옥으로 직행하겠지."

"당신한테 아무 얘기도 하지 않는다는 거야말로 내 장점이지. 난 감옥에 가지만 당신은 안 가. 그리고 내 변호사들은 최고야. 내게 연줄도 아주 많소."

처음으로 단테가 피피의 각본에 변화를 주었다.

"이제 충분히 얘기가 된 건가?"

피피가 끼어들었다.

"음, 하지만 팀 얘길 좀더 들어봤으면 좋겠는데."

"빌어먹을."

단테가 유쾌한 얼굴로 대꾸했다.

"빅 팀, 들었소? 자, 어떻게 조작을 할 건지 들어보고 싶으니까 속일 생각하지 마."

그의 말투가 사람을 아주 얕잡아보는 듯해서 빅 팀은 얼굴이 벌겋게 달아올랐다.

"이 거지 같은 새끼, 네가 그런다고 내가 겁먹을 줄 알아? 네가 FBI
나 국세청, 또는 서부에서 가장 거친 고리대금업자보다 더 세다고 생
각하는 거야, 지금? 네 모자에다 똥을 눠 버릴까 보다."

빅 팀이 씩씩댔다. 단테가 의자 등에 몸을 기대며 선실 벽을 탕 쳤
다. 바로 뒤에 크고 거칠게 생긴 남자 두 명이 문을 열고 들어와 문 옆
에 버티고 섰다. 그와 동시에 빅 팀도 자리에서 벌떡 일어나 커다란 한
쪽 팔로 탁자 위의 것들을 쓸어버렸다. 술병이며 얼음그릇이며 술잔들
이 선실바닥에 떨어져 산산조각이 났다.

"그만, 팀. 내 말 좀 들어봐."

피피가 소리를 질렀다. 그는 빅 팀이 불필요하게 고통을 당하는 것
을 원치 않았다. 그리고 자기가 총을 쏘는 일은 없기를 바랐고 그것은
계획에도 없었다. 하지만 빅 팀은 한바탕 싸움을 벌일 생각으로 문 쪽
으로 달려갔다.

그런데 갑자기 단테가 빅 팀의 거대한 몸에 바싹 다가서더니 그의
양 겨드랑이를 쓱 그었다. 양 팔이 떨어져나가면서 빅 팀은 무릎을 꿇
으며 주저앉았다. 끔찍한 광경이었다. 그의 셔츠 반이 찢겨져 나갔고,
털이 숭숭하게 나 있던 그의 오른쪽 가슴에는 큼지막하게 붉은 속살이
드러났다. 가슴에서 피가 콸콸 쏟아져 나와 절반을 물들였다.

단테의 손에는 그가 예전부터 사용하던 칼이 있었고, 선홍색 피가
넓은 칼날은 물론이고 손잡이에까지 묻어 있었다.

"의자에다 앉혀."

남자들에게 명령하면서 단테는 식탁보를 벗겨서 빅 팀의 출혈을 막
았다. 빅 팀은 충격으로 인해 거의 의식이 없었다.

"그렇게 서두를 필요가 없었다."

"아니요. 거친 놈이에요. 얼마나 거친지 한번 보죠."

"갑판에 준비를 해 놓겠다."

피피는 그 장면을 보고 싶지 않았다. 그는 절대 고문은 해보지 않았다. 사실 꼭 그래야 될 정도로 중요한 비밀은 없었으니까. 살인을 저지를 때는 그 사람을 이 세상으로부터 떼어놓아서 나한테 피해를 주지 않게만 하면 그만이었다.

갑판 위에 올라가 보니 두 명의 부하가 이미 준비를 끝낸 뒤였다. 쇠로 만든 우리를 갈고리에 걸어놓았고 쇠살문은 닫아놓은 상태였다. 갑판에는 비닐을 덮어놓았다.

그는 소금기가 느껴지는 향긋한 바람을 맞으며 자주빛의 조용한 밤바다를 바라보았다. 요트가 조금씩 속도를 늦추더니 완전히 멈췄다.

바다를 내려다보며 꼬박 십오 분을 기다린 끝에, 선실 문을 지키고 섰던 그 두 남자가 빅 팀의 시체를 들고 나타났다. 너무 끔찍한 모습이어서 피피는 시선을 딴 데로 돌렸다.

네 남자가 빅 팀의 시체를 쇠로 만든 통 안에 넣은 다음에 바다 위로 내렸다. 그들 중 한 명이 쇠살문을 열어서 물고기들이 시체를 마음껏 뜯어먹게 했다. 갈고리를 풀자 그 통은 바다 밑바닥으로 가라앉았다.

해가 뜰 즈음이면 빅 팀은 이미 앙상한 해골로 변해 바다 밑바닥에 가라앉은 통속에서 영원히 헤엄치고 있을 것이다.

단테가 갑판 위로 올라왔다. 샤워를 한 것처럼 보였고 옷도 갈아입은 상태였다. 모자 아래로 반들거리는 젖은 머리칼이 보였다. 피가 묻은 흔적은 전혀 없었다.

"허, 벌써 영성체가 끝났네. 좀 기다려주지."

피피가 물었다.

"그놈이 털어놓더냐?"

"아, 그럼요. 조작방법이 정말로 단순하던걸요. 끝에 가서 아마도 완전히 허탕을 치게 될 거란 것만 빼고 말예요."

다음 날 피피는 동부로 비행기를 타고 가서 대부와 지오르지오에게 결과보고를 했다.

"빅 팀은 미친놈이었어요. 그놈은 슈퍼볼에서 음식과 음료수를 공급하는 사람을 매수했어요. 슈퍼볼이 시작되면 자기들이 내기를 건 팀과 대결하게 될 상대팀 선수들한테 마약을 써서 체력을 떨어뜨릴 계획이었습니다. 관중은 몰라도 코치들이나 선수들이 그걸 눈치 못 챌 리가 없고 당연히 FBI한테도 정보가 들어가겠죠. 정말 삼촌 말씀대로 그런 일이 벌어졌더라면 우리 계획은 완전히 물거품이 됐을 겁니다."

"그 자식 바보 아냐?"

"내 생각에 그놈은 유명해지고 싶었던 것 같아. 돈만으로는 성에 안 찼던 거지."

대부가 물었다.

"그럼, 그 음모에 가담한 사람들은?"

"그놈들은 소도둑한테서 소식이 없으면 겁이 나서 아무 짓도 못할 겁니다."

지오르지오도 동의했다.

"저도 그렇게 생각해요."

"좋아. 그래, 내 손자는 어땠지?"

대수롭지 않게 묻는 것처럼 들렸지만 실은 대부는 그것이 매우 심각한 질문임을 충분히 인식하고 있다는 사실을 피피는 알았다. 그는 될 수 있는 한 조심스럽게 대답을 했지만 요점은 분명히 했다.

"전 단테한테 라스베가스와 로스앤젤레스에서 작전을 수행하는 동안에는 모자를 쓰지 말라고 일렀습니다. 그런데도 그 애는 계속 쓰고 다녔습니다. 그리고 작전 대본도 따르지 않았어요. 우리는 좀더 오래 대화를 하면서 정보를 얻어낼 수 있었는데도 단테는 피를 보고 싶어했습니다. 걘 그놈을 토막냈어요. 음경과 불알, 가슴을 잘라냈습니다. 그럴 것까진 없었는데 말입니다. 단테는 그런 것이 재미있는 모양이지만 그런 행동은 조직에 매우 위험합니다. 누군가가 정말로 그 아이한테 얘길 해야 합니다."

지오르지오가 대부에게 말했다.

"아버지밖에는 없어요. 걘 내 말은 안 들어요."

대부는 한참 동안 생각했다.

"아직 어려서 그런 거니까 나이가 들면 괜찮아질 거다."

피피는 직감적으로 대부가 아무런 조치도 취하지 않을 거란 생각이 들었다. 그래서 그는 두 사람에게 작전을 실행하기 전날 밤에 단테가 영화배우에게 저질렀던 경솔한 일을 들려주었다. 피피는 대부가 흠칫 놀라는 모습과 지오르지오가 혐오스럽다는 듯이 얼굴을 찡그리는 모습을 보았다. 한동안 침묵이 흘렀다. 피피는 자신이 지나쳤나 하는 생각이 들었다.

마침내 대부가 고개를 저으며 말했다.

"피피, 항상 그랬지만 이번 계획도 훌륭했다. 넌 이제 마음 푹 놓고 지내도 좋다. 앞으로는 절대 단테와 같이 일하라고 하지 않겠다. 하지만 네가 꼭 알아둬야 할 것은 단테가 내 딸의 외아들이라는 사실이야. 지오르지오와 난 그 아이한테 최선을 다해야 돼. 걘 점점 현명해질 거다."

크로스는 제너두 호텔 펜트하우스의 발코니에 앉아서 자신이 선택한 행동이 안고 있는 위험요소들을 검토해보고 있었다. 그가 있는 곳에서는 길 양편에 늘어선 화려한 카지노 호텔들과 길거리를 가득 메운 사람들까지, 길게 뻗은 환락가 전체가 한 눈에 들어왔다. 제너두 호텔 골프장에서 골프를 치고 있는 도박꾼들도 보였는데, 홀인원을 하면 도박에서 이긴다는 속설 때문에 모두들 홀인원을 하려고 열심이었다.

이번 보즈 건과 관련해서 그는 클레리쿠지오가에 얘기하지 않고 단독으로 일을 처리할 계획이었다. 그가 네바다와 캘리포니아 남부를 포함한 서부지역 전체를 관리하는 바론임은 분명했다. 바론들은 여러 영역에서 독립적으로 일을 처리하며 클레리쿠지오가에게 수입의 일정액을 헌납하는 한 그들에게 전적으로 통제를 받지 않는다는 것도 분명한 사실이었다. 그러나 몇 가지 엄격한 규칙이 있었다. 바론이든 브룰리오네든 중요한 사안은 반드시 클레리쿠지오가의 허락을 받은 뒤에만 그 일에 착수할 수 있었다. 이유는 간단했다. 만약 바론이 단독으로 일을 처리했다가 문제를 일으키게 되면 검찰의 아량이나 판사의 중재를 기대할 수 없었다. 또한 그의 영역을 치고 들어오는 신진세력들에게 대항할 수 있도록 지원을 받는 일도 없을 것이고, 노년을 위해 돈을 세탁한다거나 비자금을 모으는 일도 불가능해진다. 크로스는 지오르지오와 대부를 만나서 허락을 받아야 한다는 사실을 확실히 인식하고 있었다.

이번 일은 극도로 미묘한 문제를 일으킬 소지가 많았다. 게다가 그는 영화를 매입에 필요한 자금을 마련하기 위해서 그론벨트에게서 물려받은 51퍼센트의 지분 일부를 매각할 계획이었다. 분명 그 돈은 그의 소유였지만, 클레리쿠지오가가 비밀리에 호텔 소유권을 그와 공유하고 있었기 때문에 그 돈은 그들의 이권과도 연결돼 있었다. 또한 그 돈은 클레리쿠지오가의 도움으로 벌어들인 것이기도 했다. 그들이 자기들 그늘 밑에 있는 사람의 재산을 자기 재산인 것처럼 느끼는 것은 클레리쿠지오가의 독특하면서도 어느 정도는 사람들이 흔히 갖는 사고방식이었다. 그들은 그가 자신들의 조언을 받지 않고 그 돈을 투자한다는 사실에 화를 낼 것이다. 비록 법적인 근거는 없었지만 그들의 그런 사고방식은 중세의 군주관계와도 비슷했다. 중세에도 바론(남작)은 왕의 허락 없이는 자기 성을 함부로 팔지 못했다.

그리고 돈의 액수도 문제였다. 크로스는 그론벨트가 소유했던 지분 51퍼센트를 유산으로 물려받았는데, 제너두 호텔의 재산가치는 10억 달러에 이르렀다. 하지만 그는 5천만 달러를 거는 모험을 했고 거기에 덧붙여서 앞으로 5천만 달러를 더 투입해야 하므로 총 일 억 달러를 투자할 예정이었다. 재정적인 면에서 엄청난 모험이었다. 게다가 클레리쿠지오가는 자기들의 활동영역을 끝까지 존속시키기 위해서라면 빈틈없고 신중하기로 악명이 자자했다.

크로스에게는 기억나는 일이 또 하나 있었다. 아주 오래 전 산타디오파와 클레리쿠지오파의 관계가 좋았던 시절에 그들은 영화사업에 발을 들여놓았었다. 하지만 결과는 안 좋았다. 산타디오 제국이 붕괴된 후, 대부는 영화사업과 관련된 모든 시도를 중지하라고 지시했다.

"그쪽 인간들은 너무 영악해. 그리고 투자한 것에 비해 보상을 아주 많이 받는 사람들이라서 무서운 걸 몰라. 우리가 그 사람들을 모조리 죽인다고 해도 절대 영화사업을 운영하는 방법을 알아내지 못할 거야. 그쪽 사업은 마약 사업보다 더 복잡해."

얘기하지 말자. 크로스는 이렇게 결정을 내렸다. 그가 부탁한다면 그들은 허락하지 않을 것이다. 그렇게 되면 일을 진척시키기는 불가능해진다. 일이 성공하면 그는 클레리쿠지오가 사람들에게 이윤의 일부를 떼주는 것으로 내가 속죄를 할 수 있을 것이다. 성공은 가장 염치없는 죄악에 대해서도 종종 용서의 실마리를 제공하는 법이다. 그리고 만약 실패한다면 허락을 받든 안 받든 상관없이 아마도 그의 인생은 그대로 끝나게 될 것이다. 여기까지 생각하고 나자 이제 마지막으로 남은 의문이 하나 있었다.

왜 이 일을 하려는 걸까? 그는 슬픔에 빠진 여자를 조심하라던 그론벨트의 말을 떠올렸다. 사실 그는 슬픔에 빠진 여자들을 그 전에도 만난 적이 몇 번 있었지만 그들을 구해주고 싶다는 생각도 그런 시도도 해 보지도 않았다. 라스베가스에는 슬픔에 빠진 여자들이 한둘이 아니었으니까.

하지만 그는 분명히 알았다. 자신이 아테나의 아름다움을 갈망한다는 사실을. 그것은 단순히 그녀의 사랑스러운 얼굴과 눈과 머리와 가슴에 대한 갈망이 아니었다. 그는 그녀의 눈 속에서, 그녀의 얼굴 속에서, 그녀의 섬세한 입술 선에서 풍기던 지적이고 온화한 표정을 갈망했다. 그녀를 속속들이 알 수 있다면, 그녀의 존재 속으로 들어갈 수 있다면, 온 세상이 다른 빛으로 옷을 갈아입고 태양도 새롭게 달아오를 것처럼 느껴졌다. 그녀 뒤로 바다가 녹색으로 굽이치다가 마치 그녀 머리를 두르는 후광처럼 하얗게 몰려들던 모습이 눈앞에 생생하게 그려졌다. 그러다가 불쑥 그는 그의 어머니가 되고 싶어하던 여자가 바로 아테나 같은 여자였을 거라는 생각이 들었다.

그녀가 보고 싶고 그녀와 함께 있고 싶고 그녀의 목소리를 듣고 싶고 그녀의 움직임을 바라보고 싶은 마음 한 켠에 이런 생각이 도사리고 있었다는 것은 알고 그는 화들짝 놀랐다. 그리고는 이런 제길, 내가 왜 이러지? 라고 생각했다.

그는 그 사실을 순순히 인정하면서 마침내 자신의 행동에 대한 진정한 이유를 알게 되어 다행이라고 생각했다. 결과적으로 이제 그는 흔들리지 않고 일에 집중할 수 있었다. 현재 당면한 가장 큰 문제는 작전

상의 문제였다. 아테나는 잊자. 클레리쿠지오도 잊자. 신속하게 해결해야 할 어려운 숙제는 바로 보즈 스카넷이었다. 크로스는 자신이 처한 상황을 있는 그대로 직시하면서 또 하나의 복잡한 문제로 관심의 초점을 옮겼다. 대외적으로 볼 때 보즈 스카넷을 처리하는 일은 위험했다. 크로스는 이번 작전에 세 사람이 필요하다는 결론에 이르렀다. 첫 번째는 퍼시픽 오션 시큐리티의 소유주인 앤드류 폴라드로 그는 이미 이번 사태에 개입돼 있는 상황이었다. 두 번째는 네바다 산악지대에서 클레리쿠지오가의 사냥용 산장을 관리하고 있는 리아 밧지였다. 리아는 그와 마찬가지로 관리인으로 일하면서 동시에 특별한 임무에도 투입되는 단원들을 총괄 지휘하는 책임자였다. 세 번째는 레오나드 쏘사였는데, 그는 은퇴한 지폐위조 전문가로 조직에서는 일이 있을 때마다 그에게 일을 맡겼다. 이 세 사람은 모두 서부 지역의 브룰리오네인 크로스의 통제 하에 있었다.

앤드류 폴라드가 크로스로부터 전화를 받은 것은 그로부터 이틀 뒤였다.

"아주 열심히 일한다는 소릴 들었소. 라스베가스로 잠깐 쉬러 안 오겠소? 방과 식사와 음료를 모두 무료로 이용할 수 있도록 우대 손님으로 모시지. 부인도 같이 데려오시오. 좀 지루하다 싶으면 내 사무실로 올라와서 이런저런 얘기도 하고 말이오."

"고맙습니다. 지금은 좀 바빠서 그러는데 다음주에 어떨까요?"

"그야 좋지. 그런데 그때는 내가 여기 없을 거라서 말이오. 당신을 못 만나면 아쉽겠지."

"그럼 내일 가죠."

"좋아."

이렇게 말하며 크로스는 전화를 끊었다.

폴라드는 의자에 깊숙이 몸을 기대며 곰곰이 생각에 잠겼다. 그 초대는 명령이었다. 이제 그는 아슬아슬한 줄타기를 해야만 했다.

레오나드 쏘사는 무시무시한 사형선고에서 유예를 받고 풀려난 사람만이 가질 수 있는 태도로 인생을 즐겼다. 그는 일출과 일몰을 사랑했다. 풀이 자라고 암소들이 그 풀을 먹는 광경을 사랑했다. 아름다운 여인과 자신만만한 젊은이와 영리한 어린아이들을 사랑했다. 딱딱한 빵 껍질과 포도주 한 잔과 치즈 한 덩어리를 먹는 순간을 사랑했다.

이십 년 전 그는 지금은 소멸되고 없는 산타디오파를 위해서 백 달러짜리 지폐를 위조해 주다가 FBI에 체포됐다. 그의 일당들은 자백을 하면서 그에게 죄를 뒤집어씌웠고, 그래서 그는 꽃 같은 자신의 인생이 감옥에서 시들게 됐다고 생각했다. 화폐위조는 강간이나 살인, 방화보다 훨씬 더 위험한 범죄였다. 돈을 위조하는 행위는 정부기관을 공격하는 것과 마찬가지였다. 다른 범죄자들은 거대한 짐승의 시체에서 살점을 떼어먹는 시체 청소부와 같아서 그 시체를 구성하고 있는 일부의 인간들은 소모품에 불과했다. 그는 관용을 기대하지 않았고 또 실제로도 그랬다. 레오나드 쏘사는 이십 년을 선고받았다.

그러나 쏘사는 겨우 일 년만 복역했다. 한 동료 수감자가 잉크와 연필과, 펜을 사용하는 쏘사의 뛰어난 기술에 감탄해서 클레리쿠지오파에 그를 추천했다.

갑자기 그에게 새 변호사가 선임됐다. 한 번도 만나본 적이 없는 외부 의사가 느닷없이 그를 찾아왔다. 갑자기 그의 지적수준이 어린아이 수준으로 떨어졌고 따라서 그는 이제 사회에 위협적인 존재가 아니기 때문에 그에게 관대한 처분을 내려야 한다는 주장에 따라 느닷없이 청문회가 열렸다. 레오나드 쏘사는 순식간에 자유의 몸으로 풀려나서 클레리쿠지오파를 위해 일하게 되었다.

　조직은 일급 위조기술자가 필요했다. 그들은 정부가 화폐위조를 극악한 범죄행위로 간주한다는 사실을 잘 알고 있었기 때문에 화폐를 위조할 생각은 하지 않았다. 그들은 위조기술자를 이용해 훨씬 더 중요한 일을 했다. 지오르지오는 엄청난 서류작업을 통해서 존재하지도 않는 회사 직원들의 서명이 적힌 법적인 서류를 만들어내고 고액의 돈을 입출금하면서 국내외의 여러 회사들을 속여야 했고, 그러기 위해서는 다양한 서명과 위조서명이 필요했다. 그리고 시간이 흐르면서 레오나드 쏘사의 활동범위는 더 넓어졌다.

　제너두 호텔은 그의 기술을 매우 유용하게 사용했다. 부유한 고액 도박꾼이 창구에 환전증서들을 남기고 죽으면, 쏘사에게 그 사람의 서명을 위조하게 해서 백만 달러 상당의 환전증서를 만들었다. 물론 죽은 사람의 재산에서 환전증서에 적힌 돈을 빼내지는 못했다. 하지만 미불된 환전증서의 총액만큼 제너두 호텔은 세금공제를 받았다. 이런 일은 지나칠 정도로 빈번했다. 마치 사람들이 재미로 죽는 게 아닐까 싶을 정도였다. 빚을 안 갚거나 극히 일부만 갚는 고액 도박꾼들에 대해서도 똑같은 방법을 썼다.

　이런 일들을 하면서 레오나드 쏘사는 특히 화폐위조를 포함해서 다른 일은 일체 하지 않겠다는 약속 하에 일 년에 10만 달러를 받았다. 이것은 대체로 조직의 기본방침과도 잘 맞았다. 클레리쿠지오파는 단원들에게 화폐위조와 어린이 유괴에는 절대 가담하지 말라는 명령을 내렸다. 이 두 가지 범죄행위에 대해서 연방정부는 언제라도 결정타를 날릴 준비가 되어 있었다. 그런 위험을 감수하고 모험을 하기에는 보상이 너무 하찮았다.

　이렇게 해서 쏘사는 이십 년 동안 말리부에서 그리 멀지 않은 토팽가 캐년에 위치한 작은 집에서 예술가처럼 인생을 즐겼다. 작은 정원에 염소와 고양이와 개도 한 마리 씩 길렀다. 낮에는 그림을 그리고 밤에는 술을 마셨다. 토팽가 캐년에는 젊은 여자들이 넘쳤고 그와 말벗이 되줄 한량 화가들도 있었다.

쏘사는 산타모니카에서 물건을 사거나 클레리쿠지오파의 부름을 받고 일을 하러 갈 때를 빼고는 절대로 토팽가 캐년을 떠나지 않았는데, 일은 보통 한 달에 두 번 정도 있었고 한 번에 이삼 일을 넘지 않았다. 그는 그들이 주문하는 그대로 일을 해주었고 절대 질문은 하지 않았다. 클레리쿠지오파에게 있어서 그는 귀중한 단원이었다.

그래서 그를 태우고 갈 차가 도착해서 그에게 연장과 며칠 분의 옷을 준비하라고 했을 때, 쏘사는 염소와 개와 고양이를 토팽가 캐년에 풀어주고 집 현관문을 잠갔다. 동물들은 스스로 알아서 살아갈 수 있었다. 어찌됐든 동물들은 어린애는 아니었으니까. 그는 동물들을 사랑했지만 토팽가 캐년에서는 동물들이 유달리 명이 짧아서 죽는 일이 빈번했다. 감옥에서 보낸 일 년은 레오나드 쏘사를 현실주의자로 만들었고, 예상치 못했던 석방은 그를 낙관론자로 만들었다.

시에라네바다에 있는 클레리쿠지오가 소유의 사냥용 산장을 관리하고 있는 리아 밧지는 이탈리아에서 일급 지명수배자 명단에 올라 있던 서른 살 때 미국으로 왔다. 도착 후 십 년 만에 이탈리아어 억양이 약간 남아 있긴 했지만 영어를 능숙하게 구사했고 읽고 쓰는 능력도 상당한 수준에 도달했다. 그의 가문은 시칠리아에서 가장 학식 높고 권세 있는 가문들 중 하나였다.

십오 년 전, 리아 밧지는 팔레르모 마피아의 지도자였고 마피아계의 실력자였다. 그러나 그는 넘어서는 안 될 선을 넘어버렸다.

로마의 정부에서는 치안판사를 지명하고, 시칠리아에서 마피아를 소탕하기 위한 특별권한을 그에게 주었다. 치안판사는 군대와 경찰의 호위를 받으며 아내와 아이들을 데리고 팔레르모에 도착했다. 그는 수 세기 동안 아름다운 시칠리아를 지배해온 흉악한 범죄자들을 철저하 게 소탕하겠노라고 약속하면서 열띤 연설을 했다. 법이 시칠리아를 지 배하는 시대가 왔고, 수치스러운 비밀조직을 이끄는 흉악범들이 아닌 이탈리아의 국민이 뽑은 지도자가 시칠리아의 운명을 결정하는 시대 가 왔다는 것이 연설의 요지였다. 밧지는 그의 연설을 자기 개인에 대 한 모욕으로 받아들였다.

치안판사는 밤낮으로 철통같은 보호를 받으며 증인들의 증언을 듣 고 체포 명령을 내렸다. 그의 법정은 요새나 다름없었고 그의 집은 군 대가 둘러싸고 있었다. 외견상 그를 쓰러뜨리는 일은 절대 불가능해 보였다. 그러나 석 달 뒤에 밧지는 기습적인 공격을 예방하려는 차원 에서 비밀리에 계획된 치안판사의 여행일정을 알아냈다.

치안판사는 증거를 수집하고 체포영장을 발부하며 시칠리아의 큰 도시들을 여행했다. 골치 아픈 마피아들을 섬에서 쫓아내는데 기여한 그의 공로를 기리는 뜻에서 팔레르모에서 그에게 수여하는 훈장을 받 기 위해 그곳으로 갈 예정이었다. 리아 밧지와 그의 부하들은 치안판 사가 지나가게 될 작은 다리에 지뢰를 설치했다. 지뢰가 터져서 치안 판사와 그의 경호원들의 시체는 떠내야 할 정도로 산산조각이 나버렸 다. 경악한 로마 정부는 의심되는 사람들에 대한 대대적인 수색을 벌 였고, 밧지는 지하세계로 숨어야 했다. 정부가 증거를 찾지 못했지만 그가 그들에게 잡히는 날에는 개죽음을 당할 게 뻔했다.

클레리쿠지오가에서는 피피를 매년 시칠리아로 보내서 브롱크스 조 직에 거주할 남자들과 마피아 단원이 될 사람들을 모집하게 했다. 오 랜 세월 장구하게 내려오는 오메르타의 전통을 가진 시칠리아인들만

이 변절을 모르는 믿을 수 있는 사람이라는 것이 대부의 기본적인 신념이었다. 미국에서 자란 젊은이들은 너무 허약하고 허영심에 부풀어 자기들보다 사나운 검사들을 만나면 맥없이 정보를 털어놓는 바람에 검사들은 수많은 브룰리오네들을 감옥에 집어넣고 있었다.

오메르타의 기본원리는 아주 단순했다. 마피아에게 해가 될 만한 사실을 경찰에게 알려주는 행위는 용서받을 수 없는 죄악이라는 것이 원칙이었다. 적대적인 마피아 조직이 내가 보는 앞에서 아버지를 살해했다고 해도 절대 경찰에 신고해서는 안 된다. 내가 총을 맞고 죽어간다고 해도 절대로 경찰에 신고해서는 안 된다. 그들이 내 노새와 염소와 보석을 훔쳐간다고 해도 절대로 경찰에 신고해서는 안 된다. 진정한 시칠리아인이라면 정부기관은 절대 의지해서는 안 될 악마였다. 나를 위해 복수해 줄 사람들은 가족과 마피아 조직이었다.

십 년 전에 피피는 아들을 훈련시키기 위한 일환으로 시칠리아 여행에 크로스를 데려갔다. 그곳에서 그가 할 일은 사람들을 심사해서 새로운 이주민을 모집하는 일이었는데 그에게 선택되어 미국에 가는 것이 최대의 희망인 남자들은 수백 명에 이르렀다.

두 사람은 팔레르모에서 8킬로미터 정도 떨어진 곳에 있는 작은 시골 마을로 갔는데 시칠리아의 원색적인 꽃들로 경치가 아름다운 마을이었다. 그곳에 도착하자 읍장이 그들을 자기 집으로 데려가 접대를 했다.

읍장은 배가 불룩하게 나온 땅딸막한 남자였는데, 시칠리아의 관용어로 '배 나온 남자'는 마피아 두목을 가리키는 말이었기 때문에 외모상으로나 상징적으로나 배가 나왔다고 하는 표현이 잘 들어맞는 사람이었다.

그 집에는 무화과와 올리브와 레몬 나무가 심어진 쾌적한 분위기의

정원이 있었고 그곳에서 피피는 사람들을 만나기로 되어 있었다. 읍장
은 아름다움을 추구하는 사람임에 분명했다. 게다가 그에게는 아름다
운 아내와 육감적으로 생긴 예쁜 세 딸이 있었다. 딸들은 십대 초반인
데도 굉장히 성숙해 보였다.

피피는 시칠리아에 오자 전혀 다른 사람처럼 행동을 했다. 평소 여
자들을 친절하면서도 격의 없이 대하던 모습은 온데간데없이 사라졌
고, 특별히 여자들 호감을 사려는 행동은 전혀 하지 않았으며 깍듯하
게 예의를 차렸다. 그날 밤 방에서 그는 크로스에게 "시칠리아 사람을
대할 때는 특별히 조심해야 한다. 이 사람들은 여자들한테 관심을 보
이는 남자들을 믿지 않아. 네가 저 사람 딸을 갖고 농탕을 치는 일이
생기면 우린 절대 여기서 살아서 나가지 못할 거다." 라고 일러주었다.

그후 이삼 일 동안 남자들이 찾아와 피피와 면담을 하고 심사를 받
았다. 피피는 선택의 기준을 세워놓았다. 나이는 스무 살에서 서른다
섯 살 사이여야 했다. 결혼했을 경우 자식은 반드시 한 명이라야 했다.
마지막으로 읍장이 반드시 보증을 서야 했다. 피피는 그런 기준을 세
운 까닭을 설명해 주었다. 만약 남자들이 너무 어리면 미국문화에 쉽
게 영향을 받을 우려가 있었다. 반대로 나이가 너무 많으면 미국에 적
응을 못했다. 자식이 여럿이면 그들이 위험한 임무를 수행할 때 지나
치게 몸을 사리게 될 것이다.

찾아온 남자들 중 일부는 법의 시각으로 볼 때는 극히 위태로운 사
람들이었기 때문에 반드시 시칠리아를 떠나야만 했다. 또 다른 일부는
미국에서 더 나은 삶을 찾기 위해서라면 어떤 희생도 치를 각오가 된
사람들이었다. 운명에 의지하고 살기에는 너무 똑똑해서 필사적으로
클레리쿠지오파의 단원이 되기를 원하는 남자들도 있었는데, 그들이
야말로 가장 적합했다.

피피는 스무 명의 남자를 추렸고, 그들의 이민준비를 담당할 읍장에게 허락을 구하기 위해서 그 명단을 건네주었다. 읍장은 명단에서 한 사람의 이름을 지웠다.

"그 남자는 우리들한테 딱 맞는 사람이라고 생각하는데요. 제가 혹시 실수라도 했습니까?"

"아닙니다. 평소처럼 아주 잘 하셨습니다."

피피는 의아했다. 새로 뽑힌 사람들은 아주 좋은 대접을 받기로 되어 있었다. 독신 남자들은 아파트를, 자식이 있는 기혼남들은 자그마한 주택을 받는다. 모두에게 안정된 직장도 생길 것이다. 브롱크스가 그들의 생활터전이 될 것이다. 그런 다음에 그 중 일부는 클레리쿠지오파의 단원으로 선택돼서 넉넉한 수입으로 밝은 미래를 보장받게 된다. 읍장이 이름을 지운 그 남자는 평판이 극히 안 좋은 사람임에 틀림없었다. 그런데 왜 애초에 면담 대상에서 그를 빼지 않았을까? 피피는 수상쩍은 느낌이 들었다.

읍장은 재빠르게 그의 표정을 살피며 그의 생각을 읽었는지 재미있어하는 것 같았다.

"당신은 완전 시칠리아 사람이라 내가 속이려해도 속일 수가 없군요. 내가 이름을 지운 그 남자는 바로 내 딸이 결혼하고 싶어하는 청년입니다. 내 딸이 그렇게 좋아하니 일 년 정도는 그 청년을 여기 데리고 있을까 합니다. 그 뒤에는 데려가도 좋습니다. 그 청년이 당신을 만나는 것까지 말릴 수는 없었죠. 또 하나 이유가 있다면, 그 청년 대신 당신이 꼭 데려가야 한다고 생각되는 사람이 하나 있어서요. 절 봐서 그 사람을 한 번 만나보면 안 되겠습니까?"

"물론 되죠."

"당신 판단을 그르칠 생각으로 이러는 건 아닙니다. 다만 이번 경우는 좀 특별해서 이 사람은 즉시 이곳을 떠나야 될 사람입니다."

"아시겠지만 제가 섣불리 결정할 수는 없는 일입니다. 클레리쿠지오가 사람들은 유별난 데가 있어서 말입니다."

"이 사람은 당신한테도 도움이 될 겁니다. 하지만 약간 위험하죠."

그런 다음 그는 리아 밧지에 대해 설명을 해 주었다. 치안판사 살해 사건은 세계적인 뉴스거리였기 때문에 피피와 크로스도 이 사건을 익히 알고 있었다.

"증거가 없는데 왜 밧지한테 절망적인 상황이라고 하는 거죠?"

읍장이 대답했다.

"여기는 시칠리아입니다. 경찰도 시칠리아인들입니다. 치안판사도 시칠리아 사람이었죠. 범인이 리아라는 사실은 지나가는 개도 압니다. 법적인 증거라는 건 아무짝에도 쓸모 없습니다. 이 사람이 경찰 손에 넘어가면 그날로 죽는 거라고 다들 생각합니다."

"당신이 이 사람을 여기서 빼내서 미국에 보낼 수 있겠습니까?"

"그럼요. 문제는 미국에서 이 사람을 숨겨줄 수 있느냐 하는 거죠."

"들어보니 도움이 되기보다는 말썽의 소지가 더 많은 사람이군요."

읍장이 어깨를 으쓱했다.

"솔직히 말씀드리자면, 이 사람은 내 친구입니다. 하지만 그건 별로 중요한 건 아닙니다."

그는 잠시 말을 멈추고 사실은 그게 중요한 이유라는 듯이 사람 좋은 미소를 지어 보였다.

"이 친구는 실력자로 인정받은 사람이기도 합니다. 폭약을 전문으로 다루는데 그건 예나 지금이나 고도의 기술을 요하는 일이죠. 예전부터 유용하게 써온 교살도구도 잘 다룹니다. 칼과 총이야 당연히 다룰 줄 알고요. 무엇보다 중요한 것은 이 친구가 아주 똑똑해서 모르는 게 없는 팔방미인이라는 겁니다. 그리고 처음과 끝이 한결같은 사람입니다. 바위처럼 말입니다. 말도 없어요. 사람 말을 잘 들어서 사람들은 그 친구한테는 무슨 얘기든 털어놓게 되죠. 자, 데리고 있고 싶은 생각 안 드십니까?"

"대답하기 곤란한 질문인데요."

피피가 슬쩍 대답을 피했다.

"그런데 왜 그런 사람이 아직까지 도망을 다니고 있습니까?"

"이렇게 좋은 점이 많은데 거기에다 신중하기까지 하거든요. 이 친구는 운명을 거스를 생각이 없어요. 여기 있으면 얼마 못 살 겁니다."

"실력자로 인정받은 남자가 미국에서 일개 평단원으로 사는 데 만족할까요?"

읍장은 서글픈 얼굴로 고개를 숙였다.

"이 친구는 신앙심이 아주 깊어요. 예수께서 항상 우리에게 가르치시는 겸손함이 몸에 배어 있는 친구죠."

"그런 사람이라면 만나보는 것만으로도 좋은 경험이 되겠군요. 하지만 데려간다는 보장은 못하겠습니다."

읍장은 두 팔을 활짝 벌렸다.

"분명히 당신한테 딱 맞는 사람일 겁니다. 하지만 말씀드려야 할 게 한 가지 있습니다. 그 친구가 절대 숨기지 말고 얘기하라고 하더군요."

이제까지 자신만만했던 읍장의 태도가 약간 누그러졌다.

"이 친구는 아내하고 자식 셋이 있는데 꼭 함께 가야 합니다."

그 말을 듣고 피피는 안 되겠다고 생각했다.

"아, 그러면 아주 힘든데. 언제 만날 수 있습니까?"

"날이 어두워진 뒤에 정원으로 올 겁니다. 위험하진 않을 겁니다. 제가 다 확인해 봤습니다."

리아 밧지는 키는 자그마했지만 아랍인 조상을 둔 다른 많은 시칠리아 인들처럼 체격이 단단했다. 매처럼 날카로운 이목구비에 갈색 얼굴빛에서 위엄이 느껴지는 잘 생긴 남자였고 영어도 약간 할 줄 알았다.

집에서 만든 적포도주 한 병과 근처 나무에서 딴 올리브 열매 한 접시, 그날 저녁에 갓 구워내 아직까지 따끈따끈한 껍질이 두꺼운 둥근 빵, 통후추가 검은 다이아몬드처럼 점점이 박혀 있는 길쭉한 햄 한 덩어리가 차려진 정원 탁자를 가운데 두고 다들 자리에 앉았다. 리아 밧지는 아무 말 없이 먹기만 했다.

"읍장께서 입에 침이 마르도록 칭찬을 하시던데요."

피피가 공손하게 말문을 열었다.

"하지만 좀 염려가 되는군요. 배운 것도 많고 재주도 있는 분이 미국에 가게 되면 다른 사람 밑에서 일을 해야 되는데, 괜찮겠습니까?"

리아는 크로스를 한 번 쳐다보고는 피피에게 대답했다.

"당신도 자식이 있을 겁니다. 자식을 위한 일이라면 무슨 일을 못하겠습니까? 전 아내와 자식들을 안전하게 지키고 싶고 그걸 위해서라면 어떤 일이든 할 생각입니다."

"그러자면 우리가 위험을 감수해야 되는데 말이죠. 당신도 이해하겠지만, 저로서는 위험을 감수하고라도 강행할 만큼 수지가 맞는 일인지도 생각하지 않을 수가 없습니다."

리아는 어깨를 으쓱했다.

"그건 제가 판단할 문제가 아니군요."

그는 이미 체념을 한 것처럼 보였다.

"혼자 간다면 일이 좀더 쉬울 텐데요."

"그건 안 됩니다. 우리 가족은 죽어도 같이 죽고 살아도 같이 살 겁니다."

그는 잠시 말을 멈췄다.

"제가 식구들을 여기 놔두고 떠난다면 로마에서는 식구들을 더 못살게 만들 겁니다. 그러느니 제가 포기하고 말죠."

"문제는 당신이랑 당신 가족을 어떻게 숨기느냐 하는 겁니다."

밧지는 그게 뭐가 문제가 되느냐는 듯이 어깨를 으쓱했다.

"미국은 넓습니다."

그는 크로스에게 올리브의 접시를 내밀면서 거의 조롱조로 물었다.

"너는 아버지가 널 버릴 수 있을 거라고 생각하니?"

"아니요. 아버지는 아저씨처럼 구식이거든요."

크로스는 진지하게 그러나 엷은 미소를 띠우며 덧붙였다.

"듣기로는 아저씨는 농사일도 하신다면서요?"

"올리브 농사를 짓지. 압착기도 있어."

크로스는 피피에게 얘기를 했다.

"시에라네바다에 있는 클레리쿠지오가의 사냥용 산장은 어때요? 가족들이랑 같이 산장관리를 하면서 생활을 꾸려도 될 텐데. 거긴 외부와 단절된 곳이고 말예요. 식구들이 도움이 될 거예요."

그는 리아를 쳐다보았다.

"숲에서 살 생각 있으세요?"

도시가 아닌 다른 곳에서 살 생각이 있느냐는 말이었다. 리아는 상관없다는 듯이 어깨를 으쓱했다.

리아 밧지가 발산하는 어떤 기운이 피피의 마음을 끌어당겼다. 덩치가 크지는 않았지만 그의 몸에서는 사람들을 압도하는 위엄이 느껴졌다. 천국도 지옥도 두려워하지 않고 죽음에도 굴하지 않는 남자답게 그에게서는 차가운 냉기가 감돌았다.

"좋은 생각이야. 숨어살기에는 그만이군. 그리고 우린 일이 있을 때마다 연락할 수 있어서 좋고 당신은 당신대로 돈을 벌어서 좋고. 일은 좀 위험하겠지만 말입니다."

자기가 선택된 것을 알고 그제야 딱딱하게 굳어 있던 리아의 얼굴이 풀렸다. 그의 목소리가 약간 떨렸다.

"아내와 자식들을 구해줘서 고맙습니다."

인사를 하며 그는 크로스를 똑바로 쳐다보았다.

그때 이후 리아 밧지는 자기가 받은 것 이상으로 갚아주었다. 그는 크로스가 이끄는 작전 팀의 평단원에서 대장으로 부상했다. 그리고 그를 도와 사냥용 산장의 사유지를 관리하고 있는 여섯 명의 관리인들을 총 지휘하는 책임자로 일하면서 산장 사유지에 자신의 집도 가지게 됐다. 그는 성공했고 시민권도 얻었으며 자식들을 대학에 보냈다. 이 모두가 그의 용기와 양식 그리고 그 무엇보다도 그의 충성심이 만들어낸 결과였다. 크로스로부터 라스베가스로 와 달라는 전갈을 받았을 때 그는 기꺼이 새로 산 뷰익에 가방을 싣고 장거리를 달려서 라스베가스의 제너두 호텔로 향했다.

라스베가스에 제일 먼저 도착한 사람은 앤드류 폴라드였다. 그는 로스앤젤레스에서 정오 비행기를 타고 이곳으로 와서 호텔 수영장에서 피로를 푼 다음, 두어 시간 심심풀이로 크랩스를 하고 나서 남의 눈에 띄지 않게 몰래 크로스의 펜트하우스 사무실로 올라갔다.

악수를 나눈 뒤에 크로스가 먼저 말을 꺼냈다.

"오래 붙잡아 두진 않겠소. 오늘 저녁 비행기로 돌아갈 수 있을 거요. 난 스카넷이란 자에 대한 당신의 정보가 필요하오."

폴라드는 그동안 있었던 일들을 모두 그에게 얘기해주었고, 현재 스카넷은 비벌리 힐스 호텔에 묵고 있다고 알려주었다. 그는 밴츠를 만났다는 얘기도 했다.

"결론적으로 말해서 그 사람들은 그 여자 걱정은 눈곱만치도 안 하고 있습니다. 그저 영화만 끝까지 만들면 되는 거죠. 또 스카넷 같은 놈들에 대해서도 심각하게 생각하질 않습니다. 전 직원 스무 명을 추려서 폭력범들만 전담해서 다루는 부서를 따로 만들었을 정돈인데 말입니다. 영화배우들한테는 그런 놈들이 정말 골칫거리거든요."

"경찰은 뭐하고 있소? 아무런 조치도 못하나?"

"그럼요. 실제로 피해를 입어야 움직이겠죠."

"그럼, 당신은? 당신한테는 훌륭한 요원들이 있을 텐데."

"몸조심을 해야죠. 자칫 거칠게 나갔다가는 이 일도 끝이에요. 아시겠지만 법정이란 데가 웬만해야 말이죠. 밥줄 끊길 일을 제가 왜 하겠습니까?"

"이 보즈 스카넷이란 자는 어떤 놈이요?"

"간덩이가 부은 놈입니다. 솔직히 저도 그놈이 무서워요. 뒷일은 전혀 생각 안 하는 진짜 거친 놈입니다. 그놈 가족은 돈도 있고 정치 쪽에 연줄이 있어서 자기가 무슨 짓을 해도 괜찮을 거라는 거죠. 그래서 순전히 재미로 말썽을 부리고 다니는 그런 족속입니다. 이 일에 발을 들여놓을 계획이라면 진지하게 생각을 해 봐야 할 겁니다."

"항상 진지하지. 지금도 스카넷을 감시하고 있소?"

"그럼요. 진짜로 큰일을 저지를 놈이거든요."

"감시는 그만두시오. 아무도 그 자를 감시하지 못하게 하란 얘기지. 알겠소?"

"좋습니다, 원한다면."

그는 잠시 말을 끊더니 덧붙였다.

"짐 로지를 조심하세요. 그 사람이 계속 스카넷을 감시하고 있습니다. 로지라는 사람 압니까?"

"한 번 만나본 적이 있지. 한 가지만 더 해주시오. 당신 퍼시픽 오션 씨큐리티 신분증을 두어 시간만 빌려주시오. 로스앤젤레스 행 자정 비행기를 타기 전까지 꼭 돌려주겠소."

폴라드는 걱정이 됐다.

"당신을 위해서라면 무슨 일을 못하겠습니까만, 조심하는 게 좋을 겁니다. 이번 건은 상당히 까다로운 사건입니다. 전 지금까지 탈 없이 잘 살아왔는데 일순간에 그걸 물거품으로 돌리고 싶진 않거든요. 제가 이렇게까지 성공한 게 다 클레리쿠지오 덕분이고, 그래서 한시도 고마운 마음을 잊은 적이 없고 항상 은혜를 갚을 준비도 돼 있습니다. 하지만 제가 하는 일이 워낙 복잡해서 말입니다."

크로스가 안심하라는 듯이 씩 웃었다.

"당신은 우리가 아끼는 사람이오. 또 하나, 만약 스카넷이 전화를 걸어서 자기를 찾아온 사람들이 당신회사 직원이냐고 묻거든 그렇다고 해주시오."

이 말에 폴라드는 가슴이 철렁 내려앉는 것 같았다. 진짜로 골치 아프게 됐다는 생각이 들었다.

"자, 그 작자에 대해 다른 얘기는 없는지 알고 싶은데."

폴라드가 머뭇거리는 것을 보고 크로스가 덧붙였다.

"다 갚아 주겠소. 나중에 말이오."

폴라드는 잠시 생각을 했다.

"아테나한테는 아무도 모르는 비밀이 있는데 스카넷은 자기가 그걸 안다고 주장하고 있습니다. 그 여자가 스카넷에 대한 고소를 취하한 이유가 바로 그 때문이랍니다. 굉장한 비밀이라면서 스카넷은 희희낙락하더군요. 당신이 어쩌다가 이 일에 관여하게 됐는지는 모르겠지만,

그 비밀을 알게 되면 아마도 당신 문제를 해결하는데 도움이 될 겁니다."

처음으로 크로스가 정색을 하고 그를 쳐다보았고, 폴라드는 그걸 보며 불현듯 크로스의 명성이 왜 그렇게 대단한지 알 것 같았다. 그의 표정은 차가웠고 살기가 느껴질 만큼 단호했다.

"내가 관심을 가지게 된 이유를 알고 있나 보군. 분명히 밴츠가 얘길 했겠고 말이야. 밴츠는 내 뒷조사를 하라고 당신한테 시켰겠지. 자, 그 대단한 비밀에 대해서 당신이나 영화사에서 아는 건?"

"없습니다. 아무도 몰라요. 크로스, 제가 당신에게 최선을 다 하고 있다는 건 꼭 알아줬으면 좋겠습니다."

"물론 알지."

크로스가 느닷없이 친절해졌다.

"당신을 위해서 일을 좀더 쉽게 해 줄까 하는데. 영화사는 내가 아테나 아퀴탄을 어떻게 촬영장으로 데려올 건지 알고 싶어서 몸이 달았소. 거기에 대해서 얘길 해주지. 난 영화에서 생기는 수입의 절반을 그 여자한테 줄 생각이오. 영화사 사람들한테 얘기해주라고. 그러면 당신은 점수를 딸 테고. 혹시 또 모르지, 그 사람들이 당신한테 사례라도 할지."

그는 책상에 손을 뻗어서 둥근 가죽 지갑을 꺼내 폴라드에게 건네주었다.

"5천 달러짜리 칩이오. 당신을 여기로 오라고 부를 때마다 당신이 카지노에서 돈을 잃게 될까봐 항상 염려스러웠소."

그는 걱정할 필요가 없었다. 폴라드는 항상 카지노 창구에서 칩을 현금으로 바꿨으니까.

레오나드 쏘사는 제너두 호텔의 안전한 사무실용 객실로 들어서자

마자 곧 폴라드의 신분증을 받았다. 그는 자기가 가져온 도구들을 이용해 퍼시픽 오션 씨큐리티 신분증 네 개를 조심스럽게 위조한 다음, 신분증 전용지갑에 넣어서 완벽하게 일을 끝냈다. 어차피 폴라드는 그 위조 신분증들을 볼 일이 절대 없을 테니까 그에게 확인을 받을 필요는 없었다. 일곱 시간 정도를 들여 쏘사가 일을 마치자 두 남자가 그를 차에 태우고 시에라네바다의 사냥용 산장으로 데려갔고, 그곳에 도착한 뒤 그는 깊은 숲 속에 세워진 방갈로로 짐을 풀었다.

쏘사는 그날 오후 방갈로 현관에서 근처에 배회하는 곰과 사슴을 구경했다. 밤이 되자 자기 도구들을 깨끗이 닦고 기다렸다. 그는 자기가 어디에 있는지, 무슨 일을 하게 될지 몰랐고 또 알고 싶은 마음도 없었다. 일 년에 10만 달러를 벌면서 탁 트인 대지에서 자유의 몸으로 살고 있는 것만으로 충분했다. 그는 낮에 봤던 곰과 사슴을 백 장 정도 그려서 그림들을 한꺼번에 빠르게 넘기면서 곰이 사슴을 쫓아가는 듯한 움직이는 영상을 만들며 시간을 보냈다.

리아 밧지는 전혀 다른 대우를 받았다. 크로스는 그를 반갑게 맞으며 자기 방에서 저녁을 대접했다. 미국에 온 뒤 밧지는 여러 차례 크로스 밑에서 작전을 수행했다. 밧지는 성격이 강했지만 절대로 크로스의 권위를 무시하는 언행은 하지 않았고, 크로스는 그에 대한 답례로 그를 자기와 동등한 위치에서 존중해주었다.

수년 간 크로스는 주말이면 산장을 찾아가 그와 함께 사냥을 하곤 했다. 밧지는 시칠리아에서 겪었던 이런저런 고생담이나 미국 생활과 그곳 생활의 다른 점들을 얘기했다. 크로스는 크로스대로 밧지와 그의 가족을 라스베가스로 초대해서 제너두 호텔의 우대 고객으로 대접해주었고, 리아가 신용을 담보로 카지노 창구에서 5천 달러까지 인출할 수 있게 해주었으며 인출한 돈을 갚으라는 말도 하지 않았다.

저녁을 먹으면서 그들은 이런저런 이야기를 나눴다. 밧지는 아직까지도 미국에서의 생활을 낯설어 했다. 그의 장남은 캘리포니아 대학을 다니고 있었고 아버지의 인생의 비밀에 대해서는 아무것도 몰랐다. 밧지는 이 점을 못내 껄끄럽게 느꼈다.

"어떨 때는 그놈이 내 자식이 아닌 것처럼 느껴진다니까."

그는 넋두리를 했다.

"그놈은 선생들 말을 곧이곧대로 다 믿어. 여자가 남자와 대등하다느니, 농부들한테 무상으로 땅을 나눠줘야 한다느니 하면서 말이야. 그놈은 대학 수영팀에 있어. 시칠리아는 섬인데도, 거기 사는 동안 난 한 번도 거기 사람들이 수영하는 건 본 적이 없어."

"낚시 배가 뒤집어질 때만 빼면 말예요."

크로스가 껄껄 웃으며 농담을 했다.

"그래도 안 해. 차라리 물에 빠져죽고 말지."

식사를 마치고 난 뒤 두 사람은 일 얘기로 들어갔다. 밧지는 라스베가스의 음식을 썩 좋아하지 않았지만 브랜디와 하바나 여송연은 아주 좋아했다. 크로스는 일 년에 한 번, 크리스마스 때마다 그에게 좋은 브랜디 한 병과 하바나 여송연 한 상자를 보내곤 했다.

"아주 어려운 일이 하나 생겼는데 그 일을 좀 맡아주십시오. 아주 지능적으로 처리해야 될 일입니다."

"그런 일은 항상 어려운 법이지."

"장소는 산장인데 거기로 어떤 사람을 데려갈 겁니다. 그 사람한테 편지를 몇 장 쓰게 하고 원하는 정보도 얻고 싶습니다."

말을 하다 말고 그는 밧지가 별 것 아니라는 듯이 손을 휘휘 내젓는 모습을 보며 슬쩍 웃었다. 밧지는 미국 영화에서 영웅이나 악당들이 입을 다물고 끝까지 비밀을 지키는 장면을 종종 얘기했다.

"나라면 그놈들 입에서 중국어가 나오게 만들 수도 있을 텐데."

"어려운 건, 그 자 몸에 아무런 외상이 없어야 되고 몸 속에서 약물이 발견돼서도 안 된다는 점입니다. 또 고집이 여간 아닌 놈입니다."

"남자 입을 여는 데는 여자들 키스 만한 게 없지."

밧지는 여송연 향기를 한동안 음미했다.

"이번 일은 자네 개인적으로 계획한 것처럼 들리는군."

크로스는 부정하지 않았다.

"달리 방법이 없어요. 일은 아저씨 부하들과 같이 하게 될 테지만, 그보다 먼저 산장에서 여자들과 아이들을 다 내보내야 됩니다."

밧지가 여송연을 든 손을 내저었다.

"그 즐겁고 말썽 많은 디즈니랜드로 보내면 돼. 우린 식구들을 항상 그리로 보내지."

"디즈니랜드요?"

크로스가 웃음을 터뜨렸다.

"난 한 번도 가 본 적이 없네. 죽어서나 가볼까. 이번 일은 영성체야? 견진성사야?"

"견진성사입니다."

그런 다음 두 사람은 본론으로 들어갔다. 크로스는 밧지에게 작전 계획과 함께 왜 이 일을 해야 하고 또 어떤 방법으로 해야 하는지에 대해 설명해주었다.

"자, 어떤 것 같습니까?"

"자넨 미국에서 태어났는데도 내 아들보다 훨씬 시칠리아 사람답군. 하지만 그 자가 끝까지 고집을 피우면서 자네가 원하는 정보를 불지 않으면 어쩌지?"

"그건 제 실책이 되는 거죠. 또 그 자의 실책이기도 하고. 그리고 거기에 대해서 책임을 져야겠죠. 그 점에서는 미국이나 시칠리아나 다를 게 없습니다."

"맞아. 중국이나 러시아나 아프리카나 그건 다 똑같지. 대부가 종종 말하는 것처럼 그렇게 되면 우리 둘 다 바다 밑바닥에서 헤엄이나 칠 수밖에."

9

엘리 매리온, 바비 밴츠, 스키피 디어, 멜로 스튜어트는 매리온의 집에 모여 긴급회의를 가졌다. 앤드류 폴라드가 밴츠에게 아테나를 영화 촬영에 복귀시키기 위한 크로스의 비밀계획을 보고한 뒤였다. 형사 짐 로지가 이 정보를 사실로 확인해주었는데, 그는 어디서 이 정보를 입수했는지 밝히는 것은 거부했다.

"이건 완전 날강도 같은 짓이야."

밴츠가 흥분해서 떠들었다.

"멜로, 당신은 아테나를 포함해서 당신이 관리하는 배우들에 대해 전부 다 책임을 져야 해. 지금 이 상황은 대작을 한창 찍다 말고 당신 배우가 이윤의 절반을 받기 전까지는 영화촬영을 안 하겠다고 하는 거 아냐?"

"당신이 머리가 돌아서 그 돈을 준다면야 찍는다고 하겠지."

스튜어트가 빈정거렸다.

"크로스라는 작자가 그렇게 하고 싶다면 그러라고 해. 그 사람은 이 사업을 오래 못 할 거야."

매리온이 입을 열었다.

"멜로, 당신은 전략적인 차원을 얘기하는 거고 우린 지금 당면한 사태에 대해 얘기하고 있네. 만약 아테나가 촬영장으로 복귀한다면 당신과 당신이 관리하는 배우가 우리한테 완전히 은행 강도나 다름없는 짓을 한 게 되는 거야. 그렇게 되도록 놔둘 생각인가?"

다들 깜짝 놀랐다. 적어도 나이가 든 뒤에는 매리온이 이렇게 빨리 본론으로 돌입하는 경우는 드물었다. 스튜어트는 바짝 긴장했다.

"아테나는 이 일에 대해서는 아무것도 모릅니다. 알았더라면 저한테 얘기했을 겁니다."

스튜어트가 해명했다.

"이 일을 알게 되면 아테나가 그 거래를 받아들일까?"

디어가 물었다.

"나라면 아테나한테 거래를 일단 받아들인 다음에 추가 요구 사항으로 영화사와 돈을 절반 나누는 항목을 넣으라고 충고하겠어."

스튜어트는 대답했다.

그러자 밴츠가 카랑카랑한 목소리로 대들었다.

"그러면 겁이 나서 영화를 그만둔다고 한 말은 몽땅 거짓이었군. 한마디로 새빨간 거짓말이란 얘기야. 그리고 멜로, 당신도 사기꾼이야. 크로스가 아테나한테 주는 돈 절반을 받는 걸로 우리가 물러날 거라고 생각하는 거야 뭐야? 그 돈은 몽땅 합법적으로 우리 돈이라고. 그리고 그 여자가 부자가 되어 크로스와 도망을 칠 수 있을지는 모르겠지만 그날로 그 여자 영화 인생은 종지부를 찍는 거야. 어떤 영화사도 절대 그 여자를 쓰지 않을 거니까."

"외국에서는 아니지. 외국 놈들은 기회를 잡으려 들 거야."

스키피가 끼어들었다.

매리온이 수화기를 들고 스튜어트에게 건넸다.

"이번 일은 전혀 예상하지 못했던 일이네. 아테나한테 전화해. 그 여자한테 크로스가 무슨 제안을 했는지, 그 여자가 수락할 건지 말 건지 물어봐."

"아테나는 주말 내내 행방이 묘연했어요."

디어가 말했다.

"돌아왔어."

스튜어트가 대답했다.

"아테나는 주말이면 자주 사라지곤 해."

그는 번호를 눌렀다. 대화는 아주 짧았다. 스튜어트는 전화를 끊고 씩 웃었다.

"그런 제안은 받은 적이 없다는데요. 그리고 설사 제안을 받는다고 해도 돌아올 생각이 없어 보입니다. 자기 경력 걱정은 눈곱만치도 안 하네요."

그는 잠시 말을 끊었다가 놀랍다는 투로 덧붙였다.

"그 스카넷이란 작자를 한 번 만나보고 싶은데요. 배우 일을 그만두게 만들 정도로 여배우를 벌벌 떨게 하는 남자라면 분명히 굉장한 사람일 겁니다."

매리온이 결론을 지었다.

"그렇다면 일은 해결됐어. 우린 절망적인 상황에서 손해를 안 보고 빠져나왔으니까. 하지만 안 됐군. 아테나는 정말 훌륭한 배우였는데 말야."

폴라드는 몇 가지 지시를 받은 바 있었다. 첫 번째는 밴츠에게 아테나에 대한 크로스의 계획을 알려주라는 것이었다. 두 번째는 스카넷을 감시하고 있는 요원들을 철수시키는 일이었다. 세 번째는 보즈 스카넷을 찾아가 한 가지 제안을 하라는 지시였다. 스카넷은 속옷 차림에 향수 냄새를 풍기면서 비벌리 힐스 호텔 객실로 폴라드를 들어오게 했다.

"방금 면도를 끝낸 참이라서. 이 호텔 화장실에는 창녀촌보다 향수가 많거든."

그가 변명처럼 얘기했다.

"당신은 이 근처에 있으면 안 되는 걸로 아는데."

폴라드가 질책하듯이 말했다.

스카넷은 그의 등을 철썩 때렸다.

"알지. 하지만 내일 떠날 거요. 바빠지기 전에 느긋하게 긴장 좀 풀어보자는 거지."

예전 같았으면 폴라드는 스카넷이 이 말을 하면서 심술궂게 웃는 모습이며 그의 떡 벌어진 상체를 보고 겁을 먹었을 테지만, 이제 크로스가 이 일에 개입한 이상 그가 불쌍하다는 생각만 들었다. 하지만 크로스도 조심할 필요가 있었다.

"아테나는 당신이 계속 여기 있는 걸 알고도 별로 안 놀라더군. 그 여자는 영화사가 당신이 어떤 사람인지를 모르고 반면에 자기는 당신을 잘 알고 있다고 생각하지. 그래서 당신이랑 만났으면 하던데. 아테나는 두 사람이 따로 만나서 타협을 할 수 있을 거라고 생각하고 있소."

스카넷의 얼굴에서 순간적으로 기쁜 기색이 떠올랐다가 사라지는 것을 보며 그는 크로스의 말이 옳았다고 생각했다. 이 남자는 아직도 그녀를 사랑하고 있었고 따라서 이 제의도 받아들일 것이다. 보즈 스카넷은 돌연 신중하게 나왔다.

"그건 아테나답지 않은 행동인데? 뭐라고 할 수도 없는 일이지만, 그 여자는 내가 자기를 쳐다보는 것조차 싫어한다고."

그는 큰 소리로 웃어댔다.

"그 호박 같은 여자라도 옆에 있어줘야 할 걸."

"아테나는 꽤 큰 제안을 생각하고 있소. 평생 연금 같은 것 말이오. 당신이 원한다면 지금부터 은퇴할 때까지 자기 수입의 일정액을 당신한테 줄 생각도 하고 있지. 하지만 당신이랑 비밀리에 따로 만나서 얘기하고 싶다는군. 뭔지는 모르겠지만 원하는 게 있는 모양이오."

"난 그 여자가 뭘 원하는지 알지."

스카넷은 묘한 표정을 지었다. 그 표정을 보며 폴라드는 참회하는 강간범들의 뻔뻔스런 얼굴을 떠올렸다.

"시간은 일곱 시요. 우리 직원 두 명이 당신을 차에 태워서 약속 장소로 데려다 줄 거요. 그 사람들은 우리 회사의 최고요원들인데 무장을 하고 있을 거고, 아테나를 경호하기 위해서 약속장소에 함께 있을 거요. 그러니까 이상한 생각은 하지 마시오."

스카넷은 씩 웃었다.

"내 걱정은 하지 마쇼."

"좋아."

폴라드는 이렇게 말하고 방을 나갔다.

문이 닫히자 스카넷은 허공에 대고 오른손을 크게 휘둘렀다. 저능아 같은 경호원 두 명 외에는 아무도 없는 곳에서 아테나를 다시 만날 수 있는 기회였다. 게다가 아테나가 먼저 만나자고 제안했으니까 판사의 접근제한 명령을 위반하는 것도 아니었다. 그날 내내 그는 두 사람의 재결합을 꿈꾸었다. 그로서는 전혀 생각지도 못했던 일이었고, 그래서 곰곰이 생각을 한 끝에 그는 아테나가 그녀의 몸을 수단으로 삼아 자기를 설득할 것이라는 결론에 이르렀다. 침대에 누워서 그는 다시 만날 때의 그녀는 어떤 모습일지를 상상했다. 그녀의 육체가 눈앞에 선

명하게 떠올랐다. 하얀 피부와 완만한 곡선을 그리며 안으로 휘어들어
간 배, 유방과 분홍색 유두, 푸르디푸른 녹색 눈동자, 따뜻하고 달콤한
입술, 그녀의 숨결, 태양을 밤하늘 아래의 거무칙칙한 놋쇠 덩어리로
바꿔버리는 눈부신 그녀의 머리칼. 그의 오래 전 사랑이, 이제는 그로
인해 두려움으로 변해버린 그녀의 용기와 지성에 대한 사랑이 잠시 그
를 휩쓸고 지나갔다. 그러면서 열여섯 살 이후 그는 처음으로 자기 자
신이 사랑스럽게 느껴졌다. 그는 자신을 뜨겁게 달구는 아테나의 모습
을 선명하게 그려보며 짜릿한 흥분을 느꼈다. 그 순간 만큼은 그는 행
복했고 또한 그녀를 사랑했다.

그러나 한순간에 모든 것이 완전히 뒤집어졌다. 그는 수치심과 모욕
감에 휩싸였다. 그는 다시 그녀가 죽도록 미워졌다. 그리고 불현듯 이
게 함정일 거라는 확신이 들었다. 어찌됐든 폴라드라는 작자에 대해서
아는 게 전혀 없었다. 스카넷은 서둘러 옷을 입고 폴라드가 준 명함을
꼼꼼하게 읽었다. 사무실은 호텔에서 차로 이십 분 거리였다. 그는 호
텔 현관으로 뛰어 내려가서는 호텔직원을 불러 그의 차를 주차장에서
빼오게 했다. 퍼시픽 오션 씨큐리티 빌딩에 들어서면서 그는 회사 규
모가 엄청나게 크다는 것에 놀랐다. 그는 안내 데스크로 가서 찾아온
용무를 말했다. 무장한 경호원 한 명이 그를 폴라드의 사무실로 데려
갔다. 스카넷은 로스앤젤레스 경찰청을 비롯해 빈민구제협회, 미국 보
이스카우트협회 등등 여러 기관에서 받은 상패들이 벽에 걸려 있는 것
을 보았다. 심지어는 영화와 관련된 상패까지 있었다. 앤드류 폴라드
는 그를 보고 깜짝 놀라면서 약간 걱정스러운 표정을 지었다. 스카넷
은 그를 안심시켰다.

"아, 할 얘기가 좀 있어서요. 약속장소에 내 차로 직접 가고 싶은데.
당신 직원들이 내 차를 타고 길을 알려주면 되잖소."

폴라드는 상관없다는 듯이 어깨를 으쓱했다. 그건 자기 소관이 아니었다. 자기가 지시받은 일들은 다 처리했다.

"상관없지. 그런데 전화로 했어도 될 얘긴데."

스카넷은 그를 쳐다보며 씩 웃었다.

"물론. 하지만 당신 사무실을 한 번 보고 싶어서 말이야. 또 일이 제대로 되고 있는 건지 아테나한테 확인 전화를 하고 싶은데 당신이 내대신 전화를 걸면 될 것 같거든. 그 여잔 내가 전화를 걸면 안 받을지도 몰라."

"그러지."

폴라드가 호쾌하게 대답했다. 그는 수화기를 들었다. 그는 앞으로 어떤 상황이 전개될지 몰랐고, 스카넷이 약속을 취소하는 일이 일어나지 않기를 그래서 이제 크로스의 일에서 발을 뺄 수 있기를 마음속으로 기도했다. 또 그는 아테나와 통화가 안 될 것이란 사실도 알았다. 그는 전화를 걸어 아테나를 찾았다. 그는 스카넷이 전화 말소리를 들을 수 있게 전화기의 확성기를 틀었다. 아테나의 비서는 그녀가 지금 부재중이고 내일까지 돌아오지 않을 거라고 말했다. 그는 수화기를 내려놓고 스카넷을 쳐다보며 한쪽 눈썹을 치켜올렸다. 스카넷은 만족스러운 표정이었다.

그리고 스카넷은 실제로 만족스러웠다. 자기 생각이 옳았다는 걸 알았으니까. 아테나는 자기 몸을 수단으로 삼아서 거래를 성사시키려는 거야. 나와 함께 밤을 보내려는 거야. 그녀가 어렸던 시절을, 그녀가 자기를 사랑했고 자기도 그녀를 사랑했던 그 시절을 떠올리자 피가 머리로 거꾸로 솟구치면서 그의 붉은 얼굴빛이 번들거리는 청동색으로 변했다. 저녁 일곱 시에 리아 밧지가 단원 한 명과 함께 호텔에 도착했을 때 스카넷은 모든 채비를 마치고 그를 기다리고 있었다. 스카넷은 십대처럼 옷을 입고 있었고 아주 깔끔했다. 진한 청바지와 희끗하게 색이 바랜 파란 면 남방 위에 흰색 운동복 상의를 걸치고 있었다. 세심하게 면도를 한 것처럼 보였고 금발머리는 뒤로 넘겨 빗었다. 그의 붉은 피부는 왠지 창백해 보였고 그래서인지 인상도 부드러워 보였다. 리아 밧지와 그와 동행한 단원은 스카넷에게 퍼시픽 오션 씨큐리티의 위조 신분증을 보여주었고 스카넷은 두 사람을 보고 콧방귀를 꼈다. 웬 꼬마들이지? 한 명은 억양이 약간 특이한 걸로 봐서 멕시코 출신인 모양이군. 저 정도면 염려할 필요가 없겠어. 사설 경호원들이란 놈들 꼴이 저렇게 시시해서야 도대체 어떻게 아테나를 보호한다는 거야? 밧지가 스카넷에게 말했다.

"차를 직접 운전하실 생각이라고 들었습니다. 제가 당신 차에 같이 타고 가고, 제 동료는 우리 차로 뒤따르도록 하겠습니다. 괜찮겠습니까?"

"물론."

그들이 엘리베이터를 타고 내려가 현관입구로 가는데 짐 로지가 그들을 막아섰다. 그 형사는 난로 옆 소파에 앉아서 기다리고 있다가 거의 본능적으로 튀어와 그들을 가로막았다. 그는 만일의 사태에 대비해서 스카넷을 계속 감시하고 있던 중이었다. 그는 자기 신분증을 세 남자에게 내밀었다. 스카넷이 신분증을 쳐다보며 툴툴거렸다.

"제길, 뭘 원하쇼?"

"당신과 같이 있는 이 사람들은 누구지?"

"빌어먹을, 당신이랑 아무 상관없는 일이야."

스카넷은 대꾸했다. 밧지와 그의 동료는 로지가 그들의 얼굴을 꼼꼼하게 관찰하는 동안 침묵을 지켰다.

"당신이랑 따로 얘길 좀 하고 싶은데."

스카넷이 그를 옆으로 밀치자 로지가 그의 팔을 붙들었다. 두 사람 모두 덩치가 만만치 않았다. 스카넷은 필사적으로 그에게서 빠져나오려고 했다. 그는 화가 나서 소리를 버럭 지르면서 로지에게 대들었다.

"고소는 취하됐고 난 당신이랑 할 얘기 없어. 이 손 안 치우면 죽을 줄 알아."

로지가 손을 놓았다. 그는 절대 위협은 하지 않았지만 열심히 머리를 굴렸다. 스카넷과 같이 있는 남자들은 수상해 보였고 뭔가 심상치 않은 일이 일어나고 있었다. 그는 옆으로 비켜서긴 했지만 차를 타는 건물입구까지 그들을 쫓아갔다. 그는 스카넷이 리아 밧지와 함께 차를 타는 모습을 지켜보았다. 어찌된 일인지 다른 남자 하나는 연기처럼 사라져버렸다. 로지는 남자가 사라진 걸 눈치채고 주차장에서 나오는 차가 있는지 기다려봤지만 뒤따라 나오는 차는 없었다. 그들을 따라가 봤자 별 소용이 없을 테고 또 스카넷의 차를 세울 별다른 핑계도 없었다. 그는 스키피 디어에게 이 일을 보고할지 말지 고민하다가 하지 않기로 마음을 먹었다. 한 가지는 분명한 것은, 만약 스카넷이 다시 한 번 더 그의 말을 듣지 않는다면 오늘 한 행동을 후회하게 만들어줄 것이란 점이었다.

약속장소까지는 차로 한참을 달려야 했는데 스카넷은 내내 불평을 하면서 언제쯤 도착하느냐며 물어댔다. 심지어는 차를 돌리겠다는 협박까지 했다. 하지만 리아 밧지는 그를 달래며 안심시켰다. 그는 스카넷에게 약속장소가 시에라네바다에 있는 아테나의 산장이라고 말하면서 두 사람이 그곳에서 밤을 보내게 될 거라고 알려주었다. 아테나는 두 사람이 만난다는 사실을 비밀로 하고 싶어하고 모든 사람들이 만족할 만한 해결방안을 갖고 있는 말도 해주었다. 스카넷은 무슨 뜻으로 그녀가 그런 말을 했을까 궁금했다. 지난 십 년 동안 키워온 증오를 그녀가 무슨 수로 풀겠다는 거지? 하룻밤 사랑과 한 뭉치의 돈다발로 그의 마음을 녹이기에 충분하리라고 생각할 만큼 그녀가 어리석은 여자였던가? 자신을 그렇게 단순한 인간으로 생각하는 걸까? 항상 그녀의 두뇌를 대단하게 생각해왔는데, 어쩌면 이제 그녀는 저 오만한 헐리우드 여배우들처럼 자신의 육체와 재력으로 무엇이든지 살 수 있다고 착각하고 있는지도 모를 일이었다. 하지만 그녀를 향한 사랑이 그의 마음을 붙들었다. 마침내 그 긴긴 세월을 보내고 이제 그녀가 그에게 미소를 지으며 애교를 부리고 그에게 무릎을 꿇으려고 했다. 그는 어떤 일이 있어도 오늘밤을 놓칠 수는 없었다.

리아 밧지는 스카넷이 돌아가겠다고 으름장을 놓아도 크게 걱정하지 않았다. 세 대의 차가 그를 호위하며 뒤따라오고 있었고 어떤 상황에도 대처할 수 있는 준비가 돼 있었다. 최후수단으로 스카넷을 죽이는 방법도 있었다. 하지만 그는 스카넷을 죽일 때 그의 몸에 어떤 흔적도 남기지 말라는 지시를 받은 바 있었다. 그들은 열려 있던 산장 대문을 지나 안으로 들어갔는데 산장이 생각했던 것보다 커서 스카넷은 놀란 듯한 눈치였다. 그곳은 마치 자그마한 호텔처럼 보였다. 그는 차에서 내려 팔다리를 뻗으며 기지개를 켰다. 산장 옆으로 대여섯 대의 차가 서 있는 것이 이상했다. 밧지가 산장 현관으로 그를 안내하며 문을 열었다. 바로 그 순간 스카넷의 눈에 산장 입구로 여러 대의 차가 들어오는 광경이 보였다. 그는 아테나가 왔나보다고 생각하며 뒤로 돌아섰다. 그가 보는 앞에서 차 세 대가 주차를 하더니 차에서 각각 두 명의 남자들이 내렸다. 리아가 그를 산장의 중앙 통로를 지나 커다란 벽난로가 있는 거실로 데려갔다. 그곳에서는 그가 이제까지 한 번도 본 적이 없는 남자가 소파에 앉아 그를 기다리고 있었다. 크로스였다. 그 다음 벌어진 일들은 거의 순식간에 일어났다.

"아테나는 어디 있어?"

스카넷이 화를 내며 묻자 두 남자가 그의 팔을 붙들었고 다른 두 남자는 그의 머리에 총을 들이댔고, 순하게 보이던 리아 밧지가 그의 다리를 걸어서 그는 그대로 마루바닥으로 엎어졌다.

"시키는 대로 하지 않으면 죽을 줄 알아. 움직이지 말고 가만히 엎드려 있어."

남자 하나가 스카넷의 두 다리를 쇠고랑으로 묶은 다음, 크로스 앞으로 발을 잡고 질질 끌고 갔다. 스카넷은 남자들이 팔을 놔줬는데도 아무 힘도 쓸 수 없다는 사실에 뜨끔했다. 꽁꽁 묶인 두 발 때문에 자신이 완전히 무력해진 느낌이었다. 그는 그 쥐새끼 같은 자식한테 주먹이라도 날려보려고 팔을 뻗었지만 밧지는 뒷걸음질을 쳐서 물러났다. 그래서 뛰어서 일어서려고 해봤지만 팔로 버틸 수가 없었다. 밧지가 말없이 경멸하는 듯한 눈초리로 그를 쳐다보았다.

"네가 거친 놈이란 건 다 아는데 말이야, 지금은 네 머리를 쓸 때야. 여기선 아무리 기운을 써봐야 소용없어."

스카넷은 그의 충고를 받아들이는 것 같았다. 그는 열심히 머리를 굴렸다. 저들이 나를 죽일 생각이라면 이럴 이유가 없다. 이건 나를 협박해서 뭔가를 얻어내려는 수작이야. 적당히 타협하지, 뭐. 그리고 나서 나중에 가서 몸조심을 하면 되는 거야. 한 가지는 확실했다. 아테나가 이번 일에 개입되지는 않았다는 것이다. 그는 밧지는 무시하고 소파에 앉아 있는 남자를 쳐다보았다.

"당신은 대체 누구지?

"네가 몇 가지만 해주면 돌려보내 주겠다."

"내가 말을 안 들으면 고문을 하겠지?"

스카넷이 큰 소리로 웃어댔다. 그는 지금 상황을 헐리우드의 멍청한 저급 영화장면들과 혼동하기 시작했다.

"천만에, 고문이라니. 아무도 네 손끝하나 안 건드릴 거야. 너는 저 탁자 앞에 앉아서 날 위해 편지 네 통만 써주면 돼. 로드스톤 영화사에 다 절대로 그들 근처에서 얼씬거리지 않겠다는 편지 하나. 아테나에게 전에 했던 행동들을 사과하고 앞으로 다시는 얼씬거리지 않겠다고 맹세하는 편지 하나. 경찰서에다 네가 아테나를 공격할 의도로 황산을 샀다고 자백하는 편지 하나. 그리고 나한테는 네가 알고 있는 아테나의 비밀을 편지로 적어줘. 간단해."

스카넷이 크로스 쪽으로 몸을 비틀며 기어가자 남자 하나가 그를 잡아서 반대편 소파 위로 그를 냅다 던져버렸다.

"그 남자 건드리지 마."

크로스가 매섭게 명령했다.

스카넷은 팔로 소파를 짚고 벌떡 일어섰다. 크로스는 종이가 놓여 있는 책상을 손으로 가리켰다.

"아테나는 어디 있어?"

"여기 없어. 리아만 빼고 모두 이 방에서 나가."

그의 명령에 남자들이 문 밖으로 나갔다.

"책상에 앉아."

스카넷은 순순히 그의 말대로 했다

"진지하게 말하는 거야. 네가 얼마나 거친지 과시할 생각은 하지 마. 내 말 명심하고 바보짓 하지 말라는 얘기야. 손이 자유롭다고 엉뚱한 상상을 할 수도 있겠지만 말이야. 내가 원하는 건 오직 편지뿐이고, 그 것만 써주면 넌 자유야."

스카넷은 경멸조로 말을 내뱉었다.

"지랄하고 있네."

크로스가 밧지 쪽으로 얼굴을 돌리며 말했다.

"시간 낭비할 것 없군요. 죽이세요."

크로스의 목소리에는 변화가 없었지만 무관심한 듯한 그의 태도 속에는 뭔가 무서운 것이 들어 있었다. 그 순간 스카넷은 어린 시절 이후한 번도 경험해보지 못했던 공포를 느꼈다. 그제야 그는 산장에 모인남자들을 떠올리며 자신을 목표로 하고 있는 그들의 위압적인 힘을 깨달았다. 리아 밧지는 아직 움직이지 않았다. 스카넷이 외쳤다.

"좋아, 하지."

그는 종이 한 장을 가져와 쓰기 시작했다. 그는 편지를 쓰면서 교활하게 왼손을 사용했다. 뛰어난 운동선수들이 흔히 그렇듯이 그도 양손잡이에 가까웠다. 크로스가 그의 뒤로 다가와 편지 쓰는 모습을 지켜보았다. 스카넷은 느닷없이 겁을 냈던 게 부끄러워지면서 마룻바닥을디디고 있던 발에 힘을 줬다. 자신의 운동신경을 믿고 그는 펜을 오른손으로 바꿔 쥐면서 자리에서 튕기듯이 일어나 정확히 크로스의 눈을겨냥하고 펜을 내리꽂았다. 그가 팔을 돌리는 동시에 반동을 주면서상반신을 벌떡 일으켜 공격에 돌입하기까지는 거의 일 초도 걸리지 않았는데, 크로스가 가볍게 자기의 공격권에서 벗어나 버리자 스카넷은깜짝 놀라지 않을 수 없었다. 스카넷은 족쇄가 채워진 다리로 어떻게든 움직여보려고 계속 애를 썼다. 크로스가 조용히 그를 쳐다보더니말했다.

"누구든지 한 번은 잘 나가는 때가 있지. 당신도 과거에는 날렸었고.자, 펜은 내려놓고 그 편지들이나 줘봐."

스카넷은 순순히 그의 말을 따랐다. 크로스가 편지들을 꼼꼼하게 훑어보더니 말했다.

"비밀에 대해서는 한마디도 없군."

"종이에는 안 적을 거야. 저 자식을 내보내면 너한테 직접 얘기해주지."

스카넷은 밧지를 가리키며 말했다.

크로스가 리아에게 편지들을 건네며 말했다.

"검사해보세요."

밧지가 방에서 나갔다.

"좋아, 그 대단한 비밀 얘길 좀 들어볼까."

크로스는 스카넷을 쳐다보며 말했다.

밧지는 산장에서 나와 백미터 가량을 달려 레오나드 쏘사가 머물고 있는 방갈로로 갔다. 쏘사는 그를 기다리고 있었다. 그는 편지를 두 장째 읽어보더니 재수없다는 듯이 말했다.

"이건 왼손잡이가 쓴 거야. 난 왼손잡이 글씨는 위조 못해. 그건 크로스도 알아."

"다시 잘 봐. 놈은 오른손으로 크로스를 찌르려고 했어."

쏘사는 편지를 다시 꼼꼼하게 들여다보았다.

"그렇군. 이 자식은 진짜 왼손잡이가 아니야. 속임수를 썼군."

밧지는 편지를 다시 챙겨서 산장으로 돌아가 거실로 들어갔다. 크로스의 얼굴을 보고 그는 뭔가 일이 어긋나고 있다는 사실을 직감했다. 크로스는 당황한 표정이었고, 스카넷은 소파에 벌러덩 드러누워서 족쇄를 찬 다리를 쭉 뻗고 빙글빙글 웃으며 천장을 쳐다보고 있었다.

"이 편지들은 엉터리야. 놈은 편지를 왼손으로 썼는데 전문가 말로는 저놈이 오른손잡이라는군."

크로스가 스카넷을 보며 말했다.

"넌 너무 거친 놈이라 내가 다룰 수가 없겠어. 넌 날 안 무서워하고,

내가 시키는 대로 하지도 않아. 내가 포기하지."

스카넷은 소파에서 몸을 일으키며 크로스에게 심술궂게 말을 뱉었다.

"하지만 내가 한 얘기는 진짜야. 다들 아테나를 보면 한눈에 반해버리지만 나 말고는 아무도 그 여자의 진짜 모습을 몰라."

"넌 아테나라는 여자를 몰라. 그리고 내가 어떤 사람인지도 모르지."

크로스는 문으로 가서 손짓을 했다. 남자 네 명이 방으로 들어왔다. 그런 다음 크로스는 리아 쪽으로 돌아섰다.

"어떻게 해야 하는지는 알겠죠. 저놈이 내가 시킨 대로 하지 않으면 그냥 없애버리세요."

크로스는 방에서 걸어 나갔다. 리아 밧지는 안도하는 기색이 역력했다. 그는 크로스를 대단하다고 생각해왔고 수년 동안 기꺼이 그에게 복종했지만 크로스의 인내심은 지나친 데가 있었다. 인내심이라면 시칠리아의 위대한 두목들도 그에 못지않게 강했지만 그들은 언제 그만 접어야 하는지에 대해서 분명하게 알았다. 밧지는 크로스에게도 미국인들처럼 나약한 구석이 있는 건 아닐까 의심스러웠다. 만약 그렇다면 그는 위대한 대부가 되기는 힘들었다.

밧지가 스카넷을 쳐다보며 은근하게 말했다.

"이제 나와 붙을 차례군."

그는 네 남자를 향해 돌아섰다.

"놈 팔을 붙잡아. 살살, 상처 내지 말고."

네 남자가 스카넷에게 달려들었다. 한 사람이 그에게 수갑을 채웠고 스카넷은 눈 깜짝할 새에 완전히 무력해졌다. 밧지가 그의 어깨를 눌러서 무릎을 꿇렸고 다른 남자들은 스카넷을 꼼짝 못하게 붙들었다.

"연극은 끝났다."

밧지가 스카넷에게 말했다. 그의 단단한 몸은 긴장을 푼 것처럼 보였고 목소리도 편안했다.

"오른손으로 편지 써. 안 그러면 가만 두지 않겠어."

남자 하나가 커다란 연발 권총과 총알 한 상자를 가져와 리아에게 건네주었다. 그는 스카넷에게 총알을 하나하나 보여주면서 권총에 장전했다. 그는 창문으로 가서 탄창이 빌 때까지 숲을 향해 총을 쏘았다. 그런 다음 스카넷에게 다가와 총알 하나를 장전했다. 그는 탄창을 돌리고 나서 스카넷의 코에 총을 들이댔다

"난 총알이 어디 들어 있는지 몰라. 너도 물론 모르지. 네가 편지를 안 쓰겠다고 고집을 부리면 방아쇠를 당길 거야. 자, 할 거야? 말 거야?"

스카넷은 리아의 눈을 똑바로 노려보며 아무 말도 하지 않았다. 리아가 방아쇠를 당겼다. 짤까닥하는 소리만 났다. 리아가 만족스럽다는 듯이 고개를 끄덕였다.

"네 속을 한번 떠본 거야."

그는 탄창을 들여다보며 총알을 장전했다. 그는 창문으로 가서 총을 쐈다. 총성에 방이 흔들리는 것 같았다. 리아는 다시 탁자로 돌아와 상자에서 총알을 하나 꺼낸 다음 총에 장전을 하고 탄창을 돌렸다.

"다시 해 보자."

그는 스카넷의 턱에 권총을 갖다댔다. 그러나 이번에는 스카넷이 움찔했다.

"당신 대장을 불러줘. 할 말이 더 있어."

"안 돼, 바보짓은 그만해. 자, 할 건지 말 건지 대답해."

스카넷은 리아의 눈을 노려보았지만 그의 눈 속에는 위협이 아닌 애

처로움이 담겨 있었다.

"좋아, 쓰지."

사람들이 바로 그를 일으켜 세워 책상 앞에 앉혔다. 밧지는 스카넷이 열심히 편지를 쓰는 동안 소파에 앉아 있었다. 그는 스카넷에게서 편지를 받아서 쏘사의 방갈로로 갔다.

"문제 없어?"

"좋아."

밧지는 산장으로 돌아와 크로스에게 보고를 했다. 그런 다음 그는 거실로 가서 스카넷에게 말했다.

"다 끝났어. 준비되는 대로 곧 로스앤젤레스로 데려다주지."

그런 다음 리아는 차 있는 곳까지 크로스를 따라갔다.

"다 알아서 할 줄로 믿겠습니다. 저는 라스베가스로 돌아가야 하니까 아침까지 기다리세요."

"걱정 마. 나는 놈이 절대 안 쓸 줄 알았어. 짐승 같은 새끼."

크로스는 뭔가를 골똘히 생각하는 것처럼 보였다.

"내가 없었을 때 놈이 뭐라고 했는데? 내가 아는 건가?"

크로스는 밧지가 이제껏 한 번도 본 적이 없는 극도로 잔인한 표정을 지으며 대답했다.

"놈을 그냥 죽였어야 했어요. 기회를 놓치지 말았어야 했는데. 빌어먹을, 머리를 너무 굴렸어요."

"됐어. 이젠 끝났는데, 뭘."

그는 크로스가 차를 몰고 산장 입구를 빠져나가는 모습을 지켜보았다. 지난 십 년 동안 그는 가끔 시칠리아에 대한 향수를 느끼곤 했는데 지금이 그랬다. 시칠리아에서는 남자들이 여자의 비밀 따위에 괴로워하지 않았다. 그리고 여기가 시칠리아라면 이런 번거로운 일들도 없었을 것이다. 스카넷 같은 놈은 이미 오래 전에 바다 밑바닥에서 헤엄을 치고 있을 테니까.

동이 트자 안이 들여다보이지 않게 창문을 달은 밴 한 대가 산장 앞에 멈춰 섰다. 리아 밧지는 레오나드 쏘사에게서 가짜 유서를 건네받은 다음 사람들을 시켜 그를 토팽가 캐넌까지 데려다주게 했다. 밧지는 방갈로를 깨끗이 치운 다음에 스카넷의 편지도 불에 태워서 사람이 머물렀던 흔적을 모두 없앴다. 레오나드 쏘사는 그곳에 머무르는 동안 스카넷이나 크로스를 한 번도 보지 못했다. 그리고 난 뒤에 리아 밧지는 보즈 스카넷을 죽일 준비를 시작했다. 이 작전에는 단원 여섯이 투입됐다. 그들은 스카넷의 눈을 가리고 재갈을 물린 다음에 밴에 태웠다. 두 남자가 그와 함께 밴에 탔다. 스카넷은 손과 발에 수갑을 찬 채전혀 힘을 못 썼다. 또 한 명의 남자가 밴 운전석에 탔고 보조석에는 운전사를 경호하기 위해 또 한 명이 탔다. 다섯 번째 남자는 스카넷의 차를 몰았다. 리아 밧지와 여섯 번째 남자는 따로 차 한 대에 타고 앞장을 섰다. 리아 밧지는 태양이 검은 산 위로 천천히 떠오르는 광경을 바라보았다. 자동차 행렬은 거의 10킬로미터를 달린 끝에 깊은 숲 속의 한 오솔길로 들어갔다.

마침내 차들이 멈췄다. 밧지는 스카넷의 차를 주차시킬 위치를 정확히 지시했다. 그런 다음 그는 스카넷을 밴에서 끌어내렸다. 스카넷은 아무런 저항을 하지 못했고 거의 체념한 듯이 보였다. 흥, 이제야 감을 잡은 모양이군 하고 밧지는 생각했다. 밧지는 차에서 밧줄을 꺼냈다. 그는 신중하게 밧줄 길이를 잰 다음 한쪽 끝을 근처의 굵은 나뭇가지에 걸었다. 스카넷의 목에 올가미를 씌울 수 있게 남자 둘이 스카넷을 똑바로 붙잡고 섰다. 밧지는 레오나드 쏘사가 위조한 두 장의 유서를 꺼내서 스카넷의 상의 주머니에 집어넣었다. 남자 넷이 들러붙어 스카넷을 밴의 지붕 위로 끌어올리자 리아 밧지는 운전사 쪽에 대고 주먹을 치켜들었다. 밴이 앞으로 쑥 움직이는 것과 동시에 스카넷은 밴 지붕에서 떨어져 공중에 대롱대롱 매달렸다. 그의 목이 부러지는 소리가 숲에 울려 퍼졌다. 밧지는 시체를 살펴본 뒤에 시체에서 수갑을 벗겨냈다. 다른 사람들은 안대와 재갈을 뺐다. 목 주위에 살짝 긁힌 상처가 몇 군데 있긴 했지만 숲에서 이틀은 매달려 있을 테니 크게 문제될 건 없었다. 그는 수갑 흔적이 있는지 팔과 다리도 살펴보았다. 미미한 흔적이 남아 있었지만 수갑 자국이라고 할 만큼 뚜렷하지는 않았다. 이만하면 만족스러웠다. 그로서는 이 작전이 제대로 먹힐지 단언할 수는 없었지만 크로스의 지시는 모두 완수했다.

이틀 뒤, 익명의 제보에 의해 그 지역 보안관이 스카넷의 사체를 발견했다. 보안관이 현장에 도착했을 때는 호기심 많은 갈색 곰이 발로 밧줄을 치면서 시체를 흔들고 있었고, 잠시 뒤에 도착한 검시관과 그의 조수들이 시체를 살펴봤다. 썩어가고 있는 시체의 살점을 곤충들이 파먹은 흔적이 있었다.

제6부

헐리우드의 죽음

10

다섯 명의 여자가 깜빡거리는 카메라 렌즈를 향해 엉덩이로 사이좋게 인사를 했다. 영화는 여전히 지옥의 언저리를 맴돌고 있었지만 디터 타미는 영화에서 아테나 아퀴탠의 엉덩이를 대신할 대역을 고르기 위해 방음 스튜디오에서 여배우들을 심사하는 중이었다.

아테나는 가슴과 엉덩이 노출을 거부했다. 배우로서는 지나치게 얌전을 떠는 것 같긴 했지만 그렇다고 해서 치명적인 단점이라고 할 만한 고집은 아니었다. 디터는 자기가 아직 만나보지 못한 신인 여배우들 중 대역을 고르기로 했다.

물론 그녀는 여배우들에게 영화장면에 대한 모든 정보를 알려줬다. 그녀는 그들을 포르노 배우쯤으로 취급하면서 그들의 위신을 떨어뜨릴 생각은 없었다. 하지만 핵심은 침대에서 뒹굴면서 카메라 렌즈를 향해 벌거벗은 엉덩이를 들이대는 장면에 있었다. 섹스신 전담 연출자가 남자배우인 스티브 스텔링스와 여자 배우가 뒹굴고 엉키는 장면들을 밑그림으로 그리고 있었다.

그 자리에는 디터 타미 외에도 바비 밴즈와 스키피 디어가 함께 있었다. 그밖에 꼭 필요한 관계자들도 몇 명 있었다. 타미는 디어가 심사 장면을 지켜보는 것은 개의치 않았지만 그 자리에 밴즈가 온 이유는 도무지 알 수가 없었다. 그녀는 그를 들어오지 못하게 할까 하는 생각도 했지만, 메쌀리나가 취소될 경우 그녀의 입지는 상당히 약해질 게 분명했다. 그녀로서는 그의 환심을 사는 편이 유리했다.

밴즈가 툴툴거렸다.

"우리가 여기서 찾는 게 정확히 뭐야?"

섹스신 연출가이자 로스앤젤레스 발레 컴퍼니의 대표인 젊은 윌리스가 쾌활하게 대답했다.

"세상에서 가장 아름다운 엉덩이죠. 하지만 근육도 좋아야 돼요. 음란하고 펑퍼짐한 엉덩이는 사절입니다."

밴츠가 맞장구를 쳤다.

"맞아. 절대 음란해 보이면 안 되지."

"가슴은 어떻게 할 거야?"

디어가 물었다.

"가슴도 잘 골라야죠."

연출자가 대답했다.

"가슴은 내일 심사해."

타미가 끼어들었다.

"가슴과 엉덩이가 둘 다 완벽한 여자는 아마도 아테나 밖에는 없을 텐데 아테나가 보여주려고 해야 말이지."

밴츠가 음란한 표정으로 말했다.

"그걸 본 모양이지?"

타미는 약해진 자신의 입지를 잠깐 잊었다.

"바비, 내가 지금 제대로 들은 거라면 당신은 정말 밥맛이야. 아테나가 당신을 거부하니까 동성애자로 의심하는 거잖아."

"알았어, 알았어. 전화가 백 통은 왔을 텐데 난 그만 가봐야겠어."

"나도."

디어가 말했다.

"당신들 두 사람, 정말 재수 없어."

타미의 말에 디어가 변명을 했다.

"디터, 좀 봐줘. 바비나 나나 무슨 재미로 살겠어? 우린 골프 칠 시간도 없을 만큼 바빠. 영화야 일 때문에 보는 거지. 연극이나 오페라를 즐길 시간도 없다고. 가족들과 보내는 시간도 내야 되니까, 하루에 한 시간이나 짜낼까 말까야. 하루에 한 시간으로 뭘 할 수 있겠어? 여자랑 재미 보는 것 밖에 없다고. 그게 최고로 효과적인 취미생활이야."

밴츠가 탄성을 질렀다.

"스키피, 저것 좀 봐. 내가 본 것 중 가장 예쁜 엉덩이야."

디어가 놀랍다는 듯이 머리를 흔들었다.

"정말이네. 디터, 저거야. 저 여자로 정해."

타미는 믿을 수 없다는 듯이 고개를 저었다.

"맙소사, 정말 골빈 인간들이군. 저건 까만 엉덩이잖아."

"어쨌든 계약하라고."

디어가 좋아 죽겠다는 듯한 표정으로 말했다. 밴츠도 맞장구를 쳤다.

"맞아. 메쌀리나의 에티오피아 노예 역을 맡으면 되겠네. 그런데 저 여자가 왜 여기 있는 거야?"

디터 타미는 두 남자를 신기하다는 듯한 눈초리로 쳐다보았다. 앞에 있는 이 두 남자는 영화관에서는 거칠기로 악명이 높고 걸려오는 전화가 백 통이 넘는 바쁘신 몸들인데, 지금은 마치 첫경험을 하려고 호시탐탐 기회를 노리는 십대 남자애들처럼 보였다. 그녀는 인내심을 갖고 대답을 해주었다.

"전화로 출연제의를 할 때 백인 엉덩이만 원한다는 얘기는 절대 못 하게 돼 있어."

"저 여자 좀 만나보고 싶은데."

밴츠가 말했다.

"나도."

디어도 맞장구를 쳤다.

하지만 멜로 스튜어트가 스튜디오로 들어오면서 대화는 끊겼다. 그는 개선장군처럼 의기양양하게 웃고 있었다.

"우리 모두 다시 촬영장으로 갈 수 있게 됐어. 아테나도 촬영장으로 돌아올 거야. 보즈 스카넷, 그러니까 아테나 남편이 자살했거든. 보즈 스카넷은 이제 영화계와는 영원히 작별이야."

이 말을 하면서 그는 배우가 영화에서 맡은 부분의 촬영을 다 끝냈을 때 사람들이 박수를 쳐주는 흉내를 내면서 박수를 쳤다. 스키피와 바비도 그를 따라 박수를 쳤다. 디터 타미는 역겹다는 얼굴로 세 남자를 쳐다보았다.

"엘리가 당신들 두 사람 지금 당장 올라오래. 디터, 당신은 말고."

멜로가 미안한 표정으로 살짝 웃었다.

"이건 작품 회의가 아니라 사업상의 회의라서 말이야."

남자들은 스튜디오에서 나갔다.

그들이 나가고 나자 디터 타미는 아름다운 엉덩이의 주인을 불렀다. 그 여자는 황갈색이 아닌 정말로 검은색 피부를 가진 아주 예쁜 흑인이었고, 뻔뻔스럽다는 생각이 들 정도로 활달했는데 디터가 보기에는 가식적으로 꾸민 성격이라기보다 타고난 천성인 것 같았다.

"메쌀리아 황녀의 에티오피아 노예 역을 줄까 하는데."

디터가 운을 띄웠다.

"대사가 한 줄 있지만 주로 당신 엉덩이를 찍게 될 거야. 유감이지만 우리가 필요로 하는 건 아퀴탠 씨를 대신할 백인 엉덩이 대역인데 당신 엉덩이는 너무 까매. 그것만 아니었다면 이 영화에서 단연 돋보였을 텐데."

그녀는 대역 배우에게 다정하게 웃어 보였다.

"펄린 팬트, 그게 배역 이름이야."

"이름이 무슨 상관이겠어요. 고마워요. 칭찬도 해주고 일거리도 줘서요."

"하나 더."

디터가 덧붙였다.

"우리 제작자인 스키피 디어가 당신 엉덩이가 세계에서 제일 아름답다고 하던데. 영화사 대표인 밴츠씨도 그리고. 두 사람한테서 곧 연락이 갈 거야."

펄린 팬트가 장난스럽게 씩 웃었다.

"그럼 당신 생각은요?"

디터 타미가 어깨를 으쓱했다.

"난 남자들과 달라서 엉덩이에는 크게 관심 없어. 하지만 내 생각에 당신은 매력적이고 좋은 배우가 될 자질이 있어 보여. 이번 영화에서 대사를 한 줄만 하기에는 좀 아깝지. 오늘밤에 우리 집에 오면 같이 일 얘기를 할 수 있을 텐데. 저녁을 대접하지."

그날 밤, 디터 타미와 펄린 팬트는 침대에서 두 시간을 보낸 뒤에 디터가 차린 저녁을 먹으며 일 얘기를 시작했다.

"즐겁긴 했는데 말이야, 오늘일은 비밀로 하고 지금부턴 그냥 친구 사이로 지내는 편이 좋겠어."

"좋아요. 하지만 당신이 다이크(여자 동성애자 중에서 남자 역할을 맡은 여자를 비하하는 표현)라는 건 세상이 다 알아요. 내 까만 엉덩이 때문에 그래요?"

이렇게 그녀가 씩 웃었다. 디터는 다이크란 말을 못 들은 척 했다. 자기를 거부하는 것처럼 들리는 그 말에 앙갚음을 하려고 일부러 건방을 떠는 거니까.

"엉덩이 색깔이 어쨌든 예쁜 건 예쁜 거야. 하지만 넌 진짜 재능이 있어. 그렇지만 내가 널 계속 내 영화에서 쓰게 되면 네 재능을 인정받기 힘들 거야. 난 이 년에 한 편 정도 밖에 찍지 않아. 넌 그것보다 더 많이 일을 해야 할 걸? 감독들은 대부분 남자고 여자들한테 배역을 줄 때면 항상 재미를 보고 싶어해. 그 사람들이 널 동성애자로 생각하게 되면 널 쓰려고 하지 않을지도 모르지."

"만약 내가 제작자랑 영화사 대표를 손에 넣으면 감독은 필요도 없겠네요."

펄린이 쾌활하게 말했다.

"그래도 필요할 걸? 다른 남자들이 널 영화판에 데리고 들어갈 수 있는 사람들이라면, 감독은 널 거기서 크게 키울 수 있는 사람이야. 반대로 널 형편없는 배우로 보이게 찍을 수도 있고."

펄린은 애처로운 표정으로 머리를 흔들었다.

"이미 당신이랑은 끝냈고 앞으로 또 바비 밴츠에 스키퍼 디어를 거쳐야 되는 거군요. 정말 꼭 이래야 돼요?"

그녀는 순진한 얼굴로 눈을 동그랗게 떴다. 디터는 그 순간 그녀가 너무나 좋아졌다. 정말이지 솔직한 여자였다.

"오늘밤 아주 즐거웠어. 넌 사람을 제대로 고른 거야."

"그런데 말예요, 난 사람들이 왜 그렇게 성에 대해 괜한 소동을 피우는지 모르겠다니까요. 나한텐 전혀 문제가 안 되는데. 난 마약도 안 하고 술도 많이 안 마셔요. 그러니까 다른 재미라도 있어야죠."

"그럼 됐어. 자, 이제 디어와 밴츠에 대해 얘길 해줄게. 디어한테 내기를 거는 편이 나은데, 그 이유를 설명해주지. 디어는 자기 자신을 사랑하고 여자들을 사랑해. 그 사람은 널 위해서 정말로 뭔가 해줄 거야. 아주 똑똑한 사람이니까 네 재능을 알아보고 네게 맞는 역할을 찾아줄 거란 얘기야. 그런데 밴츠는 엘리 매리온 외에는 아무도 안 좋아해. 게

다가 취향도 없고 재능을 알아보는 안목도 없어. 밴츠는 널 영화사와 계약하게 만들어놓은 다음에는 너를 망쳐놓을 거야. 자기 부인 입을 막으려고 부인한테도 그러는 남자니까. 그 사람 부인은 일을 굉장히 많이 하고 돈을 엄청나게 버는데 한 번도 자기한테 맞는 역할을 해본 적이 없어. 스키피 디어가 널 마음에 들어 한다면 네 영화경력에 도움이 될 만한 일을 만들어줄 거야."

"좀 살벌한 얘기네요."

디터가 그의 팔을 토닥였다.

"마음에도 없는 얘기하지 마. 난 다이크기도 하지만 동시에 여자이기도 해. 그리고 배우에 대해서도 잘 알지. 여자든 남자든 배우들은 성공을 위해서라면 무슨 짓이든 할 거야. 우리들은 모두 엄청난 도박을 하고 있다고. 오클라호마에서 평범한 직장여성으로 살고 싶어? 아니면 인기 영화배우가 되어 말리부에서 살고 싶어? 서류를 보니까 스물 세 살이던데 남자 경험이 몇 번이나 있지?"

"당신을 포함해서요? 아마도 쉰 명쯤? 하지만 모두 재미있었어요."

그녀는 짐짓 미안한 척하며 대답했다.

"그러니까 몇 명하고 더 한다고 충격 받을 일은 없겠군. 그리고 누가 알아? 그 사람들도 재미있을지."

"당신도 알겠지만, 나한테 배우로 성공하겠다는 신념이 없다면 그런 짓은 안 할 거예요."

"물론. 다들 마찬가지지."

디터가 맞장구를 쳤다.

펄린이 깔깔대며 웃었다.

"당신은요?"

"나한테는 그런 기회가 없었지. 난 순전히 내 능력으로 성공했어."

"가엾어라."

펄린이 중얼거렸다.

로드스톤 영화사에서는 바비 밴츠, 스키피 디어, 멜로 스튜어트가 엘리 매리온과 함께 그의 사무실에서 회의를 하고 있었다. 밴츠는 머리끝까지 화가 나 있었다.

"그 병신 같은 새끼가 사람들에게 죄다 겁을 줘놓고는 자살을 하다니."

매리온은 스튜어트에게 말했다.

"멜로, 당신네 배우가 영화를 다시 시작하겠군."

"물론이죠."

"그 여자가 더 요구하거나 추가로 원하는 건 없나?"

매리온은 아무런 감정도 실리지 않는 목소리로 조용히 물었다. 멜로는 매리온이 엄청 화가 나 있다는 것을 직감적으로 느꼈다.

"없습니다. 내일이라도 당장 일을 시작할 수 있습니다."

디어가 말했다.

"좋았어. 아직은 예산 안에서 영화를 마무리 지을 수 있을 거야."

"다들 입 닥치고 내 말 들어."

한 번도 거친 말을 입에 담아본 적이 없는 매리온의 입에서 이런 말이 튀어나오자 다들 쥐죽은 듯 조용해졌다. 매리온은 평상시의 나지막하고 밝은 목소리로 얘기를 했지만 화가 나 있는 것만은 틀림없었다.

"스키피, 영화를 예산 안에서 마무리 짓는다고 해도 그게 우리랑 무슨 상관이야? 우리한테는 이제 그 영화 소유권이 없다고. 다들 정신 없이 놀란 나머지 그만 어리석은 실수를 저지른 거라고. 우리들 모두 실수를 한 거야. 우린 이 영화에 아무런 권리가 없는 그냥 구경꾼이야."

스키피 디어가 그의 말을 치고 들어왔다.

"로드스톤은 영화배급으로 떼돈을 벌 겁니다. 게다가 수입의 일정 부분도 받게 되는데 그것도 꽤 괜찮은 조건입니다."

"하지만 크로스란 놈이 우리보다 돈을 더 벌 거야. 그건 부당해."

밴츠가 말했다.

"문제의 요점은 크로스가 사태를 해결하는데 전혀 손을 안 썼다는 사실이야. 법적으로 따져 볼 때, 우리는 영화를 되찾을 만한 확실한 근거가 있어."

매리온이 말했다.

"맞습니다."

밴츠가 맞장구를 쳤고 이어 말했다.

"그 자식한테 본때를 보여주자고요. 법정으로 가져갑시다."

"법정으로 문제를 가져가겠다고 그 자를 위협해서 협상을 파기하는 거야. 돈도 돌려주고 수입을 총 결산한 뒤에 순수입의 10퍼센트를 주는 거지."

매리온이 말했다. 디어가 웃음을 터뜨렸다.

"엘리, 몰리 플랜더즈가 그렇게 놔두지 않을 걸요."

"크로스하고 직접 협상을 할 거야. 난 그 자를 설득할 자신이 있어."

그는 잠시 뜸을 들였다.

"소식을 듣자마자 그 자한테 전화를 했었지. 즉시 우릴 만나겠다고 하더군. 게다가 다들 알겠지만, 그 자는 가뜩이나 배경이 수상한데 이번 스카넷의 자살이 우연의 일치라고 하기에는 그 자가 덕을 보는 게 너무 많단 말씀이야. 따라서 그 자가 이 문제를 가지고 법정에서 공개적으로 우리와 싸울 생각은 하지 않을 거라고 봐."

크로스는 제너두 호텔의 펜트하우스에서 신문에 실린 스카넷 사망 기사를 읽고 있었다. 모든 일이 완벽하게 이뤄졌다. 이것은 누가 보기에도 분명한 자살사건이었다. 시체의 몸에서 발견된 두 장의 유서가 그 사실을 뒷받침해주었다. 보즈 스카넷이 남긴 편지 내용은 길지 않았고 레오나드 쏘사의 기술은 극히 교묘했기 때문에 필적 전문가는 유서가 위조됐다는 증거를 전혀 찾아내지 못했다. 스카넷의 다리와 팔은 의도적으로 수갑을 헐렁하게 채웠고 그래서 아무런 흔적도 남기지 않았다. 리아 밧지는 노련했다.

크로스가 받은 첫 번째 전화는 그의 예상을 빗나가지 않았다. 코그의 집으로 그를 소환하는 지오르지오의 전화였다. 크로스는 클레리쿠지오가 사람들이 그의 동태를 파악하지 못할 거라고 생각할 만큼 어리석지는 않았다.

크로스가 받은 두 번째 전화는 변호사를 동반하지 말고 로스앤젤레스로 와달라고 하는 엘리 매리온의 전화였다. 크로스는 그러겠다고 했다. 하지만 라스베가스를 떠나기 전에 그는 몰리 플랜더즈에게 전화를 걸어서 매리온과의 통화 내용을 얘기했다. 그녀는 화가 나서 펄펄 뛰었다.

"치사한 악당들 같으니. 공항에서 만나서 같이 갑시다. 당신한테는 변호사가 있으니까 영화사 대표한테 입도 뻥끗 하지 말아요."

그녀는 씩씩댔다. 두 사람이 로드스톤 영화사에 도착해서 매리온의 사무실로 들어가는 순간, 그들은 문제가 심상치 않다는 사실을 직감했다. 그곳에서 기다리고 있는 네 사람은 곧장 주먹이라도 휘두를 것 같은 험악한 표정들을 하고 있었다.

"생각을 바꿔서 변호사를 데려오기로 했습니다."

크로스는 매리온에게 말했다.

"기분 나쁘게 생각하지 않으셨으면 합니다."

"원한다면. 거북한 상황이 벌어질 경우를 생각해서 당신 체면을 세워주고 싶었을 뿐이오."

몰리 플랜더즈가 화가 나서 정색을 하고 말했다.

"일이 아주 볼 만하게 돼 가고 있군요. 당신은 영화를 되찾고 싶은 모양이지만 계약파기는 절대 안 돼요."

"당신 말이 맞아. 하지만 우리는 크로스의 양심에 호소를 해보려고 하는 거야. 크로스는 사태를 해결하는데 아무런 노력도 안 했지만, 반대로 로드스톤 영화사는 엄청난 시간과 돈과 인력을 투자했어. 우리의 투자가 없었더라면 이 영화는 가능하지 않았을 거야. 크로스에게는 돈을 돌려줄 생각이야. 그에 더불어서 수입을 총 결산한 뒤에 수입의 10 퍼센트를 떼 줄 생각도 하는데, 우린 결산할 때 인색하게 구는 편은 아니지. 이 사람은 아무런 위험부담을 지지 않아."

"크로스는 이미 위험을 감수했고 거기서 살아 남았어요. 당신의 제안은 이 사람을 모욕하는 거예요."

몰리가 쏘아붙였다.

"그렇다면 법정으로 가는 수밖에. 크로스, 당신도 나와 마찬가지로 법정으로 이 문제를 끌고 가는 건 좋아하지 않을 거라고 생각하는데."

그는 웃으며 크로스를 쳐다보았다. 고릴라 같은 그의 얼굴을 천사처럼 만들어주는 상냥한 미소였다.

몰리가 화가 나서 길길이 뛰었다.

"엘리, 당신이 항상 이런 식으로 거짓말을 하니까 일 년에 스무 번이나 법정에 가서 증언을 하는 거라고요."

그녀는 크로스를 향해 얼굴을 돌리며 말했다.

"여기서 나가요."

하지만 크로스는 자신이 오랜 법정 싸움을 버틸 재간이 없다는 사실을 잘 알고 있었다. 그의 영화 매입과 그에 뒤이어서 때맞춰 발생한 스카넷의 죽음은 세밀한 조사 대상이 될 것이다. 그의 배경은 샅샅이 파헤쳐질 것이고 결국에는 여론의 시선을 한 몸에 받게 될 텐데, 그건 늙은 대부로서는 감당하기 어려운 사태였다. 매리온은 이 모든 것을 알고 있음에 틀림없었다.

"잠깐만 그대로 있어요."

크로스가 몰리를 잡았다. 그런 다음 그는 매리온과 밴츠, 스키피 디어 그리고 멜로 스튜어트를 향해 얼굴을 돌렸다.

"도박꾼이 내 호텔에 와서 오랫동안 도박을 해서 이기면 난 그 사람이 딴 돈을 모두 내주죠. 돈을 반반으로 나누자는 따위의 얘기는 안 합니다. 그런데 여기 계신 신사분들께서 하는 짓이 바로 이렇군요. 자, 다시 생각해보실 의향은 없으신지?"

밴츠가 얕보는 듯한 말투로 되받았다.

"이건 사업이지 도박이 아니요."

멜로 스튜어트는 크로스를 달래듯이 말했다.

"당신은 대략 천만 달러는 벌게 될 거요. 그 정도면 아주 공정한 거지."

"게다가 아무것도 안 했는데 말이야."

밴츠가 비아냥거렸다.

스키피 디어만 크로스의 편인 것처럼 보였다.

"당신은 더 받을 자격이 있어. 하지만 질 걸 뻔히 알면서 법정싸움을 시작하는 것보단 이 사람들 제안을 받아들이는 편이 낫다고. 이건 이것대로 받아들이고, 당신과 나는 따로 영화사를 끼지 말고 사업을 합시다. 공정하게 대접해주겠소."

크로스는 절대 협박하는 것처럼 보여서는 안 된다고 생각했다. 그는 포기하겠다는 뜻으로 씩 웃었다.

"아마도 당신들 말이 맞는 것 같습니다. 전 모두와 원만한 관계에서 영화사업을 하고 싶고, 또 천만 달러 이윤이라면 꽤 괜찮은 출발입니다. 몰리, 서류작성은 당신이 알아서 하세요. 전 지금 비행기를 타러가야 합니다. 먼저 실례하겠습니다."

그는 방에서 나갔고 몰리가 그를 따라 나왔다.

"법정으로 가져가면 우리가 이겨요."

"전 법정까지 끌고 가고 싶진 않습니다. 계약하세요."

몰리는 한동안 그를 가만히 쳐다보더니 대답했다.

"좋아요. 하지만 10퍼센트보다 많이 받아낼 거예요."

크로스는 다음 날 코그에 있는 대부의 집에 갔다. 대부와 그의 아들 지오르지오와 빈센트와 삐삐에 그리고 손자 단테가 그를 기다리고 있었다. 그들은 정원에서 차가운 햄과 치즈 그리고 큰 나무그릇에 담긴 샐러드와 바삭거리는 기다란 빵으로 점심을 먹었다. 대부가 숟가락으로 떠먹을 수 있도록 갈아놓은 치즈도 있었다. 식사를 하면서 대부는 자연스럽게 얘기를 시작했다.

"크로스, 네가 영화사업을 시작했다는 얘기가 들리던데."

대부는 잠시 말을 멈추고 포도주 한 모금을 마셨다. 그런 다음 갈아놓은 파르마 치즈를 한 숟가락 떠먹었다.

"네."

크로스의 대답에 지오르지오가 물었다.

"영화사업에 자금을 조달하려고 제너두 호텔의 네 지분 일부를 담보로 잡았다는 얘기가 사실이야?"

"그건 제 권한으로 할 수 있는 일입니다. 어쨌든 전 서부지역의 브룰리오네니까요."

크로스는 큰 소리로 웃었다.

"브룰리오네긴 하지."

단테가 이죽거렸다. 대부는 손자를 쳐다보며 끼어들지 말라는 표정을 지어 보였다. 그는 크로스를 보고 말했다.

"넌 조직의 자문을 받지 않고 아주 큰 사업을 시작했다. 그런데 우리의 조언을 구하지 않았어. 무엇보다 중요한 사실은, 네가 폭력행사를 했고 그래서 자칫하면 법적으로 심각한 파장을 일으킬 뻔했다는 점이다. 관례상 그런 행동에 대해서는 분명한 지침이 있어. 원칙적으로 넌 허락을 받아야 해. 그러고 싶지 않다면 독단적으로 행동하되 결과도 너 혼자 책임져야 한다."

지오르지오가 매섭게 그를 추궁했다.

"그리고 넌 조직의 재산과 인력을 사용했어. 시에라에 있는 산장 말이다. 리아 밧지, 레오나드 쏘사, 폴라드와 그의 씨큐리티 컴퍼니도 이용했고. 물론 그 사람들은 서부지역에서는 네 밑에 있는 사람들이지만 그와 동시에 조직이 관리하는 사람들이기도 해. 다행히 아무 탈 없이 끝나긴 했지만 만약에 그렇지 않았더라면 어쩔 뻔했냐? 모두에게 위험한 상황이 됐을 거야."

대부가 성급하게 끼어들었다.

"크로스가 몰라서 그랬을 리는 없다. 내가 묻고 싶은 건, 왜 그랬냐는 거야. 크로스, 넌 몇 년 전에 조직원으로서 꼭 참가해야 될 작전에서 빼달라고 요청을 했다. 난 네 자질이 아깝긴 했지만 네 청을 들어줬어. 그런데 너는 이제 와서 네 자신의 이익을 위해서 자진해서 그런 일을 저질렀다. 넌 사랑하는 내 혈육이고 또 나는 내가 널 익히 알고 있다고 생각해왔는데 이번 일은 전혀 뜻밖이구나."

그 말을 들으며 크로스는 대부가 자기에게 호의적인 마음을 갖고 있다는 것을 알았다. 그리고 아테나의 아름다움에 마음이 흔들렸다고 사실대로 얘기해서는 안 된다는 것도 알았다. 그것은 적절한 설명도 되지 못할 뿐만 아니라 조직을 모욕하는 얘기가 될 테니까. 어쩌면 치명적인 결과를 초래하게 될지도 몰랐다. 알지도 못하는 한 여자 때문에 클레리쿠지오가에 대한 충성심을 잠시 접는다는 것은 절대로 용서받지 못할 일이었다.

"거금을 벌어들일 수 있는 기회라고 생각했습니다. 새 사업의 발판을 마련할 수 있는 기회 말입니다. 저와 조직을 위해서 말입니다. 전 그 사업을 매개로 검은 돈을 합법적인 돈으로 바꿀 수 있다고 판단했습니다. 하지만 신속하게 움직여야 될 필요가 있었죠. 전 이번 일을 비밀로 할 생각은 조금도 없었고, 그래서 다들 아시게 될 줄 알면서도 조직의 재산과 인력을 사용했습니다. 일을 끝낸 뒤에 차차 말씀드리려고 했습니다."

대부는 그를 쳐다보며 웃는 얼굴로 조용히 물었다.

"그래, 일은 끝냈고?"

순간 크로스는 대부가 모든 사실을 알고 있다는 것을 직감했다.

"문제가 하나 더 있습니다."

크로스는 매리온과 맺은 새 계약에 대해 얘기해주었다. 느닷없이 대부가 호탕하게 웃어서 그는 깜짝 놀랐다.

"아주 잘 했다."

대부는 이렇게 칭찬했다.

"법정소송으로 가면 낭패를 당할 수도 있어. 승리는 그놈들한테 줘버려. 하지만 그들은 아주 못된 놈들이야. 예나 지금이나 그 사업에는 관여하지 않는 게 상책이야. 적어도 천만 달러는 벌었군. 그것만해도 꽤 많은 돈이지."

"아닙니다. 제 앞으로 5백만 달러, 조직 앞으로 5백만 달러라고 해야 맞습니다. 저는 우리가 그렇게 쉽게 포기해서는 안 된다고 봅니다. 저한테 몇 가지 계획이 있는데 그걸 실행하려면 조직의 도움이 반드시 필요합니다."

"그렇다면 몫을 조정해야 되겠는데."

지오르지오의 이 말에 크로스는 지오르지오가 밴츠처럼 항상 더 많은 걸 받아내려고 한다고 생각했다.

대부는 성급하게 말을 끊고 들어왔다.

"먼저 토끼부터 잡아. 나누는 건 그 다음이다. 조직에서는 널 밀어주겠다. 하지만 한 가지 명심할 게 있어. 무슨 일이든 행동으로 옮기기 전에 우선 상의를 해야 한다. 내 말 알아듣겠지, 크로스?"

"네."

그는 코그를 떠나며 가슴을 쓸어 내렸다. 대부는 따뜻한 마음으로 그를 용서해주었다.

대부는 팔십 줄에 들어선 뒤에도 여전히 자신의 제국을 선두지휘하고 있었다. 그것은 그가 엄청난 노력과 희생을 치르고 창조한 세계였고, 따라서 그는 자기가 당연히 그 세계를 소유할 자격이 있다고 느꼈다.

그 나이쯤 되면 사람들은 보통 자신들이 부득이하게 저지른 죄악이나 이루지 못한 꿈 때문에 괴로워하고 심지어는 자신들의 당연한 권리에 대해서도 빚진 것 같은 기분을 느끼는데 반해서, 대부는 열네 살 때와 다름없이 여전히 자기 자신에 대한 확고한 믿음이 있었다.

대부는 신념이 강하고 판단이 매서웠다. 하나님은 위험한 세상을 창조하셨고 인간은 그 세상을 훨씬 더 위험하게 만들어 놓았다. 하나님의 세상은 인간이 그 안에 갇혀서 먹을 걸 얻기 위해 땀 흘려 일해야 하는 감옥이었고, 인간들끼리 먹고 먹히는 살벌한 약육강식의 원리가 적용되는 곳이었다. 대부는 자기의 보호로 자기의 사랑하는 혈육들이 안전하게 인생을 살아갈 수 있게 됐다는 생각에 마음이 뿌듯했다.

그는 늙어서도 마음이 약해지지 않고 여전히 자신의 적들에게 사형선고를 내릴 수 있다는 사실이 만족스러웠다. 물론 그는 그들을 용서했고, 집안에 예배실을 따로 마련할 정도로 독실한 기독교인이었다. 용서야 당연한 일이 아니겠는가? 하지만 하나님이 인간들을 용서하면서도 어쩔 수 없이 죽음을 선고할 수밖에 없듯이 그도 역시 그런 식으로 자신의 적들을 용서했다.

대부는 자신이 창조한 세계 안에서 사람들로부터 숭배를 받았다. 그의 가족들과 브롱크스 조직에 살고 있는 수천 명의 주민들과 일정 지역을 관리하며 그에게 돈을 기탁하고 주류 사회와 갈등이 생기면 그에게 중재를 요청하는 브룰리오네들은 대부를 절대적으로 신뢰했다. 뭔가가 부족하거나 아프거나 곤란한 문제가 생길 때면 그를 찾아가면 되고 그러면 대부가 자신들의 어려움을 해결해 줄 것이라고 그들은 생각했다. 그들은 그를 사랑했다.

대부는 사랑이 아무리 깊어도 신뢰하기에는 힘든 감정이라고 생각했다. 사랑한다고 해서 반드시 은혜를 갚는다는 보장이 없고, 사랑한다고 해서 반드시 복종한다는 법이 없으며, 너무나 험한 이 세상에서 사랑만으로는 조화를 이루기가 불가능했다. 대부는 누구보다도 이 사실을 잘 알았다. 진실한 사랑을 불어넣기 위해서는 동시에 두려움도 가르쳐야 했다. 사랑 하나만으로는 멸시의 대상밖에 되지 못하고, 신뢰와 복종이 따르지 않는다면 사랑은 하찮은 것이었다. 사랑한다고 하면서 그의 규칙은 인정하지 않는다면 그 사랑이 무슨 가치가 있을까?

그는 그들의 생계를 책임졌고 그들이 지닌 부의 원천이었기 때문에 자신의 의무를 실천하는데 있어서 절대로 우유부단해서는 안 되었다. 그는 사람들을 엄격하게 심판했다. 누군가가 그를 배신하고 그래서 그의 세계에 상처를 내는 일이 생기면, 비록 그것이 사형선고를 의미하는 것이라고 해도 그 사람은 반드시 처벌을 받고 제재가 가해져야 했다. 어떤 변명도 있을 수 없었고, 상황을 참작한다거나 동정심에 호소하는 일도 절대 있을 수 없었다. 한 번은 아들 지오르지오가 그를 가리켜서 구식이라고 말했다. 그는 맞는 얘기라고 하면서, 자기가 구식이 아니었다면 여기까지 올 수 없었을 것이라고 했다.

지금 그의 머리에서는 수많은 생각들이 꼬리에 꼬리를 물고 지나갔다. 산타디오파와의 전쟁이 끝난 뒤 지난 이십오 년 동안 그는 계획을 착착 실천해왔다. 그는 선견지명이 있었고 교활했으며 잔인해질 필요가 있을 때는 잔인했고 안전한 상황에서는 관용을 베풀기도 했다. 그리고 이제 클레리쿠지오파는 권력의 정점에 올랐고 겉으로는 어떠한 공격에도 안전했다. 조만간 그들은 합법적인 사회조직 속으로 모습을 감추고 불사신이 될 것이다.

하지만 그가 낙관적으로 눈 앞의 일만 생각하고 살았더라면 이렇게까지 오래 살아남지는 못했을 것이다. 그는 나쁜 잡초가 땅 위로 머리를 채 내밀기 전에 없애버릴 수 있었다. 현재의 가장 큰 위험은 내부에 도사리고 있었는데, 바로 단테였다. 대부는 성인이 된 단테의 모습이 썩 마음에 들지 않았다.

그 다음에는 그론벨트가 남긴 유산으로 부자가 되고 조직의 지시 없이 대담하게 일을 저지른 크로스가 있었다. 이 젊은 친구는 아주 영리하게 조직에 첫발을 내디뎠고 그의 아버지 피피처럼 실력자로 성장하는 듯 싶었다. 그러다가 비르지니오 발라죠 건으로 그의 경력은 끝이 났다. 그리고 약록 심성 때문에 조직의 작전에서 제외됐던 그가 자기 개인의 부를 얻기 위해 다시 돌아와 보즈 스카넷이란 남자를 살해했다. 대부의 허락도 받지 않고서. 하지만 대부는 이런 일련의 행동들을 너그럽게 용서해주었는데, 그가 이렇게 감정에 치우치는 경우는 극히 드물었다.

크로스는 대부의 세계에서 빠져나와 다른 세계 속으로 들어가려고 하고 있었다. 비록 배신이나 반역의 싹이 될 가능성이 있다고 해도 대부는 크로스의 이런 행동들을 이해하지 못하는 것은 아니었다. 하지만 피피와 크로스가 힘을 합치면 조직에게 위협적인 존재가 될 것이다. 대부는 또 단테가 피피 부자를 중오한다는 것을 잘 알고 있었다. 영리한 피피가 이 사실을 모를 리 없었고 따라서 피피는 위험한 존재였다. 비록 그의 충성심은 여러 차례 검증됐지만 그럼에도 불구하고 그는 요주의 인물이었다.

대부가 관용을 베푼 까닭은 크로스에 대한 애정과 자신의 누이의 아들이자 단원으로서 오랜 기간 충성을 바쳐온 피피에 대한 사랑 때문이었다. 무엇보다도 두 사람은 클레리쿠지오가의 혈육이었다. 그는 단테로 인해 조직이 위험에 빠지게 되는 것이 더 염려스러웠다.

대부는 예나 지금이나 변함 없이 단테를 아끼고 사랑했다. 두 사람은 단테가 열 살이 될 때까지는 아주 친밀한 관계였는데, 그 때를 기점으로 대부는 손자에 대한 맹목적인 사랑에서 조금씩 벗어나기 시작했다. 대부는 손자의 성격에서 몇 가지 마음에 걸리는 점들을 발견했다.

열 살 즈음의 단테는 원기왕성하고 장난기 많은 재미있는 소년이었다. 운동감각도 탁월했다. 말하는 것을 좋아했는데 특히 할아버지와 많은 대화를 했고 어머니 로즈 마리와는 오랜 시간 비밀스런 얘기를 나눴다. 하지만 열 살이 지나자 그는 심술궂고 버릇없는 아이로 변해 버렸다. 그는 또래 아이들과 도를 지나칠 정도로 난폭하게 싸웠다. 여 자아이들에게는 깜짝 놀랄 정도로 추잡한 장난을 치면서 못살게 굴었 다. 작은 동물들한테도 심한 짓을 했고 한 번은 학교 수영장에서 자기 보다 작은 남자 아이를 물에 빠뜨리려고 한 적도 있었는데, 그런 행동 들은 대부가 알고 있던 남자 아이들의 전형적인 행동특성으로는 설명 하기 힘든 것들이었다.

대부는 이런 일들을 특별히 심각하게 받아들이지는 않았다. 무엇보 다도 어린아이들은 짐승이나 마찬가지여서 되풀이해서 말로 설명하고 매를 때려야 비로소 길이 드는 법이었다. 어렸을 적에는 단테처럼 거 친 성격이었다가도 커서 성인(聖人)처럼 훌륭해진 사람들도 있었다. 대부가 께름칙하게 생각했던 것은 그의 다변과 자기 엄마와 나누는 오 랜 대화들 그리고 무엇보다도 아이가 조금씩 자신에게 반항을 한다는 점이었다.

자연의 장난을 두려워하는 대부를 불안하게 만드는 것이 또 한 가지 있었다면 그것은 바로 단테가 열다섯 살에 성장을 멈췄다는 사실이었 다. 그는 155cm까지 자라고는 더는 키가 크지 않았다. 의사들을 찾아 다녔지만 다들 한다는 얘기가 기껏해야 7cm 이상은 자라지 못한다는 것이었다. 그래봤자 클레리쿠지오가 사람들의 평균 신장인 180cm에 는 전혀 미치지 못했다.

평소 쌍둥이를 위험한 징조로 해석했던 대부는 단테의 작은 키에 대 해서도 같은 생각을 했다. 아이가 태어나는 일은 신의 축복이지만 쌍 둥이는 자연의 이치에 어긋난다는 것이 대부의 주장이었다. 한 번은 브롱크스에 사는 한 단원이 세 쌍둥이의 아빠가 되는 일이 생기자 대 부는 끔찍해하면서 그들에게 오리건 주의 포틀랜드에 식품가게를 하나 마련해주고 조직에서 내보냈다. 결국 그 가족은 경제적으로는 넉넉하지만 외로운 생활을 할 수밖에 없었다. 대부는 왼손잡이와 말더듬이에 대해서도 편견을 갖고 있었다. 누가 뭐라고 하든 이런 사람들은 좋은 징조가 되지 못했다. 단테는 태어나면서부터 왼손잡이였다.

하지만 이런 모든 사실들에도 불구하고 대부는 손자에게 경계심을 품지 않았고 변함 없이 아끼고 사랑했다. 그의 혈육이라면 당연히 예외였으니까. 하지만 단테는 커갈수록 대부가 희망하는 모습에서 점점 더 멀어졌다.

단테는 열여섯 살에 학교를 중퇴하면서 집안일에 관심을 보였다. 그는 빈센트의 식당에서 일을 했다. 그는 인기 있는 웨이터였고 몸동작이 빠르고 재치가 있어서 팁도 엄청나게 벌었다. 그 일이 시들해지자 월 스트리트에 있는 지오르지오의 사무실에서 두 달간 일했는데, 지오르지오가 복잡한 증권 업무를 가르쳐보려고 열심히 노력했지만 그는 그 일을 싫어했고 적성도 없었다. 그는 결국 뻬띠에의 건설회사에 정착을 했고 조직의 대원들과 함께 일하는 것을 좋아했다. 그는 점점 근육질로 변해 가는 자신의 육체를 자랑스러워했다. 하지만 이런 과정들을 통해 그는 세 삼촌들의 성격상의 특징들을 어느 정도 파악했고 대부는 이 점을 칭찬했다. 그는 빈센트의 솔직함과 지오르지오의 냉정함 그리고 뻬띠에의 사나운 면을 본받았다. 그러면서 은연중에 그의 고유한 성격도 자리를 잡았는데, 그는 본성이 음흉하고 약삭빠르고 교활했으며 또한 재치도 있어서 그 때문에 매력적으로 보일 때도 있었다. 그리고 그 즈음부터 그는 르네상스 풍의 모자를 쓰고 다니기 시작했다.

그가 그 화려한 색깔의 모자들을 어디서 구하는지는 아무도 몰랐다. 둥근 것, 네모난 것 등등 별의별 모양의 모자들이 항상 마치 물 위에 떠 있는 것처럼 가볍게 그의 머리에 올라앉아 있었다. 그가 모자를 쓰면 더 크고 더 잘 생겨 보였으며 사람들에게 좀더 호감을 줬다. 그 이유는 광대들이나 쓸 것 같은 모자 때문에 사람들이 경계심을 풀었기 때문이기도 했고, 또 모자가 그의 얼굴 양쪽의 균형을 맞춰주기 때문이기도 했다. 그런 모자들은 그에게 잘 어울렸다. 모자를 쓰면 클레리쿠지오가 사람들의 특징인 새까만 곱슬머리가 가려졌다.

서재에는 여전히 실비오의 사진이 걸려 있었는데, 어느 날 서재에서 단테가 할아버지에게 물었다.

"실비오 삼촌은 어떻게 죽었어요?"

대부는 짧게 대답했다.

"사고였지."

"그 삼촌은 할아버지가 제일 아끼던 아들이었죠?"

대부는 단테가 느닷없이 이런 질문들을 하자 가슴이 뜨끔했다. 단테는 아직도 열다섯 살밖에 되지 않은 나이였다.

"왜 그렇게 생각하는데?"

"죽었으니까요."

단테는 장난스럽게 씩 웃으며 대답했지만 그것이 머리에 피도 안 마른 어린애가 겁도 없이 한 농담이었다는 것을 대부가 이해하는 데는 시간이 좀 걸렸다.

대부는 저녁을 먹기위해 아래층으로 내려오다가 단테가 그의 사무실을 뒤지는 장면을 목격한 적도 있었다. 어린아이들은 항상 어른들 일에 호기심을 느끼기 마련이라서 이 행동을 불쾌하게 여기지는 않았지만, 그 이후로 대부는 정보가 유출될 위험이 있는 서류는 절대 만들지 않았다. 대부는 마치 뇌 한쪽 구석에 엄청나게 커다란 칠판이 있어서 거기에다 자신이 가장 아끼는 사람들의 죄와 미덕을 포함해서 필요한 모든 정보들을 적어놓는 것처럼 보였다.

하지만 단테를 좀더 경계하게 되면서 대부는 손자에게 훨씬 더 각별하게 애정표현을 했고, 그가 거대한 조직을 계승할 후계자 중 한 명이라는 사실을 확실하게 알려주었다. 그리고 단테를 야단치고 훈계하는 일은 삼촌들이 맡았는데 주로 지오르지오가 맡아서 했다.

결국 대부는 단테를 사회의 적법한 일원으로 만드는 일을 단념하고 해결사로 훈련시키기로 했다.

대부는 로즈 마리가 저녁을 먹으러 내려오라고 부르는 소리에 식당으로 내려가 단 둘이서 저녁식사를 했다. 그는 식당으로 걸어 들어가 파스타를 담아놓은 화려한 그릇 앞에 자리를 잡았다. 로즈 마리는 갈아놓은 치즈가 담긴 은그릇을 그의 앞에 가져다 놓았는데, 치즈가 샛노란 걸 보면 고소하고 단맛이 나는 치즈임에 분명했다. 로즈 마리는 그의 맞은편에 자리를 잡고 앉았다. 로즈 마리는 명랑하고 생기가 있었다. 그런 딸을 보며 그도 기분이 즐거워졌다. 오늘밤에는 끔찍한 발작은 일어나지 않을 모양이었다. 마치 산타디오파와의 전쟁이 일어나기 전의 딸의 모습을 보는 것 같았다.

그 일은 엄청난 비극이었고 대부가 범한 몇 안 되는 실수 중 하나였다. 그리고 모든 면에서 완벽한 승리란 없다는 사실을 증명하는 한 예이기도 했다. 하지만 로즈 마리가 끝까지 과부로 남을 것이라고는 누구도 상상하지 못했다. 사랑에 빠졌던 이들은 예외 없이 다시 사랑을 하기 마련이라는 것이 대부의 평소 지론이었다. 그 순간 대부는 딸이 말할 수 없이 사랑스럽게 느껴졌다. 그녀는 단테의 사소한 잘못들은 너그럽게 받아주곤 했다. 로즈 마리는 앞으로 몸을 내밀고 반백이 된 대부의 머리칼을 다정하게 쓰다듬었다.

그는 커다란 숟가락으로 치즈가루를 듬뿍 떠서 씹으며 잇몸에 닿는 고소한 열기를 느꼈다. 그리고 포도주를 한 모금 마시고 나서 로즈 마리가 양다리 고기를 베어내는 모습을 지켜보았다. 그녀는 껍질이 딱딱하고 기름기가 반지르르한 갈색 감자 세 알을 그의 접시에 놓아주었다. 불안했던 그의 마음이 맑게 개였다. 지금 이 순간 어느 누가 나보다 더 행복할까?

그는 기분이 아주 좋아져서 식사 후에 로즈 마리와 같이 거실에서 TV를 봤다. 텔레비전에서는 몇 시간 내내 소름끼치는 장면들이 이어졌고, 그것들을 다 보고 난 뒤 대부는 로즈 마리에게 말했다.

"모두가 자기 기분 내키는 대로 행동하는 세상이 가능할까? 아무도 하나님이나 인간한테 벌을 받지 않고, 아무도 생계를 위해 일할 필요가 없는 그런 세상이 가능할 것 같으냐? 여자들은 마음껏 변덕을 부리고 의지박약한 어리석은 남자들은 하찮은 욕망에 무릎을 꿇는 그런 세상이 가능하다고 생각해? 생계를 위해서 열심히 일하고 자식들을 어떻게 하면 운명과 잔인한 세상으로부터 보호할까 고민하는 정직한 남편들은 다 어디 갔지? 한 조각의 치즈와 한 잔의 포도주와 그날 하루 열심히 일하고 돌아갈 따뜻한 집이 있는 것만으로도 충분한 보상을 받았다고 생각하는 사람들은 다 어디로 갔는가 말이다. 정체불명의 행복을 쫓는 저 인간들은 도대체 뭐야? 인생을 가지고 온갖 소란을 피우다가 결국에는 얻는 건 하나도 없이 엄청난 비극만 만들어내는 인간들 같으니."

대부는 딸의 머리를 톡톡 치면서 저건 아니라는 듯이 텔레비전 화면을 향해 손을 흔들었다.

"모두 바다에나 빠져버리라고 해."

이렇게 말한 뒤 마지막으로 한마디를 덧붙였다.

"뿌린 대로 거두는 게 세상 이치야."

그날 밤 아무도 없는 자신의 침실로 돌아온 대부는 침실의 발코니로 걸어 나갔다. 담 안쪽에 있는 집들은 모두 밝은 조명을 받고 있었다. 테니스장에서 공치는 소리가 들렸고 불빛 아래서 테니스를 하는 사람들이 보였다. 시간이 늦어서인지 밖에서 노는 아이들은 없었다. 대문과 집 주변에서는 경비원들이 경비를 서고 있었다.

그는 앞으로 닥쳐올 비극을 막기 위한 방법으로 어떤 것들이 있을지 곰곰이 생각했다. 딸과 손자에 대한 사랑이 물밀 듯이 밀려들면서 그는 삶의 보람을 느꼈다. 그러다가 문득 그는 자기 자신에게 화가 났다. 왜 나는 항상 앞으로 벌어질 비극을 미리 내다보는 걸까? 하고. 그는 살아오면서 부딪히는 문제들을 모두 해결했고 따라서 이번 문제도 결국에는 해결할 것이다.

여전히 그의 마음 속에서는 여러 가지 계획들이 소용돌이 치고 있었다. 그는 웨이븐 상원의원을 생각했다. 지난 수년 간 그는 도박을 합법화시키는 법안을 통과시키기 위해서 그에게 수백만 달러를 기부했다. 하지만 상원의원은 요리조리 잘도 빠져나갔다. 그는 그론벨트가 죽었다는 사실이 참으로 유감스러웠다. 크로스와 지오르지오에게는 상원의원을 압박할 수 있는 기술이 없었다. 어쩌면 도박 제국은 영원히 찾아오지 않을지도 몰랐다.

그러다가 그는 자신의 오랜 친구이자 지금은 로마에서 편하게 살고있는 데이비드 레드펠로우를 생각해냈다. 그를 조직으로 다시 불러들여야 될 시점이 된 것 같았다. 크로스가 헐리우드의 동업자들을 너그럽게 봐준 것은 지극히 현명한 행동이었다. 어쩌됐든 크로스는 앞날이 창창했으니까. 물론 심성이 약한 것이 치명적인 약점이 될 수도 있다는 사실을 아직은 알지 못할 나이였다. 대부는 데이비드 레드펠로우를 로마에서 불러들여 영화사업을 돕게 해야겠다고 결심했다.

11

보즈 스카넷이 죽고 일 주일 뒤 크로스는 클로디아를 통해서 아테나가 말리부에 있는 집으로 그를 초대한다는 연락을 받았다.

크로스는 라스베가스에서 로스앤젤레스까지 비행기를 탄 후 차를 빌려타고 석양이 질 무렵 말리부 콜로니 입구의 초소에 도착했다. 특별 경호원들은 이제는 없었지만 손님을 맞이하는 건물에서 비서가 그의 신원을 확인한 뒤에 부저를 울려서 그를 안으로 들여보내는 것은 여전했다. 그는 긴 정원을 따라 해변가에 있는 집까지 걸어갔다. 몸집이 자그마한 가정부도 여전했다. 그녀는 태평양 물결에 바로 닿아 있는 것처럼 보이는 옥색의 거실로 그를 안내했다.

그를 기다리고 있던 아테나는 그가 기억했던 것보다 훨씬 더 아름다웠다. 그녀는 초록색 블라우스와 바지 차림이었고 마치 조금씩 녹으면서 그녀 뒤편에 보이는 바다 안개 속으로 스며들어가고 있는 것처럼 보였다. 그는 그녀에게서 눈을 뗄 수가 없었다. 그녀는 뺨에 키스를 하는 헐리우드식 인사법 대신에 그와 악수를 했다. 그녀는 마실 것을 그에게 건넸다. 라임을 띄운 물이었다. 두 사람은 밝은 초록색 천이 씌워진 큼지막한 의자로 가서 바다를 마주하고 앉았다. 저무는 태양이 방 안에 반짝이는 황금빛을 뿌렸다.

크로스는 아테나의 아름다운 모습이 자꾸만 의식되어 고개를 숙이고 일부러 쳐다보지 않았다. 황금빛 머릿결, 뽀얀 피부 그리고 의자에 편하게 기대고 있는 그녀의 긴 몸. 동전모양의 황금빛 햇살이 그림자를 던지며 그녀의 녹색 눈동자 속으로 떨어졌다. 그는 그녀를 만지며 더 가까이 다가가 그녀를 소유하고 싶은 참을 수 없는 욕구를 느꼈다.

아테나는 자신이 크로스에게 불러일으키는 감정들을 눈치 채지 못한 것처럼 보였다. 그녀는 물을 한 모금 마시더니 조용히 말을 꺼냈다.

"영화 일을 계속 할 수 있게 해줘서 고마워요."

그녀의 목소리는 크로스의 마음에 불을 댕겼다. 그것은 관능적이지도 유혹적이지도 않다. 하지만 지극히 부드럽고 자신감에 차 있으면서도 또 지극히 온화해서 그는 그녀와 계속해서 얘기를 나누고 싶었다. 맙소사, 내가 지금 왜 이러지? 하고 그는 생각했다. 그는 그녀에게 압도당하고 있다는 사실이 부끄러웠다. 그는 여전히 고개를 숙인 채 중얼거리듯이 대답했다.

"전 돈으로 유혹하면 당신이 영화를 다시 시작할 거라고 생각했습니다."

"전 돈 욕심은 없어요."

이제 그녀는 바다로 향하고 있던 얼굴을 크로스 쪽으로 돌려서 그의 눈을 똑바로 쳐다보았다.

"클로디아한테 들었는데 남편이 자살하자 영화사가 계약을 파기했다더군요. 당신은 할 수 없이 영화를 그 사람들한테 돌려주고 수익의 일정액을 받는 걸로 끝냈다고 말예요."

크로스는 계속 무표정한 얼굴을 하고 있었다. 그는 그녀에 대한 모든 감정들을 깨끗이 쓸어내고 싶었다.

"제가 썩 능력 있는 사업가는 아닌 모양입니다."

그는 그녀에게 자신을 무능한 모습으로 보이고 싶었다.

"계약을 몰리 플랜더즈가 맡았던데요. 몰리는 정말로 유능한 변호사예요. 당신은 계약을 그대로 유지할 수도 있었어요."

크로스는 어깨를 으쓱했다.

"전략적 차원의 문제죠. 전 영화사업을 영구적인 사업으로 삼고 싶었기 때문에 로드스톤 영화사처럼 힘 있는 상대를 적으로 만들고 싶지 않았습니다."

"제가 도와줄 수도 있는데. 촬영장으로 돌아가지 않겠다고 하면 돼요."

크로스는 그녀가 자신을 위해서 뭔가를 하려고 한다는 사실에 짜릿한 흥분을 느꼈다. 그는 그 제안을 곰곰이 생각해보았다. 영화사는 그래도 역시 그를 법정으로 끌고 갈 것이다. 또 절대 아테나가 자기를 빚을 갚아야할 대상으로 생각하도록 만들고 싶지는 않았다. 문득 그는 그녀가 아름답기도 하지만 상당히 영리한 여자라는 생각이 들었다.

"그렇게 하려는 이유가 뭐죠?"

아테나는 의자에서 일어나 한 폭의 그림 같은 창문 옆으로 걸어갔다. 해변에는 회색빛 어둠이 내리고 태양은 이미 모습을 감춘 뒤였으며, 그녀의 집과 퍼시픽 코스트 뒤로 펼쳐진 산들의 그림자가 바다에 어른거렸다. 그녀는 이제 검푸른 색으로 변한 바다와 살랑거리는 잔물결을 지긋이 바라보았다. 그녀는 그의 쪽으로 고개를 돌리지 않은 채 대답했다.

"그렇게 하려는 이유가 뭐냐고요? 간단히 말해서, 전 보즈 스카넷을 누구보다 잘 알기 때문이에요. 그리고 설령 유서가 백 장이 나왔다고 해도 그 사람이 절대 자살할 사람은 아니라고 생각하죠."

크로스가 어깨를 으쓱했다.

"그렇지만 죽었는걸요."

"맞아요."

그녀는 그의 쪽으로 돌아서서 똑바로 그를 쳐다보았다.

"당신은 영화를 매입했고 당신을 도와주려고 했는지 느닷없이 보즈가 자살을 했어요. 전 당신이 그를 죽였을 거라고 생각해요."

그녀의 단호한 표정이 너무 아름다워서 크로스는 그러지 않으려고 해도 자꾸만 목소리가 떨렸다.

"그럼 영화사는요? 매리온은 미국에서 가장 영향력 있는 사람 중 하나입니다. 밴츠나 스키피 디어는 또 어떻습니까?"

아테나가 아니라는 듯이 고개를 저었다.

"그 사람들은 제 부탁의 의미를 이해했어요. 바로 당신이 그랬던 것처럼. 그 사람들은 그걸 거절했고 당신한테 영화를 팔았어요. 그 사람들은 영화를 끝내고 난 뒤에 제가 살해를 당하든 말든 관심이 없었지만 당신은 관심을 가졌죠. 그리고 전 당신이 절 돕지 못하겠다고 말하던 그 순간에도 여전히 절 도울 거라는 사실을 알고 있었어요. 당신이 영화를 매입했다는 소식을 들었을 때 전 당신이 뭘 하려는지 정확히 알았지만, 솔직히 말해서 당신이 그렇게까지 영리할 거라고는 생각하지 못했어요."

갑자기 그녀가 자기에게 다가오는 걸 보고 그는 의자에서 일어났다. 그녀가 그의 손을 잡았다. 그는 그녀의 체취와 입김을 느꼈다.

"저는 태어나서 처음으로 흉악한 죄를 지었어요. 누군가에게 살인을 부추긴 죄 말예요. 차라리 제가 직접 죽였더라면 덜 나쁜 인간이 됐을 텐데. 하지만 그럴 수가 없었어요."

"왜 제가 살인을 했을 거라고 생각하죠?"

"클로디아가 저한테 당신 얘기를 많이 해줬죠. 전 당신의 정체를 눈치 챘지만 당신 동생은 너무 순진해서 아직까지도 오빠인 당신에 대해 잘 몰라요. 그저 거칠고 비밀이 많은 사람 정도로밖엔 생각 안 하고 있어요."

크로스는 바짝 경계를 했다. 그녀는 범죄사실을 인정하는 쪽으로 그를 유도하고 있었다. 그건 신부에게도 아니 하나님에게조차 절대로 고백해서는 안 될 사실이었다.

"그리고 당신이 저를 바라보는 태도에서도 그걸 알았어요. 많은 남자들이 절 그런 식으로 쳐다보죠. 제가 건방져서 이런 말을 하는 게 아니라, 사실 전 어렸을 때부터 줄곧 주위 사람들한테서 예쁘다는 얘길 들어왔기 때문에 제가 아름답다는 사실을 잘 알아요. 제게 힘이 있다는 것은 항상 알았지만 그 힘이 어떤 것인지는 정확히 이해를 못했어요. 그 사실이 마음에 걸리긴 하지만 전 그 힘을 사용하죠. 사람들은 그걸 사랑이라고 불러요."

그녀는 크로스의 손을 놓았고 크로스는 굳이 그녀의 손을 다시 붙잡지 않았다.

"왜 그렇게 남편을 무서워했죠? 당신의 배우 경력을 망쳐놓을까 봐?"

순간 그녀의 눈에서 분노의 불길이 확 타올랐다.

"배우 일은 못해도 상관없었고, 그 사람이 절 죽이려고 한다는 걸 알았지만 그건 하나도 안 무서웠어요. 다른 이유가 있었어요."

"영화를 되찾을 수 있도록 제가 도와줄게요. 일을 안 하겠다고 계속 고집을 부리면 돼요."

"그러지 마세요."

아테나는 싱긋 웃으면서 밝고 쾌활하게 말했다.

"그럼 그냥 침대로 가죠. 당신은 아주 매력적이라서 분명히 아주 재미있을 거예요."

그는 그녀가 자기를 매수할 수 있다고 생각하는 것 같아서 순간 화가 치밀었다. 남자들이 힘 자랑을 하는 것처럼 그녀도 여자로서의 매력을 이용하고 있다는 느낌을 받았다. 하지만 무엇보다도 그녀의 목소리 속에서 얼핏 느껴지는 비웃음이 아주 불쾌했다. 자신의 기사도 정신을 비웃고, 그녀를 사랑하는 그의 진심을 그저 성적인 욕구쯤으로 치부해버리는 느낌이라고 할까. 마치 그녀가 그를 사랑하는 척 하는 것과 그가 그녀를 사랑하는 마음이나 모두 한낱 거짓에 지나지 않는듯 했다.

그는 그녀에게 쌀쌀맞게 말했다.

"전 보즈 스카넷과 협상을 하려고 한참 얘기를 했습니다. 당신이랑 결혼했을 때 하루에도 다섯 번은 성관계를 했다고 하더군요."

그녀가 움찔 놀라는 걸 보고 그는 기분이 좋았다.

"세 보진 않았지만 많이 했죠. 전 열여덟 살이었고 정말로 그 남자를 사랑했으니까. 그런데 이제 그 남자가 죽길 바라니 웃기지 않아요?"

그녀는 얼굴을 잠깐 찡그리더니 불쑥 물었다.

"또 무슨 얘길 했어요?"

크로스는 험상궂은 표정으로 그녀를 쳐다보았다.

"당신들 두 사람만 아는 끔찍한 비밀을 얘기해줬습니다. 당신이 도 망쳤을 때 아기를 사막에다 묻었다고 당신이 고백했다더군요."

아테나의 얼굴은 가면을 쓴 것처럼 무표정했고 초록색 눈동자는 흐 렸다. 그날 저녁 처음으로 크로스는 그녀의 행동이 연기가 아닐지도 모른다고 느꼈다. 그녀의 안색은 어떤 배우도 흉내 내지 못할 만큼 창 백했다. 그녀가 속삭이듯 그에게 물었다.

"진짜로 제가 아기를 죽였을 것 같아요?"

"보즈 말로는 당신 입으로 직접 그렇게 얘기했다던데요."

"그렇게 얘기했어요. 자, 다시 묻겠어요. 당신은 진짜로 제가 아기를 죽였을 것 같아요?"

아름다운 여자를 비난하는 것처럼 끔찍한 일이 또 있을까? 크로스는 자기가 솔직하게 대답한다면 영원히 그녀를 잃게 될 거라고 생각했다. 갑자기 그가 그녀를 가만히 품에 안았다.

"당신은 너무나 아름다워요. 당신처럼 아름다운 여자가 절대 그런 짓을 할 리가 없어요."

아무리 많은 증거가 있어도 아름다운 여자 앞에서 남자들이 약해지는 건 불변의 진리였다.

"아니, 전 당신이 안 그랬을 거라고 믿어요."

그녀는 뒤로 물러났다.

"제가 보즈를 죽게 했어도 말인가요?"

"그 남자는 당신 때문에 죽지 않았어요. 그 남자는 자살한 거예요."

아테나는 그를 뚫어져라 쳐다보았다. 그가 그녀의 손을 잡았다.

"당신은 제가 보즈를 죽였다고 생각하나요?"

그러자 아테나는 어떤 장면을 연기해야 하는지 비로소 깨달은 배우처럼 살짝 웃었다.

"당신이 절 믿는 것처럼 저도 당신을 믿어요."

두 사람은 웃으며 서로에게 무죄를 선고했다. 그녀는 그의 손을 잡으며 말했다.

"자, 제가 저녁을 차려줄 테니까 그 다음에 같이 침대로 가는 거예요."

그녀는 그를 부엌으로 데려갔다. 이 여자는 얼마나 많이 이 장면을 연기했을까, 하고 생각하며 크로스는 질투를 느꼈다. 평범한 여자처럼 집안일을 하는 아름다운 여왕의 연기 말이다. 그는 그녀가 요리하는 모습을 지켜보았다. 그녀는 앞치마도 없이 아주 능숙하게 요리를 했다. 그녀는 그와 얘기를 하면서 야채를 다지고 스튜를 만들고 식탁을 차렸다. 그녀는 그의 손을 잡고 그의 몸에 자기 몸을 스치면서 그에게 포도주병을 건네주었다. 그녀는 단 삼십 분 만에 식탁을 풍성하게 차리는 것을 보며 그가 감탄하는 모습을 지켜보았다.

"처음에 여자 주방장역을 맡은 적이 있었어요. 그래서 요리학교를 다니며 죄다 배웠죠. 그래서 '아테나 아퀴탠이 요리하는 것만큼만 연기하면 대배우가 될 것이다.' 라고 한 비평가까지 있었어요."

두 사람은 부엌의 앨코브(벽 한 부분을 쑥 들어가게 만들어서 반독립적인 공간으로 사용하는 곳)에서 식사를 하면서 물결이 일렁이는 바다를 구경했다. 갖은 야채를 덮은 작은 네모 모양의 소고기 요리와 쓴맛이 나는 채소들로 만든 샐러드는 맛깔스러웠다. 여러 종류의 치즈와 비둘기처럼 포동포동하고 따뜻한 작은 빵을 여러 개 담아놓은 큰 접시도 있었다. 그리고 후식으로 에스프레소와 함께 담백한 작은 레몬파이를 먹었다.

"요리사가 됐으면 좋았을 걸 그랬어요. 우리 친척 중에 빈센트 아저씨라고 있는데 당신 정도라면 당장 자기 식당으로 오라고 할 겁니다."

"아, 저야 무슨 일을 해도 잘 했겠죠."

아테나는 일부러 잘난 척을 하며 대답했다.

식사하는 내내 그녀는 마치 그의 육체 속에서 영적인 무언가를 찾으려는 것처럼 가끔씩 그를 어루만졌다. 크로스는 그녀가 자신을 만질 때마다 그녀와 살과 살을 비비고 싶은 참을 수 없는 욕구를 느꼈다. 식사가 끝나갈 때쯤 되자 그는 이제 음식의 맛조차 느낄 수 없었다. 마침내 두 사람은 식사를 마쳤고 아테나는 그의 손을 잡고 부엌에서 나가 침실로 이어지는 층계를 올라갔다. 우아하게, 그리고 마치 첫날밤 신부처럼 수줍은 듯 얼굴을 살짝 붉히고서. 크로스는 그녀의 연기력에 감탄하지 않을 수 없었다.

커다란 침실은 집 맨 꼭대기에 있었다. 거기에는 바다가 내려다보이는 발코니가 딸려 있었다. 방 벽 여기저기에는 화려하면서도 묘한 느낌의 그림들이 붙어 있었고 그 때문에 방이 환해 보였다.

두 사람은 발코니에 서서 방 불빛을 받아 마치 유령이 나올 것처럼 음산해 보이는 모래사장과 네모난 창문으로 불빛이 환하게 비치는 집들이 해변을 따라 죽 엎드려 있는 풍경을 바라보았다. 작은 새들이 마치 장난을 치는 것처럼 파도 사이를 요리조리 누비며 날고 있었다.

아테나가 한 손으로는 크로스의 어깨를 감싸 안으며 다른 손으로는 그의 얼굴을 자기 쪽으로 끌어당겼다. 두 사람은 따뜻한 바다 공기에 옷이 축축해질 때까지 한참을 그렇게 키스를 했다. 그런 다음 아테나는 그를 침실로 이끌었다.

그녀는 초록색 블라우스와 바지를 재빨리 벗었다. 달빛 비치는 어둠 속에서 그녀의 몸이 환하게 빛났다. 그가 상상했던 대로 그녀는 말할 수 없이 아름다웠다. 산딸기처럼 붉은 유두와 볼록 솟은 가슴이 마치 솜사탕을 보는 것 같았다. 그녀의 긴 다리와 둥근 엉덩이 선, 가랑이 사이의 황금빛 털, 그녀의 절대적인 침묵 그리고 그녀 뒤편으로 보이는 안개 낀 바다.

크로스는 그녀의 몸에 손을 뻗어서 벨벳처럼 부드러운 살결을 만지고 그녀 입술에서 풍기는 꽃향기를 맡았다. 그녀를 만지는 것만으로도 너무 황홀해서 다른 건 아무것도 할 수 없었다. 아테나가 그의 옷을 하나씩 벗기기 시작했다. 그가 그녀의 몸을 애무하듯이 그녀도 그를 애무하며 부드럽게 그의 옷을 벗겨냈다. 그런 다음 그에게 키스를 하고 그를 살며시 침대로 데려갔다.

크로스는 한 번도 경험해보지 못했을 뿐 아니라 상상조차 하지 못했던 뜨거운 열정으로 그녀와 사랑을 나눴다. 그가 너무 급하게 달려들어서 아테나는 그를 진정시키려고 뺨을 때렸을 정도였다. 두 사람이 절정에 이른 뒤에도 그는 그녀의 몸을 꼭 잡고 놔주지 않았다. 두 사람은 뒤엉킨 채 잠시 누워 있다가 다시 시작했다. 그녀는 마치 누군가와 경쟁이라도 하는 듯이, 누구도 자기를 이기지 못한다는 듯이 훨씬 더 격렬해졌다. 마침내 두 사람은 완전히 기진맥진해서 잠이 들었다.

크로스는 수평선 위로 태양이 막 떠오르는 순간 잠이 깼다. 그는 태어나서 처음으로 두통을 느꼈다. 벗은 몸 그대로 그는 발코니로 나가 밀집으로 만든 의자에 앉았다. 그리고 바다 위로 올라온 빛나는 태양을 바라보았다.

그녀는 위험한 여자였다. 그녀는 자기 아기를 죽였다. 이제 아기의 몸 속에는 사막 모래만이 가득할 것이다. 그리고 침대에서 지나칠 정도로 노련했다. 그를 죽음으로까지 몰아갈 수 있을 정도로. 그 순간 그는 그녀를 이제 다시는 만나지 않겠다고 마음을 먹었다.

그런 생각을 하고 있는데 그녀의 팔이 자신의 어깨를 감싸는 걸 느끼고는 얼굴을 돌려서 그녀에게 키스를 했다. 그녀는 왕관에 박힌 보석들처럼 반짝이는 핀 여러 개로 머리를 틀어 올리고 하얀 목욕가운을 입고 있었다.

"씻는 동안 아침을 준비할 테니까 먹고 가."

그녀는 그를 세면대와 대리석 화장대 그리고 욕조와 샤워기가 각각 두 개씩 딸린 이인용 욕실로 그를 데려갔다. 그곳에는 남자용 목욕용품과 면도기, 면도용 크림, 화장수, 빗 같은 것들이 가득 준비되어 있었다.

그가 샤워를 끝내고 다시 발코니로 나오자 아테나는 크로와상과 커피, 오렌지 주스를 담은 큰 쟁반을 탁자로 가져왔다.

"베이컨이랑 달걀이 먹고 싶다면 만들어줄게."

"이거면 됐어."

"언제 다시 만나지?"

"라스베가스에서 할 일이 많아. 다음 주에 내가 전화하지."

아테나는 그의 마음을 분석하는 듯한 표정으로 그를 천천히 살펴보았다.

"그 말은 다시 만날 생각이 없단 얘기지, 아마도? 그래, 어젯밤에는 정말로 즐거웠어."

크로스는 어깨를 으쓱했다.

"당신은 빚을 갚았고 말야."

그녀는 기분 좋게 웃으며 덧붙였다.

"놀랄 만큼 다정하게 말이야, 안 그래? 억지로 한 건 아니었어."

크로스가 껄껄대며 웃었다.

"맞아."

그녀는 그의 마음을 읽었다. 어젯밤 두 사람은 서로에게 거짓말을 했고, 아침이 되자 그 거짓말들은 효력을 상실했다. 그녀는 자기가 그의 믿음을 얻기에는 지나칠 정도로 아름답다는 사실을 잘 알았다. 그가 그녀에게, 그리고 그녀가 고백한 범죄행위에 대해 위협을 느낀다는 사실도. 그녀는 뭔가를 골똘히 생각하면서 말없이 식사를 했다. 그러고 나서 그에게 말했다.

"당신이 바쁜 줄은 알지만 보여주고 싶은 게 있어. 비행기를 타는건 오후로 미루고 아침에 시간을 좀 내줄 수 있겠어? 중요한 일이야. 당신을 데려갈 데가 있어."

크로스는 그녀와 함께 하는 마지막 시간을 차마 포기할 수가 없어서 그러겠다고 대답했다.

아테나는 메르세데스 SL 300에 그를 태우고 고속도로로 들어선 다음에 샌디에고를 향해 남쪽으로 달렸다. 하지만 그녀는 샌디에고 바로 못 미친 곳에서 방향을 틀어서 작은 길로 들어서더니 그 길을 따라 산속 깊은 곳으로 들어갔다.

십오 분 뒤에 두 사람은 가시철조망으로 울타리를 쳐놓은 단지 앞에 도착했다. 그 단지 안에는 붉은 벽돌 건물 여섯 채가 있었고 건물들 사이에는 초록색 잔디가 깔려 있었으며 건물과 건물을 잇는 인도는 하늘색으로 칠해져 있었다. 초록색 광장 한 곳에서 대략 열두 명쯤 되는 아이들이 축구를 하고 있었다. 또 다른 광장에서는 열 명 정도 되는 아이들이 연을 날리는 중이었다. 그들 곁에는 어른 서너 명이 서서 그들을 지켜보고 있었는데, 어딘지 모르게 분위기가 이상했다. 누군가가 축구공을 공중으로 차올리면 아이들은 대부분 공을 피해 달아나는 것처럼 보였고, 또 다른 광장에서는 연들이 하늘 위로 자꾸만 올라가더니 영영 돌아오지 않았다.

　"여기가 뭐 하는 데야?"

　아테나는 애절한 표정으로 그를 쳐다보았다.

　"지금은 그냥 날 따라와. 질문은 나중에도 할 수 있으니까."

　아테나는 차로 정문 앞까지 다가간 다음, 경비원에게 노란색 배지를 보여주었다. 그리고 문을 통과해서 제일 큰 건물 앞에 차를 세웠다.

　안내대로 간 아테나는 낮은 목소리로 안내원에게 뭔가를 물었다. 크로스는 뒤에 서 있었지만 대답하는 소리를 들을 수 있었다.

　"기분이 안 좋아서 방에서 안아주고 있어요."

　"도대체 뭐야?"

　크로스는 재차 물었다.

　하지만 아테나는 대답이 없었다. 그녀는 그의 손을 잡고 반짝이는 타일이 덮인 긴 복도를 통해 옆 건물로 건너가 기숙사 같은 곳으로 그를 데려갔다.

　입구에 있던 간호사가 그들의 이름을 물었다. 간호사가 고개를 끄덕이자 아테나는 크로스를 또 다른 복도로 데려갔는데 복도를 따라 방문들이 죽 나 있었다. 아테나가 그 중 하나를 열었다.

두 사람이 들어간 곳은 크고 환한 예쁜 침실이었다. 그곳에는 아테나의 방 벽에 있는 것과 똑같은 낯설고 난해한 그림들이 있었는데 단지 이 방의 그림들이 방바닥을 온통 뒤덮고 있다는 점이 달랐다. 벽에는 풀을 먹인 아미쉬 의상을 입은 예쁜 인형들이 나란히 놓여 있는 선반이 있었다.

그곳에는 분홍색 폭신한 담요와 빨간 장미가 가득 수놓인 하얀 베개가 놓인 작은 침대가 있었다. 하지만 침대에는 아이가 없었다.

아테나는 뚜껑이 열린, 바닥에 두껍고 부드러운 하늘색 천이 덮인 커다란 상자 쪽으로 걸어갔다. 크로스가 상자 안을 들여다보니 아이가 그 안에 누워 있었다. 아이는 두 사람이 온 걸 알아채지 못했다. 아이는 상자 한쪽에 달린 손잡이를 만지작거리면서 상자 벽에 대고 자기 몸을 짓이겨버리기라도 할 것처럼 힘껏 밀어대고 있었다.

아이는 아테나를 그대로 축소해놓은 듯한 열 살짜리 어린 소녀였는데, 아무런 감정 없이 무표정했고 아이의 녹색 눈동자는 자기(磁器) 인형의 눈처럼 아무것도 보고 있지 않는 것 같았다. 하지만 네모 판자들을 움직이는 장치를 돌려서 판자에 몸이 꼭 조일 때마다 아이의 얼굴은 이루 말할 수 없이 평온하게 빛났다. 아이는 두 사람의 존재를 완전히 무시했다.

아테나는 나무 상자 위로 몸을 숙였다. 그녀는 장치를 끄고 아이를 들어올렸다. 아이는 거의 무게가 나가지 않는 것처럼 보였다.

아테나는 아이를 안아서 고개를 숙여 아이의 볼에 입을 맞췄지만 아이는 몸을 움찔하더니 얼굴을 돌려버렸다.

"엄마야. 나한테 뽀뽀해주지 않을래?"

그녀의 목소리가 크로스의 가슴을 아프게 했다. 그 목소리는 절망적으로 애원하는 목소리였지만 이제 아이는 그녀의 품 안에서 마구 발버둥을 쳤다. 결국 아테나는 아이를 바닥에 가만히 내려놓았다. 아이는 무릎걸음으로 기어가더니 그림 상자와 커다란 종이를 재빨리 낚아챘다. 그리고는 몰입해서 그림을 그리기 시작했다.

크로스는 뒤에 멀찌감치 서서 아테나가 자기의 모든 연기력을 죄다 동원해 어떻게든 아이와 관계를 맺어보려고 애쓰는 모습을 지켜보았다. 처음에 그녀는 아이 곁에 무릎을 꿇고 앉아 그림 그리는 걸 도와주는 다정한 친구가 되어봤지만 아이는 관심을 보이지 않았다.

그러자 아테나는 자리에서 일어나 이번에는 아이에게 바깥에서 어떤 일이 있었는지 얘기해주는 믿음직한 엄마가 되었다. 그런 다음에는 아이의 그림을 칭찬하면서 아양을 떠는 어른을 연기했다. 이렇게 해도 저렇게 해도 아이는 그저 계속해서 거부할 뿐이었다. 아테나는 붓을 하나 집어 들어서 도와주려고 했지만 그걸 본 아이는 붓을 뺏어버렸다. 아이는 한마디도 하지 않았다. 마침내 아테나는 포기했다.

"아가, 내일 다시 올게. 나랑 바람도 쐬자. 내가 새 그림물감도 가져올게. 빨간 색 물감을 거의 다 썼네."

그녀는 아이에게 입맞춤을 하려고 했지만 작고 아름다운 두 손이 그녀를 밀어냈다.

마침내 아테나는 자리에서 일어나 크로스를 데리고 방을 나왔다.

말리부로 돌아오는 길은 그가 운전을 했고, 달리는 동안 그녀는 손으로 얼굴을 감싸고 내내 울었다. 크로스는 너무 놀라서 아무 말도 하지 못했다.

차에서 내렸을 때 아테나는 진정이 된 것 같았다. 그녀는 크로스를 집안으로 데리고 들어가서는 그와 정면으로 마주섰다.

"내가 사막에다 묻었다고 보즈한테 말했던 애가 바로 아까 그 아이

야. 이제 내 말 믿겠어?'

그리고 처음으로 크로스는 어쩌면 그녀가 자기를 사랑할 수 있을지도 모른다는 느낌을 받았다.

아테나는 그를 부엌으로 데려가 커피를 만들어주었다. 두 사람은 부엌의 앨코브에서 바다를 바라보았다. 커피를 마시면서 아테나는 얘기를 시작했다. 그녀는 목소리에도 얼굴에도 아무런 감정을 싣지 않은 채 편하게 얘기를 풀어나갔다.

"내가 보즈한테서 도망쳐 나왔을 때 아기를 샌디에고에 사는 먼 친척 부부한테 맡겼었어. 아기는 정상아처럼 보였어. 난 그때까지는 아이가 자폐증인지 몰랐고 실제로 아니었는지도 몰라. 난 배우로 성공해야겠다고 결심했고 그래서 아이만 맡기고 떠났지. 우리 두 사람을 위해서 돈을 벌어야 했으니까. 난 내가 재능이 있다고 확신했고 다들 나를 아름답다고 했어. 난 성공하면 아기를 다시 찾아올 수 있을 거라고 항상 생각했어."

"그래서 로스앤젤레스에서 일하면서 시간이 날 때마다 샌디에고로 아이를 찾아갔어. 그러다가 갑자기 유명해졌고 그래서 한 달에 한 번 정도 밖에는 아이를 만나지 못했어. 마침내 아이를 집으로 데려올 준비가 됐고 아이의 세 살 생일에 온갖 선물들을 들고 찾아갔는데 베써니는 이미 다른 세계 속으로 들어가 버린 뒤였어. 아이는 표정이 없었어. 난 전혀 아이에게 가까이 갈 수가 없었어. 난 완전 이성을 잃고 말았어. 보즈가 아이를 바닥에 떨어뜨렸던 일이 기억나서 어쩌면 뇌종양일지도 모른다는 생각이 들었어. 아마도 뇌를 다쳐서 이제 증상이 나타나는 것인지도 모른다고 말이야. 그 뒤 여러 달을 의사들과 전문가들한테 데려가서 갖은 검사를 다 받았어. 그러는 와중에, 보스턴에 있던 의사인지 텍사스 어린이 병원 정신과의사인지 잘 기억이 안 나는

데, 내 딸이 자폐증이라고 하는 거야. 난 그게 정확히 뭔지도 몰랐고 그저 일종의 정신지체라고 생각했어. 의사는 그런 게 아니라고 했어. 그 병은 아이가 자신만의 세계에서 살고, 다른 사람의 존재를 의식하지 못할 뿐만 아니라 관심도 없고, 사물에 대해서도 사람에 대해서도 아무것도 못 느낀다는 의미라더군. 우리 집과 가까운 그 병원으로 아이를 데려가서야 비로소 아이가 당신이 아까 봤던 그 포옹장치에 반응할 수 있다는 걸 알았지. 그건 도움이 되는 것 같았고 그래서 아이를 그곳에 놔둘 수밖에 없었어."

크로스는 한마디 말도 없이 앉아 있었고 아테나는 얘기를 계속했다.

"자폐 상태에 있다는 건 아이가 나를 전혀 사랑할 능력이 없다는 걸 의미해. 하지만 의사들이 그러는데, 자폐증 환자 중에는 재능이 뛰어난 사람들이 있고 가끔은 천재도 있대. 그리고 난 베써니가 천재라고 생각해. 아이는 그림에만 뛰어난 게 아니야. 다른 면에서도 특별해. 의사들은 다 그런 건 아니지만 자폐증이더라도 오랫동안 열심히 치료를 받으면 일부 사물에 반응하는 법을 배우고 그런 다음 일부 사람들에게도 관심을 가지는 법을 배울 수 있대. 그 중 소수는 거의 정상에 가까운 생활을 할 수도 있다고 하고. 지금 베써니는 음악이나 어떤 소음도 참고 듣지를 못해. 하지만 처음에는 내가 자길 만지는 걸 참지 못했는데 이제는 날 참아내는 법을 배웠고 그래서 예전보다 좀더 나아졌어."

"아이는 여전히 날 거부하지만 예전처럼 그렇게 거칠지는 않아. 우리 두 사람 관계가 약간 좋아졌다고나 할까. 난 내가 성공하려는 욕심 때문에 아이를 버려서 벌을 받는 거라고 생각했었어. 그런데 전문가들 말로는, 때로는 유전인 것처럼 보이기도 하고 그렇다고 해서 후천적으로 발병할 가능성도 배제할 수는 없다고 하는데 하지만 정확히 그 원인이 뭔지는 모른대. 의사들은 나한테 아이를 떨어뜨려서 머리를 부딪

쳤다든지 아이를 버렸다든지 하는 일들은 아무 상관이 없다고 하지만, 난 그 말을 믿어야 할지 말아야 할지 모르겠어. 그 사람들은 우리한텐 책임이 없다고, 그냥 생명의 불가사의한 현상들 중 하나일 뿐이라고, 아마도 타고난 운명인지도 모른다고들 얘기하면서 계속 날 위로하려고 해. 무엇으로도 자폐증이 발병하는 걸 막을 수 없었을 거고, 무엇으로도 지금 이 상태를 바꿀 수 없다고들 하지. 하지만 그래도 자꾸만 내 안의 뭔가가 그 사람들이 하는 말들을 못 믿겠다며 밀어내는 거야."

"처음 병을 알았을 때부터 이 생각을 계속 했어. 그래서 어려운 결정들을 내릴 수밖에 없었어. 내가 돈을 벌지 않는 한에는 도저히 아이를 구해내기 어렵다는 사실을 알았으니까. 그래서 난 아이를 병원에 입원시키고 최소한 한 달에 일 주일은 아이를 찾아갔고 가끔은 주말에도 찾아갔어. 마침내 난 부자가 됐고 유명해졌어. 그래서 전에는 중요했던 것들이 이제 더는 중요하지 않게 됐어. 내가 원하는 건 베써니와 함께 있는 거야. 이번 일이 일어나지 않았더라도 난 메쌀리나를 끝낸 뒤에는 어쨌든 은퇴할 생각이었어."

"왜? 뭘 하려고 했는데?"

"프랑스에 이 분야의 최고 전문가가 일하는 특수학교가 있어. 그래서 영화를 끝내고 나면 거기로 갈 예정이었지. 그런데 보즈가 나타났고, 난 그 남자가 날 죽이면 베써니만 혼자 남게 될 거라고 생각했어. 그래서 말하자면 난 그 남자를 청부살인한 거야. 아이한테는 나말고는 아무도 없어. 물론 죄에 대한 벌은 달게 받을 거야."

이제 아테나는 말을 잠시 멈추고 웃는 얼굴로 크로스를 바라보았다.

"일일연속극보다 더 형편없지, 안 그래?"

그녀는 살짝 웃었다.

크로스는 바다를 바라보았다. 햇빛을 받아 바다는 아주 옅은 푸른

빛깔로 반짝였다. 그는 어린 소녀와 그 소녀의 무표정을, 이 세상에 대해 마음을 꽁꽁 닫아버린 가면 같은 얼굴을 떠올렸다.

"아이가 누워 있던 상자는 뭐였어?"

아테나가 밝게 웃었다.

"그건 내게 희망을 주는 물건이야. 슬프지 않아? 그건 포옹상자야. 자폐증 아이들 대부분이 우울할 때면 그걸 이용해. 그건 마치 사람이 꼭 껴안아주는 것과 같지만 타인과 소통을 하거나 관계를 맺을 필요가 없지."

아테나는 깊게 숨을 들이쉰 다음에 다시 얘기를 이어갔다.

"크로스, 언젠가는 내가 그 상자를 대신할 거야. 지금 당면한 내 인생의 최고 목표는 바로 그거야. 내 인생은 그 희망을 빼고 나면 아무 의미가 없어. 우습지 않아? 영화사가 그러는데, 수천 명도 넘는 사람들이 나한테 사랑을 고백하는 편지를 보낸대. 베써니를 뺀 모든 사람들이 날 사랑한다고 하는데 내가 원하는 유일한 사람은 그 아이밖에 없어."

"내가 할 수 있는 거라면 어떤 방법으로든 당신을 돕겠어."

"그러면 다음 주에 나한테 전화해줘. 메쌀리나가 끝나기 전까지는 최대한 자주 만나."

"전화할게. 내 결백을 증명할 순 없지만 진심으로 당신을 사랑해."

"정말로 결백한 거야?"

"응."

그녀의 결백이 입증된 이상, 그녀에게 도저히 진실을 얘기할 수 없었다.

크로스는 베써니를, 예리하게 다듬어낸 예술품처럼 아름답던 그 얼굴과 거울 같은 눈동자를 생각했다. 드물게 죄에서 완전히 자유로운 한 인간을.

한편, 아테나는 크로스를 유심히 관찰했다. 딸이 자폐증 진단을 받은 이후에 딸을 본 사람은 크로스밖에 없었다. 이번에 그에게 딸을 보여준 것은 일종의 시험이었다.

그녀가 살아오면서 경험한 큰 충격들 중 하나는, 자신이 아무리 아름답고 아무리 재능이 뛰어나다고 해도 또 그녀가 자조적으로 생각했던 것처럼, 아무리 친절하고 상냥하고 관대하다고 해도 자신의 친구와 연인과 친척들이 때로는 자신의 불행을 보고 좋아하는 것처럼 보인다는 사실을 발견했을 때였다.

보즈가 그녀에게 마수를 뻗쳤을 때 다들 보즈를 못된 놈이라고 했지만 그녀는 사람들 얼굴에서 기뻐하는 듯한 표정이 얼핏 스치고 지나가는 것을 봤다. 처음에는 그저 착각이었을 거라고, 너무 예민해진 탓이라고만 생각했다. 하지만 보즈가 두 번째로 마수를 뻗쳤을 때 그녀는 다시 그들의 얼굴에서 같은 표정을 포착했다. 그리고 엄청난 상처를 받았다. 그녀는 이번에는 완벽하게 상황을 파악했다.

물론 그들은 그녀를 사랑했고 그녀도 그것을 의심하지 않았다. 하지만 누구도 약간의 악의로부터는 자유롭지 못한 것 같았다. 어떤 형태로든 남보다 뛰어나게 되면 질투를 일으키는 법이다.

그녀가 클로디아를 좋아하는 이유 중 하나는 클로디아가 그런 표정으로 자기를 배신하지 않았기 때문이었다.

그녀가 베써니의 존재를 완전히 비밀로 했던 데에는 그런 이유가 있었다. 그녀는 자기가 사랑하는 사람들의 얼굴에서 얼핏 기쁜 표정이 스치고 지나가리란 사실과 또 그것이 자신의 아름다움에 대한 죗값이라는 생각을 하게 되는 상황이 너무 싫었다.

그래서 그녀는 자신의 아름다움이 지닌 힘을 알고 그것을 사용하면서도 한편으로는 그것을 혐오했다. 그녀는 자기의 완벽한 얼굴에 주름살이 패이고 주름살 하나하나에 지나온 세월과 험난했던 인생 여정이 고스란히 담길 그날을, 몸에 살이 붙어 푸근하고 넉넉해져서 주변 사람들에게 편안함을 느끼게 해 줄 그날을, 눈앞에서 벌어지는 모든 고통스런 상황에 연민을 느끼며 두 눈이 눈물로 축축하게 젖어들 미래의 그날을 간절하게 기다렸다. 그 때가 되면 자기 자신과 인생을 향해 웃음 지으며 입가에는 예쁜 주름살이 생기겠지. 육체적인 아름다움이 초래한 결과들을 두려워하지 않고 아름다움이 사라진 자리에 찾아든 영원한 평화에 기뻐할 그 때가 되면, 그녀는 진정 자유로워질 것이다.

그래서 그녀는 베써니를 만났을 때 크로스의 모습을 유심히 관찰했는데, 처음에 약간 주춤했던 것 외에는 아무런 변화도 보지 못했다. 그녀는 그가 자기에게 주체할 수 없을 정도로 빠져들고 있다는 사실을 분명하게 느꼈고, 베써니로 인한 그녀의 불행을 보고도 그의 표정에서 좋아하는 기색은 전혀 찾을 수 없었다.

12

클로디아는 엘리 매리온에게 자신과 있었던 성관계에 대한 대가를 요구하기로 결심했다. 다시 말해서 엘리 매리온에게 무안을 줘서 어니스트 베일이 요구하고 있는 소설에 대한 지분을 베일에게 주도록 만들어볼 생각이었다. 그것은 도박이나 마찬가지였지만 그녀는 그 일을 위해 기꺼이 자신의 원칙을 포기했다. 바비 밴츠는 지분문제에 있어서 절대 양보할 사람이 아니었지만, 그와 반대로 엘리 매리온은 예측이 불가능한 사람이었고 또 그녀에게 약했다. 게다가 성적인 관계가 있었다면 기간에 상관없이 거기에 대한 약간의 물질적인 도움을 요구하는 것이 영화계의 관행이기도 했다.

이번 만남의 동기는 베일의 자살 위협이었다. 만약 그가 실제로 자살을 한다면 그의 소설에 대한 권리는 그의 전처와 자식들에게 돌아가게 되고, 몰리 플랜더즈는 유리한 조건에서 협상을 하게 될 것이다. 그의 위협을 진짜로 믿는 사람은 아무도 없었고 클로디아 역시 마찬가지였지만, 바비 밴츠와 엘리 매리온은 베일의 가족들의 허락을 받지 않으면 소설을 이용해서 돈을 벌 수 없기 때문에 걱정하지 않을 수 없었다.

클로디아와 베일 그리고 몰리가 로드스톤에 도착했을 때 사무실에서는 바비 밴츠 혼자 그들을 기다리고 있었다. 그는 특히 베일을 유난히 반가워하면서 그들을 맞이했지만 어딘지 모르게 불안해 보였다.

"우리의 국보가 오셨군."

그는 베일에게 깍듯하게 예의를 차렸다.

몰리는 곧바로 경계 태세를 했다.

"엘리는 어디 있죠? 이 문제를 최종적으로 결정할 수 있는 사람은 엘리 밖에 없어요."

밴츠는 그들을 안심시키려는 듯한 투로 말했다.

"엘리는 시다 시나이 병원에 있어요. 그냥 건강 진단 차원인데 전혀 심각한 건 아니요. 이건 절대 비밀이라고. 로드스톤 주식은 엘리의 건강상태에 따라 오르내리니까."

클로디아는 쌀쌀맞게 말을 받았다.

"엘리는 여든이 넘었는데 심각하지 않다니 말도 안 돼요."

"아니야. 우린 매일 병원에서 만나서 일을 하고 있다고. 엘리는 훨씬 더 예리해지기까지 한 걸. 당신들 용건을 나한테 얘기해주면 병원에 가서 내가 전해주지."

"안 돼요."

몰리가 일언지하에 거절했다. 하지만 어니스트 베일이 말했다.

"그냥 바비한테 얘기합시다."

세 사람은 그들이 찾아온 용건을 설명했다. 밴츠는 재미있다는 표정이었지만 내놓고 웃지는 않았다.

"이 동네에서 별의별 얘길 다 들어봤지만 이거야 말로 결정판인데? 내가 그 문제를 변호사들한테 물어봤더니 베일의 사망은 우리 권리에 전혀 영향을 주지 않는다고 하더군. 이건 법적으로 복잡한 문제야."

클로디아가 말했다.

"그럼, 당신 회사 여론 담당자들한테 물어보세요. 어니스트가 죽고 사건 전모가 밝혀지면 로드스톤은 망신이란 망신은 다 당하게 될 걸요. 엘리는 그걸 안 좋아할 거예요. 엘리는 더 양심적인 사람이니까."

"나보다?"

바비 밴츠가 점잖게 물었다. 하지만 그는 화가 치밀어 올랐다. 사람들은 엘리 매리온이 내가 하는 일이라면 무조건 다 승인해준다는 사실을 어째서 모르는 걸까. 그는 어니스트 쪽으로 얼굴을 돌리며 물었다.

"어떻게 죽으시려나? 총, 칼, 아니면 투신?"

베일은 그를 보며 씩 웃었다.

"당신 책상 위에서 할복을 할 거요, 바비."

어니스트의 말에 모두들 배를 잡고 웃었다.

몰리가 말했다.

"지금 이런 말이나 하고 있을 때가 아니에요. 왜 병원에 가서 엘리를 만나지 않으려는 거죠?"

베일이 대답했다.

"난 아파 누워 있는 사람 머리맡에 가서 돈 얘기를 하고 싶진 않거든."

그들은 모두 공감한다는 듯한 표정으로 그를 바라보았다. 물론 관례적으로 보자면 그건 무례한 짓이었다. 하지만 병상에 누워서도 인간들은 살인이나 혁명, 사기, 영화사에 대한 배신 같은 것들을 계획했다. 병원 침상은 절대 성역이 아니었다. 그래서 그들이 보기에는 병원에 가지 않으려고 하는 베일의 행동은 비현실적이었다.

몰리가 냉정하게 말했다.

"어니스트, 나를 계속 변호사로 쓰고 싶으면 입 닥치고 있어요. 엘리는 병원 침대에 누워서도 수도 없이 많은 사람들한테 사기를 쳤으니까. 바비, 현명하게 거래하죠. 로드스톤에게 영화 속편들은 금광이나 다름없어요. 당신은 어니스트에게 보험금 조로 총수익의 2퍼센트 정도는 줄 여유가 있다고요."

밴츠는 날카로운 단도에 배를 찔리기라도 한 것처럼 화들짝 놀랐다.

"총수익이라고? 절대 안 돼."

그는 믿기지 않는다는 듯이 소리를 질렀다.

"좋아요. 순수익의 5퍼센트는 어때요? 광고비용과 이자 또 배우들에게 주는 총수입 지분을 공제하지 않은 순수익 말예요."

밴츠는 콧방귀를 꼈다.

"그건 총수익이나 매한가지지. 게다가 어니스트가 자살하지 않으리란 건 뻔한 얘기야. 그건 아주 바보 같은 짓이야. 저 사람은 아주 약았으니 그러지 않겠지."

그가 정말로 하고 싶었던 얘기는 베일에게는 그런 배짱이 없다는 말이었다.

"왜 도박을 하려는 거죠? 제가 계산을 해 봤다고요. 당신은 적어도 속편으로 세 편은 만들 거예요. 외국시장을 포함해서 영화를 대여하는 걸로만 5억 달러를 버는데, 여기에는 비디오나 TV는 포함시키지 않았어요. 그리고 순 도둑놈 같은 당신네들이 비디오로 돈을 얼마나 많이 버는지는 아무도 모르죠. 그런데 어니스트에게 겨우 2천만 달러 밖에 안 되는 지분을 왜 못 주겠다는 건지 도대체 이해가 안 되요. 골빈 배우들한테는 잘도 주면서."

밴츠는 그 말을 곰곰이 생각해 보았다. 그리고 나서 그는 호의적으로 나왔다.

"어니스트, 소설가로서 당신은 국보급이오. 나보다 더 당신을 존경하는 사람 있으면 나와 보라고 해요. 그리고 엘리는 당신 책을 하나도 빠짐없이 다 읽었고 당신을 절대적으로 숭배하고 있소. 그래서 우린 당신과 화해를 하고 싶소."

클로디아는 어니스트가 국보라는 말에 분명히 진저리를 쳐서 다행히 체면을 구기지는 않았지만 그래도 바비의 거짓말을 냉큼 받아먹는 것처럼 보이자 꽤 당황했다.

"구체적으로 얘길 좀 들어봅시다."

베일이 말했다. 이제 클로디아는 베일이 자랑스러웠다.

밴츠는 몰리를 쳐다보며 말했다.

"이러면 어떨까 싶은데, 오 년 계약에 일 주일에 만 달러를 받는 조건으로 시나리오 원본을 쓰고 약간의 각색도 하고, 물론 우린 원본만 한 번 읽어보고 말이요. 그리고 각색을 하는 동안 일 주일에 5만 달러를 추가로 받는 거요. 오 년 후에는 어니스트는 천만 달러를 벌 수 있소."

"돈을 두 배로 올려주세요. 그러면 얘길 해 볼 수 있겠어요."

그 순간 천사처럼 참고 있던 베일이 드디어 폭발하고 말았다.

"당신들 모두 날 바지저고리로 아는 모양인데."

그는 소리를 질렀다.

"난 덧셈 뺄셈 정도는 할 수 있다고. 바비, 당신이 내놓은 제안은 2백 5십만 달러 가치 밖에는 없소. 당신은 나한테서 절대 시나리오 원본을 안 살 거고 난 하나도 못 팔겠지. 당신은 나한테 절대 각색을 맡기지 않을 거요. 게다가 당신이 속편으로 여섯 작품을 만든다면 어떻게 될까? 그러면 당신은 10억 달러를 버는 거야."

베일은 아주 유쾌하게 웃어대기 시작했다.

"2백 5십만 달러는 나한테 도움이 안 돼."

"도대체 왜 웃는 거야?"

바비가 툴툴거렸다. 그래도 베일은 거의 미친 사람처럼 웃어댔다.

"내 인생에 백만 달러는 꿈도 못 꿔봤는데 이제 그 정도로는 나한테 도움이 안 된다고."

클로디아는 베일의 유머를 익히 알고 있었다.

"왜 도움이 안 되는데요?"

"왜냐면 내가 죽지 못하고 계속 살아 있을 테니까."

베일은 대답했다.

"우리 가족들은 지분이 필요해. 가족들은 날 믿었는데 난 그들을 배신했어."

베일의 얘기가 너무 거짓말 같고 너무 자기만족적으로 들리지만 않았다면 심지어 밴츠까지 포함해서 모두들 감동을 받았을 것이다.

몰리 플랜더즈가 말했다.

"엘리한테 가서 얘기하죠."

베일은 자제력을 완전히 잃고 문을 박차고 나가면서 고래고래 소리를 질렀다.

"당신네들과는 거래를 할 수가 없어. 병원 침대에 누운 사람한테 가서 구걸하지도 않을 거야."

그가 가고 나자 바비 밴츠가 말했다.

"당신들 두 사람도 저 사람 편이요?"

"왜 아니겠어요?"

몰리가 되받았다.

"전 자기 어머니와 자식 셋을 칼로 찔러 죽인 남자도 변호해봤어요. 어니스트의 경우는 그 사람보단 나아요."

"그럼, 당신은 뭐 때문이지?"

밴츠가 클로디아에게 물었다.

"우리 작가들은 다 한 편이에요."

그녀가 얼굴을 찡그리며 대답했고 모두들 웃음을 터뜨렸다.

"대충 짐작했던 대로군. 난 그래도 최선을 다한 거 아닌가?"

클로디아가 말했다.

"바비, 저 사람한테 지분의 1퍼센트나 2퍼센트는 줄 수 있는데 왜 안 그러는지 난 모르겠어요. 그게 공정한 건데."

"왜냐면 이 사람은 작가와 배우와 감독들을 수도 없이 속여먹었거든. 말하자면 그건 이 사람 원칙인 거지."

몰리가 비꼬았다.

"맞아. 그리고 그 사람들이 힘이 세지면 반대로 우릴 속여먹지. 일이란 게 그런 거라고."

밴츠가 이렇게 말했다. 몰리가 밴츠한테 걱정하는 척하며 물었다.

"엘리는 괜찮아요? 특별히 심각한 데라도 있는 거예요?"

"엘리는 괜찮아요. 주식은 팔지 말아요."

그 말이 끝나기가 무섭게 몰리가 말했다.

"그럼 우릴 만나 줄 수 있겠네."

"어찌됐든 전 엘리를 만나보고 싶어요. 진짜로 걱정 돼서요. 엘리는 저한테 처음으로 좋은 기회를 준 사람이라고요."

클로디아가 얘기했다. 밴츠는 어깨만 으쓱해 보이고는 두 사람 말을 무시해버렸다. 몰리가 말했다.

"어니스트가 자살한다면 당신도 죽을 맛일 걸요. 그 속편들은 제가 말한 것보다 훨씬 더 재산가치가 높아요. 제가 어니스트를 설득한 건 다 당신을 생각해서였어요."

밴츠는 깔보는 듯한 투로 대꾸했다.

"그 얼간이는 자살 안 해. 그럴 배짱도 없는 인간이니까."

사색하는 듯한 표정으로 클로디아가 말했다.

"국보에서 얼간이가 됐네."

몰리가 말했다.

"그 사람 확실히 좀 돌았어요. 정말로 속 편하게 죽어버릴 사람이에요."

"그 사람 마약하나?"

밴츠가 약간 걱정스럽게 물었다.

"아니요. 하지만 어니스트는 무슨 짓을 할지 예측 불가능해요. 자기가 괴짜라는 사실조차 모르는 진짜 괴짜죠."

클로디아는 대답했다. 밴츠는 이 말을 잠시 음미했다. 서로 갑론을박하며 싸우면서 한편으로는 얻은 것도 있었다. 게다가 그의 평소 지론은 불필요한 적을 만들지 말자는 것이었다. 몰리 플랜더즈와 원수로 지내고 싶은 생각은 추호도 없었다. 한마디로 끔찍한 여자였다.

"엘리한테 전화해 봅시다. 좋다고 하면 당신들을 병원으로 데려다 주지."

그는 매리온이 거절할 거라고 확신했다. 하지만 놀랍게도 매리온의 대답은 "좋지, 다 오라고 해." 였다.

그들은 밴츠의 리무진을 타고 병원으로 갔는데, 리무진은 길쭉하게 빠진 아주 멋진 차였지만 사치스러운 구석은 전혀 없었다. 차에는 팩스와 컴퓨터와 휴대전화가 갖춰져 있었다. 보조석에는 퍼시픽 오션 씨큐리티에서 나온 경호원이 타고 있었다. 두 남자가 탄 또 한 대의 경호차가 그들을 뒤따랐다.

리무진의 갈색 창문 밖으로 보이는 도시는 마치 오래 전의 카우보이 영화들처럼 단조로운 흑백이었다. 도시로 접근할수록 건물들은 점점 키가 커졌고 마치 돌로 만들어진 숲 속으로 들어가는 듯한 착각을 일으켰다. 클로디아는 단 십 분 만에 목가적인 초록빛 시골에서 콘크리트와 유리로 된 대도시로 옮겨갈 수 있다는 사실이 항상 경이롭게 느껴졌다.

시더 시나이 병원의 복도는 공항 복도만큼이나 넓어 보였는데 그에 반해서 천장은 폭이 좁아서 마치 독일 인상파 영화에 나오는 이상한 화면을 보는 것 같았다. 병원의 대외업무를 총괄해서 관리하는 한 여자가 그들을 맞이했는데, 수수하지만 고급으로 보이는 맞춤정장 차림의 잘 생긴 그 여자를 보면서 클로디아는 라스베가스에 있는 호텔 주인들을 떠올렸다.

그녀는 맨 꼭대기 층에 있는 펜트하우스로 곧장 올라가는 전용 엘리베이터로 그들을 데려갔다.

펜트하우스 병실들의 문은 바닥에서부터 천장까지 닿을 만큼 크기가 컸고 조각이 새겨진 검은색 오크 재목에다 반짝이는 청동 손잡이가 달려 있었다. 대문 같은 문을 열자 병실이 나타났다. 병실은 벽이 없이 탁 트인 넓은 방이었고 식탁과 의자, 소파, 안락의자와 더불어 컴퓨터와 팩스가 놓인 비서용 니치(벽에 오목하게 파 놓은 부분)가 있었다.

그리고 작은 부엌이 있었고 환자용 화장실 외에 손님용 화장실이 따로 있었다. 천장은 아주 높았고, 주방과 거실 그리고 사무용 공간 사이에 벽이 없어서 방 전체가 마치 영화배경처럼 보였다.

엘리 매리온은 빳빳한 하얀 병원 침대에 커다란 배개를 받치고 누워 있었다. 그는 마침 오렌지색 표지의 대본을 읽는 중이었다. 그의 옆에 놓인 탁자 위에는 현재 제작중인 영화들의 예산관련 서류철들이 놓여 있었다. 침대 다른 쪽에는 예쁘게 생긴 젊은 비서가 앉아서 그의 지시사항을 받아 적고 있었다. 매리온은 항상 예쁜 여자들을 곁에 두고 싶어했다.

바비 밴츠가 매리온의 뺨에 키스를 하면서 인사를 했다.

"엘리, 아주 좋아 보이는데요."

몰리와 클로디아도 그의 뺨에 키스를 했다. 클로디아는 사온 꽃을 침대 위에 놓았다. 위대한 엘리 매리온이 아픈 것이었기 때문에 그 정도의 허물없는 행동은 용서가 되었다.

클로디아는 마치 대본 소재를 연구하기라도 하는 것처럼 모든 것들을 세세하게 눈에 담아두었다. 병원을 소재로 한 연속극은 재정적인 면에서 실패할 위험이 거의 없었다.

솔직히 엘리 매리온은 아주 좋아 보이지는 않았다. 입술은 잉크로 그려놓은 것처럼 테두리가 파랬고 말을 하면서 숨을 가쁘게 쉬었다. 두 갈래로 갈라진 녹색 삽입관이 그의 콧구멍에서 나와 가는 플라스틱관과 연결이 됐고 그 관은 다시 벽에 부착된 거품이 부글거리는 물병에 연결되어 있었다. 이것들 모두는 겉에서는 보이지 않게 숨겨놓은 산소통과 연결되어 있었다. 매리온은 그녀의 시선을 읽었다.

"산소야."

그가 알려주었다.

"그냥 일시적인 것이겠지. 숨을 좀 편하게 쉬라고."

바비 밴츠가 서둘러 부연설명을 했다.

몰리 플랜더즈는 두 사람의 대화는 무시했다.

"엘리."

그녀가 입을 열었다.

"바비한테 설명을 했는데 당신 허락이 필요하다고 해서요."

매리온은 기분이 좋아 보였다.

"몰리, 당신은 로스앤젤레스에서 예나 지금이나 제일 거친 변호사야. 임종자리에서까지 와서 날 괴롭힐 참인가?"

그가 농담을 했다. 클로디아는 마음이 무거웠다.

"엘리, 바비가 당신이 괜찮다고 해서 온 거예요. 그리고 당신을 정말 보고 싶기도 했고."

그녀는 매리온이 환영과 감사의 뜻으로 손을 들어올리자 부끄러워서 견딜 수가 없었다.

"그 일에 대해서는 들어서 알고 있어."

그가 비서한테 나가라고 손짓을 하자 여자가 방에서 나갔다. 잘 생기고 튼튼해 보이는 개인간호사가 식탁 앞에 앉아 책을 읽고 있었다. 매리온은 그녀에게 나가달라고 손짓을 했다. 그녀는 그를 쳐다보며 고개를 저었다. 그리고는 다시 책을 읽었다.

매리온이 숨을 헐떡거리며 낮은 소리로 웃었다. 그는 다른 사람들에게 여자를 소개했다.

"프리씰라라고 캘리포니아에서 가장 뛰어난 간호사야. 중환자만 전문적으로 간호하고 있는데 저렇게 튼튼하지. 의사가 특별히 고용했어. 여기서 대장이야."

프리씰라는 고개를 한 번 까딱하면서 그들에게 아는 척을 하고는 다시 책을 읽었다. 몰리가 말을 꺼냈다.

"그 사람의 지분을 2천만 달러까지로 제한할 의향이 있어요. 이건 일종의 모험이라고 할 수 있을 거예요. 그런데 왜 모험을 하려고 하세요? 또 왜 그렇게 그 사람을 부당하게 대접하세요?"

밴츠가 화가 나서 씩씩댔다.

"부당하다니. 그 사람은 계약서에 서명을 했다고."

"웃기지 마요, 바비."

몰리는 대들었다. 매리온은 두 사람의 말을 못 들은 척 했다.

"클로디아, 자네는 어떻게 생각해?"

클로디아는 여러 가지를 생각했다. 분명히 매리온은 사람들이 생각하는 것보다 건강이 더 안 좋았다. 그리고 말하는 것조차 힘들어 하는 이 노인을 몰아붙인다는 건 너무 잔인한 짓이었다. 여기서 나가고 싶은 충동도 느꼈지만 엘리가 특별한 목적이 있지 않았다면 절대 그들을 이곳으로 부르지 않았으리란 생각이 들었다.

"어니스트는 엉뚱한 짓을 하는 사람이에요. 그 사람은 자기 가족들한테 재산을 물려주기로 결심했죠. 하지만 엘리, 그 사람은 작가고 당신은 작가들을 항상 아꼈어요. 예술에 기부를 한다고 생각해요. 당신은 메트로폴리탄 미술관에 2천만 달러를 기부했잖아요. 왜 어니스트한테는 못 그러는 거죠?"

엘리 매리온은 깊이 숨을 들이쉬었다. 그러자 녹색 삽입관이 그의 얼굴 속으로 더 깊이 들어가는 것처럼 보였다.

"몰리, 클로디아, 이 일은 우리끼리만 아는 비밀로 하지. 베일한테 2천만 달러를 넘지 않는 선에서 총수입의 2퍼센트를 주겠어. 선금으로 우선 백만 달러를 주고. 그거면 만족하겠어?"

몰리는 이 제안을 곰곰이 따져보았다. 매 영화마다 2퍼센트씩 받으면 최대한 천오백만 달러는 분명히 될 테고 어쩌면 그 이상을 벌 수도 있었다. 그것은 그녀가 받아낼 수 있는 최대치였고, 매리온이 그렇게 후하게 인심을 썼다는 것이 아주 뜻밖이었다. 꼬투리를 잡고 입씨름을 한다면 그는 당장 이 제안을 철회할 가능성도 있었다.

"굉장해요, 엘리. 고마워요."

그녀는 몸을 숙여 그의 뺨에 키스했다.

"내일 당신 사무실로 간단한 서류를 보내겠어요. 그리고 엘리, 빨리 회복하세요."

클로디아는 감정을 주체하기가 힘들었다. 그녀는 엘리의 손을 꽉 쥐었다. 그리고 얼룩덜룩한 피부의 갈색 반점들과 죽어가는 차가운 손을 유심히 바라보았다.

"당신은 어니스트의 목숨을 구해줬어요."

그러고 있는데 엘리 매리온의 딸이 어린아이 둘을 데리고 병실로 들어왔다. 간호사 프리씰라가 쥐 냄새를 맡은 고양이처럼 의자에서 발딱 일어나더니 아이들 쪽으로 걸어와 침대로 가까이 가지 못하게 그들 앞을 가로막았다.

두 번의 이혼 경험이 있는 딸은 아버지와 사이가 좋지 못했지만, 엘리가 손자들을 너무 좋아해서 로드스톤 산하에 있는 제작 회사 하나를 소유하고 있었다.

클로디아와 몰리는 자리를 비켜줬다. 그들은 몰리의 사무실로 차를 몰았고 어니스트에게 전화를 걸어서 좋은 소식을 전했다. 그는 축하하는 뜻에서 두 사람한테 저녁을 사겠다고 했다.

매리온의 딸과 두 손자들이 병실에 머문 시간은 아주 짧았다. 하지만 딸이 아버지한테서 다음 영화 소재로 쓸 아주 비싼 소설 하나를 사주겠다는 약속을 받아내기에는 충분히 긴 시간이었다. 이제 바비 밴츠와 엘리 매리온 두 사람만 남았다.

"오늘은 마음이 너그러우시군요."

밴츠는 말했다. 매리온은 공기가 주입되고 있는 그의 육체에서 기운이 완전히 소진되어버린 느낌이었다. 바비와 있을 때는 마음이 편했고 가식적으로 연기를 할 필요가 없었다. 두 사람은 힘을 합쳐 수많은 일들을 헤쳐 나왔고 함께 권력을 휘둘렀으며 전쟁에서 승리를 거두었고 넓은 세상을 종횡무진으로 누비고 다니며 일을 도모했다. 두 사람은 서로의 마음을 읽을 수 있었다.

"내 딸한테 사주겠다고 한 그 소설을 영화로 만들 생각인가?"

"저예산으로 만들어보죠. 따님은 줄기차게 진지한 영화들만 만드니까 말입니다."

매리온이 피곤하다는 듯이 손을 내저었다.

"왜 우린 항상 돈으로 다른 사람들의 선의를 사야 하는 거지? 딸한테 적당한 작가를 물색해주되 인기배우는 연결해주지 말게. 딸은 딸대로 만족할 테고, 우린 우리대로 돈을 덜 잃을 거야."

"베일한테 정말로 총수익의 지분을 나눠줄 생각이세요? 우리 변호사들이 그러는데 만약 그 사람이 죽는다면 법정싸움에서 우리가 이긴답니다."

매리온은 웃으며 대답했다.

"내가 회복한다면 그럴 생각이네. 만약 회복을 못한다면 그 문제는 자네가 결정하게 되겠지. 자네가 회사를 운영하게 될 테니까."

밴츠는 이 감상적인 말에 정신이 번쩍 들 정도로 놀랐다.

"엘리, 회복할 겁니다. 회복하고말고요."

이건 진심에서 우러나서 하는 말이었다. 그는 엘리 매리온의 뒤를 잇겠다는 욕심이 없었고 필연적으로 올 수밖에 없는 그러한 순간이 정말로 두려웠다. 그는 매리온의 허락 없이는 아무 일도 할 수 없었다.

"바비, 그 문제는 자네가 결정해야 할 거야. 내가 회복하지 못한다는 건 기정사실이야. 의사가 심장이식이 필요하다고 했는데, 난 안 하기로 마음을 정했어. 이 더러운 심장으로는 아마도 여섯 달, 아니면 일 년, 어쩌면 그것보다 훨씬 조금 밖에는 못 살 거야. 게다가 내 나이가 너무 많아서 이식수술을 하기에는 적합하지 않아."

밴츠는 간담이 서늘해졌다.

"우회관은 못 만든다고 합니까?"

매리온이 고개를 흔드는 걸 보고 밴츠는 말을 계속했다.

"웃기는 얘기 마세요. 당연히 심장수술을 받을 수 있어요. 이 병원 절반은 당신이 지어준 셈인데 심장 하나는 줘야죠. 앞으로 십 년은 더 쌩쌩하게 살 겁니다."

그는 잠시 말을 멈췄다.

"피곤할 텐데 이 문제는 내일 얘기하기로 하죠."

하지만 매리온은 벌써 꾸벅꾸벅 졸고 있었다. 밴츠는 방에서 나와 의사들에게 사실여부를 확인하고는, 엘리 매리온에게 새 심장을 이식하기 위한 모든 수술절차를 시작하라고 그들에게 말했다.

어니스트 베일, 몰리 플랜더즈, 그리고 클로디아 데 레나는 산타모니카에 있는 라 돌체 비타에서 저녁식사를 하면서 승리를 자축했다. 그곳은 클로디아가 좋아하는 식당이었다. 그녀는 어렸을 때 아버지를 따라온 그곳에서 왕비처럼 대접받았던 기억이 있었다. 창문 쪽 앨코브들이며 긴 붙박이 의자 뒤편에 있는 선반들 그리고 빈 공간마다 포도주 병들이 쌓여 있었던 게 아직도 기억에 선명하게 남아 있었다. 마치 포도를 따는 것처럼 손님들은 손을 뻗어서 포도주 병을 집어올 수 있었다.

어니스트 베일은 기분이 아주 좋았고, 클로디아는 누가 저 사람이 자살을 생각한 사람이라고 믿을 수 있을까 하는 생각에 다시 고개가 갸웃거려졌다. 그는 자기의 위협이 효과가 있었다는 사실에 아주 흥분해 있었다. 그리고 아주 맛있는 적포도주가 세 사람의 기분을 약간 과하다 싶을 만큼 들뜨게 만들었다. 감칠맛 나는 이탈리아 음식도 그들의 기운을 한층 북돋워주었다.

"자, 지금 우리가 의논해야 할 문제는 말이야, 2퍼센트로 만족할 건지 아니면 계속 밀어붙여서 3퍼센트까지 받아내야 할 건지 하는 건데, 어떻게 하는 게 좋을까?"

"욕심부리지 말아요. 협상은 끝났어요."

몰리가 쏘아붙였다. 베일은 영화배우들이 하듯이 그녀의 손에 키스를 하고는 말했다.

"몰리, 당신은 한마디로 천재요. 이루 말할 수 없이 잔인한 천재 말이요. 당신들 두 사람이 병원 침대에 누워 있는 병든 남자를 어떤 식으로 위협한 거요?"

몰리가 토마토소스에 빵을 찍었다.

"어니스트, 당신은 절대 헐리우드를 이해하지 못할 거예요. 자비는 존재하지 않아요. 당신이 술에 취했건 마약을 했건 사랑에 빠졌건 파산을 했건 아무도 관용을 베풀지 않죠. 아프다고 예외가 있을 이유가 있어요?"

클로디아는 말했다.

"스키피 디어가 한 번은 저한테 이런 얘길 하던데, 제가 뭔가를 사는 입장일 때는 사람들을 중국 식당으로 데려가고 뭔가를 파는 입장일 때는 사람들을 이탈리아 식당으로 데려가래요. 신빙성이 있는 얘기 같아요?"

"그 사람은 제작자야. 어디선가 그런 말을 읽었겠지. 전후 상황설명
도 없이 그 얘기만 갖고는 무슨 뜻인지 어떻게 알겠어."

몰리가 말했다. 베일은 잠시 집행유예를 받은 사람처럼 입맛을 쩍쩍
다시면서 맛있게 음식을 먹고 있었다. 그는 자기 앞으로 세 종류의 파
스타를 주문해서는 클로디아와 몰리에게 약간씩 나눠주고 맛을 물었
다.

"로마만 빼고는 세계에서 가장 맛있는 이탈리아 음식이야."

그는 칭찬을 아끼지 않았다.

"스키피가 했다는 그 말은 영화적인 감각이 있는 얘기야. 중국음식
은 싸고 그래서 가격을 깎기에 적합해. 이탈리아 음식은 사람을 졸리
게 만들고 신경을 이완시키지. 그런데 난 둘 다 좋더라. 어때, 스키피
가 철두철미한 모사꾼이라는 사실은 몰랐지?"

베일은 항상 세 가지 후식을 주문하곤 했다. 그렇다고 그것들을 다
먹는 건 아니었고, 그저 한 자리에서 다양한 음식을 맛보고 싶어했기
때문이었다. 그는 그런 자신을 괴짜라고 생각하지 않았다. 그 점은 외
모에 대해서도 마찬가지였는데, 그는 마치 바람이나 태양으로부터 피
부를 보호하기 위해서 옷을 입는 것처럼 보였고, 면도도 아무렇게나
대충하고 말아서 양쪽 구레나룻의 길이가 서로 달랐다. 자살하겠다는
위협에 대해서도 그 자신은 전혀 비논리적이거나 이상하다고 생각하
지 않았다. 종종 다른 사람들의 마음에 상처를 주는 어린아이 같은 솔
직한 성격에 대해서도 역시 마찬가지였다. 클로디아는 괴짜들의 기행
에는 익숙했다. 헐리우드는 괴짜들 천지였으니까.

"이봐요, 어니스트. 당신은 어쩔 수 없는 헐리우드 인간이에요. 아주
괴짜라고요."

"난 괴짜가 아냐. 난 그렇게 복잡하게 꼬인 인간이 아니거든."

"돈 때문에 자살할 생각을 하는데 괴짜가 아니라고요?"

"그건 작가들에 대해서 극히 냉정하게 생각하고 판단한 결과야. 난 하찮은 인간 취급을 받는 것에 질렸어."

클로디아가 못 참겠다는 듯이 재빨리 쏘아붙였다.

"어떻게 그런 생각을 하죠? 책을 열 권이나 썼고 퓰리처상도 받았는데. 당신은 국제적인 유명인사라고요."

베일은 파스타 세 접시를 깨끗이 비우고 나서, 앙트레로 나온 레몬을 곁들인 진주 색의 얇게 저민 송아지고기 세 조각을 쳐다보고 있었다. 그는 포크와 칼을 집어 들었다.

"다 똥 같은 것들이지. 돈을 못 벌었으니까. 돈이 없으면 바보멍청이일 뿐이란 사실을 깨닫는데 오십오 년이 걸렸어."

몰리가 말했다.

"당신은 괴짜가 아니라 머리가 돌았어요. 그리고 부자가 아닌 거에 대해서 그만 좀 징징거려요. 그렇다고 가난한 것도 아니잖아요. 가난하면 이 자리에 있지도 않겠죠. 당신은 비교적 좋은 환경에서 작품을 쓰고 있다고요."

베일은 칼과 포크를 내려놓았다. 그리고는 몰리의 팔을 가볍게 두드렸다.

"당신 말이 맞아. 당신이 하는 말은 다 진실이야. 난 인생의 매 순간을 즐기고 있소. 내가 우울한 건 하강곡선을 그리는 삶 때문이지."

그는 포도주를 마시고 나서 무덤덤한 어조로 덧붙였다.

"난 이제는 글을 절대 못 쓸 거요. 소설 쓰는 일은 대장장이처럼 소멸돼 가는 직업이니까. 지금은 영화와 TV가 판을 치는 세상이지."

"말도 안 돼요. 사람들은 여전히 책을 읽어요."

클로디아가 반박했고, 몰리도 이렇게 말했다.

"당신은 그저 게을러서 그런 거라고요. 글을 쓰는게 싫어서 핑계를 대는 거예요. 그게 바로 당신이 자살하려고 하는 진짜 이유죠."

세 사람은 와 하고 웃음을 터뜨렸다. 어니스트는 두 사람에게 송아지고기를 한 점씩 나눠주고 후식을 추가로 주문했다. 그가 정중하게 행동할 때는 유일하게 식사할 때 뿐이었고, 사람들을 먹이면서 즐거워하는 것처럼 보였다.

"다 맞는 얘기요. 하지만 소설가가 단순한 소설을 쓰지 않는 한 넉넉하게 생활하기가 힘들지. 게다가 소멸돼 가는 직업이기도 하고. 소설은 절대 영화만큼 단순해질 수 없어."

클로디아가 화가 나서 따지고 들었다.

"왜 영화를 평가절하는 거죠? 전에 당신이 영화를 보면서 우는 걸 본 적도 있다고요. 그리고 영화는 예술이에요."

베일은 기분이 좋았다. 어찌됐든 영화사와 싸워서 이겼고 그래서 지분을 얻게 됐으니까.

"클로디아, 당신 생각에 백퍼센트 동의해. 영화는 예술이야. 내가 질투가 나서 불평하는 거야. 영화 때문에 소설이 설 자리가 없어지니까. 자연을 노래하는 서정시를 쓰고 붉게 타오르는 세상과 일몰과 눈 덮인 산과 경외심을 일으키는 저 대양의 파도를 묘사하는 일이 도대체 무슨 의미가 있느냐 말이야."

그는 팔을 휘저어가며 얘기에 몰두했다.

"열정과 여성의 아름다움에 대해 뭘 쓸 수 있겠어? 총천연색 스크린으로 다 볼 수 있는데 뭐 하러 글을 쓰지? 통통한 붉은 입술과 신비한 눈동자를 지닌 저 신비한 여자들이 눈 앞에서 벌거벗은 채로 정육점 소고기만큼이나 맛있어 보이는 젖통을 드러내놓는데 말이야. 실제보다 훨씬 더 근사하기까지 한데, 뭣 때문에 글을 읽겠어. 그리고 수많은 적들을 단칼에 베어버리면서 엄청나게 불리한 상황을 이겨내고 엄청난 유혹을 이겨내는 영웅들의 놀라운 활약을 우리가 어떻게 글로 옮길 수 있는가 말이야. 게다가 괴롭게 찡그리고 고통스러워하는 얼굴들하며 피로 얼룩진 광경들이 바로 눈앞의 화면에서 벌어지고 있는 판국이지. 두뇌까지 올라갈 것도 없이 배우와 카메라가 몽땅 다 보여준다고. 이제 화면으로 보여주지 못하는 게 하나 있다면 그건 인물들의 마음 속으로 들어가는 일인데, 사고과정과 인생의 복잡성은 복사가 불가능하지."

그는 잠시 멈췄다가 뭔가를 그리워하는 듯한 표정으로 말을 다시 이어나갔다.

"하지만 그 중 가장 문제가 뭔지 알아들? 나한테 선민의식이 있다는 거야. 난 뭔가 특별한 예술가가 되고 싶었어. 그래서 영화가 너무 서민적인 예술이라는 것이 싫은 거지. 개나 소나 다 영화를 만들 수 있어. 당신 말이 맞아, 클로디아. 난 영화를 보면서 울기도 했는데, 그 영화를 만든 작자는 저능아에 무신경하고 감수성이 없는 무식한 인간이고 도덕성이라고는 티끌만큼도 없는 놈이지. 시나리오 작가는 일자무식이고, 감독은 병적으로 자기중심적이고, 제작자는 도덕성을 난자하는 도살업자고, 배우들은 자기들이 화가 났다는 걸 관객한테 보여주려고 벽이나 거울에 주먹을 날리지. 그런데도 영화는 관객들한테 먹히는 거야. 어떻게 그럴 수가 있지? 왜냐면 영화는 조각과 그림과 음악과 인간의 육체와 기술을 다 사용할 수 있는데, 반대로 소설가한테는 그저 하얀 종이에 까만 글자 밖에는 없거든. 그리고 솔직히 얘기해서 그것도 그리 나쁘진 않아. 그건 진보라고. 그리고 새로운 형태의 위대한 예술이지. 서민적인 예술 말이야. 그리고 고통이 없는 예술이고. 그저 적당한 카메라를 사서 당신 친구들을 만나면 되는 거야."

베일은 두 여자를 쳐다보며 활짝 웃었다.

"진정한 재능을 요구하지 않는 예술, 멋지지 않아? 자기 자신의 영화를 만든다는 건 대단히 서민적일 뿐만 아니라 정신건강에도 아주 좋아. 영화는 성행위를 대신하게 될 거야. 난 당신들 영화를 보러가고 당신들은 내 영화를 보러 오는 거지. 영화는 세상을 더 나은 형태로 개선시켜 줄 예술이야. 클로디아, 자네는 미래의 예술형태에 참여하고 있다는 사실을 즐거워해야 돼."

"당신은 겸손한 척하는 위선자예요."

몰리가 쏘아붙였다.

"클로디아는 당신을 위해서 싸웠고 당신을 변호했어요. 그리고 전 제가 전에 변호했던 어떤 살인자들보다도 더 인내심을 갖고 당신을 대해줬어요. 그런데 당신은 저녁을 사준다는 핑계로 우릴 모욕하고 있어요."

베일은 진심으로 놀란 것처럼 보였다.

"모욕하는 게 아니라 그저 정의를 내리고 있는 것 뿐이야. 난 당신들한테 고마워하고 있고 두 사람 다 사랑해."

그는 잠시 말을 끊더니 겸손하게 덧붙였다.

"내가 당신들보다 나은 인간이라는 얘기가 아니라고."

클로디아가 깔깔대며 웃었다.

"어니스트, 당신은 진짜 못 말리는 사람이에요."

"현실에서만 그렇지."

베일이 다정하게 대답했다. 그리고 몰리에게 다시 물었다.

"일 얘길 좀 할까? 몰리, 만약 내가 죽고 내 가족이 모든 권리를 되찾는다면 로드스톤이 지분을 5퍼센트까지 줄 것 같소?"

"적어도 5퍼센트는 주겠죠. 이제 지분을 더 받아내려고 자살할 생각이세요? 그럼 난 당신 일에서는 완전히 손 뗄 거예요."

클로디아는 걱정스러운 표정으로 그를 쳐다보았다. 그녀는 그가 정말로 기분이 좋은 건지 의심스러웠다.

"어니스트, 아직도 불행하다고 느껴요? 우린 당신을 위해서 아주 근사한 거래를 성사시켰어요. 난 정말 기분이 좋은데."

베일은 다정하게 말했다.

"클로디아, 당신은 세상 물정을 몰라. 그래서 시나리오를 쓰는 일이 자네한테 딱 맞는 거야. 내가 행복하다고 해서 도대체 뭐가 달라지겠어? 세상 누구보다도 행복하게 산 사람도 곧 인생의 끔찍한 종말을 맞게 될 거라고. 끔찍한 비극 말이야. 자, 날 보라고. 난 방금 굉장한 승리를 거머쥐었어. 이 음식들도 맛있고, 아름답고 똑똑하고 마음이 따뜻한 당신들 두 여자와 즐거운 시간을 보내고 있지. 그리고 내 아내와 자식들이 경제적으로 안정이 될 테니 그것도 대만족이야."

"그런데 도대체 왜 징징거리는 거죠? 왜 좋은 분위기에 초를 치는 거죠?"

몰리가 그에게 쏘아붙였다.

"왜냐면 글을 못 쓰니까. 사실 그다지 큰 비극은 아니지. 글 쓰는 일은 이제 정말 하찮은 일이 됐지만 내가 할 줄 아는 건 그것 밖에 없거든."

이 말을 하는 와중에도 그가 후식 세 접시를 너무나도 즐거운 표정으로 깨끗이 비우는 걸 보면서 두 여자는 깔깔대며 웃었다. 베일도 그들을 마주보며 웃었다.

"우린 늙은 엘리를 확실하게 속였어."

"잠시 침체상태가 온 것뿐인데 당신은 그걸 너무 심각하게 받아들이고 있어요. 그냥 속도를 좀 내봐요."

"시나리오 작가들은 창작을 하는 게 아니니까 그런 침체기가 없지. 난 말할 게 아무것도 없어서 글을 못 쓰는 거야. 자, 이제 좀더 흥미로운 얘길 해 볼까? 몰리, 총수익이 일억 달러에 제작비용은 천 5백만 달러밖에 안 든 영화에 내가 지분을 10퍼센트나 가지고 있는데 어째서 한 푼도 못 만지는지 난 아직까지도 이해가 안 돼. 이건 내가 죽기 전에 풀고 싶은 수수께끼야."

이 말에 몰리의 기분이 다시 좋아졌다. 그녀는 법을 가르치는 걸 좋아했다. 그녀는 가방에서 공책을 꺼내더니 숫자 몇 개를 휘갈겨 썼다.

"그건 법적으로 아무런 문제가 없어요. 그 사람들은 계약에 의거해서 그 짓을 하고 있는 거예요. 당신이 애초에 동의하지 말았어야 하는 그 계약 말예요. 봐요, 총수익으로 일억 달러를 벌었다고 쳐요. 극장과 영화관 소유주들이 그중 절반을 가져가서 영화사는 5천만 달러만 갖게 되죠."

"좋아요. 영화사는 영화제작비로 천 5백만 달러를 공제해요. 이제 3천 5백만 달러가 남았죠. 하지만 대부분의 영화사들은 계약조건상 영화배급비용 명목으로 수입의 30퍼센트를 부담해요. 그들 주머니에서 천 5백만 달러가 다시 나가게 되죠. 그래서 수중에 남은 돈은 2천만 달러까지 내려가죠. 그런 다음 필름 현상비와 영화광고비를 공제하는데, 그게 또 금방 5백만 달러가 돼요. 돈은 천 5백만 달러까지 내려갔어요. 자, 이제부터가 아주 절묘해요. 계약에 의거해서 영화사는 총경상비용과 전화요금, 전기요금, 방음스튜디오 사용료 명목으로 예산의 25퍼센트를 가져가요. 이제 수중에는 천백만 달러만 남게 돼요. 그 정도면 괜찮네, 하고 당신은 말하겠죠. 천백만 달러가 남았으니까. 하지만 인기배우는 최소한 수입의 5퍼센트에 해당하는 돈을 가져가고, 감독과 제작자들도 5퍼센트를 가져가요. 그래서 그게 또 5백만 달러예요. 남은 돈은 6백만 달러로 줄어들었어요. 마침내 돈을 만지게 될 것 같죠. 하지만 그건 성급한 생각이에요. 그런 다음 배급에 드는 제반비용도 내야 되고, 현상된 필름을 영국에 운반하는데 5만 달러가 들고 프랑스나 독일로 운반하는데 또 5만 달러가 들어요. 그런 다음 마지막으로, 영화 제작비로 빌렸던 천 5백만 달러에 대한 이자를 내요. 전 거기에 대해서도 빠삭하죠. 어쨌거나 마지막 남았던 6백만 달러는 연기처럼 사라져 버리는 거예요. 이게 바로 당신이 나를 변호사로 쓰지 않았을 때 일어나는 일이죠. 나는 당신이 정말로 금광 일부를 얻을 수 있도록 계약을 해요. 작가한테는 너무한 일이지만 그게 바로 순수익에 대한 정확한 정의죠. 이제 이해가 되요?"

베일은 껄껄대며 웃었다.

"아직도 잘 모르겠는 걸. TV와 비디오 판매수익은 어떻게 되지?"

"TV에서 생기는 수입은 얼마 안 돼요. 비디오에서 얼마를 버는지는 아무도 모르죠."

"그럼 이제 매리온과 나 사이의 거래는 신뢰할 만한 총수익을 근거로 했소? 그들이 다시 날 속이지는 않을까?"

"제가 계약을 하는 한 절대 그런 일은 없을 겁니다. 끝까지 신뢰할 수 있을 거예요."

베일은 우울한 표정으로 중얼거렸다.

"그렇다면 난 이제 불만 없어. 글을 못 쓰는 것에 핑계가 없어졌어."

"당신은 괴짜예요."

클로디아가 말했다.

"절대 아니야. 그저 바보멍청이지. 괴짜들은 자기들이 실제로 어떤 사람이고 무슨 짓을 하는지 사람들이 알지 못하게 하려고 엉뚱한 행동을 하는 거야. 부끄러워서 말이야. 영화인들이 그렇게 괴짜인 건 바로 그 이유 때문이야."

죽는 일이 아주 즐거울 수 있다고, 아주 평화롭게 잠들 수 있다고, 전혀 두렵지 않을 수 있다고 생각하는 사람이 과연 있을까? 무엇보다도 자신이 인류 공통의 위대한 신화 하나를 해독할 수 있다고 상상하는 사람이 있을까?

엘리 매리온은 밤새 병상에 누워 벽에 연결된 관으로 산소를 마시며 자신의 인생을 반추했다. 이교대로 일하는 개인간호사 프리씰라가 병실 한쪽에서 희미한 불빛 아래 책을 읽고 있었다. 그녀의 눈동자는 마치 책을 한 줄 읽을 때마다 그를 살피는 것처럼 빠르게 위아래로 움직이고 있었다.

매리온은 지금의 이 모습이 영화 장면과는 너무도 다르다는 생각이 들었다. 영화에서라면 그가 생사의 갈림길에서 헤매고 있는 이 상황은 아주 긴급하게 처리될 것이다. 간호사는 침대 옆에 쭈그리고 앉아 있고 의사는 분주하게 들락거리겠지. 그런데 여기 그가 있는 병실은 쥐 죽은 듯 조용했다. 간호사는 책을 읽고 매리온은 플라스틱 관을 통해 수월하게 숨을 쉬고 있었다.

이 펜트하우스 병동에는 세 개의 병실만 있는데 아주 중요한 인물들만 받았다. 힘 있는 정치인, 억대 부동산업자, 퇴색했지만 여전히 신화적 존재인 인기 영화배우들이었다. 자신의 힘으로 왕이 된 그들이 지금은 여기 이 병원에서 밤을 보내며 죽음의 노예가 되어 있었다. 그들은 혼자 무력하게 병상에 누워서 돈을 주고 고용한 사람들의 위로를 받았고, 그들의 권력은 산산이 부서지고 없었다. 몸 속에 관을 집어넣고 콧구멍에는 삽입관을 꽂고서 그들은 외과의사의 수술 칼이 자신들의 약한 심장에서 병든 부위를 떼어낼 때를, 또는 자기처럼 완전히 심장을 들어내고 새 심장을 넣을 때를 기다리고 있겠지. 그는 그들도 남은 인생을 자기처럼 포기할지 궁금했다.

그런데 그는 왜 포기했을까? 무슨 이유로 그는 의사들에게 이식수술을 받지 않겠다고, 차라리 죽어 가는 심장으로 짧은 시간을 살고 말겠다고 말했을까. 그는 여전히 자기에게 감정을 배제한 현명한 결정을 내릴 수 있는 힘이 있다는 사실이 참으로 다행이라고 생각했다.

그는 모든 상황을 완전히 파악하고 있었다. 비용과 되돌아올 이익과 부차적인 권리들의 가치와 배우며 감독에게 써먹을 수 있는 함정과 초과비용 같은 것들을 계산해 가며 영화 거래를 할 때처럼.

우선 자신은 여든 살이었다. 더구나 건강한 여든 살도 아니었다. 심장이식을 받으면 아무리 잘 해도 꼬박 일 년 동안은 꼼짝도 하지 못할 것이다. 당연히 로드스톤 영화사 일은 완전히 포기해야 했다. 세상을 호령하던 자신의 권력 대부분이 사라지는 것은 두말 할 필요도 없었다.

그리고 권력 없는 인생은 견딜 수 없었다. 자기 같은 노인이 튼튼한 새 심장으로 할 만한 일이 뭐가 있을까? 운동을 할 수 있는 것도 아니고 여자들과 즐길 수 있는 것도 아니고 포식을 하거나 술을 마실 수 있는 것도 아니었다. 그랬다. 권력이야말로 노인의 유일한 기쁨이었다. 또 그걸 군이 나쁘다고 할 이유가 어디 있을까? 게다가 권력은 착한 일을 하는데도 쓰여서 타산적인 원칙들과 그의 평생의 선입관을 깡그리 무시하고 어니스트 베일에게 관용을 베풀지 않았나? 의사들에게 자기는 어린이나 젊은이에게 돌아갈 심장을 뺏어서 그들에게 새 인생을 박탈하는 일은 하기 싫다고 말하지 않았나? 그거야말로 지고지순한 선행을 베풀기 위해 권력을 사용한 본보기가 아닌가?

하지만 그는 사는 동안 너무나 많은 위선적인 행동을 했고 지금도 그렇다는 사실을 깨달았다. 그가 심장 이식을 거부한 까닭은 좋은 거래가 아니었기 때문이었다. 다시 말해서, 그건 실리적인 결정이었다. 그는 클로디아로부터는 애정을, 몰리 플랜더즈에게는 존경을 받고 싶다는 감상적인 생각에서 어니스트 베일에게 지분을 나눠주었다. 선량한 인상을 남기고자 했던 것이 그렇게 터무니없는 것이었을까?

그는 이제까지 살아온 자신의 인생에 만족했다. 빈곤에서 부로 이르는 길을 개척했고 동료들을 제치고 맨 꼭대기로 올라섰다. 인생의 모든 쾌락을 맛보았고 아름다운 여자들과 사랑을 나눴으며 호화로운 집에 살며 최고로 좋은 옷을 몸에 둘렀다. 그리고 예술가들의 창작을 도왔다. 그는 엄청난 권력과 부를 거머쥐었다. 그리고 사람들에게 도움이 되는 일을 하려고 노력했다. 그는 이 병원에 수천만 달러를 기부했다. 그러나 그 무엇보다도 그는 사람들과 어깨를 겨루고 싸우는 일이 좋았다. 그리고 그걸 특별히 나쁘다고 해야 할까? 선행을 하려면 권력이 필요한데 권력을 쟁취하기 위해서 달리 다른 방법이 있을까? 지금도 그는 어니스트 베일에게 베푼 최후의 관용이 후회가 됐다. 투쟁으로 얻어낸 전리품을 그렇게 쉽게, 게다가 위협을 받고 내줘서는 안 될일이었다. 하지만 바비가 그 일을 해결해 줄 것이다.

바비는 더 젊은 사람에게 심장을 주기 위해서 그가 심장이식을 거부했다는 사실을 언론매체에 퍼뜨릴 것이다. 총수익의 지분들도 모두 원상 복구시킬 것이다. 로드스톤의 적자기업인 딸의 제작회사를 회수하는 일도 할 것이다. 그리고 혼자서 모든 죄를 뒤집어쓸 것이다.

멀리서 작은 종소리가 들렸고 팩스기계가 방울뱀처럼 달각거리며 뉴욕에서 집계된 흥행수익 영수증들을 찍어냈다. 기계소리는 마치 그의 죽어 가는 심장의 박동소리에 붙는 후렴구처럼 들렸다.

그리고 그는 살 만큼 살았고 더 살고 싶은 욕심은 없었다. 결국 그를 배신한 것은 육체가 아니라 정신이었다. 이것이 첫 번째 진실이었다.

그리고 그는 사람들에게 실망했다. 그는 배신과 형편없는 나약한 모습과 물욕과 명예욕을 수도 없이 목격했다. 연인과 부부, 아버지와 아들과 엄마와 딸 간의 배신도. 자신이 사람들에게 희망을 주는 영화를 만들었다는 사실이 얼마나 다행스러운 일이며, 자신에게 손자들이 있다는 사실이 얼마나 고마운 일인지, 그리고 그들이 자라 인생유전을 겪는 모습을 보지 않게 되어 또 얼마나 다행인지.

팩스가 멈췄고, 매리온은 자신의 약한 심장이 불규칙적으로 뛰는 것을 느낄 수 있었다. 병실 가득히 새벽빛이 들어왔다. 그는 간호사가 등을 끄고 책을 덮는 모습을 보았다. 수많은 사회 저명인사들에게 사랑을 받았음에도 불구하고 이제 저 이방인만 있는 이 병실에서 혼자 죽어간다는 건 정말 외로운 일이었다. 그때 간호사가 그를 살피기 위해 그의 눈꺼풀을 들어올리고 심장에 청진기를 갖다 댔다. 오래된 사찰 대문처럼 커다란 병실 문이 열리고, 아침식사를 담은 쟁반에서 접시들이 달각거리는 소리가 들렸다.

방이 환하게 밝아졌다. 누군가가 주먹으로 그의 가슴을 내리쳤다. 그는 사람들이 왜 그러는지 의아했다. 그의 머릿속에 구름이 뭉글뭉글 일어나더니 짙은 안개가 머리 속을 가득 메웠다. 안개 속에서 사람들이 고함을 지르고 있었다. 영화 대사 하나가 산소부족 상태에 빠진 그의 머릿속을 스치고 지나갔다.

"신들은 이렇게 죽는가?"

전기충격이 가해지고 주먹이 연이어 가슴을 내리치더니 가슴을 절개하고 손으로 심장을 직접 문지르는 것이 느껴졌다.

모든 헐리우드인들은 그의 죽음을 애도할 테지만 그 중 야간 당직간호사인 프리씰라가 가장 슬퍼할 것이다. 그녀는 두 어린 자식을 부양해야 했기 때문에 이교대 근무를 했고, 매리온이 자기 근무시간에 죽었다는 사실에 기분이 좋지 않았다. 그녀는 캘리포니아에서 가장 뛰어난 간호사라는 자신의 명성에 긍지를 느꼈다. 그녀는 죽음을 접하는 일이 싫었다. 하지만 읽고 있던 책이 아주 재미있어서 그녀는 그걸 영화로 만드는 문제를 매리온과 의논해볼 생각을 내심 하고 있던 중이었다. 그녀라고 영원히 간호사만 하라는 법은 없었다. 그녀는 부업으로 시나리오 작가로 일하고 있었다. 이제 그녀에게도 희망이 있었다. 병원 맨 위층의 이 병실들은 헐리우드의 최고 명사들이 입원했고, 그녀는 그들을 죽음에서 지켜낼 것이다.

하지만 이 모든 상황은 단지 이제껏 보아온 수천 편의 영화로 포화 상태가 된 매리온의 머리 속에서 그가 숨을 거두기 직전에 일어난 현상이었다.

실제로 간호사는 그가 죽은 뒤 십오 분이나 지나서 침대로 왔고, 그는 아주 조용히 숨을 거둘 수 있었다. 그녀는 그를 회생시키기 위해서 위급경보를 울려야 할지 말아야 할지 삼십 초 가량 망설였다. 그녀는 여러 번 죽음을 경험했고 또 관대했다. 사람을 고통스럽게 만들어가면서까지 굳이 되살리려고 애쓸 필요가 있을까? 그녀는 창문으로 다가가 태양이 떠오르는 광경과 돌로 된 창살에서 정력을 과시하듯이 걸어 다니고 있는 비둘기들을 바라보았다. 프리씰라는 매리온의 생사를 결정한 최후의 권력자였다. 그리고 그가 만난 가장 관대한 판사이기도 했다.

13

웨이븐 상원의원은 자신이 매우 중요한 정보를 갖고 있으며 그리고 클레리쿠지오파가 그 정보를 얻기 위해서는 5백만 달러가 필요하다고 전했다. 그것은 엄청난 서류작업이 필요한 일이었다. 크로스는 카지노 창구에서 5백만 달러를 인출한 뒤에 회계상의 복잡한 조작을 통해 그 공백을 없애야 했다.

또 크로스는 클로디아와 베일한테서도 연락을 받았다. 두 사람은 호텔 객실에 묵고 있었다. 그들은 가능한 빨리 그를 만나고 싶어했다. 위급하다는 신호였다.

산장에서 리아 밧지로부터도 전화가 있었다. 그는 가능한 빨리 크로스를 직접 만났으면 좋겠다고 했다. 그는 군이 위급한 일이라고 말하지 않았지만 여간해서는 전화를 하지 않는 사람이 전화를 걸어서 만나고 싶다고 한 것 자체가 위급한 일임을 뜻했고, 그는 벌써 그곳으로 오고 있는 중이었다.

크로스는 웨이븐 상원의원에게 5백만 달러를 전달하기 위한 서류작업을 시작했다. 그 돈을 현금으로 주려면 부피가 너무 커서 여행 가방이나 배낭으로는 부족했다. 그는 그 돈이 들어갈 만큼 커다란 중국 골동품 함을 호텔 선물가게에서 본 기억이 나서 가게로 전화를 걸었다. 그 함은 짙은 초록색 바탕에 붉은 용문양과 초록색 인조보석으로 장식이 되어 있었고 튼튼한 잠금장치가 달려 있었다.

그론벨트는 서류작성을 통해 호텔 카지노에서 돈을 합법적으로 빼내는 방법을 그에게 가르쳐주었다. 그 일은 계좌이체와 식대, 직원교육비, 홍보비 등을 위조하는 것 외에도 실제로는 존재하지 않는 도박꾼 명부를 만들어 창구에 채무자로 올리는 것까지 포함하는 지루하고도 힘든 작업이었다.

크로스는 한 시간 가량 이 일에 매달렸다. 웨이븐 상원의원은 내일 도착할 예정이었고 5백만 달러는 그가 월요일 아침 일찍 호텔을 떠나기 전에 그의 손에 들어가야 했다. 그렇지만 일에 집중하는 것이 어려워지자 그는 잠시 쉬기로 했다.

그는 클로디아와 베일의 객실로 전화를 걸었다. 클로디아가 전화를 받았다.

"지금 어니스트와 내 기분이 아주 엉망이야. 오빠한테 꼭 할 얘기가 있어."

"좋아. 내려가서 도박을 하고 있으면 내가 한 시간쯤 있다가 주사위 게임 판이 있는 곳으로 갈게."

그는 잠시 말을 끊었다가 이렇게 덧붙였다.

"저녁을 먹으면서 두 사람 문제를 얘기해줘."

"우린 도박을 할 수 없어. 어니스트는 자기 신용한도를 초과했고 오빠가 정해준 내 신용한도는 고작 만 달러밖엔 안 된다고."

크로스는 한숨을 쉬었다. 그 얘기는 어니스트가 카지노에서 빌린 10만 달러가 한낱 휴지쪼가리가 돼버렸다는 뜻이었다.

"그럼 한 시간만 기다렸다가 내 방으로 올라와. 여기서 저녁을 먹자."

크로스는 상원의원에게 돈을 주기로 한 일을 지오르지오에게 확인하기 위해서 전화를 걸었다. 그것은 밀사를 의심해서가 아니라 통상적인 확인절차였다. 여기에는 사전이 미리 약속해둔 암호가 사용되었다. 임의로 만든 숫자가 이름 대신 사용됐고, 임의로 만든 단어가 돈의 액수를 가리켰다.

크로스는 서류작업을 계속하려고 했다. 하지만 정신이 다시 산만해졌다. 웨이븐 상원의원은 5백만 달러에 상응하는 뭔가 중요한 거리를 갖고 있었다. 장거리를 달려서 라스베가스로 오고 있는 리아 역시 심각한 문제를 가지고 있음에 틀림없었다.

초인종이 울렸고, 경호원이 클로디아와 어니스트를 펜트하우스 안으로 데리고 들어왔다. 크로스는 카지노에서 돈을 잃은 일로 화가 났다는 인상을 주고 싶지 않아서 동생을 특별히 더 따뜻하게 맞아주었다.

객실의 거실에서 그는 두 사람에게 룸서비스 차림표를 보여주고 나서 음식을 주문했다. 클로디아는 잔뜩 긴장한 채 앉아 있었고 베일은 무심한 표정으로 소파에 축 늘어져 있었다.

"오빠, 베일이 황당한 일을 당했어. 우리가 도와줘야 돼."

크로스는 베일에게서 특별히 안 좋은 기색은 찾지 못했다. 눈을 반쯤 감고 입술에는 즐거운 미소를 머금은 그는 마음이 아주 편안해 보였다. 크로스는 이 점이 신경에 거슬렸다.

"그래, 제일 먼저 라스베가스에서 베일의 신용거래를 닫는 일부터 해야겠다. 베일은 내가 본 사람 중 최악의 도박꾼이야. 그게 돈을 아끼는 길이야."

"도박얘기가 아니야."

그녀는 매리온이 베일에게 베일의 소설을 토대로 만든 모든 영화 속편에 대해 지분을 주기로 약속한 뒤에 죽었다는 얘기를 장황하게 늘어놓았다.

"그런데?"

"이제 와서 바비 밴츠가 그 약속을 안 지키겠대. 바비는 로드스톤 대표가 됐다고 자기 맘대로 권력을 휘두르고 있어. 기를 쓰고 매리온을 흉내내려고 하지만 머리도 없고 강력한 지도력도 없어. 그래서 어니스트가 다시 찬밥 신세가 된 거야."

"넌 도대체 내가 뭘 할 수 있다고 생각하는데?"

"오빠 로드스톤과 메쌀리나를 같이 만드는 동업자잖아. 오빠라면 틀림없이 그 사람들한테 압력을 넣을 수 있을 거야. 난 오빠가 바비 밴츠를 설득해서 매리온과의 약속을 지키게 해주면 좋겠어."

크로스가 클로디아를 갑갑하다고 느끼는 때가 바로 지금 같은 경우였다. 밴츠는 절대 물러나지 않을 것이고, 그건 자기가 이래라 저래라 할 수 있는 문제도 아니었다.

"안 돼."

크로스는 일언지하에 거절했다.

"전에도 너한테 말했을 텐데. 난 가능성이 있다고 판단되는 일에만 개입한다고. 그리고 이번 일은 승산이 없어."

클로디아는 인상을 찌푸렸다.

"정말 이해 못하겠어."

잠시 말이 없다가 그녀는 다시 말했다.

"어니스트는 심각해. 자기 가족들이 권리를 되찾을 수 있게 하겠다고 자살을 하려고 한단 말이야."

이 말에 어니스트가 관심을 보였다.

"클로디아, 이 바보 같으니. 당신 오빠에 대해서 아직도 몰라? 오빠가 누군가한테 뭔가를 부탁했는데 그 사람이 싫다고 하면 당신 오빠는 그 사람을 죽여야 되는 거야."

그는 크로스에게 이를 드러내며 씩 웃었다. 크로스는 어니스트가 감히 클로디아 앞에서 그런 얘기를 했다는 사실에 화가 치밀었다. 다행이 그 순간에 룸서비스 직원이 바퀴 달린 식탁을 밀고 들어와 거실에 식사를 차렸다. 크로스는 자리에 앉아서 식사를 하면서 마음을 가라앉혔지만, 결국 쌀쌀맞게 웃으며 이 말을 하지 않을 수 없었다.

"어니스트, 제가 이해한 바로는 당신이 죽으면 모든 게 해결될 수 있겠군요. 아마도 제가 도와줄 수 있을 것 같습니다. 객실을 십층으로 바꿔줄 테니까 거기서 창문 밖으로 뛰어내리세요."

이번에는 클로디아가 벌컥 화를 내며 소리를 질렀다.

"이건 농담이 아냐. 어니스트는 내 가장 가까운 친구란 말이야. 그리고 오빠 입으로 날 사랑한다고 항상 그랬었고 날 위해서 뭐든 하잖아."

그녀는 눈물을 쏟았다. 크로스는 자리에서 일어나 동생에게로 가서 꼭 껴안았다.

"클로디아, 내가 할 수 있는 일은 아무것도 없어. 난 마법사가 아냐."

어니스트 베일은 맛있게 식사를 하고 있었다. 그는 전혀 자살할 사람 같아 보이지 않았다.

"자네는 너무 겸손해, 크로스. 이봐, 난 창문 밖으로 뛰어내릴 만한 배짱이 없어. 난 상상력이 너무 많아서, 아래로 떨어지면서도 내가 피를 튀기고 누워 있을 장면을 생각하면서 머릿속으로 천 번도 넘게 죽을 거야. 그리고 아무 죄 없는 사람 위로 떨어질 지도 모른다고. 겁쟁이라서 손목도 못 자르겠고, 피 보는 일은 끔찍하게 싫고, 총이나 칼을 쓰거나 차에 뛰어드는 건 너무 무서워. 아무것도 해결 못한 상태로 이렇게 야채만 우적거리고 싶은 마음은 눈곱만큼도 없어. 빌어먹을 밴츠와 디어가 날 비웃으면서 계속 내 돈을 갖고 있는 것도 원하지 않는 바야. 자네가 할 수 있는 일이 하나 있지. 사람을 고용해서 날 죽이는 거야. 언제라고는 말하지 말게. 그냥 해치워버려."

크로스는 호탕하게 웃어제꼈다. 그는 진정하라는 듯이 클로디아의 머리를 툭툭 친 뒤에 자기 의자로 돌아갔다.

"지금 영화 찍으세요? 사람 죽이는 일이 무슨 애들 장난이라고 생각하는 거예요?"

크로스는 식탁에서 일어나 책상으로 갔다. 그는 열쇠로 서랍을 열더니 검은색 칩이 든 지갑 하나를 꺼냈다. 그리고는 그 지갑을 어니스트 앞에 툭 던지면서 말했다.

"만 달러입니다. 어쩌면 운이 좋을지도 모르니까 마지막으로 도박이나 한 판 하든지 하세요."

어니스트는 기분이 아주 좋아졌다.

"클로디아, 가지. 자네 오빠는 도와주지 않을 거야."

그는 주머니에 지갑을 넣었다. 빨리 도박이 하고 싶어서 안달이 난 것 같았다.

클로디아는 얼빠진 사람처럼 멍하니 있었다. 머리 속으로 계산을 다 끝내놨는데 그걸 꺼내기도 전에 퇴짜를 당했으니까. 그녀는 오빠의 잘 생긴 차분한 얼굴을 쳐다보았다. 오빠는 절대 베일이 말한 그런 사람일 리가 없었다. 그녀는 오빠의 뺨에 키스를 하며 사과했다.

"미안해. 난 그냥 어니스트가 걱정이 돼서 그랬어."

"어니스트는 괜찮을 거야. 도박을 너무 좋아해서 죽고 싶어도 못 죽을 거라고. 게다가 천재잖아."

클로디아가 깔깔대며 웃음을 터뜨렸다.

"자기 입으로 그런 얘길하는데 나 역시 그렇다고 생각해. 게다가 엄청 겁쟁이지."

"도대체 왜 어니스트와 붙어 다니는데?"

"왜 한 방을 쓰냐고? 이 사람한테는 내가 가장 좋은 친구고 또 마지막까지 남은 친구니까."

화가 났는지 클로디아가 이렇게 쏘아붙였다.

"그리고 이 사람 책을 무지 좋아하니까."

두 사람이 떠나고 난 뒤, 크로스는 웨이븐 상원의원에게 5백만 달러를 전달하기 위한 서류작업을 하느라 밤새 씨름했다. 일이 끝나자 그는 클레리쿠지오과 단원으로 조직에서 꽤 높은 위치에 있는 카지노 지배인을 불러서 자신의 펜트하우스로 돈을 가져오라고 지시했다.

지배인은 역시 클레리쿠지오 단원인 두 명의 경호원과 함께 돈을 커다란 자루에 담아서 가져왔다. 그들은 크로스를 도와서 함에다 차곡차곡 집어넣었다. 카지노 지배인이 크로스를 보고 슬쩍 웃었다.

"함이 꽤 쓸 만한데요."

남자들이 방에서 나가자 크로스는 침대에서 큰 이불을 가져와서 함을 쌌다. 그런 다음 그는 룸서비스를 불러서 아침식사 이인분을 방으로 가져오게 했다. 몇 분 뒤 경호원이 전화를 걸어와 리아 밧지가 그를 만나려고 기다린다고 알려주었다. 그는 데려와도 된다고 대답했다.

크로스는 리아를 반갑게 맞이했다. 그를 만나는 일은 항상 즐거웠다.

"좋은 일입니까, 나쁜 일입니까?"

아침식사가 도착하자 크로스가 물었다.

"나쁜 일이야. 내가 스카넷이랑 같이 비벌리 힐스 호텔을 나갈 때 현관에서 내 앞을 가로막았던 그 형사 말이야, 짐 로지라고. 그 사람이 산장에 나타나서 나한테 스카넷이랑 어떤 관계냐고 묻더군. 난 그냥 내쫓아버렸지. 의심쩍은 점은 말이야, 그 사람이 내 신분이랑 거주지를 어떻게 알았냐는 거야. 난 경찰기록에도 안 올라가 있고 문제를 일으킨 적은 한 번도 없었는데. 그건 밀고자가 있다는 뜻이야."

그 말에 크로스는 깜짝 놀랐다. 클레리쿠지오파 내에는 변절자가 거의 없었고, 있다하더라도 변절자는 항상 가차없이 제거되었다.

"제가 직접 대부께 보고하죠. 어떠세요? 우리가 상황을 완전히 파악할 때까지 브라질로 휴가나 가지 않으실래요?"

리아는 거의 먹질 않았다. 대신 브랜디를 마시고 크로스가 꺼내놓은 하바나 여송연만 피웠다.

"아직까지는 괜찮네. 난 자네가 그 형사로부터 날 방어해도 좋다고 허락을 해줬으면 싶은데."

크로스는 바짝 긴장했다.

"그러지 마세요."

그는 리아를 만류했다.

"미국에서 경찰관을 죽이는 건 아주 위험한 짓입니다. 여기는 시칠리아가 아니에요. 그래서 이건 기밀사항이지만 얘길 해 드리지요. 짐 로지는 클레리쿠지오 조직으로부터 뇌물을 받은 경찰관입니다. 거금이죠. 제 생각에는 뭔가 냄새를 맡고 돈을 더 받아내려는 수작을 부리는 게 아닐까 싶습니다."

"다행이군. 하지만 아직 문제가 남았네. 틀림없이 밀고자가 있어."

"그건 저한테 맡겨두세요. 그 형사 일은 걱정하지 마시구요."

리아는 여송연을 빨았다.

"그 남자 위험해. 조심하라고."

"그러죠. 하지만 아저씨가 먼저 선제공격을 하진 마세요, 아셨어요?"

"물론."

리아는 마음을 놓은 것 같았다. 그리고 그가 불쑥 지나가는 말로 물었다.

"저 이불 아래는 뭐가 들었어?"

"아주 중요한 사람한테 줄 작은 선물이죠. 호텔에서 주무시고 가실래요?"

"아니. 산장으로 돌아가 있을 테니까 알아낸 게 있으면 시간 날 때 얘길 해줘. 하지만 난 지금 즉시 로지를 제거하라는 충고를 하고 싶네."

"대부와 상의를 해보지요."

그날 오후 월터 웨이븐 상원의원과 수행원 세 명이 제너두 호텔 별장에 도착했다. 평소처럼 그는 자기 신분을 노출시킬 만한 표시는 전혀 차에 붙이지 않은 채 리무진을 타고 경호원 없이 여행을 했다. 그는 다섯 시에 크로스를 별장으로 불렀다.

크로스는 경호원들을 시켜서 골프 카트에 이불로 싼 함을 싣게 했다. 경호원이 운전을 하고 크로스는 보조석에 앉아서 보통 골프채와 얼음물을 싣는 화물칸에 넣어놓은 함이 떨어지지 않는지 살폈다. 제너두 호텔 구내를 지나 별도의 감시체계가 이루어지고 있는 일곱 채의 별장 단지로 가는 데는 오 분밖에 걸리지 않았다.

크로스는 별장을 보면 권력의 상징 같은 느낌이 들어서 항상 기분이 좋았다. 다이아몬드 모양의 에머랄드빛 수영장이 별장마다 딸려 있고 중앙에는 별장주인들을 위한 진주 모양의 카지노가 있는 그곳은 베르사유 궁전의 축소판이라고 해도 될 정도였다.

크로스는 별장 안으로 직접 함을 들고 들어갔다. 상원의원의 수행원 한 명이 식당으로 그를 안내했는데, 상원의원은 차가운 요리들로 성찬을 차려놓고 식사를 하는 중이었다. 식탁에는 얼음을 채운 레모네이드 병도 올라와 있었다. 그는 이제 술은 가까이 하지 않았다.

웨이븐 상원의원의 준수한 외모와 붙임성 있는 성격은 변함이 없었다. 그는 국가정책회의에서 고위직을 맡고 있었고 여러 개의 중요 위원회의 의장이기도 했으며 차기 대선의 유력한 후보로 떠오르고 있었다. 그는 자리에서 벌떡 일어나 크로스를 맞았다.

크로스가 함을 바닥에 내려놓고 이불을 벗겨냈다.

"호텔에서 상원의원께 드리는 작은 선물입니다, 머무시는 동안 즐거운 시간을 보내셨으면 합니다."

상원의원은 양손으로 크로스의 손을 꽉 잡았다. 손이 부드러웠다.

"이런 반가운 선물을 주다니. 고맙네, 크로스. 자, 자네랑 단 둘이서만 얘길 좀 할 수 있을까?"

"그리시죠."

크로스는 그에게 함 열쇠를 건네주었다. 웨이븐은 바지 주머니 속에 열쇠를 슬쩍 집어넣었다. 그런 다음 수행원들 쪽으로 돌아서서 말했다.

"함을 내 침실에다 갖다 놓고 자네들 중 누가 지키고 있어주게나. 자, 내 친구 크로스랑 둘만 있고 싶은데 자릴 좀 비켜주지."

수행원들이 밖으로 나가자 상원의원은 방을 이리저리 걷기 시작했다. 그가 인상을 찌푸렸다.

"내가 갖고 온 건 당연히 좋은 소식이야. 그런데 그것 말고 나쁜 소식도 하나 있네."

크로스는 고개를 끄덕이면서 친근한 어조로 말했다.

"보통 그렇죠."

크로스는 돈을 5백만 달러씩이나 주는데 좋은 소식이 나쁜 소식보다 훨씬 좋아야겠지, 하고 속으로 생각했다.

웨이븐은 낄낄거리며 웃었다.

"세상사가 다 그렇지? 좋은 소식부터 먼저 전하지. 아주 좋은 소식이야. 난 지난 몇 년간 미국 전역에 도박을 합법화하는 법안을 통과시키려고 노력해왔네. 스포츠 도박을 합법화할 수 있는 조항까지도 포함시켜서 말이야. 난 마침내 상원과 의회에다 그 법안을 올리기로 결심했네. 함에 든 돈은 몇몇 중요한 사람들의 표를 끌어오게 될 거야. 5백만 달러 맞지?"

"맞습니다. 돈이 유용하게 쓰이겠군요. 그런데 나쁜 소식은 뭡니까?"

상원의원은 안타깝다는 듯이 고개를 저었다.

"자네 친구들이 안 좋아할 소식이야. 성격 급한 지오르지오가 특히 더 할 텐데. 하지만 그 사람은 멋진 친구지, 암 그렇고 말고."

"저도 좋아하는 아저씨입니다."

크로스는 무덤덤한 어조로 맞장구를 쳤다. 그는 클레리쿠지오가 사람들 중에서 지오르지오를 가장 마음에 안 들어 했고, 그건 상원의원도 분명히 마찬가지였다.

웨이븐이 놀라운 소식을 전했다.

"대통령이 나한테 그러는데 말이야, 자기는 그 법안을 거부할 거라는군."

크로스는 대부의 원대한 계획이 마침내 성공했다는 생각에 벅찬 기쁨을 느끼던 중이었다. 합법적인 도박을 기반으로 삼아 합법적인 제국을 건설하려는 계획이 드디어 실현됐다고 생각했다. 그런데 웨이븐의 말에 바로 혼란스러워졌다. 웨이븐이 도대체 무슨 얘길 지껄이고 있는 거야?

"그리고 우리는 거부권을 막아낼 만한 충분한 표를 확보하지 못했네."

크로스는 잠시 시간을 갖고 마음을 가라앉힌 뒤에 물었다.

"그래서 5백만 달러를 대통령한테 주실 생각이십니까?"

상원의원은 말도 안 된다는 표정을 지었다.

"천만에. 우린 당도 서로 다르다고. 게다가 대통령은 임기가 끝나면 아주 엄청난 부자가 될 거네. 큰 회사들이 혈안이 되어 저마다 대통령을 이사로 데려가겠다고 할 테니까. 이런 푼돈은 그 사람한테는 필요도 없어."

웨이븐은 그를 향해 흐뭇한 미소를 지었다.

"미국 대통령이 되면 살맛 나는 거지."

"그러니까 대통령이 급사하지 않는 한 우린 실패한 거군요."

"정확히 짚었어. 비록 내가 반대 정당이긴 하지만 말일세, 그는 아주 인기가 많은 대통령인 건 확실해. 분명히 재선에 성공할 거야. 우린 인내심을 가지고 기다려야 하네."

"그러면 오 년을 더 기다려서 거부권을 발동시키지 않을 대통령이 당선되길 기도해야 한다는 말씀이신가요?"

"정확히 말해서 그건 아니지."

이렇게 대답하고는 상원의원이 잠깐 머뭇거렸다.

"솔직하게 얘기해야겠군. 오 년 뒤에는 의회 구성원들이 어떤 식으로 바뀔지도 모르고, 지금처럼 내가 그걸 의결사항으로 올릴 수 있을지도 단언하기 힘드네."

그는 잠시 말을 멈췄다가 다시 덧붙였다.

"변수가 많아."

크로스는 뭐가 뭔지 도무지 감을 잡을 수 없었다. 빌어먹을, 웨이븐이 하고자 하는 얘기가 정확히 뭐지? 상원의원이 그의 손을 가볍게 쳤다.

"물론 대통령한테 무슨 일이 일어난다면 부통령이 그 법안에 서명을 하겠지. 그래서 좀 심술궂게 들릴 얘기긴 하지만 말이야, 자네는 대통령이 심장마비나 비행기 사고를 당하거나 뇌졸중으로 대통령 자격을 상실하는 일이 생기기를 바라는 수밖엔 없어. 전혀 현실성 없는 얘긴 아니지. 우리들 모두는 시한부 인생들이니까."

상원의원은 그를 쳐다보며 활짝 웃었고, 그 순간 크로스에게는 모든 게 분명해졌다. 속에서 뜨거운 게 치밀어 올랐다. 이 나쁜 자식은 자기는 할 일을 다 했으니 이제 법안을 통과시키려면 클레리쿠지오파가 나서서 미국 대통령을 살해하는 방법밖엔 없다는 얘기를 크로스에게 전하고 있는 것이었다. 그리고 아주 교활하게도 그는 자기 자신을 그 일에 구체적으로 연루시키는 말은 한마디도 하지 않았다. 크로스는 대부가 절대 찬성하지 않을 것이라고 믿어 의심치 않았고, 만약 찬성을 한다면 자기는 앞으로 조직과는 완전히 관계를 끊을 생각이었다.

웨이븐은 붙임성 있는 미소를 지으며 말을 계속했다.

"전혀 가망 없는 얘기처럼 들리겠지만 세상일이야 앞으로 어떻게 될지 누가 알겠나. 운명의 여신이 장난을 칠지도 모를 일이고, 부통령은 서로 당은 달라도 나랑 아주 절친한 관계지. 그 사람이 내 법안을 승인하리란 건 내 확실히 장담하네. 우린 그냥 기다리면서 일이 돌아가는 상황을 살피는 수밖엔 없겠지."

크로스는 상원의원이 한 얘기를 도저히 믿을 수가 없었다. 웨이븐 상원의원이 여자와 골프에 약하다는 건 공공연한 사실이긴 했지만, 그는 가장 훌륭한 미국의 정치인으로 손꼽히는 사람이었다. 그의 얼굴과 목소리에서는 귀티가 흘렀다. 그의 행동거지는 세상에서 둘째가라면 서러울 정도로 사람들에게 호감을 주었다. 그런데 그런 사람이 클레리쿠지오파에게 자신의 대통령을 암살하라는 말을 넌지시 비추고 있었다. 이건 완전 개판이군, 하고 크로스는 생각했다.

상원의원은 이제 식탁 위에 차려진 음식을 집어먹고 있었다.

"난 하룻밤만 묵을 거야. 나 같은 노땅하고 저녁을 먹겠다는 쇼걸들이 있으면 좋겠는데 말이야."

펜트하우스로 돌아온 크로스는 지오르지오에게 전화를 걸어서 다음날 코그에 가겠다고 했다. 지오르지오는 공항으로 기사를 보내겠다고 대답했다. 그는 한마디도 묻지 않았다. 클레리쿠지오가 사람들은 전화로는 절대 일 얘기를 하지 않았다.

코그에 도착했을 때 크로스는 그 자리에 모인 사람들을 보고 깜짝 놀랐다. 창문 없는 밀실에는 대부 외에도 피피와 지오르지오와 빈센트와 뻬띠에, 그리고 르네상스 풍의 하늘색 모자를 쓴 단테까지 전원 집합해 있었다.

저녁식사는 조금 뒤에 할 예정인지 음식은 차려져 있지 않았다. 평소와 다름없이 대부는 실비오의 사진과 크로스와 단테의 세례식 사진을 사람들 눈에 잘 띄게끔 벽난로 위에 세워 놓았다.

"참 행복한 날이었지."

대부는 노상 이렇게 말하곤 했다. 다들 의자와 소파에 자리를 잡자 지오르지오가 마실 것을 나눠주었고 대부는 양끝을 잘라 살짝 비틀어 놓은 이탈리아식 까만 여송연에 불을 붙였다.

크로스가 자세히 보고를 했다. 그는 웨이븐 상원의원에게 5백만 달러를 전달한 방법과 그와 나눴던 대화를 한마디도 빼놓지 않고 전부 전했다.

긴 침묵이 흘렀다. 그들 중 누구도 크로스의 보고에 대해 의문을 제기하지 않았다. 빈센트와 뻬띠에는 특히 더 근심스러워 보였다. 여러 개의 식당을 운영하고 있는 빈센트로서는 모험에 뛰어드는 일이 달갑지 않았다. 뻬띠에는 비록 브롱크스 조직 단원들의 우두머리이기는 했지만 그의 기본 관심사는 무서운 기세로 성장하고 있는 건설사업에 있었다. 그들은 사업이 번창하고 있는 상황에서 그렇게 엄청난 일을 벌이고 싶은 생각은 추호도 없었다.

"그 빌어먹을 상원의원이 완전히 맛이 갔군."

빈센트가 씩씩거렸다.

대부가 크로스에게 물었다.

"상원의원이 우리한테 하려는 말이 확실히 그 얘기야? 자기와 같이 우리나라 지도자인 사람을 우리가 죽여야 된다는?"

지오르지오가 냉담한 표정으로 얘기했다.

"상원의원 말이 두 사람은 같은 당이 아니라잖아요."

"상원의원은 자기가 그 범죄행위를 사주한다는 인상은 전혀 풍기지 않았습니다. 그저 사실들만 던져준 거죠. 제 생각에는 그 사람은 우리가 그 일을 할 거라고 미리 넘겨짚은 것 같습니다."

크로스가 대부에게 설명했다. 단테가 목청을 높였다. 그는 승리와 금전적인 이득을 상상하며 잔뜩 흥분해 있었다.

"도박사업이 넝쿨째 우리 손으로 굴러 들어오는 거네요. 합법적으로 말이에요. 충분히 해볼 만한 일입니다. 소득이 엄청날 거라고요."

대부는 피피를 쳐다보며 다정하게 물었다

"넌 어떻게 생각하니?"

피피는 상당히 화가 난 표정이었다.

"할 수도 없는 일이고 해서도 안 되는 일입니다."

단테가 힐책하듯이 말했다.

"피피 아저씨, 아저씨가 못하겠다면 제가 하죠."

피피는 경멸하는 눈초리로 그를 쳐다봤다.

"넌 도살자지 전략가는 아냐. 백만 년이 흘러도 넌 이런 엄청난 일의 작전계획은 절대로 짜지 못해. 이건 지나치게 위험한 모험이야. 세상이 발칵 뒤집힐 거야. 게다가 실행하기가 너무 어려워. 네가 빠져나갈 구멍은 전혀 없을 거야."

단테는 거만하게 말했다.

"할아버지, 저한테 그 일을 맡겨주세요. 전 반드시 해냅니다."

대부는 손자의 생각을 존중해주었다.

"네가 할 수 있을 거라고 믿는다. 그리고 얻는 것도 아주 많을 거야. 하지만 피피 말도 맞아. 그 일이 우리 조직한테 미치게 될 여파가 너무 크다. 치명적인 실수는 절대 해서는 안돼. 그렇지만 사람이란 실수할 가능성이 항상 있는 법이다. 비록 우리가 성공적으로 목표를 완수했다고 해도 그 행위는 영원히 우리를 따라다니면서 위험할 거야. 그건 너무 엄청난 범죄다. 또 우리가 위기에 빠져서 그걸 하지 않으면 안 될 상황도 아니고, 그저 목표를 달성하기 위한 여러 가지 수단 중의 하나일 뿐이야. 인내심을 갖고 기다리면 이룰 수 있는 목표 말이다. 그동안 우리는 우리의 입지를 탄탄하게 만들어 가는 거야. 지오르지오, 넌 월스트리트에서 확실하게 자리매김을 하고, 빈센트 넌 식당을 잘 운영해. 뻬띠에 넌 건설사업을 잘 이끌어가면 돼. 크로스 너는 호텔경영을 계속하고, 피피는 이제 은퇴해서 여생을 평화롭게 보내면 되지. 그리고 단테, 넌 참고 기다려야 해. 그러면 미래에 도박제국은 네 것이 될 거야. 그리고 그렇게 해야 끔찍한 범죄로 인한 후환도 없을 테고 말이야. 그러니 상원의원은 바다 밑에서 헤엄이나 치라고 해."

방에 있던 사람들이 모두 안심을 하면서 긴장을 풀었다. 단테를 제외한 모두가 그 결정에 만족스러워했다. 그리고 상원의원을 향한 대부의 저주에 다들 동감하는 눈치였다. 그 작자는 감히 그들을 위험한 궁지에 몰아넣으려고 했다.

단테만이 받아들이지 못하겠다는 분위기였다. 그는 피피에게 시비를 걸었다.

"절 도살자라고 불러가면서 엄청 배짱을 부리는데 말예요. 그럼 아저씬 비겁한 밀고자겠네요?"

빈센트와 뻬띠에가 큰소리로 웃어댔다. 대부는 그만두라는 듯이 고개를 저었다.

"또 하나. 난 지금으로서는 상원의원과의 관계를 잘 유지해야 한다고 생각한다. 5백만 달러를 더 달라고 해도 내 기꺼이 주기는 하겠는데 말이야, 그 사람이 우리가 사업을 키울 목적으로 미국 대통령을 살해할 거라고 생각한 것은 우리에 대한 모욕이라고 생각한다. 그 사람이 정작 노리는 건 뭘까? 이번 일이 그 사람한테 주게 될 이득이 뭘까? 그 사람은 우릴 교묘하게 조종하려고 하고 있어. 크로스, 그 사람이 네 호텔에 오거든 신용한도를 높여줘라. 확실히 즐기게 만들어줘. 그 자는 적으로 삼기에는 극히 위험한 존재야."

이것으로 일은 깨끗이 해결됐다. 크로스는 또 하나의 민감한 문제를 꺼내야 할지 말아야 할지 잠시 망설였다. 결국 그는 리아 밧지와 짐 로지에 대한 이야기를 하기로 했다.

"조직 안에 밀고자가 있을 가능성이 있습니다."

단테가 쌀쌀맞게 말했다.

"그건 네 작전이었으니까 네 개인적인 문제라고."

대부는 단호하게 고개를 저었다. 그리고 단언했다.

"밀고자는 있을 수 없다. 그 형사 놈은 어쩌다 우연히 알아냈을 테고 그걸 꼬투리로 삼아서 돈을 받아내려는 거야. 지오르지오, 이건 네가 해결해라."

지오르지오가 시무룩한 표정으로 말했다.

"5만 달러가 더 필요하겠군. 크로스, 그건 네 거래야. 그 돈은 네 호텔 수입에서 부담해라."

대부가 여송연에 다시 불을 붙였다.

"다들 여기 모인 김에 다른 문제들이 있으면 얘길 해봐. 빈센트, 식당 사업은 어떻게 되고 있지?"

빈센트의 무표정한 얼굴에 화색이 돌았다.

"식당을 세 군데 더 열었어요. 필라델피아, 덴버, 뉴욕에 각각 하나씩요. 상류층 대상이죠. 아버지, 제가 스파게티 한 접시에 16달러씩 받는다면 믿으시겠어요? 집에서 만들면 한 접시에 50센트 정도 들어요. 아무리 해도 그 이상은 안 들죠. 마늘 값까지 포함시켜도 말입니다. 거기다 미트볼은 말입니다, 그건 특별히 이유는 없지만 그냥 상류층을 대상으로 하는 이탈리아 식당에서만 내 놓는데, 한 접시 당 8달러를 받아요. 비용은 20센트 밖에 안 드는데요."

그는 계속 얘길 하려고 했지만 대부가 그의 말을 끊었다. 그는 지오르지오를 보면서 물었다.

"지오르지오, 월스트리트 일은 어떻게 돼 가고 있지?"

"오르락내리락 하죠. 하지만 매매가 많으면 거래 수수료가 고리대금업 못지않게 좋습니다. 게다가 돈을 떼 먹히거나 감옥에 갈 위험도 없죠. 도박을 제외하곤 우리가 하는 다른 사업들은 다들 아무 문제가 없습니다."

대부는 합법적인 영역에서 거두는 성공을 귀하게 여겼기 때문에 이런 이야기들을 들으면서 아주 흐뭇해했다.

"그리고 뻬띠에, 네 건설업은 어떠냐? 요전에 작은 문제가 있다고 들었는데."

뻬띠에가 대수롭지 않다는 듯이 어깨를 으쓱했다.

"잘 되는 일이 더 많아요. 여기저기서 건물을 짓는다고 야단들인데다가 고속도로 건설 쪽은 우리가 꽉 잡고 있거든요. 우리 단원들 중에 일자리가 없어서 고생하는 사람은 하나도 없고 다들 넉넉하게 삽니다. 그런데 일 주일 전에 제가 맡은 가장 큰 건설현장에서 어떤 놈이 시위를 일으켰어요. 권리가 이러니저러니 하는 말들을 잔뜩 적어들고 흑인들을 백 명쯤 몰고 왔더군요. 그래서 그놈을 사무실로 데려갔더니 갑자기 사근사근해지더라고요. 그런 놈은 흑인들한테 일자리를 10퍼센트 더 할애하겠다고 약속하고 탁자 밑으로 몰래 2만 달러만 집어주면 간단히 끝나죠."

단테한테는 이 말이 아주 한심하게 들리는 것 같았다.

"힘은 두고 언제 쓰려고요? 명색이 클레리쿠지오파가 이래도 되나요?"

삐띠에가 말했다.

"난 아버지 방법을 따랐을 뿐이야. 그 사람들이라고 생활비가 왜 안 필요하겠냐? 그래서 그 시위 주동자한테 2만 달러를 집어주고 흑인들한테 일자리를 더 할애하겠노라고 했지."

"잘 했다."

대부는 삐띠에를 칭찬했다.

"문제가 더 커지지 않게 잘 막았다. 그리고 클레리쿠지오가 사람들의 복지와 사회 발전에 기여하는 건 당연한 일 아니겠어?"

"나라면 그 깜둥이 자식을 죽여 버렸을 텐데. 그런데 이제 그놈은 더 많은 걸 챙기게 됐잖아."

단테가 말했다.

"그리고 앞으로도 달라고 하면 더 줘야지. 터무니없는 요구만 하지 않는다면 말이다."

이렇게 말한 뒤 대부는 피피를 돌아보며 물었다.

"넌 아무 문제없어?"

"없습니다. 조직에서 일을 안 주는 바람에 실업자 신세가 된 것만 빼면 말입니다."

"그게 네 복인 줄 알아. 넌 그동안 열심히 일했다. 죽을 뻔한 적도 많았고, 그러니 이제 네 인생을 즐겨야지."

단테가 잽싸게 끼어들었다.

"저도 같은 배를 타고 있어요. 게다가 전 은퇴하기에는 너무 젊다고요."

"브룰리오네들처럼 골프나 쳐."

대부가 무덤덤하게 대답했다.

"그리고 인생은 항상 일거리와 문제를 만들어주니까 걱정하지 않아도 돼. 그때까지 인내심을 갖고 기다리는 거지. 난 네가 나서야 될 때가 올까봐 그리고 또 내가 나서야 될 시간이 올까봐 그게 두렵다."

14

엘리 매리온의 장례식 날 아침 바비 밴츠는 스키피 디어에게 고래고래 소리를 지르고 있었다.

"이거 제정신이야? 바로 이래서 영화사업이 안 되는 거라고. 도대체 일 처리를 어떻게 하는 거야?"

그는 디어의 얼굴에다 대고 서류뭉치 하나를 흔들어댔다. 디어는 그것을 쳐다보았다. 그건 로마에서의 촬영을 위한 운임비 계획안이었다. 디어가 물었다.

"왜, 어때서?"

밴츠는 길길이 뛰었다.

"영화에 관여하고 있는 사람들이 몽땅 로마행 비행기편을 일등석으로 예약했잖아. 촬영팀, 자잘한 조연들, 빌어먹을 카메오들, 잔심부름꾼들, 수습사원들까지 몽땅 다. 예외가 딱 하나 있지. 그게 누군지 알아? 비용절감을 위해서 우리가 보낸 로드스톤 회계사야. 그 사람은 일반석으로 갔다고."

"그래서 뭐 어떻다고?"

이 말에 밴츠는 거침없이 화풀이를 해댔다.

"게다가 영화 예산은 영화에 참여하고 있는 사람들 자식들이 다닐 학교 한 채를 세워도 될 정도야. 예산에는 요트 한 대를 이 주 동안 빌리는 것까지 포함돼 있어. 내가 각본을 자세하게 읽어봤지. 영화에 이삼 분 정도밖에 안 나오는 배우들이 열두 명이나 돼. 요트 장면은 단이틀만 찍는 걸로 돼 있고. 자, 자네가 어떻게 이걸 허락했는지 좀 들어보자구."

스키피 디어가 그를 쳐다보며 씩 웃으며 "그러지." 하고 말했다.

"우리 감독은 로렌조 탈루포야. 그 사람이 모두다 일등석으로 데려가고 싶다더군. 자잘한 조역들이랑 카메오들은 주역배우들이랑 그렇고 그런 관계들이라서 각본에 들어간 거고. 요트는 로렌조가 칸 영화제를 보러가고 싶다고 이 주 간 예약했지."

"당신이 제작자니까 로렌조한테 얘기해."

"난 못해. 로렌조는 일억 달러나 되는 수입을 올린 영화들을 네 편이나 만들었고 아카데미상을 두 번이나 탔어. 난 그 사람이 원하는 건 무슨 짓이든 할 거야. 그 사람한테는 당신이 얘기해."

이 말에 아무런 대꾸가 없었다. 이론적으로 보자면, 위계질서 상으로 영화사 대표를 능가하는 사람은 없었다. 제작자는 전체적인 계획을 짜고 예산과 각본상의 진행과정을 감독하는 사람이었다. 하지만 일단 영화촬영이 시작되면 감독에게 절대적인 권한이 돌아가는 것이 현실이었다. 성공작을 만들어낸 감독일 경우에는 특히 더 그랬다.

밴츠가 고개를 저었다.

"엘리가 날 받쳐주지 않는 이상, 난 로렌조한테 어떤 얘기도 못해.

로렌조는 나한테 욕을 퍼부을 테고 우린 영화를 잃게 될 거야."

"그 사람이야 당연히 그렇게 하는 게 잘하는 짓이지. 제기랄, 로렌조는 영화를 만들 때마다 매번 5백만 달러를 뒤로 빼내. 다들 그짓을 한다고. 자, 진정하고 우리는 장례식에나 가지."

하지만 밴츠는 이제 또 다른 지출명목을 들여다보고 있었다.

"당신이 맡은 영화에서 말이야, 중국음식점에서 음식을 시켜먹은 값으로 50만 달러가 나갔어. 중국음식점에서 50만 달러를 쓸 수 있는 사람은 아무도 없을 거야. 심지어 내 아내조차도 그건 못해. 프랑스 음식이라면 몰라도. 하지만 중국음식으로 50만 달러나 쓴다고?"

스키피 디어로서는 재빨리 머리를 굴리지 않으면 바비에게 책을 잡힐 게 뻔했다.

"거긴 일본식당이고 시켜 먹은 건 회였어. 세상에서 가장 비싼 요리말이야."

밴츠가 갑자기 조용해졌다. 사람들은 항상 회에 대해 불평을 했다. 그와 경쟁관계에 있는 한 영화사 대표가 한 번은 그에게 일본인 투자자를 회 전문식당에 데려가 저녁을 먹은 얘기를 들려준 적이 있었다.

"두 사람이 생선 스무 마리를 먹으니까 천 달러가 나오더군."

밴츠는 기가 차서 말도 안 나왔다.

"좋아, 하지만 비용 좀 아껴. 다음 영화에는 수습사원을 더 많이 쓰도록 해 봐."

밴츠가 스키피 디어에게 말했다. 수습사원들은 돈을 안 받고 일했다.

헐리우드에서 치러진 엘리 매리온의 장례식은 여느 인기 영화배우의 장례식 이상의 보도가치가 있었다. 그는 영화사 대표, 제작자, 에이전트들의 존경을 한 몸에 받았고, 더 나아가서는 최고 인기배우들을 위시해서 감독과 시나리오 작가들로부터 존경을 받았을 뿐만 아니라 때로는 사랑도 받았다. 이것은 모두 영화계의 많은 문제들을 해결한 그의 놀라운 지성과 점잖은 성격 덕분이었다. 그는 또한 공정하고 합리적인 사람으로 통했다.

그는 말년으로 접어들면서 금욕주의자로 살았고 자신의 권력을 함부로 남용하지 않았으며 신인여배우들에게 성 상납을 요구하는 일도 없었다. 또한 로드스톤은 다른 어떤 영화사들보다도 훌륭한 영화들을 더 많이 만들어냈고, 실제로 영화작업에 참여하고 있는 사람들에게는 이보다 더 가치 있는 업적은 없었다.

미국 대통령이 정부 인사 한 명을 보내 짧은 추모사를 전달했다. 프랑스에서는 문화부장관을 보냈는데 정작 그는 헐리우드 영화의 열렬한 비판자였다. 바티칸에서는 카메오 출연제의를 받을 만큼 잘 생긴 젊은 주교를 교황의 특사로 보냈다. 일본인 기업대표 여러 명이 마술처럼 어디선가 나타났다. 네덜란드, 독일, 이탈리아, 스웨덴에서도 영화사의 최고 대표들이 장례식에 참석해 엘리 매리온을 추모했다.

케빈 매리온은 엘리 매리온이 그의 자식들에게 뿐만 아니라 로드스톤에서 일하는 모든 사람들의 자상한 아버지였다는 말로 그를 칭송했다. 그는 영화에 예술의 횃불을 전달한 사람이었다. 케빈은 조문객들에게 자신이 계속 그 횃불을 이어가겠노라고 다짐했다.

엘리 매리온의 딸 도라는 베니 슬라이가 써준 아주 시적인 애도사를 읊었다. 애도사는 엘리 매리온의 미덕을 장중하면서 품격 있게 전달하면서 마지막을 재치 있게 마무리하고 있었다.

"저는 제가 아는 다른 어떤 남자보다도 아버지를 사랑했지만 이제 아버지와 협상을 하지 않아도 된다는 사실이 참으로 다행스럽습니다.

이제 저는 바비 밴츠하고만 거래하면 되는데 바비는 저보다 한 수 아래죠."

그녀의 말에 사람들이 떠들썩하게 웃음을 터뜨렸다. 이제 바비 밴츠 차례가 됐다. 그는 도라의 농담에 은근히 화가 났다.

"저는 엘리 매리온과 같이 로드스톤 영화사를 세우는 일에 삼십 년을 바쳤습니다. 그는 제가 아는 사람들 중 가장 똑똑하고 친절한 사람이었습니다. 그의 밑에서 일했던 삼십 년의 세월은 제 인생에서 가장 행복했던 시간들이었습니다. 그리고 저는 그의 꿈을 이루기 위해 계속 노력할 것입니다. 그는 저를 믿고 향후 오 년간 영화사를 이끄는 책임을 맡겼고 저는 그의 믿음을 저버리지 않을 것입니다. 저는 엘리가 이룬 업적을 능가하겠다는 욕심은 없습니다. 그는 전 세계 수십 억 사람들에게 꿈을 심어주었습니다. 그는 자신의 부와 사랑을 그의 가족들과 미국 국민 모두에게 나눠주었습니다. 그는 참으로 보석 같은 존재였습니다."

그 자리에 모인 조문객들은 바비 밴츠가 직접 연설문을 작성했다고 짐작했는데 영화산업에 종사하고 있는 사람들 모두에게 주는 중요한 전언이 연설문 속에 들어 있었기 때문이었다. 즉, 그가 로드스톤을 향후 오 년간 책임질 것이며 그들이 엘리 매리온을 존경했듯이 그에게도 똑같은 존경심을 베풀어주기를 기대한다는 얘기였다. 바비 밴츠는 이제 이인자가 아니라 일인자였다.

장례식이 끝나고 이틀 뒤, 밴츠는 스키피 디어를 영화사로 불러서 자신이 과거에 맡았던 로드스톤의 제작부장직을 제안했다. 이제 그는 매리온의 뒤를 이어 회장이 되었다. 그가 디어에게 제안한 조건은 절대 거절할 수 없을 정도로 근사했다. 디어는 영화사가 만드는 모든 영화에 대해 일정 수익금을 배당 받게 될 것이다. 3천만 달러 이하로 예산이 책정되는 영화는 장르를 불문하고 전적으로 그의 책임 하에 만들 수 있었다. 또한 그가 운영하고 있던 제작회사를 로드스톤 영화사 산하에 포함시키고 그 회사의 대표를 지명할 권한이 있었다.

스키피 디어는 조건이 너무 좋아서 깜짝 놀랐다. 그는 이것을 밴츠가 느끼는 불안의 표시라고 분석했다. 밴츠는 자신이 창의적인 면에서 취약하다는 사실을 잘 알고 있었고 그것을 디어가 보완해주기를 기대했다.

디어는 그 제안을 수락했고 클로디아를 자기 제작회사의 대표로 임명했다. 그녀는 창의적이고 영화제작에 정통했을 뿐만 아니라 아주 정직해서 절대 자기를 속일 염려가 없었기 때문이었다. 그녀와 함께 일하는 한 그는 자기 뒤를 주의할 필요가 없을 것이다. 또한 이것 역시 영화 일을 하는데 있어서 꽤 중요한 요소인데, 그는 그녀를 대하는 일이 항상 즐거웠고 그녀의 유쾌한 성격을 좋아했다. 그리고 두 사람의 성관계는 오래 전에 끝났다.

두 사람이 모두 부자가 되리란 생각에 스키피 디어는 마음이 뿌듯했다. 때로는 최고 인기배우들도 노년에 들어서는 가난해진다는 사실을 알 만큼 디어는 오랜 세월을 현장에서 일해 왔다. 디어는 이미 상당한 부자였지만 그는 부에도 10단계가 있으며 자기는 겨우 1단계에 불과하다고 생각했다. 물론 그에게는 여생을 사치스럽게 살 재산은 있었지만, 자가용 비행기도 없고 집 다섯 채를 갖고 유지할 수 있는 능력은 없었다. 다른 여자들을 거느리지도 못했다. 도박을 해서 거금을 잃을 여유도 없었다. 앞으로 이혼을 다섯 번은 더 해도 될 여유도 없었고 백명의 하인을 거느리지도 못했다. 언제든 자기 돈으로 영화 한 편 정도는 거뜬히 만들 수 있는 능력도 없었다. 그리고 매리온처럼 모네나 피카소의 그림 같은 값비싼 예술품들을 소장할 여력도 없었다. 하지만 이제 언젠가는 아마도 첫 번째 단계에서 다섯 번째 단계까지는 올라갈 수 있으리라. 그러기 위해서는 그는 아주 열심히 일할 필요가 있었고 아주 노련해져야 했으며, 무엇보다도 밴츠를 아주 세심하게 연구해야 했다.

밴츠는 전반적인 계획을 세웠고 디어는 그 계획의 대담함에 놀라지 않을 수 없었다. 힘이 지배하는 세계에서 밴츠는 주도권을 잡기로 단단히 결심을 한 것처럼 보였다.

그 첫 시도로 그는 로드스톤이 멜로의 회사에서 관리하고 있는 모든 배우들을 우선적으로 선택할 수 있도록 멜로 스튜어트와 협상을 벌일 계획이었다.

"그건 내가 처리할 수 있네. 그 사람이 선호하는 계획안을 지원해주겠다고 약속하면 돼."

디어가 말했다.

"우리가 만드는 다음 영화에 아테나 아퀴탠을 쓸까 말까 생각 중이야."

그럼 그렇지, 하고 디어는 속으로 생각했다. 밴츠는 자기가 이제 로드스톤의 지휘권을 갖게 됐으니 아테나를 침대로 끌어들일 수 있지 않을까 하는 기대를 하고 있었다. 디어는 제작 책임자로서 자기에게도 기회가 있을 거라고 생각했다.

"그 계획은 클로디아한테 즉시 말하겠네."

"좋아. 자, 지금부터 자네가 명심해둬야 할 건 말이야, 예전부터 엘리가 정말로 원했지만 마음이 너무 약해서 못했던 게 뭔지 나는 그걸 알고 있지. 우린 도라와 케빈의 제작회사를 없앨 거야. 그 회사들은 항상 적자였고 게다가 난 두 사람이 영화사 일에 관여하는 게 싫어."

"그건 좀 신중하게 생각해봐야 될 문제야. 두 사람이 소유한 영화사

주식이 상당하거든."

밴츠가 싱글거렸다.

"그래, 하지만 엘리는 오 년 동안 나한테 지휘권을 맡겼지. 그러니 자네가 봉이 되는 거야. 두 사람의 계획안들을 거부하는 일은 자네가 해야 돼. 내 어림짐작으로는 일 년이나 이 년 정도 지나면 두 사람은 염증을 느끼고 자네를 비난하면서 떠날 거야. 그게 바로 엘리의 전략인데 내가 항상 엘리 대신 죄를 뒤집어썼지."

"두 사람을 영화사에서 쫓아내는 일은 상당히 힘들 텐데. 여긴 그 사람들 고향이나 마찬가지고 여기서 자란 사람들이야."

"그래도 해 볼 거야. 또 다른 문제가 하나 있어. 죽기 전날 밤, 엘리가 어니스트 베일한테 그의 똥 같은 소설을 가지고 만든 모든 영화들의 수익에 대해서 지분을 나눠주겠다고 했어. 몰리 플랜더즈하고 클로디아가 임종하는 자리에 찾아와서 징징거렸는데 어떻게 그런 무례한 짓을 할 수가 있지? 몰리가 작성한 계약서를 잘 살펴 봤더니 나한테는 그 약속을 지킬 법적, 윤리적 의무가 없어."

디어는 그 말을 곰곰이 생각했다.

"그 남자는 절대 자살할 사람은 아니지만 오 년 안에 자연사할 가능성도 없지 않아. 우린 거기에 대한 대비책을 확실하게 세워놔야 돼."

"아니."

밴츠가 딱 잘라 말했다.

"엘리하고 내가 우리 변호사들한테 물어봤었는데 몰리의 주장은 법정에서는 안 먹힐 거래. 돈으로 합의를 보긴 하겠지만 총수익 지분을 나눠줄 순 없어. 그건 우리 피를 빨아먹는 짓이야."

"그래, 몰리가 대답하던가?"

"음, 변호사들이 노상 써먹는 똥 같은 편지를 보내왔더군. 나도 엿 먹으라고 말해줬지."

밴츠는 수화기를 집어 들더니 자기 정신과의사한테 전화를 걸었다. 그의 아내는 남편이 다른 사람들로부터 좀더 호감을 주는 사람이 될 수 있게 상담을 받아볼 필요가 있다고 몇 년 전부터 주장을 해왔다.

밴츠가 전화기에 대고 말했다.

"오후 네 시에 예약해놨는데 확인하고 싶어서요. 네, 당신 원고는 다음주에 얘기합시다."

그는 전화를 끊고 디어에게 음흉한 미소를 지어 보였다.

디어는 밴츠가 펄린 팬트와 영화사의 비벌리 호텔 방갈로에서 만나기로 했다는 사실을 알고 있었다. 따라서 바비 밴츠의 정신과의사는 그가 쓴 연쇄살인을 저지르는 정신분열증 환자에 대한 영화 시나리오를 영화사측에서 받아준 것에 대한 보답으로, 바비의 알리바이를 조작해 준 셈이었다. 재미있는 사실은, 밴츠는 그 원고가 형편없다고 생각한데 반해 디어는 꽤 괜찮은 저예산 영화 소재가 될 수 있다고 생각했다는 점이었다. 디어는 그것을 영화로 만들 생각이었고 밴츠는 그저 디어가 자기를 생각해서 그런다고 믿을 것이다.

그런 다음 밴츠와 디어는 펄린과 만나는 일이 왜 그렇게 재미있는지에 관해 잠시 잡담을 나눴다. 그들처럼 중요한 위치에 있는 남자들이 하기에는 너무 유치한 짓이라는 점에는 두 사람 모두 같은 생각이었다. 또 펄린과의 성관계가 그렇게 즐거운 데에는 그녀가 아주 재미있고 자기들한테 어떤 요구도 하지 않기 때문이라는 점에도 두 사람은 의견의 일치를 보았다. 물론 암암리의 요구가 없진 않았지만, 그녀는 재능이 있었기 때문에 적당한 때가 되면 분명히 기회가 찾아올 것이다.

밴츠가 말했다.

"내가 염려스러운 건 말이야, 그 여자가 인기를 얻으면 아마도 우리의 즐거움도 끝날 거라는 점이지."

"맞아. 그게 배우들의 전형적인 행태니까. 하지만 그때가 되면 그 여자가 대신 우리한테 돈을 엄청 벌어다 줄 거야."

두 사람은 제작과 영화개봉 얘기로 돌아갔다. 메쌀리나 작업은 두 달이면 끝날 예정이었고 크리스마스 시즌을 겨냥해 견인차 역할을 할 것이다. 베일의 소설에 기초해서 만든 속편은 이 주 후에 개봉 예정이었다. 로드스톤의 이 두 영화는 서로 상승효과를 일으키면서 비디오를 포함해서 전 세계적으로 10억 달러의 수익을 올릴 것으로 예상됐다. 밴츠는 2천만 달러의 상여금을 받게 될 것이고 디어도 대략 5백만 달러는 기대할 수 있었다. 매리온의 후임자로 임명된 첫 해에 밴츠에게는 천재라는 찬사가 쏟아질 것이다. 그는 진정한 최고 경영인으로 인정을 받게 될 것이다.

디어가 곰곰이 생각을 하더니 얘기를 꺼냈다.

"크로스한테 메쌀리나 수익금의 15퍼센트를 줘야 한다는 건 창피한 짓이야. 그냥 이자만 붙여서 돈을 돌려주고, 그 사람이 그게 마음에 안 든다고 하면 소송을 걸라고 해버려. 분명히 그는 선뜻 법정으로 가진 못할 거야."

"그 자식 마피아라면서?"

밴츠의 질문에 디어는 이 자식 진짜 멍청이군, 이라고 생각했다.

"내가 크로스를 아는데 말이야. 그렇게 거친 사람은 아냐. 정말로 위험한 사람이라면 동생인 클로디아가 나한테 말했겠지. 내가 걱정하는 건 몰리 플랜더즈야. 우린 지금 그 여자 고객 두 사람을 동시에 물 먹이는 거니까."

"좋아. 제기랄, 우리가 인심을 너무 후하게 썼지. 베일 몫으로 2천만 달러를 떼 놓고 크로스 몫으로는 10퍼센트를 떼 놓기로 하지. 그건 나중에 우리 수당으로 돌아올 거야. 우린 영웅이 되는 거라고."

"그렇지."

디어가 맞장구를 쳤다. 그는 시계를 들여다봤다.

"네 시가 다 됐네. 펄린한테 가 봐야 되는 거 아냐?"

바로 그때 바비 밴츠의 사무실 문이 확 열리더니 몰리 플랜더즈가 나타났다. 바지에다 재킷과 흰색 실크 블라우스를 입은 차림새로 봐서 본격적으로 싸우러 온 분위기였다. 게다가 굽 없는 납작한 구두까지 신고 있었다. 그녀의 아름다운 피부는 화가 나서 시뻘겋게 달아올라 있었다. 눈에는 눈물이 그득했는데 그녀가 그렇게 아름다워 보인 적은 이제껏 한 번도 없었다. 그녀의 목소리에는 증오심과 기쁨이 역력하게 묻어 있었다.

"그래, 이 비겁한 자식들아. 어니스트 베일이 죽었어. 이제 막 법원으로 부터 베일의 소설로 만든 영화 속편에 대한 개봉금지명령을 받아냈어. 자, 두 바보 양반들, 앉아서 협상할 준비는 되셨나?"

어니스트 베일은 자신이 자살을 하는데 가장 큰 문제는 어떻게 하면 과격한 방법을 피하면서 죽는가에 있다고 생각했다. 그는 흔한 자살 방법을 쓰기에는 지나칠 만큼 겁이 많았다. 총은 무서웠고, 칼과 독약은 지나치게 노골적일뿐더러 확실하게 성공하리라는 보장이 없었다. 가스 오븐 속에 머리를 집어넣는다거나 차의 배기가스를 맡고 죽는 것도 역시 너무 불확실했다. 손목을 자르는 건 피가 많이 흘러서 사양이었다. 그는 몸에 상처를 내지 않고 품위를 지키면서 즐겁고 빠르고 확실하게 죽고 싶었다.

어니스트는 자신의 결정이 로드스톤 영화사를 제외한 모두에게 혜택을 주는 이성적인 결정이라는 사실에 긍지를 느꼈다. 그것은 오로지 자기 개인의 재정적인 문제인 동시에 자신의 자존심의 회복이 걸린 문제였다. 그는 자기 인생의 주도권을 되찾게 될 것이다. 그 생각을 하면서 그는 유쾌하게 웃었다. 그건 그의 정신이 말짱하다는 또 하나의 증거였다. 다시 말해서, 그는 여전히 그 특유의 해학적인 감각을 유지하고 있었다.

바다에 빠지자니 너무 많이 움직여야 했고, 버스에 뛰어드는 것 역시 지나치게 고통스럽기도 했거니와 마치 집 없는 거지 같아서 좀 품위가 떨어지는 방법이었다. 한 가지 방법이 잠시 그의 관심을 끌었다. 이제는 별로 인기가 없는 방법으로 직장에 좌약으로 넣는 수면제가 있었다. 하지만 역시 그 방법은 품위가 떨어졌고 백퍼센트 확실하지도 않았다.

이런 방법들은 모두 다 포기하고 어니스트는 행복하고 확실한 죽음을 가져다줄 수 있는 다른 뭔가를 열심히 생각했다. 그는 이 과정이 너무 재미있어서 자칫하면 자살계획을 포기하게 될 것만 같았다. 그래서 그는 유서의 초안을 쓰기로 했다. 그는 유서가 자기연민의 분위기를 풍기거나 비난조로 들리지 않도록 각별히 신경을 썼다. 무엇보다도 그는 자신의 자살행위가 전적으로 이성적인 선택이며 비겁한 행동이 아님을 이해시키려고했다.

그는 그가 유일하게 진정으로 사랑했다고 생각하는 첫 번째 아내에게 남기는 유서부터 쓰기 시작했다. 그는 첫 문장이 객관적이고 실리적으로 들리기를 원했다.

"이 편지를 받는 즉시 내 변호사인 몰리 플랜더즈에게 연락을 해봐요. 그 여자는 당신한테 중요한 소식을 알려줄 거요. 당신 덕분에 내가 누릴 수 있었던 행복한 순간들에 대해서 당신과 아이들에게 고맙다는 말을 하고 싶소. 내가 한 행동이 결코 당신을 비난하기 위해서가 아님을 알았으면 하오. 마음의 상처나 불행 때문에 이런 행동을 했다는 생각은 말아주오. 내 변호사가 설명하겠지만 이건 전적으로 이성적인 선택이었소. 아이들에게 내 대신 사랑한다고 말해주오."

어니스트는 이 유서를 한쪽 옆으로 밀어놓았다. 고쳐 써야 할 부분이 많았다. 그는 두 번째와 세 번째 아내에게 자기가 읽어도 냉정하기 이를 데 없는 유서를 썼다. 그들에게 약간의 유산을 남긴다는 말과 아울러 자신을 행복하게 해 준 것에 대해 고맙다는 말을 했고 자신의 행동에 대해 그들에게는 전혀 책임이 없다는 사실을 분명하게 알렸다. 그는 자기가 지금 전혀 남을 사랑할 기분이 아니라는 느낌이 들었다. 그래서 그는 바비 밴츠에게 "엿 먹어라." 라는 단 한마디만 적은 짧은 유서를 썼다.

그런 다음 그는 몰리 플랜더즈에게 "가서 그 나쁜 자식들을 죽여 버리시오." 라고 적은 유서를 썼다. 이걸 쓰고 나니 기분이 좀 나아졌다.

크로스에게는 "난 마침내 옳은 일을 했네." 라고 적었다. 그는 크로스가 자기의 우유부단한 태도에 대해 비웃는 듯한 인상을 받았다.

마지막으로 그는 클로디아에게 편지를 쓰면서 마음을 열었다.

"당신은 우리가 비록 사랑하지 않았음에도 불구하고 나에게 내 인생 최고의 행복을 선사했어. 그런데 어떻게 그럴 수 있지? 어떻게 하기에 당신은 살면서 항상 옳은 행동만 하고 난 늘 잘못된 행동만 하는 거지? 지금까지도 말이야. 당신 글에 대해 내가 했던 모든 얘기들은 제발이지 무시해 버렸으면 해. 어떻게 내가 당신 하는 일을 하찮다고 비웃을 수 있겠어. 그건 단지 대장장이처럼 시대에 뒤떨어진 늙은 소설가의 질투에 불과하니까. 결국은 실패했지만 어쨌든 내게 지분을 받도록 싸워준 데 대해 고맙다는 말을 전할게. 노력해 준 것만으로도 당신을 사랑해."

그는 노란 재생지에 쓴 유서들을 잘 포개놓았다. 글이 아주 엉망이었지만 다시 고쳐 쓸 생각이었고, 글은 뭐니뭐니 해도 고쳐 쓰기가 가장 중요했다.

하지만 유서를 작성했던 것이 그의 무의식을 일깨워놓은 모양이었다. 마침내 그는 완벽한 자살 방법을 생각해냈다.

캐네스 캘든은 헐리우드 내에서는 영화배우들 못지않게 유명한 헐리우드 최고의 치과의사였다. 그는 매우 숙련된 치과의사였고, 사치스럽고 대담한 생활을 즐겼다. 그는 문학이나 영화에서 치과의사가 돈만 밝히는 속물로 묘사되는 걸 끔찍하게 싫어해서 그것을 반증하기 위해서라면 무슨 짓이든 했다.

그의 옷차림과 행동거지는 매력적이었고, 그의 화려한 치과병원 책꽂이에는 미국과 영국에서 발행되는 최고 인기 잡지들이 가득 꽂혀 있었다. 그밖에 독일어, 이탈리아어, 프랑스어, 심지어는 러시아어로 된 외국 잡지들이 가득한 작은 책꽂이도 하나 있었다.

대기실 벽에는 일류 현대 미술작품이 걸려 있었고, 치료실로 들어가는 미로처럼 복잡한 복도에 들어서면 복도 벽을 장식하고 있는 사진들이 보였다. 벽에는 자필서명이 있는 헐리우드의 최고 유명인사들의 사진들도 간간이 섞여 있었다. 모두들 그의 환자들이었다.

그는 항상 활기에 넘쳐서 유쾌한 농담을 던졌고 막연하게 느껴지는 여성적인 분위기가 이상하리 만큼 사람들을 현혹시켰다. 그는 여자들을 사랑했지만 절대 음흉한 생각은 하지 않았다. 그는 섹스에 대해서 좋은 포도주와 아름다운 음악을 곁들인 맛있는 저녁식사 이상의 의미는 두지 않았다.

케네스가 믿는 것은 치과의술밖엔 없었다. 치과의술에 관한 한 그는 예술가나 다름없었고, 모든 기술적이고 미적인 발전을 열심히 따라갔다. 그는 환자들에게 뺐다꼈다 하는 의치는 절대 만들어주지 않았고 인공치아를 영구적으로 박아 넣는 강철 임플란트를 권했다. 그는 치과 총회에서 강연을 하기도 했고, 모나코의 왕족 하나가 이를 치료하기 위해서 그를 부를 정도로 권위가 높았다.

케네스의 환자들은 자기 전에 의치를 물컵에 넣어 둘 필요가 없었다. 그리고 정교하게 만든 치과 의자에 앉아 전혀 고통을 느끼지 않고 치료를 받았다. 그는 마취제에 대한 편견이 없었고 특히 질소산화물과 산소의 혼합물인 '상쾌한 공기'를 선호했는데, 고무 마스크를 통해 그 가스를 흡입할 경우 환자들은 마치 아편을 필 때처럼 반의식 상태로 들어가면서 신경에 가해지는 자극에 대해 전혀 통증을 느끼지 못했다.

어니스트와 케네스는 약 이십 년 전 즈음에 어니스트가 처음으로 헐리우드를 찾았을 때 친해졌다. 어니스트는 그의 책 저작권을 사고 싶어하는 어떤 제작자와 저녁식사를 하던 중 극심한 치통을 느꼈다. 제작자는 밤 12시에 케네스한테 전화를 걸었고 케네스는 부랴부랴 그곳으로 찾아와 어니스트를 자기 병원으로 데려가서 뒤 염증을 치료해주었다. 그런 다음 그는 내일 병원에 다시 들르라고 하면서 어니스트를 호텔로 데려다주었다.

그 뒤 어니스트는 그 제작자에게 자정에 전화를 걸어서 집으로 치과의사를 부를 정도로 권력이 대단한 모양이라며 감탄을 했다. 제작자는 그렇지 않다고 하면서, 케네스는 원래가 그런 사람이라고 했다. 케네스에게는 치통으로 괴로워하는 사람은 물에 빠져서 죽기 직전의 사람과 매한가지였고 따라서 반드시 구해내야만 하는 대상이었다. 한편으로 케네스는 어니스트의 책을 모조리 다 읽은 그의 열렬한 독자이기도 했다.

그 다음날 케네스의 병원을 찾은 어니스트는 그에게 진심으로 고마워했다. 케네스는 그러지 말라는 듯이 손을 들어올리면서 말했다.

"당신 작품들이 저한테 선사한 즐거움을 생각하면 아직도 당신한테 진 빚이 많습니다. 자, 이제 강철 임플란트 얘길 좀 해볼까요?"

그는 사람들이 치아를 관리하지 않으면 안 되는 당위성에 대해서 한참동안 연설을 했다. 어니스트의 다른 이들도 조만간 빠지게 된다는 것과 강철 임플란트는 자기 전에 빼서 물 컵에 넣을 필요가 없다는 얘기도 포함됐다.

어니스트는 생각해 보겠다고 했다.

"안 됩니다. 전 제가 하는 일에 대해 동의하지 않는 환자는 치료할 수 없습니다."

어니스트는 껄껄대고 웃었다.

"당신이 소설가가 아닌 게 천만다행이군요. 어쨌든 좋습니다."

두 사람은 친구가 됐다. 베일은 헐리우드에 들릴 때면 항상 그에게 전화를 걸어서 저녁을 같이 먹었고, 상쾌한 공기를 맡으며 치료를 받기 위해서 일부러 로스앤젤레스까지 올 때도 있었다. 케네스는 지적으로 어니스트의 작품들을 평했고 치과의술 못지않게 문학적인 지식도 상당했다.

어니스트는 상쾌한 공기를 좋아했다. 그는 전혀 통증을 느끼지 않았으며 상쾌한 공기가 만들어내는 반의식 상태 속에서 기가 막힌 착상을 떠올리곤 했다. 두 사람은 돈독한 우정을 쌓았고, 그 결과 어니스트는 무덤까지 가지고 갈 강철로 된 새 치아들을 갖게 됐다.

하지만 케네스에 대한 어니스트의 주관심사는 소설 인물로서 그가 지닌 가치에 있었다. 어니스트는 사람들에게는 누구든 지독한 편집증적인 성향이 하나씩은 있다고 예전부터 생각했었다. 케네스는 성적인 면에서 그런 성향을 나타냈는데 흔히 볼 수 있는 음란한 것은 아니었다.

두 사람은 치료를 하기 전, 즉 어니스트가 상쾌한 공기를 흡입하기 전에 잠시 잡담을 나누는 습관이 있었다. 케네스는 제일 친한 여자친구, 다시 말해서 그의 표현대로 하자면 그의 '중요한 타인'이 커다란 독일 셰퍼드와 수간(獸姦)을 한다는 얘기를 해주었다.

막 상쾌한 공기를 흡입하기 시작하던 어니스트는 별 생각 없이 얼굴에서 마스크를 들어올리며 물었다.

"그러면 자네는 개랑 그 짓을 하는 여자와 그 짓을 하는 건가? 좀 찜찜하지 않아?"

그의 질문은 의학적이고 심리적인 면에서의 부작용을 묻는 말이었다. 케네스는 질문의 의미를 이해하지 못했다.

"내가 찜찜해야 될 이유가 있나? 개는 내 경쟁상대가 아냐."

어니스트는 처음에는 그가 농담을 하는 줄로만 알았다. 하지만 알고 보니 진심으로 하는 얘기였다. 어니스트는 다시 마스크를 쓰고 질소산화물과 산소가 만들어주는 꿈 속으로 침잠해 들어갔고 평소처럼 그의 정신은 자극을 받아 치과의사에 대한 분석을 완벽하게 끝냈다.

케네스는 정신적 측면에서의 사랑에 대한 개념이 없는 남자였다. 쾌락만이 최고로 중요했고, 그것은 마치 통증을 안 느끼면서 치료를 받는 것과 흡사했다. 성욕은 적절한 조절을 가하면서 만족을 시켜야할 필요가 있었다.

두 사람은 그날 함께 저녁을 먹었는데 그 자리에서 케네스는 어니스트의 분석이 어느 정도 신빙성이 있다는 것을 확인시켜 주었다.

"성관계는 질소보다 나아. 하지만 질소와 마찬가지로 산소가 최소한 30퍼센트는 섞여 있어야 해."

그는 어니스트를 교활한 눈빛으로 쳐다보았다.

"어니스트, 자넨 상쾌한 공기를 굉장히 좋아하지? 난 자네한테 농도를 최고로 해서, 그러니까 질소를 70퍼센트까지 높여서 주는데 자넨 잘 견디더군."

"그게 위험한가?"

"위험할 정도는 아냐. 이틀 동안 계속 마스크를 쓰고 있지 않는 한 괜찮고, 설사 그렇게 한대도 위험하진 않지. 물론 순수한 질소산화물은 십오 분에서 삼십 분 안에 자넬 죽일 거야. 실은 말이야, 한 달에 한 번 정도 우리 병원에서 신중하게 선별한 선남선녀들만 모아서 작은 자정 파티를 열지. 모두들 내 환자들이고 그래서 그 사람들 혈액검사 기록도 갖고 있어. 다들 건강한 사람들이야. 질소가 그 사람들을 성적으로 흥분시켜주지. 가스를 맡으면서 성욕을 느껴본 적 없나?"

어니스트가 껄껄대며 웃었다.

"치과 기공사가 지나갈 때 그 여자 엉덩이를 만지고 싶더군."

케네스가 짓궂은 표정을 지으며 말했다.

"그 여잔 틀림없이 자넬 용서할 거야. 내일 자정에 병원에 오지 않겠어? 진짜 재미있다고."

그는 어니스트가 화가 난 것처럼 보이자 부연 설명을 했다.

"질소는 코카인이 아냐. 코카인은 여자를 무기력하게 만들어. 질소는 그저 여자들 마음을 느슨하게 풀어줄 뿐이야. 그냥 칵테일파티에 온다고 생각해. 나쁜 짓 하는 건 아니라고. 꼭 관계를 해야 될 것도 없고."

어니스트는 개도 받아줄까? 하는 심술궂은 생각을 잠깐 했다. 그리고는 가겠다고 대답했다. 단지 소설 소재를 찾기 위해서라고 자기변명을 하면서.

그러나 어니스트는 파티가 전혀 재미없었고 실제로 사람들 사이에 끼지도 않았다. 더 정확히 말하자면, 질소산화물은 그를 성적으로 자극했다기보다는 마치 자비로운 신을 경배하기 위해 사용하는 신성한 약물처럼 그를 보다 정신적으로 고양시켜주었다. 손님들 간에 벌어지는 성행위는 극도로 난잡해서, 그는 비로소 케네스가 자기 여자친구와 독일 세퍼드의 문제를 진짜로 개의치 않는다는 사실을 깨달았다. 파티는 인간적인 부분이 너무 없어서 지루하기만 했다. 케네스 자신은 질소 양을 조절하느라 너무 바쁜 나머지 파티에 직접 끼지는 않았다.

그리고 그 뒤 몇 년이 흐른 지금, 어니스트는 그때의 경험을 떠올리며 마침내 자살 방법을 결정했다. 그것은 마치 통증을 느끼지 않고 이빨 치료를 받는 일과 비슷할 것이다. 그는 고통을 느끼지 않을 것이고 모습이 흉측해지는 일도 없을 것이며 두렵지도 않을 것이다. 온화한 빛이 감도는 구름 속을 지나 현세에서 저 세상으로 둥둥 떠 갈 것이다. 흔히 말하듯이 그는 행복하게 죽을 것이다.

이제 어떻게 케네스의 사무실로 밤에 들어가느냐 하는 문제와 기계를 작동시키는 방법을 알아내는 일만 남았다.

그는 케네스와 정기검진 약속을 했다. 케네스가 X레이를 살피는 동안, 그는 자기가 지금 치과의사가 나오는 소설을 쓰고 있는데 상쾌한 공기를 만들어내는 기계장치를 어떻게 작동시키는지 보여줄 수 있겠느냐고 물었다.

천성적으로 남을 가르치기를 좋아하는 케네스는 그에게 안전한 비율을 특히 강조하면서 장황한 설명을 곁들여가며 질소산화물과 산소 탱크의 조절장치를 작동시키는 방법을 보여주었다.

"하지만 위험하진 않을까? 만약 자네가 술에 취해서 일을 그르친다면 어떻게 되지? 자넨 날 죽이게 될 지도 몰라."

"아니, 이건 자동적으로 조절이 되기 때문에 어떤 경우에도 최소한 30퍼센트의 산소는 마시게 돼 있지."

어니스트는 일부러 당황한 표정을 지으면서 잠시 망설였다.

"몇 년 전에 내가 여기 파티에 참석한 적이 있다는 건 자네도 알지? 요새 예쁜 여자친구가 하나 생겼는데 수줍음이 많은 여자야. 그래서 약간의 도움이 필요해. 밤에 여기로 그 여자를 데려오게 병원 열쇠 좀 빌릴 수 없을까? 질소가 우리 관계를 진척시키는데 도움이 될 거야."

케네스는 X레이를 꼼꼼하게 관찰했다.

"자네 치열은 기가 막혀. 난 정말 위대한 치과의사야."

"열쇠를 좀 빌릴 수 있을까?"

"정말 예쁜 여자인가 보지? 언제 올 건지 얘길 해주면 내가 와서 기계를 켜줄게."

"아니, 그러진 마. 그 여자는 진짜 고지식해. 자네가 옆에 있으면 아예 질소를 사용하려고 들지도 않을 거야."

그는 잠시 후에 이렇게 덧붙였다.

"진짜로 구식이라니까."

"이런, 제길."

케네스가 어니스트의 눈을 똑바로 쳐다보았다. 그런 다음 말했다.

"잠깐 기다려."

이렇게 말하며 그는 치료실에서 나갔다. 그리고 열쇠를 들고 돌아왔다.

"이거 가져가서 복사해. 복사하는 사람한테 자네 신분을 확실하게 밝히는 것도 잊지 말고. 그런 다음에 원본 열쇠는 나한테 돌려줘."

어니스트는 깜짝 놀랐다.

"난 지금 당장 달라는 게 아니었는데."

케네스가 X레이를 제자리에 정리해놓고 나서 어니스트를 향해 돌아섰다. 어니스트가 그를 알고 지낸 이후 지금처럼 그의 얼굴에서 웃음기가 사라진 경우는 몇 번 없었다.

"자네가 내 의자에 앉아서 죽어 있는 모습을 경찰이 발견한 뒤에 어떤 식으로든 내가 연루되는 불상사는 없었으면 좋겠어. 내가 쌓은 전문가로서의 위상이 무너진다거나 환자들이 날 떠나는 사태가 벌어지는 건 피하고 싶단 얘기지. 경찰들이 복사한 열쇠를 찾아내게 되면 가게로 확인해 보겠지. 그러고는 자네가 몰래 열쇠를 훔쳐냈다고 생각할 거야. 유서는 썼겠지?"

어니스트는 처음에는 너무 놀라서 어리벙벙해졌고 그 다음에는 자기 자신이 부끄러워졌다. 그는 케네스가 피해를 입을 수도 있다는 생각은 미처 하지 못했었다. 케네스는 책망하는 듯하면서도 약간 슬퍼 보이는 미소를 지은 채 그를 바라보았다. 어니스트는 케네스에게서 열쇠를 받아든 뒤에 약간 주저하다가 그를 껴안았다.

"그래, 자네는 날 이해하는군. 난 지금 아주 이성적으로 판단하고 행동하는 거야."

"나 역시 그래. 나중에 늙었을 때나 문제가 생겼을 때 나도 이걸 써볼까 하는 생각을 종종 했어."

그는 밝게 웃으며 말했다.

"죽음은 우리의 경쟁상대가 아냐."

두 사람은 큰 소리로 웃었다.

"자네, 내가 이러는 이유를 확실히 알고 있나?"

"헐리우드 사람들은 죄다 알지. 어떤 파티 자리에서 누가 스키피 디어한테 진짜로 그 영화를 찍을 거냐고 물었지. 그 사람이 말하기를 하늘이 두 쪽이 나거나 아니면 어니스트 베일이 자살을 한다면야 모를까 찍어야지 라고 하더군."

"자넨 내가 미쳤다고 생각하나? 내가 쓰지도 못할 돈 때문에 이 짓을 하는 거에 대해서 말야."

"그게 왜 어때서? 사랑 때문에 자살하는 것보단 똑똑한 짓이지. 하지만 기계조작이 그렇게 간단하지가 않아. 벽에 붙어 있는 이 관에서 산소가 공급되는데 이걸 차단하고 조절기를 꺼야만 70퍼센트 이상의 혼합물을 만들 수가 있어. 청소부들이 떠난 금요일 밤에 하면 월요일까지는 발견되지 않을 거야. 자네가 깨어날 가능성은 있어. 물론 순수하게 질소산화물만 사용한다면 삼십 분 안에 죽을 거야."

다시금 그는 약간 슬픈 미소를 지었다.

"공들여서 자네 이빨을 치료했는데 다 헛수고가 됐군. 이건 너무 심하다고."

그로부터 이틀 뒤인 토요일 아침 어니스트는 비벌리 힐스 호텔 객실에서 아주 일찌감치 자리에서 일어났다. 막 아침 해가 떠오르고 있었다. 그는 샤워와 면도를 하고 티셔츠와 편한 청바지를 입었다. 그리고 황갈색 면 재킷을 걸쳤다. 방에는 옷과 신문이 여기저기 나뒹굴고 있었지만 방을 정리하는 것은 무의미했다.

케네스의 병원은 호텔에서 삼십 분 거리에 있었고, 어니스트는 그 길을 걸어가면서 해방감을 느꼈다. 거리에는 아무도 없었다. 배가 고팠지만 질소를 흡입할 때 혹시 구토가 날지도 모른다는 염려 때문에 먹기가 꺼려졌다.

병원은 십육층 건물의 십오층에 있었다. 건물 현관에는 사복경호원한 명만 있었고 엘리베이터에는 아무도 없었다. 어니스트는 열쇠로 치과 문을 열고 들어갔다. 그는 안에서 문을 잠근 다음 재킷 주머니에 열쇠를 집어넣었다. 병원 안은 쥐죽은 듯 조용했고, 아침 햇살을 받아 수납창구의 유리창이 반짝이고 있었으며 수납직원용 컴퓨터의 어둡고 조용한 화면이 음산한 분위기를 풍겼다.

어니스트는 진료실로 들어가는 문을 열었다. 복도로 걸어 들어가니 인기 영화배우들의 사진들이 그를 맞아주었다. 복도 양편으로 세 개씩 총 여섯 개의 치료실이 있었다. 케네스와 여러 차례 잡담을 즐기곤 했던 사무실 겸 회의실은 복도 끝에 있었다. 케네스의 치료실이 그 방 옆에 있었는데 그곳에서 그는 특수 물 의자를 갖다 놓고 상류층 환자들을 치료했다.

그 최고급 의자는 보통 의자들보다 특별히 더 폭신하고 가죽도 부드러웠다. 상쾌한 공기를 흡입하는 마스크는 이동 탁자 위에 놓여 있었다. 조종대 위의 조절 손잡이 두개는 0에 맞춰져 있었고, 조종대에 붙어 있는 관은 겉에서 보이지 않게 어딘가에 감춰놓은 질소산화물 탱크와 산소 탱크에 연결되어 있었다.

어니스트는 눈금판을 돌려서 질소와 산소를 반반씩 흡입할 수 있게 맞춰놓았다. 그런 다음 그는 의자에 앉아 마스크를 쓰고 긴장을 풀었다. 어찌됐든 지금은 케네스가 잇몸에 칼을 대진 않을 테니까. 모든 고통과 상처가 몸에서 사라졌고 그의 뇌는 세상 저 높은 곳을 배회했다. 그는 황홀한 기분이 느껴지자 죽음을 생각한다는 일이 우습게 느껴졌다.

앞으로 쓸 소설에 대한 여러 가지 착상이 뇌리를 스쳐지나갔고, 그가 아는 많은 사람들 생각도 떠올랐는데 그들은 전혀 악의적인 모습이 아니었다. 그래서 그는 질소를 사랑하지 않을 수 없었다. 제기랄, 깜빡 잊고 유서를 다듬지 않았는데 이제야 비로소 그는 자신의 의도와 언어가 아무리 좋다고 해도 유서의 내용이 본질적으로 상당히 모욕적이라는 사실을 깨달았다.

어니스트는 이제 거대하고 화려한 풍선을 타고 둥둥 떠가고 있었다. 그는 자신이 알았던 세상 위를 떠다녔다. 그는 엄청난 권력을 장악하고서 냉혹한 지성으로 그 권력을 휘둘러 사람들로 하여금 경외심을 불러일으켰던, 지금은 운명의 부름을 받고 세상을 떠난 엘리 매리온을 생각했다. 예전에 매리온은 퓰리처상을 받은 어니스트의 최고 소설이 발표되고 영화사에 팔렸을 때 출판업자들이 어니스트를 위해 열어준 칵테일파티에 온 적이 있었다.

매리온은 그에게 악수를 청하며 "당신은 아주 훌륭한 소설가요." 라고 인사를 건넸다. 그가 파티에 왔다는 얘기는 헐리우드에 쫙 퍼졌다. 그리고 위대한 매리온은 그에게 지분을 줌으로써 절대적이고 궁극적인 존경심을 표시했다. 매리온이 죽은 뒤에 밴츠가 지분을 다시 뺏어간 것은 그것과는 별개의 문제였다.

사실 밴츠도 그렇게 악당은 아니었다. 잔혹하리 만큼 이윤만을 추구하는 그의 성격은 과거에 겪었던 특별한 경험의 결과였다. 솔직히 말하자면, 지적인 능력과 호감을 주는 성격 그리고 타고난 활력과 배신에 대한 본능적인 감각까지 갖추고 있는 스키피 디어야말로 극히 위험하고 가장 악질적인 인간이었다.

한편 이런 생각도 들었다. 왜 나는 항상 헐리우드와 영화를 조롱하고 비하할까? 그건 질투였다. 이제 영화는 사람들이 가장 숭배하는 예술형태로 자리를 잡았고, 어찌됐든 어니스트 자신도 영화를, 특히 잘 만든 영화를 사랑했다. 하지만 영화를 만드는 사람들의 인간관계가 그에게는 더 많은 질투심을 불러일으켰다. 배우들, 촬영현장의 관계자들, 감독, 주연배우들 그리고 심지어는 아둔하기 짝이 없는 행정직원들까지도 비록 영원히 서로 사랑하는 가족은 못되더라도, 적어도 영화가 끝나기 전까지는 서로 친밀한 유대관계를 맺는 것처럼 보였다. 영화가 끝나면 그들은 선물을 주고받고 포옹을 하며 서로에 대한 헌신적인 애정을 영원히 간직하겠노라고 다짐했다. 그건 꼭 한 번은 느껴볼 만한 참으로 멋진 감정이 아닌가. 그는 클로디아와 첫 번째 시나리오 작업을 하면서 자기도 그 가족의 일원으로서 받아들여지지 않을까 기대했었던 때가 떠올랐다.

하지만 짓궂은 농담에다 시종일관 냉소적이기만 한 그의 성격으로 어떻게 그런 일이 가능할까? 하지만 상쾌한 질소산화물을 마시고 있자니 그는 자기 자신조차도 그렇게 혹독하게 비난할 마음이 일지 않았다. 자기도 권리가 있었고, 자기 작품을 진정으로 사랑한다는 점에서는 괴짜 소설가이긴 했지만 어쨌든 과거에 훌륭한 작품들을 썼고, 따라서 더 많은 존경을 받을 자격이 있었다.

사람을 너그럽게 만들어주는 질소를 넉넉하게 마신 어니스트는 죽는 걸 포기하기로 했다. 돈은 그렇게 중요한 문제가 아니었고, 밴츠가 한 발 물러서거나 혹은 클로디아와 몰리가 어떤 다른 방안을 찾아낼 가능성도 없지 않았으니까.

그런 다음에 그는 자신이 느꼈던 온갖 굴욕감을 떠올렸다. 그의 아내들 중 누구도 자기를 진정으로 사랑하지 않았다. 그는 항상 사랑을 구걸하는 쪽이었고 되돌아오는 사랑은 없었다. 그의 작품들은 존경을 받았지만 그를 부유하게 만들 정도의 열렬한 찬사는 없었다. 몇몇 비평가들은 그를 헐뜯었고 그러면 그는 그들의 비판을 농담처럼 받아넘기는 척 했다. 어쨌든 비평가들이야 자기 일을 충실히 하는 것뿐이니까 그들한테 화를 내는 일 자체가 잘못이기는 했다. 하지만 그들의 비판은 마음의 상처로 남았다. 그리고 친구들은 그의 재치와 솔직함을 재미있어 하기도 했지만 절대로 그와 친해지지 않았고 심지어 케네스도 마찬가지였다. 그를 진심으로 좋아한 사람은 클로디아였다. 반면에 몰리 플랜더즈와 케네스는 자기를 동정한다는 사실을 그는 잘 알고 있었다. 어니스트는 팔을 뻗어서 상쾌한 공기 버튼을 눌러 껐다. 몇 분도 되지 않아서 머리가 맑아져서 치료실을 나와 케네스의 사무실로 들어갔다.

우울한 생각들이 다시 밀려들었다. 그는 케네스의 긴 안락의자에 누워서 비벌리 힐스 위로 떠오르는 태양을 바라보았다. 그는 자기를 속여 돈을 빼앗은 영화사에 대한 분노로 아무것도 즐길 수 없었다. 새로 시작되는 하루를 증오했고, 밤이면 일찌감치 수면제를 먹고 될 수 있는 한 오랫동안 잠을 자려고 노력했다. 자신이 경멸하는 사람들한테서 그런 식으로 모욕을 당하리라고는 꿈에도 생각지 못했던 일이었다. 그래서 이제 그는 더는 글을 읽을 수 없었고, 그래서 과거에 한 번도 자신을 배신해본 적이 없었던 글 읽는 즐거움도 그를 떠나갔다. 그리고 물론 글을 쓰지도 못했다. 이루 헤아릴 수 없을 만큼 많은 찬사를 받았던 저 우아한 글은 이제 허위와 과장과 허세에 불과했다. 그는 이제 그런 글을 쓰는 일에 아무런 즐거움도 느끼지 못했다.

이제 그는 새로 시작되는 하루를 끔찍이도 두려워하면서 매일 아침 잠에서 깨어났고 면도도 샤워도 할 수 없을 정도로 피로감을 느끼는 나날들이 오랫동안 이어졌다. 그리고 그는 파산했다. 과거에 그는 수백만 달러를 벌어들였었고 도박과 여자와 술로 흥청망청 돈을 낭비했다. 혹은 사람들에게 나눠주기도 했다. 이제까지 돈은 그에게 전혀 중요한 존재가 아니었다.

지난 두 달 동안 자식들과 아내에게 부양비도 보내지 못했다. 대부분의 남자들과는 달리 어니스트는 부양비를 보내면서 행복감을 느꼈다. 지난 오 년 동안 책을 한 권도 써내지 못했고 그의 성격은 자기 자신도 불쾌해질 정도로 피폐해져갔다. 그는 항상 자신의 운명에 대해 불평불만을 쏟아놓았다. 그는 마치 사회의 썩은 이빨 같은 존재였다. 그리고 이 생각에 그는 의기소침해졌다. 재능 있는 작가라는 사람이 고작 이런 유치찬란한 비유밖에 생각해내지 못하다니 우울한 생각들이 파도처럼 그를 덮쳐왔다. 그는 완전히 무력해졌다.

그는 의자에서 벌떡 일어나 다시 치료실로 들어갔다. 케네스가 그에게 꼭 하라고 했던 게 있었다. 그는 두 개의 플러그가 달려 있는 선을 뽑아냈는데, 하나는 산소였고 하나는 질소였다. 그런 다음 하나만 다시 꼽았다. 질소였다. 그는 치과 의자에 앉아서 팔을 뻗어 눈금판을 돌렸다. 바로 그 순간, 최소한 10퍼센트의 산소를 들여보내는 통로가 틀림없이 있어서 혹시 죽지 않을 수도 있을 거라는 생각이 그의 뇌리를 스치고 지나갔다. 그는 마스크를 집어 들고 얼굴에 갖다댔다.

순수한 질소가 그의 육체를 덮쳤고 그는 황홀한 기분을 느끼며 모든 고통과 덧없는 잡념에서 일시에 해방됐다. 질소가 그의 두개골 속의 뇌를 덮치면서 모든 것을 깨끗이 지워버렸다. 그가 삶을 놓아버리는 마지막 찰나에 순수한 환희가 그를 찾아왔고, 바로 그 순간 그는 신과 천국의 존재를 믿었다.

몰리 플랜더즈는 바비 밴츠와 스키피 디어를 무자비하게 짓밟았다. 엘리 매리온이 살아 있었더라면 좀더 조심했을 지도 모를 일이었다.

"어니스트의 소설을 토대로 만든 속편영화가 곧 개봉될 예정인 걸로 알고 있는데요. 제가 받아낸 법원명령은 그걸 금지하는 겁니다. 소유권은 이제 어니스트의 상속자들 손에 넘어가는 거예요. 물론, 당신들이 법원명령을 무시하고 영화를 개봉할 수도 있겠지만 그때는 제가 고소를 할 겁니다. 제가 이기게 된다면 그 영화와 그 영화로 벌어들이는 수입 대부분은 어니스트의 소유가 되겠죠. 그리고 우린 당신들이 어니스트의 소설에 나오는 인물들을 가지고 속편을 만들지 못하게 확실하게 막을 수 있어요. 자, 이런 모든 불상사와 몇 년 동안 계속될 법정싸움을 미연에 막을 수 있는 방법이 있습니다. 선금으로 5백만 달러를 내고 각 속편에서 벌어들이는 총수익에 대해서 10퍼센트를 지불하세요. 그리고 가정용 비디오에 대해 정확한 수입명세서를 원합니다."

디어는 경악했고 밴츠는 격분했다. 일개 작가에 불과한 어니스트 베일이 인기배우를 제외하고 가장 많은 지분을 차지하려 하는 것이다. 이것은 강도짓이나 다름없었다.

밴츠는 그 즉시 멜로 스튜어트와 로드스톤사의 법률고문에게 전화를 걸었다. 두 사람은 삼십 분도 되지 않아 회의실에 도착했다. 멜로는 영화 속편들을 일괄 계약한 당사자였고 주연배우와 감독과 각색자인 베니 슬라이의 대리인이었기 때문에 반드시 회의에 참석할 필요가 있었다. 이번 사태는 자칫 그에게 지분 일부를 포기하도록 하는 방향으로 돌아갈 가능성도 없지 않았다.

법률고문은 말했다.

"우리는 베일씨가 영화사에 처음 협박을 했을 때 상황분석을 해 봤죠."

몰리 플랜더즈가 화가 나서 말을 중도에 끊고 들어왔다.

"지금 당신은 베일의 자살이 영화사에 대한 협박이라고 하는 겁니까?"

"공갈이기도 하죠."

법률고문은 아무렇지도 않게 응수했다.

"법적인 면에서 이 상황을 철저하게 분석해 본 결과, 매우 복잡한 문제이긴 했지만 그럼에도 불구하고 저는 영화사측에 법정싸움에서 당신을 이길 수 있다고 조언을 했습니다. 이번과 같은 특별한 경우에 소유권은 상속자들에게 돌아가지 않습니다."

"확실히 장담할 수 있어요? 95퍼센트 확실성 있는 얘깁니까?"

"아니요. 법적인 문제에서 그 정도의 확실성은 나오기 힘들죠."

법률고문의 대답에 몰리는 속으로 쾌재를 불렀다. 만약 이 소송에서 이긴다면 은퇴를 해도 좋을 만큼 수임료가 엄청날 것이다. 몰리는 자리에서 일어나면서 말했다.

"좋아요, 그럼 법정에서 봅시다."

밴츠와 디어는 너무 놀란 나머지 꿀 먹은 벙어리처럼 아무 말도 하지 못했다. 밴츠는 엘리 매리온이 죽었다는 사실이 이루 말할 수 없이 안타까웠다.

자리에서 일어나 애원하듯이 몰리를 다정하게 안으며 붙잡은 사람은 멜로 스튜어트였다.

"이봐, 지금 협상 도중이잖아. 예의는 지켜야지."

그는 몰리를 의자에 도로 앉히면서 그녀의 눈에 맺힌 눈물을 보았다.

"내가 영화 속편들에 대한 지분 일부를 포기할 테니까 협상할 여지는 남아 있어."

몰리는 밴츠에게 조용히 말했다.

"모든 걸 잃고 싶어요? 당신 법률고문이 당신이 이길 거라고 확실히 장담하던가요? 물론 못하겠죠. 당신은 사업을 하는 겁니까, 아니면 도박을 하는 겁니까? 고작 2천에서 4천만 달러를 아끼려고 10억 달러가 걸린 모험을 할 작정이에요?"

그들은 서로 양보를 했다. 영화사는 어니스트 앞으로 선금으로 4백만 달러를 주고 개봉할 영화에 대해 총수익의 8퍼센트를 지불하기로 했다. 이후에 만들어지는 속편들에 대해서는 2백만 달러의 선금과 총수익을 조정한 금액에서 10퍼센트를 주기로 했다. 어니스트의 전처 세명과 자식들은 부자가 될 것이다.

"만약 제가 거칠다는 생각이 든다면, 당신들이 크로스한테 무슨 짓을 했는지 생각해 보세요."

몰리는 이 말로 마지막 일격을 가했다. 몰리는 승리의 기쁨을 느꼈다. 그리고 언젠가 어니스트를 파티장에서 집으로 데려왔던 일을 기억에 떠올렸다. 그녀는 술에 취하기도 했지만 너무나 외로웠고 재치 있고 똑똑한 어니스트와 하룻밤을 보내는 것도 재미있을 거라고 생각했다. 하지만 차를 타고 집에 오는 동안 술이 깬 그녀는 집에 도착해서 그를 침실로 데려갔을 때 절망적인 당혹감을 느꼈다. 어니스트는 너무나도 별 볼일 없는 남자였고 굉장히 수줍어했으며 정말로 추했다. 그는 마치 꿀 먹은 벙어리처럼 아무 말도 하지 못했다.

하지만 몰리는 그런 결정적인 순간에 그를 도로 내쫓을 수는 없었다. 그래서 그녀는 다시 술을 마시고 침대로 갔다. 그리고 깜깜한 어둠 속에서 썩 나쁘지 않게 일을 치렀다. 어니스트는 아주 즐거워하며 그녀를 치켜세웠고 그래서 그녀는 그에게 침대로 아침을 가져다주기까지 했다.

그는 그녀를 쳐다보며 장난스럽게 씩 웃었다.

"고맙소. 진심으로."

그 순간 그녀는 그가 전날 밤의 자신의 당혹감을 완전히 간파했다는 것과 침대로 아침을 가져다준 데 대해서 뿐만 아니라 성적인 호의를 베풀어준 데 대해서 고마워한다는 얘기임을 직감했다. 그녀는 자신이 배우처럼 훌륭하게 연기를 할 수 없다는 것이 항상 유감스러웠지만 어쩌란 말인가, 자신은 변호사인 걸. 그러나 이제 그녀는 어니스트 베일을 위해 한때의 연인으로서의 역할을 톡톡히 해냈다.

데이비드 레드펠로우 박사는 로마에서 열리는 중요한 회의에 참석하고 있던 중 대부의 호출을 받았다. 그는 부패한 은행관료들에게 무거운 형사처벌을 과하는 새로운 은행 조례에 대해 이탈리아의 수상에게 조언을 하고 있었는데, 당연히 그 조례에 반대하는 입장이었다. 그는 즉시 자기 입장을 정리하고 나서 비행기를 타고 미국으로 날아왔다.

이십오 년 동안 이탈리아에서 타향살이를 하면서 데이비드 레드펠로우는 애초에 품었었던 거친 야심을 모두 충족시키고도 남을 만한 성공을 거뒀고 변신을 했다. 처음에 그는 대부가 사준 로마 소재의 작은 은행에서부터 시작했다. 그리고 마약거래로 벌어서 스위스 은행들에 예치해놓은 돈으로 은행과 텔레비전 방송국들을 더 사들였다. 그러나 그로 하여금 잡지사와 신문사와 TV 방송국과 은행들을 매입하도록 해서 자신의 제국을 건설하도록 이끌어준 사람들은 뭐니뭐니 해도 대부의 친구들이었다.

하지만 한편으로는 데이비드 레드펠로우는 자기 힘으로 이뤄낸 것들에 대해서도 만족했다. 그것은 자신의 신분을 완전히 탈바꿈시킨 일이었다. 그는 이탈리아 국적과 이탈리아인 아내와 이탈리아인 아이들과 이탈리아인 정부를 얻었고 2백만 달러를 들여서 한 이탈리아 대학에서 명예 박사학위를 받았다. 그는 아르마니 양복을 입었고 매주 한 시간을 미용실에서 보냈으며 자기 소유의 커피숍에서 남자들의 모임을 가졌고 내각과 수상의 고문으로 정치계에 발을 들여놓았다. 하지만 여전히 그는 일 년에 한 차례 코그까지 먼 길을 날아와 그의 스승인 대부의 요구사항을 들어줄 의무가 있었다. 따라서 이번의 이례적인 호출은 그를 바짝 긴장시켰다.

그가 코그의 집에 도착했을 때 그를 위한 저녁식사가 차려져 있었다. 레드펠로우가 로마에 있는 식당들을 애용하는 식도락가였기 때문에 로즈 마리는 음식에 각별히 정성을 쏟았다. 그를 존경하는 뜻에서 대부와 아들들인 지오르지오와 삐띠에, 빈센트 그리고 손자 단테, 또 피피와 크로스까지 클레리쿠지오가의 가족들이 모두 모여 있었다.

대부의 가족들은 그를 영웅처럼 맞이했다. 대학을 중퇴한 마약왕이자 한쪽 귀에만 귀걸이를 한 수상쩍은 멋쟁이였으며 잔인한 여자 사냥꾼이었던 데이비드 레드펠로우는 이제 사회의 중진으로 변모했다. 그들은 그가 자랑스러웠다. 하지만 대부는 레드펠로우에게 아직도 빚을 진 기분이었다. 레드펠로우는 그에게 처세술에 관해 큰 가르침을 준 사람이었다.

미국에 처음 왔을 때 대부는 정서적인 이질감으로 어려움을 겪었다. 그때까지만 해도 그는 마약에 관한 한 돈으로 법을 매수할 수 없다고 생각했었다.

데이비드 레드펠로우가 처음으로 마약거래를 시작한 것은 1960년 스무 살의 대학생이었을 무렵이었는데, 당시 목적은 이윤을 추구해서라기보다는 그저 친구들과 같이 마약을 싼값에 지속적으로 공급받기 위해서였다. 즉, 코카인과 마리화나를 좋아하는 애호가의 시도에 불과했다. 사업은 번창해서 일 년 만에 그와 그의 학교친구들은 작은 비행기를 사서 멕시코와 남미의 국경을 넘나들 정도가 되었다. 그들의 사업이 곧 법에 저촉된 것은 너무나도 당연한 결과였고, 그때 처음으로 데이비드의 천재성이 발휘됐다. 여섯 명의 동업자로 이루어진 마약 사업은 엄청난 돈을 벌어들이고 있었고, 그는 대대적인 뇌물을 쏟아 부어서 얼마 지나지 않아 그의 출납대장에는 미국 동부 해안을 따라 수백 명에 이르는 경찰관과 군보안관, 검사, 판사들의 이름이 기록되었다.

원리는 극히 간단하다는 것이 그의 변함 없는 주장이었다. 즉, 공무원들의 일년 봉급을 알아내서 그 금액의 다섯 배를 제공하면 무사통과였다.

그러나 그 이후, 서부극에 나오는 인디언들보다 더 야만적인 콜롬비아인들로 이루어진 연합조직이 나타났고 그들은 단지 머리가죽만 벗겨내는 것이 아니라 아예 참수를 해버렸다. 레드펠로우의 동업자 네 명이 살해를 당했고 레드펠로우는 클레리쿠지오파에게 이윤의 50퍼센트를 주는 조건으로 구원요청을 해왔다.

뻬띠에와 브롱크스로부터 선별된 단원들이 그를 경호했고, 이런 식의 관계는 1965년에 대부가 레드펠로우를 이탈리아로 보낼 때까지 계속됐다. 마약사업은 극도로 위험한 사업이 되었다.

이제 그들은 저녁식사 자리에 함께 모여서 수년 전의 대부의 지혜로운 결정에 찬사를 보냈다. 단테와 크로스가 레드펠로우의 이야기를 듣기는 이번이 처음이었다. 레드펠로우는 입담이 좋았고 뻬띠에를 입이 닳도록 칭찬했다.

"이만한 싸움꾼 있으면 나와 보라 그래. 뻬띠에가 없었더라면 난 시칠리아는 가보지도 못했을 거야."

그는 단테와 크로스를 돌아보며 말했다.

"너희들 둘이 세례를 받던 날이 생각이 나는군. 성수에 머리까지 잠기게 담그는데도 둘 다 꿈쩍도 하지 않던 걸. 너희가 자라서 나랑 같이 사업을 하게 되리라고는 상상도 못했다."

대부가 냉담한 목소리로 끼어들었다.

"자네는 저 아이들과 사업을 하는 게 아니야. 나와 지오르지오와 같이 사업을 할 거야. 만약 도움이 필요하면 피피에게 전화를 하게. 내가 일전에 얘기했던 그 사업을 계속 추진하기로 마음을 정했네. 지오르지오가 이유를 설명해 줄 걸세."

지오르지오는 엘리 매리온이 죽고 난 뒤에 바비 밴츠가 영화사를 물려받은 사실부터 시작해서 그가 크로스에게 이자를 붙여서 돈을 돌려주며 메쌀리나에 대해 크로스가 갖고 있던 지분을 철회시키기까지 그동안 있었던 일들을 데이비드에게 설명해주었다.

레드펠로우는 그 이야기를 재미있어하면서 들었다.

"아주 똑똑한 남자군. 크로스가 법정으로 가지 않으리란 사실을 간파하고 돈을 도로 뺏어간 거야. 사업을 잘 하는군."

단테는 커피를 마시면서 레드펠로우를 불만스럽게 노려보았다. 그의 옆에 앉아있던 로즈 마리가 그의 팔에 손을 얹었다.

"그게 재미있어요?"

단테가 레드펠로우에게 물었다. 레드펠로우는 잠시 단테를 지긋이 쳐다보았다. 그는 정색했다.

"이번 일은 너무 영리하게 굴어서 실수를 한 경우니까."

대부는 이 대화를 옆에서 지켜보면서 재미있어하는 것 같았다. 그는 근래에 보기 드물게 기분이 들떠 있었고 아들들은 그런 아버지의 모습을 보며 즐거워했다.

"그래, 넌 이 문제를 어떻게 해결했으면 좋겠니?"

대부가 단테에게 물었다.

"그 자식을 바다 속에 처넣어버리는 거죠."

단테는 이렇게 대답했고 대부는 그를 쳐다보며 살짝 웃었다.

"크로스, 넌? 이 상황을 어떻게 풀겠니?"

"상황을 있는 그대로 받아들이겠습니다. 교훈을 얻었다고 생각하는 거죠. 그 사람들한테 배짱이 없다고 판단했다가 그들 계략에 넘어간 거니까요."

"뻬띠에하고 빈센트는?"

두 아들은 대답을 거부했다. 그들은 아버지의 의중을 짐작하고 있었다.

"그냥 넘어가서는 안 될 일이야."

대부는 크로스에게 말했다.

"사람들은 널 바보라고 생각하면서 다들 널 경멸할 거다."

크로스는 대부의 말을 진지하게 받아들였다.

"엘리 매리온 집에는 아직도 비싼 그림들이 걸려 있는데 2천에서 3천만 달러 값어치는 됩니다. 그것들을 약탈해서 돈을 받아내는 방법도 있죠."

"그건 안 돼. 그렇게 하면 네가 세상에 노출되고 네가 가진 권력을 드러내서 아무리 조심한다고 해도 위험하게 될 소지가 커. 상황을 지나치게 복잡하게 만들게 되는 거지. 데이비드, 자넨 어떻게 하겠나?"

레드펠로우는 여송연을 피우면서 잠깐 생각을 했다. 그리고 대답했다.

"영화사를 매입하면 됩니다. 우리가 가진 은행과 언론사들을 동원해서 로드스톤을 매입하는 거예요."

크로스는 믿지 못하겠다는 표정이었다.

"로드스톤은 세계에서 가장 오래되고 가장 부유한 영화사입니다. 백 억 달러를 준다고 해도 안 팔 거예요. 절대 불가능한 일입니다."

뻬띠에가 장난스럽게 물었다.

"이봐, 데이비드, 백 억 달러가 누구 애 이름이야?"

레드펠로우는 손을 내저으며 그의 말을 막았다.

"그건 네가 돈이 어떻게 흘러가는지 몰라서 하는 얘기야. 돈이란 휘핑 크림 같아서 조금만 있어도 사채며 대부며 증권을 가지고 잔뜩 부풀릴 수 있어. 돈은 문제가 아냐."

크로스가 끼어들었다.

"문제는 밴츠를 어떻게 쫓아내느냐 하는 겁니다. 그는 영화사 책임자고, 어떤 실수를 했든 간에 매리온의 뜻을 충실하게 따르고 있습니다. 밴츠는 영화사를 절대 팔지 않을 겁니다."

"내가 가서 그놈한테 키스를 해주지, 뭐."

뻬띠에가 우스개 소리를 했다. 마침내 대부가 결정을 내렸다. 그는 레드펠로우에게 말했다.

"자네가 계획한 대로 해봐. 꼭 성사를 시켜. 하지만 아주 신중해야 돼. 피피와 크로스가 자네 일을 도울 거야."

"한 가지 더 있어."

지오르지오가 레드펠로우에게 말했다.

"바비 밴츠는 엘리 매리온의 뜻에 따라서 이후 오 년간 영화사에 대한 전권을 가져. 하지만 매리온의 아들, 딸이 밴츠보다 회사 주식은 더 많이 갖고 있지. 밴츠를 해고할 수는 없지만, 만약 영화사가 팔리게 되면 새 소유주들은 돈을 주고 어떻게든 그 사람을 반드시 내보내야 하지. 그러니 그건 네가 반드시 해결해야 될 문제야."

레드펠로우는 미소를 지으며 여송연을 빨았다.

"옛날에 하던 거와 하나도 다를 게 없군요. 전 대부의 도움만 있으면 됩니다. 이탈리아에 있는 은행들 일부는 선뜻 그렇게 큰 모험을 하려고 나서지 않을지도 모릅니다. 영화사의 현 시세에 기준해서 수수료를 상당히 많이 지불해야 할 거란 사실은 유념해주셨으면 합니다."

"걱정하지 말게. 그 은행들에 내 돈이 많이 들어가 있으니까."

피피는 이 모든 과정을 신중하게 지켜보았다. 그는 회의를 여러 사람에게 개방했다는 사실이 영 께름칙했다. 절차상으로 따져볼 때 이자리에는 대부와 지오르지오와 데이비드 레드펠로우만 있어야 했다. 피피와 크로스는 레드펠로우를 도와주라는 지시를 나중에 별도로 받는 것이 정례였다. 왜 이 비밀스런 회의에 그들을 끼워줬을까? 아니 그보다 왜 단테와 삐띠에, 빈센트를 이 자리에 합석시켰을까? 대부는 항상 자신의 계획에 대해 최대한 비밀을 유지하는 사람이었다. 이런 모든 상황들은 그가 아는 대부의 방식이 아니었다.

빈센트와 로즈 마리가 대부를 부축해서 계단을 올라가 침실까지 데려다주었다. 그는 난간에 이동의자를 설치하는 것을 고집스럽게 거부했다.

그들이 시야에서 사라지자마자 단테가 지오르지오 쪽으로 돌아서더니 무섭게 그를 추궁했다.

"영화사를 소유하게 되면 누가 운영하죠? 크로스가 하나요?"

데이비드 레드펠로우가 쌀쌀맞은 말투로 중도에 그의 말을 끊었다.

"영화사는 내가 소유한다. 운영도 내가 한다. 네 할아버지는 재정상의 이권만 가질 거야. 거기에 대한 서류작업을 곧 할 예정이다."

지오르지오도 그렇다고 인정했다. 크로스는 호탕하게 웃어제꼈다.

"단테, 너나 나나 영화사를 운영할 능력은 없어. 그 정도가 되려면 우리는 한참 더 잔인해져야 돼."

피피는 그들 모두를 유심히 관찰했다. 그는 위험을 감지해내는 능력이 좋았다. 그랬기 때문에 이렇게 오래 살 수 있었다. 하지만 이번 경우는 쉽게 판단이 서지 않았다. 어쩌면 대부가 늙어서 그런지도 몰랐다.

뻬띠에는 레드펠로우를 그의 자가용 비행기가 기다리고 있는 케네디 공항으로 데려다주었다. 크로스와 피피는 라스베가스에서 올 때 전세비행기를 이용했다. 대부는 제너두를 포함해서 자기 휘하의 회사들이 자가용 비행기를 소유하는 일을 전적으로 금지했다.

크로스는 빌린 차를 운전해서 공항까지 갔다. 차를 타고 가는 중에 피피가 크로스에게 말했다.

"뉴욕에서 좀 머물 생각이다. 공항에 도착하면 내가 차를 가져가마."

피피의 얼굴에 근심이 있어 보였다.

"회의에서 제가 많이 부족했어요."

"아니, 괜찮았다. 하지만 대부 말이 옳아. 누구도 두 번 다시 널 속이게 하진 말아야지."

케네디 공항에 도착해서 크로스는 차에서 내리고 피피가 운전석으로 자리를 옮겼다. 열린 창문 사이로 두 사람은 악수를 나눴다. 그러면서 피피는 아들의 잘 생긴 얼굴을 올려다보았고 새삼스럽게 가슴이 뭉클할 정도로 아들이 사랑스러웠다. 그는 크로스의 뺨을 툭툭 치면서 억지로 미소를 지으며 말했다.

"조심해라."

"뭘요?"

크로스가 아버지와 눈을 들여다보며 물었다.

"전부 다."

피피가 말했다. 그런 다음 크로스로서는 너무나도 놀라운 얘기를 했다.

"널 너의 엄마에게 가도록 내버려뒀어야 했는데, 내가 이기적이었어. 난 네가 필요했다."

크로스는 아버지가 차를 몰고 멀어지는 모습을 지켜보면서 아버지가 자기를 얼마나 걱정하고 또 얼마나 사랑하는지를 비로소 깨달았다.

15

자기 자신조차도 지극히 당혹스런 결정이라고 느꼈지만 피피는 결혼을 하기로 마음을 먹었다. 그것은 사랑 때문이 아니라 동반자가 필요하다는 생각 때문이었다. 사실 그에게는 크로스도 있었고 제너두 호텔의 친구들도 있었다. 클레리쿠지오가의 가족들은 물론이고 친척들도 많았다. 정부가 셋이나 있었고 식욕도 왕성했다. 골프를 즐겼고 실력도 꽤 좋았으며 여전히 춤을 사랑했다. 대부 말대로 그는 관 속으로 들어갈 때도 춤을 추면서 갈 것 같은 사람이었다.

하지만 건강하고 활력이 넘치며 경제적으로도 풍족하고 반쯤 은퇴 상태인 오십대 후반에 접어들자 그는 안정된 가정을, 그것도 가능하다면 자식이 딸린 가정을 갖고 싶다는 생각이 절실해졌다. 안 될 것도 없지 않을까? 그는 점점 더 그 생각에 마음이 끌렸다. 놀랍게도 그는 다시 아버지가 되고 싶었다. 딸을 키우면 재미있을 것 같았고, 비록 지금은 서로 얘기도 하지 않지만 옛날에는 클로디아를 좋아했었다. 클로디아는 아주 영리하고 솔직했으며 이제는 성공한 시나리오 작가로서 당당하게 자신의 길을 걸어가고 있었다. 그리고 앞으로 두 사람이 화해를 하지 말라는 법도 없었다. 그녀는 어떤 면에서 자기 못지않게 고집스러워서 그는 딸이 이해가 됐고, 자신의 신념을 밀고 나가는 딸이 대단하다는 생각이 들었다.

크로스는 영화 사업에 대담하게 뛰어들었다가 실패를 경험했지만 어느 모로 보나 아들의 미래는 확실했다. 아들에게는 여전히 제너두 호텔이 있었고 그의 실패는 대부가 만회시켜 줄 것이다. 아들은 착했지만 아직은 어렸고, 젊은이들은 모험을 해봐야 하는 법이다. 그게 바로 인생이었다.

공항에 크로스를 내려주고 난 뒤에 피피는 동부에 있는 정부와 이삼 일 정도 같이 지낼 생각으로 뉴욕으로 차를 몰았다. 그녀는 갈색 피부의 미인이었고 뉴욕 사람 특유의 신랄한 재치가 있었는데 법률사무소의 비서였고 또 대단한 춤꾼이기도 했다. 또한 독설가인데다 돈 쓰는 것을 좋아해서 그녀와 결혼을 하면 돈이 많이 나갈 것이다. 하지만 그녀는 마흔다섯이 넘어서 나이가 많다는 것이 흠이었다. 그리고 독립성이 아주 강해서 정부로 두기에는 더할 나위 없이 좋았지만 피피가 원하는 결혼생활에는 적당하지 않았다.

그녀가 신문을 읽느라 일요일 절반이 날아가긴 했지만 어쨌든 그녀와 보낸 주말은 즐거웠다. 두 사람은 멋진 식당에서 식사를 했고 나이트클럽에서 춤을 췄으며 그녀의 집에서 황홀한 밤을 보냈다. 하지만 피피는 좀더 평온한 뭔가를 필요로 했다.

피피는 비행기를 타고 시카고로 날아갔다. 그곳에 있는 정부는 떠들썩한 도시의 정부 못지않게 성적으로 그를 만족시켜주었다. 그녀는 술과 파티를 지나칠 정도로 좋아했고 세상만사를 낙천적으로 받아들이는 아주 재미있는 여자였다. 하지만 약간 게을렀고 지나치게 집을 어질렀다. 피피는 깨끗하게 정돈된 집을 좋아했다. 자기 말로는 최소한 마흔이라고는 했지만, 그녀 역시 가정을 갖기에는 너무 나이가 들었다. 젠장, 그렇다고 새파랗게 젊은 여자를 데리고 다니기에는 내가 너무 늙었잖아? 시카고에서 이틀을 보낸 뒤에 피피는 결혼 상대 목록에서 그녀를 지웠다.

라스베가스에서 가정을 꾸리기에는 두 여자 모두 문제가 있었다. 두 여자는 대도시 출신인데 라스베가스는 소들이 거닐던 자리에 카지노가 들어앉은 정말로 촌스러운 도시였다. 하지만 밤이 존재하지 않는 도시는 라스베가스밖에 없었기 때문에 그는 그곳을 떠나서는 살 수 없었다. 밤이 되면 도시는 사막 한가운데서 장미빛 다이아몬드처럼 반짝이면서 네온사인으로 유령들을 쫓아버렸고, 날이 밝으면 뜨거운 태양이 네온사인을 피해 숨어있던 유령들을 태워 없앴다.

그에게 있어서 최선의 선택은 로스앤젤레스에 있는 정부였다. 피피는 정부들을 지리적으로 그렇게 산뜻하게 배치시켰다는 사실에 만족감을 느꼈다. 그들끼리 우연히 마주친다거나 세 여자 중 하나를 선택하느라 심리적으로 갈등을 하는 일은 있을 수 없었다. 세 여자 각자 나름대로 쓸모가 있었고 서로 대립할 일도 없었다. 과거를 돌아볼 때 그는 자신의 인생에 대해서 거의 불만이 없었다. 대담하면서도 신중했고, 용감하면서도 무모하지 않았으며, 조직에 충성을 바쳤고 그들로부터 적절한 보상을 받았다. 유일하게 실수를 했다면 그것은 넬린 같은 여자와 결혼했다는 점인데 사실 십일 년 동안 넬린만큼 자기를 행복하게 만들어 줄 수 있었던 여자는 아무도 없었다. 그리고 일생 동안 실수를 단 한 번밖에 안 했다고 자부할 수 있는 남자가 누가 있을까? 대부가 항상 말했던 것처럼 치명적인 실수가 아닌 한 사는 동안 누구나 실수는 하는 법이었다.

그는 라스베가스에 들리지 않고 로스앤젤레스로 곧장 가기로 마음을 먹었다. 그는 미셸에게 전화를 걸어 지금 가는 중이라고 했지만 그녀가 공항까지 마중을 나오겠다는 걸 거절했다.

"내가 가기 전에 준비해놓고 기다려. 보고 싶었어. 그리고 당신한테 중요하게 할 말이 있어."

　미쉘은 서른두 살밖에 안 됐고 좀더 상냥하고 너그러웠으며 캘리포니아에서 태어나고 자라서인지 성격도 원만했다. 다른 두 여자와 마찬가지로 그녀도 침대에서 꽤 괜찮았는데 피피는 이 부분을 가장 중요하게 생각했다. 하지만 그녀는 성격이 날카롭지 않아서 서로 갈등이 생길 일은 없을 것 같았다. 미쉘에게는 약간 괴짜 기질이 있어서 영혼에게 말을 걸 수 있다는 뉴 에이지 풍의 쓰레기 같은 이론을 믿었고 자기가 겪은 과거사를 미주알고주알 쏟아놓긴 했지만, 재미있는 면도 없지 않았다. 캘리포니아 미인들이 흔히들 그런 것처럼 그녀 역시 배우가 되려는 꿈이 있었는데 오래 전에 그 생각은 포기했다. 지금은 영혼과 소통한다는 이론과 요가에 푹 빠져 있었고 건강에도 관심이 많아서 운동을 열심히 했다. 그리고 피피가 전생에 좋은 일을 많이 했다며 항상 칭찬을 아끼지 않았다. 물론 세 여자들 중 누구도 그의 진짜 직업을 몰랐다. 다들 그를 라스베가스에 있는 호텔의 관리 책임자 정도로만 알고 있었다.

　미쉘이라면 그는 라스베가스에 그대로 살 수 있었고, 로스앤젤레스에 아파트를 하나 마련해 놓고 주말에 사십 분 정도 비행기를 타고 로스앤젤레스로 날아가 기분전환을 하면 그만이었다. 그리고 제너두 호텔 내에 선물가게를 하나 사줘서 그녀를 바쁘게 만들어줄 필요도 있을 것이다. 그건 충분히 실현가능한 꿈이었다. 그런데 미쉘이 거절하면 어쩌지?

　문득 떠오르는 생각이 있었다. 아이들이 어렸을 때 넬린이 들려주던 금발머리 소녀와 곰 세 마리 이야기였다. 자신은 그 이야기에 나오는 금발머리 소녀와 똑 같았다. 뉴욕 여자는 너무 딱딱했고 시카고 여자는 너무 부드러웠고 로스앤젤레스 여자가 딱 좋았다. 그런 생각을 하며 그는 웃었다. 물론 현실에서 딱 좋은 건 아무것도 없었지만.

로스앤젤레스에 도착해 비행기에서 내렸을 때 그는 캘리포니아의 향기로운 공기를 가슴 가득 빨아들였다. 스모그가 있다고는 전혀 눈치조차 채지 못했다. 그는 여자들에게 선물하기를 좋아했고 전 세계의 사치품들을 모아놓은 화려한 가게들이 늘어서 있는 거리를 구경하는 것도 재미있었기 때문에, 차를 한 대 빌려서 우선 로데오거리부터 들렀다. 그는 구찌 가게에서 화려한 손목시계를 하나 사고, 펜디에서는 별로 예쁘지는 않은 지갑을 하나 사고, 에르메스의 스카프 한 장과 값비싼 조각상처럼 생긴 병에 든 향수도 샀다. 그리고 자신이 입을 값비싼 속옷을 살 쯤에는 아주 기분이 좋아져서 금발의 젊은 점원아가씨와 농담까지 주고받았다.

3천 달러를 쓰고 차로 돌아온 그는 선물들이 가득 든 화려한 구찌 종이가방을 뒷좌석에 던져 놓고 산타모니카로 향했다. 브랜우드에서 그가 좋아하는 브랜우드 마트에 들렀다. 그는 찬 음료와 음식을 먹을 수 있도록 음식진열대와 탁자를 한쪽에 마련해놓은 가게들을 좋아했다. 비행기 음식은 끔찍이도 맛이 없었고 그는 배가 고팠다. 미쉘은 항상 식이요법을 하느라 냉장고에 절대로 음식을 넣어놓는 법이 없었다.

그는 가게에서 오븐에 구운 통닭 두 마리와 숯불 돼지갈비 열두 조각 그리고 핫도그 네 개를 샀다. 그리고 가게 한 군데를 더 들러서 갓 구운 하얀 호밀 빵을 샀다. 그는 노점에서 큰 컵으로 콜라 한 잔을 사고 야외 식탁에 앉아 마지막이 될 지도 모를 고독의 시간을 즐겼다. 그는 핫도그 두 개와 통닭 반 마리 그리고 튀긴 감자를 먹었다. 산해진미가 따로 없을 정도로 맛있었다. 그는 캘리포니아의 저녁 황금빛 햇살 아래 앉아 얼굴을 간질이는 부드럽고 향기로운 바람을 느꼈다. 일어나기 싫었지만 미쉘이 기다리고 있었다. 그녀는 목욕을 하고 향수를 뿌린 채 술에 약간 취해서는 양치질할 틈도 주지 않고 그를 곧장 침대로 끌고 가겠지. 그는 관계를 갖기 전에 그녀에게 청혼을 할 작정이었다.

음식이 담긴 가방에는 지적인 손님들한테나 어울릴 만한 음식과 관련된 우화가 적혀 있었다. 그는 가방을 차에 넣으면서 첫줄만 읽어보았다. '과일은 인간이 먹은 가장 오래된 농산물이다. 에덴동산에서….' 우라질, 하고 피피는 생각했다.

그는 산타모니카로 차를 몰아서 미쉘의 집이 있는 스페인 식 방갈로 모양의 이층짜리 건물들 앞에 도착해 차를 세웠다. 차에서 내리면서 그는 오른손을 자유롭게 쓸 수 있도록 무의식적으로 왼손에 가방을 몰아서 들었다. 습관적으로 그는 거리를 위아래로 훑어보았다. 주변은 아름다웠고 주차된 차들은 전혀 없었으며 스페인 식으로 도로가 널찍해서 평화로운 느낌이 들었다. 꽃이며 풀에 가려서 도로가 꺾어지는 곳에서는 차들이 지나다니는 모습이 보이지 않았고 가지가 빽빽한 나무들이 덮개처럼 햇빛을 막아주었다.

이제 그는 장미넝쿨이 드리워진 녹색 나무울타리가 쳐진 긴 골목길을 따라서 걸어 가야 했다. 미쉘의 아파트는 목가적인 분위기를 고스란히 간직하고 있는 옛날 건물이었고 골목길 안쪽에 있었다. 집들은 겉에서 보기에는 낡은 목조건물이었는데, 집집마다 수영장이 딸려 있고 수영장 가에는 하얀색 의자들이 놓여 있었다.

골목길 반대편 끝에서 자동차가 공회전을 하면서 내는 엔진소리가 들렸다. 그 소리에 그는 평소 습관대로 정신을 바짝 긴장시켰다. 그와 동시에 의자 뒤에서 남자 하나가 벌떡 일어서는 모습이 보였다. 그는 너무 놀라서 "여기서 뭐 하는 거야?" 하고 소리를 쳤다.

남자는 대답을 하지 않았고, 그 순간 피피는 상황을 완전히 파악했다. 그는 무슨 일이 벌어지고 있는지를 깨달았다. 그의 머리 속에서는 미처 반응할 수도 없을 정도로 수많은 생각들이 빠르게 지나갔다. 그는 남자가 꺼내는 작고 예쁘장한 총과 살인자의 얼굴에 어린 긴장을 보았다. 자신이 죽인 사람들이 왜 그런 표정을 지었고 그들이 인생의 종말을 맞이하면서 느꼈을 최후의 경악이 어떠했으리라는 것을 그는 이제야 비로소 알 것 같았다. 그리고 마침내 자신의 인생에 대한 대가를 치를 때가 됐음을 깨달았다. 그 와중에도 그의 머릿속에서는 살인자의 계획이 엉성해서 자기라면 절대 이런 식으로 하지 않았으리라는 생각이 얼핏 스쳐지나갔다.

그는 그래봤자 소용없을 줄 알면서도 최선을 다했다. 그는 짐을 내려놓는 동시에 총으로 손을 가져가며 앞으로 돌진했다. 그 남자도 피피가 있는 쪽으로 다가왔는데 피피가 아주 반가워하면서 그 남자 쪽으로 손을 내밀었다. 여섯 개의 총알이 공기를 가르며 피피의 몸에 박혔고 그는 녹색 울타리 아래 꽃밭으로 털썩 쓰러졌다. 꽃 냄새가 향기로웠다. 그는 남자를 올려다보며 중얼거렸다.

"이 재수 없는 산타디오 새끼."

마지막 총알이 그의 두개골 속으로 파고들었다. 피피는 이제 세상에 존재하지 않았다.

16

피피가 죽던 날, 크로스는 아침 일찍 말리부로 가서 아테나를 태우고 베써니를 만나기 위해 샌디에고로 향했다.

간호사들이 미리 서두른 덕분에 베써니는 이미 옷을 갈아입고 외출할 준비가 되어 있었다. 크로스는 아이에게서 엄마의 예전 모습을 희미하게나마 찾을 수 있었고 아테나가 그 나이였을 무렵의 키도 어림할 수 있었다. 아이의 얼굴과 눈은 여전히 무표정했고 기운이 하나도 없었다. 얼굴의 이목구비는 어딘가 허전해 보여서 마치 쓰다만 비누 같은 느낌이 들었다. 아이는 그림을 그릴 때 입는 빨간 비닐 앞치마를 걸치고 있었다. 그날 아침 일찍부터 벽에다 그림을 그렸던 모양이었다. 아이는 두 사람의 존재 자체를 완전히 무시했고, 엄마가 자기를 안고 키스를 하자 얼굴과 몸을 움츠렸다. 아테나는 아이의 이런 반응을 모른 척하면서 딸을 훨씬 더 세게 껴안았다.

그날은 근처의 호수로 소풍을 가기로 한 날이었다. 아테나는 점심을 싸가지고 왔다.

차로 짧은 거리를 달리는 동안 베써니는 두 사람 사이에 앉았고 아테나는 운전을 했다. 아테나는 베써니의 뒤통수와 뺨을 손으로 자꾸만 쓰다듬었지만 베써니는 앞만 노려보고 있었다.

크로스는 그날 저녁이 되면 말리부로 돌아가 아테나와 사랑을 나누는 상상을 했다. 침대에 누운 그녀의 벗은 몸과 그녀를 내려다보고 서 있을 자신의 모습을 그려보고 있었다.

느닷없이 베써니가 그에게 말을 시켰다. 아이는 그 전까지는 그의 존재를 전혀 인정하지 않았었다. 베써니는 생기 없는 초록색 눈으로 그를 똑바로 쳐다보면서 물었다.

"누구세요?"

아테나는 베써니가 묻는 일이 늘 있는 일인 것처럼 지극히 자연스러운 어조로 대답을 했다.

"이름은 크로스고, 엄마의 가장 친한 친구야."

베써니는 그 말을 듣지 않는 것처럼 보였고 다시 자신만의 세계 속으로 들어갔다.

아테나는 호수에서 약간 떨어진 곳에 차를 세웠는데, 숲 속에 포근하게 들어앉은 반짝이는 호수의 모습은 마치 초록색 커다란 천 위에 놓인 자그마한 푸른 보석처럼 보였다. 크로스는 음식 바구니를 옮겨왔고, 아테나는 풀밭에 빨간 깔개를 펼친 다음에 바구니 속에 든 음식들을 꺼내놓았다. 그녀는 까슬까슬한 초록색 냅킨과 포크, 숟가락도 꺼냈다. 베써니는 음표가 수놓인 깔개를 신기한 듯 쳐다보았다. 아테나는 다양한 종류의 샌드위치와 초록색 그릇에 담긴 감자 샐러드 그리고 과일들을 죽 늘어놓았다. 크림이 든 달콤한 케이크들을 담은 접시와 닭튀김도 꺼냈다. 베써니는 먹는 걸 좋아했기 때문에 아테나는 온갖 정성을 다 쏟아서 이 모든 것들을 준비했다.

크로스는 차로 가서 트렁크에서 탄산수를 가져왔다. 그리고 바구니에 든 컵을 꺼내서 두 사람에게 탄산수를 따라주었다. 아테나는 베써니에게 자기 잔을 내밀었는데 베써니는 그녀의 손을 탁 뿌리쳐버렸다. 아이는 계속해서 크로스를 쳐다보았다.

크로스가 아이의 눈을 똑바로 응시했다. 아이의 얼굴은 너무 굳어 있어서 마치 피부가 아니라 가면 같았지만 눈빛에는 이제 경계하는 기색이 역력했다. 그것을 보고 있자니 마치 아이가 아무도 모르는 깊은 동굴에 갇혀 그 안에서 숨이 막히면서도 도와달라는 말도 못하고 살갗에는 온통 물집이 잡혔지만 아무도 건드리지 못하게 잔뜩 움츠리고 있는 듯한 착각이 들었다.

세 사람은 음식을 먹기 시작했고 아테나는 베써니를 웃기려고 애를 쓰면서 무신경한 수다쟁이처럼 행동했다. 그녀는 베써니가 전혀 대답을 하지 않았는데도 불구하고 같이 대화를 나누는 친구처럼 아이를 대하며 마치 아이의 자폐증적인 행동이 극히 자연스러운 행동인냥 일부러 화를 돋우기도 했다가 지루하게도 만들었다가 하면서 아주 노련하게 대화를 이끌어나갔다. 그런 그녀를 보면서 크로스는 경탄을 금치 못했다. 그것은 자신의 고통을 잊기 위해 고안해낸 참으로 멋진 독백이었다.

마침내 후식을 먹을 차례가 됐다. 아테나는 크림을 바른 케이크 하나를 포장을 벗겨서 베써니에게 주었지만 아이는 받지 않았다. 그녀는 크로스에게도 하나를 건넸는데 크로스도 싫다고 고개를 저었다. 엄청난 양의 음식을 먹고도 여전히 엄마한테 잔뜩 화가 나 있는 베써니를 보면서 크로스는 신경이 곤두서기 시작했다. 그는 또한 아테나가 그런 자기 기분을 감지하고 있으리라는 사실도 알았다.

아테나는 페스트리를 먹으며 맛있다고 탄성을 질렀다. 그녀는 페스트리 두 개를 포장을 벗겨서 베써니 앞에 놓았다. 아이는 평소에 단 것을 좋아했는데 빵 두 개를 집어 들더니 잔디 위에 놓았다. 잠시 후에 빵에 개미가 잔뜩 꼬였다. 그러자 베써니가 빵을 집어서는 입에 밀어넣었다. 그리고는 남은 하나를 크로스에게 내밀었다. 크로스는 조금도 주저하지 않고 빵을 입에 집어넣었다. 입천장과 잇몸이 간지러웠다. 베써니는 아테나를 쳐다보았다.

아테나는 어려운 장면을 연기해야 하는 여배우처럼 일부러 얼굴을 찡그렸다. 그러고는 손뼉을 쳐가면서 아주 유쾌하게 웃어댔다.

"그것 봐, 정말 맛있잖아."

그녀는 페스트리를 더 권했지만 베써니도 크로스도 먹지 않았다. 아테나는 그걸 잔디에다 던져버렸고 그런 다음에 냅킨을 집어서 베써니의 입을 닦아주고 크로스의 입도 닦아주었다. 그녀는 아주 재미있어했다. 적어도 겉으로 보기에는 그랬다.

병원으로 돌아오는 길에 아테나는 베써니에게 말할 때 하는 억양으로 마치 크로스도 자폐증 환자인 것처럼 그에게 얘기를 했다. 베써니는 그녀를 세심하게 쳐다보았고 그런 다음 크로스 쪽으로 얼굴을 돌려 그를 뚫어져라 쳐다보았다.

　병원에 아이를 내려주었을 때 베써니가 잠시 크로스의 손을 잡았다. "참 잘 생겼어." 라고 아이는 말했고, 크로스가 작별 키스를 하려고 하자 아이는 고개를 돌려버렸다. 그리고는 뛰어 들어갔다.

　말리부로 돌아오면서 아테나는 흥분했다.

　"아이가 당신한테 반응을 했어. 정말로 좋은 징조야."

　"내가 잘 생겼으니까."

　크로스는 무덤덤하게 대답했다.

　"아니야, 당신이 개미를 먹어서 그래. 나도 당신 못지않게 예쁘지만 베써니는 날 끔찍하게 싫어하는 걸."

　그녀는 즐거운 미소를 지었고, 항상 그랬듯이 이번에도 크로스는 그녀의 아름다움에 머리가 아찔해지면서 몸에 소름이 끼쳤다.

　"베써니는 당신이 자기를 좋아한다고 생각해. 당신도 자폐증이라고 생각한다고."

　크로스는 그 생각이 재미있어서 유쾌하게 웃었다.

　"어쩌면 맞는 생각일지도 모르지. 당신은 나도 베써니랑 같이 병원에 입원시켜야 할 거야."

　"안 돼. 그러면 내가 원할 때마다 당신을 가질 수 없잖아. 게다가 메쌀리나가 끝나면 베써니를 병원에서 데리고 나갈 텐데."

　두 사람은 말리부로 돌아와 그녀의 집으로 들어갔다. 그날 밤은 그녀 집에서 보낼 계획이었다. 이제 그는 아테나의 마음을 읽는 법을 배웠다. 마음이 불안할수록 그녀는 더 쾌활하게 행동한다는 것을.

　"기분이 좋지 않으면 난 라스베가스로 돌아갈게."

　그녀는 슬퍼 보였다. 크로스는 그녀가 발랄할 때나 심각하고 진지할 때나 또 우울할 때나 한 순간도 그녀를 사랑하지 않고는 배길 수 없다는 사실이 놀라웠다. 그녀의 표정변화는 너무나도 매혹적이고 아름다워서 그는 자신도 모르게 그녀의 감정을 그대로 따라갔다. 그녀가 그를 보며 다정하게 말했다.

"당신한테는 힘든 하루였고 그러니까 당연히 보상을 받아야 돼."

그녀의 말 속에는 조롱이 담겨 있었지만 그 조롱은 그녀 자신에 대한 조롱이라는 사실을, 그녀는 자신의 매력이 모두 허위라고 생각하고 있음을 그는 알았다.

"힘들지 않았어."

크로스는 대답했다. 그리고 그건 진심이었다. 넓은 숲 속 호숫가에서 호젓하게 셋만의 시간을 보낸 그날 하루는 그에게 어린 시절을 떠올리게 했고 그래서 그는 행복했다.

"빵에 붙은 개미를 잘 먹던데."

아테나가 슬픈 목소리로 말했다.

"썩 나쁘진 않더라고. 베써니가 좋아질 수 있을까?"

"지금은 모르겠지만 끝까지 방법을 찾아낼 거야. 다음 주말에는 영화촬영이 없어. 그래서 그때 베써니를 데리고 프랑스에 갈 거야. 파리에 훌륭한 의사가 있어서 검사를 한 번 더 받아보려고."

"희망이 없다고 말하면 어떻게 할 거야?"

"아마도 그 사람 말을 안 믿겠지. 그건 중요하지 않아. 난 아이를 사랑해. 내가 아이를 돌볼 거야."

"영원히?"

"응."

아테나가 대답했다. 그런 다음 그녀는 눈을 반짝이면서 손뼉을 쳤다.

"그때가 되기 전까지는 즐겁게 사는 거야. 우리 자신도 돌봐야지.

이층에 올라가서 샤워하고 침대로 뛰어드는 거야. 몇 시간이고 미친 듯이 사랑을 나누자. 그런 다음에 야식을 먹고 말이야."

크로스는 다시 어린아이로 돌아간 것 같은 기분이 들었고, 행복하게 잠에서 깨어나 엄마가 차려주는 아침을 먹고 친구들과 놀고 아버지와 사냥을 떠나고 클로디아와 넬린과 피피와 같이 저녁을 먹던 기억을 떠올렸다. 저녁을 먹고 난 뒤에는 카드놀이를 했었지. 참으로 순수했던 그때의 그 느낌들. 이제 어슴푸레한 저녁노을 속에서 아테나와 사랑을 나누고 발코니로 나가 태양이 하늘을 불그스레하게 물들이며 태평양 바다 너머로 떨어지는 광경을 바라보면서 그녀의 따뜻하고 매끄러운 살결을 어루만지는 일이 그를 기다리고 있었다. 그리고 그녀의 아름다운 얼굴과 입술에 키스를 하겠지. 그는 미소를 지으며 그녀를 계단으로 이끌었다.

침실 전화기가 울렸고 아테나가 전화를 받으려고 뛰어올라갔다. 그녀가 수화기를 손으로 막고 놀란 목소리로 말했다.

"당신 전화야. 지오르지오라고 하는데?"

그녀의 집으로 그를 찾는 전화가 온 적은 한 번도 없었다. 분명히 골치 아픈 일일 거야, 라는 생각을 하면서 크로스는 전혀 상상도 하지 못했던 행동을 했다. 그는 전화를 받지 않겠다는 뜻으로 고개를 저었다.

아테나가 수화기에 대고 말했다.

"그 사람 여기 없는데요. 네, 오면 전화 드리라고 하죠."

그녀는 전화를 끊고 물었다.

"지오르지오가 누구야?"

"친척이야."

그는 자신이 한 행동과 아테나와 함께 있기 위해 그런 행동을 했다는 사실에 스스로도 소스라치게 놀랐다. 그것은 극히 어리석은 짓이었다. 그러면서 그는 지오르지오가 어떻게 자기가 여기 있는지 알았으며 또 뭘 원했을까 의아해졌다. 뭔가 중요한 일임에 틀림없다는 생각이 들었지만 아침까지는 기다려도 괜찮을 것 같았다. 무엇보다도 그는 아테나와 사랑을 나누는 일을 절대 포기할 수 없었다.

두 사람은 하루 종일, 아니 일 주일 내내 이 순간을 기다렸다. 그들은 함께 샤워를 하려고 옷을 벗었고, 소풍을 다녀오느라 몸이 아직도 땀에 젖어 있었지만 그는 참지 못하고 그녀를 품에 안았다. 그리고 그녀는 그를 물이 쏟아지는 샤워기 밑으로 데리고 갔다.

두 사람은 큰 주황색 수건으로 서로의 몸을 닦아 준 다음에 수건으로 둘의 몸을 둘둘 말고는 발코니로 나가 수평선 너머로 태양이 저무는 광경을 지켜보았다. 그런 뒤에 두 사람은 방안으로 들어가 침대 위에 누웠다.

그녀와 관계를 하면서 크로스는 머리와 몸의 세포가 모두 증발해버리는 듯한 착각이 들었고 열에 들떠서 꿈을 꾸고 있는 것 같았다. 유령이 되어 미칠 듯한 기쁨으로 도깨비불을 번득이면서 그녀의 몸 속으로 들어가는 꿈을. 그는 경계심도 분별력도 모두 잃어버렸고, 그녀가 가짜로 연기를 하고 있는 건 아닌지, 진심으로 자신을 사랑하는지 아닌지를 확인하려고 그녀의 표정을 관찰하지도 않았다. 서로의 팔에 안겨 잠이 들기 전까지 그 순간은 영원히 계속될 것만 같았다. 두 사람이 잠에서 깼을 때 달빛이 햇빛보다 더 환하게 빛나고 있었고 둘의 몸은 아직도 서로 얽혀 있었다. 아테나는 그에게 키스를 하며 물었다.

"당신, 정말로 베써니를 사랑해?"

"응. 그 아인 당신의 일부니까."

"베써니가 좋아질 거라고 생각해? 내가 베써니에게 도움이 될 수 있을 거라고 생각해?"

그 순간 크로스는 소녀를 위해서 자기 인생을 포기해도 좋다는 생각이 들었다. 그는 사랑하는 여자를 위해서 자신을 희생하고 싶다는 강한 충동을 느꼈다. 그런 충동을 느끼는 남자들은 많겠지만 그에게는 완전히 낯선 감정이었다.

"우리 둘이 같이 도와주자."

"아니야. 그건 나 혼자 해야 될 일이야."

두 사람은 다시 잠이 들었다. 안개가 낀 새벽녘에 전화가 울렸다. 아테나가 수화기를 들고 잠시 듣더니 크로스에게 말했다.

"경비원이야. 네 사람이 차를 타고 왔는데 당신을 만나고 싶어한대."

크로스는 가슴이 뜨끔했다. 그는 수화기를 받아서 경비원에게 말했다.

"아무나 바꿔주십시오."

수화기에서 들리는 목소리는 빈센트였다.

"크로스, 뻬띠에도 같이 왔다. 아주 나쁜 소식을 가져왔어."

"알았어요, 경비원 좀 바꿔주세요."

크로스는 경비원에게 들여보내라고 얘기했다. 그는 지오르지오의 전화를 까맣게 잊고 있었다. 사랑하면 다 이렇게 되는 거야, 하고 크로스는 자조적으로 생각했다. 이런 식으로 계속하다가는 일 년도 안 돼 죽겠지.

그는 재빨리 옷을 입고 아래층으로 급히 내려갔다. 차가 집 앞에 막 멈춰 섰고 태양이 빛을 뿜어내며 수평선 위로 반쯤 올라와 있었다.

길쭉한 리무진 뒷좌석에서 빈센트와 뻬띠에가 나왔다. 앞에는 운전수 외에 남자 한 명이 더 타고 있었다. 뻬띠에와 빈센트는 긴 정원을 따라 현관 쪽으로 걸어왔고 크로스가 문을 열어주었다.

어느 틈엔가 아테나가 맨 살에 운동바지와 스웨터만 걸치고 내려와 그의 옆에 서 있었다. 뻬띠에와 빈센트는 그녀를 뚫어지게 쳐다보았다. 그녀는 이제까지 본 것 중 가장 아름다운 모습이었다.

아테나는 그들을 부엌으로 안내하고 커피를 만들기 시작했고, 크로스는 그녀에게 두 사람을 친척이라고 소개했다.

"여기는 어떻게 오셨어요? 어제 저녁에 뉴욕에 계셨을 텐데."

"지오르지오가 비행기를 전세 내줬다."

뻬띠에가 대답했다. 아테나는 커피를 만들면서 그들을 유심히 관찰했다. 두 사람은 전혀 감정을 드러내지 않았다. 형제처럼 보였고 둘 다 덩치가 컸지만 빈센트는 얼굴이 돌처럼 차가웠고 뻬띠에의 좀더 갸름한 얼굴은 햇볕에 그을렸는지 아니면 술을 마셨는지 붉었다.

"그래, 나쁜 소식이란 게 뭐예요?"

크로스가 물었다. 그는 대부가 죽었거나 로즈 마리가 완전히 미쳐버렸거나 아니면 단테가 조직을 위험에 몰아놓는 끔찍한 짓을 저질렀을 거라고 추측했다.

빈센트가 평소처럼 무뚝뚝하게 말했다.

"너한테만 해야 될 얘기다."

아테나는 그들에게 커피를 따라주며 말했다.

"난 안 좋은 얘기도 당신한테 다 했어. 그러니까 나도 들을 거야."

"아저씨들이랑 그냥 나갈게."

"생색내지 마. 그냥 나가는 건 내가 허락 못해."

이 말에 빈센트와 뻬띠에의 표정이 달라졌다. 빈센트의 굳은 얼굴은 당황해서 상기됐고 뻬띠에는 마치 요주의 인물을 대하는 것처럼 아테나를 쳐다보며 슬쩍 웃었다. 크로스는 이 모습을 보면서 웃음을 터뜨렸다.

"좋아, 같이 듣자."

삐띠에는 되도록이면 충격을 주지 않으려고 애를 썼다.

"네 아버지한테 사고가 생겼다."

빈센트가 참지 못하고 중간에 끼어들었다.

"피피가 풋내기 강도 총에 맞아 죽었다. 강도도 죽었는데, 로지라는 형사가 그놈이 달아날 때 총을 쐈어. 네가 로스앤젤레스로 가서 시체 신원을 확인하고 서류작성을 해야 돼. 아버지는 코그에 네 아버지를 묻고 싶어하신다."

크로스는 숨이 막혔다. 검은 바람이 휙 일어나면서 그는 잠시 몸을 떨었고 그런 다음 자신의 팔을 붙들고 있는 아테나의 손을 느꼈다.

"언제였어요?"

"어젯밤 여덟시 경. 지오르지오가 너한테 전화를 했지."

삐띠에가 말했다. 내가 사랑을 나누는 동안에 아버지는 시체보관소에 누워 계셨구나, 하고 크로스는 생각했다. 그는 자신의 어리석음이 정말 수치스러웠다.

"가야겠어."

그는 아테나에게 말했다. 그녀는 괴로워하는 그의 얼굴을 바라보았다. 그의 이런 모습은 이제까지 한 번도 본 적이 없었다.

"정말 안 됐어. 전화해."

크로스가 리무진의 뒷좌석에 올라타자 다른 두 남자가 위로의 말을 했다. 다시 보니 두 사람은 브롱크스에서 온 조직원들이었다. 말리부 콜로니 입구를 빠져나가 퍼시픽 코스트 대로에 들어섰을 때 크로스는 차가 속도를 내지 못한다는 사실을 알아차렸다. 그들이 타고 있던 차는 무장을 하고 있었다.

그로부터 닷새 뒤 피피의 장례식이 코그에서 열렸다. 대부는 집 안에 예배당을 두었을 뿐만 아니라 사유지에다 묘지도 마련해 놓았는데, 피피에 대한 경의를 표하려는 뜻에서 대부는 그를 실비오 옆에 묻었다.

그 자리에는 클레리쿠지오가 친척들과 브롱크스 조직의 정단원들만 참석했다. 크로스의 연락을 받고 리아 밧지도 왔다. 로즈 마리는 그 자리에 없었다. 피피의 사망소식을 듣고 그녀는 발작을 일으켜 정신병원으로 보내졌다.

하지만 클로디아가 장례식에 참석했다. 그녀는 크로스를 위로하고 아버지에게 작별인사를 하기 위해 비행기를 타고 왔다. 그녀는 피피가 살아 있을 때 자기가 할 수 없었던 것을 그의 사후에라도 꼭 해야겠다고 생각했다. 그녀는 자신도 아버지의 일부임을 주장하고 싶었고, 아버지는 조직의 일부이기도 했지만 자신의 아버지이기도 했음을 클레리쿠지오가 사람들에게 보여주고 싶었다.

클레리쿠지오가 집 앞 잔디밭에는 커다란 조화가 서 있었고 뷔페 식탁도 차려져 있었으며 한쪽 옆에는 웨이터들과 바텐더가 대기하고 있었다. 그날은 순수하게 애도를 표하는 날이었고 조직의 사업과 관련된 회의는 없었다.

클로디아는 아버지 없이 살아야 했던 세월을 생각하며 뜨거운 눈물을 흘렸지만, 크로스는 슬퍼하는 기색 없이 품위를 잃지 않고 차분히 조문객들을 대했다.

다음날 저녁 그는 제너두 호텔의 발코니에 앉아 네온빛으로 현란하게 반짝이는 환락가를 내려다보고 있었다. 이렇게 높은 데서도 음악소리며 행운을 가져다 줄 카지노를 찾으며 환락가를 가득 메우고 있는 도박꾼들의 와자지껄한 말소리가 들려왔다. 하지만 지난달에 일어났던 일들을 찬찬히 되짚어보기에는 그 정도로도 충분히 조용했다. 그리고 그는 아버지의 죽음에 대해서도 곰곰이 생각해 보았다.

크로스는 아버지가 흑인 펑크족 총에 맞아 죽었다는 사실이 믿기지 않았다. 최고의 실력자가 그렇게 죽는다는 것은 있을 수 없는 일이었다.

그는 사람들로부터 들은 이야기들을 하나하나 되짚어보았다. 아버지는 휴 말로우라는 흑인 강도의 총에 맞았다. 그 강도는 마약판매 전과가 있는 스물세 살의 남자였다. 말로우는 현장에서 도망치다가 짐 로지 형사의 총에 맞아 죽었는데, 짐 로지는 마약 사건에 연루된 말로우를 추적하고 있던 중이었다. 로지는 말로우가 총을 들고 자신을 겨누자 먼저 쏴서 쓰러 뜨렸다. 총은 정확히 미간을 꿰뚫었다. 로지는 주변을 살펴보다가 피피를 발견하고는 그 즉시 단테에게 전화를 걸었다. 그 전에 그는 경찰에까지 신고를 했다. 조직에서 돈을 받으면서 그가 왜 그런 행동을 했을까? 최고의 실력자이자 삼십 년 넘게 클레리쿠지오파에게 충성을 바쳐온 해결사인 피피가 보잘 것 없는 마약거래 강도한테 살해를 당한 사건은 누구도 예상치 못한 일이었다.

하지만 어째서 대부는 빈센트와 뻬띠에를 보내서 그를 무장한 차에 태워왔으며 장례식이 끝날 때까지 그를 경호했을까? 어째서 대부는 그렇게 세심하게 신경을 썼을까? 장례식이 진행되는 사이에 그는 대부에게 그 이유를 물어보았다. 하지만 대부는 별 얘기 없이 그저 사건 전모가 밝혀질 때까지 조심하는 편이 현명하다고만 했다. 그는 상황을 철저하게 조사했고 그래서 모든 얘기가 사실인 것 같다고 결론을 내렸다. 하찮은 좀도둑이 실수를 해서 어리석은 비극이 일어났다고 하면서 대부는 비극적인 일들은 대부분 어리석은 실수에서 비롯된다는 말도 덧붙였다.

대부는 진심으로 애통해했다. 그는 항상 피피를 자식처럼 대했으며 그를 특별히 아꼈다. 그래서 크로스에게도 "네 아버지의 빈 자리를 이제 네가 메워야지." 라고 말했다.

하지만 크로스는 발코니에 앉아 라스베가스를 내려다보면서 핵심적인 문제를 곰곰이 따져보았다. 대부는 우연의 일치를 절대로 믿지 않았는데, 이번 사건은 처음부터 끝까지 우연의 연속이었다. 짐 로지 형사는 조직의 돈을 받는 고용원이었고 로스앤젤레스에는 형사와 경찰관이 수천 명이나 되는데 살인현장을 우연히 목격한 사람이 하필이면 로지였다. 확률로 따져볼 때 그것은 극히 일어나기 힘든 경우가 아닌가? 하지만 그 문제는 일단 제쳐두자. 훨씬 더 중요한 문제는 일개 노상강도가 피피에게 그렇게까지 가까이 접근하는 일은 도저히 불가능하다는 사실을 대부가 모를 리 없다는 점이었다. 그리고 도주하기 전에 여섯 발이나 쏘는 강도가 대체 어디 있을까? 대부는 절대로 그 말을 곧이곧대로 믿을 리가 없었다.

따라서 이런 의문이 생겼다. 클레리쿠지오가 사람들은 자신들의 최고 단원을 위험인물로 간주했던 건 아니었을까? 어떤 이유에서 그랬을까? 그들은 그의 충성과 헌신뿐만 아니라 그에 대한 자신들의 애정까지도 무시할 수 있었을까? 그럴 리가 없었다. 그들은 결백했다. 그리고 그들의 결백에 대한 가장 유력한 증거는 크로스 자신이 아직까지 살아있다는 사실이었다. 만약 그들이 피피를 죽였다면 대부는 틀림없이 그도 살려두지 않았을 것이다. 하지만 어쨌든 자신의 목숨도 위태롭다는 사실은 분명했다.

크로스는 아버지에 대해 생각해보았다. 아버지는 진정으로 자신을 사랑했고, 클로디아가 자신과 얘기하기를 거부한다는 사실을 가슴 아파했다. 하지만 클로디아는 장례식에 참석했다. 왜 그랬을까? 클로디아는 아버지가 가족이 찢어지기 전까지 그들 둘에게 얼마나 좋은 아빠였는지 마침내 기억이 났던 걸까?

그는 아버지의 진짜 모습을 간파하고서 어머니가 아이를 데려간다면 아버지는 어머니를 죽일 지도 모른다는 생각에서 아버지 곁에 남는 쪽을 선택했던 그 끔찍이도 무서웠던 날을 떠올렸다. 그는 앞으로 나서며 아버지의 손을 잡았지만 그것은 사랑 때문이 아니라 클로디아의 눈에 어린 두려움 때문이었다.

크로스는 항상 아버지가 불사신이며 세상으로부터 자신을 보호해주는 사람이라고 생각했었다. 아버지는 누군가를 죽이는 쪽이지 죽임을 당하는 쪽은 아니라고. 이제 그는 혼자 힘으로 적들을 막아내야 했고, 어쩌면 그 적은 클레리쿠지오가 사람들일지도 몰랐다. 어찌됐든 그는 10억 달러에 상당하는 제너두 호텔의 절반인 5억 달러를 소유한 부자였으니 죽일 만한 가치가 있었다.

이 생각은 그로 하여금 자신의 인생을 되돌아보게 했다. 내 인생의 목적은 뭘까? 온갖 위험을 무릅쓰고 살다가 결국에는 살해 당한 아버지의 전철을 밟을 것인가? 분명히 피피는 자신의 삶과 권력과 돈을 사랑했지만 이제 와서 보면 모두 공허하게만 여겨졌다. 아버지는 아테나 같은 여자와 나누는 사랑의 기쁨을 알지 못했다.

그는 아직 스물여섯 살이었다. 따라서 새로운 인생을 살 수 있었다. 그는 아테나를 떠올리면서 내일 촬영장으로 가서 그녀가 사는 가공의 삶과 그녀가 쓰고 나오는 온갖 가면들을 구경해봐야겠다는 생각을 처음으로 했다. 아름다운 여자들이라면 다 좋아한 피피는 아테나도 무척 좋아했을 것이다. 그러다가 문득 그는 비르지니오 발라죠의 부인 생각이 났다. 피피는 그 부인을 좋아해서 그녀가 차린 식탁에서 밥을 먹기도 하고 그녀를 팔로 껴안기도 하고 또 춤을 추기도 했으며 그녀의 남편과는 보치 게임을 즐겼다. 그러나 그 뒤에는 두 사람을 살해할 계획을 세웠다.

그는 한숨을 쉬며 자리에서 일어나 객실로 돌아왔다. 동이 트고 있었고 환락가 위로 커다란 극장 커튼처럼 드리워진 네온 조명들이 새벽빛을 받아 흐릿해졌다. 저 아래로 더 샌즈, 더 시저, 더 플라밍고, 더 데저트 인 같은 대형 카지노 호텔들의 깃발들이 보였고 미라지 호텔에서 펼쳐지는 화산폭발쇼도 보였다. 제너두 호텔은 호텔들 중에서 가장 높았다. 그는 제너두 호텔의 별장들 위에 펄럭이는 깃발들을 바라보았다. 한때는 그곳에 들어가 사는 것이 그의 꿈이었지만 그론벨트가 죽고 아버지가 살해된 지금은 모두 허무해 보일 뿐이었다.

　　그는 방으로 돌아와 수화기를 들고 리아 밧지에게 전화를 걸어서 같이 아침을 먹자고 했다. 두 사람은 코그에서 장례식이 끝난 뒤에 함께 라스베가스로 왔다. 그리고 나서 그는 아침식사를 주문했다. 그는 리아가 미국에 온지 수년이 지났는데도 아직도 팬케이크를 신기한 음식으로 여긴다는 사실을 떠올렸다. 아침식사가 막 도착하는데 경호원이 밧지를 데리고 올라왔다. 두 사람은 객실의 주방에서 식사를 했다.

　　"그래, 아저씬 어떻게 생각하세요?"

　　"난 로지라는 그 형사를 죽여야 한다고 생각해. 그 얘긴 전에도 했을 거야."

　　"그럼 아저씬 그 사람 말을 안 믿는다는 말씀이세요?"

　　리아는 팬케이크를 길쭉하게 잘랐다.

　　"그 얘긴 순 거짓말이야. 네 아버지 같은 노련한 남자가 그런 불량배를 그렇게 가까이 접근하게 놔뒀을 리가 없어."

　　"대부께서는 그 얘길 사실이라고 생각해요. 다 조사를 해봤답니다."

　　리아는 크로스가 그를 위해서 준비해놓은 브랜디 잔과 여송연을 집어 들었다.

　　"난 대부의 말을 반박할 생각은 전혀 없어. 하지만 로지를 죽여서 그 말을 확인하게 해줘."

"그러다가 만약 그 사람 배후에 클레리쿠지오가 있으면 어떻게 하실 겁니까?"

"대부는 명예를 존중하는 사람이야. 옛날부터 말이야. 만약 대부가 피피를 죽였으면 너도 죽였을 거야. 대부는 널 아니까. 대부는 네가 아버지 원수를 갚을 것이란 사실을 알 테고 또 만사에 빈틈이 없는 사람이다."

"그럼 아저씬 누굴 위해 싸울 거죠? 전가요, 아니면 클레리쿠지오 사람들인가요?"

"난 선택의 여지가 없어. 난 네 아버지와 아주 가까운 사이였고 너와도 아주 가깝다. 만약 그들이 널 죽인다면 나도 그들을 살려두지 않을 거야."

크로스가 아침에 리아와 같이 브랜디를 마시기는 이번이 처음이었다.

"어쩌면 어리석은 사고였을 수도 있죠."

"아니야. 범인은 로지야."

리아가 딱 잘라 말했다.

"하지만 그 사람은 동기가 없어요. 그렇지만 찾아내야죠. 그래서 제가 아저씨한테 부탁할 게 있는데요, 브롱크스 출신이 아닌 사람으로 아저씨한테 충성스런 단원 여섯 명만 모아주세요. 그리고 사람들을 준비시키고서 제 지시를 기다리세요."

리아는 전에 없이 침착했다.

"미안한 얘긴데 말이야. 난 한 번도 자네 지시에 의문을 가져본 적이 없어. 하지만 이번 일 만큼은 모든 계획을 나와 상의해줬으면 싶네."

"좋습니다."

크로스는 선선히 승낙했다.

"다음 주에 전 이틀 동안 프랑스에 갈 계획이에요. 그동안 로지에 대해서 최대한 알아봐 주세요."

리아는 크로스를 쳐다보며 슬쩍 웃었다.

"애인이랑 갈 건가?"

크로스는 그가 그렇게 조심스러워하는 모습이 우스웠다.

"네, 그리고 그 사람 딸도 같이 가요."

"머리 한쪽이 비어 있는 그 애?"

그것은 나쁜 의도로 한 말은 아니었다. 이탈리아에서는 지능과는 상관없이 건망증이 심한 사람들을 일컬을 때 흔히 그런 표현을 썼다.

"네. 거기에 그 아일 도울 수 있을지도 모르는 의사가 있어요."

"잘 됐네. 일이 잘 되기를 비네. 그 여자 말이야, 조직 일에 대해서 아나?"

"그랬다가는 천벌을 받게요."

크로스는 이렇게 대답했고 두 사람은 웃음을 터뜨렸다. 그러면서 한편으로 크로스는 리아가 어떻게 자신의 사생활에 대해서 그렇게 많이 아는지 의아했다.

17

크로스는 아테나가 꾸며낸 감정을 연기하고 자신이 아닌 다른 사람으로 변하는 모습을 보기 위해 처음으로 촬영장을 찾아갔다.

그는 클로디아와 같이 아테나를 보러 갈 계획이었기 때문에 먼저 로드스톤 영화사에 있는 사무실로 동생을 찾아갔다. 사무실에는 클로디아 말고도 여자 둘이 더 있었는데 클로디아가 그들을 소개해 주었다.

"이쪽은 오빠 크로스고, 이쪽은 감독을 맡고 있는 디터 타미야. 그리고 이쪽은 펄린 팬트라고 오늘 영화촬영이 있어서 왔어."

타미는 크로스를 꼼꼼하게 뜯어보면서 영화배우로 일해도 괜찮을 정도로 아주 잘 생겼지만 활기와 열정이 보이지 않고 화면에서는 돌처럼 차갑고 생기 없어 보일 거라는 생각을 했다. 그녀는 곧 흥미를 잃었다.

"전 가봐야 돼요."

그녀는 이렇게 말하며 그와 악수를 했다.

"아버지 일은 참 안 됐습니다. 어쨌든 촬영장에 온 걸 환영해요. 당신이 제작자이지만 영화 보안상의 문제로 클로디아와 아테나가 당신 보증을 서 줬어요."

크로스는 남은 한 여자를 유심히 보았다. 그녀는 지나치게 거만한 표정에 몸매가 멋진 초콜릿색 피부의 흑인이었고 옷도 상당히 화려했다. 펄린은 타미보다는 훨씬 격의 없이 그를 대했다.

"듣기로는 아주 부자라던데 클로디아한테 이렇게 잘 생긴 오빠가 있는 줄은 몰랐는데요. 저녁 먹으러 같이 갈 사람이 없으면 전화주세요."

"그러죠."

그는 그 말을 듣고도 놀라지 않았다. 제너두 호텔에서 일하는 쇼걸이나 무용수들 중에는 그렇게 노골적으로 나오는 여자들이 많았다. 이런 여자들은 교태가 몸에 배어 있었고 자신이 아름답다는 사실을 의식하면서 자기가 좋아하는 남자가 주변의 눈 때문에 회피하는 듯한 태도를 보이면 탐탁지 않게 생각했다.

"우리는 지금 막 펄린이 나오는 장면을 늘린 참이야. 디터는 펄린이 재능이 있다고 생각하는데 그건 나도 마찬가지거든."

클로디아가 말했다. 펄린은 크로스를 보며 활짝 웃었다.

"네, 전 엉덩이를 십 초 동안 흔들기로 했죠. 원래는 육 초였어요. 그리고 메쌀리나한테 '로마의 여자들은 모두 당신을 사랑하고 당신의 승리를 기원합니다.' 라는 대사도 하고요. 당신이 얘기만 잘 해주면 어쩌면 제가 엉덩이를 훨씬 더 오랫동안 흔들게 될지도 몰라요."

크로스는 그녀가 겉으로는 쾌활하지만 마음 속에 뭔가를 감추고 있다는 인상을 받았다.

"전 그냥 투자자일 뿐인데요. 누구든 한두 번은 엉덩이를 흔들어야 할 상황이 있죠."

그는 미소를 지으며 호의적으로 짧게 덧붙였다.

"어쨌든 행운을 빕니다."

펄린은 몸을 앞으로 내밀더니 그의 뺨에 키스를 했다. 진하고 관능적인 향수냄새가 풍겼다. 그녀는 감사의 뜻으로 그를 다정하게 껴안았다.

"당신하고 클로디아한테 꼭 해야 될 얘기가 있는데 비밀을 지켜줘야 돼요. 괜히 곤란한 상황에 빠지고 싶진 않거든요. 특히 지금 같은 상황에서는 말예요."

컴퓨터 앞에 앉아 있던 클로디아는 얼굴을 찌푸리며 대답을 하지 않았다. 크로스는 펄린한테서 한 걸음 뒤로 물러섰다. 그는 예고 없이 사람을 놀라게 만드는 일은 좋아하지 않았다.

펄린은 이런 반응들을 놓치지 않았다. 그녀의 목소리에서 약간 주저하는 기색이 느껴졌다.

"아버지 일은 안 됐어요. 하지만 두 사람이 꼭 들어야 할 얘기가 있어요. 사람들이 살인범이라고 생각하는 말로우라는 그 강도는 저랑 어려서부터 같이 자랐고 제가 정말로 잘 아는 친구예요. 사람들은 말로우가 당신들 아버지를 죽였고 그래서 짐 로지가 그 친구를 죽였다고 생각하고 있어요. 하지만 말로우가 총을 가지고 있었다는 얘기는 저로서는 처음 듣는 얘기에요. 그 친구는 총이라면 끔찍하게 무서워했거든요. 말로우가 하는 마약거래는 별게 아니었고 원래는 클라리넷 연주자예요. 그 친구는 겁쟁이였지만 정말 상냥했어요. 가끔 그 친구는 로지 형사와 그의 동료인 필 샤키의 차를 타고 일대를 돌면서 마약거래상들을 알려줬어요. 말로우는 감옥 가는 걸 무지 무서워했고 그래서 경찰 정보원이 됐죠. 그런데 느닷없이 그 친구가 강도짓을 하고 살인자가 된 거예요. 제가 말로우를 아는데 절대 누굴 해칠 친구가 아니에요."

클로디아는 말이 없었다. 필린은 그녀에게 손을 흔들며 문 밖으로 나서다가 다시 들어왔다.

"이거 우리들만 아는 비밀인 거, 잊지 말아요."

그녀는 재차 다짐을 주었다.

"다 끝난 일이고 전 모두 잊어버렸어요."

크로스는 그녀에게 안심하라는 듯한 미소를 지으며 말했다.

"그리고 당신이 한 그 얘기로 바뀔 건 아무것도 없을 겁니다."

"마음 속에 담고 있기가 힘들어서 얘길 했을 뿐이에요. 말로우는 진짜 착한 애였거든요."

이렇게 말한 뒤 그녀는 방에서 나갔다.

"어떻게 생각해? 도대체 어떻게 된 거지?"

클로디아가 크로스에게 물었다. 크로스가 별 의미 없는 얘기라는 듯이 어깨를 으쓱했다.

"마약하는 애들은 항상 엉뚱한 짓을 벌이지. 그놈도 약 살 돈이 필요해서 강도짓을 벌였다가 재수 없는 일을 당한 걸 거야."

"나도 그렇게 생각해."

클로디아가 동조했다.

"그리고 펄린은 사람이 아주 좋아서 뭐든지 믿거든. 하지만 아버지가 그렇게 돌아가시다니 참 뜻밖이지."

크로스는 정색을 하고 그녀를 쳐다보았다.

"누구한테나 한 번은 재수 없는 일이 일어나는 법이야."

크로스는 그날 오후 내내 영화촬영을 구경했다. 그 중에는 무기도 없는주인공이 무장한 남자 셋을 쓰러뜨리는 장면도 있었다. 그 장면을 보면서 그는 터무니없다는 생각이 들어 불쾌했다. 영웅이라면 애시당초 절대로 그런 절망적인 상황에 빠지지 말아야 했다. 그 장면은 주인공이 영웅이 되기에는 너무 어리석다는 사실을 증명하기에 충분했다. 그런 다음 그는 아테나가 사랑을 속삭이는 장면과 다투는 장면을 구경했다. 그녀는 거의 연기를 하지 않는 것처럼 보였고 다른 배우들이 그녀보다 더 두드러져 보여서 그는 약간 실망스러웠다. 그는 카메라 효과를 이용해서 아테나의 연기가 화면상으로는 더 강렬하게 부각된다는 사실을 알기에는 경험이 너무 적었다.

그리고 그는 아테나의 진면목을 볼 수 없었다. 그녀가 나오는 장면들은 짧았고 장면과 장면 사이에는 오랜 간격이 있었다. 영화를 큰 화면으로 만날 때의 강렬한 느낌은 느낄 수 없는 상황이었다. 카메라 앞에 선 아테나의 모습은 평소보다 덜 아름다워 보이기까지 했다.

그날 밤 말리부에서 그녀와 함께 있으면서 그는 연기에 대해서는 한마디도 하지 않았다. 두 사람이 사랑을 나누고 난 뒤 그녀가 야식을 만들면서 물었다.

"오늘 내 연기 별로 안 좋았지?"

그녀는 그를 쳐다보며 고양이처럼 웃었고, 그런 그녀의 모습을 보면서 그는 짜릿한 쾌감을 느꼈다.

"내 진짜 실력을 당신한테 들키고 싶지 않았거든. 당신은 내 진짜 모습을 알아내고 싶어서 거기 있었잖아."

그는 유쾌하게 웃었다. 그녀가 자신의 속마음을 정확하게 꿰뚫어볼 때마다 그는 기분이 좋았다.

"음, 좀 별로였어. 금요일에 프랑스에 갈 때 나도 같이 가면 안 될까?"

아테나는 깜짝 놀랐다. 그는 그것을 그녀의 눈빛을 보고 알았다. 물론 그녀는 표정 관리를 잘 해서 얼굴에서는 아무런 변화가 나타나지 않았다. 그녀는 곰곰이 생각을 해봤다.

"그러면 도움이 많이 될 거야. 게다가 파리에서 같이 지낼 수도 있고."

"그리고 월요일에 돌아오는 거지?"

"응, 화요일 아침에 촬영이 있어. 한두 주 정도만 찍으면 영화가 끝날 거야."

"그리고 나면?"

"그리고 나면 난 은퇴해서 딸을 돌볼 거야. 그리고 난 이제 딸을 숨기고 싶지 않아."

"파리에 있는 그 의사가 최종적인 판단을 하는 거야?"

"누구도 최종적인 판단은 못 해. 이 문제에 관해서는 말이야. 하지만 그 의사 의견은 거의 최종적인 판단이라고 할 수 있겠지."

금요일 아침에 그들은 비행기 한 대를 전세 내서 파리로 날아갔다. 아테나는 가발을 쓰고 화장으로 얼굴을 가려서 추하게 보일 정도였다. 그리고 헐렁한 옷으로 몸매를 완전히 가렸고 중년여자 같은 표정을 지었다. 크로스는 경탄을 금치 못했다. 그녀는 걷는 모습까지 달랐다.

비행기를 타고 가면서 베써니는 홀린 듯 땅을 내려다보았다. 아이는 비행기 안을 돌아다니며 창문이란 창문은 모두 내다보았다. 아이는 약간 놀란 것처럼 보였고 평소의 멍한 표정이 사라지고 거의 정상에 가까웠다.

그들은 비행기에서 내려 조르쥬 망델 대로에서 조금 벗어난 곳에 있는 작은 호텔로 갔다. 거실을 사이에 두고 침실 두 개가 딸린 객실을 하나 빌렸는데, 침실 하나는 크로스가 쓰고 다른 하나는 아테나와 베써니가 쓰기로 했다. 오전 열 시였다. 아테나는 가발을 벗고 화장을 지운 다음에 옷을 갈아입었다. 파리에서는 절대 추한 얼굴로 다니고 싶지 않았다.

정오에 세 사람은 마당에 철 울타리를 쳐놓은 성처럼 생긴 건물의 사무실로 의사를 찾아갔다. 입구를 지키고 있던 경비원이 그들의 이름을 확인한 다음에 안으로 들여보내 주었다.

문밖에서 가정부가 기다리고 있다가 가구들이 잘 갖춰져 있는 커다란 거실로 그들을 데리고 갔다. 의사는 거실에서 그들을 기다리고 있었다.

오셀 제라르라는 의사는 큰 키에 비대했으며, 깔끔하게 재단한 가는 갈색 줄무늬가 있는 양복에 흰 셔츠와 짙은 갈색 실크 넥타이를 한 차림새로 보아 옷에 세심하게 신경을 쓴 흔적이 역력했다. 얼굴은 둥글었고, 목살이 늘어져서 수염을 기르는 편이 나을 것 같았다. 입술은 두툼하고 검붉었다. 그는 아테나와 크로스에게 자기 소개를 했지만 아이는 본 척도 하지 않았다. 아테나와 크로스는 바로 의사에게 거부감을 느꼈다. 그는 섬세함이 요구되는 자신의 전공분야에는 어울리지 않아 보이는 의사였다.

방에는 차와 빵이 놓인 탁자가 하나 있었다. 가정부가 그들을 위해 시중을 들어주었다. 전형적인 간호사 복장인 하얀 모자와 미색 블라우스와 치마 차림의 젊은 간호사 두 명이 그들과 합석을 했다. 두 간호사는 식사하는 동안 내내 베써니를 유심히 관찰했다.

제라르 의사가 아테나에게 말을 걸었다.

"부인, 우리 자폐아 학교에 많은 기부를 해주셔서 감사드립니다. 부인께서 철저하게 비밀을 지켜달라고 하신 말씀도 있고 해서 제 개인 사무실인 이곳에서 검사를 하기로 했습니다. 자, 부인께서 정확히 뭘 원하시는지 말씀해주십시오."

그의 목소리는 부드러운 저음이었고 사람을 끄는 데가 있었다. 베써니는 그의 목소리에 흥미를 보이며 그를 쳐다보았지만 그는 아이를 본 척도 하지 않았다.

아테나는 신경이 날카롭게 곤두섰다. 의사가 정말로 마음에 들지 않았던 것이다.

"선생님께서 검사를 해주셨으면 해요. 가능하다면 제 딸아이가 정상적인 생활을 하기를 바라고 전 그걸 위해서라면 모든 걸 포기할 생각까지도 하고 있어요. 전 선생님 학교에서 제 딸을 받아주셨으면 해요. 저도 프랑스로 와서 살면서 아이의 학교생활을 도와주고 싶어요."

그녀는 슬픔과 희망이 절절하게 묻어나는 어조로 얘기를 했고, 말하는 분위기가 너무나도 희생적으로 느껴져서 두 간호사는 거의 흠모에 가까운 눈길로 그녀를 바라보았다. 크로스는 의사를 설득해서 베써니를 학교에 입학시키고자 그녀가 자신의 모든 연기력을 동원하고 있다는 것을 알았다. 그녀는 팔을 뻗어 베써니의 손을 애무하듯이 가볍게 두드렸다.

오직 제라르 의사만 전혀 감동을 받지 않은 것처럼 보였다. 그는 베써니를 쳐다보지 않았다. 그리고 아테나에게 솔직하게 얘기했다.

"헛된 희망을 품진 마십시오. 부인이 아무리 사랑을 쏟아도 이 아이를 돕지는 못합니다. 기록을 검토해봤는데 따님은 자폐증이 확실합니다. 따님은 부인의 사랑을 되돌려주지 못해요. 따님이 사는 세상은 우리가 사는 세상과 달라요. 심지어는 동물들이 사는 세상과도 다릅니다. 따님은 다른 별에서 철저하게 혼자 살고 있습니다."

그는 말을 계속했다.

"그건 부인의 잘못이 아닙니다. 아이 아버지의 잘못도 아니라고 저는 생각합니다. 그건 인간의 복잡한 불가사의 중의 하나죠. 제가 할 수 있는 일은 이런 겁니다. 우선 따님을 좀더 철저하게 검사를 할 겁니다. 그런 다음에 우리 학교에서 할 수 있는 것과 할 수 없는 것을 부인께 말씀을 드릴 겁니다. 만약 제가 도와줄 수 없는 경우라면 부인은 따님을 집으로 데려가야 합니다. 우리가 도와줄 수 있다면 따님은 저와 함께 오 년 동안 프랑스에서 살아야 합니다."

그가 간호사들한테 불어로 무슨 얘기를 하자 여자 한 명이 유명한 그림들이 들어 있는 커다란 책을 가지고 들어왔다. 간호사는 그 책을 베써니에게 주었는데 아이 무릎에 올려놓기에는 책이 너무 컸다. 처음으로 제라르 의사가 아이에게 말을 시켰다. 그는 아이에게 불어로 뭐라고 얘기를 했다. 아이는 즉시 책을 탁자 위에 올려놓고 책장을 넘기기 시작했다. 아이는 곧 그림에 몰입했다.

의사는 썩 편한 표정이 아니었다.

"기분을 상하게 하려고 이런 말씀을 드리는 건 아닙니다만 아이가 관심을 가장 많이 보이는 부분이라서 묻는 겁니다. 데 레나 씨가 남편이 아니라는 사실은 알고 있습니다만, 혹 아이의 아버지가 될 가능성이 있습니까? 그렇다면 데 레나 씨께도 몇 가지 검사를 하고 싶어서요."

아테나가 말했다.

"딸이 태어날 때는 이 사람을 알지 못했어요."

"상관없습니다. 그런 일이야 항상 있는 걸요."

크로스가 큰 소리로 웃었다.

"아마 저한테서도 징후가 보이는가 보죠."

의사는 고개를 끄덕이면서 두툼한 붉은 입술은 오므리고 상냥하게 미소를 지었다.

"확실히 있습니다. 징후는 누구나 다 있어요. 누가 알겠어요? 우리들이 자폐증이 되고 안 되고는 백지 한 장 차이일지도 모르는 일입니다. 지금부터 저는 아이를 자세하게 검사를 해야 합니다. 최소한 네 시간은 걸릴 겁니다. 두 분께서는 산책을 하시면서 아름다운 파리 구경이나 하세요. 데 레나 씨, 여기는 처음이십니까?"

"네."

아테나가 말했다.

"전 딸과 함께 있고 싶어요."

"편하신 대로 하십시오, 부인."

그는 크로스 쪽으로 얼굴을 돌렸다.

"즐겁게 구경하세요. 전 파리가 싫어요. 도시에도 자폐증이 있다면 파리야말로 자폐증이예요."

크로스는 택시를 불러서 호텔로 돌아갔다. 그는 아테나 없이는 파리를 구경하고 싶은 마음이 없었고 또 쉬고 싶었다. 게다가 그가 파리에 온 이유는 생각을 정리하고 싶어서이기도 했다.

그는 펄린이 했던 얘기를 곰곰이 생각했다. 그리고 형사들은 보통 이인일조로 움직이는데 로지는 말리부에 혼자 왔었다는 사실도 떠올렸다. 파리를 떠나기 전에 그는 밧지에게 그 부분을 조사해달라고 부탁했었다.

크로스는 네 시에 의사의 사무실로 돌아왔다. 그들은 그를 기다리고 있었다. 베써니는 화집을 열심히 들여다보고 있었다. 아테나는 얼굴이 창백했고, 그것은 그녀가 연기할 수 없는 유일한 신체적인 표현임을 크로스는 잘 알았다. 베써니는 접시에 담긴 빵을 게걸스럽게 먹고 있었는데 의사가 아이한테서 접시를 치우면서 불어로 뭐라고 얘기를 했다. 베써니는 저항하지 않았다. 그런 다음 간호사 한 명이 와서 아이를 놀이방으로 데려갔다.

"이해를 바라는 몇 가지 질문을 해야겠습니다."

"괜찮습니다."

의사는 의자에서 일어나 방안을 천천히 걸어 다녔다.

"부인께 말씀드린 이야기를 데 레나 씨께도 그대로 말씀드리죠. 자폐증에 기적은 없습니다, 전혀요. 어떤 경우에는 오랫동안 훈련을 받으면 훨씬 나아지기는 하지만 그런 예는 많지 않습니다. 그리고 저 아이로 말씀드리자면 한계가 있습니다. 아이는 니스에 있는 제 학교에 최소한 오 년은 있어야 합니다. 그곳에 있는 선생님들이 모든 가능성들을 탐색해볼 겁니다. 아이가 정상에 가까운 생활을 할 수 있는 가능성이 있는지 없는지는 그 기간 내에 판가름이 나겠죠. 가능성이 없다면 아이는 영원히 학교에 남아야 할 겁니다."

의사가 여기까지 얘기했을 때 아테나가 울기 시작했다. 그녀는 작고 파란 실크 손수건을 눈에 갖다댔고 손수건에서는 향수냄새가 풍겼다. 의사는 그녀를 무표정하게 쳐다보았다.

"부인은 동의를 하셨습니다. 그리고 제 학교에서 선생님으로 일하기로 하셨습니다. 그건 그렇고."

그는 크로스와 정면으로 마주앉았다.

"아주 좋은 징후가 몇 가지 있습니다. 아이는 그림에 천재적인 재능이 있어요. 미적인 감각에서는 움츠러들지 않고 예민하게 반응해요. 또 제가 불어로 얘기를 하면 아이는 흥미를 보이고 이해는 못하지만 직관적으로 알아듣습니다. 그건 아주 좋은 징후입니다. 좋은 징후가 또 하나 있습니다. 아이는 오늘 오후에 당신이 없다는 사실에 대해서 어떤 표시를 했는데 그걸로 보아서 아이는 다른 인간에 대해 감정을 느끼고 있고 또 그 감정이 확대될 가능성도 없지 않습니다. 극히 드문 경우이기는 하지만 설명이 불가능할 정도로 이상한 일은 아니죠. 이 부분에 대해서 아이를 검사했더니 아이는 당신이 아름답다고 말했습니다. 자, 데 레나 씨, 화내지 마십시오. 이런 질문을 드리는 이유는 의학적인 이유 때문이지 비난하려는 뜻은 없습니다. 어떤 식으로든, 혹시 무의식적으로라도 아이를 성적으로 자극한 적은 없습니까?"

크로스는 기가 막혀서 웃음만 나왔다.

"전 아이가 저한테 반응하는 줄 몰랐습니다. 그리고 반응하게끔 아이를 자극한 적도 없습니다."

아테나는 화가 나서 얼굴이 빨갛게 달아올랐다.

"그건 터무니없는 질문이에요. 저 사람은 아이와 단 둘이 있은 적이 한번도 없어요."

의사는 집요했다.

"아이에게 신체적으로 애정을 표현한 적은 없습니까? 손을 잡았다거나 머리를 살짝 두드렸다거나 뺨에 키스를 했다거나 하는 것 말고 말입니다. 소녀의 나이로 봐서 아이는 육체적인 면에 대해 반응을 하는 걸 겁니다. 남자들은 으레 그런 순수함에 유혹을 느끼는 경향이 있죠."

"아이는 어쩌면 엄마와 저와의 관계를 알고 있을지도 모르죠."

"아이는 엄마에 대해서는 관심이 없습니다. 용서하세요, 부인. 이 점도 부인께서 받아들이셔야 할 것들 중의 하나고, 또 따님은 부인의 아름다움이나 명성에도 관심이 없어요. 따님한테는 그런 것들에 대한 개념이 아예 없어요. 아이가 자아를 확대한 대상은 바로 데 레나 씨입니다. 생각해보세요. 아마도 순수한 애정을 갖게 된 뭔가가 있을 겁니다."

크로스는 그를 차갑게 쳐다보았다.

"만약 있다면 당신한테 얘길 하겠죠. 그게 아이를 돕는 길이라면 말이죠."

"당신은 저 아이한테 애정을 느낍니까?"

크로스는 잠시 생각하고 그렇다고 대답했다.

제라르 의사는 몸을 뒤로 젖히면서 손뼉을 탁 쳤다.

"데 레나 씨 말을 믿겠습니다. 그리고 이건 아주 희망적인 조짐입니다. 만약 아이가 당신한테 반응할 수 있다면 다른 사람들한테도 반응하는 방법을 배울 수 있을 겁니다. 언젠가는 자기 엄마를 참을 수 있게 될 테고, 부인께서는 그것만으로도 충분하시지 않습니까?"

"크로스, 너무 기분 나쁘게 생각하지 마."

"정말 괜찮아."

제라르 의사는 그를 주의 깊게 살폈다.

"화나지 않으셨습니까? 남자들은 대부분 극도로 당황하죠. 어떤 환자 아버지는 실제로 저를 때리기까지 했습니다. 하지만 당신은 화를 내지 않는군요. 이유가 뭔지 알고 싶네요."

크로스는 의사에게 아니, 아테나한테도 포옹기계 속에 들어간 베써니를 봤을 때의 그 느낌을 설명할 수 없었다. 티파니를 비롯해서 수많은 쇼걸들과 육체관계를 맺어도 자신에게 남는 건 공허함뿐이라는 것도. 클레리쿠지오가의 식구들과 심지어 아버지와의 관계에서도 단절감과 절망감을 느낀다는 사실도. 그리고 마지막으로, 자신이 죽인 희생자들이 자신의 꿈 속에서만 존재하는 유령들의 세계에서 살고 있는 것 같다는 것도.

크로스는 의사의 눈을 똑바로 쳐다보았다.

"아마 저도 자폐증인가 봅니다. 아니면 무서운 범죄를 저지르고 그걸 숨기고 싶어서 그런지도 모르죠."

의사는 의자에 등을 기대며 "아하." 하고 흡족하다는 듯이 탄성을 올렸다. 잠시 말이 없던 그가 처음으로 살짝 웃었다.

"몇 가지 검사를 받아보시겠어요?"

세 사람은 동시에 웃음을 터뜨렸다.

"자, 부인. 부인께서는 내일 아침 미국 행 비행기를 타는 걸로 알고 있습니다. 지금 따님을 맡기시죠. 우리 간호사들은 아주 유능하고 분명히 따님께서는 부인을 그리워하지 않을 겁니다."

"하지만 제가 그리울 거예요. 오늘밤엔 제가 데리고 있다가 내일 아침 데려오면 안 될까요? 전 전세 비행기를 타고 와서 제가 원하는 시간에 떠날 수 있거든요."

"물론이죠. 아침에 여기로 데려오세요. 우리 간호사들이 따님을 니스까지 데려가게 하겠습니다. 학교 전화번호를 알고 계시니까 원하실 땐 언제든 전화주십시오."

다들 자리에서 일어났다. 아테나는 주저하다가 의사의 뺨에 키스를 했다. 얼굴이 빨개지는 걸로 봐서 괴물처럼 생긴 그 의사도 그녀의 아름다움과 명성에 완전히 무심할 수는 없는 모양이었다.

아테나와 베써니와 크로스는 파리의 거리를 거닐면서 남은 시간을 보냈다. 아테나는 베써니에게 새 옷을 잔뜩 사주었다. 그림도구들과 새로 산 물건들을 넣을 커다란 가방도 샀다. 그리고 그것들을 모두 호텔로 보냈다.

그들은 샹젤리제 거리에 있는 한 식당에서 저녁을 먹었다. 베써니는 게걸스럽게 음식을 먹었고 특히 빵을 많이 먹었다. 아이는 하루 종일 한마디도 하지 않았고 아테나의 애정 어린 손길에 아무런 반응도 하지 않았다.

크로스는 아테나가 베써니에게 보여주는 그런 지극한 애정을 이제까지 한 번도 본 적이 없었다. 어렸을 때 어머니가 클로디아의 머리를 쓰다듬던 그때만 빼고.

저녁식사 동안 아테나는 베써니의 손을 잡기도 하고, 얼굴에 묻은 빵 부스러기를 털어주기도 하고, 또 한 달 안에 다시 프랑스로 돌아와서 앞으로 오 년 동안 학교에서 같이 지내게 될 거라는 얘기도 해주었다.

베써니는 아무런 관심도 보이지 않았다. 아테나는 두 사람이 불어를 배울 거라는 얘기며 같이 미술관에 가서 유명한 작품들을 다 보게 될 거라는 얘기, 그리고 베써니가 원하는 만큼 마음껏 그림을 그리게 되리라는 얘기들을 열심히 해주었다. 둘이서 스페인과 이탈리아와 독일을, 전 유럽을 여행할 거라는 얘기도.

그러자 그날 처음으로 베써니가 입을 열었다.

"포옹기계가 필요해."

항상 그랬던 것처럼 크로스는 뭐라고 형용하기 힘든 신성한 느낌을 받았다. 저 아름다운 소녀는 예술가의 혼이 빠져 있는 위대한 초상화의 복제품 같았고, 마치 하나님을 받아들이기 위해 비어 있는 것처럼 보였다.

그들은 어두워져서야 발길을 돌려 호텔 쪽으로 걸어왔다. 베써니는 두 사람 사이에 있었는데 두 사람이 아이의 손을 잡고 공중으로 높이

들어올리자 아이는 별로 싫어하는 기색이 없었고 꽤 좋아하는 것처럼 보였기 때문에 그들은 계속 아이를 들어주느라 호텔을 지나쳐갔다.

그는 소풍을 갔을 때 느꼈던 것과 같은 행복감을 다시금 느꼈다. 그리고 그 행복감은 셋이 손을 잡고 함께 이어져 있다는 바로 그 사실에서 비롯되는 감정이었다. 그는 감상적인 자신의 모습에 놀라움과 전율을 느꼈다.

세 사람은 호텔로 돌아왔다. 아테나는 베써니에게 잘 준비를 시켜주고 난 뒤에 크로스가 기다리고 있는 객실 거실로 나왔다. 두 사람은 손을 잡고 옅은 자주색 소파에 나란히 앉았다.

"파리의 연인들이네."

이렇게 말하며 아테나가 그를 보고 웃었다.

"그리고 프랑스 침대에서는 한 번도 같이 못 자보고 말이야."

"베써니를 이곳에 두고 가는 게 걱정돼?"

"아니. 그 애는 날 그리워하지 않을 거야."

"오 년은 긴 시간이야. 그런데도 기꺼이 오 년을 포기하고 일을 그만둘 셈이야?"

아테나는 소파에서 일어나 방을 이리저리 걸어 다녔다. 그녀는 흥분해서 말을 쏟아놓았다.

"연기를 하지 않고 있는 그대로의 모습으로 산다는 사실이 너무 기뻐. 어렸을 때 난 단두대로 가는 마리 앙뜨와네뜨나 화형대에 매달려 불타는 잔 다르크나 큰 질병에서 인류를 구해내는 퀴리 부인 같은 위대한 여주인공이 되는 꿈을 꿨어. 그리고 물론 정말 터무니없긴 하지만 위대한 남자와의 사랑으로 모든 걸 포기하는 꿈도 꿨어. 난 영웅적인 삶을 꿈꿨고 반드시 천국에 갈 거라고 생각했어. 난 몸과 마음이 순수할 거라고 말이야. 난 타협을 싫어했고 돈과 타협하는 건 특히 싫어했지. 어떤 상황에서도 다른 사람에게 해를 끼치지 않겠다고 결심했고. 모두가 날 사랑하고 내 자신도 날 사랑하리라고 믿었어. 난 내가 똑똑하다는 사실을 알았고 다들 날 아름답다고 했어. 또 나한테 보통 이상의 재능이 있는 건 분명했지."

"그런데 난 어쨌는지 알아? 보즈 스카넷과 사랑에 빠졌어. 성공을 위해서 남자들과 잠자리를 같이 했어. 나를 포함해서 아무도 사랑하지 않을 아이를 세상에 내보냈고. 그리고 아주 영리하게 남편의 살인을 유도했지. 날 위협하고 있는 남편을 죽여 달라고 말야. 더 이상 교활할 수 없을 만큼 교활하게 부탁을 한 거야."

그녀는 그의 손을 꼭 잡았다.

"그리고 그 부분에 있어서는 당신한테 고마워해야지."

크로스는 그녀를 다독거려주었다.

"당신은 그런 것들에 대해서 아무 책임이 없어. 우리 가족들이 말하는 것처럼, 그건 그저 당신 운명이었을 뿐이야. 또 스카넷은 당신 신발 안에 들어간 돌이었고 그러니 당연히 빼내야 하지 않겠어?"

아테나는 그의 입술에 살짝 키스를 했다.

"멋진 기사가 날 구해냈지. 문제가 있다면, 당신이 끝도 없이 계속해서 용들을 죽인다는 점이야."

"만약 오 년 뒤에 의사가 아이한테 희망이 없다고 한다면 어떻게 할 거야?"

"누가 무슨 말을 하건 난 상관 안 해. 항상 희망은 있어. 난 죽을 때까지 딸과 함께 있을 거야."

"다시 일하고 싶어지지 않을까?"

"물론 일이 그리울 테고 당신도 그리울 거야. 하지만 난 영화 여주인공으로 사는 걸 그만 두고 이제 내가 옳다고 믿는 일을 할 거야."

그녀의 목소리가 명랑했다. 그러고 나서 그녀는 단호한 어조로 말했다.

"난 아이가 날 사랑하기를 원해. 그게 내가 원하는 전부야."

두 사람은 키스를 하고 각자의 방으로 들어갔다.

다음날 아침 그들은 베써니를 의사의 사무실로 데려갔다. 아테나는 딸에게 작별인사를 하면서 아주 괴로워했다. 그녀는 딸을 안고 울었지만 베써니는 아무렇지도 않았다. 그녀는 엄마를 밀어내고 크로스도 밀어낼 준비를 했지만 그는 아이를 껴안지 않았다.

크로스는 아테나가 딸 앞에서 너무 무력해진다는 사실에 잠시 화가 났다. 의사는 이 모습을 보면서 아테나한테 말했다.

"부인께서 돌아오시면 따님과 타협하는 방법을 많이 배우시게 될 겁니다."

"가능한 빨리 돌아올 거예요."

"서두르실 필요 없어요. 따님은 시간이 존재하지 않는 세상에서 살고 있으니까요."

로스앤젤레스로 돌아오는 비행기 안에서 크로스는 아테나와 함께 말리부로 가지 않고 혼자 라스베가스로 돌아가기로 아테나와 의견의 일치를 보았다. 비행기를 타고 가는 동안 잠시 힘든 순간도 있었다. 아테나는 꼬박 삼십 분을 몸을 숙이고 말없이 울었다. 그런 다음 그녀는 안정을 되찾았다.

헤어지면서 아테나는 크로스에게 미안해 했다.

"파리에서 둘이 즐길 시간을 갖길 못해서 미안해."

하지만 그는 그녀가 상대를 배려할 줄 아는 사람이라고 생각했다. 그는 지금 같은 상황에서는 성관계에 대해 생각하는 것 자체가 그녀에게는 힘든 일이라는 사실을 알았다. 또한 이제 그녀 역시 자신의 딸처럼 세상과 단절했다는 사실도.

 공항에서는 산장에서 온 남자가 운전하는 큰 리무진이 크로스를 기다리고 있었다. 뒷좌석에는 리아 밧지가 타고 있었다. 리아는 운전석에 앉은 남자가 두 사람의 대화를 듣지 못하게 유리 칸막이를 닫았다.

 "로지 형사가 다시 날 찾아왔어. 다음 번에 올 때는 마지막이 될 거야."

 "서두르지 마세요."

 "난 일이 돌아가는 낌새를 잘 읽어내니까 이 부분에 관해서는 날 믿게. 한 가지 더. 브롱크스에서 조직원 하나가 로스앤젤레스로 이동했네. 누구 지시로 왔는지는 몰라. 자네는 경호원을 데리고 다녀야 할 것 같아."

 "아직은 아니에요. 부하 여섯은 모아놓으셨어요?"

 "음. 하지만 그 사람들은 클레리쿠지오파와 대적하는 짓은 하지 않을 사람들이야."

 두 사람이 제너두 호텔에 도착했을 때 크로스는 짐 로지에 대한 상세한 정보가 적힌 앤드류 폴라드의 편지를 받았는데 내용이 아주 흥미로웠다. 그리고 그 즉시 행동으로 옮길 수 있는 정보도 하나 들어 있다.

 크로스는 카지노 창구에서 모두 백 달러짜리 지폐로만 10만 달러를 인출했다. 그는 리아에게 자기와 같이 로스앤젤레스로 가게 될 거라고 알려주었다. 차는 리아가 운전하기로 했다. 크로스는 다른 사람은 동행시키고 싶어하지 않았다. 그는 리아에게 폴라드의 편지를 보여주었다. 두 사람은 다음날 로스앤젤레스로 비행기를 타고 간 다음에 차를 빌려서 산타모니카로 향했다.

필 샤키는 자기 집 앞 잔디밭에서 잔디를 깎고 있었다. 크로스는 리아와 함께 차에서 내려서 폴라드의 친구라고 자신을 소개하며 물어볼게 있어서 왔다고 말했다. 리아는 샤키의 얼굴을 세심하게 뜯어보았다. 그런 다음 그는 차로 돌아갔다.

필 샤키는 짐 로지처럼 인상적인 얼굴은 아니었지만 상당히 거칠어 보였다. 그리고 마치 경찰 일을 하는 동안 인간들을 전혀 신뢰하지 않게 된 것 같은 인상을 풍겼다. 그는 훌륭한 경찰의 덕목인 빈틈없는 경계심과 진지한 태도를 갖추고 있었다. 하지만 어느 모로 보나 행복한 사람은 아니었다.

샤키는 크로스를 집 안으로 데리고 들어갔는데, 그곳은 정확히 얘기하자면 방갈로였고 내부가 낡고 음산했다. 여자와 아이가 없는 집의 쓸쓸한 분위기가 느껴졌다. 샤키는 먼저 폴라드에게 전화를 걸어서 자기를 찾아온 손님의 신원을 확인했다. 그런 다음 그는 예의상 앉으라거나 마실 걸 갖다 준다거나 하지도 않고 다짜고짜 크로스에게 "자, 물어보쇼."라고 말했다.

크로스는 서류가방을 열어서 백 달러짜리 지폐 뭉치를 하나 내밀었다.

"만 달러요. 이건 내가 물어보는데 대한 대가요. 하지만 약간 시간이 걸릴 거요. 앉아서 맥주 한 잔 정도는 마셔도 되지 않을까 싶은데?"

샤키가 씩 웃었다. 뜻밖에도 미소가 친절해 보여서 동료로 일하기에는 좋은 경찰이겠다는 생각이 들었다. 샤키는 돈을 바지 주머니에 아무렇게나 쑤셔 넣었다.

"마음에 드는데? 똑똑하군. 돈은 거짓말을 안 한다는 사실을 아는 모양이야."

두 사람은 방갈로의 뒤쪽 현관에 놓인 둥근 탁자를 사이에 두고 앉아서 병맥주를 마시며 오션 애버뉴 너머의 모래사장과 바다를 내려다 보았다. 샤키는 돈이 그대로 잘 있는지 확인하려고 주머니를 툭툭 쳤 다.

크로스가 말했다.

"만약 내가 솔직한 대답을 듣게 된다면 이 자리에서 바로 2만 달러 를 줄 거요. 그런 다음 당신이 내가 여기 왔었다는 사실을 발설하지 않 는다면 두 달 뒤에 다시 와서 5만 달러를 줄 거요."

샤키는 씩 웃었는데 이번에는 웃음이 약간 짓궂어 보였다.

"그 말은 두 달 뒤에는 내가 누구에게 얘길 하든 상관없다는 뜻인 가?"

"그렇지."

샤키는 이제 진지했다.

"누군가를 고소하는 일이라면 아무 말도 안 할 거요."

"이봐, 그런 말을 하는 걸 보니 내 정체를 확실히 모르는 모양이군. 폴라드한테 다시 전화를 걸어보지 그래."

샤키는 퉁명스럽게 대꾸했다.

"당신이 누군지 알지. 절대 당신을 함부로 대하지 말라고 짐 로지가 말했었거든. 어떤 식으로든 말이오."

그런 다음 그는 형사로 일한 사람답게 적극적으로 들을 자세를 취했 다.

"당신과 짐 로지는 지난 십 년간 동료로 일했고 뒷돈을 두둑하게 챙 겼지. 그런데 당신은 은퇴했어. 은퇴한 이유를 듣고 싶은데."

"그러니까 당신은 짐 로지에 대해서 알고 싶은 거군. 그건 매우 위험 한데. 그 친구는 내가 아는 형사들 중 가장 영리하고 용감했소."

"그럼, 양심적인 면에서는?"

"우린 경찰이고 더구나 로스앤젤레스 소속이오. 그게 의미하는 바가 뭔지 아쇼? 우리가 제대로 일을 처리해서 히스패닉하고 깜둥이들을 족친다면 우린 자칫 고소를 당하고 일자리를 잃게 된다는 얘기지. 체포해도 아무 말썽이 없는 건 돈 있는 백인 얼간이들 밖에 없다고. 보쇼, 편견이 있어서 이런 말을 하는 건 아니지만 말이야, 왜 다른 놈들은 못 잡아넣으면서 백인 놈들만 감옥에 쳐넣어야 하지? 그건 부당하다고."

"하지만 짐 로지는 훈장을 잔뜩 받은 걸로 아는데. 당신도 몇 개 받았고 말이야."

샤키는 그에게 그만두라는 듯이 어깨를 으쓱했다.

"배짱이 약간이라도 있는 사람이라면 누구든 영웅적인 경찰이 되지 않고는 못 배기는 도시가 바로 여기지. 말만 잘하면 천냥 빚도 갚는다는데 말이야, 사람들은 그걸 잘 몰라. 게다가 극단적인 살인자들도 꽤 있고. 그래서 우린 우리 자신을 보호할 수밖에 없었고 그 결과로 훈장을 받았지. 진담이라고, 우린 절대로 싸움을 찾아 나섰던 건 아니오."

크로스는 샤키가 하는 얘기가 처음부터 끝까지 의심스러웠다. 짐 로지는 옷을 멋들어지게 입고 다니지만 천성적으로 폭력적인 남자였으니까.

"당신들 두 사람은 모든 걸 함께 하는 동료였나? 당신이 모르는 일은 없었소?"

샤키가 껄껄대며 웃었다.

"짐 로지가 그럴 사람으로 보이나? 그 친구는 항상 대장이었어. 때로는 난 우리가 정확히 무슨 일을 하는지조차 몰랐소. 심지어는 우리가 얼마를 받는지조차 몰랐지. 짐이 모든 걸 관리했고 나한테 정당한 몫이라고 하면서 돈을 줬소. 그 친구는 자기 나름대로 법칙이 세워져 있었어."

"그래, 당신들은 어떤 식으로 돈을 벌었지?"

"몇몇 큰 도박조직들한테서 돈을 받았지. 때로는 마약업자들한테서도 돈을 받았고. 짐 로지는 한때 마약업자들한테서 들어오는 돈은 거부한 적도 있었는데 세상의 경찰들이 죄다 돈을 받기 시작해서 결국 우리도 받았지."

"당신하고 짐 로지는 말로우라는 흑인 남자를 이용해서 거물 마약업자들에 대한 정보를 얻었었지?"

"그랬지. 말로우는 자기 그림자도 무서워하는 좋은 녀석이었는데. 우린 그 녀석을 내내 이용했소."

"그래, 그 젊은 친구가 살인을 저지르고 도망치는 걸 로지가 총으로 쐈다는 얘길 들었을 때 놀랐소?"

"천만에. 마약하는 놈들은 자꾸 변하니까. 하지만 그놈들은 항상 일을 그르치는 게 문제야. 그리고 그런 상황에서는 원칙적으로 경고를 미리 해야 하지만 짐은 절대로 그러는 법이 없지. 그 친구는 그냥 쏴버려."

"하지만 두 사람이 그런 식으로 우연히 만난다는 게 말이야, 너무 우연의 일치 아닐까?"

처음으로 샤키의 냉담해 보이는 얼굴에서 슬픈 기색이 스치고 지나갔다.

"그건 좀 수상해. 처음부터 끝까지 다 수상하지. 하지만 이제 당신이 나한테 뭔가 줄 때가 됐지 싶은데. 짐 로지는 용감하고 여자들은 그 친구를 사랑하고 남자들은 그 친구를 우러러봤소. 한때 동료로 일한 사람으로서 나도 다른 사람들과 같은 생각이오. 그렇지만 솔직히 말해서 그 친구는 항상 수상했어."

"그러니까 뭔가 조작됐을 가능성도 없지 않다는 말이군."

"아니, 천만에. 이건 꼭 알아두쇼. 경찰 일을 하다보면 부정을 안 저지를 수가 없소. 하지만 그렇다고 청부살인까지 하진 않는다고. 짐 로지는 절대 그런 짓을 할 친구는 아니오. 난 절대 그렇게 생각 안 해."

"그렇다면 당신은 왜 그 사건 뒤에 은퇴를 했지?"

"짐이 자꾸 내 신경을 건드려서 그랬소."

"얼마 전에 말리부에서 로지를 만난 적이 있었소. 혼자 왔더군. 그 사람은 당신 없이도 종종 혼자서 일을 하나?"

샤키가 다시 싱글거리며 웃었다.

"가끔. 그때는 그 여배우를 꼬셔보려고 갔을 거요. 그 친구가 유명한 배우들이랑 얼마나 많이 재미를 보는지 알면 당신도 놀랄 걸. 가끔 그 친구는 나 없이 그 사람들이랑 점심을 먹을 때도 있소."

"하나만 더 묻지. 짐 로지는 인종차별주의자요? 흑인들을 싫어하나?"

샤키는 장난스럽게 깜짝 놀란 표정을 지으며 그를 쳐다보았다.

"물론이지. 당신은 진보주의자지? 인종차별을 끔찍하게 생각하는 거지? 그럼 나가서 일 년만 경찰 일을 해 보쇼. 당신 입에서 깜둥이들을 모조리 동물원에 넣어버리자는 말이 나올 테니."

"하나 더 물어보겠소. 짐이 우스꽝스런 모자를 쓰고 다니는 키 작은 남자랑 다니는 걸 본 적이 있나?"

"이탈리아인 말인가? 같이 점심을 먹은 적이 있는데 짐은 나보고 먼저 일어나라고 하더군. 무시무시한 놈이던데."

크로스는 서류가방에 손을 넣더니 돈 다발을 하나 더 꺼냈다.

"여기 2만 달러요. 그리고 입 다물고 있다가 5만 달러를 받는 것도 잊지 말고. 알겠소?"

"당신이 누군지 안다니까."

"물론 그래야지. 폴라드한테 나에 관해 말해주라고 했으니까."

"내 말은 당신의 진짜 정체를 안다는 얘기야."

샤키는 사람을 즐겁게 만드는 예의 그 미소를 지었다.

"바로 그 이유 때문에 지금 당장 내가 그 서류가방을 몽땅 가지지 못하는 거 아니겠어. 그리고 바로 그 이유 때문에 두 달 동안 조용히 있어야 하는 거고 말이야. 당신과 짐 중에서 누가 날 먼저 죽일지는 나도 모르지."

크로스는 자신이 엄청난 문제에 직면해 있음을 깨달았다. 짐 로지는 클레리쿠지오파로부터 돈을 받고 있는 경찰이었다. 그는 일 년에 5만 달러를 받았고 특별한 사건에 대해서는 수당을 더 받았지만, 조직에서는 그에게 청부살인을 시키지는 않았다. 따라서 결론은 분명했다. 아버지를 살해한 사람은 단테와 로지였다. 그것은 불 보듯 너무나도 뻔한 사실이어서 굳이 법적인 근거를 찾을 것도 없었다. 게다가 클레리쿠지오파에서 받았던 훈련들 덕분에 그는 판단을 내리기가 한결 쉬웠다. 그는 아버지의 능력과 성격을 알았다. 어떤 강도도 아버지한테 그 정도로 가까이 접근할 수는 없었다. 크로스는 또한 단테의 성격과 능력을 알았고 단테가 아버지를 싫어한다는 사실도 알았다.

그러나 중요한 의문 한 가지가 남아 있었다. 단테는 그 범행을 단독으로 했을까? 아니면 대부가 시켰을까? 하지만 클레리쿠지오가 사람들한테는 타당한 이유가 없었다. 아버지는 사십 년이 넘게 충성을 바쳤고 조직이 비약적으로 발전하는데 큰 기여를 했다. 그는 산타디오파와의 전쟁에서 위대한 지휘관으로 싸웠다. 문득 크로스는 이전에도 가끔 그런 생각을 했지만 왜 아버지도 그론벨트도 지오르지오도 뻬띠에도 빈센트도 그 전쟁에 대해서는 함구하는지 의아했다.

크로스는 생각을 하면 할수록 대부가 아버지를 죽이는데 관여하지 않았다는 확신이 점점 강하게 들었다. 대부는 매우 보수적인 사람이었다. 그래서 충성에 대해서는 그에 합당한 보상을 했고 절대 처벌하는 법이 없었다. 그는 매우 공정한 사고방식의 소유자였고 공정함이 지나쳐 무자비해 보일 정도였다. 하지만 결정적인 사실은, 만약 대부가 피피를 죽였다면 크로스도 살려두지 않았을 것이란 점이었다. 이 점이 바로 대부가 결백하다는 증거였다.

대부는 신의 존재를 믿었고 운명을 믿을 때도 가끔 있었지만 우연은 믿지 않았다. 피피를 쏜 강도를 짐 로지가 쏴서 죽였다는 말은 대부로서는 절대 받아들이지 못할 우연의 일치였다. 그는 틀림없이 조사를 했을 테고 단테와 로지와의 관계를 알아냈을 것이다. 또한 단테의 범행뿐만 아니라 그의 동기도 알고 있을 것이다.

그렇다면 단테의 엄마인 로즈 마리는 어떨까? 그녀가 아는 건 뭘까? 로즈 마리는 피피가 죽었다는 소식을 듣고 알아듣지도 못할 말들을 쏟아놓으면서 심한 발작을 일으켰다. 결국 대부는 오래 전에 투자했었던 이스트 햄프턴 정신병원으로 그녀를 보내버렸다. 그녀는 그곳에서 최소한 한 달은 입원해 있을 예정이었다.

단테와 지오르지오, 빈센트 그리고 삐띠에를 제외하고는 누구도 로즈 마리를 병원으로 찾아가지 말라는 대부의 엄명이 떨어졌다. 하지만 크로스는 가끔 꽃과 과일 바구니를 보냈다. 로즈 마리는 왜 그렇게 충격을 받았을까? 그녀는 아버지가 죽은 것이 단테가 한 짓임을 그리고 그의 동기를 알고 있었던 걸까? 그 순간 크로스는 단테를 후계자로 삼을 것이라던 대부의 말이 떠올랐다. 그것은 불길한 전조가 느껴지는 말이었다. 크로스는 대부의 지시를 거역하고 병원으로 로즈 마리를 만나러가기로 결심했다. 그는 진정으로 애정 어린 마음에서 꽃과 과일, 그리고 초콜릿과 치즈를 들고 그녀를 찾아가기로 마음을 먹었다. 그러나 그 결심의 이면에는 그녀를 속여서 아들을 배신하게 만들겠다는 목적이 숨어 있었다.

이틀 뒤 크로스는 이스트 햄프턴에 있는 정신병원으로 갔다. 입구에는 경비원 두 명이 있었고 그 중 한 명이 그를 접수대로 데리고 갔다. 접수대 직원은 옷을 말쑥하게 차려입은 중년 여자였다. 그가 찾아온 용무를 얘기하자 그녀는 친절하게 웃으며 지금 로즈 마리가 간단한 치료를 받고 있기 때문에 삼십 분 정도 기다려야 한다고 말했다. 여자는 그에게 치료가 끝나면 알려주겠노라고 했다.

현관 바로 옆에는 탁자와 폭신한 안락의자가 놓여 있는 대기실이 있어서 크로스는 그곳으로 들어가 자리를 잡고 앉았다. 그는 헐리우드 매거진 한 권을 집어 들었다. 잡지를 읽다가 우연히 짐 로지에 관한 기사를 발견했는데, 기사는 그를 로스앤젤레스의 영웅적인 형사로 그리고 있었다. 기사는 그의 영웅적인 행적들을 자세하게 적었고 강도 살인자인 말로우를 죽인 일을 마지막으로 언급했다. 크로스는 두 가지 점에서 그 기사가 재미있었다. 우선 그 기사는 아버지를 금융관련 일을 하는 회사 사장으로 소개했고 잔인한 범죄의 전형적인 무력한 희생자로 묘사했다. 그리고 짐 로지 같은 경찰들이 더 많다면 거리 범죄는 방지할 수 있을 것이라는 말로 기사를 마무리하고 있었다.

한 간호사가 그의 어깨를 살짝 건드렸다. 상당히 강인해 보이는 여자였는데 "절 따라오세요." 라고 말하면서 의외로 상냥한 미소를 지었다.

크로스는 사 가지고 온 초콜릿 상자와 꽃을 들고 간호사를 따라 계단을 올라갔고 일정한 간격으로 문이 나 있는 긴 복도를 따라 걸어갔다. 마지막 문에 이르자 간호사는 비상열쇠로 문을 열었다. 그녀는 크로스를 들어가라고 손짓을 하더니 그가 방으로 들어가자 문을 닫았다.

회색 치마를 입고 머리를 단정하게 땋아 내린 로즈 마리가 소형 TV를 보고 있었다. 그녀는 크로스를 보자 소파에서 벌떡 일어서더니 그의 품으로 뛰어들었다. 그녀는 눈물을 줄줄 흘렸다. 크로스는 그녀의 뺨에 키스를 하고 나서 초콜릿과 꽃을 건네주었다.

"아아, 네가 날 찾아와 주다니. 내가 네 아버지한테 한 짓 때문에 네가 날 미워할 거라고 생각했단다."

"아주머니는 아버지한테 아무 짓도 안 하셨는걸요."

크로스는 그녀를 소파에 앉혔다. 그런 다음 그는 TV를 껐다. 그는 소파 옆에 무릎을 꿇고 앉았다.

"아주머니 걱정을 많이 했어요."

그녀는 손을 뻗어서 그의 머리칼을 쓸어주었다.

"넌 여전히 잘 생겼구나. 난 네 아버지 때문에 너까지 미워했다. 난 네 아버지가 죽은 걸 기뻐했지. 난 끔찍한 일들이 일어날 걸 알고 있었어. 네 아버지가 죽으라고 난 세상을 온통 독으로 가득 채웠거든. 지금 넌 우리 아버지가 이 일을 시켰을 거라고 생각하지?"

"대부께서는 공명정대한 분이세요. 대부는 절대 아주머니를 비난하지 않으실 거예요."

"우리 아버지는 다른 사람들을 속였던 것처럼 너도 속였어. 절대 아버지를 믿지 마. 아버진 자기 딸도, 자기 손자도 배신했고 조카인 피피도 배신했어. 그리고 이제 너도 배신할 거야."

그녀의 목소리가 높아져서 크로스는 그녀가 다시 발작을 일으킬까 걱정이 됐다.

"진정하세요, 아주머니. 여기까지 오게 만들 만큼 아주머니를 힘들게 한 게 뭔지 말씀해주세요."

그는 그녀의 눈을 똑바로 쳐다보았다. 순진무구함을 그대로 간직하고 있는 그 눈을 보면서 소녀시절에 참 예뻤겠다고 생각했다.

로즈 마리가 속삭였다.

"산타디오파와의 전쟁에 대해 말해달라고 해. 그러면 넌 모든 걸 이해할 수 있을 거야."

그녀는 크로스의 뒤쪽을 쳐다보더니 갑자기 머리를 손으로 감싸 안았다. 크로스가 뒤를 돌아다보았다. 문이 열려 있었다. 그곳에는 빈센트와 삐띠에가 말없이 서 있었다. 로즈 마리가 소파에서 튕기듯 일어서더니 침실로 달려가 문을 쾅 하고 닫아버렸다.

빈센트의 창백한 얼굴에 연민과 절망의 그림자가 지나갔다.

"맙소사."

빈센트가 탄식했다. 그는 침실 쪽으로 걸어가더니 문을 두드리면서 문에다 대고 말했다.

"로즈, 문 열어. 우린 널 해치지 않아."

"여기서 만나다니 뜻밖이네요. 저도 로즈 마리 아주머니를 만나러 왔는데."

빈센트는 절대 거짓말을 하는 법이 없었다.

"우린 로즈 마리를 만나러 온 게 아냐. 아버지께서 널 코그로 데려오라고 하셨어."

크로스는 대번에 상황을 파악했다. 접수대에 있던 여자가 코그에 있는 누군가에게 전화를 한 게 틀림없었다. 분명히 사전에 그렇게 하기로 약속이 돼 있었을 것이다. 또 분명히 대부는 그가 로즈 마리와 얘기하는 걸 원치 않았다. 삐띠에와 빈센트를 보낸 것은 크로스를 공격할 의사가 없음을 의미했고, 또 공격할 생각이었다면 두 사람이 그렇게 조심성 없이 나타났을 리가 없었다.

이것은 빈센트가 "크로스, 내가 네 차에 같이 타고 가겠다. 뻬띠에는 자기 차를 타고 갈 거고." 라고 말했을 때 확인됐다. 클레리쿠지오가에 서는 절대 일대일로 사람을 공격하는 법이 없었다.

"로즈 마리 아주머니를 저 상태로 그냥 놔두고 갈 순 없어요."

"괜찮아. 간호사가 주사를 놔줄 거야."

뻬띠에가 말했다. 크로스는 운전을 하면서 대화를 시도했다.

"빈센트 아저씨, 여기까지 굉장히 빨리 오셨네요."

"뻬띠에가 운전을 했지. 걘 속도광이잖아."

빈센트는 잠시 말을 끊었다가 걱정스런 목소리로 다시 이렇게 말했 다.

"크로스, 넌 아버지 명령을 알 텐데 왜 로즈 마리를 찾아갔니?"

"아저씨도 참. 전 어렸을 때 아주머니를 정말 좋아했다고요."

"아버지가 마음에 안 들어 하신다. 화가 많이 나셨어. 크로스답지 않는 짓을 한다고 하시면서 말이야. 아버지는 다 아셔."

"차차 설명드릴게요. 하지만 아주머니가 정말 걱정스러워요. 지금 상태가 어떤가요?"

빈센트는 한숨을 쉬었다.

"이번에는 영영 회복이 안 될지도 몰라. 너도 알겠지만, 로즈 마리는 어렸을 때 네 할아버지가 정말 귀여워했어. 피피의 죽음이 그렇게 혼 란에 빠뜨릴 줄 누가 알았겠니?"

크로스는 빈센트의 목소리에서 뭔가 숨기고 있다는 인상을 받았다. 그는 뭔가 알고 있는 게 있었다.

"아버지는 항상 로즈 마리 아주머니를 좋아했어요."

"그애는 네 아버지를 별로 안 좋아했어."

빈센트가 말했다.

"특히 발작을 할 때 말이야. 발작을 할 때 로즈가 네 아버지를 욕하는 소리를 너도 들었어야 해."

크로스는 지나가는 말처럼 물었다.

"아저씨도 산타디오파와의 전쟁에 관여하셨죠? 왜 다들 저한테는 그 얘길 안 해주시는 거죠?"

"우린 작전에 관한 얘기는 절대 안 하니까. 아버지는 그게 아무런 의미가 없는 짓이라고 가르치셨다. 그냥 앞으로 계속 나가는 거지. 현재 당면한 걱정거리만 해도 태산이니까."

"어쨌든 아버진 대단한 영웅이셨죠?"

빈센트의 돌처럼 차가운 표정이 살짝 누그러지면서 그가 슬쩍 웃었다.

"네 아버지는 천재였어. 꼭 나폴레옹처럼 작전 계획을 세웠지. 피피가 세우는 계획은 절대 잘못되는 법이 없었어. 재수가 없어서 한 두 번인가 실패했던 것만 빼고."

"그래서 산타디오파와 전쟁을 할 때도 아버지가 계획을 짜셨군요."

"그 얘긴 아버지한테 물어봐. 자, 딴 얘기나 하자."

"좋아요. 저도 우리 아버지처럼 죽을까요?"

평소 차갑고 무표정하던 빈센트가 격한 반응을 보였다. 그는 운전대를 잡더니 고속도로 갓길에 차를 세우게 했다. 그는 화가 나서 목소리도 잘 나오지 않았다.

"너 미쳤어? 클레리쿠지오가 사람들이 그런 짓을 할 거라고 생각한단 말이야? 네 아버지는 클레리쿠지오 혈통을 이어받은 사람이다. 최고 단원이었고 우리를 구했어. 아버지는 네 아버지를 자식처럼 사랑했다. 맙소사, 네가 무슨 생각으로 그런 말을 하는 거냐?"

크로스가 온순하게 대답했다.

"난데없이 아저씨들이 나타나서 그냥 겁이 좀 났어요."

"다시 길로 들어가자."

빈센트가 정나미 떨어진다는 듯한 표정으로 말했다.

"네 아버지랑 나, 그리고 지오르지오와 뻬띠에는 정말로 어려운 시기에 함께 싸웠다. 우리들은 도저히 미워할 수 없는 사이야. 피피는 미친 깜둥이 강도한테 재수 없이 당한 거라고."

두 사람은 목적지에 도착할 때까지 내내 아무 말도 하지 않았다. 코그의 집에는 평소와 다름없이 정문에는 두 명의 경호원이 지키고 있었고 현관에는 한 명이 앉아 있었다. 여느 때와 다른 기미는 느껴지지 않았다.

대부, 지오르지오, 뻬띠에가 밀실에서 그들을 기다리고 있었다. 바에는 하바나 여송연 한 상자와 살짝 꼬아놓은 검은 이탈리아산 여송연들을 꽂아놓은 컵 하나가 놓여 있었다.

대부는 갈색 가죽으로 된 커다란 안락의자에 앉아 있었다. 크로스가 그에게 다가가 인사를 했더니 대부가 나이든 사람답지 않게 가볍게 자리에서 일어나 그를 품에 안아서 그는 깜짝 놀랐다. 대부는 크로스에게 여러 종류의 치즈와 육포를 죽 늘어놓은 커다란 탁자로 가자고 손짓을 했다.

대부는 아직 얘기할 준비가 되지 않은 것 같았다. 그는 모짜렐라 치즈와 프로스키우토 햄으로 자기가 먹을 샌드위치를 만들었다. 그 햄은 부드럽고 하얀 비계가 있는 짙은 붉은 빛 고기를 얇게 썰어놓은 것이었다. 하얀 모짜렐라 치즈 덩어리는 아주 신선해서 아직도 우유가 스며 나오고 있었다. 대부는 만든 지 삼십 분이 지난 모짜렐라는 절대 먹지 않았다는 얘기를 자랑 비슷하게 했다.

빈센트와 뻬띠에도 음식 만드는 걸 도왔고 그 사이 지오르지오는 대부에게는 포도주를, 다른 사람들 앞으로는 탄산수를 갖다 주었다. 우유방울이 뚝뚝 떨어지는 부드러운 모짜렐라를 먹는 사람은 대부밖에 없었다. 뻬띠에는 양끝을 자른 여송연을 대부한테 건네면서 불을 붙여 주었다. 노인이 위장 하나는 정말 튼튼해, 하고 크로스는 생각했다.

대부가 불쑥 말을 꺼냈다.

"크로스, 네가 지금 로즈 마리한테서 알아내려고 하는 게 뭔지는 모르겠지만 너한테 해줄 말이 있다. 넌 네 아버지의 죽음에 대해서 엉뚱한 의심을 하고 있어. 네가 잘못 생각하는 거다. 내가 조사를 해봤는데 다 사실이었어. 피피는 운이 나빴던 거야. 일할 때는 극히 신중했었는데 터무니없는 사고가 일어난 거지. 내 말 믿고 괜히 속 끓이지 마라. 네 아버지는 내 조카고 클레리쿠지오 사람이고 내가 가장 사랑했던 친구 중 하나였다."

"산타디오파와의 사이에 벌어졌던 전쟁에 대해서 말씀해 주십시오."

제7부

⧜

산타디오파와의 전쟁

18

"어리석은 자들을 이성적으로 대접해주는 건 위험한 짓이야."

대부는 포도주를 마시면서 말했다. 그리고 여송연을 내려놓았다.

"정신 바짝 차리고 들어라. 긴 얘기고 또 처음부터 끝까지 참으로 믿기지 않는 얘길 게다. 거의 삼십 년이 지났구나…."

그는 세 아들에게 손짓을 하면서 얘기했다.

"혹 내가 중요한 부분을 빠뜨리거든 말해라."

세 아들은 중요한 걸 잊을지 모른다는 아버지의 말에 미소를 지었다.

밀실의 불빛은 여송연 연기가 만들어내는 부드러운 황금빛 안개로 흐릿했고, 음식 냄새는 불빛을 간섭하는 듯한 착각을 일으킬 만큼 진하게 풍겼다.

"그걸 확신하게 된 건 산타디오파와의 일이 있은 다음부터였지…."

그는 잠시 말을 멈추고 포도주를 한 모금 마셨다.

"산타디오파와 우리가 힘의 균형을 이룬 때도 있었다. 하지만 산타디오파는 적을 너무 많이 만들었고 지나치게 정부당국의 주의를 끌었을 뿐만 아니라 정의감이라고는 전혀 없었다. 그자들이 추구하는 세상은 미덕이라고는 눈곱만치도 없었다. 정의가 없는 세상은 오래 지속되기 힘들다."

"난 평화로운 세상에서 살고 싶었고 그래서 산타디오파와 많은 협정도 맺고 양보도 했다. 하지만 그자들은 강했기 때문에 폭력을 쓰는 인간들 특유의 자신감이 있었다. 그들은 힘이 전부라고 믿었다. 두 조직 사이에 전쟁이 일어나게 된 건 그래서였다."

지오르지오가 말꼬리를 자르고 들어왔다.

"왜 크로스가 이 얘길 알아야 하는 겁니까? 저 아이한테나 우리한테나 아무런 이득이 없잖습니까?"

빈센트는 크로스를 외면했고 뻬띠에는 머리를 뒤로 젖히고 크로스를 뚫어지듯 노려보고 있었다. 세 아들 중 누구도 대부가 그 이야기를 하는 것을 원하지 않았다.

"우린 피피하고 크로스에게 빚을 지고 있으니까."

대부는 대답했다. 그런 다음 그는 크로스를 쳐다보고 말했다.

"이 이야기를 듣고 네 맘대로 해석해도 좋다만, 나와 내 아들들은 네가 의심하는 그런 짓은 하지 않았다. 피피는 나한테 아들이나 다름없고 넌 나한테 손자나 다름없어. 모두 다 클레리쿠지오가의 피를 이어받은 한 가족이야."

지오르지오가 다시금 불평을 했다.

"이러는 건 우리들 중 누구한테도 좋을 게 없다니까요."

대부는 그만 하라는 듯이 팔을 저으며 아들들에게 물었다.

"지금까지 한 얘기, 다 맞지?"

그들은 그렇다고 고개를 끄덕였고 뻬띠에는 "초기에 놈들을 없애버렸어야 하는 건데."라고 덧붙였다.

대부는 어깨를 으쓱하더니 크로스에게 말했다.

"내 아들들이나 네 아버지나 아직 서른도 안 된 젊은이들이었다. 난 괜한 전쟁으로 아이들 목숨을 낭비하고 싶지 않았다."

대부는 "오 하나님, 그의 영혼에 자비를 베풀어주소서."라고 한 뒤 말을 이었다.

"돈 산타디오는 여섯 형제를 두었지만 그는 그들을 아들이라기보다는 단원으로 생각했어. 장남인 지미 산타디오는 우리 오랜 친구였던 그론벨트와 동업을 했어. 그래서 산타디오파는 호텔의 절반을 소유하게 된 거야. 지미는 지분을 가장 많이 가졌고, 우리들 모두에게 있어서 평화만이 최고의 해결책이라고 생각한 유일한 사람이었다. 하지만 돈 산타디오와 그의 다른 아들들은 잔인했다."

"하지만 난 잔인한 전쟁을 일으키는 데는 관심이 없었다. 난 이성에 기대고 싶었고 내 제안 속에 담긴 좋은 뜻을 그들에게 이해시키고 싶었다. 난 그들한테 마약사업을 모두 넘겨주고 대신 그들한테서는 도박사업을 모두 넘겨받고자 했다. 내가 그 사람들한테 제너두 호텔의 소유권 절반을 달라고 했더니 그들은 그 대가로 미국 내의 모든 마약사업을, 폭력을 써야 하는 거친 그 사업을 독점하겠다고 했다. 꽤 입맛 당기는 제안이었지. 마약사업은 훨씬 많은 돈이 생기고 장기적인 전략은 필요 없는 사업이었다. 숱하게 사람을 죽여야 하는 험한 사업이었어. 그게 산타디오파의 수중으로 들어가는 거지. 난 마약보다 덜 위험하고 이윤도 적지만 영리하게만 관리하면 장기적으로는 더 가치 있는 사업인 도박을 클레리쿠지오파가 독점하기를 원했다. 그게 클레리쿠지오파의 수중으로 들어오는 거야. 난 늘 궁극적으로는 사회의 합법적인 일원이 되는 것을 목표로 삼았었고, 도박은 위험과 폭력을 일상적으로 접하지 않아도 되는 합법적인 금광이 될 가능성이 있는 사업이었다. 지금 와서 볼 때 그런 내 판단은 옳았다."

"불행하게도 산타디오파는 모든 걸 원했다. 모든 걸 말이야. 생각해봐, 그때는 우리들 모두에게 극히 위험한 시기였어. 그 당시 FBI는 우리 두 조직의 실체와 두 조직 간에 공조가 이뤄지고 있다는 사실을 알고 있었다. 재원과 기술력을 가진 정부에서는 많은 조직들을 무너뜨렸어. 오메르타의 벽에 금이 가고 있었지."

"미국에서 태어난 젊은이들은 자기만 살겠다고 정부와 내통을 했지. 다행히 난 브롱크스 조직을 세웠고 시칠리아에서 새로운 조직원들을 데려왔다. 그런데 여자들이 왜 그렇게 말썽을 일으키는지, 난 아직까지도 이해를 못하겠다. 내 딸 로즈 마리는 당시 열여덟 살이었지. 어쩌다가 그 아이가 지미 산타디오한테 넋이 빠지게 됐을까? 로즈는 자기들이 로미오와 줄리엣 같다고 했지. 로미오와 줄리엣이 누구냐? 이름을 보면 이탈리아인이 아닌 것만은 확실하지. 그 얘길 듣고 내가 양보하기로 했다. 그래서 산타디오파와 협상을 재개했지. 난 내 요구수준을 낮췄고 그래서 두 조직은 공존할 수 있었다. 어리석게도 그들은 이 행동을 힘의 열세로 해석했지. 그래서 지금까지도 계속되고 있는 비극이 벌어지게 된 거야."

여기까지 말하고 대부는 말을 멈췄다. 지오르지오는 포도주와 빵 그리고 하얀 치즈 한 덩어리를 앞에 차려놓고 먹었다. 그런 뒤에 그가 대부의 뒤로 가서 섰다.

"하필이면 왜 오늘 그 얘길 하세요?"

지오르지오가 물었다.

"여기 계신 귀하신 크로스께서 자기 아버지가 어떻게 죽었는지 고민을 하는데 말이다, 혹시 또 우리를 의심하는 일이 있을까 싶어서 그런다."

대부가 비꼬았다.

"전 의심하지 않습니다."

크로스가 얼른 말했다.

"사람들은 기본적으로 의심이 많아. 그건 인간의 본성이거든. 하던 얘기나 계속하자. 로즈 마리는 어렸고 세상사에 대해서는 아무것도 몰랐어. 그 아이는 처음에 두 조직이 대치상태에 있다는 사실을 가슴 아파했지. 하지만 그렇게 된 이유는 확실히 몰랐다. 그래서 로즈는 두 조직을 화해시키려고 결심했고 사랑의 힘으로 모두 이겨낼 수 있다고 믿었다고 후에 나한테 얘길 해주더구나. 그 당시 로즈는 정이 많은 아이였지. 그리고 내 인생의 빛이었지. 내 아내는 젊어서 죽었는데 난 로즈를 낯선 여자와 공유한다는 사실이 싫어서 재혼을 하지 않았다. 난 로즈가 원하는 건 다 들어주었고 기대 또한 컸어. 하지만 산타디오가 사람과 결혼하는 일만큼은 절대 용납을 못하겠더구나. 난 결혼을 반대했다. 나 역시 그때는 젊었다. 난 자식들이 내 명령에 복종하리라고 생각했어. 난 로즈가 대학을 다니고 다른 세계에 속한 남자와 결혼하기를 바랐지. 지오르지오, 빈센트, 뻬띠에는 이쪽 세계에서 날 도와야 했고 난 저 아이들의 도움이 필요했다. 하지만 저 아이들의 자식들은 좀더 나은 세계로 탈출할 수 있기를 원했다. 그리고 내 막내아들인 실비오도."

대부는 밀실의 벽로 선반에 놓인 사진을 가리켰다. 크로스는 그 사진을 한 번도 자세하게 들여다본 적이 없었고 그에 관한 얘기도 들어본 적이 없었다. 사진 속의 스무 살 젊은이는 로즈 마리와 아주 닮았지만 표정이 더 온화했고 눈빛은 좀더 회색에 가까웠고 아주 영리해 보였다. 사진에 손질을 한 건 아닐까 하는 의심이 들 정도로 지극히 선량해 보이는 얼굴이었다.

창문이 없는 밀실 안의 공기는 여송연 연기로 인해 점점 탁해졌다. 지오르지오는 큼지막한 여송연에 불을 붙였다.

대부는 말을 계속했다.

"난 로즈 마리보다 실비오를 훨씬 더 아꼈지. 그 아이는 누구보다도 마음이 선량했다. 그리고 대학에 장학금을 받고 들어갔어. 그 아이한테 거는 기대가 참으로 컸다. 하지만 실비오는 너무 순진했어."

빈센트가 끼어들었다.

"걘 세상물정에 너무 어두웠죠. 우리라면 절대 거기에 안 갔을 텐데.

우린 절대로 개처럼 완전 무방비 상태로 나서진 않았을 거예요."

지오르지오가 이야기를 이어갔다.

"로즈 마리와 지미 산타디오는 코맥 모텔에서 몰래 만났어. 그리고 로즈 마리는 지미와 실비오가 얘길 한다면 두 사람이 두 조직을 화해시킬 수 있을 거라고 생각했지. 로즈는 실비오한테 전화를 걸었고 실비오는 아무한테도 얘길 안하고 모텔로 갔어. 셋은 전략을 짰지. 실비오는 항상 로즈 마리를 로즈라고 불렀어. 실비오가 로즈한테 한 마지막 말은 '모든 게 잘 될 거야, 로즈. 아빠는 내 말을 들어주실 거야'였어."

하지만 실비오는 아버지한테 얘기를 하지 못했다. 불행하게도 산타디오가의 두 아들 폰사와 이탈로가 형 지미를 감시하고 있었기 때문이었다.

난폭한 산타디오 형제는 지나친 망상에 빠진 나머지 로즈 마리가 자기들 형을 함정에 끌어들이고 있다고 의심했다. 혹은 최소한 형을 꾀서 결혼을 해서 그들 조직의 힘을 약화시킬 작정이라고 생각했다. 그래서 로즈 마리는 그들의 형과 결혼하기 위해서 단호하고 용감하게 그들과 맞섰다. 그녀는 심지어 아버지인 위대한 돈 클레리쿠지오의 권위에도 도전했다. 그녀를 막을 수 있는 건 아무것도 없었다.

실비오를 알아본 그들은 그가 모텔을 나서자 로버트 모우지즈 코즈웨이에서 그를 잡아서 총으로 살해했다. 그들은 실비오의 지갑을 가져가서 강도를 당한 것처럼 꾸몄다. 그것은 산타디오파가 쓰는 전형적인 수법이었고 극히 야만적인 행동이었다.

대부는 절대 속지 않았다. 하지만 지미 산타디오가 장례식 전날 경호원도, 무기도 없이 찾아왔다. 그는 대부를 만나게 해 달라고 했다.

"돈 클레리쿠지오, 저도 당신 못지않게 가슴이 아픕니다. 만약 산타디오가에게 책임이 있다고 생각하신다면 절 죽이십시오. 저의 아버지께 여쭤봤는데 아버지께서는 그런 명령은 내리지 않으셨다고 하셨습니다. 그리고 아버지께서는 대부께서 제안하신 것들을 재고해보시겠다는 말씀을 전해달라고 하셨습니다. 그리고 당신 딸과 결혼해도 좋다고 허락하셨습니다."

로즈 마리는 지미의 팔을 붙들었다. 딸의 얼굴이 너무 애처로워서 대부는 잠시 마음이 혼들렸다. 슬픔과 두려움으로 인해 그녀에게서는 처연한 아름다움이 느껴졌다. 눈에는 놀란 기색이 완연했고 눈물 때문에 눈동자가 새까맣게 반짝였다. 그녀의 표정은 충격에 휩싸여서 상황을 전혀 이해하지 못하는 듯 했다.

그녀는 대부에게서 얼굴을 돌려 지미 산타디오를 쳐다보았고, 그 표정이 너무나 사랑스러워서 대부는 일생에 몇 번 안 되는 관용을 베풀었다. 그토록 아름다운 딸에게 어찌 슬픔을 안겨줄 수 있었겠는가?

로즈 마리는 아버지한테 말했다.

"아버지는 지미가 너무 겁을 먹어서 혹시 지미 가족들이 살인과 연관이 있다고 생각하실 지도 모르겠어요. 전 그 사람들이 안 그랬다는 걸 알아요. 지미는 자기 가족들을 설득해서 협정을 맺게 하겠다고 저한테 약속했었단 말예요."

대부는 산타디오 조직이 살인을 했다는 사실을 이미 확신하고 있었다. 그는 어떤 증거도 필요치 않았다. 하지만 관용은 이것과는 별개의 문제였다.

"자네 말을 믿고 자넬 받아들이겠네."라고 대부는 말했고, 상황이 크게 달라질 건 없었지만 그는 진심으로 지미의 결백을 믿었다.

"로즈 마리, 결혼은 허락하겠다만 결혼식은 이 집에서 못한다. 그리고 우리 가족들은 한 사람도 참석하지 않을 거다. 그리고 지미, 자네 아버지한테 가서 결혼식이 끝난 뒤에 둘이 만나서 사업 얘기를 하자더라고 전해주게."

"고맙습니다. 무슨 말씀이신지 알겠습니다. 결혼식은 팜 스프링스에 있는 저희 집에서 하겠습니다. 한 달 뒤 저희 일가들이 모두 모인 자리에서 결혼식을 올리고 클레리쿠지오가 가족들도 모두 초대하지요. 오지 않으신다고 해도 이해하겠습니다."

대부는 버럭 역정을 냈다.

"이 상황에서 그렇게 빨리 결혼식을 올린다는 말이야?"

그는 손으로 관을 가리켰다. 그러자 로즈 마리가 대부의 품으로 뛰어들었다. 딸은 극도로 공포에 떨고 있었다. 딸이 그에게 속삭였다.

"저 임신했어요."

"아."

대부가 탄성을 질렀다. 그는 지미 산타디오를 쳐다보며 웃었다. 로즈 마리가 다시 속삭였다.

"아이 이름을 실비오라고 짓겠어요. 실비오랑 똑같은 아이가 될 거예요."

대부는 딸의 검은 머리를 가볍게 치고는 뺨에 키스를 했다.

"좋아. 좋도록 해. 하지만 난 결혼식에는 가지 않는다."

로즈 마리는 다시 용기를 되찾았다. 그녀는 아버지를 올려다보며 뺨에 키스를 했다. 그리고 말했다.

"아빠, 누구 한 사람은 꼭 와야 되요. 절 인도해줄 사람이 있어야 하니까."

대부는 옆에 서 있던 피피를 돌아다보았다.

"결혼식에는 우리 가족을 대표해서 피피가 간다. 피피는 내 조카고 춤추는 걸 좋아하지. 피피, 네 사촌동생을 인도해주고 나서 실컷 춤이나 줘."

피피는 몸을 숙여서 로즈 마리의 뺨에 키스를 했다.

"내가 가지. 만약 지미가 나타나지 않으면 우리 둘이서 도망 가버리자."

그는 장난스럽게 말했다. 로즈 마리는 고마워하는 눈빛으로 그를 올려다보면서 그의 품에 안겼다.

한 달 뒤에 피피는 결혼식에 참석하기 위해 비행기를 타고 팜 스프링스로 갔다. 그 한 달 동안 그는 코그의 집에서 대부와 함께 머무르면서 지오르지오, 빈센트, 뻬띠에와 함께 회의를 했다.

대부는 피피가 작전 책임을 맡는다는 점을 분명히 했다. 피피가 어떤 지시를 내리든 그것은 대부 자신이 내리는 지시로 간주되어야 한다는 사실도.

용기를 내서 대부에게 "만약 산타디오가 실비오를 죽인 게 아니라면 어떻게 하죠?"라고 물을 수 있었던 사람은 오직 빈센트밖에 없었다.

"그건 중요한 문제가 아니다만, 일의 모양새를 보아 어리석은 그쪽 사람들 짓이고 그대로 있다가는 우리가 위험해진다. 우리는 어찌됐든 한 번은 그들과 싸울 수밖에 없어. 물을 것도 없이 살인은 그놈들이 했다. 나쁜 마음을 먹었다는 것 자체가 곧 살인이나 다름없다. 만약에 산타디오가 살인을 하지 않았다면 우린 달게 죄 값을 치러야겠지. 넌 어느 쪽을 믿을 거냐?"

피피는 생전 처음 대부가 괴로워하는 모습을 보았다. 대부는 집 지하에 있는 예배당에 몇 시간이고 틀어박혀 있었다. 평상시와 달리 거의 먹지도 않고 포도주만 마셨다. 그리고 며칠 동안 침실에 실비오의 사진을 두었다. 어느 일요일에 그는 사제에게 미사를 열고 고백성사를 할 수 있게 해달라고 부탁했다.

마지막 날 대부는 피피만 따로 불렀다.

"피피, 이건 아주 힘든 작전이다. 혹 지미 산타디오를 살려줘야 하지 않을까 하는 의문이 드는 상황이 생길 지도 모른다. 그렇지만 절대 그래선 안 돼. 그리고 이게 내 명령이라는 사실은 아무도 알아서는 안 된다. 이번 일은 순전히 네가 주도한 것처럼 보여야 한다. 나도, 지오르지오도, 빈센트도, 뻬띠에도 아닌 네가 말이야. 기꺼이 비난을 감수할수 있겠니?"

"네. 삼촌께서는 로즈가 삼촌을 증오하거나 비난하지 않기를 바라시는 거니까요. 또 오빠들에 대해서도 마찬가지고 말입니다."

"로즈 마리가 위험해지는 상황이 벌어질지도 모른다."

"그렇겠죠."

대부는 한숨을 쉬었다.

"최선을 다해서 내 자식들을 보호해라. 최종적인 결정을 반드시 네가 내려야 한다. 하지만 난 지미 산타디오를 죽이라는 명령은 절대 하지 않은 거다."

"만약 로즈 마리가 알아채면…."

대부는 피피를 똑바로 쳐다보았다.

"로즈는 내 자식이고 실비오의 누이다. 그 아인 절대 우리를 배신하지 않을 거야."

팜 스프링스에 있는 산타디오가의 저택은 삼층 건물에 방이 마흔 개나 됐고 스페인 식으로 지어져서 주변의 사막과 잘 어울렸다. 집을 빙둘러서 붉은 돌로 담을 쌓았고 담 너머에는 드넓은 사막이 펼쳐져 있었다. 사유지 안에는 집 외에도 커다란 수영장과 테니스장 그리고 보치 게임장이 있었다.

이 결혼식을 위해서 잔디밭에는 엄청나게 큰 바비큐 화덕과 관현악단을 위한 무대와 무도장이 설치되었다. 무도장을 빙 둘러서 긴 식탁들이 배치됐다. 사유지 입구의 큰 청동 대문 옆에는 음식을 실어온 대형 트럭 세 대가 주차되어 있었다.

피피는 토요일 이른 아침 결혼식 의상을 넣은 가방을 들고 그곳에 도착했다. 그의 방은 이층에 있었고 사막의 밝은 황금빛 햇살이 창문 가득 쏟아져 들어왔다. 그는 곧 짐을 풀었다.

결혼식이 거행될 장소는 집에서 삼십 분 거리에 있는 팜 스프링스의 한 교회였다. 식은 정오에 시작될 예정이었다. 그런 다음 하객들은 집으로 돌아와 피로연에 참석하기로 되어 있었다.

방문을 두드리는 소리가 나더니 지미 산타디오가 들어왔다. 그는 환한 얼굴로 피피를 반갑게 껴안았다. 그는 아직 예복으로 갈아입지 않은 상태였고, 헐렁한 흰색 운동복 바지에 회색과 은색이 섞인 실크 셔츠를 걸치고 있는 모습이 여간 멋지지 않았다. 그는 피피의 손을 잡으며 자신의 호감을 표현했다.

"정말 잘 오셨습니다. 로즈는 사촌오빠가 자기를 인도한다고 아주 좋아하고 있어요. 결혼식이 시작되기 전에 아버지께서 뵙자고 하시네요."

그는 손을 그대로 꼭 잡고서 피피를 일층으로 데리고 내려가 긴 복도를 거쳐 돈 산타디오의 방으로 안내했다. 돈 산타디오는 푸른 면 잠옷 차림으로 침대에 누워 있었다. 그는 대부보다 더 늙긴 했지만 날카로운 눈빛이며 세심하게 사람 말에 귀를 기울이는 모습이 대부와 전혀 차이가 없었고 머리는 벗겨져서 공처럼 둥글었다. 그는 피피에게 가까이 오라고 손짓을 하면서 피피가 자기를 껴안을 수 있도록 팔을 뻗었다.

"정말 잘 왔소."

노인은 쉰 목소리로 인사를 했다.

"우리 두 조직이 그 전처럼 사이좋게 지낼 수 있도록 당신이 도와주리라고 믿소. 당신은 우리한테 꼭 필요한 평화의 비둘기요. 신께서 당신을 살펴주시기를."

그는 침대에 다시 눕더니 눈을 감았다.

"정말로 기쁜 날이야."

방에는 억세게 보이는 중년의 간호사가 있었다. 지미는 그녀를 사촌이라고 소개했다. 그 간호사는 두 사람에게 대부가 그날 있을 결혼식에 참석하려면 기운을 아껴야 한다며 그만 나가달라고 작은 소리로 말했다. 피피는 잠깐 고민을 했다. 돈 산타디오는 오래 살지 못할 게 분명했다. 그러면 지미가 조직의 우두머리가 될 것이다. 상황이 호전될 가능성은 아직 남아 있을지도 몰랐다. 그러나 대부는 아들 실비오를 죽인 것을 절대 용납하지 않을 것이다. 두 조직 사이에 진정한 평화는 존재할 수 없었다. 어쨌든 대부는 그에게 철저한 지시를 내린 바 있었다.

그동안 산타디오가의 두 형제 폰사와 이탈로는 무기와 통신장비가 있는지 확인하려고 피피의 방을 뒤지고 있었다. 피피의 차도 철저하게 조사했다.

산타디오가에서는 귀한 아들의 결혼식을 호사스럽게 준비했다. 마당 곳곳에는 이국적인 꽃이 가득 꽂힌 커다란 대바구니가 놓여 있었다. 커다랗고 화려한 천막들마다 샴페인을 따라줄 바텐더들이 대기하고 있었다. 아이들을 위해서 마술을 부릴 중세 복장의 어릿광대도 한 명 있었고, 사유지를 빙 둘러가며 매달아 놓은 스피커에서는 음악이 울려 퍼졌다. 하객들에게는 2만 달러의 상금이 걸린 복권을 한 장씩 돌려 나중에 추첨할 예정이었다. 어떤 결혼식도 이보다 더 멋질 순 없었다.

사막의 열기로부터 하객들을 보호하기 위해서 밝은 색깔의 아주 커다란 텐트들이 짧게 깎인 잔디밭을 거의 뒤덮다시피 했다. 무도장 위에는 초록색 텐트를, 관현악단 위에는 빨간색 텐트를 쳤다. 파란색 텐트를 덮은 테니스장에는 결혼식 선물들을 갖다놓았다. 그 중에는 돈 산타디오가 신부에게 주는 은색 메르세데스 한 대와 신랑에게 주는 소형 개인 비행기도 한 대 있었다.

교회의 의식은 간단하면서 짧았고 하객들은 관현악단의 연주가 울려 퍼지고 있는 산타디오의 집으로 돌아왔다. 야생 멧돼지를 쫓는 사냥꾼들의 그림이 그려진 텐트와 열대과일 음료수 그림이 빽빽하게 그려진 텐트 아래 음식을 차려놓은 식탁과 세 개의 바가 준비돼 있었다.

막 부부가 된 두 사람이 맨 처음 나와 모든 이들의 주목을 받으며 춤을 추었다. 그들은 텐트의 그늘 밑에서 춤을 췄는데, 사막의 붉은 태양이 모퉁이 안으로 빠끔히 고개를 디밀고서 둘이 햇빛 속으로 들어올 때면 행복한 두 남녀를 청동 빛으로 빛내주었다. 사랑이 넘치는 그들의 모습에 사람들은 환호성을 지르며 박수갈채를 보냈다. 로즈 마리는 최고로 아름다웠고 지미 산타디오에게서는 싱싱한 젊음이 느껴졌다.

악단이 연주를 멈추자 지미가 하객들 사이에서 피피를 끌어내 이백 명도 넘는 하객들 앞에서 소개를 했다.

"이 분은 오늘 신부를 인도하신 피피 데 레나 씨로 클레리쿠지오가를 대표해서 오셨습니다. 이 분은 제가 가장 아끼는 친구입니다. 이 분의 친구는 곧 저의 친구입니다. 그리고 이 분의 적은 곧 저의 적입니다."

그는 잔을 높이 치켜들고서 소리쳤다.

"피피 데 레나를 위해 건배합시다. 그리고 신부와 가장 먼저 춤을 출 자격을 드리겠습니다."

로즈 마리는 피피와 춤을 추면서 작은 소리로 그에게 속삭였다.

"이제 우리가 두 가족을 화해시키는 거야. 그렇지, 피피 오빠?"

"두말할 필요도 없지."

피피는 그녀를 빙글빙글 돌렸다.

이제껏 누구도 결혼식에서 그렇게 명랑한 하객은 보지 못했을 만큼 피피는 단연 두드러졌다. 그는 매 곡마다 앞으로 나와서 춤을 췄고 젊은이들보다 훨씬 발놀림이 경쾌했다. 그는 지미와도 춤을 추었고 그의 형제들인 폰사, 이탈로, 베네딕트, 지노, 루이스와도 춤을 추었다. 아이들과 또 나이 지긋한 부인들과도 춤을 추었다. 또 관현악단 지휘자와는 왈츠를 췄고, 밴드의 연주를 배경으로 시칠리아 사투리로 저속한 노래들도 불렀다. 그는 턱시도에 토마토소스며 칵테일 주스, 포도주를 튀겨가며 엄청나게 먹고 마셨다. 보치 경기장에서는 공을 얼마나 힘차게 던지는지 한 시간 동안 그곳이 결혼식의 주무대가 되었다.

보치 경기가 끝나자 지미 산타디오가 피피를 한 쪽으로 데리고 갔다.

"당신만 믿겠습니다. 우리 두 조직은 앞으로 서로 협력하면 아무것도 우리 두 사람을 막지 못할 겁니다."

지미는 그 이상 좋을 수 없는 표정으로 이렇게 말했다.

피피는 아주 진지한 태도로 "그럼, 그래야지."라고 대답했다. 그러면서 그는 지미 산타디오가 겉으로 보이는 것처럼 실제로도 그렇게 정직한 걸까하는 의심이 갔다. 지금쯤이면 그는 자기 가족 중에 살인을 저지른 사람이 누군지 분명히 알고 있을 테니까.

그 순간 지미가 얼핏 눈치를 챈 것 같았다.

"피피, 맹세코 전 그 일과는 아무런 상관이 없습니다."

그는 피피의 손을 잡았다.

"우리는 실비오의 죽음에 절대 개입하지 않았습니다. 전혀요. 우리 아버지의 머리에 손을 얹고 맹세합니다."

"자네 말을 믿네."

이렇게 대답하면서 피피도 지미의 손을 꽉 잡았다. 그는 잠시 의심을 했지만 그건 아무래도 상관없었다. 어차피 일은 너무 늦어버렸으니까.

사막의 붉은 햇빛이 약해지면서 어스름하게 땅거미가 지기 시작했고 사유지 전체에 등이 켜졌다. 지금부터 저녁식사가 시작된다는 신호였다. 그러자 폰사, 이탈로, 지노, 베네딕트, 루이스 형제가 신랑과 신부를 위해 건배를 들자고 제안했다. 그리고 행복한 결혼생활과 지미의 특별한 미덕과 멋진 새 친구 피피를 위해서도 건배를 했다.

연로한 돈 산타디오는 병으로 침대를 떠날 수 없었지만 행복을 기원하는 애정 어린 마음을 다른 사람을 통해 전달해 왔고, 아들에게 비행기를 선물한다는 말에 모두들 환호성을 보냈다. 그런 뒤에 신부가 직접 결혼축하 케이크를 크게 한 조각 잘라서 노인의 침실로 보냈다. 하지만 노인은 이미 잠이 든 뒤여서 간호사가 대신 그것을 받으면서 그가 일어나면 주겠다고 약속했다.

마침내 자정 무렵 축하연은 끝났다. 지미와 로즈 마리는 다음날 유럽으로 신혼여행을 떠나기 때문에 쉬어야 한다며 신혼방으로 들어갔다. 그 말에 하객들은 야유를 보내며 저속한 말들을 외쳐댔다. 모두들 더없이 유쾌했다.

차들이 밀물처럼 집을 빠져나가 사막 속으로 사라졌다. 직원들이 음식배달 트럭에 짐을 싣고 텐트를 걷고 탁자와 의자들을 모으고 연단을 들어낸 다음 마당을 돌아다니며 쓰레기까지 확실하게 치웠다. 그리고 그들도 떠났다. 그들은 다음날 다시 와서 끝마무리를 하기로 되어 있었다.

산타디오가의 다섯 형제들과 피피가 만나는 자리는 피피의 요청에 따라 하객들이 떠난 다음에 갖기로 했다. 그들은 두 조직이 새롭게 우정을 맺은 것을 축하하는 의미에서 선물을 교환할 예정이었다.

자정에 산타디오가 저택의 커다란 식당에 사람들이 모두 모였다. 피피는 로렉스 시계를 복제품이 아닌 진품으로 가방 가득 가지고 왔다. 일본 춘화를 손으로 직접 그려 넣은 커다란 기모노도 한 벌 있었다.

폰사가 흥분을 해서 소리쳤다.

"지금 당장 지미 형을 여기로 데려오자."

"너무 늦었어."

이탈로가 유쾌하게 대꾸를 했다.

"지미하고 로즈 마리는 세 번째 판에 돌입했다고."

그 말에 다들 웃음을 터뜨렸다.

밖에서는 희고 차가운 사막의 달빛이 산타디오의 집을 밝히고 있었다. 담장에 매달아 놓은 중국식 등들이 하얀 달빛 속에 붉은 원을 그렸다.

트럭 측면에 '음식배달' 이라는 금색 테두리를 두른 글자가 쓰인 대형 트럭 한 대가 시끄러운 소리를 내며 산타디오가의 저택 대문 앞에 멈춰 섰다.

두 경비원 한 명이 트럭으로 다가오자 운전사는 잊고 안 가져간 발전기를 가지러 왔다고 말했다.

"이렇게 늦게?"

경비원은 물었다.

두 사람이 얘기를 나누고 있을 때 운전사의 조수가 트럭에서 내려

다른 경비원 쪽으로 다가갔다. 두 경비원은 축하연의 음식과 술로 몸도 마음도 나른한 상태였다.

그 순간 두 가지 일이 거의 동시에 일어났다. 운전사는 상체를 구부리더니 소음기를 단 총을 꺼내 경비원의 얼굴에 정확히 세 발을 쏘았다. 운전사의 조수는 다른 경비원의 목을 꽉 붙든 다음에 날카로운 큰 칼로 목을 단번에 베어버렸다.

두 경비원은 땅바닥에 쓰러졌다. 트럭 뒤의 큰 철제 발판이 재빨리 내려와 그 안에서 클레리쿠지오파 단원 스무 명이 뛰쳐나왔고 그러는 동안 트럭 엔진은 계속해서 윙윙거리며 돌아갔다. 지오르지오와 뻬띠에 그리고 빈센트의 지휘 아래 스타킹을 써서 얼굴을 가리고 검은 옷을 입고 소음기를 단 총으로 무장한 단원들이 사방으로 달려갔다. 특수임무를 맡은 조는 전화선을 끊었다. 나머지 조는 그곳을 장악하기 위해 뿔뿔이 흩어졌다. 지오르지오와 뻬띠에와 빈센트는 부하 열 명과 함께 식당으로 뛰어들어갔다.

산타디오 형제들은 포도주 잔을 쥐고 피피에게 막 건배를 하려던 참이었는데 피피가 그들로부터 몇 걸음 뒤로 물러섰다. 말은 한마디도 없었다. 침입자들은 총을 난사했고 산타디오가의 다섯 형제는 총알 세례를 받으며 갈가리 찢어졌다. 복면을 한 뻬띠에가 아무런 망설임도 없이 그들의 턱에 한 방씩 총을 쏘아서 확인사살을 했다. 바닥에는 깨진 잔 조각들이 흩어져 반짝거렸다.

복면을 하고 있던 지오르지오가 피피에게 복면과 검은색 바지와 스웨터를 건네주었다. 피피는 재빨리 옷을 갈아입고는 벗은 옷은 부하 한 명이 들고 있던 가방 속에 던져 넣었다.

피피는 아직 무장을 하지 않은 상태로 지오르지오와 뻬띠에와 빈센트를 데리고 긴 복도를 지나 돈 산타디오의 침실로 갔다. 피피가 문을 열었다.

돈 산타디오는 잠에서 깨어 결혼 케이크를 먹고 있던 중이었다. 그는 네 사람을 보더니 성호를 긋고 베개로 얼굴을 가렸다. 케이크 접시가 미끄러져 바닥으로 떨어졌다.

간호사는 방 한쪽 구석에서 책을 읽고 있었다. 삐띠에는 큰 고양이처럼 그녀를 덮치더니 나일론 끈으로 그녀를 의자에다 칭칭 묶었다.

침대로 다가간 사람은 지오르지오였다. 그는 말없이 팔을 뻗어서 돈 산타디오의 얼굴에서 베개를 치웠다. 그는 잠시 머뭇거리나 싶더니 눈에 한 발, 둥그런 대머리 정수리 쪽으로 한 발을 쏘았다.

그들은 다시 모였다. 빈센트가 마침내 피피에게 기다란 은색 밧줄을 건네주었다.

피피는 방에서 나와 긴 복도를 거쳐서 신혼부부의 방이 있는 삼층으로 그들을 데려갔다. 복도 곳곳에는 꽃과 과일 바구니가 놓여 있었다.

피피는 신혼방의 방문을 밀었다. 문은 잠겨 있었다. 삐띠에가 한 쪽 장갑을 벗더니 가느다란 철사를 꺼냈다. 그는 그걸로 문을 쉽게 열었고 방으로 들어간 뒤에 다시 문을 닫았다.

로즈 마리와 지미는 침대 위에 널브러져 있었다. 두 사람은 방금 전에 마음껏 욕정을 발산하고 난 뒤라 몸이 온통 젖어 있었다. 속이 들여다보이는 로즈 마리의 얇은 잠옷은 허리 위까지 올라가 있었고 끈이 풀려서 가슴이 훤히 드러나 있었다. 그녀는 오른손은 지미의 머리에, 왼손은 그의 배에 올려놓고 있었다. 지미는 완전히 벌거벗은 상태였는데 그들을 보자마자 벌떡 일어나 이불로 몸을 가렸다. 그는 대번에 모든 상황을 알아차렸다.

"바깥으로 나갑시다."

이렇게 말하면서 그는 그들 쪽으로 다가갔다. 로즈 마리는 너무 순식간에 벌어진 일이라 아직도 상황파악을 못하고 있었다. 그녀는 문으로 가는 지미를 붙들었지만 그는 외면했다. 그는 복면을 하고 있던 지오르지오와 뻬띠에와 빈센트에게 둘러싸여 문을 나갔다. 그러자 로즈마리가 소리를 질렀다.

"피피 오빠, 제발 그러지 마."

세 남자가 자기를 쳐다보자 비로소 그녀는 그들이 오빠들임을 깨달았다.

이때가 피피에게는 가장 힘들었던 순간이었다. 만약 로즈 마리가 이 사실을 누설한다면 클레리쿠지오파는 끝장이었다. 그는 그녀를 죽여야만 했다. 대부는 이 부분에 관해서는 특별히 지시를 내리지 않았었다. 딸을 죽인다면 대부는 그를 용서할 수 있을까? 오빠들은 반대하지 않을까? 그런데 로즈가 어떻게 우리를 알아봤지? 그는 마음을 정했다. 그는 방에서 나와 문을 닫고 지미와 형제들과 함께 복도로 나왔다.

대부는 특별히 다음 부분을 강조했다. 지미 산타디오는 교살을 시켜야 했다. 슬퍼할 지미의 지인들을 위해서 그의 몸에 구멍을 내지 않는 것은 일종의 관용의 표시였다. 사랑하는 사람을 죽이되 피를 흘리지 않도록 배려하는 것은 말하자면 관습이었다.

갑자기 지미 산타디오가 몸을 가리고 있던 이불을 놓더니 팔을 뻗어서 피피의 얼굴에서 복면을 벗겨냈다. 지오르지오와 피피가 그의 양팔을 붙잡았다. 빈센트는 바닥에 쭈그리고 앉아서 지미의 다리를 붙들었다. 그런 다음에 피피는 밧줄을 지미의 목에 걸고 그의 몸을 바닥 쪽으로 숙이게 했다. 지미는 입술을 일그러뜨리고 소리 없는 미소를 지으며 동정하는 듯한 묘한 표정으로 피피의 얼굴을 노려보았다. 당신들은 천벌을 받을 것이라는 듯한 표정이었다.

피피가 뻬띠에와 같이 밧줄을 단단히 잡아당기고 있는 사이에 다른 형제가 동시에 복도 바닥에 주저앉았고, 하얀 이불이 수의처럼 지미의 몸을 받아주었다. 신혼방에서는 로즈 마리가 비명을 지르기 시작했다.

대부는 이야기를 끝냈다. 그는 여송연에 다시 불을 붙인 다음 포도 주를 한 모금 마셨다. 지오르지오가 말했다.

"피피가 전체 계획을 짰지. 우린 깨끗하게 일을 처리했고 산타디오 파는 소탕됐어. 정말이지 대단했다."

빈센트도 거들었다.

"그것으로 모든 게 해결됐지. 우린 그 이후로 아무런 문제가 없었으니까."

대부는 한숨을 쉬었다.

"그건 내가 내린 결정이었고 결국 잘못된 결정이었다. 하지만 로즈 마리가 미치게 될 줄 어떻게 알았겠니? 우리가 처한 상황은 극히 위험 했고 결정타를 가할 수 있는 기회는 그때밖엔 없었다. 당시 난 아직 예 순이 안 됐고 그래서 내가 지닌 힘과 지략에 대해 너무 자만했었다는 사실은 꼭 명심해주기 바란다. 그때 난 그 일이 딸에게 비극이 되리란 것은 분명히 알았지만 과부들이 영원히 슬퍼하리라고는 생각하지 않 았지. 그리고 그들은 내 아들 실비오를 죽였어. 딸이든 딸이 아니든, 그 일을 어떻게 용서할 수 있겠니? 하지만 난 배운 것도 있었어. 어리 석은 자들과는 이성적으로 문제를 해결할 수 없다는 사실을 말이다. 난 초기에 그들을 제거해야 했어. 연인들이 만나기 전에. 그랬으면 아 들도 딸도 구할 수 있었을 텐데."

그는 잠시 말을 멈췄다.

"그래, 너도 이제 알게 된 것처럼 단테는 지미 산타디오의 아들이다. 그리고 크로스, 네가 아기였을 때 넌 이 집에서 첫 여름을 맞으며 단테와 한 유모차에 탔었다. 지금까지 난 단테를 위해 아버지의 빈자리를 채워주려고 무진 애를 썼다. 난 딸이 슬픔에서 벗어날 수 있도록 노력했어. 단테는 클레리쿠지오가의 가족으로 받아들여졌고 내 아들들과 함께 나의 후계자가 될 거야."

크로스는 그때의 일을 이해해보려고 했다. 클레리쿠지오가 사람들과 그들이 몸담고 있는 세상에 대해 극도의 혐오감을 느끼며 그는 몸을 떨었다. 아버지 피피는 악마처럼 산타디오가 사람들을 꾀어 죽음으로 이끌었다. 어떻게 아버지가 그런 사람일 수가 있단 말인가? 그런 다음 그는 몸과 마음이 만신창이가 된 채로 긴 세월을 살아온 로즈 마리 아주머니를 생각했다. 그녀는 아버지와 오빠들이 남편을 죽인 사실을 알고 있었다. 자신의 가족들이 자신을 배신했다는 사실을. 심지어 단테가 불쌍하다는 생각까지 들었다. 이제 단테가 살인을 저질렀다는 사실은 분명해졌다. 그러자 그는 대부에게 의구심이 들었다. 틀림없이 대부는 피피가 강도에게 살해됐다는 말을 믿지 않고 있었다. 하지만 왜 그 말을 믿는 척 하는 걸까? 지금 이 상황은 뭘 뜻하는 것일까?

크로스는 지오르지오의 속은 알 수가 없었다. 그는 강도 살인을 믿을까? 빈센트와 뻬띠에는 그 얘기를 확실히 믿는 것 같았다. 하지만 이제 그는 아버지와 대부 그리고 대부의 세 아들 간의 특별한 유대관계에 대해서는 이해가 갔다. 그들은 산타디오파의 살인에 함께 참여했던 동지들이었다. 그리고 아버지는 로즈 마리를 살려주었다.

"로즈 마리 아주머니는 그때 일을 아무한테도 얘길 안 했나요?"

크로스가 물었다.

"그래."

대부는 냉소적인 표정으로 대답했다.

"그 아인 그 이상을 해줬지. 미쳐버렸으니까."

대부의 목소리에서 자랑스러워하는 듯한 기색이 얼핏 느껴졌다.

"난 로즈를 시칠리아에 보냈고 시기를 맞춰서 다시 여기로 데려와 단테를 미국 땅에서 태어나게 했다. 앞으로 단테가 미국 대통령이 되지 말라는 법도 없지. 난 그 녀석한테 퍽 많은 기대를 걸었는데, 클레리쿠지오와 산타디오의 피가 섞인 게 그 녀석한테는 너무 버거웠던 모양이다. 그런데 넌 최대의 실수가 뭐라고 생각하니? 네 아버지 피피는 실수를 했어. 나한테는 로즈 마리를 살려준 일이 너무나 고맙지만 사실 피피는 로즈 마리를 죽였어야 했다."

대부는 한숨을 쉬었다. 그리고 포도주를 한 모금 마시고 나서 크로스를 정면으로 응시하며 덧붙였다.

"명심해라. 지금의 이 세상이 진짜 세상이야. 그리고 지금의 네가 진짜 네 모습이다."

라스베가스로 돌아오는 비행기 안에서 크로스는 풀리지 않는 수수께끼를 곰곰이 생각해보았다. 대부가 왜 산타디오파와의 전쟁에 대한 얘기를 해줬을까? 로즈 마리를 찾아가 다른 얘기를 듣게 될까봐 그 일을 미연에 막으려고 한 걸까? 아니면, 단테가 개입됐으니 아버지의 복수를 갚을 생각은 꿈도 꾸지 말라고 겁을 준 것일까? 대부는 전혀 속을 짐작할 수 없는 사람이었다. 하지만 한 가지는 확실했다. 만약 아버지를 죽인 자가 단테라면 단테는 반드시 그도 죽일 것이다. 그리고 분명히 대부도 그 사실을 알고 있었다.

19

단테 클레리쿠지오는 새삼스럽게 그 이야기를 들을 필요가 없었다.

어머니 로즈 마리가 그가 두 살이 됐을 무렵부터 자그마한 그의 귀에다 대고 이 이야기를 속삭여주었으니까. 로즈 마리는 발작을 일으킬 때, 남편과 실비오 오빠를 생각하며 비탄에 빠질 때, 그리고 피피와 오빠들에 대한 공포가 덮칠 때마다 항상 그랬다.

심한 발작을 일으킬 때면 로즈 마리는 아버지가 남편을 죽였다면서 비난을 퍼부어 댔다. 대부는 줄곧 자기는 그 명령을 내리지 않았고 아들들과 피피 역시 살인에 참여하지 않았다고 주장했다. 그러나 딸의 비난을 두 차례나 듣고 나자 그는 딸을 한 달 동안 병원에서 꺼내주지 않았다. 그 이후 그녀는 폭언을 퍼붓고 사납게 날뛰기는 했을망정 아버지를 대놓고 비난하는 일은 더 이상 하지 않았다.

하지만 단테는 한시도 어머니의 속삭임을 잊은 적이 없었다. 어렸을 때는 할아버지를 사랑하는 마음에서 대부가 결백하다고 믿었다. 하지만 삼촌들 경우에는 자기를 다정하게 대해주었지만 좀 의심스러웠다. 특히 그는 피피에게 복수를 하는 상상을 하곤 했는데, 비록 환상에 불과하긴 했지만 그렇게 하는 게 어머니를 위하는 길이라고 생각했다.

로즈 마리는 정상이었을 때는 홀아비 신세인 대부를 극진하게 돌봐주었다. 세 오빠들에게도 누이로서의 관심을 보여주었다. 하지만 피피는 멀리했다. 그리고 그때도 그녀는 지극히 다정한 표정을 지었기 때문에 자신의 원한을 설득력 있게 전달하지 못했다. 그녀의 얼굴선, 부드러운 입술 곡선 그리고 촉촉하고 유순한 갈색 눈동자는 그녀의 증오심을 부인했다. 그녀는 아들 단테에게 모든 사랑을 쏟았고 이제는 그어떤 남자에게도 애정을 느낄 수 없었다. 그녀는 아들을 사랑하는 마음에서 수시로 선물을 했고, 그건 할아버지와 삼촌들도 마찬가지였지만 그들의 애정은 덜 순수했고 죄의식이 섞여 있었다. 로즈 마리는 정상적인 상태에서는 단테에게 절대 그 이야기를 하지 않았다.

하지만 발작을 일으켰을 때는 저주를 퍼부으며 더러운 말들을 쏟아놓았고, 얼굴은 분노에 흉하게 일그러진 가면처럼 변해버렸다. 단테는 항상 혼란스러웠다. 일곱 살이 됐을 때 그는 의구심이 생겼다.

"엄마는 그 사람들이 피피 아저씨하고 삼촌들인지 어떻게 알았어요?"

로즈 마리는 깔깔대고 웃었다. 단테의 눈에는 엄마가 마치 옛날이야기책에 나오는 마녀처럼 보였다.

"자기네들이 영리한 줄 알지만 말이야, 그렇지 않아. 복면을 쓰고 옷이랑 모자로 위장을 하고서 완벽하게 계획을 세웠다고 생각하지. 뭘 빠뜨렸는지 말해줄까? 피피는 댄스화를 신고 있었어. 까만 실로 활모양을 새겨넣은 칠피 구두 말이야. 그리고 네 삼촌들은 항상 자기 자리가 있어. 지오르지오는 맨 앞에 있고 빈센트는 그 뒤에 약간 떨어져서 서 있고 뻬띠에는 항상 오른편에 있다고. 그리고 날 죽이라는 지시를 내릴까 싶어서 피피를 쳐다봤지. 왜냐면 내가 자기들을 알아봤으니까. 오빠들은 멈칫거리면서 뒤로 움찔 물러났어. 하지만 피피가 죽이라고 했으면 정말로 날 죽였을 거야. 내 오빠들이 말이야."

그런 다음 그녀는 목을 놓아 울었고 단테는 겁이 났다. 일곱 살의 어린 나이였음에도 불구하고 그는 엄마를 위로하려고 애를 썼다.

"뻬띠에 삼촌은 엄마를 절대 해치지 않았을 거예요. 그리고 만약 그런 짓을 했더라면 할아버지가 삼촌들을 죽였을 거예요."

그는 지오르지오 삼촌이나 빈센트 삼촌에 대해서는 확신이 서지 않았다. 하지만 어린 마음에도 피피 만큼은 절대 용서할 수 없었다.

단테는 열 살 무렵 어머니의 발작을 지켜보는 방법을 터득했고, 그래서 어머니가 자기를 불러서 산타디오파 이야기를 해주려고 하면 할아버지와 삼촌들이 그 이야기를 듣지 못하게 재빨리 그녀를 안전한 침실로 데려갔다.

자라면서 단테는 아주 영리해져서 클레리쿠지오가 식구들의 말이 거짓임을 확실하게 알게 됐다. 그는 할아버지와 삼촌들에게 아주 익살스럽고도 심술궂은 방법으로 자기가 진실을 알고 있다는 사실을 알렸다. 그리고 그는 삼촌들이 자기를 좋아하지 않는다는 사실을 간파했다. 단테는 합법적인 사회에 들어가도록 되어 있었다. 지오르지오의 자리를 물려받거나 재정관련 일을 배울 수도 있었지만 그런 쪽에는 관심을 보이지 않았다. 심지어는 자기는 계집애 같은 그런 일은 관심이 없다면서 삼촌들을 비웃기까지 했다. 그 얘기를 듣는 지오르지오의 표정이 너무 살벌해서 열여섯 살의 단테는 잠시 겁을 먹었다.

지오르지오 삼촌은 "그래, 하지 마라." 라고 대답했다. 그의 목소리에는 슬픔이 묻어 있었고 약간 화가 난 듯도 했다.

단테는 고등학교 삼학년 때 중퇴하고 브롱크스에 있는 삐띠에의 건설회사에 들어갔다. 단테는 열심히 일했고 건설현장에서 힘들고 험한 일을 하면서 근육을 엄청나게 키웠다. 삐띠에는 브롱크스 조직 출신의 단원들 무리에 그를 넣어주었다. 단테가 웬만큼 나이가 차자 대부는 단테를 삐띠에 휘하의 단원으로 임명했다.

대부는 지오르지오를 통해 단테의 성격과 그가 저지른 몇 가지 사고 얘기를 듣고 나서야 비로소 이 결정을 내리게 됐다. 단테는 같은 고등학교를 다니는 예쁜 여학생을 강간하고 동갑내기 친구 하나를 단도로 공격한 일로 고소를 당했다. 단테는 삼촌들에게 할아버지한테는 말하지 말아달라고 빌었고 그들은 그러겠다고 약속을 했지만, 당연히 그 즉시 대부는 보고를 받았다. 이 고소사건들은 단테가 기소되기 전에 많은 돈을 주고 무마가 됐다.

그리고 단테는 십대 때부터 크로스를 심하게 질투하기 시작했다. 크로스는 훤칠한 미남에다 예의바른 청년이었다. 클레리쿠지오가의 여자들은 너나 없이 그를 흠모했고 그와 사귀지 못해서 안달을 했다. 여자 사촌들은 대부의 손자는 본 척도 안하고 크로스한테만 꼬리를 쳤다. 르네상스 풍의 모자를 쓰고 다니면서 못된 농담을 즐기고 작은 키에 엄청난 근육질 몸매를 자랑하는 단테는 어린 소녀들에게는 위협적이었다. 단테는 이 모든 것들을 눈치 채지 못할 만큼 바보가 아니었다.

단테는 시에라의 산장에 갈 때면 총보다는 덫을 놓아서 짐승들을 잡는 일을 좋아했다. 서로 간에 긴밀한 관계를 유지했던 클레리쿠지오가에서는 친척들끼리 사랑하는 일이 왕왕 있었고 단테도 여자 사촌 한 명과 사랑하는 관계가 됐는데, 그의 구애는 지나치게 노골적인 구석이 있었다. 그리고 브롱크스에 거주하는 클레리쿠지오 단원들의 딸들과도 지나칠 정도로 친하게 지냈다. 결국 그를 교육하고 훈계하는 부모 역할을 맡고 있던 지오르지오는 그의 욕구를 가라앉히기 위해서 뉴욕에 있는 한 고급 유곽을 그에게 맡겼다.

하지만 단테는 상상을 초월할 정도로 호기심이 많고 영악해서 대부의 손자들 가운데 유일하게 클레리쿠지오가가 하는 일의 정체를 알아챌 수 있었다. 그래서 결국 그는 훈련을 받고 작전에 투입되는 단원이 되기에 이르렀다.

시간이 흐르면서 단테는 가족들로부터 점점 소원해지는 느낌을 받았다. 대부는 전과 다름없이 그를 사랑했고 그에게 자신의 제국을 물려준다는 점을 확실히 했지만, 이제 그는 손자와 생각을 공유하지 않았고 자신의 통찰과 비밀스런 지혜로운 말들도 들려주지 않았다. 그리고 대부는 전략을 짤 때 단테가 내놓는 제안과 의견을 인정해주지 않았다.

지오르지오, 빈센트, 뻬띠에 삼촌은 그가 어렸을 때처럼 다정하지 않았다. 뻬띠에 삼촌은 친구처럼 스스럼이 없었던 것은 사실이었지만, 이제 그는 뻬띠에 삼촌에게 훈련을 받아야 하는 위치에 놓여 있었다.

단테는 상당히 영리했고 그래서 자기가 산타디오과 학살과 아버지의 죽음에 대해 알고 있다는 사실을 고의적으로 밝힌 것이 잘못일지도 모른다고 생각했다. 심지어는 그는 뻬띠에 삼촌에게 지미 산타디오에 관해 물어보기까지 했는데, 삼촌은 단테의 아버지를 존경했고 그가 죽었을 때 아주 슬퍼했노라고 대답했다. 비록 절대 공개적으로 얘기하지도 않았고 사실이라고 인정하지도 않았지만, 대부와 그의 아들들은 단테가 진실을 안다는 사실을, 로즈 마리가 발작을 할 때 그 비밀들을 털어놓았다는 것을 알고 있었다. 그들은 그 사태를 수습해보려고 단테를 어린 왕자처럼 귀하게 대접해 주었다.

하지만 단테의 성격에 가장 큰 영향을 끼쳤던 부분은 어머니에 대한 연민과 사랑이었다. 그녀는 발작을 할 때면 피피에 대한 증오심으로 단테의 마음에 불을 질렀다. 그녀는 아버지와 오빠들은 용서를 해주었다.

대부는 손자의 마음을 훤히 꿰뚫어볼 수 있었고, 그래서 이런 모든 상황들을 종합해서 최후의 결정을 내렸다. 대부는 단테가 사회의 보호막 안에 은신할 수 있는 아이가 아니라는 판단을 내렸다. 산타디오와 클레리쿠지오의 피가 섞이면서 그는 지극히 잔인한 성향을 갖게 되었다. 따라서 단테는 빈센트와 뻬띠에, 지오르지오 그리고 피피와 합류하는 방법밖에 없었다. 그들은 힘을 합쳐 최후의 전투를 치르게 될 것이다.

그리고 단테는 비록 충동적이기는 했지만 훌륭한 단원임을 증명했다. 그는 지나치게 독립적인 나머지 조직의 규칙을 우습게 알았고 때로는 명령을 따르지 않을 때도 있었다. 있으나마나한 브롤리오네나 훈련이 부족한 단원이 일탈적 행동을 저질러서 신속하게 그들을 처리해야 할 때 그의 잔인함은 유용하게 쓰였다. 단테는 대부를 제외하고는 누구도 통제하기가 힘들었지만 이상하게도 대부는 그를 직접 야단치는 일은 삼갔다.

단테는 어머니의 미래가 두려웠다. 그녀의 미래는 대부에게 달려 있었고, 발작이 점점 잦아질 때마다 대부는 점점 더 조급해지는 모습을 보였다. 딸이 큰 탈출구라며 발로 원을 그리고는 그 안에 침을 뱉으면서 다시는 집에 들어가지 않겠노라고 고래고래 소리를 지를 때는 특히 더 그랬다. 그럴 때면 대부는 며칠 동안 그녀를 병원에 보내버렸다.

그래서 단테는 그녀가 발작을 일으킬 때마다 어머니를 달래면서 본래의 착하고 다정한 모습으로 되돌리려고 애를 썼다. 하지만 그는 결국에 가서는 어머니를 보호하지 못하게 될지도 모른다는 극도의 두려움을 느꼈다. 자신이 대부만큼 강력해지지 않는 한에는.

단테가 세상에서 유일하게 무서워한 사람은 늙은 대부였다. 그 감정은 어린 시절에 느꼈던 할아버지에 대한 인상에서 비롯된 것이었다. 그리고 삼촌들이 대부를 사랑하는 것 못지않게 극히 두려워한다는 사실도 알았다. 단테에게는 그런 사실이 참으로 놀라웠다. 대부는 팔십의 노인이었고 기력도 떨어져 집밖에는 거의 나가지 않았으며 키도 줄어들었다. 그런데 왜 그를 두려워하는 걸까?

물론 대부는 식욕이 좋았고 풍채가 사람을 압도했으며, 나이 때문에 이가 약해져서 파스타와 잘게 간 치즈, 끓인 야채와 수프 외에는 다른 음식을 먹지 못한다는 점이 문제라면 문제였다. 고기는 작게 썰어서 토마토소스에 푹 끓여서 먹었다.

하지만 늙은 대부는 머지않아 죽을게 틀림없었고 결과적으로 권력의 이동이 있을 것이다. 만약 피피가 지오르지오의 오른팔이 된다면 어떻게 될까? 만약 피피가 우격다짐으로 권력을 장악한다면? 그리고 그런 일이 생길 경우, 특히 제너두 호텔의 지분으로 막대한 부를 얻는 크로스가 부상하리라는 것은 충분히 예상할 수 있는 일이었다.

그래서 단테는 단순히 피피가 가족들에게 자기를 비난했다는 증오심에서가 아니라 실제적인 이유에서 결심을 굳히게 되었다.

지오르지오는 단테에게도 어느 정도의 권위가 있어야 한다는 생각에서 짐 로지에게 봉급을 지불하는 일을 맡겼고 그러면서 단테는 처음으로 짐 로지를 알게 됐다.

물론 로지가 배신할 경우를 대비해서 단테를 보호하기 위한 예방책들은 세워져 있었다. 계약서를 만들어서 로지가 조직에서 관리하는 경호회사의 고문으로 일하는 것처럼 꾸몄다. 그 계약은 기밀사항이라는 것과 로지에게는 현금으로 봉급을 지불한다는 사항이 특기되었다. 하지만 세금보고서 상으로는 로지에게 나가는 돈은 일반경비로 보고됐고 돈의 수혜자는 다른 사람의 명의를 사용했다.

단테가 로지와 좀더 친밀한 관계를 맺게 된 것은 로지에게 봉급을 지불하는 일을 맡은 지 칠 년이 지나서였다. 그는 로지의 명성을 대단치 않게 여겼고, 그저 노년에 대한 대비책으로 큰 건수를 챙기고 있는 중년의 남자 정도로 평가했을 뿐이었다. 그러나 로지는 사방에 손을 뻗치고 있었다. 마약거래상들을 보호해주었고, 도박사업을 보호해주는 대가로 클레리쿠지오과에서 돈을 받았으며, 심지어는 힘 있는 소매상들에게 그들을 보호해준다는 명목으로 돈을 뜯어내기까지 했다.

단테는 로지에게 좋은 인상을 주기 위해서 최대한 그의 비위를 맞춰주었다. 로지는 단테의 교활하고 짓궂은 농담과 일반적으로 통용되는 도덕적인 원칙들을 무시해버리는 그의 태도에 호감을 느꼈다. 단테는 흑인들에 대해 퍼붓는 로지의 독설을 특히 재미있어했다. 로지는 흑인들이 서구문명을 파괴하고 있고 그래서 자기는 그들과 전쟁을 치르고 있다고 주장했다. 그렇다고 단테가 흑인에 대한 편견이 있었던 것은 아니었다. 흑인들은 그의 인생에 아무런 피해를 주지 않았고 피해를 주는 일이 벌어진다고 해도 가차없이 제거해버리면 그만이었다.

단테와 로지는 성향이 비슷했다. 두 사람 다 외모에 관심이 많은 멋쟁이였고, 여자를 지배하려는 성적인 취향도 비슷했다. 둘 다 색을 밝히기보다는 자기의 힘을 과시하는 것을 즐기는 쪽이었다. 단테가 서부에 갈 일이 있을 때면 두 사람은 같이 시간을 보내곤 했다. 함께 저녁도 먹고 나이트클럽들을 돌아다녔다. 단테는 그를 라스베가스와 제너두 호텔로 데려갈 정도로 대담하지는 않았고 그럴 필요도 느끼지 않았다.

단테는 로지에게 자기가 처음에는 여자들한테 비굴할 정도로 비위를 맞춰준다느니, 여자들은 자기 외모만 믿고 오만하게 군다느니 하는 이야기들을 신이 나서 떠들어댔다. 그리고는 억지로 성관계를 할 수밖에 없는 상황으로 여자들을 몰아넣어서 승리를 만끽한다고 자랑했다. 로지는 단테의 속임수를 슬쩍 경멸하면서 자기는 남성적인 매력을 발휘해서 처음부터 여자를 꼼짝 못하게 만든 다음에 실컷 모욕을 준다며 자랑을 하곤 했다.

두 사람 모두 그들의 구애에 반응하지 않는 여자들에게 억지로 성관계를 강요할 생각은 없노라고 단언했다. 아테나 아퀴탠이 자기들을 받아준다면 대단한 걸 얻을 수 있을 거라는 데에 두 사람은 의견의 일치를 보았다. 같이 로스앤젤레스의 클럽들을 배회하면서 여자들을 사귀게 되면 그들은 여자들을 서로 비교했고, 마지막 선까지 갔다가 결정적인 행위는 거절할 수 있다고 생각하는 허영심 많은 여자들을 비웃곤 했다. 여자들이 너무 거세게 항의를 하면 로지는 경찰배지를 보여주면서 매춘으로 체포하겠다고 위협을 했다. 그들 중 많은 여자들이 매춘부였기 때문에 위협은 효과가 있었다.

단테의 주도 하에 두 사람은 주로 저녁에 만났다. 로지는 '깜둥이' 이야기를 하지 않을 때면 매춘부들의 다양한 부류에 관한 이야기를 화제로 삼았다.

로지에 따르면 우선, 한 손에는 돈을 다른 한 손에는 성기를 쥐는 전업 매춘부들이 있었다. 그리고 남자를 유혹해서 좋은 분위기에서 관계를 맺은 다음에 아침에 남자가 방에서 나가려고 하면 집세를 내게 도와달라며 돈을 요구하는 비전업 매춘부들이 있었다.

그 외에 비전업 매춘부들 중에는 동시에 여러 남자를 장기간 사귀면서 휴일 때마다 보석 선물을 받는 부류가 있었다. 또 한편, 계약직 비서, 비행기 승무원, 고급 가게의 점원 같은 여자들이 있었는데, 이런 여자들은 값비싼 저녁식사를 먹고 난 뒤에 커피를 마시자며 자기 아파트로 남자를 초대해서는 손 한 번 만져볼 틈도 주지 않고 남자를 추운 길바닥으로 내쫓아버리기 일쑤였다. 두 사람이 좋아하는 부류는 바로 이런 여자들이었다. 그들과의 성관계는 흥미진진해서 마치 연속극처럼 울음을 꾹 참고 상대를 용서하고 기다려주는 척 하다가 마지막에는 섹스에 이르게 되는데, 그때 맛보는 쾌감은 시시한 사랑 놀음과는 비교가 되지 않았다.

두 사람이 베니스에 있는 르 쉬느와에서 저녁식사를 한 어느 날 저녁, 단테는 로지에게 산책로를 따라 좀 걷자고 했다. 그들은 사람들이 지나다니는 길가 의자에 앉아 롤러 블레이드를 타는 아름다운 여자들과 그들을 쫓아다니면서 호객행위를 하는 다양한 남창들과 무슨 말인지 전혀 이해가 안 가는 격언들을 적어놓은 티셔츠들을 파는 매춘부들을 구경했다. 동냥그릇을 든 하레 크리슈나 교도들, 수염을 기르고 기타를 든 가수들, 카메라를 맨 가족들, 그리고 그들을 반사하고 있는 태평양의 검은 바다와, 모래사장에 드문드문 떨어져서 담요를 덮고 웅크린 채 몰래 이상한 짓들을 하는 남녀들도 구경했다.

로지가 유쾌하게 웃으며 말했다.

"난 말이야, 그럴 듯한 이유를 대고서 여기 있는 사람들을 죄다 체포할 수 있어. 이건 완전히 동물원이지 뭐야."

"롤러 스케이트를 탄 저 예쁜 것들도?"

"음부 같은 위험한 무기를 소지한 죄목으로 잡아넣으면 되지."

"여긴 깜둥이는 별로 없군."

로지는 의자 위에 대자로 드러눕더니 남부사투리 흉내를 냈다.

"내가 검은 형제자매들한테 너무 심했던 것 같아. 진보주의자들 말대로, 그게 다 과거에 노예였기 때문에 그런 건데 말이야."

단테는 결정적인 부분이 나오기를 기다렸다. 로지는 거친 펑크족들을 쫓아버릴 심산으로 두 손을 머리 뒤로 깍지를 껴서 윗도리 사이로 권총집이 보이게 했다. 사람들은 그가 산책로에 첫 발을 디뎠을 때부터 경찰이라는 걸 알아봤기 때문에 특별히 거기에 눈길을 주는 사람은 아무도 없었다. 짐 로지는 말을 이었다.

"노예생활은 말이야, 사람의 사기를 겪어. 노예생활이 너무 편해서 사람이 의존적으로 돼버리거든. 자유는 너무 힘든 거지. 농장에서 노예들은 곧 재산이었으니까 세심하게 건강을 살펴주고 하루 세 끼 식사도 꼬박꼬박 챙겨주고 방세도 공짜, 옷도 공짜로 줘가며 노예들을 보살펴줬던 거야. 심지어는 자기 자식들도 책임질 필요가 없었고 말이야. 상상해 보라고. 농장주들은 노예 딸들을 갖고 놀고 그 여자들이 새끼를 낳으면 새끼들한테 평생 일거리를 줬지. 물론 노예들은 일을 했지만 허구헌날 노래나 흥얼거리면서 힘들면 얼마나 힘들었겠어? 내가 장담하건대, 백인 다섯 명이면 깜둥이 새끼들 백 명이 할 일을 할 수 있다고."

단테는 우스웠다. 로지가 지금 진심으로 이런 말을 하는 걸까? 그건 아무래도 좋았지만, 그의 얘기는 순전히 감정적인 표출이었지 이성적인 생각에서 나온 말은 아니었다.

기분 좋은 저녁이었고 그들 앞에 펼쳐진 세상은 편안하고 안전한 기분을 느끼게 해주었다. 이 사람들은 그들에게 전혀 위험하지 않았다.

느닷없이 단테가 말을 꺼냈다.

"너한테 제안하고 싶은 게 있는데 말이야, 진짜 중요한 거야. 먼저 뭐부터 들을래? 보상이야 아니면 얼마나 위험한 일인지에 대해서야?"

로지는 그를 보며 씩 웃었다.

"항상 그렇듯이 보상이 먼저지."

"선금으로 20만 달러를 주지. 일 년 뒤에는 제너두 호텔에서 보안감독을 시켜주겠어. 봉급도 지금 받는 것보다 다섯 배는 많이 주고. 교제비도 주지. 큰 차에 사무실에 중역자리도 하나 주고 여자들도 맘대로 갖고 놀 수 있게 해줄게. 호텔 쇼걸들 신원조회를 담당하게 될 테니까. 지금처럼 추가 수당도 주고 말이야. 게다가 먼저 총을 쏠 필요도 없어."

"꽤 괜찮은데? 하지만 누군가는 쏴야할 텐데. 위험한 일인가 보지?"

"나한테는. 내가 쏠 거거든."

"난 왜 안 돼지? 난 경찰배지가 있어서 합법적으로 총을 쏠 수 있는데 말이야."

"왜냐면 네가 총을 쏘면 육 개월 안에 죽을 테니까."

"그럼 난 뭘 하지? 새 깃털로 네 엉덩이나 간질일까?"

단테는 계획의 전모를 설명해주었다. 로지는 대담한 계획이라는 듯이 휘파람을 불었다.

"하필이면 왜 피피지?"

"머지않아 배신자로 돌변할 놈이니까."

로지는 여전히 납득이 안 가는 듯한 표정이었다. 그가 사람을 죽이는 범죄행위에 가담하기는 이번이 처음이었다. 단테는 미끼를 좀더 던져야겠다고 생각했다.

"자살한 보즈 스카넷, 기억하지? 크로스가 죽였는데, 직접 한 건 아니고 리아 밧지라는 남자와 같이 했지."

"어떻게 생긴 남잔데?"

단테가 밧지의 생김새를 말해주자 그는 호텔 현관을 나가는 스카넷을 막아섰을 때 그와 같이 있던 남자가 밧지였다는 사실을 알게 됐다.

"그 밧지란 작자를 어디가면 만날 수 있지?"

단테는 한참을 고민했다. 지금 그는 조직의 신성한 법을 깨뜨리는 엄청난 짓을 벌이고 있었다. 대부의 법을. 하지만 그렇게 함으로써 크로스를 제거할 수 있었고, 크로스는 피피가 죽은 뒤 그에게는 두려운 존재가 될 것이다.

"누가 말해줬는지는 아무한테도 얘기 안 하겠어."

로지는 약속했다. 단테는 잠시 더 생각을 해보더니 말했다.

"밧지는 시에라에 있는 우리 조직의 사냥용 산장에서 살고 있어. 하지만 피피를 제거하기 전까지는 아무 짓도 하지 마."

"물론이지."

그도 다 생각이 있었다.

"그리고 선불로 20만 달러를 주는 건 확실하지?"

"그럼."

"입맛 당기는데. 한 가지 말해두지. 만약 클레리쿠지오파가 내 뒷조사를 할 경우에는 널 강물에 매장해버리겠어."

"걱정하지 말라고. 만약 그런 얘기가 들리면 내가 널 먼저 죽일 거야. 자, 이제 세부적인 계획을 짜는 일만 남았군."

이 모든 것이 그들이 계획한대로 이루어졌다.

피피의 몸에 여섯 발의 총알을 발사하고 피피가 자기를 쳐다보며 "재수 없는 산타디오 새끼."라고 속삭였을 때, 단테는 이제껏 한 번도 경험해본 적이 없는 극도의 희열감을 느꼈다.

20

리아 밧지는 처음으로 그의 우두머리인 크로스의 명령을 고의적으로 어겼다. 그것은 불가피한 사정 때문이었다. 짐 로지는 산장으로 또다시 그를 찾아와서 스카넷의 죽음에 대해 물었다. 리아는 스카넷을 전혀 모른다고 부정했고 당시 우연히 호텔 현관에 있었을 뿐이라고 했다. 로지는 그의 어깨를 툭툭 치더니 손바닥으로 얼굴을 슬쩍 때렸다.

"좋아, 이 이탈리아 새끼야. 조만간 널 처넣을 거야."

리아는 마음 속으로 로지에 대한 사형선고를 내렸다. 상황이 어떻게 전개되든지 간에 그의 앞날이 위태로운 것은 분명했고 따라서 그는 로지를 죽일 수밖에 없었다. 하지만 극히 신중하게 처리해야 할 일이었다. 클레리쿠지오파는 엄격한 규칙이 있었다. 절대 경찰을 해치지 말라는 것이었다.

리아는 로지의 동료로 일하다가 은퇴한 필 샤키를 만나려는 크로스를 차로 데려다줬던 일을 떠올렸다. 그는 샤키가 5만 달러를 준다는 말에 침묵을 지킬 것이라고는 절대 믿지 않았다. 샤키는 로지에게 그 얘기를 했을 테고 자기가 차에서 기다리고 있던 것도 봤을 거라고 확신했다. 만약 그렇다면 크로스와 자신은 극히 위험했다. 경찰들은 마피아들과 마찬가지로 함께 뭉치기 마련이라서 그는 처음부터 크로스의 생각을 믿지 않았다. 그들에게도 그들만의 오메르타가 있었다.

리아는 두 명의 부하를 골라서 그들과 함께 산장에서 필 샤키의 집이 있는 산타 모니카로 갔다. 그는 샤키와 얘길 해보면 그가 크로스와 만났다는 얘기를 로지에게 했는지 아닌지 쉽게 알 수 있을 거라고 확신했다.

샤키의 집 밖에는 아무도 없었고 잔디밭에는 잔디 깎는 기계만 있을 뿐 텅 비어 있었다. 하지만 차고 문이 열려진 채로 차가 주차돼 있어서 리아는 문으로 이어지는 시멘트 길을 따라 걸어가 초인종을 눌렀다. 아무 대답이 없었다. 그는 계속 초인종을 울렸다. 시험삼아 손잡이를 돌려봤더니 문이 잠겨 있지 않았다. 이제 선택을 해야 했다. 들어갈 것인가, 아니면 곧장 자리를 뜰 것인가? 그는 넥타이 끝으로 손잡이와 초인종에 묻은 지문을 닦아냈다. 그런 다음 문을 열고 좁은 복도로 들어서며 큰 소리로 샤키를 불렀다. 아무 대답이 없었다.

리아는 집안으로 들어갔다. 침실 두 개는 썰렁하게 비어 있었고 그래서 그는 벽장 안과 침대 아래를 들여다보았다. 거실로 나가 소파 아래도 보고 방석들도 들쳐보았다. 그런 다음 그는 부엌으로 들어갔는데 탁자 위에는 우유병 하나와 먹다만 치즈 샌드위치와 가장자리에 노란 마요네즈가 말라붙은 흰 빵이 놓여 있었다.

부엌에 얇은 판석으로 된 갈색 문이 하나 있어서 그 문을 열었더니 계단 두 개만 내려가면 되는 얕은 지하실이 하나 나왔는데 그곳은 창문이 없는 일종의 비밀 장소였다.

리아 밧지는 두 계단을 내려간 다음 낡은 자전거의 뒤쪽을 살펴보았다. 큼지막한 벽장 문도 열어보았다. 그 안에는 경찰제복만 달랑 걸려 있었고 벽장 바닥에는 두툼한 검은 구두 한 켤레와 구두 위에는 경찰 모자가 놓여 있었다. 있는 거라고는 그게 전부였다.

리아는 바닥에 놓인 큰 여행가방 쪽으로 가서 가방 뚜껑을 열어 젖혔다. 뚜껑이 놀라울 정도로 가벼웠다. 가방 윗부분에는 단정하게 접은 회색 담요 여러 장이 들어 있었다.

리아는 다시 계단을 올라간 다음 안뜰로 나가 바다를 바라보았다. 모래에 시체를 묻는다는 건 무모한 짓이었다. 그래서 그는 그 생각은 접었다. 어쩌면 누군가가 집에 들러서 샤키를 데려갔을 가능성도 있었다. 하지만 그렇게 되면 누군가에게 들킬 위험이 있었다. 게다가 샤키는 죽이려고 섣불리 덤빌 수 있는 상대가 아니었다. 그래서 리아는 만약 그 남자가 죽었다면 틀림없이 이 집안에 있을 거라는 추리를 했다. 그는 그 즉시 지하실로 되돌아가 트렁크에서 모직 담요들을 모두 치워냈다. 예상했던 대로 처음에는 큼지막한 머리가, 그 다음에는 깡마른 몸뚱이가 나타났다. 샤키의 오른쪽 눈에는 총알구멍이 나 있었고 그 구멍에 핏덩어리가 붉은 동전처럼 엉켜 있었다. 죽은 지 오래 되어 납빛으로 변해버린 얼굴에는 검은 점들이 찍혀 있었다. 노련한 살인자였던 리아는 그것이 의미하는 바를 정확히 알았다. 누군가 아는 사람이 그에게 아주 가까이 접근해서 눈에 총을 쐈으며 그 검은 점들은 바로 화약 자국이었다.

리아는 조심스럽게 담요들을 접어서 시체를 덮은 다음 집을 빠져나왔다. 지문은 전혀 남기지 않았지만 담요 털이 옷에 묻어있을 게 분명했다. 그는 옷을 모조리 버려야 했다. 신발도 마찬가지였다. 그는 부하들에게 공항으로 차를 몰게 했고, 라스베가스 행 비행기를 기다리는 동안 공항에 있는 가게에서 갈아입을 옷과 신발을 샀다. 그런 다음 기내로 들고 들어갈 수 있는 가방을 하나 사서 갈아입은 옷을 넣었다.

라스베가스에 도착해서 그는 제너두 호텔 객실을 하나 빌린 다음에 크로스에게 연락을 했다. 그런 다음 그는 깨끗하게 샤워를 하고 새로 산 옷을 입었다. 그리고 나서 크로스의 전화를 기다렸다.

크로스로부터 전화가 오자 리아는 그가 있는 곳으로 올라가겠노라고 했다. 그는 벗은 옷이 든 가방도 가지고 갔다. 크로스를 보고는 다짜고짜 "자네는 5만 달러를 아끼게 됐네." 라는 말부터 했다.

크로스는 그를 쳐다보며 슬그머니 웃었다. 평소에도 리아는 옷차림이 산뜻했지만, 꽃무늬 셔츠에 푸른색 두꺼운 면바지 그리고 역시 푸른색의 얇은 재킷을 입은 그의 옷차림이 볼만 했다. 마치 별볼일 없는 카지노 사기꾼 같은 모습이었다.

리아는 그에게 샤키 소식을 전해주었다. 그리고 허락 없이 행동한데 대해 사과를 하려고 하자 크로스는 됐다고 했다.

"아저씨는 저 때문에 이 일에 관여하게 됐으니까 당연히 아저씨 자신을 보호해야죠. 그런데 이번 일을 어떻게 해석해야 할까요?"

"간단해. 샤키는 로지를 단테와 연관시킬 수 있는 유일한 사람이야. 절대 다른 해석이 있을 수 없어. 단테가 로지를 시켜서 자기 동료를 죽이게 한 거야."

크로스는 궁금해졌다.

"샤키가 왜 그렇게 멍청했을까요?"

리아는 어깨를 으쓱했다.

"로지한테서도 돈을 받아내고 자네한테서도 어찌됐든 5만 달러를 받으려고 했던 게지. 자네가 돈을 주는 걸로 봐서 샤키는 로지가 엄청난 도박을 벌이고 있다는 걸 알았을 거야. 뭐니뭐니 해도 이십 년간 형사생활을 한 사람이었으니까 그 정도는 다 알 수 있었을 테지. 게다가 오랜 기간 동료로 일했던 로지가 자기를 죽이리라는 건 꿈도 꾸지 못했고 말이야. 그 사람은 단테가 어떤 인간인지 몰랐던 거야."

"지독한 자식들."

"상황이 이런 식으로 돌아가는 걸로 봐서 자네는 신변안전을 철저히 해야 되네. 난 단테가 그 위험성을 감지했다는 사실에 솔직히 놀랐어. 단테로서는 로지를 설득해서 샤키를 죽이도록 했을 테지만 사실 로지는 자기의 오랜 동료를 죽이고 싶진 않았을 거야. 사람들은 누구나 감상적인 구석이 있으니까."

"그러니까 지금 단테가 로지를 조종하고 있는 거군요. 전 로지가 단테보다 더 거칠다고 생각했는데."

"자네가 지금 얘기하고 있는 그놈들은 서로 판이하게 다른 두 마리 짐승이야. 로지는 가공할 힘을 가진 짐승이고 단테는 미친 짐승이야."

"결론적으로 얘길 해서 단테는 자기가 한 짓에 대해 제가 알고 있다는 사실을 아는 거군요."

"그건 다시 말해서 우리가 아주 신속하게 행동을 해야 한다는 뜻이지."

크로스가 고개를 끄덕였다.

"영성체로 해야 할 겁니다. 두 사람을 흔적을 남기지 말고 죽어야 한단 말이죠."

리아가 큰 소리로 웃었다.

"그런다고 대부가 속을 거라고 생각하나?"

"계획만 제대로 짜면 아무도 우릴 비난하지 못할 겁니다."

리아는 크로스와 삼 일 동안 같이 있으면서 계획을 의논했다. 그 사이 그는 며칠 전에 입었던 옷을 호텔 소각장에서 직접 태워 없앴다. 크로스는 운동 삼아 골프를 쳤고 리아는 골프 카트를 운전하면서 그와 같이 있었다. 리아는 골프가 왜 그렇게 사람들한테 인기인지 이해가 되지 않았다. 그의 눈에 골프는 정신 나간 짓으로밖엔 보이지 않았다.

삼 일째 되는 날 밤, 두 사람은 펜트하우스의 발코니에 앉아 있었다. 크로스는 브랜디와 하바나 여송연을 꺼내왔다. 저 아래의 환락가에는 사람들이 들끓고 있었다.

"두 사람이 아무리 영리하다고 해도, 우리 아버지가 죽은 지 얼마 되지도 않아서 제가 죽으면 대부도 무조건 단테를 감싸고 돌 수만은 없을 겁니다. 우리한테는 아직도 시간 여유가 있다고 봅니다."

리아가 여송연을 빨았다.

"너무 오래 끌면 안 돼. 지금 두 사람은 자네가 샤키와 얘길했다는 사실을 알고 있어."

"우린 두 사람을 동시에 죽여야 돼요. 반드시 영성체로 해야 한다는 것을 명심하세요. 두 사람 시체는 절대 발견되면 안 됩니다."

"자넨 뒷일을 먼저 걱정하는군. 우린 그들을 죽이는 방법부터 먼저 생각해내야 한다고."

크로스가 한숨을 쉬었다.

"아주 어려운 일이 될 겁니다. 로지는 위험하고 신중해요. 단테는 싸우는 법을 알죠. 우린 두 사람을 따로 떼 놓아야 합니다. 로스앤젤레스에서 그게 가능할까요?"

"아니. 거긴 로지의 영역이야. 그곳에서는 절대 그 자를 못 당해. 우린 라스베가스에서 일을 처리해야 돼."

"규칙을 위반하면서 말이죠."

"만약 영성체를 준다면 두 사람이 어디서 죽었는지는 아무도 모르게 될 거야. 게다가 경관을 죽일 거니까 규칙은 이미 깬 거고."

"두 사람을 동시에 라스베가스로 끌어들일 방법이 있습니다."

그는 리아에게 계획을 설명했다.

"미끼가 좀더 필요해. 우리가 원하는 시간에 로지와 단테를 이리로 확실히 오게 만들어야 해."

크로스는 브랜디를 한 잔 더 마셨다.

"좋아요, 이렇게 하면 될 겁니다."

그는 리아에게 자기 계획을 설명했다. 리아는 좋은 생각이라는 듯이 고개를 끄덕였다.

"두 사람의 죽음은 곧 우리의 구원이 되겠죠. 그리고 모두 속을 겁니다."

"대부만 빼고 말이지. 대부야말로 유일하게 두려워해야 할 사람일세."

제8부

⧜

영성체

천만다행으로 스티브 스텔링스는 메쌀리나의 마지막 촬영을 끝내고 난 뒤에 죽었다. 자칫하면 재촬영을 하느라 수백만 달러를 들이는 사태가 벌어질 뻔한 상황이었다.

마지막으로 촬영한 부분은 실제로는 영화 중간에 들어가는 전투장면이었다. 라스베가스에서 80킬로미터 가량 떨어진 곳에 작은 사막도시를 세웠고, 클라디우스 황제는 그곳을 기지로 삼아서 아내 메쌀리나를 대동하고 페르시아 군대를 쳐부수게 되어 있었다.

그날 밤 스티브 스텔링스는 작은 마을에 있는 호텔방으로 돌아갔다. 그는 밤을 같이 보낼 여자 둘을 데리고 코카인에다 술까지 잔뜩 마셨고, 사람들 엉덩이를 죄다 걷어차 버리고 싶을 만큼 기분이 아주 나쁜 상태였다. 이유는 그가 영화에서 차지하는 비중이 인기배우가 아닌 그저 그런 등장인물들 중 하나로 줄어들었기 때문이었다. 그는 자신이 이류배우로 전락하고 있다는 사실을 깨달았고 그것은 배우가 나이가 들면 어쩔 수 없이 겪어야 하는 필연적인 과정이었다. 또 한 가지 이유는 그가 내심 기대했던 아테나가 촬영기간 내내 그를 멀리했다는 점이었다. 게다가 자기 생각에도 좀 유치하긴 했지만, 초벌 편집한 영화를 미리 보여주는 쫑파티에서 최고 인기배우 대접을 못 받게 됐다는 점도 작용을 했다. 그에게는 제너두 호텔의 유명한 별장이 할당되지 않았다.

스티브 스텔링스는 영화계에 오랜 세월 몸담고 있었기 때문에 권력구조의 생리를 잘 알았다. 최고 인기배우였던 시절에 그는 모든 사람들의 우위에 있었다. 이론적으로는 영화제작의 가부를 결정하는 영화사 대표가 우두머리였다. 영화사에다 소위 '재료'를 대주는 힘 있는 제작자도 역시 중요했는데, 제작자는 배우와 감독과 각본을 하나로 묶어주고, 최종적인 각본이 나오기까지 그 진행과정을 감독하며, 공동 제작자라는 명예만 있고 실제적인 권한은 없는 투자자들을 모아서 제작비를 조달하는 일을 책임졌다. 그 기간 동안에는 제작자가 우두머리였다.

하지만 일단 영화가 촬영을 개시하면 우두머리 자리는 감독에게 돌아갔다. 물론 그가 일급 감독이거나 혹은 성공이 보장된 인기 감독, 즉 영화 개봉 초기에 관객을 확보할 능력이 있고 인기배우들을 끌어올 수 있는 감독이라는 전제에서 그렇다. 감독은 영화 전반에 대해 완전한 주도권을 잡았다. 모든 게 그를 통해서 이루어졌다. 의상이며 음악, 무대장치, 배우들의 연기 방향까지. 또한 감독들은 영화계에서 가장 단합이 잘 이루어지는 부류였다. 빈자리가 생기면 무명 감독들이 속속 그 자리를 채우곤 했다.

하지만 아무리 그들이 위세등등하다고 해도 인기 절정의 배우에게는 고개를 숙일 수밖에 없었다. 한 영화에 두 명의 인기배우를 기용한 감독은 말하자면 두 마리의 야생마를 타야 하는 사람이나 마찬가지였다. 잘못하다가는 십년감수하는 상황이 벌어질 수도 있었다. 스티브 스텔링스는 과거에는 그런 배우였지만 이제는 아니라는 사실을 잘 알았다.

그날의 촬영은 고생스러웠고 그래서 스텔링스에게는 휴식이 필요했다. 그는 샤워를 하고 큼지막한 스테이크를 먹은 다음 꽤 괜찮게 생긴 지방 여배우 둘이 도착하자 여자들에게도 코카인과 샴페인을 대접했다. 한 번 정도는 느슨하게 긴장을 푼다고 해서 나쁠 것도 없었고, 어차피 쇠퇴기에 접어든 이상 사실 이제는 군이 조심할 필요도 없었다. 그는 상당히 많은 양의 코카인을 흡입했다.

두 여배우는 남녀를 불문하고 전 세계 팬들이 경탄해 마지않는 그의 엉덩이에 대한 헌사로 '스티브 스텔링스의 엉덩이에 키스를'이라는 글이 화려하게 새겨진 티셔츠를 입고 있었다. 그들은 잔뜩 주눅이 들어 있었고 그래서 코카인을 흡입한 뒤에야 비로소 티셔츠를 벗고 그와 한 몸이 되어 뒹굴었다. 그러고 나니 그는 약간 기분이 좋아졌다. 그는 코카인을 한 차례 더 들이마셨다. 여자들은 그의 바지와 윗도리를 벗기면서 그를 애무하고 있었다. 몸을 만지작거리는 그들의 손길에 기분이 느긋해지면서 스텔링스는 공상에 빠져들었다.

내일 있을 쫑파티에 가면 나의 전리품들을 모두 보게 되겠지. 그는 아테나 아퀴탠을 정복했다. 그리고 영화 대본을 쓴 클로디아, 그리고 오래 전 아직 자신이 이성애자인지 동성애자인지 확신이 없던 디터 타미와도 재미를 봤다. 또한 바비 밴츠의 부인, 그리고 이제는 죽어서 목록에 포함시킬 순 없지만 스키디 피어의 부인과도 재미를 봤다. 파티에서 남편이나 연인과 같이 지극히 평화로운 모습으로 앉아 있는 여자들을 하나씩 헤아려가며 둘러볼 때면 그는 일종의 숭고한 성취감을 느끼곤 했다. 그는 그 여자들 모두의 가장 절친한 친구였다.

갑자기 정신이 산란해졌다. 여자 하나가 그의 엉덩이에 손가락을 찔러 넣고 있었는데 그럴 때면 그는 항상 짜증이 났다. 치질 때문이었다. 그는 침대에서 일어나 코카인을 조금 더 흡입하고 난 뒤에 샴페인을 벌컥벌컥 마셨는데 술이 위장을 자극했던 모양이었다. 그는 구역질이 나면서 방향감각을 상실했다. 자기가 지금 어디에 있는지도 알 수 없었다.

갑자기 견딜 수 없는 피로감이 몰려들었다. 다리에 힘이 빠지고 손에서 잔이 미끄러져 떨어졌다. 그는 뭐가 뭔지 어리둥절할 뿐이었다. 아주 멀리에서 여자 비명소리가 들려서 화가 치밀었고, 마지막으로 머리 속에서 불빛이 번쩍하고 터지는 것을 느꼈다.

그 다음날 발생한 사태는 어리석음과 악의가 어우러져 만들어낸 결과라고 밖에는 할 수 없었다. 스티브 스텔링스가 침대 위에 있던 여자 위로 엎어지면서 여자가 비명을 질렀고, 그가 입을 벌리고 눈을 크게 뜬 채로 완전히 죽은 것처럼 보이자 두 여자는 기겁을 하고 계속해서 비명을 질러댔다. 그 비명소리가 호텔 직원과 호텔의 소박한 카지노에서 도박을 하고 있던 사람들의 귀에까지 들렸다. 사람들은 비명소리를 따라 윗층으로 올라왔다.

스텔링스가 묵고 있던 호텔방 밖에서 일고여덟 명의 사람들이 열린 문 너머로 그가 벌거벗은 채 침대 위에 배를 깔고 엎어져 있는 모습을 쳐다보았다. 눈 깜짝할 새에 근처에서 수백 명은 족히 되는 인파가 몰려들었다. 그들은 그의 몸을 만져보려고 방으로 비집고 들어왔.

사람들은 처음에는 그저 전 세계 여자들의 마음을 홀린 남자를 존경하는 마음에서 그를 만졌다. 그러다가 몇몇 여자들이 키스를 하더니 어떤 여자들은 죽은 스텔링스의 성기를 만졌고 한 여자는 주머니에서 가위를 꺼내서 숱 많고 윤기 나는 그의 검은 머리카락을 회색 두피가 보일 정도로 한 움큼이나 잘라갔다.

가장 먼저 도착했던 스키피 디어는 그 즉시 경찰에 신고를 하지 않았다. 그는 죽은 스티브 스텔링스에게 여자들이 떼지어 몰려드는 모습을 지켜보았다. 그는 똑똑히 보았다. 마치 노래하는 연기를 할 때처럼 크게 벌리고 있는 스텔링스의 입과 깜짝 놀란 표정의 얼굴을.

디어는 제일 먼저 다가간 여자가 가만히 시체의 눈을 감겨주고 입을 다물어지게 해주고 나서 이마에 살짝 키스를 하는 모습을 보았다. 하지만 그 여자는 잔뜩 들뜬 또 한 무리의 여자들이 몰려오는 바람에 옆으로 밀려났다. 그 순간 디어는 슬며시 적개심이 치밀어 올라오면서 수년 전에 스티브 스텔링스에게 아내를 빼앗겼던 상처가 따끔거리며 아파왔고 그래서 몰려드는 사람들을 그대로 내버려두었다. 스텔링스는 어떤 여자도 자기를 거부할 수 없고 자기는 백이면 백 성공한다며 종종 허세를 부리곤 했었다.

그는 시선을 돌려 스텔링스의 유명한 엉덩이와 죽어서 창백해진 그의 몸을 훑어보면서 시체의 귀 한쪽 끝이 어디론가 사라지고 난 뒤에야 비로소 경찰에 신고를 했다. 그런 뒤에 사고현장을 통제하고 모든 문제를 해결했다. 그건 제작자들이 당연히 해야 할 일이었다. 그리고 그것은 그들의 장기이기도 했다.

스키피 디어는 즉시 시체를 부검하게 한 뒤에 배에 실어서 삼 일 뒤 장례식이 치러질 로스앤젤레스로 보냈다. 부검 결과, 스텔링스는 뇌동맥류가 있었고 머리로 전신의 피가 머리로 몰리는 바람에 뇌혈관이 터진 것으로 판명됐다.

디어는 그와 같이 있었던 두 여자를 찾아내서 코카인 사용으로 고발하지 않을 것이며 그가 앞으로 제작하려고 하는 새 영화에서 작은 배역을 맡게 해주겠노라고 약속했다. 그리고 이 년 동안 일 주일마다 천 달러씩 지급하기로 했다. 하지만 비밀이 새는 것을 막기 조치로써, 만약 두 사람이 스텔링스의 죽음에 대해 한마디라도 발설을 하는 경우에는 계약은 파기된다는 조항을 달았다.

그런 다음 로스앤젤레스에 있는 바비 밴츠에게 전화를 걸어서 사고소식을 전했다. 또 디터 타미에게도 전화로 소식을 알리면서, 직간접으로 메쌀리나와 관계를 맺었던 모든 사람들에게 연락을 해서 라스베가스에서 열릴 시사회 겸 쫑파티에 빠지지 말고 참석하라는 말을 전하도록 했다. 그런 다음 디어 자신은 그렇게 심하다고 생각하지는 않지만, 몸을 부들부들 떨면서 수면제 두 알을 먹고 잠자리에 들었다.

22

스티브 스텔링스의 죽음은 라스베가스에서 열린 시사회 겸 쫑파티에 영향을 주지 않았다. 그것은 스키피 디어의 노련한 수완 덕분이었다. 그리고 영화제작상의 감정적인 측면도 일조를 했다. 스텔링스가 인기배우인 것은 사실이지만 그렇다고 최고 인기배우는 아니었다. 그가 많은 여자들과 육체관계를 가졌고 그보다 더 많은 수백 만의 여자들의 마음에 사랑의 불을 지폈던 것은 사실이었지만 그의 사랑은 상호적인 쾌감 이상은 절대 아니었다. 같이 영화작업을 했던 아테나, 클로디아, 디터 타미 그리고 세 명의 또 다른 인기 여배우들도 낭만적인 사람들이 상상했던 것과는 달리 크게 슬퍼하지 않았다. 모두들 스티브 스텔링스는 시사회가 차질 없이 진행되기를 원하며 자신의 죽음 때문에 쫑파티와 시사회가 취소되지 않기를 간절히 바랄 것이라고 입을 모았다.

무도회에서 춤이 끝나면 상대에게 공손하게 인사를 하는 것처럼 영화관에서도 영화 한 편을 끝내고 나면 사람들은 대부분 지극히 공손하게 작별인사를 주고받았다.

스키피 디어는 제너두 호텔에서 파티를 열고 같은 날 초벌 편집 상태의 시사회를 갖기로 한 구상은 순전히 자기 머리에서 나왔다고 주장했다. 그는 아테나가 이삼 일 뒤면 미국을 떠날 것을 알았고 따라서 그녀가 재촬영을 할 필요가 없다는 사실을 눈으로 확인하고 싶었다.

하지만 실제로는 제너두 호텔에서 파티를 열고 시사회를 갖자고 한 사람은 다름 아닌 크로스였다. 그는 마치 부탁하듯이 그 제안을 했다.

"제너두 호텔에 대한 홍보효과가 클 겁니다. 그 대신 저도 당신한테 뭔가를 해드리죠. 모든 영화관계자들과 당신이 초대하는 사람들 모두에게 1박2일 동안 방과 음식과 음료를 무료로 제공하겠습니다. 당신과 밴츠씨에게는 별장을 드리겠습니다. 아테나씨에게도 마찬가집니다. 당신이 원치 않는 사람들, 말하자면 언론사 기자들이 절대 영화의 초벌 편집 필름을 보지 못하도록 보안도 책임지겠습니다. 당신은 몇 년 전부터 별장을 상당히 갖고 싶어하신 걸로 압니다만."

디어는 곰곰이 생각한 뒤 말했다.

"단순히 홍보차원에서?"

크로스는 그를 보며 활짝 웃었다.

"당신이 데려오는 수백 명의 손님들은 주머니에 현찰을 두둑하게 담아오죠. 그 중 상당부분을 카지노에다 쏟아놓을 테고요."

"밴츠는 도박을 안 해. 그런데 나는 아니야. 당신은 내 돈도 가져가겠군."

"당신한테 신용을 담보로 5만 달러까지 꺼내 쓸 수 있게 해드리죠. 돈을 잃는다고 해도 갚으라는 얘긴 하지 않겠습니다."

그 말에 디어의 마음이 동했다.

"좋소. 하지만 이건 내가 생각해낸 걸로 하기로 하지. 만약 그게 싫다면 난 영화사 쪽에 얘길 할 생각이 없어."

"그러시죠. 하지만 당신과 전 지금까지 많은 일을 함께 해왔습니다. 그리고 전 항상 재미를 못 봤죠. 이번 경우는 다릅니다. 이번에는 당신이 끝까지 책임을 져야 합니다."

그는 디어에게 미소를 지으며 말했다.

"이번에는 절대 실망시키지 말란 뜻입니다."

디어는 이유를 알 수 없는 불안감에 몸이 오싹해졌다. 크로스가 위협을 한 것은 아니었다. 겉으로 볼 때 그는 상냥했고 그저 사실만 얘기하는 것처럼 보였다.

"염려하지 말게. 삼 주 후면 촬영이 끝날 거요. 그때로 일정을 잡도록 합시다."

그런 다음 크로스는 아테나가 파티와 시사회에 확실히 참석하도록 다짐을 받아둘 필요가 있었다.

"호텔을 위해서 꼭 필요한 일이기도 하지만 나한테는 당신을 한 번 더 만나볼 수 있는 기회야."

그녀는 그러겠다고 했다. 이제 크로스는 단테와 로지를 파티에 참석하도록 유인해야 했다.

그는 로드스톤 영화사에 관해 할 얘기도 있고 경찰서를 배경으로 벌어지는 로지의 모험담을 영화로 만드는 로지의 계획에 대해서도 의논하고 싶다며 단테를 라스베가스로 초대했다. 로지와 단테가 이제 친한 사이라는 사실은 모르는 사람이 없었다.

"네가 짐 로지한테 내 얘기 좀 넣어줘. 그 사람 영화를 공동제작하고 싶고 예산의 절반은 기꺼이 투자할 의사가 있다고 말이야."

단테는 이 얘기를 듣고 재미있어했다.

"너 정말 영화사업에 본격적으로 뛰어들 작정이구나. 이유가 뭐야?"

"돈벌이가 되니까. 게다가 여자들도 생기고 말이야."

단테가 웃음을 터뜨렸다.

"넌 이미 돈이랑 여자랑 다 가졌어."

"수준 문제지. 수준 있는 여자 말이야."

"그 파티에 나 좀 초대하지 그래? 그리고 별장도 줄 수 있는 거 아냐?"

"로지한테 내 얘길 해 주면 둘 다 들어주지. 로지를 같이 데려와. 또 네가 원한다면 티파니랑 엮어줄 수도 있는데. 너도 그 여자가 나오는 쇼를 본 적이 있을 걸?"

단테에게 있어서 티파니는 풍만한 가슴에 가늘고 긴 얼굴, 도톰한 입술과 큰 입, 큰 키에 다리가 늘씬한 순수한 관능의 화신이나 다름없는 여자였다. 비로소 단테가 적극적으로 나왔다.

"젠장."

단테가 말을 내뱉었다.

"그 여자는 키가 내 두 배는 된다고. 지금 무슨 헛소리야? 좋아, 알았어."

분명히 그럴 테지만 크로스는 모든 조직원들은 절대 라스베가스에서 폭력행위를 할 수 없다는 규칙을 믿고 단테가 대담하게 나오기를 기대했다.

마지막으로 크로스는 지나가는 말처럼 덧붙였다.

"게다가 아테나도 올 거야. 그리고 내가 영화사업을 계속하고 싶은 진짜이유는 바로 그 여자 때문이지."

바비 밴츠와 멜로 스튜어트 그리고 클로디아는 영화사 비행기를 타고 라스베가스로 왔다. 아테나와 나머지 배우들은 촬영장에서 자신들의 개인 차량을 이용해서 도착했고, 디터 타미도 마찬가지였다. 네바다 주를 대표해서 웨이븐 상원의원이 오기로 되어 있었고, 그의 추천으로 그 자리에 오른 네바다 주지사도 오기로 했다.

단테와 로지에게는 같은 별장 내에 속해 있는 별도의 객실 두 개를 배정하기로 했다. 그 별장의 남은 객실 네 곳에는 리아 밧지와 그의 부하들이 머물 예정이었다.

웨이븐 상원의원과 주지사 그리고 두 사람의 수행원들은 세 번째 별장에 숙박시킬 예정이었다. 크로스는 두 사람을 위해서 쇼걸들을 몇 명 뽑아 비밀스런 저녁식사 자리를 마련했다. 그는 두 사람의 참석이 앞으로 벌어지게 될 경찰 조사를 잠재울 수 있기를 희망했다. 그들은 자신들의 정치적인 영향력을 이용해 언론에 사건이 공개되고 법적인 조사를 받게 되는 불상사를 막아줄 수 있었다.

크로스는 모든 규칙들을 깨고 있었다. 아테나가 별장을 받았고 클로디아와 디터 타미 그리고 몰리 플랜더즈에게도 같은 별장 내의 객실이 배당됐다. 남은 두 개의 객실은 아테나를 보호하기 위해서 리아 밧지의 부하들 네 명이 사용하기로 했다.

별장들 중 네 번째 별장은 밴츠와 스키피 디어 그리고 두 사람의 일행들에게 돌아갔다. 남은 세 채의 별장은 리아의 부하 스무 명이 차지했고 그들이 기존 경호원들을 대체할 할 예정이었다. 하지만 밧지의 부하들은 살인행위 자체에는 전혀 참여시키지 않을 계획이었고 그들은 크로스의 진짜 목적에 대해서도 알지 못했다. 암살자는 리아와 크로스 단 둘이었다.

크로스는 이틀 간 별장의 진주 카지노를 닫았다. 아무리 도박을 잘한다고 해도 헐리우드의 영화인들 대다수는 그 카지노에서 요구하는 내기 금액을 감당할 능력이 없었다. 이미 예약이 되어 있는 초특급 부자 손님들에게는 별장을 수리하는 문제로 인해 숙박이 불가능하다고 알렸다.

두 사람의 계획에 따르면, 크로스는 단테를 죽이고 리아는 로지를 죽이기로 되어 있었다. 만약 대부가 두 사람이 범행을 저질렀다고 판단을 하고 또 실제로 리아가 단테를 처리했을 경우, 대부는 리아의 가족을 모조리 죽여 버릴지도 몰랐다. 대부가 사실을 밝혀낸다고 해도 클로디아한테까지는 복수를 하지 않을 것이다. 어찌됐든 클로디아는 클레리쿠지오의 혈육이었으니까.

또한 리아는 짐 로지에 대한 개인적인 감정이 있었고 정부를 위해 일하는 사람들을 무조건 증오했는데 그렇게 위험한 일을 하면서 약간의 즐거움을 누리지 못할 까닭이 없었다.

진짜 문제는 두 남자를 어떻게 떼어놓을 것인가 하는 것과 시체들을 아무도 모르게 처리하는 방법이었다. 도박사업의 합법화를 위해서 미국에 있는 전 조직원들은 라스베가스에서는 절대 살인을 저질러서는 안 된다는 규칙이 있었다. 대부는 그 규칙을 강력하게 집행했다.

크로스는 단테와 로지가 그것이 함정일지도 모른다고 의심하지 않기를 바랐다. 두 사람은 리아가 샤키의 시체를 발견했고 그들의 의도에 대해 알고 있다는 사실을 몰랐다. 또 한 가지 문제는 크로스에 대한 단테의 공격을 어떻게 하면 막을 수 있는가 하는 것이었다. 그래서 리아는 단테의 진영에 밀정 역할을 할 단원 한 명을 투입시켰다.

몰리 플랜더즈는 파티가 열리는 날 아침 일찍 비행기를 타고 왔다. 그녀와 크로스는 처리해야 될 일이 하나 있었다. 그녀는 캘리포니아 주의 대법원 판사 한 명과 로스앤젤레스 천주교 관구 소속의 고위 성직자 한 명을 데리고 왔다. 그들은 그녀가 준비한 크로스의 유언장에 그가 서명을 할 때 증인으로 입회할 사람들이었다. 크로스는 자기가 살 날이 얼마 남지 않았다고 생각했고 그래서 제너두 호텔의 절반에 해당하는 자신의 재산이 가야할 곳을 신중하게 따져보았다. 그가 가진 주식은 5억 달러 상당의 가치가 있었다. 결코 우습게 볼 액수가 아니었다.

유언장에서 그는 리아의 아내와 자식들에게 일생 동안 안락한 생활을 영위할 수 있는 연금을 남겼다. 나머지는 클로디아와 아테나에게 반반씩 나눠주었고, 아테나에게 돌아가는 유산은 그녀의 딸 베써니를 위해 위탁하는 형식을 취했다. 그 아이 외에는 자신이 돌봐야 할 사람이 아무도 없다는 사실이 그에게는 상당히 충격이었다.

몰리와 판사와 사제가 펜트하우스로 올라왔고, 판사는 그런 젊은 나이에 유언장을 작성할 생각을 하다니 참으로 현명하다며 그를 칭찬했다. 성직자는 죄악의 정도를 가늠하기라도 하는 것처럼 그곳의 사치품들을 말없이 둘러보았다.

두 사람 모두 몰리의 친한 친구들이었고 그녀는 과거에 그들을 위해서 무료로 일을 해준 적이 있었다. 그녀는 크로스의 특별한 요청이 있자 그들에게 도움을 청했다. 그는 클레리쿠지오가 사람들이 절대로 매수나 위협을 할 수 없는 증인들을 원했다.

크로스는 그들에게 마실 것을 대접하고 나서 유언서에 서명을 했다. 그리고 두 남자는 바로 떠났다. 비록 초대는 받았지만 그들은 라스베가스의 도박 지옥에서 열리는 파티에 참석해 자신들의 명예를 훼손시키고 싶어하지 않았다.

방에는 크로스와 몰리 둘만 남았다. 몰리는 그에게 유서 원본을 건네주었다.

"사본은 당신이 확실히 갖고 있겠죠?"

"물론이죠. 처음 유서내용을 들었을 때 솔직히 좀 놀랐어요. 전 당신과 아테나가 그 정도로 가까운 사이인지는 몰랐거든요. 게다가 아테나는 자기 재산도 상당히 많고 말예요."

"아테나는 지금 갖고 있는 것보다 더 많은 돈이 필요할지도 모릅니다."

"딸 때문인가요? 딸에 대해서는 저도 알죠. 아테나 개인 변호사니까. 당신 말대로 베써니한테는 그 돈이 필요할지도 모르죠. 전 당신을 다르게 봤었어요."

"그랬어요? 어떻게 봤었는데요?"

몰리는 조용히 대답했다.

"전 당신이 보즈 스카넷을 죽였다고 생각했죠. 당신을 냉혹한 마피아라고 생각했어요. 제가 살인혐의를 벗겨줬던 가난한 젊은이도 기억해냈고요. 그리고 당신이 그 젊은이를 언급했던 일도 떠올렸죠. 또 그 젊은이가 마약 거래를 하다가 살해됐다는 소문도요."

"그런데 지금 와서 보니 전혀 틀린 생각이었다는 걸 깨달으신 모양이군요."

크로스는 그녀에게 미소를 지었다. 몰리는 냉랭한 표정으로 그를 똑바로 쳐다보았다.

"그리고 전 바비 밴츠가 당신한테 사기를 쳐서 메쌀리나의 이윤을 뺏었을 때 당신이 가만히 당하고만 있어서 굉장히 의외라고 생각했죠."

"얼마 되지도 않는 돈이었으니까."

그는 대부와 데이비드 레드펠로우를 떠올렸다.

"아테나는 모레 프랑스로 떠난다면서요? 그곳에 상당히 오래 머무를 텐데. 당신도 같이 걸 건가요?"

"아니요. 여기서 할 일이 너무 많아서요."

"그렇군요. 파티에서 봅시다. 아마도 영화를 보면 밴츠가 당신한테서 뺏어간 돈 생각이 날지도 모르죠."

"상관없어요."

"디터가 영화 맨 앞부분에 짧은 자막을 넣었어요. 스티브 스텔링스에게 바치는 헌사 말예요. 밴츠가 그걸 보더니 진저리를 치더군요."

"왜요?"

"왜냐면 스티브는 밴츠가 감히 흉내도 못 낼 정도로 많은 여자들을 갖고 놀았거든요. 남자들은 참 한심도 하지."

이렇게 말하고 그녀는 방에서 나갔다.

크로스는 발코니로 나갔다. 밑으로 보이는 라스베가스의 거리는 인파로 북적댔고, 사람들이 환락가 양편에 늘어선 호텔 카지노로 들어가고 있었다. 카지노 출입구마다 더 시저스, 더 샌즈, 더 미라지, 디 얼래든, 더 데저트 인, 더 스타더스트 같은 이름들이 보라색, 빨간색, 초록색, 무지개 빛 네온사인을 번쩍이면서 사막과 산맥이 시작되는 곳까지 길게 이어져 있었다. 강렬한 오후의 햇빛도 네온사인의 빛을 퇴색시키지는 못했다.

메쌀리나 관계자들은 세 시 이전에는 오지 않을 것이다. 만약 일이 실패한다면 이번이 아테나를 만나는 마지막 기회가 될 것이다. 그는 발코니에 놓인 전화기를 들어서 리아 밧지가 묵고 있는 별장으로 전화를 걸었고 그에게 펜트하우스로 올라와서 다시 한 번 더 계획을 점검하자고 했다.

메쌀리나의 촬영은 정오에 모두 끝났다. 디터 타미는 떠오르는 태양이 로마인들의 끔찍한 전투장면을 비추는 장면으로 영화를 끝내고 싶어했다. 그 장면에는 위에서 그 전투광경을 내려다보고 있는 아테나와 스티브 스텔링스의 모습을 함께 담아야 했다. 그녀는 스텔링스 대신 대역을 썼고 얼굴에 그림자 생기게 해서 이목구비를 정확히 알아볼 수 없도록 했다. 카메라 트럭과 촬영장에서 집으로 사용했던 커다란 이동주택 그리고 이동식당과 무대의상 트럭, 기원전 사용했던 무기들을 실은 차량들이 라스베가스로 들어온 시각은 거의 오후 세 시가 되어서였다. 크로스는 과거의 라스베가스 방식으로 이번 행사를 준비했기 때문에 그밖에 많은 차량들이 이곳으로 속속 들어왔다.

그는 직간접으로 메쌀리나 작업에 참여한 모든 사람들에게 방과 음식과 음료를 무료로 제공했다. 로드스톤 영화사는 삼백 명이 넘는 사람들의 목록을 만들어줬다. 그것은 확실히 관대한 대접이었고 사람들로부터 확실하게 호감을 살 수 있는 행동이었다. 이것은 "사람들은 기분이 좋고 뭔가를 축하하고 싶을 때 도박을 한다."고 했던 그론벨트로부터 배운 방법이었다.

메쌀리나의 초벌 편집 필름은 음악과 특수효과가 없는 상태로 오후 열 시에 상영될 예정이었다. 파티는 시사회가 끝난 뒤에 열기로 했다. 예전에 빅 팀을 위해 파티를 열었던 제너두 호텔의 큰 무도회장은 둘로 나뉘어졌다. 한 쪽은 영화를 상영할 곳이었고, 다른 한 쪽은 뷔페 식탁과 관현악단이 차지할 공간을 고려해서 좀더 넓게 잡았다.

오후 네 시가 가까워지자 사람들이 모두 호텔과 별장에 들어왔다. 누구에게도 그것은 절대로 놓칠 수 없는 기회였다. 즉, 헐리우드와 라스베가스라는 두 개의 매혹적인 세계가 하나로 합쳐지면서 모든 것을 무료로 즐길 수 있는 기회였다.

언론은 철저한 보안조치에 극도로 분개했다. 별장과 무도회장은 접근이 통제됐다. 이 매력적인 행사의 주인공들 사진조차 찍을 수 없었다. 영화주인공도, 감독도, 상원의원과 주지사도, 제작자와 영화사 대표도 전혀 그럴 수 없었다. 심지어 시사회에도 입장할 수 없었다. 그들은 도박을 하려고 찾아드는 사람들을 매수해서 무도회장으로 들어갈 수 있는 신분증을 몰래 얻어 보려고 카지노 주변을 기웃거렸다. 그 중에는 성공하는 경우도 있었다.

네 명의 영화사 직원과 두 명의 냉소적인 스턴트맨 그리고 음식조달을 맡은 두 명의 여자직원이 하나 당 천 달러를 받고 기자들에게 자신들의 신분증을 팔았다.

단테 클레리쿠지오와 짐 로지는 사치스런 별장에서 호사를 누리고 있었다. 로지는 기가 막힌다는 듯이 머리를 좌우로 흔들었다.

"도둑이 욕실에 있는 금만 훔쳐도 일 년은 족히 살겠어."

"아니, 못 그럴 걸. 그랬다가는 내가 여섯 달 안에 목숨을 끊어놓을 테니까."

두 사람은 로지의 객실 거실에 앉아 있었다. 부엌에 있는 대형 냉장고 안에 샌드위치며 철갑상어 알을 얹은 카나페, 수입 맥주, 최고급 포도주 같은 것들이 가득해서 두 사람은 룸서비스를 부르지 않았다.

"자, 준비는 다 됐고 행동으로 옮기기만 하면 되는군.

"그래, 일을 끝내면 난 할아버지한테 호텔을 달라고 할 거야. 그러면 멋진 인생이 펼쳐지는 거지."

"그놈이 혼자 여기로 오게 만드는 게 중요해."

"그럴 테니까 걱정일랑 마쇼. 거기다 한술 더 떠서 놈을 사막에다 갖다버릴 거야."

"이 별장으로 어떻게 데려올 생각인데? 그게 중요하다고."

"지오르지오 삼촌이 비밀리에 비행기를 타고 와서 놈을 만나고 싶어 한다고 거짓말을 칠 거야. 그런 다음에 내가 놈을 처리하고 나면 네가 깨끗이 청소를 하는 거지. 넌 범죄현장에서 경찰들이 찾는 게 뭔지 잘 아니까 말이야."

그는 노래하듯이 말을 읊조렸다.

"제일 좋은 방법은 놈을 사막에다 갖다버리는 거야. 아마도 절대로 못 찾아낼 걸. 피피가 죽은 날 밤에 크로스가 지오르지오를 피했었다는 얘기는 너도 알지. 놈은 감히 같은 짓을 되풀이하진 못할 거야."

"하지만 놈이 또다시 피한다면? 난 밤새도록 여기서 시간만 죽이란 얘기군."

"아테나 별장이 바로 옆이라고. 찾아가서 재미나 봐."

"잘못하다가는 문제만 일으킬 텐데."

단테는 싱글거리며 웃었다.

"그 여자도 크로스랑 같이 사막에다 갖다버리면 되지."

"미친 놈."

로지가 말했다. 하지만 그는 단테가 진심으로 하는 얘기임을 깨달았다.

"안 될 게 뭐 있어? 좀 즐기면 안 될 이유라도 있냐? 사막은 엄청 넓어서 두 사람의 시체 정도는 충분히 버리고도 남아."

로지는 아테나의 몸매와 사랑스런 얼굴, 그녀의 목소리와 당당한 태도를 머리 속으로 그려보았다. 아, 꽤 재미있겠는데 하고 그는 생각했다. 그는 이미 살인을 저질렀고 이제 강간까지 저지르게 될지도 몰랐다. 말로우와 피피 그리고 그의 오랜 동료였던 필 샤키. 그는 세 차례 살인을 범했지만 강간은 어쩨 좀 쑥스러웠다. 평생 동안 강간범들을 체포해왔는데 이제 자기가 그런 얼간이가 되려는 참이었다. 전 세계에 자기 몸을 파는 한 여자 때문에 말이다. 하지만 우스꽝스런 모자를 쓴 이 쥐새끼 같은 놈은 정말이지 무시무시한 놈이었다.

"내가 한번 해보지. 한 잔 하러 오라고 불러서 그 여자가 온다면 그건 자기가 불행을 자초한 거야."

단테는 로지의 자기합리화가 재미있었다.

"사람들은 누구나 다 자기 불행을 자초하지. 우리도 예외가 아니고 말이야."

두 사람은 세부적인 계획을 짰고 그런 뒤에 단테는 자기 객실로 돌아갔다. 그는 별장에 비치된 고급 향수들을 써 볼 요량으로 목욕을 했다. 그는 클레리쿠지오가의 전형적인 말총 같은 검은 머리에 듬뿍 비누거품을 내고서 뜨겁고 향기로운 물 속에 누워 자신의 운명이 어떤 방향으로 전개될지 생각해보았다. 그와 로지가 크로스의 시체를 라스베가스에서 수 킬로미터 떨어진 사막에다 갖다버리고 나면 이번 작전의 가장 힘든 단계가 시작될 것이다. 바로 할아버지한테 자신의 결백을 설득하는 일이었다. 만약 설상가상으로 피피의 죽음까지 고백해야 할 상황이 오더라도 할아버지는 그를 용서해줄 것이다. 예전부터 대부는 그를 특별히 사랑했으니까.

　게다가 이제 단테는 조직의 해결사였다. 그는 서부 지역의 브룰리오네 직위와 제너두 호텔의 소유권을 달라고 할 생각이었다. 지오르지오 삼촌은 반대하겠지만 빈센트 삼촌과 뻬띠에 삼촌은 중립을 지킬 것이다. 두 사람은 자기네들의 합법적인 회사를 운영하면서 사는 걸로 만족하니까. 그리고 대부는 곧 죽을 것이다. 지오르지오 삼촌은 사무실에 앉아서 서류나 만지는 샌님이었다. 이제 싸울 줄 아는 투사가 패권을 쥐는 시대가 도래할 것이다. 그는 합법적인 사회 속으로 들어가고 싶지 않았다. 그는 조직이 누렸던 과거의 영광을 되찾을 것이다. 생과 사를 좌지우지할 수 있는 권력을 그는 절대 포기할 수 없었다.

　단테는 욕조에서 나와 머리에서 끈적거리는 비누거품을 말끔히 씻어냈다. 사치스런 병에 담긴 화장수를 몸에 바르고, 설명문을 꼼꼼히 읽은 뒤에 부드러운 튜브에 든 젤을 짜서 머리모양을 만들었다. 그런 다음에 그는 가방 안에 든 르네상스 풍의 모자들 중에서 비싼 보석이 여러 개 박힌 동그란 모자를 집었다. 모자 바탕천은 금색과 보라색이었다. 모자만 놓고 볼 때는 우스꽝스러웠는데 머리에 얹어보니 아주 마음에 들었다. 모자를 쓴 모습이 마치 왕자 같았다. 특히 앞쪽에 줄지어 박아놓은 초록색 보석이 멋졌다. 바로 이 모습을 오늘밤 아테나에게, 혹은 잘 안 될 경우에는 티파니에게 보여줄 것이다. 하지만 필요하다면 두 여자는 잠시 미뤄도 상관없었다.

　옷단장을 끝내고 나서 단테는 앞으로의 자기 인생을 그려보았다. 이제 궁전 못지않게 화려한 별장에서 살게 되겠지. 제너두 호텔 쇼에서 노래하고 춤추는 여자들을 후궁처럼 거느리면서 예쁜 여자들을 무진 장으로 공급받게 될 것이다. 각 식당을 돌며 세계곳곳의 음식을 먹을 수도 있을 것이고 적에게는 죽음을, 친구에게는 보상을 명령할 것이다. 세상이 허락하는 한에서 그는 로마 황제에 버금가는 존재가 될 것이다. 그의 앞길을 가로막는 단 한 사람이 있다면 그것은 바로 크로스였다.

객실에 혼자 남은 짐 로지 역시 자신이 걸어온 인생의 행로를 되돌아보았다. 경찰로 일하면서 처음 절반 동안은 훌륭한 경찰이었고 사회를 지키는 진정한 기사였다. 그는 모든 종류의 범죄자들과 특히 흑인들에게 강렬한 증오심을 느꼈다. 그러다가 그는 서서히 변했다. 언론에서 경찰들을 잔인하다며 비난하자 그는 분노했다. 자신은 인간쓰레기들로부터 사회를 지켜주고 있는데 바로 그 사회가 자신을 공격했다. 제복에 황금색 휘장을 단 그의 상관들은 사람들에게 거짓말이나 하고 다니는 정치인들과 한편이 됐다. 흑인들을 싫어해서는 안 된다고 하면서 그들이 뱉어놓는 온갖 거짓말들. 흑인들을 싫어하는 게 그렇게 나쁜 것인가? 대부분의 범죄는 흑인들이 저지르고 있는데. 그리고 자신은 싫어하고 싶은 걸 싫어할 권리가 있는 자유로운 미국인이 아닌가? 흑인들은 모든 문명사회들을 갉아먹는 바퀴벌레였다. 일하는 것도 싫다, 공부하는 것도 싫다, 낮이나 밤이나 그저 농구나 하는 놈들이었다. 그들은 무방비 상태의 시민들에게 강도짓이나 일삼고, 누이와 딸을 매춘부로 팔고, 법과 법을 지키는 사람들을 무시하는 인간들이었다. 그의 임무는 가난한 자들의 적의로부터 부자들을 보호해주는 일이었다. 그리고 그 자신도 부자가 되고 싶었다. 그는 부자들이 누리는 옷과 차와 음식과 술 그리고 무엇보다 여자가 갖고 싶었다. 그리고 바로 그런

게 미국식 삶이었다.

그는 처음에는 도박을 보호해주는 대가로 뇌물을 받는 일부터 시작해서 나중에는 마약 판매상들을 보호해주는 일도 하게 됐다. 그는 영웅적인 경관으로서의 자신의 위상과 사람들이 자신의 용기 있는 행동을 인정해준다는 사실에 긍지를 느꼈지만, 금전적인 보상은 없었다. 그는 여전히 싸구려 옷을 입었고 여전히 돈이 아쉬웠다. 가난한 사람들로부터 부자들을 지켜주는 일을 하지만 정작 자신은 가난했다. 하지만 결정적으로 그가 변하게 된 이유는 공무를 집행하는데 있어서 그가 범죄자보다 낮은 대접을 받는다는데 있었다. 그의 동료들 중에는 임무 수행 중에 고소를 당하고 감옥에 가는 친구들도 있었다. 아니면 해고를 당하기도 했다. 강간범, 강도, 살인자, 백주대낮에 강도질을 한 놈들의 권리가 경찰들의 권리보다 더 존중을 받았다.

한참 전부터 이미 로지는 자기합리화에 빠져 있었다. 언론과 TV는 법의 수호자들을 비난했다. 똥 같은 미란다 조항과 빌어먹을 시민자유연맹 같으니. 그 재수 없는 변호사 놈들한테 여섯 달 동안 순찰을 시키면 놈들은 자진해서 범죄자의 목을 매달 나무를 키우겠다고 나설 것이다.

어찌됐든 그는 쓰레기 같은 인간들로부터 자백을 받아내서 그들을 사회로부터 격리시킬 목적으로, 속임수를 쓰고 폭력을 행사하고 위협을 했다. 하지만 로지는 완벽하게 자기합리화를 할 정도로 형편없는 경찰은 아니었다. 살인을 저지르는 일까지 합리화를 할 수는 없는 노릇이었다.

몽땅 다 잊어버리자. 난 이제 부자가 되는 거야. 정부와 사람들 면전에서 배지와 용감한 경찰한테 주는 표창장들을 내동댕이쳐 버리겠어. 제너두 호텔의 보안감독이 되어 열 배나 많은 봉급을 받을 테고, 범죄자들의 공격을 받고 로스앤젤레스가 무너지는 모습을 사막 속의 이 낙원에서 즐겁게 구경할 거야. 오늘밤 나는 메쌀리나를 보고 또 파티에도 간다. 그리고 어쩌면 아테나와 재미를 보게 될지도 모른다. 생각이 여기까지 미치자 바짝 긴장이 됐고, 마음껏 욕정을 발산할 거란 생각에 몸까지 뻐근하게 아파왔다. 그는 파티에 가면 스키피에게 자신의 과거 업적을 토대로 로스앤젤레스의 가장 위대한 영웅적인 경찰에 관한 장편 영화를 만들자고 제안을 할 생각이었다. 단테는 그에게 크로스가 투자를 하고 싶어한다는 얘길 해줬는데 정말로 웃긴 일이 아닐 수 없었다. 내 영화에 투자하겠다는 남자를 왜 죽이지? 이유는 간단했다. 그가 이 일에서 손을 뗀다면 분명히 단테 손에 죽을 테니까. 그리고 로지는 단테 못지않게 강했지만 자신은 단테를 죽일 수 없다는 사실을 알았다. 그는 클레리쿠지오가에 대해 너무나도 잘 알고 있었다.

문득 상냥하고 쾌활하고 협조적이었던 착한 깜둥이 말로우 생각이 났다. 그는 항상 말로우를 좋아했었고 그래서 그를 죽인 일을 생각하면 썩 기분이 좋지 않았다.

시사회와 파티가 시작되려면 아직도 몇 시간을 기다려야 했다. 호텔 건물 내에 있는 카지노로 도박을 하러 갈 수도 있었지만, 도박은 바보들이나 하는 짓이었다. 로지는 도박은 하지 않기로 했다. 오늘밤에는 할 일이 많았다. 먼저 영화를 보고 파티에 참석한 뒤 새벽 세 시에는 단테를 도와서 크로스를 살해하고 사막에 묻어야 했다.

바비 밴츠는 그날 오후 다섯 시에 메쌀쌀리나의 주역들인 아테나와 디터 타미, 스키피 그리고 예의상 크로스를 자기 별장으로 초대해서 술자리를 마련했다. 크로스는 그날 밤 호텔에서 열리는 행사 때문에 바쁘다는 평계를 대고 초대를 사양했다.

밴츠는 최근에 얻은 전리품을 데리고 왔는데, 한 신인 발굴 전문가가 오리건의 소도시에서 찾아냈다는 요한나라는 여자였다. 겉모습은 아직 어린 티를 벗지 못한 소녀였다. 그녀는 이 년 동안 주당 5백 달러를 받기로 계약을 했다. 아름답지만 전혀 재능이 없는 그 여자는 순결함이 충분히 매력적일 수 있다는 생각을 들게 만들 정도로 지극히 순수한 분위기를 풍겼다. 하지만 그녀는 바비 밴츠로부터 라스베가스에서 열리는 메쌀리나 시사회에 데려가겠다는 약속을 받아내려고 그와의 잠자리를 거부했을 만큼 나이에 어울리지 않게 영악했다.

밴츠의 객실 바로 옆에 묵고 있던 스키피 디어가 밴츠의 객실로 무작정 쳐들어오는 바람에 요한나와 빨리 일을 치르고 싶었던 밴츠는 애가 탔다. 스키피는 한 인물영화에 대한 얘기를 꺼내면서 정말로 만들어보고 싶은 영화라고 말했다. 영화 기획안에 열광적으로 매달리는 일이야 제작자의 당연한 권리였다.

디어는 밴츠에게 로스앤젤레스 경찰청 소속의 위대한 경찰인 키 크고 잘생긴 짐 로지에 대한 얘기를 하고 있었는데, 그 영화는 그의 자전적인 이야기이기 때문에 짐 로지가 직접 주연을 맡을 가능성도 없지 않았다. 그것은 기상천외한 일도 마음대로 날조해내는 저 위대한 실화들 중의 하나였다.

디어와 밴츠는 본인이 직접 연기하는 로지 이야기는 사기꾼 로지가 날조해낸 환상에 불과하기 때문에 로지는 자기 이야기를 싼값에 팔 수밖에 없을 것이고 동시에 대중에게는 광고효과가 클 것이라는 점에 의견의 일치를 봤다.

스키피 디어는 영화 줄거리를 열심히 설명했다. 있지도 않은 각본을 그보다 더 잘 팔 수 있는 제작자는 아무도 없을 것이다. 너무 흥분한 나머지 그는 밴츠가 보는 앞에서 수화기를 들어서 그 형사를 다섯 시에 있을 칵테일파티에 초대했다. 로지는 친구를 데려갈 수 있겠냐고 물었고, 디어는 분명히 여자친구일 거라고 넘겨짚으면서 물론 좋다고 대답했다. 영화 제작자로서 스키피 디어는 딴 세계에 속한 사람들과 섞이기를 좋아했다. 언제 어떤 기적이 일어날지는 모르는 일이니까.

크로스와 리아 밧지는 펜트하우스에서 두 사람이 그날 밤에 하게 될 일의 세부적인 부분들을 재검토하고 있었다.

"부하들을 제자리에 모두 배치시켰네. 별장 구내는 내 통제하에 있어. 부하들은 나와 자네가 무슨 일을 하려는지 전혀 모르고 있고 또 직접 참여하는 일도 없을 거야. 하지만 단테가 사막에다 자네 무덤을 파려고 조직에서 조직원을 한 명 데려왔다는 정보가 있어. 오늘밤에 정말 조심해야 돼."

"전 오늘 밤 이후가 걱정인데요. 대부와 거래를 해야 하니까. 아저씨는 대부가 그 이야기를 받아들일 거라고 생각해요?"

"별로. 하지만 우리한테는 그게 유일한 희망이지."

크로스는 어깨를 으쓱했다.

"저한테는 선택의 여지가 없어요. 단테는 아버지를 살해했고 그래서 이제는 절 죽일 수밖에 없는 상황이니까요."

그는 잠시 멈췄다가 다시 얘기를 계속했다.

"전 대부가 처음부터 단테 편이 아니었기를 바랄 뿐이에요. 그게 아니라면 우린 아무런 희망이 없죠."

리아가 조심스럽게 말을 꺼냈다.

"모두 포기하고 대부한테 우리 고민을 얘기할 수도 있겠지. 대부가 직접 판단하고 행동하게 말이야."

"그건 안 됩니다. 대부는 손자한테 불리한 결정은 절대 못 내릴 사람이니까요."

"그래, 자네 말이 맞아. 하지만 대부는 약간 너그러워졌어. 헐리우드

놈들이 자넬 속여도 그냥 내버려두던데 젊었을 때라면 절대 안 그랬을 거야. 돈이 문제가 아니라 모욕을 당했다는 것 때문에 말일세."

크로스는 리아의 잔에 브랜디를 더 따라주고 여송연에 불을 붙여주었다. 그는 데이비드 레드펠로우에 대해서는 그에게 얘기하지 않았다.

"객실은 맘에 드세요?"

그는 농담조로 물었다. 리아가 여송연을 빨았다.

"엉뚱하기는. 아주 아름답더군. 그런데 그렇게까지 만들 필요가 있어? 왜 그렇게 사는 거지? 그건 너무 지나치다고. 그건 자네 권력에 해가 될 뿐이야. 사람들로부터 질투심을 불러일으키니까. 가난한 사람들한테 그런 식으로 모욕감을 느끼게 만드는 건 현명한 짓이 아니야. 그 사람들이 자넬 죽이고 싶어하질 않겠나? 우리 아버지는 시칠리아에서 부자였지만 절대 화려하게 살지 않았지."

"아저씨는 미국을 몰라요. 가난한 사람들이 그 별장 안을 들어가 본다면 누구나 기뻐할 겁니다. 왜냐하면 그 사람들은 자기가 언젠가는 바로 그런 장소에서 살 거라는 희망을 품고 있으니까요."

그때 펜트하우스 전용 전화기가 울렸다. 가슴이 약간 두근거렸다. 아테나였다.

"시사회 전에 만날 수 있을까?"

"당신이 내 방으로 올라온다면. 난 여기를 떠날 수가 없어."

"친절하기도 하시지."

아테나가 쌀쌀맞게 말했다.

"그럼 파티가 끝난 뒤에 만나도 되고. 내가 좀 일찍 나올 테니까 당신이 내 별장으로 와."

"난 정말로 안 돼."

"난 내일 아침에 로스앤젤레스로 갈 거야. 그리고 모레 프랑스로 떠

나. 이제 만날 기회도 없어. 당신이 프랑스로 오지 않는 이상은 말야."

크로스는 리아를 쳐다보았다. 리아는 고개를 저으며 얼굴을 찌푸렸다.

"지금 이리로 오면 안 될까? 제발."

크로스는 아테나에게 물었다. 그녀는 크로스를 한참 기다리게 한 뒤 대답했다.

"그래, 한 시간만 기다려줘."

"경호원과 차를 보낼게. 당신 별장 앞에서 기다리고 있을 거야."

그는 전화를 끊고 리아에게 말했다.

"아테나를 잘 지켜야 돼요. 단테는 제정신이 아니라서 무슨 짓을 저지를지 모르거든요."

밴츠의 별장에서 열린 칵테일파티는 미인들 덕분에 분위기가 좋았다. 멜로 스튜어트가 데려온 젊은 여배우는 연극무대에서 상당한 호평을 받는 여자였는데, 멜로와 스키피 디어는 짐 로지 이야기에 그녀를 여자 주역으로 쓰기로 계획하고 있었다. 그녀는 이목구비가 뚜렷하고 태도가 당당한 이집트 여성 고유의 강인한 여성미를 지닌 여자였다. 밴츠는 새롭게 발굴해낸 요한나, 즉 아직 성이 결정되지 않은 예의 그 순결한 처녀와 함께였다. 아테나는 그 어느 때보다도 돋보이는 모습으로 클로디아와 디터 타미와 몰리 플랜더즈에게 둘러싸여 있었다. 아테나는 전에 없이 조용했고, 요한나와 연극배우인 리자 롱게이트는 경외심과 질투심이 뒤섞인 듯한 눈길로 그녀를 바라보았다. 두 여자는 자신들이 꿈꾸는 여왕의 자리에 앉아 있는 아테나에게 다가갔다.

클로디아가 바비 밴츠에게 물었다.

"제 오빠는 초대하지 않으셨어요?"

"했지. 그런데 너무 바빠서 못 온대."

"어니스트 유족들한테 지분을 물려줄 수 있게 해줘서 고마워요."

클로디아가 씩 웃었다.

"몰리가 나한테서 강제로 뺏어간 거야."

매리온이 클로디아를 좋아했다는 점이 그 이유 같긴 했지만 어찌됐든 밴츠는 예전부터 클로디아를 좋아했고 그래서 그녀의 농담을 껄끄럽게 여기지 않았다.

"몰리가 내 머리에다 총을 들이대더군."

"하지만 당신이 더 강경하게 나갈 수도 있었던 문제죠. 매리온도 그러라고 했을 거예요."

밴츠는 그녀를 망연히 바라보았다. 느닷없이 눈물이 나오려고 했다. 그는 절대 매리온처럼 되지는 못할 것이다. 그래서 그는 매리온이 그리웠다.

그 사이에 스키피 디어는 요한나를 구석으로 데려가 자기의 새 영화 얘기를 하면서, 마약 판매상한테 심하게 강간을 당하고 살해되는 순진한 소녀 역할을 할 멋진 단역이 필요하다고 했다.

"넌 그 역할에 아주 딱이야. 네가 경험은 별로 없지만 내가 바비한테서 그 영화제작을 승인 받으면 나한테 와서 테스트를 받아봐."

그는 잠시 말을 멈췄다가 다정하면서도 은밀한 태도로 속삭였다.

"넌 이름을 바꿔야 돼. 요한나라는 이름은 앞으로의 네 경력을 생각한다면 너무 구식이야."

그 말 속에는 조만간 인기배우가 될 거라는 막연한 암시가 담겨 있었다. 그는 그녀의 얼굴이 달아오르는 모습을 지켜보았다. 성녀(聖女)가 되기를 열망했던 중세의 소녀들 못지않게 열정적으로 어린 소녀들이 자신들의 아름다움을 믿으며 인기배우가 되기를 열망하는 모습은 보는 사람을 감동시켰다. 어니스트 베일의 냉소적인 미소를 떠올리며 디어는 '웃을 테면 웃으라고, 하지만 그건 정신적인 욕망이었어.' 라는 문구를 생각했다. 두 경우 모두 영광보다는 수난의 길이었지만, 그것은 거래를 하기 위해 꼭 필요한 요소였다.

요한나는 아마도 밴츠에게 얘길 하려는지 그가 있는 쪽으로 서둘러 갔다. 디어는 멜로 스튜어트와 그의 새 여자친구 리자에게 갔다. 스키피가 보기에 그녀는 연극무대에서는 자질이 있는지 몰라도 영화 쪽에서 성공하기는 어렵겠다는 생각이 들었다. 그녀 같은 얼굴은 카메라로 찍어놓으면 참혹할 정도로 망가졌다. 그리고 그녀가 풍기는 지성미 때문에 맡을 수 있는 역할도 많지 않았다. 그러나 멜로는 그녀가 로지의 영화에서 여자 주인공 역을 맡게 될 거라고 못을 박았고, 누구도 멜로의 그런 모습을 보고 그게 거짓말이라고는 생각할 수 없었다. 하지만 주인공이라는 얘기는 새빨간 거짓말이었고 차나 나르는 역할에 불과했다.

디어는 리자의 양 볼에 키스를 했다.

"뉴욕에서 당신을 봤습니다. 연기가 아주 멋지던데요."

그는 잠시 뜸을 들인 뒤에 덧붙였다.

"당신이 제 새 영화에 출연하게 되기를 바랍니다. 멜로는 그 영화가 당신 출세작이 될 거라고 생각하죠."

리자는 그에게 냉랭한 미소를 지으며 말했다.

"대본을 봐야죠."

항상 그랬지만 이번에도 디어는 화가 치밀어 올랐다. 자기 인생의 전환기를 맞이하려고 하는 순간에 여자는 빌어먹을 대본타령을 하고 있었다. 그는 재미있다는 듯이 미소를 짓고 있는 멜로를 보았다.

"당연히 그러셔야죠. 하지만 당신의 재능에 못 미치는 대본은 절대 아닐 테니까 절 믿으십시오."

일과는 달리 사랑에는 전력투구하는 경우가 절대 없는 멜로가 거들 었다.

"리자, 확실히 보장하는데 말이야, 당신은 일급 영화의 주인공이 될 거야. 영화대본은 연극대본처럼 신성시되질 않거든. 당신이 원하는 대로 대본을 바꿀 수도 있다고."

리자는 그를 향해 약간 온화해진 미소를 지어 보였다. 그리고 쏘아 붙였다.

"당신도 그런 헛소문을 믿는단 말예요? 연극대본도 개작을 해요. 우리가 소도시에서 연극을 시험적으로 올려보는 이유가 다 뭣 때문이겠어요?"

두 사람이 미처 대답을 하기 전에 짐 로지와 단테가 객실로 들어왔다. 디어는 달려가서 두 사람을 맞이했고 파티에 참석한 사람들에게 그들을 소개했다.

로지와 단테는 거의 희극적이기까지 한 조합이었다. 로지는 키가 컸고 라스베가스의 강렬한 칠월의 열기에도 불구하고 셔츠와 넥타이까지 완벽하게 갖춰 입은 정장차림이었다. 그리고 그의 옆에 서 있는 단테는 티셔츠 밖으로 불룩하게 솟아오른 거대한 근육질 몸매에다 검고 굵은 머리 위에 밝은 보석이 박힌 르네상스 풍의 모자를 쓰고 있었고 키가 아주 작았다. 허구의 세계를 만드는데 전문가들이었던 그 방의 사람들은 아무리 이상하게 보인다고 해도 이 두 사람은 허구가 아니라는 것을 잘 알았다. 두 사람의 얼굴은 지나칠 정도로 무표정하고 차가웠다. 그것은 그림자를 이용해서도 비슷하게 흉내 낼 수 없는 얼굴들이었다.

로지는 곧장 아테나한테 다가가 메쌀리나에서의 그녀 모습을 기대하고 있다고 인사치레를 했다. 그는 위협적인 태도를 버리고 거의 아양을 떨고 있었다. 여자들은 백이면 백 나를 매력적으로 생각하는데 아테나라고 별 수 있어? 라는 태도였다.

단테는 마실 것을 들고 소파에 앉았다. 클로디아를 제외하고는 아무도 그에게 가까이 가지 않았다. 두 사람은 어렸을 때 세 번 만났던 것 외에는 이번이 처음이었다. 클로디아는 그의 뺨에 키스를 했다. 어렸을 때 단테는 그녀를 못살게 괴롭혔지만 그녀는 항상 그를 좋게 기억했다.

단테는 팔을 뻗어서 그녀를 안았다.

"꾸지나(Cugina:이탈이아어로 사촌), 예뻐졌네. 어렸을 때 이만큼 예뻤더라면 내가 널 그렇게 심하게 때리진 않았을 텐데."

클로디아는 그의 머리에서 모자를 확 낚아챘다.

"크로스 오빠가 나한테 오빠 모자 얘길 해줬어. 모잘 쓰면 귀여워 보인다고 말이야."

그녀는 자기 머리에 모자를 썼다.

"교황도 이렇게 귀여운 모자는 안 가지고 있을 거야."

"하지만 그 사람은 모자가 엄청 많지. 세상에, 네가 영화계 거물이 될지 누가 알았겠냐?"

"오빠는 요새 무슨 일을 하는데?"

"고기회사를 운영하고 있지. 호텔에다 납품을 해. 이봐, 저 예쁜 배우한테 날 좀 소개시켜줄 수 있어?"

클로디아는 열심히 비위를 맞추고 있는 짐 로지에게서 아직까지 빠져나오지 못하고 있는 아테나에게로 그를 데려갔다. 아테나는 단테의 모자를 보고 미소를 지었다. 단테는 상대를 안심시키는 익살스런 표정을 지어 보였다.

로지는 아첨을 곁들여가며 얘기를 계속했다.

"틀림없이 영화가 아주 훌륭할 겁니다. 파티가 끝난 뒤에 제가 당신을 별장까지 안전하게 모셔다드리면 어떨까 싶은데 그러면 거기서 같이 한 잔 할 수도 있고요."

그는 선량한 경찰의 모습으로 가장하고 있었다.

아테나는 최대한 친절하게 그의 구애를 거절했다. 그녀는 그를 보며 상냥하게 웃었다.

"그러고 싶어요. 하지만 전 파티에 삼십 분만 머물 예정이라서요. 그렇게 하면 로지 씨가 파티를 놓치게 될 거예요. 전 내일 아침 일찍 비행기를 타고 떠나요. 그 후에는 프랑스로 가요. 그래서 할 일이 너무 많죠."

단테는 그녀를 보며 감탄했다. 그의 눈에는 그녀가 로지를 싫어하고 두려워하는 모습이 보였다. 하지만 그녀는 로지로 하여금 자신과 재미를 볼 수 있을 거라고 생각하게 만들었다.

"그럼 로스앤젤레스로 같이 비행기를 타고 가는 건 어때요? 몇 시 비행기죠?"

"친절하신 분이군요. 하지만 작은 전세 비행기라서 빈 자리가 없어요."

안전하게 별장으로 돌아간 그녀는 크로스에게 전화를 걸어서 지금 가겠다고 말했다. 제일 먼저 그녀의 주의를 끈 것은 보안이었다. 경호원들이 제너두 호텔의 펜트하우스로 연결되는 엘리베이터를 지키고 있었다. 엘리베이터는 전용열쇠를 사용해서 열었다. 엘리베이터 천장에는 보안 카메라가 여러 대 달려 있었고, 엘리베이터 문이 열리자 대기실이 나오면서 그곳에는 다섯 명의 남자가 있었다. 엘리베이터 문 앞에 서 있던 남자가 그녀에게 인사를 했다. 여러 대의 TV가 놓인 책상에 또 한 명의 남자가 앉아 있었고, 방 한쪽 구석에서는 남자 둘이 카드를 하고 있었다. 나머지 한 명은 소파에 앉아서 스포츠 일러스트레이티드를 읽고 있었다.

남자들은 그녀가 숱하게 경험한 예의 그 약간 놀란 듯한 표정을 지은 채 그녀의 특출한 미모를 인정하는 듯한 눈길로 정말 아름답다는 듯이 그녀를 바라보았다. 하지만 애당초 그런 모습들은 그녀의 허영심을 자극하지 못했다. 지금 그녀는 그 남자들을 보면서 뭔가 위험한 일이 벌어지고 있다는 생각밖에는 할 수 없었으니까.

책상에 앉아 있던 남자가 크로스의 방으로 통하는 문을 여는 단추를 눌렀고, 그녀가 들어가자 그녀 뒤에서 문이 닫혔다.

그녀가 들어간 곳은 사무실로 사용되는 공간이었다. 크로스가 그녀를 맞이하면서 그녀를 거주 공간으로 데리고 갔다. 그는 그녀의 입술에 살짝 키스를 하더니 그녀를 침실로 이끌었다. 한마디 말도 없이 두 사람은 옷을 벗고 서로의 벗은 몸을 껴안았다. 그녀의 살을 만지고 빛나는 얼굴을 들여다보는 것만으로도 크로스는 한숨이 절로 나올 정도로 위안이 됐다.

"아무것도 안 하고 그저 당신만 하염없이 쳐다보고 있으면 좋겠다."

거기에 대한 대답으로 그녀는 그를 어루만지면서 그의 얼굴을 끌어당겨 키스를 했고 그런 다음 침대 쪽으로 그를 끌어당겼다. 그녀는 이 남자가 자신을 진정으로 사랑하고 있으며 자기가 요구하는 것이면 그 어떤 것이든 들어줄 사람이고, 그에 대한 보답으로 자신도 이 남자가 원하는 것이라면 무엇이든 해줄 수 있을 것처럼 느꼈다. 정말 오랜만에 그녀는 몸과 마음으로 반응을 했다. 그녀는 진심으로 그를 사랑했고 그와의 육체관계에 행복감을 느꼈다. 하지만 그가 위험한 사람이며 어떤 면에서는 그녀 자신에게까지도 위험할 수 있다는 생각은 한시도 잊은 적이 없었다.

한 시간 뒤에 두 사람은 옷을 입고 발코니로 나갔다.

라스베가스는 네온불빛 속에 잠겼고 저무는 햇빛이 거리와 화려한 호텔들을 거대한 황금빛 띠로 물들였다. 그 너머로 사막과 산들이 보였다. 이제 곧 두 사람은 이곳에서 헤어질 것이다. 별장의 초록색 깃발들이 공중에서 힘없이 흔들렸다.

아테나가 그의 손을 꽉 쥐었다.

"시사회나 파티에서 볼 수 있을까?"

"미안하지만 못 가. 프랑스에서 보자."

"당신을 만나기가 참 어렵던데. 엘리베이터는 잠겨 있고 거기에다 경호원들까지 지키고 있고 말이야."

"앞으로 이삼 일간만이야. 낯선 사람들이 너무 많아서 말이야."

"당신 사촌 단테를 만났어. 그 형사가 사촌이랑 친한 모양이야. 아주 매력적인 파트너이던 걸. 로지는 내 신변안전이며 일정에 관심이 아주 많았어. 단테도 나한테 그 사람 도움을 받으라고 하고 말이야. 두 사람은 내가 혹시 로스앤젤레스로 돌아가는데 문제가 생길까봐 걱정을 많이 해주던 걸."

크로스가 그녀의 손을 꽉 잡았다.

"아무 문제없이 돌아갈 거야."

"클로디아가 당신과 단테가 친척이라고 알려줬어. 그 사람은 왜 그런 웃긴 모자를 쓰고 다니지?"

"단테는 좋은 녀석이야."

"하지만 클로디아는 당신하고 그 사람이 어린 시절부터 원수였다고 말하던 걸."

"맞아, 하지만 그렇다고 걔가 나쁜 사람이라는 뜻은 아니지."

두 사람 사이에 잠시 침묵이 흘렀고, 아래 보이는 거리들은 저녁식사와 도박할 곳을 찾아 이 호텔 저 호텔로 이동하는 차량들과 보행자들로 빌 디딜 틈이 없을 정도로 북적댔다. 위태롭게 쾌락을 쫓아 헤매는 수많은 사람들이었다.

"그러니까 이번이 우리가 서로 얼굴을 볼 수 있는 마지막 기회구나."

아테나는 마치 자기 말을 부정하기라도 하는 것처럼 그의 손을 세게 쥐었다.

"프랑스로 당신을 만나러 갈 거라니까."

"언제?"

"몰라. 내가 가지 않는다면 죽은 줄로 알아."

"사태가 그렇게 심각해?"

"응."

"그런데 나한테는 전혀 얘기해 줄 수 없는 일이야?"

크로스는 잠시 말이 없었다.

"당신은 안전할 거야. 그리고 나도 안전할 거라고 생각해. 그 이상은 얘기해 줄 수 없어."

"기다릴게."

그녀는 그에게 키스를 하고는 침실에서 나가 객실을 빠져나갔다. 크로스는 그녀의 뒷모습을 지켜보았고 그런 다음 기둥들이 죽 늘어서 있는 호텔 입구로 그녀가 나오는 모습을 보려고 발코니로 나갔다. 경호원들이 탄 차가 그녀를 태우고 별장으로 가는 모습을 그는 지켜보았다. 그런 다음 그는 수화기를 들고 리아 밧지에게 전화를 걸었다. 그리고 밧지에게 아테나에 대한 경호를 더 철저히 하라고 지시했다.

열 시 무렵이 되자 제너두 호텔의 무도회장에 마련된 극장은 사람들로 만원을 이뤘다. 관객들은 메쌀리나의 초벌 편집 필름을 보기 위해 기다리고 있었다. 중앙에는 전화기가 딸린 탁자와 폭신한 안락의자들이 놓인 특별석이 마련됐다. 그곳에는 스티브 스텔링스의 이름이 붙은 빈 의자가 있었고 그 위에 조화가 놓여 있었다. 다른 자리에는 클로디아와 디터 타미, 바비 밴츠와 요한나, 그리고 멜로 스튜어트와 리자가 앉아 있었다. 스키피 디어는 곧장 탁자를 차지했다.

마지막으로 아테나가 도착하자 영화작업에 참여했던 사람들과 스턴트맨들이 환호성을 올렸다. 영화제작에 주도적인 역할을 했던 담당자들과 조연 배우들, 안락의자에 앉아 있던 사람들 모두는 그녀가 중앙에 놓인 안락의자로 가는 동안 박수갈채를 보내며 그녀의 뺨에 키스를 했다. 그리고 나자 스키피 디어가 수화기를 들고 영사기 기사에게 시작하라고 알렸다.

검은 배경에 '스티브 스텔링스에게 바칩니다.'라는 헌사가 나타나자 관객들은 말없이 그에게 경의를 표하는 박수를 보냈다. 헌사를 삽입하는 문제는 바비 밴츠와 스키피 디어가 반대했지만 디터 타미가 고집을 부렸다. 밴츠의 말을 빌리자면, 왜 그녀가 그랬는지는 하나님만이 아셨다. 하지만 그것은 단지 초벌 편집 필름에 불과했고 게다가 감상적인 측면이 관객들에게 불러일으키는 긍정적인 효과도 없지 않았다.

영화가 시작되었다. 아테나는 뇌쇄적이었고, 그녀를 잘 아는 사람들 사이에서는 아무렇지도 않게 통용되는 농담이었지만, 실제보다 화면에서 훨씬 더 관능적이었다. 클로디아가 쓴 대사는 아테나가 가지고 있는 이런 특성을 멋지게 살려주었다. 충분한 제작비가 투입됐고, 중요한 성애장면들은 품위 있게 처리됐다.

제작 상의 수많은 어려움들이 있었지만 이제 메쌀리나가 대성공을 거두리라는 것은 의심의 여지가 없었다. 게다가 지금은 음악이나 특수

효과도 입히지 않은 상태였다. 디터 타미는 거의 무아지경이었는데 마침내 그녀가 세계적인 대감독으로 거듭나는 순간이었다. 멜로 스튜어트는 아테나의 다음 영화에 얼마를 요구할지 머리를 굴리고 있었고, 표정이 썩 좋아 보이지 않는 밴츠도 같은 문제를 고민하고 있었다. 스키피는 자기가 얼마를 벌게 될지 계산을 하고 있었다. 드디어 그도 개인전용 비행기를 가질 수 있게 됐다.

클로디아는 어느 누구보다도 감격했다. 자신의 창작 시나리오가 영화로 만들어졌으니까. 그것은 독창적인 시나리오였고 그녀는 명성을 얻게 됐다. 몰리 플랜더즈 덕분에 총수익에 대한 지분도 가졌다. 물론 베니 슬라이가 시나리오에 약간 손을 대긴 했지만 그에게 공을 돌릴 정도는 아니었다.

모든 사람들이 아테나와 디터 타미 주변으로 떼 지어 몰려들어 축하를 보냈다. 하지만 몰리의 시선은 한 스턴트맨에게 가 있었다. 스턴트맨들은 한마디로 미친놈들이었지만 몸이 단단했고 침대에서 여자를 확실하게 만족시켜줬다.

스티브 스텔링스에게 바치는 화환이 바닥에 떨어져 사람들 발에 짓밟혔다. 몰리는 아테나가 사람들로부터 빠져나와 화환을 주워서 다시 의자 위에 올려놓는 모습을 보았다. 아테나와 몰리는 서로 눈이 마주치자 어깨를 으쓱해 보였다. 아테나는 마치 영화란 게 다 그런 거지 뭐, 라고 말하는 것처럼 수줍게 미소를 지었다.

사람들은 무도회장의 반대편 쪽으로 이동했다. 소규모 관현악단이 연주를 하고 있었지만 모두들 뷔페 식탁으로 몰려들었다. 그런 뒤에 무도회가 시작됐다. 몰리는 언짢은 얼굴로 주변을 노려보고 있는 그 스턴트맨에게 다가갔다. 스턴트맨들이 가장 상처를 받는 장소는 바로 이런 파티들이었다. 그들은 자신들의 일이 제대로 대접을 받지 못한다고 느꼈고, 현실 속에서는 계집애 같은 남자들을 죽여 버릴 수도 있는 그들이었지만 영화 속에서는 힘없이 흐느적거리는 남자 배우한테 얻어맞아야할 때 기분이 아주 불쾌했다. 스턴트맨답게 남자의 성기가 벌써 딱딱해진 것을 느끼면서 몰리는 무도회장에서 스턴트맨과도 춤을 추었다.

아테나는 한 시간 만에 파티장을 떠났다. 그녀는 우아한 모습으로 모든 사람들로부터 축하를 받았지만 계속해서 우아하게 있어야 한다는 것이 싫었다. 그녀는 소위 '최고의 남성'들과 춤을 췄고 영화작업에 참여했던 사람들을 포함해서 한 스턴트맨과도 춤을 췄는데, 그 남자의 공격적인 태도에 그녀는 그만 그곳을 떠나기로 마음을 먹었다.

제너두 호텔의 롤스로이스에서 무장한 운전사와 두 명의 경호원이 그녀를 기다리고 있었다. 별장 앞에 도착해서 롤스로이스에서 내리는데 짐 로지가 이웃한 별장에서 나오는 걸 보고 그녀는 깜짝 놀랐다. 그가 그녀에게 가까이 다가왔다.

"영화에서 정말 대단하던데요. 그렇게 멋진 몸매는 처음이었습니다. 특히 그 엉덩이 말예요."

운전사와 경호원 두 명이 벌써 차에서 내려 방어할 태세를 갖추고 있었기 때문에 아테나는 특별히 그를 경계하지 않았다. 연극무대에서 배우가 스스로를 지키기 위한 배우수업 중에는 호신술이 포함돼 있었다. 그녀는 경호원들이 어떤 사격방향에서도 흐트러지지 않는 대형으로 서 있는 모습을 보았다. 또 로지가 그들을 약간 경멸하듯이 쳐다보는 모습도 눈에 들어왔다.

"그건 제 엉덩이는 아니지만 어쨌든 고맙습니다."

아테나는 인사를 했다. 그녀는 그를 쳐다보며 살짝 웃었다. 느닷없이 로지가 그녀의 손을 잡았다.

"당신은 제가 만나본 중에 가장 아름다운 여자요. 계집애 같은 저 엉터리 배우 놈들 대신 진짜 남자 맛을 좀 보시죠."

아테나는 손을 뿌리쳤다.

"저 역시 배우고, 우린 엉터리가 아니에요. 잘 자요."

"들어가서 한 잔 마셔도 될까요?"

"미안해요."

아테나는 별장 초인종을 눌렀다. 아테나가 생전 처음 보는 관리인이 문을 열어주었다.

로지도 그녀를 따라 들어가려고 한 걸음 앞으로 다가갔는데 놀랍게도 관리인이 밖으로 걸어 나오더니 그녀를 별장 안으로 재빨리 밀어 넣었다. 경호원 세 명이 로지와 현관문 사이로 들어와 문을 가로막았다.

로지는 그들을 경멸의 눈초리로 노려보았다.

"빌어먹을, 이게 무슨 짓들이야?"

그는 소리를 질렀다. 관리인은 현관문 밖에 그대로 서 있었다.

"아퀴탠씨 경호를 위해서입니다. 여기서 그만 떠나주십시오."

로지는 경찰 신분증을 꺼냈다.

"내가 누군지 똑똑히 봐. 네 놈들을 묵사발이 되게 패준 다음 체포해 버리겠어."

관리인은 신분증을 쳐다보았다.

"당신은 로스앤젤레스 소속이군. 여긴 당신 관할구역이 아니요."

그는 자신의 신분증을 꺼내들었다.

"난 라스베가스 담당이요."

아테나 아퀴탠은 별장 안으로 들어가지 않고 현관문 안쪽에 그대로 서 있었다. 그녀는 새 관리인이 형사라는 사실에 놀랐지만 이제는 그 이유를 알 것도 같았다.

"그만들 하고 끝내세요."

그녀는 문을 닫아버렸다.

두 남자는 윗도리에 그들의 신분증을 다시 집어넣었다.

로지는 한 명 한 명을 뚫어져라 노려보았다.

"네 놈들을 다 기억하고 있을 거야."

로지가 위협했지만 그 말에 반응하는 사람은 아무도 없었다. 로지는 돌아섰다. 그에게는 더 중요한 일이 있었다. 두 시간 후면 단테가 별장으로 크로스를 데려올 것이다.

단테는 모자를 머리에 가볍게 걸친 채 파티를 맘껏 즐겼다. 그는 중대한 작전을 계획하고 준비하는 일이 재미있었다. 음식조달을 담당하고 있는 젊은 직원여자가 그의 주의를 끌었지만, 그 여자는 스턴트맨 중 한 명에게 관심이 쏠려있었기 때문에 그에게는 별로 호감을 보이지 않았다. 그 스턴트맨은 단테를 위협적으로 노려보았다. 내가 오늘밤에 할 일이 있다는 게 저놈한테는 다행이군, 하고 단테는 생각했다. 그는 시계를 보았고, 그 시간쯤이면 착한 노인네 짐이 아테나를 함정에 끌어들이는 일을 대충 끝냈을 것으로 짐작됐다. 티파니는 약속까지 해놓고 결국 나타나지 않았다. 단테는 삼십 분 일찍 일을 시작하기로 마음을 먹었다. 그는 전화교환원을 통해 크로스에게 전화를 걸어 말했다.

"지금 당장 널 좀 만나야겠어. 지금 무도회장에 있는데 말이야. 굉장한 파티야."

"그래, 올라와."

"안 돼. 이건 명령이야. 전화상으로도 안 되고 네 방에서도 안 돼.

네가 내려와."

오랫동안 침묵이 흘렀다. 크로스가 말했다.

"내려가지."

단테는 크로스가 무도회장으로 내려오는 것을 지켜볼 수 있는 곳으로 갔다. 그의 주변에는 경호원이 없는 것처럼 보였다. 단테는 모자를 제대로 눌러쓰면서 둘이 어린아이였던 때를 떠올렸다. 크로스는 그가 유일하게 두려워한 소년이었고, 그 두려움 때문에 그는 종종 크로스에게 싸움을 걸었다. 하지만 그는 크로스의 생김새를 좋아했고 질투를 느낄 때가 많았다. 그리고 그의 자신만만한 태도를 시기했다. 그런 태도가 무조건 불쾌하게만 느껴졌다.

단테는 일단 피피를 죽이고 나자 크로스도 살려둬서는 안 된다는 생각이 들었다. 이제 이 일을 끝내고 나면 대부와 대면하는 일이 남아 있었다. 하지만 단테는 할아버지가 자신을 사랑한다는 사실을 조금도 의심하지 않았다. 할아버지는 예나 지금이나 변함 없이 그를 사랑했다. 혹 대부가 이 일을 불쾌하게 여길지도 모르지만, 그의 무시무시한 권력을 이용해 사랑하는 손자를 처벌하는 일은 절대 없을 것이다.

크로스가 그의 앞으로 와서 섰다. 이제 그는 크로스를 로지가 기다리고 있는 별장으로 데려가야 했다. 일은 간단히 끝날 것이다. 그가 크로스에게 총을 쏜 다음에 그와 로지가 시체를 차에 싣고 사막으로 가져가 묻으면 끝이었다. 피피가 노상 잔소리를 했던 것처럼 멋부리지 말고 말이다. 운반을 위해서 차는 이미 별장 뒤에 주차시켜 놓았다.

"그래, 무슨 일인데?"

크로스가 불쑥 물었다. 그의 표정에는 전혀 의심의 기색이 없었고 심지어 경계의 빛도 보이지 않았다.

"모자 괜찮은데."

그는 살짝 웃었다. 단테는 옛날부터 그 미소를 질투했고, 크로스도 단테가 무슨 생각을 하는지 모두 알고 있었다.

단테는 아주 느리게 그리고 아주 낮은 목소리로 연기를 했다. 그는 크로스의 팔을 잡고 호텔에서 천만 달러를 들여서 만든 화려한 큰 차양 쪽으로 그를 데려갔다. 푸른색, 빨간색, 보라색으로 번쩍거리는 차양들 위로 희미하고 차가운 사막의 달빛이 가득 쏟아지고 있었다.

"지오르지오 삼촌이 비행기를 타고 와서 지금 내 별장에 와 있어. 이건 극비야. 그리고 지금 당장 널 보자고 하셔. 그래서 전화로 얘길 할 수가 없었어."

단테는 크로스가 걱정스러워하는 것처럼 보이자 속으로 쾌재를 불렀다.

"너한테 아무 말도 하지 말라고 했지만, 웃기지 말라 그래. 삼촌은 짐 로지에 대해서 뭔가 알아낸 것 같더라."

이 말에 크로스는 단테에게 우울하다 못해 거의 불만스러워 보이기까지 한 표정을 지어 보였다. 그리고는 "좋아, 가자."라고 대답했다. 그리고 단테와 함께 호텔 마당을 가로질러 별장 쪽으로 갔다.

별장 구내로 들어가는 대문 입구를 지키고 있던 경비원 네 명이 크로스를 알아보고 들어가라고 손짓을 했다.

단테는 모자를 벗으며 과장된 몸짓으로 문을 열었다.

"너 먼저."

단테는 이렇게 말하며 장난스러운 표정을 섞어 교활하게 웃었다. 크로스는 안으로 걸어 들어갔다.

짐 로지는 아테나의 경호원들로부터 제재를 당하고 자기 별장으로 돌아오면서 매우 화가 났다. 하지만 그의 두뇌 한쪽에서는 그 상황을 분석하고 위험 신호를 보내왔다. 저 경호원들이 도대체 저기서 뭘 하

고 있는 거지? 알게 뭐야, 저 여자는 유명한 영화배우고 보즈 스카넷한
테 당한 경험이 있어서 잔뜩 겁을 먹은 게지.

그는 열쇠로 별장 문을 열고 들어갔는데 다들 파티에 갔는지 아무도
없는 것 같았다. 크로스를 맞을 준비를 할 시간은 한 시간 이상 남아
있었다. 그는 가방 쪽으로 가서 가방을 열었다. 그 안에는 기름으로 깨
끗하게 닦아서 반짝거리는 글록이 들어 있었다. 그는 비밀 주머니가
달린 다른 가방 하나를 더 열었다. 그 안에는 총알이 가득 든 상자가
들어 있었다. 그는 총에 장전을 하고 권총집을 어깨에 건 다음에 총을
권총집 안에 넣었다. 준비는 완전히 끝났다. 그는 별로 불안하지 않았
고 이런 상황에 대해 절대 겁을 먹지 않았다. 바로 이런 점 때문에 그
는 훌륭한 경찰이 될 수 있었다.

그는 침실에서 나와 부엌으로 갔다. 이 별장은 복도가 많았다. 그는
냉장고에서 수입 맥주 한 병과 카나페 접시를 꺼냈다. 그리고 카나페
하나를 씹었다. 철갑상어 알이 씹혔다. 기막힌 맛에 그는 만족스런 한
숨을 작게 내쉬었다. 모름지기 사람은 이렇게 살아야 하는 거야. 이제
그는 죽을 때까지 바로 이런 식으로 살게 될 것이다. 철갑상어 알에 쇼
걸에 아마도 언젠가는 아테나까지. 그는 오늘밤 자신의 임무를 성공적
으로 완수할 필요가 있었다.

접시와 병을 들고 그는 넓은 거실로 나갔다. 그는 바닥이며 가구에
온통 비닐이 덮여서 방 전체가 마치 유령이 나올 것처럼 하얗게 빛나
는 것을 보고 깜짝 놀랐다. 그리고 가는 여송연을 피우며 복숭아빛의
브랜디 잔을 든 한 남자가 비닐이 덮인 소파에 앉아 있었다. 리아 밧지
였다.

로지는 이게 도대체 뭐야? 하고 속으로 생각했다. 그는 접시와 병을
커피 탁자 위에 내려놓고 리아에게 말했다.

"널 찾고 있었지."

리아는 여송연을 쭉 빨고 나서 브랜디를 한 모금 마셨다.

"그래, 이제 날 찾았군."

그가 자리에서 일어섰다.

"자, 다시 날 때려 보시지."

로지는 노련했기 때문에 허튼 행동은 하지 않았다. 그는 모든 상황을 종합해봤다. 별장의 다른 객실들이 비어 있는 것이 이상하다는 생각이 번뜩 뇌리를 스치고 지나갔다. 그는 대뜸 윗도리 단추를 풀면서 리아에게 씩 웃어 보였다. 이번에는 한 번으로 끝나지 않을 걸, 하고 그는 생각했다. 단테가 크로스와 이곳으로 오려면 한 시간이 남아 있었고, 기다리는 사이에 그는 일을 처리할 수 있었다. 무장도 했으니 일대일로 리아와 대결하는 것쯤은 아무것도 아니었다.

난데없이 남자들이 거실로 쏟아져 들어왔다. 그들은 부엌과 복도, 비디오와 TV가 놓인 방에서 나왔다. 모두들 짐 로지보다 덩치가 큰 남자들이었다. 그 중에 단 두 남자만 총을 들고 있었다.

로지는 소리를 질렀다.

"내가 경찰이라는 거 알아?"

"다 알지."

리아가 안심하라는 투로 대답을 했다. 그는 로지에게 다가갔다. 동시에 두 남자가 로지의 등에 총을 들이댔다.

리아는 로지의 윗도리 속에 손을 집어넣어서 글록을 꺼냈다. 그는 총을 남자 한 명에게 건네주고 나서 재빨리 로지의 몸을 수색했다.

"이봐, 전에부터 궁금한 게 많았을 텐데. 자, 물어봐."

리아는 말했다. 여전히 로지는 눈썹 하나 까딱하지 않았다. 단테와 크로스가 미리 도착하는 불상사가 생길까봐 그것만 신경이 쓰일 뿐이었다. 수많은 위험 속에서도 죽지 않고 살아 남은 자기 같은 행운의 사나이가 누군가에게 쓰러진다는 것은 그로서는 상상도 할 수 없는 일이었다.

"네가 스카넷을 없앴다는 걸 알아. 널 체포할 거야."

"좀더 빨리 행동했어야지. 조만간이란 없어. 그래, 네가 맞았어. 그러니까 이제 행복하게 죽을 수 있겠군."

아직도 로지는 누군가가 감히 경찰을 살해한다는 건 있을 수 없는 일이라고 생각했다. 물론 마약 판매상들이 서로 총질을 하거나 몇몇 미친 깜둥이들이 그의 경찰 배지를 보고는 그를 쫓아버리려고 총을 쏘거나 혹은 은행 강도들이 도망가면서 총을 쏘는 일은 있어도, 경찰을 죽일 정도로 배짱이 두둑한 악당은 없을 것이다. 그런 짓을 했다가는 세상이 발칵 뒤집힐 테니까.

그는 상황을 장악하기 위해서 팔을 뻗어서 리아를 밀어 제치려고 했다. 하지만 갑자기 총알이 날카롭게 그의 배를 관통하고 지나가면서 다리가 후들거리고 떨려왔다. 그는 조금씩 무너져 내렸다. 육중한 뭔가가 그의 머리를 강타했고 그는 귀가 얼얼해지면서 아무 소리도 들을 수 없었다. 그는 무릎을 꿇고 쓰러졌다. 양탄자가 마치 커다란 방석처럼 느껴졌다. 그는 위를 올려다보았다. 리아 밧지가 손에 명주실로 짠 가는 밧줄을 들고서 자기를 내려다보고 있었다.

리아 밧지는 꼬박 이틀 동안 바느질을 해서 시체 두 구를 넣을 가방을 만들었다. 가방 주둥이에 끈을 끼워서 졸라맬 수 있게 만든 짙은 갈색의 두꺼운 천으로 된 가방이었다. 크기는 큰 시체가 들어갈 수 있을 정도로 넉넉했다. 가방 밖으로 피가 샐 염려는 전혀 없었고, 일단 끈을 졸라매면 군대에서 사용하는 캠프용 배낭처럼 어깨에 둘러맬 수 있었다. 로지는 소파에 놓인 가방 두 개를 미처 보지 못했다. 이제 남자들이 가방 하나에 그의 시체를 넣었고 리아는 끈을 단단하게 졸라맸다. 그런 다음 소파에 기대서 가방을 똑바로 세워놓았다. 그는 부하들에게 별장을 포위하고 있으라고 지시를 내리면서 자기가 부르기 전까지는 나타나지 말라고 했다. 그들은 그 뒤에 자신들이 무슨 일을 해야 하는지는 잘 알고 있었다.

크로스와 단테는 단테의 별장 쪽으로 천천히 걸어갔다. 낮 동안 사막의 태양이 맹렬하게 토해낸 열기 때문에 밤 공기는 숨이 턱턱 막힐 정도였다. 두 사람 모두 땀을 흘리고 있었다. 단테는 운동복 바지에 앞이 트인 셔츠 그리고 그 위에 단추를 여민 재킷을 걸친 크로스의 차림새를 눈여겨보면서 그가 무기를 가지고 있을지도 모른다고 생각했다.

초록색 깃발이 조금씩 흔들리고 있는 일곱 채의 별장은 사막의 달빛을 받아 더 웅장해 보였다. 창문 위에 달린 주름진 차일이며 금으로 장식한 커다란 흰색 문 그리고 발코니 때문에 별장들은 마치 다른 시대에 지어진 건물처럼 보였다. 단테가 크로스의 팔을 붙잡았다.

"저걸 좀 봐. 정말 아름답지? 내가 듣기로는 네가 영화에 나오는 끝내주게 예쁜 그 여자랑 재미가 좋다고 하던데. 축하해. 그 여자가 지겨워지거든 나한테 알려줘."

"그러지."

크로스가 상냥한 목소리로 대답했다.

"그 여자가 너랑 네 모자가 맘에 드는 모양이더라."

단테는 모자를 벗어들더니 적극적으로 반응했다.

"다들 내 모자를 좋아하지. 정말로 내가 맘에 든대?"

"너한테 매료됐는가봐."

크로스는 무덤덤하게 대꾸했다.

"매료라…"

단테는 읊조리듯 그 말을 반복했다.

"멋진 표현이군."

문득 그는 로지가 아테나를 그들의 별장으로 무사히 유인했을지 궁금해졌다. 그렇게 했다면 금상첨화일 텐데. 크로스의 목소리에서 약간 언짢은 기색을 감지하면서 그는 자기가 크로스의 마음을 혼란스럽게 만들었다는 사실에 만족감을 느꼈다.

두 사람은 별장 문 앞에 이르렀다. 주위에는 경비원이 없는 것 같았다. 단테는 초인종을 누르고 기다리다가 다시 한 번 더 초인종을 눌렀다. 대답이 없자 그는 열쇠를 꺼내 문을 열었다. 두 사람은 로지의 객실로 들어갔다.

단테는 로지가 아테나와 같이 뒹굴고 있는 중일지도 모른다고 생각했다. 작전 중에 한심한 짓을 한다고 생각했지만 자기가 로지였더라도 똑같은 행동을 했을 것이다.

크로스를 데리고 거실로 들어간 단테는 벽과 가구에 투명한 비닐이 덮인 모습을 보고 깜짝 놀랐다. 커다란 갈색 캠프용 가방이 소파에 기대어 똑바로 세워져 있었다. 소파 위에는 똑같은 종류의 빈 가방이 놓여 있었고 사방에 비닐이 덮여 있었다.

"맙소사, 이게 도대체 뭐야?"

단테가 소리를 질렀다. 그는 돌아서서 크로스를 정면으로 바라보았다. 크로스는 아주 작은 권총을 들고 있었다.

"가구에 피가 묻지 않게 하려고 그랬어. 이건 꼭 말해주고 싶은데 말이야, 난 네 모자가 귀엽다고 생각한 적이 한 번도 없었어. 강도가 내 아버지를 죽였다는 말은 절대 안 믿어."

빌어먹을 로지는 대체 어디 있는 거야? 하고 단테는 생각했다. 그는 로지를 소리쳐 부르면서 한편으로는 저런 소구경 총으로는 절대 자기를 막을 수 없을 거라고 생각했다.

"넌 태어나서부터 지금까지 줄곧 산타디오 놈이었어."

단테는 과녁을 좁히려고 몸을 옆으로 튼 뒤에 크로스에게 몸을 날렸다. 그의 전략은 적중해서 총알은 그의 어깨를 맞혔다. 단테가 희열을 느끼면서 자기가 이길 거라고 생각하는 찰나에 다시 총알이 날아와 그의 팔 반쪽을 날려버렸다. 이제 그는 희망이 없다는 사실을 깨달았다. 느닷없이 단테가 전혀 뜻밖의 행동을 했다. 그는 다치지 않은 손으로 바닥의 비닐을 잡아당기기 시작했다. 비닐에는 그의 몸과 팔에서 쏟아져 나오는 피가 흥건하게 고여 있었고, 그는 비틀거리면서 힘들게 크로스로부터 몇 걸음 물러서더니 비닐을 마치 은색 방패처럼 높이 들어 올렸다.

크로스는 앞으로 걸어 나왔다. 그리고는 아주 신중하게 비닐을 향해 총을 발사했고 같은 행동을 다시 한 번 더 반복했다. 그것과 동시에 단테의 얼굴은 붉게 변한 비닐조각으로 뒤덮이다시피 했다. 크로스는 다시 총을 발사했고 그러자 단테의 왼쪽 대퇴부가 몸에서 떨어져나간 것처럼 보였다. 단테는 쓰러졌고 하얀색 양탄자 위에는 선홍색 얼룩들이 찍혔다. 크로스는 단테 옆에 무릎을 꿇고 그의 머리를 비닐로 감싼 뒤에 다시 총을 발사했다. 산산조각 난 그의 머리 위에는 아직도 모자가 그대로 붙어 있었다. 모자는 머리에 핀으로 고정되어 있었지만 두개골은 쪼개져서 속이 훤히 드러났다. 모자는 마치 물에 떠 있는 것처럼 보였다.

크로스는 몸을 일으켜서 바지허리에 끼워 놓은 권총집에 총을 집어넣었다. 그와 동시에 리아가 방으로 들어왔다. 두 사람은 서로를 쳐다보았다.

"끝났군. 욕실에서 씻고 호텔로 돌아가게. 그리고 옷도 다 없애. 총은 나한테 주고 청소도 내가 알아서 하지."

"양탄자하고 가구까지 말예요?"

"다 나한테 맡겨. 씻고 파티장에나 가게."

크로스가 떠나자 리아는 대리석 탁자 위에 놓여 있는 여송연 한 대를 피우면서 자기 몸에 핏자국이 묻어 있는지 살폈다. 깨끗했다. 하지만 소파며 바닥은 피범벅이었다. 자, 이제 다 끝났군.

그는 단테의 시체를 비닐로 싸서 부하 두 사람과 함께 빈 가방 속에 집어넣었다. 그런 뒤에 방에 있던 비닐들을 모두 걷어서 마찬가지로 그 가방에다 집어넣었다. 그 일이 다 끝나자 그는 가방 끈을 꽉 졸라맸다. 그들은 우선 로지의 시체가 들어 있는 가방을 들고 별장 창고로 운반한 다음 밴 안에다 던져 넣었다. 그들은 단테의 시체가 들어 있는 가방도 똑같이 처리했다.

리아는 일찌감치 밴을 개조해 놓았었다. 차 바닥을 이중으로 만들었는데 그 사이에는 공간이 있었다. 리아와 부하들은 가방 두 개를 그 공간에 쑤셔 넣은 다음 그 위에 길고 좁은 판을 다시 이어 붙여서 차 바닥을 덮었다.

노련한 리아는 모든 것을 빠짐없이 준비했다. 밴에는 휘발유 두 통이 들어 있었다. 그는 그것들을 직접 별장으로 가져가 바닥과 가구에 뿌렸다. 그런 다음 별장에서 빠져나갈 수 있게 오 분 뒤에 불이 붙게끔 도화선을 설치했다. 그리고는 그는 밴에 올라타서 로스앤젤레스를 향해 긴 여행길에 올랐다. 그의 앞쪽과 뒤쪽에는 부하들이 있었다.

이른 아침이 되어서야 비로소 그는 차를 도로에 세웠고 그곳에는 요트가 그를 기다리고 있었다. 그는 가방들을 내려서 배에 실었다. 요트는 해안에서 멀어졌다.

먼 바다로 나와 그가 지켜보는 앞에서 시체 두 구를 넣은 철제 통이 바다 속으로 천천히 내려간 시각은 거의 정오가 되어갈 무렵이었다. 그들은 최후의 영성체를 성공적으로 마무리했다.

몰리 플랜더즈는 스턴트맨과 함께 그녀의 별장이 아닌 남자의 호텔 객실로 사라졌는데 그녀가 비록 비세속적인 것들을 좋아하는 경향이 있긴 했지만 헐리우드 고유의 속물근성에 약간 물들어 있기도 했기 때문에 자신이 하류세계의 남자와 재미를 본다는 사실이 알려지는 것을 원치 않았다.

동이 트면서 파티도 조금씩 파장 분위기로 접어들기 시작했고, 기분 나쁜 느낌을 주는 붉은 태양이 떠오르면서 그와 동시에 푸르스름한 가는 연기가 하늘 위로 길게 올라갔다.

크로스는 샤워를 하고 옷을 갈아입은 뒤에 파티장으로 갔다. 그는 메쌀리나의 확실한 성공을 축하하고 있던 클로디아와 바비 밴츠, 스키피 디어, 디터 타미와 합석을 했다. 갑자기 밖에서 외치는 소리가 들렸다. 헐리우드 사람들은 밖으로 뛰쳐나갔고 크로스도 그들을 뒤따라갔다.

라스베가스의 환락가 네온불빛 위로 가느다란 불기둥이 치솟아 오르고 있었다. 불기둥은 버섯모양으로 확 퍼지면서 모래산을 배경으로 짙은 자색과 장밋빛의 거대한 구름을 만들어냈다.

"이런, 세상에."

클로디아가 크로스의 팔을 꽉 붙잡으며 소리를 질렀다.

"오빠 별장에서 나는 거야."

크로스는 아무 말도 하지 않았다. 별장 위의 초록색 깃발이 연기와 불길 속에 사라졌고 시끄럽게 경보음을 울리며 환락가를 가로질러 달려오는 소방차 소리가 들렸다. 그가 흘린 피를 감추기 위해 천 2백만 달러가 타오르고 있었다. 리아 밧지는 노련한 실력자답게 비용을 아끼지 않고 위험요소를 확실하게 없앴다.

23

짐 로지 형사의 실종사건은 그가 공식적인 휴가 중에 벌어졌기 때문에 제너두 호텔의 화재가 있은 지 닷새가 지나서야 알려졌다. 물론, 단테의 실종은 어떤 정부기관에도 보고되지 않았다.

경찰은 실종조사를 하는 과정에서 필 샤키의 시체를 찾았다. 짐 로지에게 혐의가 모아졌고 경찰은 그가 조사를 피하려고 도망친 것으로 추정했다.

로지가 마지막으로 목격된 장소가 제너두 호텔이었기 때문에 로스앤젤레스 소속의 형사들이 크로스를 찾아왔다. 하지만 두 남자 사이에는 어떤 연관관계도 발견되지 않았다. 크로스는 파티가 열리던 날 밤에 그를 잠깐 봤을 뿐이라고 대답했다.

그러나 크로스가 염려했던 것은 법이 아니었다. 그는 대부로부터 연락이 오기를 기다리고 있었다.

클레리쿠지오가에서는 틀림없이 단테의 실종 사실을 알고 있었고, 그들은 틀림없이 그가 마지막으로 나타났던 장소가 제너두 호텔임을 알고 있었다. 하지만 그들은 그에게 물어보기 위해 연락을 하지 않았다. 모든 문제가 그렇게 쉽사리 넘어갈 수 있을까? 크로스는 절대 그럴 리 없다고 생각했다.

그는 호텔운영을 계속해 나갔고 화재가 나서 완전히 타버린 별장을 다시 지을 계획을 세우며 바쁘게 지냈다. 과연 리아 밧지가 핏자국들을 확실하게 없앤 것만은 틀림없었다.

하루는 클로디아가 그를 찾아왔다. 그녀는 극도로 흥분해 있었다. 크로스는 자기 방으로 저녁식사를 가져오게 해서 두 사람은 비밀리에 얘기를 나눌 수 있었다.

"오빠는 내가 지금 하는 얘길 절대 못 믿을 거야."

그녀는 말을 꺼냈다.

"오빠 동생이 로드스톤 영화사 대표가 될 거야."

"축하한다."

크로스는 동생을 다정하게 안아주었다.

"항상 내가 말했지만, 넌 클레리쿠지오 사람들 중 가장 강해."

"내가 아버지 장례식에 갔던 건 오빠를 위해서였어. 사람들한테 그 점을 분명하게 얘기했고."

클로디아가 얼굴을 찌푸리며 말했다. 크로스가 유쾌하게 웃었다.

"그랬지, 네가 그러는 바람에 사람들이 다들 화가 났는데 대부만 화를 안 내시면서 '영화나 만들게 가만 놔둬, 하나님께서 그 아일 돌봐주실 테니.'라고 하시더군."

클로디아가 어깨를 으쓱했다.

"난 그 사람들한테는 관심 없어. 하지만 그동안 일어난 일이 너무 이상해서 오빠한테 꼭 얘길 해야겠어. 우리가 모두 바비의 비행기를 타고 라스베가스를 떠날 때까지는 아무런 문제가 없어 보였어. 그런데 로스앤젤레스에 내리는 순간, 일대 혼란이 일어난 거야. 형사들이 바비를 체포했거든. 죄목이 뭐였을 것 같아?"

"형편없는 영화를 만든 죄."

"아냐. 들어봐, 아주 이상한 일이야. 밴츠가 파티 때 데려왔던 요한나라는 그 여자애 기억하지? 얼굴 기억나? 나 참, 그 여자애가 겨우 열

다섯 살이래. 바비가 주 경계선을 넘어서 그 여자애를 데려왔기 때문에 경찰은 바비를 강간 및 백인매춘 혐의로 체포했어."

클로디아의 눈이 흥분으로 동그래졌다.

"하지만 그건 몽땅 다 짜고 한 짓이었어. 요한나의 부모가 그 자리에 같이 와서는 마흔 살도 더 먹은 남자가 자기네 불쌍한 딸을 강간했다고 고래고래 소리를 질러댔거든."

"절대 열다섯 살 같진 않던데. 오히려 노련한 사기꾼처럼 보였어."

"잘못했다가는 세상이 아주 떠들썩해질 뻔했지. 하지만 스키피 디어 그 싹싹한 양반이 책임을 떠맡았어. 그 순간에 밴츠를 구해냈거든. 밴츠가 체포당하는 걸 막았고 그래서 언론에 그 사실이 퍼지는 것도 막아줬어. 그래서 그 일은 완전히 해결되는 것처럼 보였어."

크로스는 소리 없이 웃었다. 확실히 데이비드 레드펠로우의 노련한 기술은 조금도 녹슬지 않았다.

"웃을 일이 아냐."

클로디아는 힐난조로 말했다.

"바비는 불쌍하게도 함정에 빠진 거라고. 그 여자애는 바비가 자기를 라스베가스로 데려와 성관계를 강요했다고 증언했어. 그 여자애 부모들은 어리고 순결한 소녀들이 강간당하는 일이 다시는 없게 만들고 싶다면서 자기네들은 돈에는 관심이 없다고 증언했어. 영화사는 발칵 뒤집혔지. 도라 매리온과 캐빈 매리온은 극도로 화가 나서 영화사를 팔자는 얘길 꺼냈어. 그러자 스키피가 다시 진화에 나섰지. 스키피는 그 여자애 아버지가 쓴 시나리오를 가지고 저예산 영화를 만들기로 했고, 그 영화 주인공으로 그 여자애를 쓰기로 계약을 맺었어. 꽤 많은 돈을 집어주고 말이야. 그런 다음에 스키피는 베니 슬라이한테 거금을 주고 하루 만에 대본을 개작하게 했지. 썩 나쁘지는 않았어, 어쨌든 베니는 천재니까. 우린 모두 준비를 끝냈지. 그런데 로스앤젤레스의 한 지방검사가 밴츠를 고소하겠다고 나선 거야. 그 검사는 로드스톤 영화사가 밀어줘서 그 위치까지 올라갔고 엘리 매리온이 왕처럼 대접해줬던 사람이었어. 스키피는 그 사람한테 오 년간 일 년에 백만 달러를 받는 조건으로 영화사에서 일하지 않겠냐고 제안을 했는데 그 사람은 그 제안을 거절했어. 그 사람은 바비 밴츠를 영화사 대표직에서 해고시키라고 주장했어. 그렇게 하면 협상을 하겠다는 거야. 그 사람이 왜 그렇게 고집을 부렸는지는 아무도 모르지."

"뇌물을 절대 안 받는 공무원인 모양이지. 간혹 그런 사람도 있어."

그는 다시 데이비드 레드펠로우를 떠올렸다. 레드펠로우는 절대 그런 인간은 없다고 하겠지. 크로스는 레드펠로우가 어떤 식으로 일을 처리했는지 상상해보았다. 아마도 레드펠로우는 그 검사한테 "내가 당신한테 당신 의무를 다 하라고 하는 게 당신을 매수하는 거요?"라고 말했을 것이다. 그리고 돈으로 말하자면, 곧바로 최고액수를 제안했을 테고. 2천만 달러 쯤 됐을 거라고 크로스는 어림잡아 계산했다. 백억 달러에 영화사를 매입하는 판에 2천만 달러가 뭐가 그렇게 대수로울까? 그리고 검사로서야 전혀 손해 볼 게 없었다. 철저하게 법에 따라 행동하면 되니까. 게다가 그것은 지극히 세련된 수법이었다.

클로디아는 여전히 빠르게 말을 쏟아내고 있었다.

"어쨌든 밴츠는 물러날 수밖에 없었어. 그리고 도라와 케빈은 영화사를 팔면서 만족해 했지. 두 사람은 자기네들이 원하는 영화 다섯 편에 대해서 영화사의 무조건적인 지원을 받기로 계약을 맺었고 거기에 덧붙여 현찰로 10억 달러를 챙겼거든. 그런 뒤에 작은 이탈리아 남자가 영화사에 나타나서는 회의를 소집해서 자기가 새 소유주가 될 거라고 통보를 한 거야. 그리고는 난데없이 날 영화사 대표로 지목했어. 스키피는 닭 쫓던 개 신세가 됐지. 이젠 내가 스키피의 상관이라고. 도대체 이게 말이 되는 상황이야?"

크로스는 재미있다는 듯이 그녀를 바라보며 웃었다. 느닷없이 클로디아가 뒤로 물러서더니 오빠를 쳐다보았다. 그녀의 눈빛이 전에 없이 짙고 예리하게 빛났다. 하지만 말을 하는 동안에도 얼굴에는 여전히 선량한 미소가 어려 있었다.

"그 사람들 짓 같지 않아? 그리고 지금 나도 그 사람들처럼 행동하고 있고 말이야. 하지만 난 아무한테도 나쁜 짓을 할 필요가 없었는데."

크로스는 깜짝 놀랐다.

"왜 그래? 난 네가 좋아하는 줄 알았는데."

클로디아는 미소를 지었다.

"맞아, 좋아. 그냥 내가 바보가 아니란 걸 얘기하고 싶은 거야. 난 오빠를 사랑하기 때문에 꼭 알려주고 싶었어. 내가 진실을 알고 있다는 사실을 말이야."

그녀는 소파로 걸어가서 그의 옆에 앉았다.

"오빨 위해서 아빠 장례식에 갔었다는 건 거짓말이었어. 난 아빠와 오빠가 속해 있는 그 세계에 속하고 싶었기 때문에 갔던 거야. 이제 더는 그 세계를 외면할 수 없었기 때문에 갔던 거라고. 오빠, 하지만 난 그쪽 사람들의 인생관은 아주 혐오해. 대부와 나머지 사람들 모두 말이야."

"그 말은 네가 영화사를 경영할 생각이 없단 뜻이니?"

클로디아가 큰 소리로 웃었다.

"아니, 난 내가 클레리쿠지오가 사람이 아니라고 부정하고 싶은 생각은 전혀 없어. 그리고 난 좋은 영화를 만들고 돈도 많이 벌고 싶어. 영화는 사회의 균형을 잡아주는 훌륭한 장치야. 난 위대한 여성들에 대한 좋은 영화를 만들고 싶어. 클레리쿠지오가의 재능을 악이 아닌 선을 위해 사용한다면 과연 무슨 일이 벌어질지 보자고."

두 사람은 동시에 웃음을 터뜨렸다. 크로스는 동생을 품에 안았다. 그리고 뺨에 키스를 해주었다.

"정말 잘 됐다."

그리고 그 말은 클로디아에게 뿐만 아니라 자기 자신에게 한 말이기도 했다. 대부가 클로디아를 영화사 대표로 앉혔다는 것은 즉 대부가 자신을 단테의 실종사건에 연루시키지 않는다는 뜻이기도 했다. 모든 계획이 완벽하게 들어맞았다.

두 사람은 저녁식사를 마치고도 한참을 얘기를 나눴다. 클로디아가 그만 일어나려고 하자 크로스가 책상에서 칩이 들어 있는 지갑을 꺼냈다.

"내가 한턱 낼 테니까 카지노에서 놀다 가."

그녀는 그의 뺨을 살짝 때리면서 말했다.

"오빠가 윗사람 행세를 하면서 날 어린애처럼 취급하지 않는다면 받아주지. 지난번에는 오빠를 때려눕히고 싶었어."

동생을 품에 안았다. 그는 동생이 아주 가깝게 느껴졌고 그 느낌이 좋았다. 그는 순간 마음이 약해졌다.

"저 말이지, 무슨 일이 생기게 될 경우에 대비해서 너한테 내 재산의 삼분의 일을 남겼어. 그리고 난 아주 부자야. 그러니까 영화사에 기죽지 말고 큰 소리 치면서 일해."

클로디아는 환한 표정으로 대답했다.

"걱정해줘서 고맙지만 말이야, 오빠 돈 없이도 난 영화사에 큰 소리 칠 수 있어."

이렇게 말하고 갑자기 그녀는 걱정스러운 듯한 표정을 지었다.

"무슨 문제 있는 거야? 어디 아파?"

"아니. 네가 알고 있으면 좋을 것 같아서 그냥 얘기한 거야."

"어휴, 다행이네. 이제 내가 들어갔으니까 오빠는 나올 수 있을 거야. 오빠는 클레리쿠지오가에서 벗어날 수 있어. 자유로울 수 있다고."

크로스가 껄껄대며 웃었다.

"난 지금도 자유로워. 난 조만간 여길 떠나서 아테나와 프랑스에서 살 거야."

그 사건이 있은지 열흘 뒤 지오르지오가 제너두 호텔에 나타나자 크로스는 가슴이 철렁 내려앉는 듯한 느낌이 들면서 지금 마음을 잘 다잡지 않으면 자칫 낭패를 볼 수도 있을 거라는 생각이 들었다.

지오르지오는 자기 경호원들을 안으로 데리고 들어오지 않고 호텔 경호원들과 함께 객실 밖에서 기다리게 했다. 하지만 크로스는 자신의 경호원들이 지오르지오에게 절대 복종하리라는 것을 알았기 때문에 헛된 환상은 품지 않았다. 그리고 지오르지오의 겉모습을 보고도 그는 안심하지 않았다. 지오르지오는 살이 빠진 것 같았고 얼굴이 핼쑥했다. 그는 왠지 불안해하는 듯한 모습이었고, 크로스가 그의 이런 모습을 보기는 이번이 처음이었다.

크로스는 좀 지나치다 싶을 만큼 반갑게 그를 맞았다.

"지오르지오 아저씨, 갑자기 이렇게 찾아오시다니 정말 반갑네요. 전화를 해서 별장을 준비시켜 놓죠."

지오르지오는 힘없이 웃었다.

"단테 행방을 알 수가 없다."

그는 잠시 뜸을 들었다.

"여기 제너두 호텔에 나타난 걸 마지막으로 그 아이가 갑자기 사라져버렸어."

"맙소사, 큰일이군요. 하지만 아저씨도 단테를 잘 아시다시피, 걘 제멋대로 행동하는 경향이 있죠."

이제 지오르지오는 굳이 웃으려고도 하지 않았다.

"걘 짐 로지와 같이 있었는데 로지도 없어졌어."

"두 사람은 좀 수상한 사이였어요. 전부터 이상하다싶더니만."

"둘은 친한 친구사이였어. 아버지가 썩 마음에 들어 하진 않았는데, 단테는 로지한테 돈 지불하는 책임을 맡고 있었지."

"힘닿는 데까지 도와드리겠습니다. 호텔 직원들한테 모두 확인해보죠. 하지만 아시겠지만 단테하고 로지는 공식적으로는 호텔에 등록돼 있지 않습니다. 별장에 숙박하는 손님들에 대해서는 다 그렇게 하고 있죠."

"그건 갔다 와서나 해야 될 거다. 아버지가 널 직접 보자고 하신다. 널 데려오라고 전세 비행기까지 내주셨다."

크로스는 한참 동안 대답이 없었다.

"준비하겠습니다. 심각한 일인가요?"

지오르지오는 그의 얼굴을 정면으로 바라보았다.

"그건 나도 몰라."

뉴욕으로 가는 전세 비행기 안에서 지오르지오는 서류가 가득 든 서류가방에서 서류를 꺼내 열심히 들여다보았다. 그것은 불길한 조짐이었지만 크로스는 가만히 있었다. 어떤 경우에도 지오르지오는 그에게 아무 얘기도 하지 않을 테니까.

비행기에서 내리자 여섯 명의 클레리쿠지오 단원들이 탄 세 대의 차들에 창문을 닫은 채 두 사람을 기다리고 있었다. 지오르지오는 그 중

한 대에 타면서 크로스에게는 다른 차를 타라고 손짓을 했다. 또 하나의 불길한 조짐이었다. 동이 틀 무렵, 차들은 코그에 있는 클레리쿠지오가의 집 대문을 통과해 안으로 들어갔다.

현관에는 두 명의 경호원이 지키고 있었다. 다른 경호원들은 마당 이곳저곳에 흩어져 있었지만 여자와 아이들은 한 명도 보이지 않았다.

크로스는 지오르지오에게 물었다.

"다들 어디 갔죠? 디즈니랜드에라도 간 건가요?"

하지만 지오르지오는 농담을 받아주지 않았다.

거실로 들어가면서 제일 먼저 크로스의 눈에 띈 광경은 남자 여덟 명이 둥그렇게 원을 그리고 서 있는 모습이었는데, 그 원 안쪽에서 두 남자가 아주 다정하게 얘기를 하고 있었다. 가슴이 섬뜩했다. 그들은 삐띠에와 리아 밧지였다. 빈센트가 화가 난 듯한 표정으로 두 사람을 쳐다보고 있었다.

삐띠에와 리아는 아주 친한 사이처럼 보였다. 리아는 재킷도 넥타이도 없이 헐렁한 운동복 바지에 셔츠만 걸치고 있었다. 평소 리아는 격식을 차려서 옷을 입었다. 따라서 이것은 그가 몸수색을 당했고 무기가 없다는 것을 의미했다. 사실 그는 입맛을 다시는 험악한 고양이들에게 둘러싸인 명랑한 생쥐라고 하면 딱 어울릴 법한 모습이었다. 리아는 크로스를 슬픈 눈으로 쳐다보며 고개를 한 번 까딱해 보였다. 삐띠에는 그에게 전혀 눈길을 주지 않았다. 하지만 지오르지오가 크로스를 데리고 뒤쪽 밀실로 들어가자 삐띠에는 하던 얘기를 멈추고 빈센트와 같이 방으로 따라 들어갔다.

그곳에서 대부가 그들을 기다리고 있었다. 큼지막한 안락의자에 앉아서 그는 여송연을 피우고 있었다. 빈센트가 바에서 포도주를 한 잔 따라서 그에게 갖다 주었다. 크로스에게는 아무것도 주지 않았다. 삐띠에는 문 옆에 그대로 서 있었다. 지오르지오가 대부의 옆에 있는 소파에 앉으며 크로스에게 자기 옆에 와서 앉으라고 손짓을 했다.

늙어서 야윈 대부의 얼굴에는 어떤 감정도 드러나지 않았다. 크로스는 그의 뺨에 키스를 했다. 그를 쳐다보는 대부의 표정이 누그러졌고 슬퍼 보였다.

"그래, 크로스, 영리하게 일을 처리했더구나. 하지만 이제 이유를 설명할 차례다. 난 단테의 할아버지고 내 딸은 그 아이 엄마야. 여기 있는 이 사람들은 단테의 삼촌들이다. 넌 우리들 모두에게 해명할 의무가 있다."

크로스는 마음의 평정을 잃지 않으려고 무진 애를 썼다.

"무슨 말씀을 하시는 건지 모르겠습니다."

지오르지오가 매섭게 추궁했다.

"단테 말이야, 어디 있어?"

"제가 그걸 어떻게 알겠습니까?"

크로스는 마치 전혀 의외라는 듯이 되물었다.

"단테가 저한테 보고를 하는 것도 아니고 말입니다. 어쩌면 멕시코로 여행을 갔는지도 모르죠."

지오르지오는 다시 물었다.

"상황파악이 잘 안 되는 모양인데 말이야. 거짓말 할 생각하지 마. 네가 범인이라고 이미 판명됐어. 어디다 버렸어?"

바에 있던 빈센트는 그의 얼굴을 쳐다보고 있기가 힘들다는 듯이 외면을 해 버렸다. 크로스는 뒤쪽에서 뻬띠에가 소파로 가까이 다가오는 소리를 들을 수 있었다.

"증거가 있습니까? 제가 단테를 죽였다고 누가 그러던가요?"

"내가 그랬다."

대부의 말이었다.

"알아둬라, 내가 널 유죄로 선고했다. 그 선고에 대한 항소는 없다. 내가 널 여기 부른 이유는 네게 용서를 빌 기회를 주기 위해서지만, 먼저 넌 내 손자를 죽인 타당한 이유를 대야 한다."

신중한 어조의 그 목소리를 들으면서 크로스는 모든 게 끝났음을 깨달았다. 그도 리아 밧지도. 하지만 밧지는 이미 알고 있었다. 그의 눈빛에서 그걸 느꼈다.

빈센트는 돌처럼 차가운 얼굴을 약간 누그러뜨리고서 크로스를 쳐다보았다.

"아버지한테 사실대로 말씀드려, 크로스. 너한테는 이번이 마지막 기회야."

대부가 고개를 끄덕였다.

"크로스, 내게 네 아버지는 조카 이상으로 가까웠고 그건 너도 마찬가지다. 네 아버지는 나의 믿음직한 친구였다. 그렇기 때문에 이유를 듣겠다는 거다."

크로스는 마음을 가다듬었다.

"단테는 제 아버지를 살해했습니다. 전 대부께서 저에게 유죄를 선고하셨듯이 단테에게 유죄를 선고했습니다. 그리고 단테가 제 아버지를 살해한 이유는 원한과 야심 때문이었습니다. 단테는 본질적으로 산타디오가 사람이었습니다."

대부는 아무런 반응이 없었다. 크로스는 계속했다.

"어떻게 제가 아버지 원수를 갚지 않을 수가 있었겠습니까? 절 길러주신 아버지를 어떻게 잊을 수가 있겠습니까? 그리고 제 아버지가 그랬듯이 저 역시 클레리쿠지오가를 깊이 존경했기 때문에 대부께서 살인을 명령하셨다고는 의심할 수 없었습니다. 하지만, 대부께서는 단테가 살인을 저질렀다는 사실을 틀림없이 알고 계셨음에도 불구하고 아무런 조치를 하지 않으셨습니다. 그러니 어떻게 제가 대부를 찾아와 잘못을 바로 잡아달라고 부탁할 수가 있었겠습니까?"

"단테가 네 아버질 죽였다는 증거를 대봐."

지오르지오가 말했다.

"그 누구도 아버지를 그렇게 불시에 공격할 수는 없습니다. 또 한편으로, 짐 로지의 경우에는 지나치게 우연의 일치가 많습니다. 이 방에 계신 분들 중에서 우연의 일치를 믿는 사람은 아무도 안 계시겠죠. 모두들 단테가 범인임을 아십니다. 그리고 제게 산타디오파에 관해 말씀해주신 분은 바로 대부셨습니다. 단테는 반드시 절 죽여야 한다고 생각했고, 절 죽인 후에 무슨 계획이 있었는지는 아무도 모릅니다. 다음 차례는 삼촌들이었을 수도 있겠죠."

크로스는 감히 대부까지 언급할 용기는 없었다.

"단테는 대부의 사랑을 믿고 그랬던 겁니다."

그는 대부를 보며 말했다.

대부는 여송연을 옆에 내려놓았다. 그의 얼굴에서는 아무런 표정도 읽어낼 수 없었지만 보일 듯 말 듯 슬픈 기색이 어려 있었다.

입을 연 사람은 뻬띠에였다. 그는 단테와 가장 가까웠다.

"시체를 어디다 버렸지?"

하지만 크로스는 차마 그 얘기까지는 입에 담을 수가 없었다. 그래서 그에게 대답을 하지 못했다. 긴 침묵이 이어졌고 마침내 대부가 고개를 들고 모두를 향해 얘기했다.

"장례식은 젊은 사람들한테는 소용없는 짓이야. 젊은이한테서 기릴 만한 게 뭐가 있겠어? 무슨 대단한 존경받을 만한 일을 했다고. 젊은이들은 동정받을 일도, 감사받을 일도 없지. 그리고 내 딸은 이미 미쳤는데 우리가 그 아이를 더 슬프게 만들어서 회복 가능성을 완전히 막아버릴 이유는 없어. 로즈 마리에게는 아들이 도망갔다고 말하고 몇 년후에나 사실대로 얘길 해주도록 해."

그러자 이제 방 안에 있던 사람들이 모두 긴장을 푼 것처럼 보였다. 뻬띠에는 앞으로 걸어 나와 크로스 옆에 놓인 소파에 앉았다. 빈센트는 바 뒤로 가서 크로스에 대한 인사의 표시일 수도 있었을 브랜디 잔을 입으로 가져갔다.

"하지만 정당했든 그렇지 않았든 넌 조직에 대해 죄를 범했다. 처벌은 반드시 있어야 한다. 너는 돈으로, 리아 밧지는 목숨으로."

크로스는 애원했다.

"리아는 단테한테는 아무 짓도 안 했습니다. 그는 로지한테는 손을 댔습니다만. 제가 리아의 죄 값을 대신 치르겠습니다. 전 제너두 호텔의 절반을 소유했습니다. 저와 밧지가 저지른 죄의 대가로 대부께 소유권 절반을 양도하겠습니다."

대부는 이 말을 곰곰이 생각하는 듯 했다.

"너는 충직하구나."

그는 지오르지오를 한 번 쳐다보고 나서 빈센트와 뻬띠에에게 차례로 고개를 돌렸다.

"너희 셋이 찬성을 하면 나도 찬성하겠다."

그들은 대답이 없었다. 대부는 안타깝다는 듯이 한숨을 내쉬었다.

"네 소유권 중 절반을 양도하는데, 단 넌 우리의 울타리에서 이제 나가야 한다. 밧지는 시칠리아로 돌아가야 하고, 가족들을 데리고 갈지 말지는 그 사람 원하는 대로 한다. 이것이 내가 할 수 있는 최선의 해결책이다. 앞으로 너와 밧지가 만나는 일은 절대 있어서는 안 된다. 그리고 네가 보는 앞에서 내 아들들에게 명령한다. 조카의 죽음에 대해 절대 복수하지 마라. 일 주일의 여유를 줄 테니 그 안에 네 일을 처리하고 필요한 서류에 서명을 해서 지오르지오에게 보내."

그런 다음 대부는 약간 누그러진 목소리로 덧붙였다.

"분명히 말하지만, 난 단테의 계획에 대해서 몰랐다. 이제 마음을 편안히 가지고 내가 네 아버지를 항상 사랑했다는 사실을 기억해주길 바란다."

크로스가 집을 떠나자 대부는 의자에서 일어나며 빈센트에게 말했다.

"침대로 가자."

대부는 이제 다리 힘이 너무 약해져서 계단을 오르려면 빈센트의 도움을 받아야 했다. 마침내 세월은 그의 몸을 서서히 갉아먹기 시작했다.

에필로그

∽

니스, 코그

라스베가스에서의 마지막 날 크로스는 펜트하우스 발코니에 앉아 햇빛이 강렬하게 내리쬐는 환락가를 내려다보고 있었다. 시저스 팰리스, 더 플라밍고, 더 데저트 인, 더 미라지, 더 샌즈 같은 큰 호텔들이 마치 태양과 겨루기라도 하는 것처럼 네온으로 뒤덮은 차양을 현란하게 비추고 있었다.

대부는 분명히 그에게 추방을 명령했다. 크로스는 절대로 라스베가스로 돌아올 수 없었다. 이곳에서 살았던 아버지 피피와 이 도시를 자신의 전당으로 만든 그론벨트는 정말로 행복한 이들이었지만, 크로스는 그들처럼 이 도시를 편안하게 느낀 적은 한 번도 없었다. 물론 그도 라스베가스의 쾌락을 즐기기는 했지만 그 쾌락에서는 언제나 차가운 쇳내가 났다.

별장들의 일곱 개의 초록색 깃발이 사막의 정적 속에 힘없이 축 늘어져 있었고, 타버리고 새까만 뼈대만 남은 건물의 깃대가 마치 단테의 영혼처럼 느껴졌다. 하지만 이제는 이 모든 것들을 두 번 다시 보게 될 일은 없을 것이다.

　그는 제너두 호텔을 사랑했고 아버지와 그론벨트와 클로디아를 사랑했다. 하지만 그는 어떤 의미에서는 그들 모두를 배신했다고도 할 수 있었다. 제너두를 원칙대로 충실하게 경영하지 않았다는 점에서는 그론벨트를 배신했고, 클레리쿠지오가 사람들에게 진실하지 못했었다는 점에서는 아버지를 배신했고, 클로디아는 그가 결백하다고 믿었기 때문에 결과적으로는 동생을 배신했다. 이제 그는 그들로부터 자유로웠다. 그는 새로운 인생을 시작할 것이다.

　아테나에 대한 사랑으로 그가 뭘 할 수 있을까? 그론벨트와 아버지와 또 심지어는 늙은 대부까지도 그에게 사랑을 조심하라고 했다. 세상의 지배자가 되려는 위대한 남자들에게 사랑은 치명적인 결함이었다. 그런데 왜 그는 지금 그들의 충고를 무시하려고 하는 걸까? 어째서 한 여자에게 그의 운명을 내맡기려고 하는 것일까?

　이유는 단 하나, 그녀의 모습과 그녀의 목소리와 그녀의 움직임과 그녀의 행복과 그녀의 슬픔, 이 모든 것이 그를 행복하게 해주기 때문이었다. 그녀와 함께 있으면 세상이 더 없이 즐거웠다. 음식은 달콤했고, 태양의 온기는 그의 뼈 속까지 따뜻하게 데워주었으며, 인생을 성스럽게 만들어주는 그녀의 육체를 갈망하며 그는 행복감을 느꼈다. 그리고 그녀와 함께 하는 잠자리에서는 새벽까지 이어지는 악몽들을 절대로 두려워할 필요가 없었다.

　아테나를 못 본지 삼 주일이나 지났는데 오늘 아침에서야 그녀의 목소리를 들었다. 그는 프랑스로 전화를 걸어서 그곳에 곧 갈 거라고 얘기했다. 그녀의 목소리는 그가 살아 있다는 걸 알고 기뻐하는 것처럼 들렸다. 어쩌면 그녀는 그를 사랑하고 있는지도 몰랐다. 그리고 이제 그녀를 만날 시간이 채 하루도 남지 않았다.

크로스는 그녀가 그를 진정으로 사랑하고 그의 사랑에 보답을 해주며 그를 절대 비난하지 않고 천사처럼 그를 지옥에서 구해줄 날이 언젠가 오리라고 굳게 믿었다.

프랑스에서 화장과 옷으로 자신의 아름다움을 가리려고 애쓰는 여자는 아마도 아테나 밖에는 없었을 것이다. 그녀는 추하게 보이려고 한 것은 아니었고 가학적인 성향이 있었던 것도 아니었지만, 자신의 아름다운 외모가 자신의 내면세계를 위협한다는 생각이 들었다. 그녀는 권력을 쥐고 다른 사람들 위에 군림하는 존재가 되고 싶지 않았다. 그녀는 허영심을 혐오했고 그것은 지금도 자신의 정신을 갉아먹고 있었다. 허영심은 그녀가 일생을 바치려고 마음먹은 일에 방해가 됐다.

니스에 있는 자폐아 학교에서 일하는 첫날 그녀는 그 아이들과 비슷하게 보이고 싶었고 그 아이들처럼 걷고 싶었다. 그들과 똑같아지고 싶다는 마음이 간절했다. 그날 그녀는 무표정한 아이들의 고요한 얼굴을 흉내내려고 얼굴근육을 이완시켰고, 운동신경에 문제가 있는 몇몇 아이들처럼 다리를 절뚝거리며 걸었다.

제라르 의사는 이것을 보고 비웃듯이 얘기했다.

"아주 잘 하시네요. 그런데 뭔가 착각을 하고 계시군요."

그런 다음 그는 그녀의 손을 잡고 친절하게 충고를 했다.

"불행한 저 아이들과 자신을 절대 동일시하지 마세요. 당신은 저 아이들의 불행과 맞서 싸워야 합니다."

아테나는 자책감이 들었고 부끄러웠다. 배우로서의 허영심 때문에 또다시 판단을 그르치고 말았다. 하지만 그녀는 아이들을 돌보면서 마음의 평화를 느꼈다. 그녀의 떠듬거리는 불어실력은 아이들에게 문제가 되지 않았는데 어차피 아이들은 그녀의 말뜻을 알아듣지 못했다.

비참한 현실 앞에서도 그녀는 낙담하지 않았다. 때때로 아이들은 파괴적이었고 사회의 규율을 인정하지 않았다. 그들은 서로 싸웠고 간호사와도 싸웠으며, 벽에다 똥을 칠하고 아무데고 오줌을 눴다. 때로 그들은 바깥 세상에 대해 격렬하게 반발해 사람을 아주 두렵게 만들기도 했다.

아테나가 유일하게 무력감을 느끼는 순간은 밤에 니스의 작은 아파트에서 학교의 연구보고서들을 읽을 때였다. 그것들은 어린이들의 발달 경과에 관한 보고서였는데 끔찍한 내용이었다. 그러면 그녀는 침대로 기어올라가 울었다. 그녀가 출연했던 영화들과는 달리 그 보고서들은 거의 다 불행하게 끝났다.

자기를 보러 온다는 크로스의 전화를 받고 그녀는 커다란 행복감과 희망을 느꼈다. 그가 아직까지 살아 있었고 그러니 이제 자신을 도와주리라. 그러다가 그녀는 순간 걱정이 됐다. 그녀는 제라르 의사에게 상의를 했다.

"선생님은 어떤 방법이 최선이라고 생각하세요?"

"그분은 베써니한테 큰 도움이 될 수 있습니다. 전 베써니가 그분과 어떻게 관계를 맺어나갈지 정말로 보고 싶습니다. 그리고 아마도 당신한테도 아주 좋을 겁니다. 엄마가 자식을 위해 꼭 순교를 해야 한다는 법은 없죠."

그녀는 니스 공항으로 크로스를 데리러 가면서 그의 말을 곰곰이 생각해보았다.

공항에 도착한 뒤에 크로스는 비행기에서 공항터미널까지 걸어 나와야 했다. 공기는 향기롭고 쾌적했으며 라스베가스의 이글거리는 유황빛 열기와는 완전히 다른 느낌이었다. 콘크리트로 된 광장의 가장자리를 죽 따라가며 붉은색과 보라색 꽃들이 화려하게 피어 있었다.

아테나는 광장에서 그를 기다리고 있었다. 크로스가 보기에도 그녀의 변장술은 가히 천재적이었다. 그녀는 완전히 자신의 아름다움을 숨기지는 못했지만 다른 모습으로 위장할 수는 있었다. 금색 테의 선글라스를 껴서 그녀의 눈동자는 밝은 초록색에서 회색으로 바뀌었다. 그녀가 입고 있는 옷은 그녀를 좀더 살집이 있는 것처럼 보이게 했다. 모자 테두리가 얼굴 가장자리까지 처진 푸른색 데님으로 만든 전원풍의 모자에 묻혀 그녀의 금발머리는 보이지 않았다. 그는 그녀가 얼마나 아름다운지를 아는 유일한 사람이라는 생각에 짜릿한 소유감을 느꼈다.

크로스가 다가가자 아테나가 안경을 벗어 블라우스의 주머니에 꽂았다. 어쩔 수 없는 그녀의 허영심을 보면서 그는 미소를 지었다.

한 시간이 채 안 돼 두 사람은 나폴레옹이 조세핀과 동침했다는 네그레스꼬 호텔 객실에 도착했다. 적어도 문에 붙여놓은 안내책자에 따르자면 그랬다. 웨이터가 문을 두드리더니 포도주 한 병과 작은 샌드위치가 담긴 우아한 접시를 큰 쟁반에 받쳐들고 들어왔다. 웨이터는 지중해가 내려다보이는 발코니 탁자 위에 쟁반을 내려놓았다.

처음에 두 사람은 약간 어색해했다. 그녀는 주저하는 기색 없이 그러나 마치 그녀가 주도권을 잡고 있다는 듯한 인상을 풍기면서 그의 손을 잡았다. 그는 그녀의 따뜻한 살의 감촉에 격렬한 욕망을 느꼈다. 하지만 그녀는 아직 준비가 안 된 것처럼 보였다.

객실에 비치된 가구는 아름다웠고 제너두의 별장에 있는 것들보다 더 고급스러웠다. 침대에는 검붉은 실크 덮개가 덮여 있었고 같은 색깔로 조화를 맞춘 커튼에는 황금색 백합꽃 무늬가 점점이 박혀 있었다. 탁자와 의자에서는 라스베가스에서는 절대로 존재할 수 없는 우아함이 느껴졌다.

아테나는 크로스를 발코니로 이끌었고 그녀가 그의 뺨에 키스를 하자 크로스도 반사적으로 그녀의 뺨에 키스를 했다. 그러고 나자 그녀는 더는 참을 수 없었는지 포도주 병을 감싸고 있던 젖은 수건을 집어 들더니 얼굴에서 화장을 깨끗이 지워냈다. 그녀의 얼굴은 물방울이 묻어 반짝거렸고 피부가 분홍색으로 환하게 빛을 발했다. 그녀는 그의 어깨에 한 손을 얹으며 그의 입술에 살며시 키스를 했다.

발코니에서는 수백 년 전에 세워져 색깔이 희미하게 바랜 초록색과 파란색의 니스의 석조건물들이 한눈에 들어왔다. 니스의 시민들이 쟝글레 산책로를 천천히 거닐고 있었고, 돌이 많은 해변 가에서는 거의 벗다시피 한 젊은 남녀들이 청록색 바닷물 속으로 텀벙 텀벙 뛰어들었고, 아이들은 자갈투성이 모래 속에 몸을 파묻으며 놀고 있었다. 더 멀리에서는 매 모양의 하얀 요트들이 등을 매단 채 무리지어 수평선 위를 달리고 있었다.

크로스와 아테나가 포도주를 마시려는데 어디선가 어렴풋이 천둥치는 소리가 들려왔다. 돌 제방의 대포 구멍처럼 생긴 곳에서 나는 소리였는데, 그것은 실은 하수구였고 그 구멍에서 짙은 갈색 하수가 깨끗한 푸른 바다 속으로 세차게 뿜어져 나왔다.

아테나는 고개를 돌렸다.

"여기 얼마나 있을 거야?"

"당신이 허락한다면 오 년 동안 있을 거야."

"말도 안 되는 얘기야."

아테나는 인상을 찌푸렸다.

"여기서 뭘 할 건데?"

"난 부자니까, 어쩌면 작은 호텔을 살 지도 몰라."

"제너두는 어쩌고?"

"사정이 있어서 주식을 팔아야 했어."

그는 잠시 뜸을 들였다.

"우린 돈 걱정은 안 해도 될 거야."

"돈이야 나도 있어. 괜한 미련은 갖지 마. 난 이곳에 오 년 동안 머무를 예정이야. 그런 다음에는 베써니를 집으로 데려갈 거야. 사람들이 무슨 얘길 한다고 해도 난 신경 안 써. 난 절대 베써니를 학교에 오년 이상은 놔두지 않을 거야. 아이를 평생 돌볼 거라고. 그리고 만약 베써니한테 무슨 일이 생기게 되면 내 남은 인생을 베써니 같은 아이들과 함께 할 거야. 그러니까 우린 절대 함께 살 수 없어."

크로스는 그녀의 뜻을 완전히 이해했다. 그는 한참 동안 대답할 말을 생각했다. 그리고 그는 힘차고 단호한 어조로 얘기를 시작했다.

"아테나, 내가 지금 유일하게 확신하는 건 내가 당신과 베써니를 사랑한다는 거야. 내 말을 믿어줘. 쉽진 않겠지. 나도 알아, 하지만 최선을 다해 노력하면 돼. 당신은 베써니를 돕고 싶어 하지만 순교자가 되지는 마. 그러기 위해선 우린 마지막 장애물을 뛰어넘어야 해. 당신을 돕는 일이라면 무슨 일이든 하겠어. 말하자면, 우린 카지노에서 도박을 하는 도박꾼들이랑 비슷해. 확률이 아무리 불리하더라도이길 가능성은 항상 있으니까."

그녀가 동요하는 듯한 기색을 보이자 그는 계속해서 강하게 밀어붙였다.

"결혼하자."

크로스가 말했다.

"아이들을 낳고 평범한 사람들처럼 살자. 우리가 사는 세상에 뭔가 잘못이 있는 것 같으면 아이들과 같이 힘을 합쳐서 잘못을 바로 잡아 보자. 어떤 가족이나 불행은 다 있어. 난 우리가 그걸 이겨낼 수 있다고 생각해. 날 믿어주겠어?"

마침내 아테나가 그를 똑바로 바라보았다.

"당신이 믿어줄 진 모르겠지만 나는 당신을 사랑해. 진심으로."

침실에서 사랑을 나누면서 두 사람은 서로를 진심으로 받아들였다. 아테나는 크로스가 베써니를 구하려는 자신을 분명히 도와주리라고 믿었고, 크로스는 아테나가 진심으로 자신을 사랑한다고 믿었다. 그녀를 그의 쪽으로 몸을 돌리며 나지막이 속삭였다.

"사랑해. 진심이야."

크로스는 고개를 숙여서 그녀에게 키스를 했다. 그녀는 다시 반복했다.

"정말 사랑해."

크로스는 생각했다. 세상의 어떤 남자가 그녀의 말을 믿지 않을 수가 있겠는가?

홀로 침대에 누운 대부는 차가운 이불을 목까지 끌어올렸다. 죽음이 다가오고 있었다. 그는 너무나 예리해서 이미 그것을 간파하고 있었다. 하지만 그의 계획은 완벽하게 성공했다. 아, 젊은이들을 속이기란 얼마나 쉬운 일인지.

지난 오 년 동안 그는 그의 종합적인 계획에 있어서 최고의 위험요소를 단테로 보았다. 단테는 클레리쿠지오가를 사회로 귀속시키는데 고집스럽게 저항했다. 하지만 대부가 직접 할 수 있는 일이 뭘까? 딸의 아들, 즉 자신의 손자를 죽이라고 명령할까? 지오르지오, 빈센트, 그리고 뻬띠에가 그런 명령에 과연 복종할까? 만약 그들이 복종을 한다고 해도 자신을 괴물처럼 생각하지는 않을까? 자신을 사랑하기보다는 두려워하지 않을까? 그리고 로즈 마리는 틀림없이 그 사실을 알게 될 텐데 그러면 과연 딸에게 온전한 정신이 남아 있게 될까?

하지만 피피가 살해됐을 때 주사위는 던져졌다. 대부는 즉시 그 사건의 실체를 꿰뚫어보고 단테와 형사 로지의 관계를 조사한 뒤에 마음을 결정했다.

그는 크로스를 보호하기 위해 빈센트와 뻬띠에를 보내면서 차를 무장한 것을 비롯해 모든 조처를 했다. 그런 다음 크로스에게 경고를 하기 위해서 산타디오파와의 전쟁에 관해 얘기를 해주었다. 세상을 똑바로 세우는 일은 참으로 많은 고통을 동반하는 일이었다. 그리고 그가 죽고 나면 누구에게 이런 끔찍한 결정들을 내리라고 할 것인가? 결국 그는 클레리쿠지오가의 마지막 퇴각을 단행하기로 결심했다.

앞으로도 빈센트와 뻬띠에는 식당사업과 건설업에 계속해서 매진할 것이다. 지오르지오는 월 스트리트의 회사들을 매입하는 일을 추진할 것이다. 철수는 완벽하게 이루어질 것이다. 심지어 브롱크스 조직도 단원들을 새롭게 보충하지 않을 예정이었다. 마침내 클레리쿠지오가는 안전해질 것이며, 미국 전역에 새롭게 부상하고 있는 무법자들과 맞서 싸우게 될 것이다. 그는 딸에게서 행복을 뺏아가고 손자의 죽음을 초래한 자신의 지나간 실수에 대해서는 자책하지 않았다. 결국에는 크로스를 자유롭게 풀어주었으니까.

대부는 큰 꿈을 가슴에 품고 잠이 들었다. 그의 육체는 사라지지만 그는 영원히 살 것이며 클레리쿠지오의 피는 영원히 인류의 일부분을 이룰 것이다. 그리고 대부는 혼자 힘으로 그 혈통을 창조했다. 그

것이야말로 그가 이룬 선행이었다.

　그러나 인간으로 하여금 죄를 저지르지 않을 수 없게 만드는 이 세
상은 참으로 사악했다.

　　　　　　　　　　　　　　　　　　　　　　　　　　〈끝〉

古代 그리스의 가장 위대한 인간 시시포스

도둑의 왕, 아우톨리코스와 숨막히는 두뇌싸움에서 승리를 거두고, 죽음의 신 타나토스에게 ?서 부활한 시시포스. 코린토스를 덮친 대지진 앞에서 그가 신들을 향해 외친 것은 무엇인가? 그리고 그가 끝까지 신에게 맞선 이유는 무엇이었나?

모험과 관능이 어우러진 생명력이 넘치는 소설
— 르 몽드 Le Monde

프랑수와 라슐린느 장편소설
하정희 역 | 신국판 변형 | 508p | 13,500원

시시포스 Sisyphe

프랑수와 라슐린느 François Rachline_ 프랑스의 저명한 경제학자로 파리 정치학 연구소와 파리 10대? 에서 경제학을 가르치고 있다. 〈시시포스〉는 그의 첫 소설로 그가 집필하고 있는 '그리스 신화' 3부작 중 첫 번째 작품? 다. 그는 이 소설에서 고대 그리스의 인물인 '시시포스'를 통해 끊임없이 자신의 운명과 맞서는 인간상을 그려내고 있?